HEYNE

Das Buch

Korea testet erstmals erfolgreich Raketen mit Mehrfachsprengköpfen, was im Westen und in China größte Besorgnis auslöst. Die Reaktion lässt nicht lange auf sich warten. Um den massiven Sanktionen zu entgehen, schmiedet der nordkoreanische Geheimdienst einen perfiden Plan, dessen Verwirklichung nicht nur die Fundamente des »unzuverlässigen Verbündeten« China, sondern auch den gesamten Westen aus den Angeln heben könnte. Jack Ryan muss sich den neuen Dimensionen der Cyberkriegführung stellen.

Die Autoren

TOM CLANCY, der Meister des Technothrillers, stand seit seinem Erstling *Jagd auf Roter Oktober* mit all seinen Romanen an der Spitze der internationalen Bestsellerlisten. Er starb im Oktober 2013.

MIKE MADEN ist Koautor und Experte für internationale Friedens- und Konfliktforschung sowie für Technologie im internationalen Zeitalter, worüber er seine Doktorarbeit schrieb.

Letzte Entscheidung ist der 23. Band aus dem Jack-Ryan-Universum. Bei Heyne erschien zuletzt *Im Visier des Feindes.*

Ein ausführliches Werkverzeichnis findet sich am Ende dieses Buchs.

TOM
CLANCY

UND

MIKE MADEN

LETZTE ENTSCHEIDUNG

THRILLER

Aus dem Amerikanischen von Reiner Pfleiderer

WILHELM HEYNE VERLAG
MÜNCHEN

Die Originalausgabe POINT OF CONTACT erschien erstmals
bei G.P. Putnam´s Sons, New York.

MIX
Papier aus verantwortungsvollen Quellen
FSC® C014496

Penguin Random House Verlagsgruppe FSC® N001967

Vollständige Taschenbuchausgabe 07/2021

in der Verlagsgruppe Random House GmbH,
Neumarkter Straße 28, 81673 München
Redaktion: Werner Wahls
Printed in Germany
Umschlaggestaltung: © Nele Schütz Design
unter Verwendung von shutterstock/Eky Studio,
Titima Ongkantong, S. Bachstroem
Satz: Leingärtner, Nabburg
Druck und Bindung: GGP Media GmbH, Pößneck
ISBN: 978-3-453-44131-6

www.heyne.de

Hauptpersonen

Regierung der Vereinigten Staaten

JACK RYAN: Präsident der Vereinigten Staaten
SCOTT ADLER: Außenminister
MARY PAT FOLEY: Direktorin der Nationalen Nachrichtendienste, DNI
ROBERT BURGESS: Verteidigungsminister
JAY CANFIELD: Direktor der CIA
ARNOLD VAN DAMM: Stabschef des Präsidenten

Der Campus

GERRY HENDLEY: Direktor von Hendley Associates/ Direktor des Campus
JOHN CLARK: Operationsleiter
DOMINGO »DING« CHAVEZ: Leitender Außenagent
DOMINIC »DOM« CARUSO: Außenagent
JACK RYAN JUNIOR: Außenagent/Leitender Analyst
GAVIN BIERY: Leiter der IT-Abteilung
ADARA SHERMAN: Außenagentin
BARTOSZ »MIDAS« JANKOWSKI: Außenagent

Weitere Personen

PAUL BROWN: Forensischer Buchprüfer, Hendley Associates
WESTON RHODES: Ehemaliger US-Senator, Vorstandsmitglied von Marin Aerospace

DR. GORDON FAIRCHILD: Generaldirektor von Dalfan Technologies

LIAN FAIRCHILD: Sicherheitschefin von Dalfan Technologies (Gordon Fairchilds Tochter)

YONG FAIRCHILD: Finanzvorstand von Dalfan Technologies (Gordon Fairchilds Sohn)

CHOI HA-GUK: Vorsitzender, Demokratische Volksrepublik Korea (DVRK)

RI KWAN-JU: Vizedirektor, Direktorat für allgemeine Verwaltungsdienste (DVRK)

TERVEL ZVEZDEV: Ehemaliger Mitarbeiter des bulgarischen Komitees für Staatssicherheit

1

Nordsee-Ölfeld Albuskjell,
Norwegen,
56° nördliche Breite, 3° östliche Länge

Erfrieren oder ertrinken.

Er wusste nicht, was zuerst geschehen würde. Es war eigentlich auch egal. Jack Ryan junior war überzeugt, dass er so oder so in den nächsten zwei Minuten sterben würde.

Unter einem wolkenverschleierten Mond pflügte das Gefechtsschlauchboot F-470 Zodiac durch die kabbelige See. Mit beiden Händen umklammerte Jack die Halteleine am Süllrand, um nicht über Bord geschleudert zu werden. Adara Sherman, die vor ihm saß, tat dasselbe. Sie bekam mehr als er ab. Bei jedem Hüpfer des Boots klatschte ihnen Gischt ins Gesicht. Jacks Nachtsichtbrille war vereist. Die Gläser abzuwischen war zu riskant, solange er dieses bockende Wildpferd ritt. Dabei konnte er die Bohrinsel eine halbe Meile vor ihm noch immer kaum erkennen. Ihre Beleuchtung war ausgeschaltet, ihre klotzige Gestalt ein schwarzer Schatten über der wogenden See. Das war Jack ganz recht. Im Schutz der Dunkelheit würde ihr Kommen eher unbemerkt bleiben.

Jacks Zähne klapperten, und die Kälte lähmte seinen Verstand. Der eisige Nordseewind schnitt durch seinen fünf Millimeter dicken Neoprenanzug, und der peitschende Eisregen fühlte sich an, als würde ihm eine abgebrochene Bierflasche über die bloße Haut gezogen.

All dem Unbill zum Trotz knüppelte Bartosz »Midas« Jankowski den Motor mit Vollgas und hielt dabei die mit einer Brille geschützten Augen fest auf sein GPS gerichtet. Eigentlich hätten sie sich leise annähern sollen, aber sie waren spät dran. Und der heulende Wind verwehte den Lärm zum Großteil, den der schallgedämpfte 55-PS-Außenborder produzierte.

Wegen des starken Winds kam auch eine Helikopterlandung nicht infrage, geschweige denn ein schnelles Abseilen vom Heli – Jacks neue Lieblingsübung. Alle drei wurden kräftig durchgerüttelt, und die Zeit lief gegen sie. Wenn sie die Ölplattform nicht in den nächsten zwei Minuten erreichten, würde der Einsatz scheitern.

Vorausgesetzt, wir überleben die nächsten zwei Minuten überhaupt, rief sich Jack in Erinnerung.

Außerdem waren auf der Bohrinsel Bewaffnete, mit denen sie fertigwerden mussten. Im Moment erschienen ihm bewaffnete Killer allerdings als das kleinere Übel.

Wie aufs Stichwort bäumte sich eine Monsterwelle unter dem dahinjagenden Boot auf und hob die Backbordseite aus dem Wasser. Jack hatte die Stiefelspitzen zwar vorsorglich unter die Sicherheitsleine geschoben, die um das Gummideck herumlief, spürte aber trotzdem, wie er über die Seite kippte. In letzter Sekunde griff Midas mit sicherer Hand in die Bergeschlaufe seiner Weste und verhinderte so, dass er kopfüber in die brodelnde, schwarze See stürzte.

Jack spähte nach rechts zu dem anderen, nur wenige Meter entfernten Schlauchboot. Durch den Grünschleier der vereisten Nachtsichtbrille sah er, wie Dom Caruso ihm mit behandschuhtem Daumen ein kurzes »Alles in Ordnung?« signalisierte. Jack antwortete mit gerecktem Daumen. Keine Zeit für Geplauder. Doms Boot wurde von Ding Chavez gesteuert, der kein Auge von seinem GPS-Ortungsgerät wandte.

Die fünf Außenagenten des Campus waren ein eingespieltes Team und bildeten die Speerspitze des privaten, »inoffiziellen« Geheimdienstes, von dessen Existenz nur Präsident Ryan und ein paar Auserwählte aus seinem engsten Beraterkreis wussten. Sie waren eine kleine Organisation, leisteten aber wichtige Arbeit, die in keinem Verhältnis zu ihrer Größe stand. Diese Mission war dafür ein Beleg. Sie erfüllten Aufträge, die staatliche Geheimdienste wie etwa die CIA nicht übernehmen konnten. Oder wollten.

Der heutige Nachteinsatz bildete da keine Ausnahme.

Jack vergegenwärtigte sich noch einmal den Grundriss der Ölplattform, besonders die Lage von Kontrollraum und Maschinensaal – seinen beiden Zielen. Gavin Bierys fabelhafte IT-Künste waren wieder einmal zum Tragen gekommen. Wenn er nicht wäre, wären sie ziemlich orientierungslos.

Das von Gavin erstellte Lagebild bestätigte, dass sich vier Geiseln und sechs bewaffnete, ausgebildete Öko-Terroristen von der Green Army Faction auf der Bohrinsel befanden. Doch Informationen zu einer Geiselbefreiungsaktion wie dieser waren immer mit Vorsicht zu genießen. John Clarks Warnung klang Jack noch in den Ohren: »Seht euch vor da draußen. Ihr wisst nicht, was ihr nicht wisst.«

Wie wahr.

»Es ist so weit«, flüsterte Dings Stimme aus allen Ohrstöpseln.

»Verstanden«, bestätigte Midas.

Jack beobachtete, wie Dings Boot in einem scharfen Winkel abdrehte und eine Wasserfontäne unter der schussfesten Armorflate-Gummihaut hervorspritzte. Die kleine Bohrinsel hatte zwei Zugangsleitern. Das Trio um Jack sollte die vordere nehmen, Ding und Dom die hintere. Bei den Übungen mit dem norwegischen MJK (Marinejegerkommandoen, vergleichbar mit den Navy Seals) in der letzten Woche hatte zwar kaltes, aber ruhiges Wetter geherrscht, sodass sie ihre Zeitpläne exakt hatten einhalten können. Das konnten sie heute Nacht hier draußen auf der rauen Nordsee vergessen.

Der Einsatz hatte zwei Ziele: die Geiseln befreien und die Geiselnehmer gefangen nehmen oder töten. Die Green Army Faction drohte nicht nur damit, die gefangenen Ölarbeiter zu töten, wenn ihre Lösegeldforderung nicht erfüllt wurde, sondern auch die Bohrinsel in die Luft zu sprengen und dadurch eine Ölpest auszulösen, verheerend wie beim Untergang der Deepwater Horizon. Die amerikanische Politik war auf Forderungen von Terroristen noch nie eingegangen, da dies unweigerlich zu noch mehr Terror führen würde. Das wusste jeder Geschichtsstudent. Doch einige Regierungen und Unternehmen beschäftigten sich offenbar nicht mit der Geschichte.

Die nahm die Green Army Faction ins Visier. Und mit Erfolg.

Allerdings deutete in diesem Fall der Hinweis eines Informanten darauf hin, dass die Gruppe auf der Bohrinsel nicht beabsichtigte, die Aktion nach dem Geldtransfer abzubrechen. In ihren kranken Hirnen planten sie, »die Erde zu retten«, indem sie das Meer vergifteten, um die öffentliche Empörung über die Ölindustrie zu schüren. Die Ermordung der Ölarbeiter war dabei eine Art heiliger Zusatzakt wie das Abschlachten gefangener Ungläubiger beim IS.

Die stillgelegte Bohrinsel lag in einem aufgegebenen Ölfeld mitten in der Nordsee in internationalen Gewässern. Ein Ölsucherteam aus Texas entwickelte neue Fracking-Techniken, um versiegte Unterwasserquellen wieder zum Sprudeln zu bringen. Die GAF hatte Wind davon bekommen und zugeschlagen.

Als klar wurde, dass die Geiseln getötet werden sollten, rief der verzweifelte Sicherheitschef des Unternehmens seinen Freund John Clark an. Vielleicht konnte Clark seine alten Beziehungen zu Rainbow Six spielen lassen. Da aber nur ein Zeitfenster von vier Stunden blieb, war das keine Option.

Doch es gab eine andere.

Wie es der Zufall wollte, hatte John Clark für die Außenagenten des Campus nur zwei Stunden entfernt eine Übung mit MJK-Agenten für genau diese Art von Einsatz organisiert. Die norwegische Regierung verweigerte dem MJK zwar die Erlaubnis, den Angriff zu unterstützen, doch Clark forderte ein paar Gefallen ein und sorgte dafür, dass die *Møvik* – ein in Schweden gebautes Kampfboot der CB90-Klasse – das Team absetzte. Danach war es auf sich allein gestellt.

Der hastig entworfene Plan sah vor, dass die beiden Campus-Teams gleichzeitig die Leitern erklommen, dann simultan drei der vier Gebäude angriffen und dabei Gegner ausschalteten. Jacks Team sollte den vorderen Teil der Plattform einnehmen. Midas und Adara sollten die Mannschaftsquartiere attackieren, in denen sie die Geiseln vermuteten, während Jack den Kontrollraum sichern und weiter zum Maschinensaal vorstoßen sollte. Auf der hinteren Seite der Plattform sollte Dings Zwei-Mann-Team zunächst das Bohr- und das Verarbeitungsmodul angreifen, an denen höchstwahrscheinlich die Sprengsätze angebracht waren. Hatten sie die unter Kontrolle gebracht, sollten sie je nach Bedarf den Angriff auf die Mannschaftsquartiere oder auf den Maschinensaal unterstützen. Jedes Team sollte bis zum Zentrum der Anlage vorstoßen, dort noch lebende GAF-Kämpfer in die Enge treiben und zur Aufgabe zwingen – oder liquidieren.

So jedenfalls lautete der Plan.

Alle Beteiligten waren sich darin einig, dass klare und ständige Kommunikation der Schlüssel zum Erfolg war. Unabhängig davon, wie sich die Lage auf der Plattform tatsächlich darstellte und wie viele Terroristen und Geiseln es genau waren.

Das größte Problem heute Nacht war neben dem miserablen Wetter ihre beschränkte Feuerkraft. Jedes Teammitglied trug die gleichen zwei Waffen mit Schalldämpfer bei sich: eine kurzläufige SIG-Sauer-MPX-Maschinenpistole und eine SIG-Sauer-P229-Pistole, beide Kaliber 9 mm. Aus Angst vor zu hoher Durchschlagskraft verwendeten sie kein stärkeres Kaliber, und der Einsatz von Sprengkörpern oder gar Blendgranaten kam in der höchst feuergefährdeten Umgebung nicht infrage. Grips, Muskelkraft und eine ruhige Hand waren ihre einzigen Trümpfe. In Anbetracht der Zusammensetzung des Teams sollte das in Jacks Augen auch genügen.

Der Bug des Schlauchboots senkte sich, als Midas Gas wegnahm. Das bedeutete, dass sie fast am Ziel waren. Das Boot schaukelte zwar immer noch heftig im hohen Seegang, doch jetzt konnte Jack gefahrlos die Hände heben und die Nachtsichtbrille abwischen. Das Boot war nur noch wenige Meter von der Leiter der Bohrplattform entfernt. Das Zodiac auf der anderen Seite war von hier kaum zu erkennen. Der Eisregen ging in dichten Schneefall über, was die Nachtsichtbrille praktisch nutzlos machte.

»Zehn Sekunden«, flüsterte Midas in den Ohrstöpseln.

»Verstand… wir …«, antwortete Ding.

»Bitte wiederho…«, flüsterte Midas.

Keine Antwort.

»Was ist los?«, fragte Jack in sein Funkgerät.

Er sah, dass Midas die Lippen bewegte, hörte aber nichts in seinem Ohrstöpsel.

Funkgeräte ausgefallen!

Jack hatte den Gedanken kaum gefasst, da stieg Midas auch schon auf Handzeichen um.

Das Schlauchboot wurde noch langsamer. Adara griff nach der Leine mit dem Hartgummienterhaken, während

Midas den Motor abstellte. Eine weitere hohe Welle hob das Boot empor und drückte es heftig gegen einen der dicken Stahlpfeiler, auf denen die Plattform ruhte, doch das aufgeblasene Gummi prallte unbeschadet ab und wurde in Richtung der nahen Leiter geworfen. Adara schleuderte den Haken und erwischte schon beim ersten Versuch eine Leitersprosse. Sie und Jack zogen kräftig an der Leine, bis das Boot so dicht neben der Leiter lag, dass sie es daran festmachen konnten.

Jetzt kam es auf das andere Boot an. Es war von entscheidender Bedeutung, dass beide Teams gleichzeitig die Leitern hinaufstiegen. Jack hob sein Taclight und ließ es zweimal in Dings Richtung aufblitzen. Einen Augenblick später blinkte es zurück.

Jack signalisierte Midas und Adara »startklar«. Beide bestätigten, und Adara übernahm die Führung. Sie hob einen Fuß vom schwankenden Deck auf den Süllrand, stimmte den nächsten Schritt mit dem anderen Fuß auf die Leiter auf den Wellengang ab, zog sich mit einer Hand nach oben, als das Boot den höchsten Punkt erreichte, alles in einer einzigen, mühelos geschmeidigen Bewegung. Sofort nahm sie die beschwerlichen dreißig Meter Aufstieg in Angriff.

Jack beobachtete sie im flimmernden Grün der Nachtsichtbrille. Von hier unten im schaukelnden Boot sah es so aus, als kletterte Adara durch das Tor einer rostigen Stahlhölle.

Das Boot sackte wieder nach unten, als Midas in Position ging. Am Scheitelpunkt der nächsten Welle hob er den Fuß, setzte den schweren Stiefel auf eine Sprosse, zog seine breite Gestalt mit starken Armen hoch und kletterte zügig nach oben.

Wieder sackte das Boot nach unten, und mit ihm Jacks Magen. Es setzte so hart im Wellental wieder auf, dass Jack fast die Knie einknickten. Der Seegang wurde rauer.

Jack zog an seiner MPX und vergewisserte sich, dass der Gurt noch fest saß, dann richtete er sich wieder auf und stellte den rechten Fuß auf den Süllrand. Im nächsten Augenblick spürte er eine mächtige Welle unter sich, und das Boot schoss nach oben, doch gerade als er absprang, prallte es mit solcher Wucht gegen die Stahlleiter, dass er nach vorn geschleudert wurde. Er bekam gerade noch mit beiden Händen eine vereiste Sprosse zu fassen, als er mit den Knien gegen den kantigen Stahl schlug. Einen Moment lang hing er zappelnd in der Luft. Dann fanden seine Füße eine Sprosse, und er war gerettet. Seine Augen folgten der Welle, die gegen einen anderen Stahlpfeiler krachte.

Sein Herz raste. *Das war knapp.*

Er hielt kurz inne, holte tief Luft und sammelte sich.

Ein schwerer Fehler.

Aus dem Augenwinkel sah er die nächste weiß schäumende Monsterwelle heranrollen.

Er drückte sich im selben Moment an die Leiter, als die Welle über ihn hereinbrach.

Zu spät.

2

Festhalten und Pobacken zusammenkneifen, mehr konnte Jack jetzt nicht tun. Die Welle rammte ihn wie ein großer, grauer Stier und schmetterte seinen behelmten Kopf mit der Seite gegen die Stahlleiter, aber irgendwie ließ er nicht los.

Eine Sekunde verging, und das wütende graue Monster brauste davon in die Dunkelheit.

Jack konnte sein Glück kaum fassen und wollte es nicht weiter herausfordern.

So schnell er konnte, löste er den Klammergriff und machte sich an den Aufstieg, wobei er einiges an salzigem Meerwasser ausspuckte und hustete. Er kletterte so zügig nach oben, wie er es auf dem vereisten Stahl wagen konnte, angetrieben von John Clarks Reibeisenstimme, die in seinem Kopf widerhallte: »Aller bösen Dinge sind drei.« Der Ausfall der Funkgeräte und die Monsterwelle standen für zwei. Er wollte jetzt nicht darüber nachdenken, was Nummer drei sein könnte.

Die ersten paar Schritte fielen ihm leicht, obwohl er vor Nässe triefte, doch auf der nächsten Sprosse rutschte sein linker Fuß weg. Wieder begann sein Herz zu rasen, doch seine schnellen Reflexe verhinderten, dass er von der Leiter stürzte. Er war wieder klarer im Kopf – dem Tod zu entrinnen hatte diese Wirkung auf das menschliche Gehirn. Sofort setzte er den gefährlichen Aufstieg fort und kletterte vorsichtig, aber zügig nach oben.

Erst nach mehreren Sprossen spähte er nach oben, um festzustellen, wo die anderen waren. Sie kletterten schnell und waren schon fast oben, nicht ahnend, dass er nur knapp dem Tod entronnen war. Offensichtlich wurde Adara von der Schussverletzung am Bein, die sie letztes Jahr in Chicago erlitten hatte, nicht behindert.

Jacks Tritte wurden sicherer, und er legte einen Zahn zu. Das Adrenalin befeuerte ihn jetzt und milderte die Kälte, obwohl er völlig durchnässt war, und die körperliche Anstrengung hielt ihn trotz des Schneetreibens warm. Das Brennen in seinen Oberschenkeln war ein gutes Zeichen. Er lebte noch. Und das Salzwasser, das noch in seinen Nebenhöhlen juckte, half ihm sogar, den Kopf wieder klar zu bekommen.

So weit, so gut.

Er drosselte das Tempo, als er das Fallschutzgitter am Ende der Leiter erreichte, denn er rechnete damit, dass ihn Adara per Handzeichen zum Warten auffordern würde. Laut Plan sollten sie sich am Einstieg sammeln, dann aufteilen und ihre jeweiligen Ziele angreifen, die rund dreißig Meter auseinander lagen. Er streckte den Kopf über die Kante und ließ den Blick über die Plattform huschen.

Adara und Midas waren verschwunden. *Was zum Teufel …?*

So viel zum Plan.

Er kletterte aus dem Fallschutzgitter und ging auf dem Gitterrostboden, der die Ansammlung von Meerwasser verhindern sollte, in die Hocke. Der meiste Schnee fiel durch, sodass keine deutlichen Fußstapfen zu erkennen waren, denen Jack hätte folgen können.

Er spähte nach links, wo die Mannschaftsquartiere lagen. Er entdeckte weder Midas noch Adara, doch laut Plan mussten sie diese Richtung eingeschlagen haben. Wie aus dem Grundriss der Plattform hervorging, befand sich die Eingangstür hinter der Ecke vor ihm. Wenn sich die beiden dort postiert hatten, konnte er sie jetzt ohnehin nicht sehen.

Er blickte auf seine Uhr. Wenn das andere Team an seinem Platz war, würde es in den nächsten dreißig Sekunden eine Tür eintreten.

Zeit, sich an die Arbeit zu machen.

Jack lud die MPX durch. Die Terroristen würden bei dem Wetter alle drin sein. Keine Frage. Er grinste in sich hinein. *Welcher Idiot würde bei so einem Sauwetter schon rausgehen?* Es schneite und windete mittlerweile so stark, dass man fast von einem Schneesturm sprechen konnte. Jack wischte die Eiskruste von seinen Handschuhrücken.

Er probierte noch einmal das Funkgerät, erhielt aber keine Antwort. Selbst wenn Adara und Midas direkt neben ihm gekauert hätten, hätten sie nicht miteinander sprechen können – bei dem Wind hätten sie schreien müssen und dabei riskiert, ihre Position zu verraten.

Jack sah zu, wie die Sekunden heruntertickten. Er war dankbar für die langen, ermüdenden Trainingsstunden, die er in der letzten Woche auf einer Bohrplattform zugebracht hatte, die so ähnlich wie diese hier war, besonders jetzt, wo er, von Orkanböen gepeitscht, in Kälte und Dunkelheit hockte und die Zeit knapp wurde. Er sah wieder auf die Uhr.

Los!

Er rannte geduckt an einem Gitterkasten vorbei und bog um die Ecke, als ihm etwas auf dem Deck ins Auge stach. »Augen offen halten!«, hatte ihm Ding bei den Übungen immer wieder zugebrüllt. Es rettete ihm auch diesmal den Arsch.

Jack blieb abrupt stehen, die Stiefelspitze nur Zentimeter vor einer Linie aus Schnee.

Ein Stolperdraht. Er war über den Stahlgitterrost gespannt, und große Schneeflocken hockten darauf wie fette Tauben auf einer Stromleitung.

Jack ging in die Knie, schaltete das Taclight an seiner Waffe ein und folgte dem Draht bis zu seinem Endpunkt – eine MRUD, die jugoslawische Kopie einer Claymore-Mine.

Hinterhältige Scheißkerle.

In Gavins Lagebild war von Minen keine Rede gewesen, aber Clark hatte ihnen eingeschärft, dass sie mit allem rechnen sollten. Vielleicht hatten diese Arschlöscher von der Green Army auch einen Störsender am Laufen, der ihre Funkgeräte lahmlegte. Aber jetzt fragte sich Jack: *Hat der Gegner nur einen Schutzzaun gezogen oder hält er noch Schlimmeres für uns bereit?*

Er stieg vorsichtig über den Stolperdraht und hielt im wirbelnden Schnee und flimmernden Grün seiner Nachtsichtbrille aufmerksam nach weiteren Ausschau. Er entdeckte keine. Dann erreichte er seine Position rechts neben der nach außen aufgehenden Stahltür.

Nach dem Grundriss, der ihnen vorgelegen hatte, maß der quadratische Kontrollraum, an dessen Außenwand er jetzt lehnte, zehn auf zehn Meter – genau wie die anderen drei Module auf der Plattform. Jack sollte auf der Ostseite eindringen. Gegenüber in der Westwand war eine weitere Tür, die in die Wohnquartiere führte. In der Nordwand war eine Tür zum Maschinensaal. Der war sein Ziel.

Wenn ich lebend durch den Kontrollraum komme, rief er sich in Erinnerung.

Im Kontrollraum gab es keine Innenwände. Alle Steuerkonsolen, Schreibtische und Arbeitsplätze reihten sich an den Außenwänden. War er erst einmal drin, konnte er nirgends in Deckung gehen.

Er sah wieder auf die Uhr. Noch zehn Sekunden. Er legte eine behandschuhte Hand auf den Türknauf und drehte ihn vorsichtig. Unverschlossen. *Gut.*

Schüsse ertönten vom anderen Ende der Plattform. Klang

nach AK-47. Das bedeutete, dass Ding und Dom drin waren. Aber die hatten keine AKs. Er hörte keine Feuererwiderung. Vielleicht drang das dumpfe Husten der schallgedämpften Waffen bei dem Wind nicht bis zu ihm.

Jack spürte, wie ihm das Blut durch die Adern schoss. Seine Freunde waren in Schwierigkeiten. Auf einmal war ihm überhaupt nicht mehr kalt. *Zeit zum Losschlagen.*

Jack riss die Tür auf, sprang zur Seite und drückte sich gegen die gewellte Stahlblechwand, überzeugt, dass die Terroristen auf die Türöffnung feuern würden.

Doch es geschah nichts.

Jack spähte hinein und zuckte nach einer Sekunde wieder zurück. Durch die Nachtsichtbrille hatte er nichts gesehen, nur die Tür an der Nordseite des Raums, die halb offen stand. Er war dankbar für die Segnungen der Nachtsichttechnik.

Er huschte geduckt durch die Tür …

Wums!

Licht stach wie Dolche in seine Augen.

Seine weit geöffneten Pupillen hinter der Nachtsichtbrille verwandelten das Licht der Deckenleuchten in Photonenschrapnells. Jack warf sich zu Boden und rollte sich in dem Moment zur Seite, als aus der halb offenen Tür in der Nordwand Gewehrfeuer losbrach. Blind riss er seine Waffe hoch, betätigte den Abzug und jagte einen Feuerstoß in Richtung des Lärms, doch der GAF-Schütze stellte sofort das Feuer ein, als sein Magazin leer war.

Jack schnellte in die Höhe, riss die Brille herunter und rannte, sich die geblendeten Augen reibend, zur Nordwand. Als er sich dort neben der Tür an die Wand warf, war sein Sehvermögen fast wiederhergestellt. Er fragte sich, ob ein Bewegungsmelder oder eine flinke Hand das Licht im Raum eingeschaltet hatte. Aber eigentlich spielte es keine Rolle.

Ein kurzer Check bestätigte, dass er nicht getroffen worden war. Das wunderte ihn, denn an der Stelle, wo er sich hingeschmissen hatte, war der Linoleumboden zerfetzt.

Er dachte nur: *Aller bösen Dinge sind drei.* Und das war Nummer drei gewesen.

Aber sein Gefühl sagte ihm, dass bei drei noch nicht Schluss war.

Er schob ein frisches Magazin in die Waffe und lud durch.

Die Tür in der Nordwand führte, wie er wusste, auf ein kurzes Freideck und weiter zum Maschinensaal. Dort erwartete ihn eine weitere Tür, die nach außen aufging.

Und vermutlich auch das Arschloch, das gerade auf ihn geschossen hatte.

Und vielleicht sogar seine Freunde.

In einiger Entfernung hörte er wieder Schüsse. Möglich, dass sein Team noch kämpfte. Oder die Gegenseite brachte gerade die Geiseln um.

Ohne Funkkontakt konnte er nur raten.

Keine Zeit zu verlieren.

Jack ging in die Knie und streckte den Kopf zur Tür hinaus. Das kurze Freideck war leer, die Tür am anderen Ende zu.

Sie wussten, dass er kam. Sie brauchten nur die Tür aufzustoßen und das Feuer auf ihn zu eröffnen. Zwischen den Geländern würde er in der Falle sitzen – außer er beschloss, über die Reling in den tosenden blauen Abgrund zu springen.

»Sieben Atemzüge«, sagte er sich. Eine Faustregel aus dem *Hagakure*.

Er rannte los wie der Teufel.

Das Stahlgitter schepperte unter seinen schweren Stiefeln. Er heftete die Augen fest auf die geschlossene Tür und wartete darauf, dass sie aufschwang.

Sie tat es nicht.

Mit einem dumpfen Schlag prallte er gegen die Außenwand des Maschinensaals. Sie wussten, dass er kam. Es brachte nichts, in der eisigen Dunkelheit herumzuhampeln.

Er wünschte, er hätte eine Blendgranate. Aber er hatte keine. Nur seinen Mut. Der musste genügen. Sein Team zählte auf ihn. Und die Geiseln auch.

Er vergegenwärtigte sich noch einmal den Grundriss des Maschinensaals. Zehn auf zehn Meter. Sechs Räume – genauer gesagt Verschläge mit nur zwei Wänden jeweils. Holzlatten und Wellblech. Werkzeug und Maschinen in jeder, wie er vermutete – Drehbänke, Schweißgeräte, was auch immer.

In welcher würde der Schütze stecken?

Jack riss die Tür auf, verharrte aber neben der Öffnung. Er spürte, wie großkalibrige Geschosse über seinem Kopf in die Wand einschlugen. Schielte kurz nach oben. Sah, wie dreißig Zentimeter über ihm schartige Stahlblüten aufgingen.

Das bedeutete, dass der Schütze wahrscheinlich in der Nordwestecke steckte. Er schoss miserabel – oder stand Todesängste aus.

Oder er wollte, dass Jack das dachte.

Jack musste etwas tun, um den Schützen abzulenken. Er hielt die MPX um den Türrahmen herum und gab einen kurzen Feuerstoß ab, wobei er hoch auf die hintere Wand zielte, um nicht in der Nähe befindliche Geiseln oder Teamkameraden zu treffen. Er jagte einen zweiten Feuerstoß hinterher, stürmte durch die Tür und hechtete in den ersten Verschlag zur Linken. Er schlitterte in einen großen Werkzeugschrank.

Am anderen Ende des Raums schrie eine Frau.

Ein kurzer Feuerstoß bellte in einiger Entfernung.

Verdammt! Jack hob den Kopf. An einem Haken an der Wand gegenüber hing ein Hammer mit kurzem Stiel. Er huschte hinüber und ergriff ihn.

»Das könnte jetzt wehtun«, rief er und warf den Hammer wie eine Handgranate. Das Ding rutschte holpernd über den Gitterboden und blieb vor dem letzten Verschlag zur Linken liegen, in dem Jack den Gegner vermutete. Er hoffte, der Bastard würde es für eine Blendgranate halten und aus der Deckung kommen.

Das war zumindest der Plan.

Noch bevor der Hammer zum Liegen kam, war Jack aus seinem Verschlag in den zweiten an der gegenüberliegenden Wand gestürmt und hatte seine Waffe auf die Nordwestecke gerichtet.

Der Blick durch das Zielfernrohr zeigte ihm einen bärtigen Kämpfer mit einer kurzläufigen AKS-74U, die fast wie eine Maschinenpistole aussah. Jack hätte ihn am liebsten umgenietet, doch er versteckte sich hinter zwei Technikerinnen in ölverschmierten Overalls, einer Brünetten und einer umwerfend aussehenden Blondine. Selbst von hier aus konnte er deren blaue Augen erkennen. Der Bärtige hielt die beiden Frauen mit einer Hand an ihren Kragen fest, sodass er ihnen halb die Luft abschnürte. Mit der anderen Hand richtete er seine Waffe auf ihre Köpfe.

»Waffe fallen lassen!«, rief Jack.

»Ich erschieße beide.«

Der rote Leuchtpunkt in Jacks Visier ruhte für einen Moment auf dem Gesicht des Mannes. Jacks Finger zuckte, zog aber nicht durch. Die oberste Regel bei jedem Einsatz lautete, wenn irgend möglich die Geiseln zu retten. Diesem Kotzbrocken eine Kugel zu verpassen war zweitrangig. Das Risiko war zu groß. Der Bastard hatte Angst. Vielleicht konnte Jack ihn noch zum Aufgeben überreden.

In diesem Augenblick des Zögerns veränderte der Terrorist seine Position und verschwand wieder hinter den Frauen. Selbst wenn Jack hätte schießen wollen, jetzt war es zu spät.

»Waffe fallen lassen!«, rief er wieder.

»Fick dich, Kapitalist!«

Jack hob eine Hand. »Seien Sie nicht dumm. Lassen Sie die Waffe fallen. Ich garantiere für Ihre Sicherheit.« Jack rührte sich nicht vom Fleck. Er hoffte inständig, dass der Spinner sich wieder eine Blöße gab.

Stattdessen schob der Terrorist die beiden Frauen wie einen Schutzschild vor sich her aus dem Verschlag und arbeitete sich auf diese Weise weiter in Richtung der Stahltür an der Ostwand, die zum Bohrturm führte.

Jack flitzte geduckt nach links und rechts, um kein leichtes Ziel zu bieten, denn er hatte keine Deckung – warum schoss der Typ nicht einfach auf ihn? In der Hoffnung, selbst einen Körpertreffer landen zu können, hielt er die Waffe weiter auf den Typ gerichtet. Wenn er ihm entkam, könnte er seine Freunde außer Gefecht setzen und die Bohrinsel in die Luft jagen. Aber wenn Jack danebenschoss, würde er die Geiseln töten.

Der Bärtige erreichte die Tür. Die Hand mit der Waffe tastete nach dem Türknauf, doch seine Augen blieben auf Jack gerichtet. »Denk nicht einmal dran!«

»Nein, Mann, wir bleiben cool.«

Die Tür öffnete sich einen Spalt, und der Grünarmist drückte sie mit dem Rücken weiter auf. Dann plötzlich stieß er die beiden Frauen nach vorn und schlug die Tür von außen zu.

Dic Frauen kamen schreiend und weinend in Jacks Richtung gerannt.

Jack wollte zur Tür stürzen, doch die Frauen packten ihn und schlangen die Arme um ihn. »Danke! Vielen Dank!«

»Zurück! Bitte!«

Jack griff ihnen um die Taille und schob sie zu ihrem eigenen Schutz sanft, aber bestimmt von der Tür weg. »Sind Sie verletzt?«

Beide schüttelten den Kopf. »Nein, nein. Uns fehlt nichts. Wir danken Ihnen.«

Jack hörte zwei Schüsse auf der anderen Seite der Tür.

»Warten Sie hier!«

Die Frauen nickten gehorsam und wichen an die Wand am anderen Ende zurück.

Jack hob die Waffe und näherte sich der Tür.

»Jack? Bist du da drin?« Es war Dings Stimme. Sie kam von der anderen Seite der Tür.

Gott sei Dank. Jack seufzte erleichtert. »Ja. Ich bin's.« Er ließ die Waffe sinken.

»Alles klar?«

»Alles klar.«

Die Tür schwang auf. Ding trat herein, ein breites Grinsen im Gesicht. Dom folgte direkt hinter ihm.

»Wo sind die anderen?«, fragte Ding, während Doms Lächeln einem entsetzten Ausdruck wich.

Hinter Jack krachte ein Pistolenschuss. Er spürte den Luftzug der Kugel an der Wange. Sie traf Dom in die Brust. Einen Wimpernschlag später fiel ein zweiter Schuss, und eine Kugel fuhr neben Ding in die Wand.

Jack wirbelte herum und riss die Waffe hoch, um auf die Brünette zu schießen, die eine Pistole in der Hand hielt, doch es war die Blondine, an der sein Blick hängen blieb, als sie ihm grinsend eine zwanzig Zentimeter lange Messerklinge in den Bauch rammte.

3

Die Spitze des schwarzen Tanto-Messers von KA-BAR prallte auf eine der Körperschutzplatten aus keramischem Verbundwerkstoff von Jacks Schutzweste, die den Stoß dämpfte. Die schwere Klinge glitt an der Platte ab, durchdrang sie aber nicht. Die Wucht des Stoßes warf Jack ein paar Zentimeter zurück und lähmte ihn für einen Moment. Sofort holte die blonde Terroristin wieder aus, um ihm das Messer ins ungeschützte Gesicht zu stoßen, doch da ertönten drei schallgedämpfte Schüsse. Ihr Hals zerplatzte zu einer roten Wolke, und warmes Blut spritzte auf Jacks Haut. Die Blondine wurde herumgerissen und sackte in sich zusammen wie eine kaputte Marionette.

Jacks adrenalingeflutetes Hirn bremste den Vorgang auf Schneckentempo herunter, während sich seine Reflexe beschleunigten. Er blickte zu der Brünetten, die gleichzeitig mit ihrer Komplizin aufs Deck gestürzt war. Ihre Pistole war klirrend auf den Gitterboden gefallen, und auf ihrer Brust breiteten sich zwei rote Flecken aus.

Adara stürzte zu Jack, in der Hand ihre MPX, deren Lauf noch rauchte. Sie riss sich die Sturmhaube vom Kopf, um besser sehen zu können. Ihr kurzes blondes Haar war schweißverklebt. Sie betastete die Stelle, wo das Messer seine Weste getroffen hatte. Der Stoff war zerfetzt, und die Keramikplatte schaute darunter hervor. »Bist du verletzt?«

»Nein – sieh lieber nach Dom.« Jack befürchtete das Schlimmste. Sein Cousin war einer seiner besten Freunde.

Adara hatte Jacks Aufforderung nicht abgewartet und war nach seinem »Nein« sofort zu Dom geeilt, der an die Wellblechwand gelehnt auf dem Boden saß. Ding hatte bereits seine Schutzweste geöffnet, als Adara ihn beiseitestieß und sich hinkniete. Die frühere Navy-Sanitäterin hatte in Afghanistan verwundete Marines verarztet. Sie hatte Schlimmstes gesehen und erwartete nichts Geringeres, als sie Doms Wunde betastete, aber sie wusste, dass sie damit umgehen konnte.

»Verdammt! Das tut weh!«, stieß Dom zwischen zusammengebissenen Zähnen hervor.

Adara untersuchte die linke Brusthälfte, wo ihn die Kugel getroffen hatte. Auf seiner Haut bildete sich eine große rote Schwiele von der Form der Panzerplatte, die ihm das Leben gerettet hatte. »Das wird einen hässlichen blauen Fleck geben, Cowboy, aber du wirst leben.« Adara kämpfte gegen die in ihr aufwallenden Gefühle an. Im Kampfeinsatz waren sie Teamkameraden, kein Liebespaar. Sie drängte alle Gefühle zurück und sparte sie sich für später auf. Es gab noch zu tun. Sie stand auf.

»Jemand verwundet?«, fragte sie.

»Ich glaube, wir sind alle in Ordnung«, antwortete Ding. Der kleinste Mann im Raum sprach mit der Autorität eines gestandenen Anführers. Langjähriger Dienst bei der Infanterie, der Antiterroreinheit Rainbow und der CIA hatte ihm den verdienten Respekt aller Campus-Mitarbeiter eingebracht, namentlich den John Clarks.

Midas nickte in Richtung der toten Blondine, die halb enthauptet auf dem Deck lag. »Ich schätze, sie wird ein Pflaster brauchen.«

»Guter Schuss, übrigens«, sagte Jack. »Du hast mir das Leben gerettet.«

»Ich habe zwar auf ihren Kopf gezielt, aber gern geschehen«, erwiderte Midas und klopfte Jack auf die Schulter, während er sich ein Stück Kautabak zwischen die bärtigen Backen schob. Adara hatte zwei Schüsse auf die Brünette abgegeben, die ihrem Liebsten ans Leben gewollt hatte.

»Ich möchte einen kurzen Lagebericht, Leute«, sagte Ding. »Wie ist der Stand?«

»Neun Gegner sind tot, die beiden eingerechnet«, antwortete Midas. Die Anmerkung, dass ihre Informationen falsch gewesen waren, konnte er sich sparen.

»Vier überlebende Geiseln in den Belegschaftsquartieren«, meldete Adara. »Eine leicht verwundet, verarztet und stabil. Die anderen drei stehen unter Schock, sind sonst aber wohlauf.«

Ding runzelte die Stirn. »Was ist mit den dreien, die es nicht geschafft haben?«

»Die waren schon vor unserem Eintreffen tot. Die Dreckskerle haben ihnen die Kehlen durchgeschnitten.« Zur Verdeutlichung fuhr sie sich mit dem Finger über die eigene.

Ding drehte sich um. »Dom?«

»Ein einfacher Zünder. Entschärft. Ein paar Blöcke C-4 sind noch an Ort und Stelle, im Bohrbereich, aber die gehen nicht so leicht hoch.«

»Ich habe vorn einen Stolperdraht entdeckt, der mit einer nachgebauten Claymore-Mine verbunden ist«, sagte Jack. »Da draußen könnten noch mehr sein. Deshalb Augen auf. Wir sollten die Plattform absuchen und die Zivilisten einsperren, bis wir Entwarnung geben können.«

»Gute Idee«, befand Ding und trat zu den beiden Leichen. Er kniete sich hin und nahm sie genauer in Augenschein.

Schweigend lauschte Jack dem heulenden Wind draußen. Lockere Bleche schepperten, Ketten und Flaschenzüge klirrten.

Zufrieden richtete sich Ding wieder auf und drehte sich um. »Alles in allem gute Arbeit, Leute. Wir haben Leben gerettet und Bösewichte ausgeschaltet, ohne uns dabei die Ärsche wegschießen zu lassen. Die Nachbesprechung halten wir ab, wenn wir wieder auf der Basis sind.«

»Was ist für heute Abend geplant?«, fragte Midas. Der ehemalige Aufklärer und Colonel der Delta Force war es gewohnt, das Kommando zu führen, aber wie alle großen Führungspersönlichkeiten konnte er auch Befehle befolgen, und diese Operation wurde von Ding geleitet.

»Bei dem schweren Sturm können wir die Zivilisten nicht wegbringen, geschweige denn, mit ihnen die Leitern runtersteigen, deshalb übernachten wir hier«, antwortete Ding. »Midas, schnapp dir dein Taclight, geh raus auf die Plattform und signalisiere den Norwegern, dass unsere Funkgeräte streiken und dass wir mit vier überlebenden Geiseln hier übernachten. Bitte sie, wiederzukommen, wenn der Sturm nachlässt.«

»Verstanden«, sagte Midas. »Kann ich sonst noch was tun?«

»Ich hasse es, keinen Funkkontakt zu haben. Sieh zu, ob du den Störsender findest, den die Arschlöcher platziert haben. Und stell fest, ob die Bohrinsel so was wie einen Funkraum hat.«

»Wird gemacht.« Midas fuhr auf dem Absatz herum und strebte zur Tür.

»Adara, du kehrst zu den Geiseln zurück und machst es ihnen so angenehm wie möglich. Wie Jack gesagt hat: Lass sie nicht raus, bis wir Entwarnung geben. Erkläre ihnen die Situation. Dass sie außer Gefahr sind und dass wir die Bohrinsel erst verlassen können, wenn der Sturm vorbei ist, voraussichtlich morgen früh. Brauchst du noch etwas von uns?«

Adara klopfte auf ihr Med-Kit. »Ich bin startklar.« Sie wandte sich zur Tür. In der Hoffnung, dass es niemand bemerkte, streifte sie Dom, der immer noch saß, im Vorbeigehen mit der Hand an der Schulter.

»Dom, wenn du wieder fit bist, möchte ich, dass du die C-4 sicherst. Schnapp dir einen von uns, wenn du Hilfe brauchst.«

Dom stand auf und verzog dabei das Gesicht. »Bin schon unterwegs.« Auf dem Weg zum Bohrmodul schüttelte er sich ein paar Verspannungen aus den Gliedern.

»Jack, wir beide entschärfen zuerst die Sprengfallen. Anschließend durchsuchen wir die Taschen der Grünarmisten nach Hinweisen und nehmen ihnen Fingerabdrücke und DNA-Proben ab, damit die Leute in Langley sie überprüfen und katalogisieren können.«

»Und hinterher werfen wir sie ins Wasser?«

Ding nickte. »Für mich sind sie Fischfutter. Das hier ist kein Tatort, der genau untersucht werden muss.«

Was der Campus heute Nacht hier machte, war nach Dings Verständnis rechtens. Es war nur nicht ganz legal. Sie mussten ihre Spuren verwischen.

Von seinem Vater, einem ehemaligen Marine, hatte Jack gelernt, ehrenvoll Gefallene mit Respekt zu behandeln, doch in diesem Fall konnte er Ding nur zustimmen. Die Terroristen hätten ihn und sein Team fast getötet. Als kaltblütige Fanatiker, die unschuldige Zivilisten abschlachteten, hatten sie das Recht verwirkt, mit Respekt behandelt zu werden, im Leben wie im Tod.

»Alles okay?«, fragte Ding und legte dem Größeren eine Hand auf den Arm. Jack nickte, mit den Gedanken woanders.

»Ja, bin nur am Verarbeiten.«

»Weiter nichts?«

Jack konnte Ding nicht anlügen. Dafür hatte er zu große Achtung vor ihm. »Ich werde das Gefühl nicht los, dass ich heute Abend Scheiße gebaut habe.«

»Ich verstehe. Wir reden später drüber. Jetzt haben wir zu tun.«

»Verstanden.«

Jack musste sich zum wiederholten Male übergeben, aber es kam nichts heraus. Von den lang laufenden Wellen und den ständigen Hüpfern des schwedischen Schnellboots CB 90 war er seekrank, aber der widerlich süßliche Geruch der chemischen Toilette, über die er sich beugte, machte alles noch schlimmer. Die Fahrt von der Bohrinsel zur norwegischen Küste war verdammt lang, wenn man die ganze Zeit den Rüssel in diesen Kackstuhl hängen musste.

Lautes Klopfen erschütterte die Klotür.

»Alles in Ordnung da drin?« Es war Ding.

Jack spie und wischte einen langen Spuckefaden weg. »Einfach fantastisch.«

»Hört sich so an, als ob du dir die Seele aus dem Leib kotzt.«

Jack rappelte sich wackelig auf. »Komme gleich raus.«

Er spritzte sich kaltes Wasser ins verschwitzte Gesicht, spülte den Mund aus und trocknete sich ab. Als er die Tür aufriss, wartete Ding im engen Gang.

»Du siehst aus wie der Tod.«

»Ich habe gerade einen Teller gedünsteten Lachs ausgekotzt«, erwiderte Jack. »Aber danke.« Von dem stampfenden Deck unter seinen Füßen und der stickig-warmen Luft wurde ihm wieder schwindlig.

»Gehen wir nach oben an die frische Luft.«

»Einverstanden.«

An Deck schaukelte das Boot heftiger als unten, doch die kühle, frische Morgenluft und die kalte Gischt, die Jack ins Gesicht spritzte, erfüllten ihren Zweck und linderten seine Übelkeit. Er hielt sich an der Reling fest und blickte zum fernen Horizont, der wegen der Wolkendecke und der Polarnacht in diesen Breiten beinahe so dunkel war wie am Abend. Ding hatte sich hinter ihn gestellt, um nicht nass gespritzt zu werden – er war gegen Reisekrankheiten aller Art immun.

Jack ließ noch einmal Schritt für Schritt die Ereignisse des Abends Revue passieren. Er wusste durchaus einzuschätzen, wo seine Leistung gestimmt und wo er mehr Glück als Verstand gehabt hatte. Die geretteten Geiseln waren dankbar und bester Laune und sollten bald von den Ärzten auf dem Marinestützpunkt Haakonsvern untersucht werden. Allerdings war Adara eine hervorragende Sanitäterin und hatte die kleinere Fleischwunde, die eine Geisel erlitten hatte, bereits behandelt.

Clark hatte angerufen und sie beglückwünscht. Der CEO der Explorationsfirma war ebenso begeistert wie die Angehörigen der Überlebenden. Das Team hatte unter extremen Bedingungen alle Gefahren gemeistert und auf der ganzen Linie gesiegt.

Also warum fühlte sich Jack immer noch so beschissen?

»Geht es dir wieder besser?«, fragte Ding. Er musste schreien, um das Dröhnen der beiden V8-Dieselmotoren zu übertönen, die den KaMeWa-Wasserstrahlantrieb mit Energie versorgten.

»Du hast ja keine Ahnung.«

»Und warum siehst du dann so aus, als hättest du einen Aschenbecher verschluckt?«

»Ich habe Mist gebaut, Ding. Und das weißt du.«

»Warum? Weil du gezögert hast?«

»Dom hat einen Schuss abgekriegt. Du hättest erschossen werden können. Und ich habe mir ein Kampfmesser in den Bauch rammen lassen.«

»Niemand ist verletzt worden.«

»Aber nicht weil ich dabei war, sondern obwohl ich dabei war.«

»Wenigstens gibst du es zu. Darauf kommt es an.«

»Wenn ich nicht gezögert hätte, wenn ich schneller reagiert hätte, hätte ich vielleicht alles verhindern können.«

»Hat dich der Messerstich so gelähmt?«

»Nein. Glaube ich jedenfalls. Es war die Frau. Eigentlich beide. Ich habe ihre Overalls gesehen, die Ölflecken, und damit stand für mich fest, dass sie Geiseln waren.« Er brauchte Ding nicht daran zu erinnern, dass sich die »Ölflecken« bei der Untersuchung der beiden Frauenleichen als Blutflecken entpuppt hatten und dass das Blut von den Geiseln stammte, die mit demselben Messer abgeschlachtet worden waren, das gegen Jack zum Einsatz gekommen war.

»Nach dem, was du mir erzählt hast, haben sie ihre Rolle perfekt gespielt. Offensichtlich hatten sie dieses Täuschungsmanöver von Anfang an geplant für den Fall, dass sie in die Enge getrieben werden.«

»Und es hat verdammt gut funktioniert.«

»Welche Lehre ziehst du daraus?«

»Die Blondine immer erschießen, vermutlich!«

Ding lachte. »Lass das Adara nicht zu Ohren kommen. Sonst tritt sie dir in den Arsch.«

Jack nickte und grinste. Adara war ein Fitness-Ungeheuer. Sie war stärker als die meisten Männer und konnte gut mit ihren Fäusten umgehen.

»Jedenfalls möchte ich das Team nie wieder so hängenlassen.«

»Das wirst du auch nicht, wenn du weiter an dir arbeitest.«

»Das habe ich vor. Ich hoffe nur, das genügt.«

»Wir machen alle Fehler. Niemand ist perfekt, aber wir können immer noch besser werden.«

»Danke, Ding.«

»Der Tag, an dem ich nicht mehr versuche, besser zu werden, ist der Tag, an dem ich aufhöre. Dir würde ich dasselbe empfehlen.«

»Ich werde weiter an mir arbeiten, das weißt du.«

»Aber da wäre noch eine Sache, die du dir eintrichtern musst.« Ding stieß Jack mit dem Finger gegen die Brust.

»Vergiss nie, dass man bei Menschen nie sicher sein kann. *Niemals.* Kapiert?«

»Ja, kapiert.«

»Gut. Und jetzt lass uns in die Kombüse runtergehen und einen heißen Kaffee trinken. Ich friere mir hier oben noch was ab.«

»Lass dich nicht aufhalten. Ich bin hier gut aufgehoben.«

»Wie du willst. In einer Stunde müssten wir da sein.« Ding gab Jack einen Klaps auf den Rücken und verschwand unter Deck.

Jack drehte sich wieder zur Reling, verschränkte die Arme gegen die Kälte und blickte zum Horizont. Er versuchte, Dings Worte zu verinnerlichen, doch seine Gedanken kehrten zu den Ereignissen des Abends zurück. Er ging sie noch einmal Schritt für Schritt durch, vergegenwärtigte sich jeden einzelnen Fehler, und das Gefühl, dass er einiges hätte besser machen müssen, überrollte ihn wie eine Welle. Es tat weh, aber ihm war klar, dass es keine andere Möglichkeit gab, sich auf die nächste Mission vorzubereiten, worin auch immer sie bestehen mochte.

4

USS *Benfold* (DGD-65),
20 Meilen vor der Hafenstadt Sinpo,
Nordkorea

Commander Holly Symonds stand auf der Brücke und drückte ein Hochleistungsfernglas von Fujinon an die Augen. Ihr Erster Offizier hielt sich unter Deck in der Operationszentrale auf und verfolgte an einer ganzen Batterie von Radar- und Trackingmonitoren den Raketenabschuss am heutigen Morgen. Sie stand in Funkkontakt mit ihm und wurde umfassend informiert. Symonds zog die Morgensonne und die frische Brise, die über das schiefergraue Wasser blies, der dunklen, klimatisierten OpZ und dem Brummen der LED-Displays vor.

In einer realen Gefechtssituation hätte sie unten geweilt und taktische Operationen geleitet, aber dies war nur ein routinemäßiger Testflug der Nordkoreaner. Was nicht hieß, dass irgendetwas, was die Nordkoreaner taten, Routine gewesen wäre. So hatten sie sich diesmal besondere Mühe gegeben, den bevorstehenden Abschuss *nicht* zu verheimlichen, was so nicht zu erwarten gewesen war. Choi Ha-guks soziopathischer Vorgänger hatte in den letzten vier Jahren fünfundzwanzig Raketen getestet – mehr als das Einsiedlerreich in den achtzehn Jahren davor abgefeuert hatte. Die Navy-Führung und alle, die sich in Zieldistanz befanden, hielten diese Entwicklung für besorgniserregend. Der heutige Test trug nicht zur Linderung ihrer Sorgen bei.

Die USS *Benfold* gehörte zu den modernsten Kriegsschiffen der US Navy. Mithilfe des Aegis-Kampfsystems – mit integrierten AN/SPY-1-phasengesteuerten Radargeräten, Hochleistungscomputern An/UYK-1 und einer breiten Palette von Raketenstartplattformen – konnte der Zerstörer der Arleigh-Burke-Klasse gleichzeitig bis zu hundert Luft-, Oberflächen- und Unterwasserziele erfassen und vernichten.

Doch das Aegis-Kampfsystem war auch die modernste Raketenabwehr-Plattform der Welt. Südkorea blieb anfällig für Angriffe mit Langstreckenraketen aus der Demokratischen Volksrepublik Korea. Bis zur vollständigen Stationierung des Raketenabwehrsystems THAAD – Terminal High Altitude Area Defense – in Südkorea schützten die Vereinigten Staaten ihren Verbündeten im Bedarfsfall mit dem Aegis-System.

In Anbetracht des heutigen Tests der Nordkoreaner mit einer U-Boot-gestützten ballistischen Rakete (SLBM) stand der Einsatz der USS *Benfold* symbolisch für dieses anhaltende Engagement, auch wenn es unwahrscheinlich war, dass Choi Ha-guk heute einen Atomkrieg anfing. Gleichwohl waren die Südkoreaner nervös, und zu Recht, denn der Norden setzte den Ausbau seiner Atom- und Raketenprogramme ungebremst fort.

»Unterwasserluken geöffnet, Commander«, meldete der Erste Offizier in ihrem Kopfhörer. »Abschuss wird vorbereitet.«

»Verstanden.« Symonds drehte am Scharfstellungsring ihres Fernglases. Mit bloßem Auge würde man die Rakete aus dieser Entfernung erst sehen können, wenn sie etwa hundertfünfzig Meter über der Wasseroberfläche war, doch mit dem Hochleistungsfernglas etwas früher. Ein Abschuss in der Nacht wäre spektakulärer und mit den Augen leichter zu verfolgen gewesen. Aber egal. Die Auto-Tracking-Kameras der *Benfold* würden den Abschuss aufzeichnen und die Daten zur Analyse an die DIA schicken.

Der an diesem Morgen diensttuende Sonartechniker hatte Ohren wie eine Vampir-Fledermaus, und das war nicht der einzige taktische Vorteil, über den sich Commander Symonds heute freuen durfte. Die USS *Asheville,* ein atomgetriebenes Jagd-U-Boot der Los-Angeles-Klasse, hatte mit Erfolg eine autonome, torpedoförmige Unterwasserdrohne ausgesetzt, die mit Sensoren gespickt war, darunter auch Videokameras. Die Stealth-Drohne war der *Gorae* vom Kai in Sinpo bis zu ihrem jetzigen Standort gefolgt.

Die *Gorae* galt als erstes und einziges U-Boot der nordkoreanischen Flotte, das unter Wasser ballistische Raketen abschießen konnte. Unglaublich, dass die Drohne der *Asheville* einen Live-Video-Feed des dieselbetriebenen Bootes lieferte und die Bilder direkt in die OpZ der *Benfold* gingen. Für die Navy war es das erste Mal, dass die Nordkoreaner vor ihren Augen eine U-Boot-gestützte ballistische Rakete, eine Submarine-launched ballistic missile, abfeuerten. Der Nachrichtendienst der Marine würde noch Jahre von den anfallenden Daten zehren.

Über die im Inland gebaute *Gorae* war wenig bekannt, allerdings besaß sie auffallende Ähnlichkeit mit Booten ähnlicher Bauart und Größe aus der Sowjetzeit. Man vermutete, dass sie nur eine SLBM auf einmal abfeuern konnte – die KN-11, auch bekannt als Pukkuksong-1. Nur wenige Monate zuvor hatte sie erfolgreich eine abgeschossen, nachdem mehrere Versuche von seegestützten Plattformen aus fehlgeschlagen waren. Heute lag sie nur eine Meile vom Marinestützpunkt Sinpo entfernt vor der Küste in gerade mal fünfzehn Meter Wassertiefe und bot den Kameras der Drohne daher ein leichtes Ziel.

Die Pukkuksong-1 hatte eine geschätzte Reichweite von knapp über 500 Kilometern und stellte somit für die Vereinigten Staaten keine Bedrohung dar. Zum Vergleich: Die Reichweite der amerikanischen SLBM Trident II betrug über 7400 Kilometer. Nordkoreas landgestützte Systeme waren potenter. Die Taepodong-3 hatte eine geschätzte Reichweite von 13 000 Kilometern.

Der heutige Abschuss sollte zweifellos die Leistungsfähigkeit der *Gorae* unter Beweis stellen, aber, und das war ebenso wichtig, gleichzeitig auch den Vereinigten Staaten und ihren Verbündeten in der Region signalisieren, dass die Demokratische Volksrepublik Korea nun zum SLBM-Klub gehörte. Zwar würde es noch mehrere Jahre dauern, bis die Nordkoreaner so viele SLBM gebaut hatten, dass sich die regionalen Kräfteverhältnisse verschoben. Doch wenn sie einen atomaren Sprengkopf auf die Pukkuksong-1 montierten, würde das die strategische Lage in Asien für immer verändern. Nach jüngsten Schätzungen von DIA und ONI war das noch einige Jahre hin.

»Sie ist gestartet!«, schrie der Erste Offizier in Symonds' Kopfhörer.

Die Kommandantin wusste, dass die erste Flugphase der Rakete aus dem Abschussrohr ins Wasser in einem Kaltstart bestand. Statt ihr Triebwerk zu zünden – und damit eine katastrophale Explosion zu riskieren, die das U-Boot zerstören konnte –, wurde die Rakete mithilfe komprimierter, nicht brennbarer Gase aus dem Rohr gepustet wie ein Papierkügelchen durch einen Strohhalm. Sekunden nachdem die Rakete die Wasseroberfläche durchstoßen hatte, würde die erste Stufe zünden.

»Ich habe sie.« Symonds beobachtete, wie die länger werdende Rauchfahne der Rakete in den stumpfgrauen Himmel kletterte. Mehrere Sekunden verstrichen. Sie reichte das Fernglas einem Matrosen in ihrer Nähe. Die Rakete flog so schnell, dass sie sich mit dem Glas nicht verfolgen ließ. Es war leichter, die Rauchspur mit bloßem Auge zu beobachten.

»Mach eins erreicht«, meldete der Erste Offizier. »Höhe und Flugbahn des Flugkörpers wie erwartet.«

Symonds legte den Kopf in den Nacken, als die Rakete immer höher stieg.

»Commander«, sagte der Erste, »irgendwas stimmt hier nicht.«

»Was?«

»Die Flugbahn … sie ist nicht in Ordnung.«

»Bin schon unterwegs.«

Symonds eilte in die Operationszentrale.

Was zum Teufel ging hier vor?

Kosmodrom Xichang, Raketenfrühwarneinrichtung der Raketenstreitkräfte der Volksbefreiungsarmee (PLARF), Provinz Sichuan, Volksrepublik China

Der Major der Raketenstreitkräfte der Volksbefreiungsarmee (VBARF) starrte mit stählernem Blick auf den Bildschirm zur Satellitenverfolgung, der einen bernsteinfarbenen Lichtschein auf sein Gesicht warf. »Erste Stufentrennung abgeschlossen. 264 Kilometer und weiter steigend.«

Ein an der Konsole daneben sitzender VBARF-Hauptmann bestätigte, indem er hinzufügte: »Endgeschwindigkeit erreicht, 4400 m/s und gleichbleibend.«

Ein hinter ihm stehender Oberst strahlte. »Ausgezeichnet!«

»Brenndauer der zweiten Stufe sechzig Sekunden und mehr«, sagte der Major.

Die kleine Gruppe von VBARF-Offizieren war in einem gesicherten Bereich der zivilen Einrichtung versammelt. Nur mit Mühe konnten sie ihre Begeisterung zügeln. In knapp einer Minute würden die Amerikaner eine große Überraschung erleben.

Die nordkoreanische Rakete, von den Amerikanern

fälschlicherweise als Pukkuksong-1 bezeichnet, tat ganz genau, was sie sollte. Sie mussten es wissen.

Sie hatten sie konstruiert.

In einem angrenzenden Raum verfolgte ein Zivilingenieur den Flug der Rakete, wobei er den wachsamen Blick seines Vorgesetzten, eines strammen Parteifunktionärs, mied. Der Ingenieur hob den Hörer seines gesicherten Festnetztelefons ab und wählte eine Nummer, bemüht, seine Angst zu verbergen. Der Anruf, den er tätigte, konnte zur Folge haben, dass er für die nächsten zwanzig Jahre in einem geheimen Arbeitslager der Volksbefreiungsarmee verschwand – oder schlimmeres. Er ließ es dreimal klingeln und legte wieder auf.

Er hoffte, die Botschaft war angekommen. Der Anruf könnte ihn das Leben gekostet haben.

Air-Force-Stützpunkt Buckley, Colorado,
460th Space Wing
2nd Space Warning Squadron (SWS)

Der Raketenfrühwarn-Satellit GEO-3 des weltraumgestützten Infrarotsystems SBIRS stand in einer geosynchronen Umlaufbahn hoch über dem asiatischen Kontinent und überwachte den Flug derselben nordkoreanischen Rakete.

Die Flugbahn und Flugdaten der SLBM wurden in Echtzeit auf dem breiten Wandmonitor in der SWS-Überwachungseinrichtung grafisch dargestellt, doch gemäß den üblichen Gepflogenheiten wurden die dazugehörigen Daten von einem in dieser Spezialeinheit eingesetzten Unteroffizier der Air Force laut vorgelesen.

»Brennschluss der ersten Stufe.«

»Höhe 400 Meilen.«

»Wir haben eine Sprengkopfabtrennung.«

Der neben der befehlshabenden Offizierin, einer Majorin, stehende Sergeant flüsterte laut: »Hoffen wir, dass es eine Attrappe ist.«

Die Majorin ignorierte die Bemerkung. Der Sergeant war eine echte Quasselstrippe, besonders wenn er nervös war. Natürlich handelte es sich bei dem Sprengkopf um eine Attrappe. Dies war ein Testabschuss, kein Erstschlag.

Sie studierte die sieben computergenerierten, wahrscheinlichen Flugbahnen, die in unterschiedlichen Farben dargestellt waren. Der am weitesten entfernte erreichbare Punkt lag 1200 Seemeilen von der Abschussstelle bei Sinpo entfernt, knapp 600 Seemeilen östlich der japanischen Nordküste.

Die Majorin stutzte. Sie kannte die Leistungsdaten der Pukkuksong-1. Diese äußere Flugbahn übertraf das, was sie von der kompakten SLBM heute erwartete, bei Weitem.

»Major?«, sagte der Sergeant mit besorgter Stimme. Aber er brauchte nicht weiterzusprechen. Jeder im Raum starrte gebannt auf den Wandmonitor, auch sie.

»Der Raketensprengkopf scheint auseinanderzubrechen.«

Die Majorin trat näher an den Monitor und schüttelte den Kopf. »Heilige Scheiße.«

»Madam?«

Die Majorin war zu beschäftigt, um zu antworten. Die sieben farblich gekennzeichneten Flugbahnen teilten sich plötzlich in einundzwanzig. Sie wusste, dass amerikanische Luft- und Bodenstationen in aller Welt den Flug beobachteten, aber die Vorschriften verlangten von ihr, dass sie jetzt zum Telefon griff und den Geschwaderchef anrief.

Der Sprengkopf brach nicht auseinander.

5

MMA-Dojo »Audacity«,
Springfield, Virginia

Das Dojo für Mixed Martial Arts befand sich in einem Einkaufszentrum unweit des Community College und keine zwei Meilen vom Safehouse des Campus entfernt. Draußen ging ein kühler Nieselregen nieder, doch nach der letzten Übung in der Nordsee kam sich Jack vor wie auf den Bahamas.

Die Trainingshalle gehörte Hector »Bruiser« Martinez, einem ehemaligen Unteroffizier der Navy Seals und jetzigem Träger des schwarzen Gürtels im Jiu-Jitsu, der ein Team hochkarätiger MMA-Kämpfer trainierte, die in der Profiszene eine dominierende Rolle spielten.

Martinez engagierte oft andere Lehrer, um seinen Schülern zusätzliche Sparrings-Möglichkeiten in den Kampfsportarten zu bieten. So lud er manchmal seinen Freund Dom Caruso ein, damit er sein Team in Krav Maga unterrichtete. Dom hatte Krav Maga ursprünglich im indischen Paravur von seinem Mentor und Freund Arik Yacoby gelernt, einem ehemaligen Oberst der israelischen Kampfschwimmereinheit Schajetet 13, der zusammen mit seiner Familie durch eine Bombe ums Leben kam, die ein iranisch geführtes Killerkommando zündete.

Dom war kein zertifizierter Krav-Maga-Lehrer, aber seine Fähigkeiten auf der Matte und seine reale Kampferfahrung zählten mehr als ein Stück Papier. Dom hatte Spaß daran, junge Leute in der weltweit effektivsten und pragmatischsten Form der waffenlosen Selbstverteidigung zu unterrichten, die im langjährigen harten Straßenkampf von den Israelischen Verteidigungskräften entwickelt wurde. Krav Maga zu lehren war auch seine Art, den toten Freund zu ehren.

Wie alle anderen war Jack auf dem langen Heimflug von Norwegen nach Virginia in der firmeneigenen, luxuriösen Gulfstream G550 erschöpft gewesen. Trotzdem konnte er nicht schlafen. Er spielte ständig das »Szenario mit der Blonden«, wie er es mittlerweile nannte, durch. Ja, sie hatte ihn abgelenkt, aber er musste zugeben, dass es mit dem Messer zu tun hatte. Zwei Stunden vor der Landung auf dem Reagan International Airport packte er Dom am Revers und rüttelte ihn wach. »Du musst mir einen Gefallen tun.«

»Klar, Cousin. Was du willst.«

Jack hatte zwar eine Nahkampf-Ausbildung, doch er wollte besser gewappnet sein, wenn er das nächste Mal mit einem Messer konfrontiert wurde. Er bat Dom um Hilfe.

»Du meinst, du willst das gewisse Extra«, scherzte Dom, noch verschlafen.

Jack schüttelte den Kopf. »Du brauchst deswegen nicht deinen Job an den Nagel zu hängen.«

Noch bevor sie landeten, hatte Dom Martinez angerufen und um Rat gefragt, und innerhalb einer Woche war der heutige Privatunterricht vereinbart worden.

Dom und Jack knieten barfuß auf der dicken Dojo-Matte und warteten auf Martinez und den Speziallehrer. Sie schwiegen aus Respekt vor der Dojo-Tradition und weil sie die Gelegenheit für eine Übung in Achtsamkeitsmeditation nutzten, einer spirituellen Disziplin, die Adara unlängst im Campus eingeführt hatte. Achtsamkeitsmeditation förderte Konzentration, Kreativität und Bewusstheit und steigerte das Leistungsvermögen des Teams in jeder Hinsicht, auch im Kampf.

Jack und Dom trugen dicke Turnhosen und Shirts. Ihre Arme, Beine und Hände waren noch übersät mit blauen Flecken und Schürfwunden von der Befreiungsaktion. Jack hatte zudem ein blaues Auge davongetragen, als er mit dem Kopf gegen die Leiter geknallt war.

Obwohl hundemüde und leicht mitgenommen, wollte sich Jack die Gelegenheit nicht entgehen lassen, eine Schwachstelle in seinen Nahkampfkünsten zu beheben. Um den Hals trug er einen kleinen Silberanhänger, in den das japanische Schriftzeichen für *Kaizen* – kontinuierliche Verbesserung – eingraviert war. Er war mehr als nur ein symbolisches Schmuckstück. Es stand für sein persönliches Bemühen, in allem so gut wie nur irgend möglich zu sein, koste es, was es wolle.

Jack ließ seine Gedanken schweifen. Ihm war klar, dass sein Vater, Jack senior, mit ein Grund für sein permanentes Streben nach persönlichen Spitzenleistungen war. Nicht dass sein Vater ihn jemals zu etwas gezwungen oder übertrieben hohe Anforderungen an ihn gestellt hätte. Ganz im Gegenteil. Als Heranwachsender hatte er von ihm nur bedingungslose Liebe und Unterstützung erfahren.

Es gab das alte Sprichwort, wonach allzu viel Vertraulichkeit Verachtung erzeuge, doch in Jack juniors Fall war es genau umgekehrt. Er hatte in seinem Vater schon einen Helden gesehen, bevor er in all die geheime Arbeit eingeweiht wurde, die sein Vater geleistet hatte, als sein Junior noch ein Kind war. Daher konnte Jack eigentlich gar nicht anders, als dem Beispiel, das ihm sein Vater vorgelebt hatte, nachzueifern – nicht um sich seine Liebe und Achtung zu verdienen, sondern gerade aus Liebe zu und Achtung vor dem Mann, den er seinen Vater nennen durfte.

Seine Mutter hatte, als er noch jünger war, befürchtet, er könnte sich zu sehr mit seinem Vater vergleichen. »Mein Gott! Was erwartest du denn, wenn ihr mich Junior nennt?«, hatte er einmal scherzhaft zu ihr gesagt, und sie hatte ihm schulterzuckend recht gegeben. Als Leiterin der Abteilung für Ophthalmologie am Johns Hopkins Hospital war sie selbst auch nicht irgendwer. Seine Eltern zeigten den Wert eines disziplinierten Lebens auf, das dem Dienst an anderen gewidmet war. Ein besseres Erbe konnten Kinder von ihren Eltern nicht bekommen, und Jack und seine Geschwister hatten es an dem Tag angetreten, an dem sie in die Familie hineingeboren wurden.

Jack wurde aus seinen Erinnerungen gerissen, als Martinez das Dojo betrat, zusammen mit einem schlanken, kleinen Asiaten mit dunklem Teint. Er wirkte mindestens zwanzig Jahre älter als jeder andere im Raum und strahlte Lockerheit und Selbstsicherheit aus. In der Hand trug er einen kleinen Lederbeutel, der wie ein Handtuch zusammengerollt war. Jack vermutete in ihm den Speziallehrer, den Dom organisiert hatte. Er und Dom standen auf.

Die vier Männer verbeugten sich kurz zu dem gerahmten Foto an der Ostwand hin, das Martinez' brasilianischen Jiu-Jitsu-Lehrer zeigte, dann verbeugten sich Dom und Jack vor ihrem Lehrer, der die respektvolle Geste erwiderte. Dies entsprach den Benimmregeln in einem anständigen Dojo, in dem Disziplin herrschte. Jacks Vater hatte oft gesagt, dass sich viele Probleme in Amerika entschärfen, wenn nicht sogar lösen ließen, wenn man wieder zum Grundsatz des gegenseitigen Respekts zurückfände. Der Junior konnte ihm da nur beipflichten.

Martinez lächelte und streckte ihnen eine mit Brandnarben übersäte Hand entgegen, die teils runzlig, teils wie poliert aussah. Dom schlug ein. »Bruiser, das ist mein Freund Jack. Jack, das ist Sensei Martinez.« Jack machte unwillkürlich wieder eine leichte Verbeugung, doch Martinez ergriff seine Hand. »Jeder Freund von Dom ist auch mein Freund. Nenn mich Bruiser.«

Ein Händedruck folgte.

Dann deutete Martinez auf den Mann, den er mitgebracht

hatte. »Das ist Meister Amador Inosanto, Experte für Kali, Silat und andere Kampfkünste, besonders bekannt aber für seine Arbeit mit dem Messer. Er hat Militär- und Polizeieinheiten in der ganzen Welt geschult. Es ist mir eine Ehre, ihn heute Morgen wieder hier in meinem Dojo zu haben.«

Ein sanftes Lächeln legte sich auf Amadors bescheidenes Gesicht. »Genug der Förmlichkeiten. Bitte lassen Sie uns einfach nur Freunde sein.« Amador gab Jack und Dom die Hand und fügte hinzu: »Lassen Sie uns anfangen.« Mit einer Handbewegung forderte er Martinez und Dom auf, sich zu setzen, Jack aber, stehen zu bleiben.

Während Martinez und Dom auf dem Boden Platz nahmen, entrollte Amador seine Ledertasche auf einem Plastikklappstuhl, der an der verspiegelten Wand stand. Er entnahm ihr drei Messer, trug sie vorsichtig zu den Männern und gab jedem eines.

»Diese Messer haben viele Namen, aber der gebräuchlichste ist Karambit«, erklärte er. »Diese speziellen Exemplare habe ich selbst geschmiedet.«

Jack betrachtete das Karambit in seiner Hand. Das kleine Messer hatte eine rasiermesserscharfe, zweischneidige Klinge, die sich beinahe halbkreisartig nach innen bog und in einer tückisch aussehenden Spitze endete. Das Messer lag perfekt in der Hand, war gut ausbalanciert und angenehm zu greifen. Form und Funktion erinnerten Jack an eine Tigerkralle.

Zudem besaß das Karambit am Griffende ein großes, rundes Fingerloch, und dieses Ringloch selbst war hinten mit einer scharfen Spitze versehen. Jack folgte Martinez' Beispiel, steckte den Zeigefinger durch das Loch und umschloss den geschwungenen Griff mit der Handinnenfläche.

»Das Messer bettelt geradezu darum, dass ich es benutze«, sagte Jack und drehte das Handgelenk in einer Kreisbewegung.

Dom nickte. »Ein fieses Teil.«

»Schon mal damit zu tun gehabt?«, fragte Martinez.

Dom und Jack schüttelten die Köpfe.

»Ich habe im Messerladen welche gesehen«, antwortete Dom, »aber die waren so ungewöhnlich, dass ich sie für Gangstermesser gehalten habe oder für ein Utensil aus irgendeinem Comic.«

Martinez verdrehte die Augen. »Immer mehr Gesetzeshüter und Soldaten legen sich welche zu. Sie werden in Scheiden geliefert, mit besonders griffigen Kompositgriffen und Taschenklemmen zum verdeckten Tragen.« Martinez hielt das Messer hoch, das ihm Amador gegeben hatte, und betrachtete es voller Bewunderung. »Ich persönlich mag die traditionellen.«

»Vielleicht«, begann Amador, »hören Sie an meinem Akzent, dass ich von den Philippinen komme. Meine Kultur ist eine traditionelle Messerkultur, und in meinem Land trägt praktisch jeder Mann auf der Straße ein Messer bei sich. Manchmal auch solche, wie Sie jetzt in der Hand halten.«

Amador hielt kurz inne, während die anderen wieder ihre Messer betrachteten.

»Bei vielen unserer Kampfkünste, wie etwa beim Kali, stehen Klingenwaffen im Mittelpunkt, besonders das Messer.« Er wandte sich an Jack. »Meine persönliche Lieblingswaffe im Nahkampf ist eine Schrotflinte Kaliber 12, wenn ich eine in die Finger kriegen kann.« Er schmunzelte.

»Amen, Bruder«, sagte Martinez.

Amador streckte die Hand aus, und Jack reichte ihm vorsichtig das Karambit. Amador hielt es in die Höhe. »Aber wenn man keine Schrotflinte hat, auch keine Pistole und nicht einmal ein Messer, wie kämpft man dann mit einem Mann, der mit so einem Ding umzugehen versteht?«

Genau das wollte Jack wissen. Die Erstarrung, in die er auf der Ölplattform vorübergehend gefallen war, nachdem ihm die Blonde den Messerstich versetzt hatte, hätte ihn und seine Kameraden beinahe das Leben gekostet. Er hatte zwar immer noch daran zu knabbern, dass sie ihn hereingelegt hatte, aber er musste auch dafür sorgen, dass er künftig besser gegen Messerangriffe gewappnet war.

»Es gibt viele Kampftechniken mit dem Messer und viele Abwehrtechniken.« Amador tippte sich an die Schläfe. »Aber es gibt ein Grundprinzip, das man beherrschen muss, bevor man sich mit einer dieser Techniken beschäftigen kann. Und deswegen bin ich heute hier.«

Jack tauschte einen Blick mit Dom. *Das wird ein interessanter Tag.*

»Beginnen wir also mit den Grundlagen, okay?«, fuhr Amador fort. »Denn wenn Sie mit dem Messer kämpfen oder sich dagegen verteidigen wollen, müssen Sie es erst einmal verstehen.«

»Ist das das Grundprinzip, das wir beherrschen müssen?«, fragte Jack.

Amador schüttelte den Kopf. »Nein.« Er hob das Messer so hoch, dass jeder es sehen konnte. Beim Sprechen berührte er die verschiedenen Teile des Karambits.

»Welchen Vorteil verschafft ein Messer im Kampf? Da ist zunächst einmal die Klinge selbst. Scharfer Stahl.« Er zog die Klinge in der Luft langsam über sein Fleisch, wobei er präzise Bewegungen quer über seine freie Hand und um seinen freien Arm herum ausführte. »Er durchschneidet Haut, Muskeln, Sehnen, Knorpel und sogar Knochen. Ihre Faust kann das nicht. Ihr Fuß auch nicht. Und was hinzukommt: Der Stahl empfindet keinen Schmerz.« Wieder grinste er. »Er fügt nur welchen zu.«

»Zum Zweiten verlängert das Messer Ihre Reichweite.« Er stieß die Klinge so schnell nach vorn, wie man eine Peitsche knallen ließ. »Auch dieses? Zwar nicht so sehr wie beispielsweise ein KA-BAR oder ein Bowiemesser, aber auch bescheidene zehn Zentimeter sind eine Verlängerung, nicht wahr? Und in der Hand eines geübten Gegners? Ein Vorteil, der ausreicht, um Sie zu töten.«

6

Amador wies auf die anderen Besonderheiten des handgeschmiedeten Karambits hin, dann legte er es vorsichtig in den Lederbeutel zurück und zog zwei stumpf gemachte Exemplare hervor – Trainingsmesser. Er kehrte zu Jack zurück und steckte im Gehen eines in die Tasche.

»Sie haben Kampfkünste trainiert?«, fragte Amador.

Jack nickte. »Jiu-Jitsu, Karate, Judo. Und dank Dom sogar ein bisschen Krav Maga.«

»Gut. Dann kennen Sie die grundlegenden Block- und Schlagtechniken mit den Händen und Unterarmen.«

»Natürlich.«

»Und die fortgeschritteneren Techniken, bei denen man das Handgelenk verdreht, Druck auf Nervenpunkte ausübt und so weiter? Wie im Aikido?«

»Auch, aber da habe ich noch viel Luft nach oben. Deswegen bin ich hier.«

»Gut! Ich auch. Vielleicht können Sie mir das eine oder andere beibringen.« Amador lachte. Und ebenso plötzlich erstarb sein Lächeln wieder, und seine Augen verengten sich.

Jack verstand den Hinweis. Er straffte sich und bedachte den Lehrer mit einer Verbeugung, die Amador mit einer leichteren Verbeugung vor dem Schüler erwiderte.

»Lassen Sie uns mit einem ganz einfachen Stoß beginnen.« Amador hob das Karambit mit der Rechten hoch über den Kopf. »Einem Stoß, der bei Straßenschlägern oder Kriminellen gebräuchlich ist.« Er trat langsam auf Jack zu und führte die Klinge im Zeitlupentempo nach unten. Jack hob seinen viel kräftigeren linken Unterarm rechtwinklig zur Stoßrichtung. Amadors Arm berührte den Jacks, und beide Arme verharrten reglos in dieser Position.

Amador blickte zu Martinez und Dom. »Seht ihr? Jack ist gut ausgebildet. Er hat gewusst, wie man diesen einfachen Stoß abwehrt.« Er drehte sich wieder zu Jack hin, der viel größer war als er. »Was tun Sie als Nächstes? Was haben Sie im Training gelernt?«

Den rechten Arm des anderen weiter mit seinem linken blockierend, schlug Jack eine Zeitlupenrechte auf Amadors Bauch, bis der Kontakt da war.

»Gut! Wie aus dem Lehrbuch.« Amador löste sich und trat einen Schritt zurück. »Jetzt wollen wir uns ansehen, was ein Gegner mit etwas mehr Geschick tun könnte.«

Amador trat erneut vor, hob wieder den rechten Arm in die Höhe und stieß langsam zu. Jack wiederholte den Block. Doch als sich ihre Arme berührten, drehte Amador das Handgelenk und winkelte den Ellbogen an. Die stumpfe Klinge des Übungsmessers drückte sich in Jacks Arm. Schneller als ein Wimpernschlag biss die Klinge tiefer, als Amador den Arm weiter drehte und nach unten zog. Der Druck war immens, und die Hebelwirkung auf Jacks Arm warf ihn beinahe zu Boden. Amador löste sich von ihm, bevor Jack das Gleichgewicht verlor.

»Wäre das Messer scharf, wäre Ihr Arm jetzt natürlich bis auf den Knochen aufgeschlitzt. An einen Gegenschlag würden Sie gar nicht erst denken. In Ihrem Kopf würde es schreien – ›der Arm wird mir abgeschnitten‹.« Wieder lachte Amador.

Jack war beeindruckt. Dort, wo die Klinge ihn berührt

hatte, rieb er sich den Unterarm. Dom und Martinez nickten anerkennend.

»Sie sind doch nicht verletzt, oder?«, fragte Amador aufrichtig besorgt.

»Nein, überhaupt nicht. Nur ... überrascht.«

Amador grinste. »Gut. Machen wir noch einen Versuch. Mit demselben Stoß von mir. Aber vorher eine Frage. Was wird einem gewöhnlich beigebracht: Was soll man als Erstes tun, wenn man selbst unbewaffnet ist und von einem Mann mit einem Messer angegriffen wird?«

»Das Messer angreifen«, antwortete Jack. »Den Mann entwaffnen.«

»Richtig. Wenn ich also diesmal meinen plumpen Angriff ausführe, möchte ich, dass Sie mich mit einer Hand am Handgelenk packen und mir mit der anderen das Messer entreißen, so wie Sie es gelernt haben.«

Amador stach wieder im Zeitlupentempo von oben nach Jacks Kopf. Jack konterte, indem er Amadors schmales Handgelenk mit der Linken packte, dann mit der Rechten nach Amadors Hand griff und versuchte, sich des Messers zu bemächtigen.

»Stopp«, sagte Amador.

Jack erstarrte. Amador drehte den Kopf zu den anderen, dic auf dcr Mattc saßcn.

»Seht ihr, wie mich Jack am Handgelenk gepackt hat? Ein sehr fester Griff! Eine gute Aktion, nicht wahr? Doch aufgepasst.« Amador drehte einfach nur das umschlossene Handgelenk, und die Hand und die gebogene Klinge kamen in Kontakt mit Jacks Handgelenk. »Eine echte Klinge durchtrennt sofort Muskeln und Sehnen seiner Linken, bevor seine Rechte das Messer ergreifen kann. Außerdem wird ihn der Schmerz veranlassen, die linke Hand wegzuziehen, wenn er kann, und seine rechte Hand wird unwillkürlich nach der verletzten fassen. Das erlaubt mir, den Angriff fortzusetzen.«

»Autsch«, sagte Jack. Er konnte sich lebhaft vorstellen, wie das Blut aus der Wunde spritzte, die seine Hand bewegungsunfähig gemacht und vielleicht sogar vom Handgelenk abgetrennt hätte.

»Machen wir weiter«, sagte Amador. Der Kali-Meister sammelte sich, dann schnellte er wie ein Skater auf den größeren Gegner zu, wobei seine nackten, braunen Füße kaum die Matte berührten und seine Schwielen darüber hinwegkratzten wie eine Feile über Schmirgelpapier. Dann begann wieder der Todestanz in Zeitlupe.

In den folgenden zwanzig Minuten demonstrierte Amador die Stärken von Kali-Messerkampftechniken und die tückische Effizienz eines Karambits gegen einen trainierten Kämpfer wie Jack. Sämtliche Abwehrmaßnahmen Jacks wurden mühelos mit einer leichten Drehung der Klinge gekontert. Auch Tritte wurden abgewehrt und mit Schnitten über Füße, Knöchel und Schenkel gekontert. Zudem teilte Amador mit der freien Hand und den Füßen Schläge und Tritte aus. Bei jeder Abfolge von Schlag und Gegenschlag hielten er und Jack mittendrin inne und stellten die unauffälligen, aber wirkungsvollen Techniken heraus, die Amador anwendete.

»Jetzt lassen Sie uns die Rollen tauschen, Jack«, sagte Amador. »Sie greifen mich an, und ich verteidige mich.«

»Bekomme ich das Messer?«, fragte Jack hoffnungsvoll.

»Sie brauchen kein Messer. Sie sind viel größer und stärker als ich. Ich bin nur ein alter Mann.« Amador lachte. »Fangen Sie an!«

Jack rückte vor, schlug im Zeitlupentempo linke und rechte Geraden auf den fast einen Kopf kleineren Amador. Wie bei anderen Kampfkunstdemonstrationen, denen Jack beigewohnt hatte, benutzte Amador eine Vielfalt von Techniken, um den schweren Schlägen auszuweichen oder sie mit der freien Hand abzulenken. Nur ging er augenblicklich zum Gegenangriff über und brachte Jack mit der klauenförmigen Klinge Schnittwunden an den Handrücken, Handgelenken, Unterarmen und Bizepsen bei. Sie pausierten nun nicht mehr jedes Mal, um auf den Kontaktpunkt hinzuweisen, sondern hielten die fließende Bewegung ihrer Angriffe und Gegenangriffe aufrecht.

Jack erhöhte das Tempo seiner Attacken und erweiterte sie um gerade und kreisförmig ausgeführte Fußstöße. Amador hielt dagegen, Schlag um Schlag, Tritt um Tritt, tänzelte um den größeren Gegner herum und versetzte ihm schwere Messerstöße in den Unterleib und die Oberschenkelinnenseiten, in Bauch und Gesicht. Hinzu kamen schmerzhafte Hiebe mit dem Griffende des Messers, bei denen der Stahlring wie ein Schlagring eingesetzt wurde: gegen Weichteile, Knorpelgewebe und Nasenbein, Kehlkopf und Augen.

»Man hat das Gefühl, gegen einen Velociraptor zu boxen«, sagte Jack voller Bewunderung für Amadors flüssige Bewegungen und sein Geschick im Umgang mit der gefährlichen Kralle in seiner Hand.

Als der letzte tödliche Hieb erfolgt war – die innere Schneide der sichelförmigen Klinge erwischte Jack unter dem linken Ohr und zerfetzte mit der Spitze seine Halsschlagader –, endete der Schattenkampf. Mit einem freundlichen Lächeln und einer Verbeugung gestand Jack seine Niederlage ein.

»Fragen?«, erkundigte sich Amador.

»Mir ist aufgefallen«, sagte Dom, »dass Ihre Messertechniken oft auf Ihre Kampftechnik mit der offenen Hand abgestimmt waren. Es war schwer, die beiden voneinander zu unterscheiden.«

»Gut beobachtet. Das kommt daher, dass alle Kampftechniken mit der offenen Hand aus dem Kampf mit Klingenwaffen abgeleitet sind. Schwerter und Messer wurden im Gefecht immer vorgezogen. Was aber, wenn ein Mann sein Schwert oder seine Lanze im Kampf verliert?« Amador hielt eine Hand hoch. »Er lernt, damit zu kämpfen. Aber damit kein Irrtum aufkommt: Der Kampf mit der bloßen Hand unterscheidet sich vom Messerkampf. Sie hängen miteinander zusammen, aber sie unterscheiden sich.«

»Weitere Fragen?«, sagte Martinez.

Jack dachte an die Messerattacke auf der Ölplattform, die ihn fast das Leben gekostet hätte. Er räusperte sich und wählte sorgfältig seine Worte. »Meister, mir scheint, dass wir jahrelang üben müssten, um diese Kampftechnik zu beherrschen. Ich nehme an, dass Kali wie alle Kampfkünste viele rituelle Formen und festgelegte Bewegungen hat. Wie setzt man die in einem realen Messerkampf um? Die meisten Messerangriffe sind kurz und explosiv und nicht wie das, was wir eben getan haben.«

»Eine ausgezeichnete Frage. Zunächst einmal würde ich sagen, dass das Erlernen der Kampfkunst Kali zahlreiche Vorteile bietet, die über das Kämpfen hinausgehen. Aber ich bin mir sicher, dass Sie das bereits wissen. Um Ihre Frage also direkt zu beantworten: Das Erlernen der, wie Sie es nennen, ›rituellen Formen und festgelegten Bewegungen‹ trainiert Ihren Geist und Körper darauf, mit dem Messer und dem Rhythmus eines, wie Sie sagen, ›realen‹ Messerkampfs klarzukommen.«

»Wie das?«, fragte Dom.

»Es gibt drei Grundbewegungen bei einem Messerangriff«, antwortete Amador, hielt das Messer hoch und demonstrierte jede Bewegung, während er weitersprach.

»Den Stoß von oben, den geraden Stich und den diagonalen Schnitt. Fertig! Ein ungeübter Kämpfer wird in aller Regel auf eine dieser Angriffsformen setzen. Die fortgeschrittensten Kämpfer benutzen eine Kombination von allen dreien. Beim Kali lernt man alle drei und wie man sie zu einer vernichtenden Kombination vereint.«

Amador trat einen Schritt näher an Jack heran. »Aber ich bin nicht hier, um Ihnen Kali beizubringen oder seine

Vorteile anzupreisen. Bruiser hat mich gebeten, Ihnen im Messerkampf zu helfen. Was ich Ihnen heute zu zeigen versucht habe, war nicht die Technik des Kämpfens, sondern das Wesen des Messerkampfes selbst.«

»Das Grundprinzip, das wir beherrschen müssen?«, fragte Jack.

»Ja.«

»Und das wäre?«

Amador hielt das Karambit hoch. »Hier finden wir es nicht.« Er tippte sich mit der stumpfen Übungsklinge an die Schläfe. »Der Verstand ist das Messer, mein Sohn. Die Klinge ist nur die Erweiterung Ihres Willens. Wenn ein Mann Sie mit einem Messer angreift, greift er Sie mit seinem Verstand an. Sie müssen zunächst einmal den Verstand des Messerkämpfers verstehen. Vergessen Sie das Messer. Das Messer ist nichts. Es ist der Kämpfer, der zählt. Sie besiegen den Kämpfer, nicht das Messer.«

Jack rieb sich das bärtige Gesicht und versuchte, Amadors Worte zu verarbeiten.

»Aber es gibt doch Messerkampftechniken«, sagte Dom. »Und bestimmte Techniken der Verteidigung.«

»Ja, durchaus. Aber vergessen Sie niemals, dass Sie sich gegen einen Messerangriff, wenn Sie keine andere Waffe haben, am besten damit verteidigen.« Amador hob einen seiner nackten braunen Füße hoch. »Beachten Sie meine ausgefeilte Technik.« Er setzte den Fuß wieder ab, fuhr herum und entfernte sich mehrere kurze Schritte. Lachend rief er über die Schulter: »Immer wegrennen, wenn Sie können!«

Die drei anderen stimmten in sein Lachen ein. Amador trat vor die beiden knienden Männer und blickte auf sie hinab. »Aber ganz im Ernst. Wenn Sie mit einem Messer angegriffen werden und selbst unbewaffnet sind, flüchten Sie, wenn irgend möglich. Ein Messer ist sehr gefährlich. Damit ist nicht zu spaßen. Verstanden?«

Die beiden nickten.

Amador streckte ihnen die Hände hin. Martinez und Dom hielten vorsichtig die rasierklingenscharfen Karambits hoch, und Amador nahm sie ihnen ab.

»Sie haben gesehen, wie wirkungsvoll eine einzelne Klinge beim Angriff und auch bei der Verteidigung ist«, sagte der zierliche philippinische Meister. »Können Sie sich vorstellen, was zwei Klingen in den Händen von jemand anrichten können, der damit umzugehen versteht?«

Jack rief sich die Katas in Erinnerung, die er in den letzten Jahren gesehen hatte. Vor seinem geistigen Auge teilte er Schläge und Tritte gegen den kleinen Filipino aus und sah dann, wie die beiden Karambit-Messer in den Händen des Meisters scherenartig seine Arme und Beine zerschnitten oder in sein ungeschütztes Fleisch fuhren, wenn er angriff. Jack spürte förmlich, wie ihm gleichzeitig die beiden Oberschenkel, dann die beiden Handgelenke aufgeschlitzt wurden und gleich darauf zwei spitze Klauen die Augen auskratzten. Er erschauderte.

»Spielt es denn eine Rolle, ob wir gegen einen Gegner kämpfen, der zwei Messer benutzt?«, fragte Jack. »Oder gehen wir genauso vor wie bei jemand, der nur eines hat?«

Amadors Lächeln verblasste. »Ich will Ihnen sagen, was mich mein Meister gelehrt hat, als ich anfing, den Messerkampf zu erlernen, und ihm genau dieselbe Frage stellte.«

Amador reichte Jack die beiden tödlichen Karambits und legte ihm eine starke Hand auf die breite Schulter. »›Wann immer du einem wahren Meister der zwei Klingen gegenüberstehst‹, sagte er zu mir, ›bete zu Gott, dass er bereit ist, dich im Himmel aufzunehmen, denn in diesem Augenblick wirst du mit Sicherheit sterben.‹« Amador beugte sich näher zu Jack vor. »Mit anderen Worten, mein Freund: Renn, was das Zeug hält!«

Martinez brüllte vor Lachen. Dom ebenfalls. Und als

schließlich auch Amador loswieherte, gestattete sich Jack ein Grinsen.

Martinez stand auf. »Gehen wir einen Happen frühstücken. Von der vielen Messerstecherei habe ich richtig Kohldampf gekriegt. Anschließend kommen wir wieder her, und Meister Inosanto zeigt uns noch ein paar Übungen.«

»Einverstanden«, sagte Amador. »Ich habe richtigen Heißhunger auf Pancakes!«

Dom stand auf und ergriff seine Schuhe, doch Jack starrte nur auf die beiden Messer in seiner Hand, spürte ihr Gewicht und befürchtete das Schlimmste.

7

Weißes Haus, Situation Room,
Washington, D.C.

Er hatte irgendwo gelesen, dass das chinesische Schriftzeichen für das Wort *Krise* aus den beiden Wörtern für *Gelegenheit* und *Gefahr* zusammengesetzt sei. Selbst wenn das nicht stimmte, fand US-Präsident Ryan es für die heutige Sitzung relevant.

Der Präsident saß am hinteren Ende des langen Konferenztisches aus Mahagoni. Die hohen Lederstühle rund um den Tisch waren leer bis auf die vier neben ihm. Im Fall einer nationalen Krise wäre jeder Stuhl besetzt gewesen, und Assistenten hätten sich stehend oder sitzend im übrigen Raum gedrängt. Heute jedoch sah sich der Präsident nicht mit einer Krise konfrontiert – zumindest noch nicht. Er sah Chancen, spürte aber auch, dass dem Land große Gefahr drohte, wenn er in der kommenden halben Stunde die falsche Entscheidung traf.

Zur Linken des Präsidenten saßen Mary Pat Foley, die Direktorin der Nationalen Nachrichtendienste, und Verteidigungsminister Robert Burgess, zu seiner Rechten Außenminister Scott Adler und Stabschef Arnold Van Damm, die einzige politische Stimme, die er im Raum zuließ. Arnie hatte schon lange keine Haare mehr, und die Falten in seinem verhärmten Gesicht waren tiefer als bei seiner ersten Begegnung mit dem Präsidenten, doch die blassblauen Augen – und der Verstand dahinter – waren so scharf wie eh und je.

Das waren sie: die vier Berater, denen der Präsident am meisten vertraute. Er wollte nicht, dass eine Kakofonie politischer Meinungen und wissenschaftlicher Theorien den Raum vernebelte. Er brauchte nur die klare, nüchterne, praxisbezogene Analyse dieser vier, um zügig zu einer Entscheidung zu gelangen.

»Danke, dass Sie so kurzfristig kommen konnten – und über das Treffen Stillschweigen bewahrt haben. Ich möchte nicht, dass uns die öffentliche Meinung oder der Kongress in dieser Sache vorgreifen.«

Alle nickten. »Selbstverständlich, Mr. President«, sagte Mary Pat Foley. »Wir verstehen vollkommen und richten uns ganz nach Ihnen.«

Ryan goss sich aus der vor ihm stehenden Kanne eine Tasse Kaffee ein und forderte die anderen auf, sich zu bedienen. »Wir haben nicht viel Zeit, um diesen Anruf zu tätigen. Sie wissen, ich zähle darauf, dass Sie mir alle offen und ehrlich Ihre Meinung sagen. Ich weiß, dass Mary Pat Sie bereits ins Bild gesetzt hat, doch bevor wir fortfahren, soll sie uns auf den neuesten Stand bringen. Mary Pat.«

Die DNI ergriff eine Fernbedienung und richtete sie auf einen der großen Wandbildschirme. Während sie zu sprechen begann, erschienen auf dem Bildschirm Videobilder, die der Raketenfrühwarn-Satellit GEO-3 des weltraumgestützten Infrarotsystems SBIRS aufgenommen hatte.

»Wie Sie wissen, haben die Nordkoreaner gestern gegen 17 Uhr östlicher Standardzeit erfolgreich eine SLBM mit Mehrfachsprengkopf abgefeuert. Die Rakete trug drei Sprengkopfattrappen, die glücklicherweise alle im Nordpazifik niedergegangen sind, ohne dass Menschen oder Sachen zu Schaden gekommen wären. Gleichwohl ist das Ereignis aus mehreren Gründen bedeutsam.

Erstens: Wir hatten keine Ahnung, dass die fragliche Rakete – die Pukkuksong-1 – eine solche Reichweite besitzt.

Entweder ist die Rakete verbessert worden, oder unsere Geheimdienste haben mit ihren Schätzungen weit danebengelegen.«

»Oder es war gar keine KN-11«, wandte der Verteidigungsminister ein, der die amerikanische Bezeichnung für die Rakete vorzog. »Es könnte sich um eine ganz andere Waffe gehandelt haben. Sie bringt fast dieselbe Leistung wie unsere Polaris A-1, die wir 1962 in Dienst gestellt haben.«

Jack Ryan lächelte in sich hinein. Es erstaunte ihn immer wieder, wie technisch fortschrittlich die Vereinigten Staaten im Vergleich zum Rest der Welt waren. Ein Großteil des Planeten war noch immer nicht zu Leistungen imstande, die die Generation seiner Eltern vor fünfzig Jahren vollbracht hatte.

Mary Pat fuhr fort. »Was uns zweitens zu denken gibt: Wir hatten keine Ahnung, dass die Nordkoreaner über ein MIRV-System verfügen – ein weiteres Versagen der nachrichtendienstlichen Aufklärung.« Bei diesen Worten runzelte sie die Stirn. Als nominelle Chefin der zivilen amerikanischen Nachrichtendienste fühlte sie sich persönlich für die aktuelle Krise verantwortlich.

»Drittens: Da sie über MIRV-Technologie verfügen, ist es nur eine Frage der Zeit, bis sie von drei Sprengköpfen auf sieben, zehn oder noch mehr auf diesem Trägersystem aufstocken. Mehrere Sprengköpfe, die unabhängig voneinander in verschiedene Ziele gelenkt werden können, das bedeutet: Jede Rakete hat mehr potenzielle Ziele und größere Möglichkeiten, jede Art von Raketenabwehr mit Täuschkörpern und Gegenmaßnahmen zu überwinden. Dies verändert das strategische Gleichgewicht in Asien dramatisch, insbesondere wenn die Nordkoreaner in der Lage sind, sie mit Atomsprengköpfen zu bestücken. Besonders besorgniserregend ist jedoch der Gedanke, dass die Nordkoreaner ihre landgestützten ICBM-Startrampen mit MIRV-Technologie ausrüsten könnten. Die Taepodong-3 hat eine Reichweite von annähernd 13 000 Kilometern. Das macht Nordkorea zur Großmacht, ob uns das gefällt oder nicht.«

»Und wir haben vor ein paar Jahren sämtliche Mehrfachsprengköpfe von unseren Interkontinentalraketen abmontiert«, sagte Ryan, der als gelernter Sicherheitsanalytiker nicht lange brauchte, um die sich daraus ergebenden Folgen zu erkennen. »Wenn wir die Nordkoreaner nicht an der Installation von Mehrfachsprengköpfen hindern, werden wir selbst wieder auf sie zurückgreifen müssen, und das wird ein neues atomares Wettrüsten zwischen uns, den Russen und den Chinesen in Gang setzen.«

»Genau das ist unsere Befürchtung, Mr. President«, sagte Mary Pat, und der Verteidigungsminister nickte zustimmend.

Ryan seufzte frustriert. Wie jeder andere damals Beteiligte hatte er angenommen, dass mit dem Staatsstreich gegen Choi Ji-hoon vor zwei Jahren das Problem Nordkorea gelöst sei. Offensichtlich war es das nicht.

Ryan rieb sich nachdenklich das Kinn. »Könnte mir bitte jemand erklären, warum die Nordkoreaner immer noch so wild auf ihr strategisches Atomprogramm sind? Sie können noch immer nicht genug Lebensmittel produzieren, um das eigene Volk zu ernähren.«

»Seit ihrem ersten Nukleartest 2006 stellen wir uns dieselbe Frage«, antwortete der Außenminister. »Macht, Prestige, Einfluss, Erpressung. Suchen Sie sich was aus. Oder nehmen Sie alle.«

»Sie sehen darin auch ein Abschreckungsmittel«, sagte Mary Pat.

Der Präsident runzelte die Stirn. »Ein Abschreckungsmittel? Gegenüber wem denn?«

»Gegenüber uns, den Südkoreanern und dem Westen im Allgemeinen. Und sogar gegenüber China, um es deutlich zu sagen, besonders nach der Rolle, die das Land bei Ji-hoons Sturz gespielt hat.«

»Niemand plant eine Invasion in Nordkorea«, sagte der Verteidigungsminister. »Diese Vorstellung von einem Überfall des Westens ist reine Erfindung und nur dazu bestimmt, die Bevölkerung unter Kontrolle zu halten.«

»Stimmt«, pflichtete ihm Mary Pat bei. »Aber gerade deswegen ist ihr Raketen- und Atomprogramm so wichtig. Die meisten Nordkoreaner haben keinen Zugang zu externen Nachrichtenquellen, und über Jahrzehnte ist ihnen eingetrichtert worden, dass die Vereinigten Staaten und ihre Verbündeten nur auf eine Gelegenheit warten, bei ihnen einzumarschieren. Aber die Nordkoreaner sind nicht dumm. Sie wissen um die Ressourcenknappheit, und sie sind es, die am meisten unter dem Regime gelitten haben. Wenn sie also sehen, dass der Vorsitzende Choi Milliarden für Atombomben und Langstreckenraketen ausgibt statt für Lebensmittel und Wohnungen, dann verstärkt das nur die Botschaft der Regierung, dass der Westen ihnen feindlich gesinnt sei – warum sonst würde die ›wohlwollende‹ Regierung das ganze Geld dafür ausgeben? Es ist eine teuflische Logik, aber sie funktioniert.«

»Bei den Linientreuen«, schränkte der Außenminister ein. »Die Dissidenten wissen es besser.«

Mary Pat schüttelte den Kopf. »Aber die Dissidenten werden kurzerhand umgebracht oder verschwinden in Chois Gulag. Neben dem inneren Sicherheitsapparat Nordkoreas wirkt Stalins NKWD wie eine Agentur für Hochzeitsplanung.«

Ryan lehnte sich auf den Tisch und faltete die Hände. »Um unsere Diskussion auf den Punkt zu bringen: Beim nordkoreanischen Atom- und Raketenprogramm geht es um äußere und innere Sicherheit, und das bedeutet: Alles dreht sich darum, Choi Ha-guk an der Macht zu halten. Ist das richtig?«

Die anderen nickten, und Mary Pat ergänzte: »Solange ein Mitglied der Familie Choi an der Macht ist, werden die Nordkoreaner ihr Atom- und Raketenprogramm weiterführen.«

»Okay. Somit wäre die erste Frage: Was können die Vereinigten Staaten dagegen tun? Wie können wir einseitig einen Regimewechsel herbeiführen?«

»Ohne Mitwirkung der Chinesen geht gar nichts«, sagte Burgess, »und einen Konflikt mit denen wollen wir doch bestimmt nicht riskieren.«

Ryan wandte sich ihm zu: »Vergessen Sie China mal für einen Moment. Wäre es uns überhaupt möglich, mit einem offenen Militäreinsatz Chois Machtapparat zu stürzen?«

»Seit sechzig Jahren spielen wir entsprechende Kriegsszenarien durch – streng genommen befinden wir uns mit Nordkorea immer noch im Kriegszustand. Im günstigsten Fall wären in Südkorea zahlreiche Opfer unter der Zivilbevölkerung zu erwarten und im Norden noch viele Tausend mehr. Wenn es je ein typisches Beispiel für einen Pyrrhussieg gab, das wäre eines.«

Außenminister Adler fügte eilends hinzu: »Aus diesem Grund sind unsere südkoreanischen Verbündeten strikt gegen jede Form von offensivem, militärischen Vorgehen.«

»Was wäre mit einem totalen Wirtschaftsembargo?«, fragte Ryan.

»Ist durchaus eine Option«, antwortete Adler, »aber unmöglich, solange die Chinesen nicht voll mitziehen. Es würde allerdings nur die Zivilisten treffen. Die Führung würde nicht darunter leiden. Würden auch Nahrungsmittel unter das Embargo fallen, wäre eine weitere große Hungersnot die Folge.«

»Wenn ich Sie richtig verstehe«, sagte Ryan, »besteht für uns also keine Möglichkeit, im Alleingang das nordkoreanische Atom- und Raketenprogramm zu stoppen oder einen Regimewechsel herbeizuführen.«

Wieder nickten alle.

»In beiderlei Hinsicht sind die Chinesen unsere einzige Hoffnung«, sagte der Verteidigungsminister. »Sie halten alle Trümpfe in der Hand.«

»Und das ist der eigentliche Grund, warum wir hier sind«, sagte Ryan und wandte sich an Mary Pat. »Danke für die zusammenfassende Analyse.« Er goss sich noch eine Tasse Kaffee ein. »Nun zu der anstehenden Frage. Scott, berichten Sie uns, was die Chinesen vorgeschlagen haben.«

Der Außenminister straffte die Schultern. »Ich habe von meinem chinesischen Amtskollegen eine inoffizielle Anfrage erhalten, ob wir zu einem persönlichen Treffen der Staatschefs Chinas, Südkoreas, Japans, der Philippinen und, natürlich, der Vereinigten Staaten bereit wären. Es würde nächsten Monat in Peking stattfinden.«

»Zur Lage in Nordkorea?«, fragte Burgess.

Adler nickte. »Präsident Zhaos Regierung hat ihre Besorgnis über die jüngste Entwicklung zum Ausdruck gebracht.«

»Die bringen nach jedem Atom- und Raketentest ihre ›Besorgnis‹ zum Ausdruck«, sagte der Verteidigungsminister. »Das ist nur heiße Luft. Sie selbst sind es doch, die einen Großteil der Technologie liefern.«

»Zhaos Regierung?«, fragte Ryan.

Der Verteidigungsminister zuckte mit den Schultern. »Nicht offiziell. Aber Leute in Zhaos Regierung tun es. Ob mit oder ohne Zhaos Billigung bleibt die Frage.«

»Die Südkoreaner sind überzeugt«, ergänzte Mary Pat, »dass die Chinesen den Nordkoreanern das Kaltstartsystem geliefert haben. Sie haben nur Monate gebraucht, um es zu perfektionieren, was normalerweise Jahre erfordert hätte. Dasselbe gilt für die MIRV-Technologie, da sind wir uns sicher.«

»Dann haben die Chinesen die MIRV-Technologie geliefert und wollen jetzt einen Gipfel mit uns, weil sie ihnen

Sorgen bereitet?«, sagte der Stabschef. »Das ergibt doch keinen Sinn.«

Der Außenminister schüttelte den Kopf und lächelte. »Willkommen in der chinesischen Innenpolitik.«

»Wenn China alle Trümpfe in der Hand hält und wenn Zhao wirklich besorgt ist, warum behebt er das Problem dann nicht einfach?«, fragte Ryan.

Adler zuckte mit den Schultern. »Dieselbe Antwort, fürchte ich. Chinesische Innenpolitik. In Politbüro und Militär gibt es Kräfte, die mit Zhao in der Frage uneins sind. Abgesehen davon liegen uns keine Anhaltspunkte vor. Im Moment müssen wir uns fragen, was sie zu gewinnen und was wir zu verlieren haben, wenn wir Zhaos Vorschlag ablehnen.«

»Ich bin etwas verwirrt«, sagte Burgess. »Worin genau besteht denn der Vorschlag?«

»Dasselbe habe ich den Außenminister gefragt. Er ist bewusst vage geblieben, aber er hat behauptet, dass seine Regierung ebenso an einem Regimewechsel in Nordkorea interessiert sei wie wir. Darüber hinaus wollte er seine Karten erst aufdecken, wenn wir unsere Teilnahme an dem Sicherheitsgipfel zugesagt haben.«

Der Stabschef runzelte die Stirn. »Dann wissen wir also nicht, was sie konkret vorschlagen wollen, um die Nordkoreaner zu stoppen?«

»Nein. Aber er hat betont, dass es ihnen um eine dauerhafte Lösung gehe.«

»Um nichts Geringeres geht es auch mir«, sagte Ryan. »Wir müssen die Probleme mit Nordkorea ein für alle Mal lösen, bevor wir alle in einen Dritten Weltkrieg hineingezogen werden.«

Van Damm schüttelte den Kopf. »Dann soll der Präsident der Vereinigten Staaten um die halbe Welt fliegen, um herauszufinden, was Zhao vorhat? Das ist lächerlich. Warum kann er es uns nicht offen und ehrlich sagen?«

»Vielleicht hat er Angst, dass bei uns etwas durchsickern könnte«, sagte Adler, »was in Anbetracht der alten China-Kenner in der Bürokratie durchaus möglich wäre. Oder er befürchtet, wir könnten seinen Vorschlag ablehnen und anderen davon erzählen.«

»Es muss etwas Wichtiges sein«, sagte Ryan. »Was seine Position betrifft oder die Gruppen, die gegen ihn sind. Was wissen wir über das derzeitige politische Machtgefüge in China?«

»Offen gestanden, nicht genug«, räumte Mary Pat ein. »Die tektonischen Platten driften noch.«

Ryan wandte sich an Adler. »Können wir Zhao trauen?«

»Wir haben zum jetzigen Zeitpunkt keinen Grund, es nicht zu tun, aber ehrlich gesagt, wissen wir auch über ihn nicht genug.«

»Er will sich nicht in die Karten schauen lassen«, überlegte Ryan laut weiter. »Das sagt mir, dass er noch nicht fest im Sattel sitzt. Und dass er es für nötig hält, die Sache geheim zu halten und zügig über die Bühne zu bringen, lässt vermuten, dass es sich um eine einschneidende Maßnahme handelt. Keine taktische, sondern eine strategische.« Ryan blickte zum Verteidigungsminister. »Kommt das hin?«

»Ich denke, Sie sind auf der richtigen Spur, Sir.«

Van Damm lehnte sich vor. »Entschuldigung, aber wir sollten uns davor hüten, vorschnell zu urteilen. Wenn er uns im Vorfeld nichts sagen will, warum kommt er dann nicht her und erklärt uns, was los ist?«

Ryan grinste. »Vielleicht hat der neue chinesische Präsident Angst vor dem Fliegen.«

»Wahrscheinlich hat er eher Angst davor, sein Land zu verlassen«, sagte Mary Pat. »Auch das spricht dafür, dass er seine Position noch festigen muss.«

Adler fügte hinzu: »Und Zhao glaubt offensichtlich, dass er Sie an seiner Seite braucht, um sein Vorhaben auszuführen, ganz abgesehen davon, dass er die anderen Staatschefs zu dem Gipfel locken muss.«

»Oder Zhao will, dass der US-Präsident neben ihm steht und die Sache mit ausbadet, wenn der Gipfel in die Hose geht«, konterte Van Damm.

Ryan lehnte sich in seinem Stuhl zurück und legte nachdenklich die Fingerspitzen aneinander. »Scott, was passiert, wenn wir die Einladung zu dem Gipfel ausschlagen?«

»Wenn wir Zhao einen Korb geben und er tatsächlich einen Regimewechsel in Nordkorea anstrebt, wird er sich an die Russen wenden, denn im Alleingang kann er es offensichtlich nicht – warum sonst sollte er uns anrufen? In Anbetracht der aktuellen geopolitischen Lage in Europa und Asien wünschen wir keine neue Allianz zwischen China und Russland. Das würde Chinas Einfluss im Süd- und Ostchinesischen Meer stärken, und das bedeutet, dass wir noch mehr Luft- und Seestreitkräfte in die Region verlegen müssten, was unsere Möglichkeiten, auf neue russische Bedrohungen in Europa zu reagieren, einschränken könnte.«

»Eine Einschätzung, die ich teile«, erklärte der Verteidigungsminister.

»Ich auch«, sagte Ryan. »Das ist nicht gut. Jetzt verraten Sie mir, welche Nachteile es haben könnte, wenn wir bei der Geschichte mitmachen.«

»Der Gipfel könnte sich wieder als reine Zeitverschwendung erweisen«, antwortete Van Damm. »Alle ereifern sich furchtbar, und am Ende kommt nichts Greifbares dabei heraus.«

Verteidigungsminister Burgess ergänzte: »Vielleicht wollen die Chinesen ja, dass wir unsere Zeit verschwenden, und tun nur so, als wären sie besorgt, damit sie Nordkorea weiter aufrüsten können.« Er deutete auf den Bildschirm. »Sie wissen, dass wir wissen, was da drüben vorgeht, und sie wissen, dass wir beunruhigt sind. Das Ganze könnte ein Trick sein.«

»Für sie ist es auch eine Prestigesache«, gab Adler zu bedenken. »Ganz gleich, was bei dem Gipfel herauskommt, allein dass sie uns nach Peking eingeladen haben, um eine regionale Krise zu lösen, und dass wir die Einladung angenommen haben, verstärkt den Eindruck, dass sie die dominierende Macht in Asien und uns ebenbürtig sind. Und wenn der Gipfel scheitert, können sie uns die Schuld geben.«

»Für manche«, sagte Van Damm, »könnte es sogar eher nach einer Vorladung als nach einer Einladung aussehen. Zumal es das zweite Mal wäre, dass Sie nach Peking fliegen, um sich mit einem chinesischen Präsidenten zu treffen.«

»Und in der Politik ist Wahrnehmung Realität«, fügte Adler eilends hinzu. »Besonders in Asien.«

»Es gibt noch eine andere Möglichkeit«, sagte Van Damm. »Sie fliegen hin, und er überrumpelt Sie mit einem Plan, der uns in Bedrängnis bringt.«

Adler schüttelte den Kopf. »In dem Fall verschwinden wir, und er steht am Ende wie der Dumme da. Ich glaube nicht, dass Zhao uns ein Angebot macht, das wir nicht annehmen können.«

»Risiken sind also reichlich vorhanden«, sagte Ryan. »Trotzdem besteht eine echte Chance, dass die Chinesen einen Plan haben, der die Lage auf der koreanischen Halbinsel nachhaltig verändern könnte. Das interessiert mich.«

Die Augen des Präsidenten verengten sich, und die anderen beobachteten ihn schweigend, während er konzentriert alle Teile zu einem Ganzen zusammenfügte. Schließlich lehnte er sich vor auf den Tisch.

»Meines Erachtens stehen wir vor folgendem Dilemma: Wir riskieren, unsere Zeit zu verschwenden und nach einem nutzlosen Gipfel wie die Dummen dazustehen, oder wir riskieren, eine Gelegenheit zu verpassen, das Problem Nordkorea ein für alle Mal aus der Welt zu schaffen. Sehe ich das richtig?«

Alle nickten.

Ryan lächelte leicht. »Wenn ich es so ausdrücke, scheint die Entscheidung auf der Hand zu liegen. Der mögliche Nutzen rechtfertigt das Risiko. Selbst wenn ich wieder einen verdammt langen Flug auf mich nehmen muss. Lassen Sie es uns tun.«

»Ich werde sofort den Außenminister kontaktieren und ihm mitteilen, dass wir interessiert sind«, sagte Adler.

»Ich habe eine bessere Idee. Arrangieren Sie für mich ein Gespräch mit Präsident Zhao. Ich möchte mir ein Bild von dem Mann machen und ihm zeigen, dass es mir ernst ist.«

Adler lächelte. »Das ist eine ausgezeichnete Idee, Mr. President.«

Ryan stand auf und gab damit zu verstehen, dass die Sitzung beendet war. Auch die anderen erhoben sich. »Ich danke Ihnen. Ich werde mich melden.«

Während die anderen hinauseilten, goss sich Ryan noch einen Kaffee ein. Schon möglich, dass ihm die Chinesen eine Chance eröffneten. Aber er hatte auch gelernt, dass es die Kugel war, die man nicht hörte, die einem den Kopf wegriss.

8

Gebäude 19, Pjöngjang,
Nordkorea

Sie trafen sich in dem unterirdischen Bunker tief unter dem tristen und unscheinbaren fünfstöckigen Granitgebäude am Rande der Stadt, weitab vom Regierungsviertel im Zentrum. Dem Namen nach handelte es sich um eine Nebenstelle des Staatsministeriums für Fischereiwesen und somit lediglich um eines von vielen Verwaltungsorganen in Nordkoreas bis ins Kleinste geregelter, staatlicher Planwirtschaft.

Über der Erde setzten gestresste Technokraten in schwarzen Jacken unter enormem bürokratischen Aufwand die Vorgaben des riesigen Ministeriums um, was – wenig überraschend – nur sehr geringen produktiven Einfluss auf die nordkoreanische Fischerei hatte. Die Arbeit der Bürokraten diente hauptsächlich dem Zweck, die großzügigen Lebensmittelkarten, die sie erhielten, die weniger beengten Wohnungen, in denen sie lebten, und die mageren, aber regelmäßig ausgezahlten Gehälter, die sie auf ihren privilegierten Posten bezogen, zu rechtfertigen.

Was diese Beamten nicht wussten: Ihre Arbeit und ihr Leben dienten lediglich der Tarnung. Weder das Gebäude noch das Ministerium schienen von irgendeiner strategischen Bedeutung zu sein und kamen daher als Ziel für amerikanische oder südkoreanische Militärplaner wohl nicht infrage. Aber tief unten in dem Atomschutzbunker, der dem Regime als einer von vielen geheimen Konferenzräumen diente, wurden im Moment die wirklich wichtigen Staatsgeschäfte getätigt. Vorsitzender Choi Ha-guk konferierte dort mit den zivilen und militärischen Beratern, die sein größtes Vertrauen genossen. Allerdings vertraute er ihnen nur, weil sie ihn fürchteten. Die drei leeren Stühle an dem langen Teakholztisch waren eine düstere Erinnerung an den Preis für Versagen.

Im Unterschied zu seinem Cousin Choi Ji-hoon war Choi Ha-guk ein erfahrener Offizier. Er hatte die Eliteeinheit der Armee befehligt, die zwei Jahre zuvor bei einem gewaltsamen Staatsstreich Ji-hoons Leibgarde ausgeschaltet und den verwöhnten jungen Narren gestürzt hatte. Choi Haguks Vater, Choi Sang-u, war aus dem Arbeitslager befreit und als neuer oberster Führer der Demokratischen Volksrepublik Korea eingesetzt worden. Doch die jahrelange Zwangsarbeit hatte die Gesundheit des Vaters ruiniert, und er war wenige Wochen nach seiner Befreiung gestorben. Mit dem Segen seines Vaters und der Unterstützung der Armee wurde Ha-guk einstimmig zum Präsidenten des Landes und Vorsitzenden der Partei gewählt und zum Oberbefehlshaber der Volksarmee erklärt.

Die dringlichste Aufgabe des Vorsitzenden bestand darin, das Verhältnis zu China, das sein Cousin, der Idiot, schwer beschädigt hatte, wieder zu kitten. Er unterhielt enge persönliche und politische Beziehungen zu Schlüsselfiguren im chinesischen Politbüro und Stabsoffizieren der Volksbefreiungsarmee, wobei ihm die Tatsache, dass er eine militärische Ausbildung bei chinesischen Eliteeinheiten durchlaufen hatte und fließend Mandarin sprach, sehr zugute kam.

Ein politischer Kurswechsel war lebenswichtig, aber schwierig. Die gescheiterte Initiative seines Cousins zu unterminieren konnte seine eigene Position gefährden. Choi Ha-guk hütete sich, am gottähnlichen Status seiner gewalttätigen Vorgänger – seines Cousins, seines Vaters, seines Onkels und seines Großvaters – zu kratzen. Nordkorea war das Familienerbe der Chois, und er würde nichts tun, was dieses Erbe in Gefahr bringen könnte, weder für ihn noch für seine Kinder, die nach dem Ableben seines Onkels und seines Cousins an die Spitze der Erbfolge gerückt waren.

Aber Choi Ha-guk hatte auch eine Vision. Er wusste, dass er dazu ausersehen war, eine maßgebliche Rolle auf der Weltbühne zu spielen und Nordkorea endlich auf seinen rechtmäßigen Platz unter den Nationen zu erheben. Kant und Hegel hatten im Wesentlichen recht. Die gesamte Geschichte marschierte in Richtung einer Idee. Nur hatte keiner der beiden Philosophen erkannt, dass er, Choi Haguk, diese Idee war – zumindest in Asien.

Doch dies alles war jetzt in Gefahr. Von seiner nächsten Entscheidung würde das Schicksal des Landes abhängen, davon war er überzeugt.

Von seinem Platz am Kopfende des Tisches aus ließ er den Blick an der Reihe grimmig dreinschauender Offiziere zu seiner Linken entlangwandern. Jeder hatte ihm das Gesicht zugewandt, das Rückgrat durchgedrückt und die Hände artig im Schoß gefaltet. Alle trugen den vorgeschriebenen kurzen Militärhaarschnitt, und ihre breiten Mützen lagen sauber aufgereiht vor ihnen auf dem Tisch – nur dass ein Offizier fehlte und dessen Stuhl leer war. Ein Mann, der den Vorsitzenden unlängst enttäuscht hatte.

An jeder Uniform prangten, von den Schulterklappen bis hinunter zu den Jackensäumen, mühsam errungene Abzeichen, Orden und Bänder – genug Lametta für ein Dutzend Kriege und hundert Schlachten. Dabei hatte keiner von ihnen im großen Vaterländischen Befreiungskrieg gedient oder an einem nennenswerten Gefecht irgendwelcher Art teilgenommen.

Doch der Vorsitzende wusste, dass diese Männer hart

waren, hervorragend ausgebildet und hoch motiviert – eine der bedeutendsten Hinterlassenschaften seines Onkels und seines Großvaters. Jeder dieser Admirale und Generäle war auf seinen ideologischen Eifer und seine Linientreue hin überprüft und durchleuchtet worden, Eigenschaften, die durch die mit ihrer Stellung verbundenen Privilegien und Vergünstigungen ebenso noch verstärkt wurden wie durch die umfassenden blutsverwandtschaftlichen Beziehungen, die sie mit der Herrscherfamilie Choi verbanden.

Aber was noch wichtiger war: Diese hohen Offiziere gehörten zur Klasse der nordkoreanischen Kriegshelden und waren die Söhne und Enkel von Soldaten der Koreanischen Volksarmee, die tapfer, fanatisch und geschickt gegen die südkoreanischen Banditen und später gegen die besser bewaffneten Amerikaner und UN-Invasoren gekämpft und große Opfer gebracht hatten. Familienehre und patriotischer Stolz befeuerten diese Männer, die wie übellaunige Harpyien am Tisch saßen. Sie waren die Spartaner Asiens.

Rechts von Choi saßen seine gleichfalls andächtig lauschenden zivilen Berater, alle in schwarzen Jacken im Mao-Look, zugeknöpft bis zum Hals, alle mit Kurzhaarschnitt wie die Militärs. Außenstehende hätten sie leicht für bürokratische Speichellecker halten können, aber jeder Einzelne von ihnen war auf dem Feld der Staatssicherheit ein ebenso begabter, ehrgeiziger und bewährter Streiter wie sein soldatisches Gegenüber. Zwei der sieben Stühle auf der Zivilistenseite waren ebenfalls leer. Versagen hatte einen hohen Preis.

Jeder Mann im Raum wusste, dass der Vorsitzende im Unterschied zu seinen Vorgängern unterwürfiges Kriechertum verachtete. Stattdessen verlangte er erstklassige Leistungen, was für seine Untergebenen mit deutlich größeren Schwierigkeiten und Gefahren verbunden war als emsiges Stiefellecken.

An einem kleinen Schreibtisch in der hinteren linken Ecke des Raums saß ein Sekretär und führte an einer Stenografiermaschine Protokoll. Seine Miene und Haltung waren die eines Soldaten, doch er trug Zivilkleidung. Der Mann war keinem Anwesenden außer dem Vorsitzenden bekannt. Er saß schweigend da und strahlte eine beunruhigende Strenge aus.

Choi Ha-guk wandte sich gerade an einen seiner Chefspione, den neuen Leiter des Generalbüros für Aufklärung. »Wann wurde das bestätigt?«

»Meine südkoreanische Informantin hat es gestern bestätigt.«

»Ist sie vertrauenswürdig?«

Die Frage ärgerte den Chef des Generalbüros. Der Geheimdienst hatte in jahrzehntelanger Arbeit in Südkorea ein weit verzweigtes Netz zuverlässiger Agenten in hohen Positionen aufgebaut. »Absolut vertrauenswürdig, Genosse Vorsitzender. Sie arbeitet als Sekretärin in der Reisestelle des Präsidenten.«

»Wie können wir sicher sein, dass sie keine Doppelagentin ist?«

»Sie ist eine loyale Tochter unserer glorreichen Revolution und arbeitet unermüdlich an unserer bevorstehenden Wiedervereinigung mit dem banditenhaften Süden. Außerdem lebt ihr Großonkel als Rentner in einem unserer Seniorenheime, wo unsere wohlwollende Regierung gut für ihn sorgt. Sie hat ihre ewige Dankbarkeit dafür bekundet, dass sein Wohlergehen gewährleistet ist.«

Der Vorsitzende nickte. »Ausgezeichnet.«

Der Geheimdienstchef fuhr fort. »Sie hat dies per Kurier geschickt.« Er reichte seinem linken Nebenmann ein einzelnes Blatt Papier, das dann von Mann zu Mann weiterwanderte, bis es behutsam vor Choi Ha-guk hingelegt wurde. Der ließ es ungelesen auf dem Tisch liegen.

»Wissen wir Einzelheiten über den Gipfel? Worüber

wollen sie sprechen? Was wollen sie damit erreichen?«
Choi wandte sich an den Leiter von Büro 225, einer von mehreren ihm zur Verfügung stehenden Abteilungen für verdeckte Auslandsoperationen. Aufgabe des Büros war es, Agenten über die Grenze nach Südkorea zu schleusen und südkoreanische Informanten anzuwerben.

»Das wissen wir noch nicht, Genosse Vorsitzender.«

Choi blickte in die Runde. »Sonst jemand?«

Köpfe wurden geschüttelt.

Choi seufzte frustriert. »Wir wissen, dass die Chinesen den Gipfel einberufen haben, und wir wissen, dass die Amerikaner und die anderen ohne Einwilligung oder Mitwirkung der Chinesen nichts tun können.« Er wandte sich an den Außenminister. »Somit stellen sich folgende Fragen: Was hat Peking vor? Und wie weit wird es gehen? Wird es den Amerikanern erlauben, etwas gegen uns zu unternehmen? Und wenn ja, was?«

»Ich habe mit dem chinesischen Außenminister gesprochen. Er war sehr vage und brachte den Unmut seiner Regierung über den Abschuss unserer MIRV-SLBM zum Ausdruck.«

Diese Neuigkeit überraschte den Vorsitzenden, doch sein stoischer Blick verriet ihn nicht. In seinem Wunsch nach Interkontinentalraketen, mit denen er die Vereinigten Staaten treffen konnte, war sein Cousin weit übers Ziel hinausgeschossen. Auf eine solche strategische Bedrohung musste Präsident Ryan einfach reagieren.

Doch auch er selbst hatte offensichtlich falsch eingeschätzt, wie die Supermächte auf den Test einer Mittelstreckenrakete mit Mehrfachsprengköpfen reagieren würden. Zumindest die Reaktion Pekings war befremdlich, denn die Technologie stammte aus freundlich gesinnten, chinesischen Quellen.

Entweder hatte sich der Machtkampf auf dem chinesischen Festland verschärft, oder seine sogenannten chinesischen Freunde hatten ihn zum Abschuss freigegeben. In beiden Fällen war seine Situation unhaltbar.

»Welche Garantien bezüglich unserer Interessen hat er Ihnen gegeben?«

»Keine.«

Noch eine Überraschung. Chois Blick blieb ungerührt. »Das sind beunruhigende Nachrichten.«

China war auf der Weltbühne immer als Anwalt und Beschützer Nordkoreas aufgetreten, selbst wenn es sich danebenbenommen hatte. Im Großen Vaterländischen Befreiungskrieg hatten über eine Million Chinesen ihr Leben verloren, nachdem die Amerikaner interveniert hatten und den Grenzfluss Yalu zu überqueren drohten. Die Opfer auf beiden Seiten und die gemeinsame Ideologie bildeten ein starkes Band zwischen den beiden benachbarten Diktaturen, besonders unter den militaristischen Fraktionen.

Strategisch spielte Nordkorea in Chinas Außenpolitik eine Schlüsselrolle. Es hielt Japan und Südkorea in Atem und brachte sie gleichzeitig dazu, sich in Peking anzubiedern, damit es Pjöngjangs Ambitionen einen Riegel vorschob.

Doch vor zwei Jahren hatten sich Präsident Ling und Präsident Ryan zusammengetan und den Sturz Ji-hoons und das Ende seiner rücksichtslosen Politik eingeleitet. Zum Glück hatte die Ablösung Präsident Lings durch Präsident Zhao Choi Zeit gegeben, seine Position zu festigen.

Was hatten die beiden Großmächte jetzt vor?

»Dann müssen wir also davon ausgehen, dass ihr unausgesprochenes Ziel ein Regierungswechsel ist«, fuhr Choi fort. »Wie werden sie versuchen, uns zu stürzen? Durch Krieg?« Im Denken des Oberbefehlshabers der Streitkräfte und passionierten Studenten der Geschichte stand der Krieg immer an erster Stelle.

»Wir dürfen die Möglichkeit einer groß angelegten

Invasion aus dem Süden mit Unterstützung von Marine- und Luftwaffeneinheiten der Koalitionspartner nicht ausschließen«, erklärte der General der Landstreitkräfte der Koreanischen Volksarmee. »Und vielleicht schicken die Chinesen sogar Truppen über unsere Nordgrenze.«

»Aber das ist äußerst unwahrscheinlich«, entgegnete Choi. »Ein schreckliches Blutbad und weitreichende Zerstörungen wären die Folgen. Was wäre dann noch übrig, was sie übernehmen könnten?«

»Sollen sie es ruhig versuchen, wir werden sie alle zerschmettern«, tönte einer der Generäle, und die Militärführer nickten beifällig.

»Ich zweifele nicht an unseren militärischen Fähigkeiten, meine Herren. Aber selbst wenn wir sie zerschmettern, werden sie mit Sicherheit auch uns zerschmettern. Krieg gilt es möglichst zu vermeiden, wenn wir wollen, dass die Revolution überlebt.« Er lehnte sich in seinem Stuhl zurück. »Doch lassen Sie uns vorsichtshalber zehn zusätzliche Divisionen in den Norden verlegen. Wir werden Grenzsicherung und den Kampf gegen den Drogenhandel – nein, Menschen- und Sexhandel – als Gründe anführen. Aber nehmen Sie die Verlegung bei Nacht vor, möglichst unauffällig.«

»Jawohl, Genosse Vorsitzender«, antwortete ein General.

»Welche anderen militärischen Optionen haben sie, abgesehen von einem totalen Krieg und einer Invasion?«, fragte Choi.

Der General der Strategischen Raketentruppen beugte sich vor. »Wäre ich an der Stelle der Amerikaner, würde ich taktische Schläge gegen unsere Raketeneinrichtungen und U-Boot-Bunker durchführen.«

»Unsere unterirdischen Atomanlagen sind vor Bombardements aus der Luft geschützt«, sagte ein Technokrat. »Aber die Amerikaner werden rings um unsere Anlagen chemische oder biologische Waffen abwerfen, um Produktion und Transport zu behindern.«

Der Vorsitzende nickte. »Daran habe ich auch schon gedacht. Ich möchte, dass sofort ein Plan erarbeitet wird mit dem Ziel, möglichst viele Zivilisten in die nähere Umgebung dieser Anlagen umzusiedeln – mit neuen Schulen, Krankenhäusern und allem Drum und Dran. Dann werden die Amerikaner es nicht wagen, dort zuzuschlagen.«

Wieder wanderte sein Blick über die Gesichter der Militärs. »Ist das alles? Das klingt so, als wären die militärischen Optionen der Koalition ziemlich begrenzt.«

Köpfe nickten zustimmend.

Choi wandte sich an einen Wirtschaftsfunktionär. »Was könnte die Koalition abgesehen von Militäraktionen noch tun?«

»Sie könnte eine totale Wirtschaftsblockade verhängen«, antwortete der Beamte. Natürlich hatte Choi mit dieser Antwort gerechnet.

»Dazu wäre aber eine totale Luft- und Seeblockade erforderlich«, ergänzte der Admiral der Marine der Koreanischen Volksarmee.

»Die überwiegende Mehrheit unserer Im- und Exporte entfällt auf China und Südkorea«, sagte Choi. »Eine Blockade wäre eigentlich unnötig. Aber auf unsere Geschäfte mit Pakistan und dem Iran würde ich nur höchst ungern verzichten.« Teile der nordkoreanischen Nuklear- und Raketentechnik kamen von dort.

»Unsere U-Boote können jede Blockade brechen«, sagte der Admiral. Die Marine der Koreanischen Volksarmee besaß 35 U-Boote, viele im eigenen Land gebaut, und insgesamt über 700 Schiffe.

»Ich weiß Ihre Tapferkeit zu schätzen, Admiral, aber unsere U-Boote sind ihren U-Boot-Abwehr-Kräften zahlenmäßig weit unterlegen«, sagte Choi, zog eine Gitane aus einer hellblauen Schachtel und zündete sie an. Er war der Einzige, der im Raum rauchen durfte. Seitlich vor ihm stand ein Baccarat-Aschenbecher aus Bleikristall, den ihm eine seiner jungen Geliebten von ihrer letzten Reise nach Brüssel mitgebracht hatte. Er nahm ein paar Züge und dachte nach. Seine Augen waren auf den Qualm gerichtet, der sich aus der Zigarette kringelte und rasch durch die Luftschächte an der Decke entschwand, dank leistungsstarker Ventilatoren, die die gefilterte Luft umwälzten – ein Geschenk der ukrainischen Kommunisten vor Jahrzehnten. Das brachte ihn auf eine Idee. Er wandte sich an den Außenminister.

»Was werden die Russen tun, wenn wir mit einer Blockade belegt werden?«

»In Anbetracht des derzeitigen Stands ihrer Beziehungen zu den Amerikanern bin ich mir sicher, dass sie das Embargo mit Freuden ignorieren werden, und sei es nur, um Präsident Ryan zu ärgern.«

»Kontaktieren Sie Ihren Amtskollegen in Moskau«, sagte Choi. »Finden Sie heraus, welche Produkte und Dienstleistungen sie zu liefern bereit wären.«

»Jawohl, Genosse Vorsitzender.«

Ein anderer Minister ergriff das Wort. »Es steht außer Frage, dass wir ein Wirtschaftsembargo überleben können. Unser Volk wird bereitwillig die notwendigen Opfer zum Wohle des Landes bringen.«

Mit kurzen, präzisen Bewegungen drückte Choi die Zigarette in dem teuren Aschenbecher aus. »Stimmt! Wir können ihr Wirtschaftsembargo überleben. Aber ich will mehr als nur überleben.«

Sein Blick fiel auf das vor ihm liegende Papier. Er ergriff es und las. Wieder kam ihm eine Idee. »Wir haben die Bestätigung, dass der Gipfel stattfinden wird, und wir kennen Ort und Zeit. Daran teilnehmen werden Präsident Zhao, Präsident Ryan, Ministerpräsident Hirondaga und Präsident Yeo-jin. Eröffnet uns diese Zusammenkunft von Staatschefs eine Chance?«

Jeder im Raum wusste, dass Choi auf den 1983 von ihren

Agenten verübten Bombenanschlag in Rangun anspielte. Bei dem Attentat starben mehrere hochrangige südkoreanische Kabinettsmitglieder, die an einer öffentlichen Veranstaltung teilnahmen. Auch Dutzende unschuldiger Zivilpersonen fanden den Tod – Kollateralschäden auf dem langen Marsch zur Durchsetzung der großen Idee. Der südkoreanische Präsident kam nur mit dem Leben davon, weil die Bombe vor seiner geplanten Ankunft hochging.

Der Leiter des Spionageabwehrstabs im Ministerium für Staatssicherheit räusperte sich: »Es wäre nahezu unmöglich, auf chinesischem Boden ein Attentat zu organisieren, besonders in Peking.«

»Nahezu unmöglich, aber nicht völlig unmöglich, richtig?«, fragte Choi.

»Alles ist möglich, wenn man den Willen dazu hat«, antwortete der Vertreter der Staatssicherheit, ein Cousin. »Doch ein erfolgreicher Ausgang würde uns bei unseren Freunden in der chinesischen Regierung zu Parias machen.«

Choi wandte sich an den General der Raketentruppen. »Wie wäre es, wenn wir dem Gipfel mit einer Rakete ein jähes Ende bereiten?«

Der General erstarrte. Meinte er es ernst?

»Wäre ein solcher Schlag überhaupt möglich?«, fragte Choi.

»Ja, er wäre möglich.«

Der Vorsitzende schüttelte den Kopf. »Aber wahrscheinlich nicht erfolgreich. Die chinesische Luftabwehr ist unüberwindlich.«

»Aber unsere Wissenschaftler arbeiten unermüdlich daran, ihre Systeme zu überwinden«, warf ein Zivilist ein.

Choi machte eine wegwerfende Handbewegung. »Ja, gewiss. Aber im Moment hilft uns das nicht weiter, oder?«

Der Mann schüttelte kleinlaut den Kopf. »Nein, Genosse Vorsitzender.«

»Stehen uns weitere Optionen zur Verfügung? Irgendwas, womit wir den geplanten Gipfel wenigstens stören könnten?«

»Denken Sie an etwas Bestimmtes, Genosse Vorsitzender?«, fragte einer der Generäle.

»Wie wäre es mit einem weiteren Atomtest?«, schlug Choi vor.

Ein ziviler Technokrat aus dem Atom-Direktorat antwortete: »Wir könnten auf die Schnelle einen in die Wege leiten, aber wir würden einen Fehlschlag riskieren, der unserer technischen Reputation in der internationalen Gemeinschaft schaden würde. Und ein erfolgreicher Test würde nur die Sorgen der Amerikaner und ihrer Lakaien verstärken.«

»Stimmt!« Choi faltete die Hände und überlegte.

Der Unbekannte hinten im Raum unterdrückte ein Grinsen. Der Genosse Vorsitzende lieferte eine theaterreife Vorstellung.

Stille legte sich über den Raum. Niemand wagte zu sprechen, bis er vom Diktator dazu aufgefordert wurde.

»Ist das nicht ziemlich verwirrend?«, fragte Choi schließlich. »Die Kapitalisten sind nicht dumm. Sie haben mit Sicherheit ähnliche Überlegungen angestellt, wie wir sie im Moment anstellen. Dank unserer heldenhaften Streitkräfte schrecken sie vor einem größeren Militäreinsatz zurück. Und ein weiteres Wirtschaftsembargo würde auf lange Sicht nicht viel bringen. Das muss ihnen klar sein. Wozu also dieser Gipfel? Ein gescheiterter Gipfel ist schlechte Werbung. Sie müssen einen Plan haben, uns zu vernichten. Aber wie sieht er aus? Was wissen sie, was wir nicht wissen?«

Die Anwesenden warteten auf die Antwort.

»Muss ich allein die ganze Denkarbeit machen? Unsere Feinde wollen uns an die Gurgel. Heraus mit der Sprache!«

Entsetzt über den seltenen Gefühlsausbruch berieten

sich die Offiziere und Minister kurz untereinander und verstummten dann wieder betreten.

Der unbekannte junge Mann stand auf und ließ dabei seinen Stuhl über den Betonboden kratzen. Alle Köpfe drehten sich gleichzeitig.

»Genosse Vorsitzender, meine Herren«, begann er, »ich beurteile die Situation etwas anders.«

Die Köpfe am Tisch wandten sich wieder Choi zu. In allen Gesichtern stand dieselbe Frage: *Wer ist der Störenfried?*

»Meine Herren, das ist Vizedirektor Ri vom Direktorat für allgemeine Verwaltungsdienste.«

Das beantwortete niemandes Frage. Keiner hatte jemals von der obskuren Dienststelle gehört. Die Anwesenden hätten nur dann von ihr wissen können, wenn sie den Organisationsplan der staatlichen Kommission für Eisenbahnbau auswendig gelernt hätten. Und sie hätten ein fotografisches Gedächtnis besitzen müssen, um sich daran zu erinnern, dass ganz am Ende dieses umfangreichen Dokuments unter der Abteilung Werkzeugmaschinen eine Reihe von Organisationskästchen aufgeführt war. Und ganz am Ende dieser Reihe rangierte die Unterabteilung Schmiermittel und Erdöldestillate, die von einer Sub-Einheit mit dem Kürzel DFAV verwaltet wurde.

In Wirklichkeit war das DFAV eine der wichtigsten Behörden im riesigen nordkoreanischen Geheimdienstapparat. Das DFAV war so geheim, dass nicht einmal der Chef des Ministeriums für Staatssicherheit von ihm wusste. Und das war der Grund, warum auch die westlichen Nachrichtendienste keine Ahnung von seiner Existenz hatten. Es unterstand direkt Choi.

Choi beobachtete, wie die anhaltende Verwirrung im Raum in Ärger umschlug. »Ich habe vollstes Vertrauen in Vizedirektor Ris Ansichten.«

Mehr brauchten die anderen nicht zu hören. Offiziere

und Technokraten drehten sich wieder um und lauschten mit gespannter Aufmerksamkeit dem arroganten, jungen DFAV-Beamten.

»Die Feinde unserer Republik sind zahlreich und mächtig, und sie planen unentwegt unsere Vernichtung.« Ri sprach mit der Autorität eines Befehlshabers. Die Militärs merkten das sofort, auch wenn sie ihn nicht kannten. Ri war natürlich nicht sein richtiger Name. In einem früheren Leben war Ri Unteroffizier in einer Elitekampfeinheit des Landes gewesen, dann aber aus seinem Zug herausgeholt worden, als seine außergewöhnlichen Fähigkeiten zutage traten.

»Zum Glück steht ihren großen Stärken eine außerordentlich katastrophale Schwäche gegenüber. Eine Schwäche, die meine Behörde auszunutzen bereit ist. Doch es muss sehr schnell geschehen. Wir haben keine Zeit zu verlieren.«

Der Vorsitzende setzte sich auf. »Mit welchem Resultat?«

»Mit zwei Resultaten, Genosse Vorsitzender. Erstens: Frieden und Sicherheit für unsere Republik. Zweitens: das Ende Chinas, wie wir es kennen, und das des Westens noch dazu.«

Auf dem verschlossenen Gesicht des Vorsitzenden breitete sich eine Art Lächeln aus.

9

Hendley Associates,
Alexandria, Virginia

Paul Brown saß an seinem Schreibtisch und studierte die mit Zahlen vollgestopfte Excel-Tabelle auf seinem Computerbildschirm, dessen Leuchten sich in seiner Zweistärkenbrille spiegelte. Die Zahlen tanzten in seinem Hirn, so wie die Noten einer Symphonie im Ohr des Dirigenten zu Musik werden.

Er liebte Buchhaltung und besonders forensische Rechnungsprüfung, eine Disziplin, in der er seiner bescheidenen Meinung nach ziemlich gut war. Doch bei Hendley Associates, einer Private-Equity-Management-Firma, zu arbeiten, das war für ihn das Sahnehäubchen auf dem Kuchen. In den fünf Jahren seit seiner Einstellung war das Unternehmen exponentiell gewachsen, und sein Gehalt und seine Aufgaben waren mitgewachsen.

Wahrscheinlich rettete ihm der Job sogar das Leben.

Paul war so auf seine anstehende Aufgabe fokussiert, dass er vergaß, seinen Morgentee zu trinken, der jetzt in seinem Lieblingsbecher mit dem Aufdruck Iowa State erkaltete. Sein Lederstuhl quietschte, als er sein Gewicht verlagerte, um den Ischiasschmerz zu lindern, der ihm ins Bein schoss – das viele Sitzen wurde in seinem Beruf zum Gesundheitsrisiko. Seine Assistentin beschwor ihn, sich ein Stehpult zu besorgen (»Sitzen ist das neue Rauchen«, behauptete sie), doch er konnte sich einfach nicht dazu durchringen. Wahrscheinlich nur eine Modeerscheinung, sagte er sich immer. Außerdem mochte er seinen Schreibtisch. Er hatte genau die richtige Größe. Er beherbergte alles, was er brauchte, und genau dort, wo er es brauchte. In der rechten Ecke stand das gerahmte Foto seiner geliebten Carmen, deren einfaches, sanftes Lächeln ihm ein ständiger Trost war.

Herrgott, wie er sie immer noch vermisste.

Sein Arzt riet ihm dringend abzuspecken, um sein schlimmes linkes Knie und seine knirschende Lendenwirbelsäule zu entlasten, doch Paul fand es schon mühsam, die Treppe zu seinem Büro zu erklimmen, wie sollte er da in ein Fitnessstudio gehen?

Als er noch ein Kind war, hatte seine Mutter immer behauptet, er habe »schwere Knochen«, aber auf der Ringermatte an der Highschool war er ein Ass. Bei den Meisterschaften von Iowa wurde er in seiner Gewichtsklasse Dritter und bekam dafür ein College-Stipendium. Das war seine große Zeit gewesen, jedenfalls körperlich. Aber die lag fast vierzig Jahre zurück. Seitdem war viel Wasser den Bach heruntergeflossen und so mancher Donut mit Schokoüberzug verdrückt worden. Sein einziges Zugeständnis in Sachen Körperertüchtigung war ein Paar Zenith-Fingerhanteln, mit dem er jeden Tag am Schreibtisch trainierte.

»Na also«, murmelte er vor sich hin, als sein Blick endlich auf eine Datenzeile fiel, die er gesucht hatte. Er markierte sie und schob die Maus beiseite, nahm die Brille ab und rieb sich die müden Augen. Es war erst acht Uhr morgens, aber er war drei Stunden früher gekommen, um heute schnellstmöglich in die Gänge zu kommen. Eigentlich war er seinem Zeitplan um drei Tage voraus und hatte für das Projekt noch eine ganze Woche. Doch er war mit der Arbeit gern vor der Zeit fertig. Sein Vater, in den Fünfzigerjahren Streifenpolizist in Chicago und später in Des Moines, wo er getötet wurde, hatte ihm als Kind beigebracht: »Zehn Minuten früher ist pünktlich.«

Er dachte gerade an das Sandwich mit Salami und Cheddar in seiner Lunchbox, als die Gegensprechanlage summte.

»Mr. Hendley wünscht Sie zu sprechen«, meldete seine Assistentin. »Auf Leitung zwei.«

Paul stutzte. Warum rief ihn der Direktor der Firma an? Er hob ab. »Paul Brown.«

»Paul, hier ist Gerry Hendley. Wie geht es Ihnen?«

Paul lächelte. Der weiche South-Carolina-Akzent klang in den Ohren eines Mittelwestlers urig. Er und Hendley sprachen nicht oft miteinander, aber Paul mochte den Mann sehr. Er hoffte, das beruhte auf Gegenseitigkeit.

»Gut, Sir. Und Ihnen?«

»Ich möchte Sie um einen Gefallen bitten, Paul. Wäre es Ihnen möglich, für eine Minute zu mir ins Büro zu kommen?«

Paul blickte auf den Computerbildschirm, der ihn ungerührt zum Weiterarbeiten aufforderte. »Vielleicht am Nachmittag? So gegen zwei?«

»Wenn es keine allzu große Zumutung ist – wie wäre es mit jetzt gleich?«

Paul ließ sich vom sanften Ton des ehemaligen Senators nicht täuschen. Dies war eine Aufforderung, bei aller Freundlichkeit.

»Bin schon unterwegs.«

»Ich danke Ihnen. Dann bis gleich.« Er beendete das Gespräch.

Paul legte den Hörer auf, sicherte sein Dokument und fuhr den Computer herunter, so wie es die Geheimhaltungs- und Sicherheitsbestimmungen seiner Abteilung verlangten. Bestimmungen, die er selbst formuliert hatte.

Er drückte sich mit den Armen in die Höhe und stand auf. Er konnte nur hoffen, dass ihm bei der Arbeit kein schändlicher Fehler unterlaufen war. Die Vorstellung, dass er den exzellenten Ruf der Firma befleckt und Gerry Hendley enttäuscht haben könnte, war ihm unerträglich. Er bürstete den Puderzucker von seiner grauen Polyester-Hose, griff nach der passenden Anzugjacke, die an der Tür hing, und überlegte, ob er sich Sorgen machen sollte oder nicht.

»Nein«, beschloss er laut und zog die Jacke an. Sollte ihm ein Fehler unterlaufen sein, würde er ihn korrigieren, koste es, was es wolle.

Hendleys Sekretärin telefonierte gerade, als Paul vor sie hintrat. Sie legte die Hand auf den Hörer und deutete lächelnd auf die hohe Mahagonitür am anderen Ende des geräumigen Vorzimmers. »Gehen Sie einfach rein. Er erwartet Sie.« Dann setzte sie das Telefonat fort.

Paul humpelte zu der Tür, brachte es aber nicht über sich, einfach so reinzuplatzen, sondern klopfte sachte mit einem dicken Fingerknöchel. Er vernahm Stimmen auf der anderen Seite, auch leises Gelächter.

Er erkannte Hendleys Stimme. Auch die andere schien ihm vertraut. Er kam sich dumm vor, hier herumzustehen, wollte die beiden aber auch nicht stören. Da er nun aber gewissermaßen an der Tür lauschte und sie ihn nicht gehört hatten, klopfte er ein zweites Mal und lauter. Im nächsten Moment schwang die schwere Tür auf, und Hendley empfing ihn mit strahlendem Gesicht.

»Paul! Freut mich, Sie zu sehen. Treten Sie ein. Ich habe eine kleine Überraschung für Sie.«

Paul rang sich ein pausbackiges Lächeln ab. Eigentlich war er kein Freund von Überraschungen. War es nie gewesen, nicht einmal als kleiner Junge, wenn Überraschungen normalerweise unbedenklicher sind. Und als Erwachsener hatte er die Erfahrung gemacht, dass Überraschungen meist Ärger bedeuteten.

Hendley legte ihm eine Hand auf die Schulter, während

er ihn hineinwinkte. Ein gutaussehender Mann mittleren Alters in einem modisch geschnittenen Designeranzug saß auf dem gesteppten, schwarzen Ledersofa, das an der Wand stand. Er erhob sich und ließ ein weißes Lächeln aufblitzen.

»Paul Brown«, fragte Hendley, »Sie erinnern sich doch gewiss an Senator Weston Rhodes?«

»Aber natürlich tut er das, wir sind alte Freunde«, sagte Rhodes, trat vor und streckte ihm die Hand hin. Er erinnerte Paul an einen Tennisstar und Filmschauspieler.

»Senator Rhodes, schön, Sie wiederzusehen«, sagte Paul und drückte die dargebotene Hand. Er bemerkte die sportliche Figur und den kräftigen Händedruck des anderen. Im Unterschied zu ihm schien Rhodes in der Genlotterie gewonnen zu haben. Gleich zweimal.

Paul richtete sich etwas höher auf und straffte die Schultern, doch Rhodes blieb trotzdem fünf Zentimeter größer. Den Bauch einzuziehen versuchte der Wirtschaftsprüfer gar nicht erst. Es wäre vergebliche Mühe gewesen.

»Senator? Also, ich bitte dich. Wenn überhaupt, dann ›Ex-Senator‹. Wir haben uns schon gekannt, als ich noch Wes war. Zum Donnerwetter, wir waren damals noch Kinder.«

»Ja.«

»Es muss drei Jahre her sein, dass wir uns das letzte Mal gesehen haben.«

Fünf Jahre, drei Monate und einundzwanzig Tage, um genau zu sein, dachte Paul. Bei Carmens Beerdigung. Rhodes war an dem Tag unangemeldet aufgetaucht. Er war damals ein wichtiger Mann gewesen, und es war eine unerwartet aufmerksame Geste, die Paul niemals vergaß. Er verübelte es dem Senator nicht, dass er im Lauf der Jahre den Kontakt zu einem unbedeutenden Kerl wie ihm hatte abreißen lassen. »Könnte hinkommen.«

»Bitte, setzen wir uns doch«, sagte Hendley und bugsierte Paul zu einem leeren Sessel. Rhodes nahm wieder seinen Platz auf der Couch ein.

»Etwas zu trinken, die Herren? Kaffee? Tee?«, fragte Hendley. »Orangensaft?«

»Für mich nicht, danke«, antwortete Rhodes.

Paul dachte an seinen lauwarmen Tee und bekam Lust auf eine frische, heiße Tasse. Die würde ihm jetzt schmecken. Doch er brachte es nicht über sich, vor zwei ehemaligen Senatoren, von denen einer noch dazu sein Chef war, darum zu bitten. »Nein, danke.«

»Paul, ich weiß es zu schätzen, dass Sie sich die Zeit genommen haben und heraufgekommen sind«, sagte Hendley und setzte sich hinter seinen ausladenden Schreibtisch. »Der Senator hat ein dringendes Anliegen, über das er gerne mit Ihnen sprechen würde.«

Paul zuckte mit den Schultern. »Aber selbstverständlich.« Doch in Gedanken war er bereits wieder bei der Excel-Tabelle in seinem Computer und ging die Zahlen durch.

Rhodes beugte sich vor und faltete die Hände. Als wollte er beten, dachte Paul.

»Eines gleich vorweg: Was ich dir jetzt sagen werde, ist streng vertraulich.«

Paul nickte. »Ich verstehe.«

»Gut. Nun, wie du wahrscheinlich weißt, sitze ich im Vorstand von Marin Aerospace Systems, einem der größten Vertragspartner des Verteidigungsministeriums, und wir haben ein wirklich bemerkenswertes Unternehmen im Visier, das wir für einen höchst attraktiven Übernahmekandidaten halten. Natürlich in einem ganz friedlichen, völlig legalen Sinn. Wir werden der Unternehmensleitung in den kommenden zehn Tagen ein offizielles Angebot unterbreiten, und alles deutet darauf hin, dass sie es anzunehmen gedenkt.«

»Handelt es sich ebenfalls um ein Rüstungsunternehmen?«

»Um ein Technologieunternehmen. Hauptsächlich zivile Anwendungen, aber sehr fortschrittlich, sehr innovativ. Wir erhoffen uns davon enorme Synergieeffekte.«

»Was kann ich dabei tun?«

Rhodes grinste breit. »Um ganz offen zu sein: Unsere Firma hat Mist gebaut. Wir haben zusammen mit einem Vertrag eine Absichtserklärung unterzeichnet, um das Geschäft in Gang zu bringen – du weißt ja, wie Anwälte sind, und ihre Anwälte da drüben ...«

»Da drüben?«, fragte Paul.

»In Singapur. Habe ich das nicht erwähnt?« Rhodes strahlte. »Warst du schon mal dort?«

Paul zuckte mit den Schultern. »Nein, bedauere.«

»Oh, dann kannst du dich auf ein besonderes Vergnügen freuen. Die Stadt ist großartig. Wirklich spitze. Du machst dir kein Bild. Sie ist das Paris Asiens, nur dass es nicht schmutzig ist und keine Franzosen dort leben.« Rhodes lachte über seinen eigenen Scherz.

Paul verlagerte unbehaglich sein Gewicht. Der stabile Klubsessel ächzte. »Ich soll reisen?«

Rhodes sah die Besorgnis in Pauls Augen. »Tut mir leid, ich wollte den Dingen nicht vorgreifen. Lass mich dich zuerst über den Rest ins Bild setzen, dann können wir über Einzelheiten reden.«

Hendley schmunzelte. »Paul, ich möchte Ihnen versichern, dass hier keinerlei Druck ausgeübt wird. Ich weiß, dass Sie nicht gerne reisen. Aber wenn ich Sie bitten darf, hören Sie den Senator bis zu Ende an.«

Paul nickte, aber er wusste schon jetzt, dass er es nicht tun würde. Er hatte hier zu viel Arbeit zu erledigen. Außerdem hasste er die Fliegerei. Er versuchte sich zu erinnern, wie weit es bis nach Singapur war.

»Es geht um Folgendes«, fuhr Rhodes fort. »Unsere Firma vollzieht momentan einen Strategiewechsel, formuliert ihre Ziele gewissermaßen neu. Sie fängt noch mal von vorn an und stellt die ganz großen Fragen: Wer sind wir, was tun wir, wie wollen wir es tun – du weißt schon. Das bedeutet, dass es bei uns in letzter Zeit mehrere personelle Veränderungen gegeben hat. Besonders im oberen Management. Und wie es der Zufall will, ist auch die Frau, die dieses spezielle Projekt geleitet hat, von einem unserer Hauptkonkurrenten abgeworben worden. Ich vermute, dass sie die Absichtserklärung vergessen hat, oder zumindest einige wichtige Details. Jedenfalls hatte sie in letzter Minute jemanden beauftragt – eine Firma, mit der ich überhaupt nicht einverstanden war. Ich habe den Vertrag mit der Firma gekündigt und mein Unternehmen dadurch einem gewissen Risiko ausgesetzt.«

»Sie brauchen eine unabhängige Prüfung durch Dritte, nehme ich an«, sagte Paul.

Rhodes ließ sein 1000-Watt-Lächeln erstrahlen und blickte zu Hendley: »Habe ich es nicht gesagt? Paul ist der Beste. Einfach der Beste.«

»Glauben Sie mir, das weiß ich«, erwiderte Hendley. »Und als wir ihn eingestellt haben, kam die wärmste Empfehlung von Ihnen.«

Rhodes zuckte mit den Schultern. »Ich sage nur offen, was ich denke.«

Paul war seinerzeit dankbar für die Empfehlung gewesen. Doch schon damals hatte er das dunkle Gefühl gehabt, dass er sich eines Tages dafür würde revanchieren müssen.

Und nicht zu knapp.

10

Ein energisches Klopfen ließ alle aufhorchen. Die Tür schwang auf, und Jack stand in der Öffnung. Er wirkte gehetzt.

»Entschuldigung, dass ich zu spät komme. Zwei Blocks von hier gab es einen Unfall.«

»Jack, schön, Sie zu sehen«, sagte Rhodes. Er und Hendley standen auf, um ihn zu begrüßen. Nach kurzem Kampf hatte sich auch Paul aus dem Sessel gewuchtet.

Rhodes musterte Jacks Gesicht. »Der Schnurrbart gefällt mir, Jack. Aber da ist noch etwas an Ihnen, ich komme nur nicht dahinter, was.«

Nach der Geiselbefreiung hatte sich Jack den Vollbart abrasiert und nur einen dichten, aber gepflegten Oberlippenbart stehen lassen. Außerdem hatte er sich die langen Haare gestutzt und den Scheitel auf die andere Seite verlegt.

Er hatte sogar etwas Make-up aufgetragen, um die Reste des blauen Auges zu kaschieren. Als Sohn des US-Präsidenten änderte er von Zeit zu Zeit gern sein Aussehen, um in der Öffentlichkeit nicht erkannt zu werden.

»Sie sehen aus wie der junge Burt Reynolds«, befand Hendley.

»Wer ist Burt Reynolds?«, fragte Jack.

»Der Jugendschwarm meiner Frau«, antwortete Hendley. »Das war vor Ihrer Zeit. Sagen Sie, kennen Sie eigentlich Paul Brown?«

Jack streckte lächelnd die Hand aus. »Wirtschaftsprüfung, richtig?«

Pauls unerwartet kräftiger Händedruck gefiel ihm.

»Es überrascht mich, dass Sie sich an mich erinnern. Wir arbeiten an entgegengesetzten Enden des Gebäudes und in unterschiedlichen Etagen.«

»Sie leisten hervorragende Arbeit«, sagte Jack. In Wahrheit kannte er den Mann kaum. Er hatte ihn ein paar Mal auf Weihnachtsfeiern und bei Personalversammlungen gesehen. Allerdings genoss Brown einen ausgezeichneten Ruf.

»Sie aber auch«, erwiderte Paul. »Was man so hört.«

Im ersten Moment stutzte Jack. Weder Paul noch Rhodes wussten vom Campus, der sogenannten »schwarzen Seite« von Hendley Associates, zuständig für verdeckte Operationen. Um solche Operationen zu finanzieren, hatten Hendley und Jack Ryan, Senior, auch die »weiße Seite« der Firma gegründet, die der Öffentlichkeit unter dem Namen Hendley Associates bekannt war und im Bereich Private Equity Management agierte. Die Firma war im Lauf der Jahre exponentiell gewachsen, sowohl was die Belegschaft als auch das von ihr verwaltete Vermögen anging. Tatsächlich hatte Jack auf der weißen Seite der Firma als erstklassiger Finanzanalyst angefangen, bevor er als Außenagent zum Campus stieß – ohne Wissen und Erlaubnis seines Vaters.

»Wir haben nie zusammengearbeitet, oder?«, fragte Jack.

»Nein, aber Sie haben vor ein paar Jahren mit Kevin Hedrick an einem Projekt gearbeitet, mit dem ich vertraut bin. Er sagt, Sie hätten einen messerscharfen Verstand.«

»Kevin hatte die Federführung. Ihm verdanke ich, dass ich dabei so gut aussah.«

»Jetzt hab ich's«, rief Rhodes wie ein Matheschüler, der eine Aufgabe gelöst hat. »Sie haben ordentlich Muskeln zugelegt, seit ich Sie das letzte Mal gesehen habe. Sie gehen wohl ziemlich oft ins Fitnessstudio, was?«

»Sie sehen auch ziemlich gut aus, Senator«, sagte Jack in dem Bemühen, von sich abzulenken. Tatsächlich hatte er dank einem neuen Trainingsprogramm in letzter Zeit weitere fünf Pfund Muskeln aufgebaut, womit sich der Zuwachs seit dem College auf fünfzehn Pfund erhöhte.

»Ich mache hauptsächlich Pilates und Yoga«, sagte Rhodes. »Und Whole30.«

In den folgenden Minuten tauschten Jack und Rhodes ein paar private Geschichten aus, wobei sie Hendley in die freundschaftliche Unterhaltung miteinbezogen. Rhodes war im Weißen Haus und sogar in der Privatresidenz des Präsidenten ein häufiger Gast gewesen. In Ryans erster Amtszeit hatte er sich unermüdlich für dessen Verteidigungsprogramm eingesetzt und sich dadurch Hendleys und Ryans Dankbarkeit und Loyalität verdient.

Paul Brown fiel auf, wie ungezwungen und vertraut die drei Männer miteinander umgingen. Gute alte Bekannte, wie ihm schien. Zwei ehemalige Senatoren und ein Präsidentensohn. Paul kam sich wie ein Fremdkörper vor. Er war nur der Sohn eines Streifenpolizisten und auf der Milchfarm seines Großvaters aufgewachsen.

»Kann ich Ihnen etwas zu trinken kommen lassen, Jack?«, fragte Hendley.

»Nein, danke.«

Dann nahmen alle Platz. Rhodes setzte Jack darüber ins Bild, was er Paul bereits mitgeteilt hatte, und fuhr dann dort fort, wo er stehen geblieben war.

»Langer Rede kurzer Sinn, meine Herren: Wir brauchen eine unabhängige Fremdfirma, die nach dem Grundsatz von Treu und Glauben eine Prüfung ihrer Vermögenswerte durchführt, und am Ende werden beide ein Papier unterzeichnen, in dem Ihre Befunde zusammengefasst sind. Nichts übermäßig Schwieriges oder Kompliziertes. Auf diese Weise können sich beide Parteien vergewissern, dass wir einen angemessenen Preis ausgehandelt haben.«

»Zweifelt denn eine der Parteien daran?«

Rhodes zuckte mit den Schultern. »Wir haben das Doppelte des aktuellen Börsenkurses geboten. Wenn sie so gut sind, wie wir glauben, lohnt sich das allemal. Aber wenn noch einmal zwei Leute den Preis unter die Lupe nehmen, wird das ein paar Gemüter beruhigen, auch meines.«

Rhodes lehnte sich vor. »Und wie jeder in der Branche weiß, genießt Hendley Associates auf dem Gebiet einen glänzenden Ruf, und niemand ...« Er deutete mit dem Finger auf Paul. »... ist in forensischer Buchprüfung besser als Paul Brown. Glauben Sie mir. Ich habe ihn bei der Arbeit erlebt.«

Jack runzelte die Stirn. Er hatte Rhodes nie zuvor bei Hendley Associates gesehen und fragte sich, wann Paul und Rhodes zusammengearbeitet hatten – und warum.

»Paul«, fuhr Rhodes fort, »ich möchte dich darum bitten, dir ihre Bücher anzusehen – selbstverständlich ist das alles jetzt digital. Wühl darin herum, vergewissere dich, dass es mit dem Laden steil bergauf geht.«

»Haben Sie denn einen Verdacht?«, fragte Hendley.

»Nein, überhaupt nicht. Dalfan Technologies ist ein altes und seriöses Unternehmen auf dem ehrlichsten Markt und in der robustesten Wirtschaft Asiens. Aber Enron hat seinerzeit auch jeder für ein leuchtendes Vorbild gehalten. Unter den derzeitigen Marktbedingungen können Unternehmen wie unseres nur dadurch ihren Marktanteil vergrößern und wachsen, dass sie kleinere, schneller wachsende Firmen wie Dalfan erwerben.«

»Aber Ihr Vorstand will für das Privileg nicht zu viel bezahlen oder die Katze im Sack kaufen«, sagte Hendley.

»Ganz recht. Eine Prüfung durch eine Drittpartei schützt die Interessen aller Beteiligten.« Rhodes blickte zu Jack. »Ich kenne Gerry seit zwanzig Jahren und habe ihn beglückwünscht, als er sich dazu entschloss, in die Privatwirtschaft zu wechseln und diese großartige Firma aufzubauen.« Er wandte sich wieder Hendley zu. »War ich nicht Ihr größter Unterstützer? Habe ich Ihnen nicht gesagt, dass Sie Erfolg haben würden?«

Hendley lächelte. »Schuldig in beiden Punkten. Und ich bin Ihnen für die Unterstützung in all den Jahren wirklich dankbar.«

Rhodes wandte sich wieder Jack und Paul zu. »An welche Firma hätte ich mich also wenden sollen, wenn nicht an Hendley Associates?«

Hendley bemerkte die Unschlüssigkeit in ihren Gesichtern.

»Es ist eine große Ehre, dass der Senator sich an uns gewandt hat, und ich würde den Auftrag sehr gern annehmen. Auch das Honorar ist äußerst großzügig. Allerdings hat er drei Bedingungen an den Auftrag geknüpft. Und die ersten beiden betreffen Sie beide, meine Herren.«

Jack und Paul tauschten einen verwirrten Blick.

Rhodes lächelte. »Ich habe ausdrücklich dich verlangt, Paul, weil ich deine Arbeit kenne und weiß, dass du dich auf Diskretion verstehst. Ich wüsste niemanden auf der Welt, dem ich diese Angelegenheit lieber anvertrauen würde als dir.« Er machte eine Kunstpause. »Das kann ich dir versichern.«

Die kleine Ansprache erschien Jack ein wenig übertrieben, doch ein Blick in Pauls Gesicht verriet ihm, dass sie die gewünschte Wirkung hatte.

Rhodes wandte sich an Jack. »Sie habe ich nicht verlangt, Jack. Ich habe Gerry nur nach seinem besten Finanzanalysten gefragt, und er hat ohne Zögern Ihren Namen genannt – was mich nicht überrascht hat. Sie sind ein kluger Kopf, genau wie Ihr Vater. Und angesichts unserer gemeinsamen Vorgeschichte würde ich mich umso mehr freuen, Sie mit Paul an Bord zu haben.«

»Sehr freundlich von Ihnen, Senator.«

»Und wenn ich Sie nicht beide bekomme, na ja, dann geht für mich gar nichts. Klingt verrückt, ich weiß, aber so überzeugt bin ich nun mal von unserem kleinen Team.«

»Da hören Sie's«, sagte Hendley. »Ohne Sie beide kriegen wir den Auftrag nicht.«

Jack und Paul tauschten einen unverbindlichen Blick. Jeder las in den Augen des anderen genau dasselbe. Keiner wollte den Job, wenn auch aus unterschiedlichen Gründen. Doch eine Ablehnung hätte für sie beide unausweichliche Folgen. Gerry Hendley wäre bitter enttäuscht. Jack sah ihm an, dass er den Auftrag unbedingt wollte.

Rhodes verstand diesen stummen Austausch als Kapitulation und Zeichen des Sieges.

»Paul, wenn du bereit bist, den Auftrag zu übernehmen, wirst du die forensische Buchprüfung durchführen. Ich möchte, dass du dein Radarhirn in Betrieb nimmst und den Nebel durchdringst. Ich glaube zwar wirklich nicht, dass du etwas finden wirst, und ich könnte mir kein besseres Ergebnis wünschen.« Rhodes macht eine Pause. »Aber versteh mich nicht falsch. Wenn etwas nicht stimmt, wenn etwas faul ist, möchte ich es wissen. Ich habe meiner Firma gegenüber eine treuhänderische Verpflichtung und zähle darauf, dass du mir hilfst, sie zu erfüllen.«

»Selbstverständlich«, sagte Paul. »Aber den Job könnte jeder qualifizierte Buch- und Rechnungsprüfer übernehmen.«

Rhodes deutete auf Jack. »Jack, wenn Sie mitmachen, erwarte ich von Ihnen eher Auskünfte qualitativer Natur. Ich möchte, dass Sie sich umsehen, sich ein Bild von den Leuten machen, die Sie dort kennenlernen, von den Arbeitsbedingungen, der Atmosphäre in dem Laden – ja sogar in der Stadt. Ist es eine Umgebung, in der Sie gerne arbeiten würden? Sind die Leute zufrieden, produktiv? Wie steht es bei Dalfan mit der Qualitätskontrolle? Mit der Sicherheit? Und Sie sollten sich die Zeit nehmen, sich mit

Paul zu beraten. Wenn er ein oder zwei fragwürdige Akten ausgräbt, dann hoffe ich, Sie legen sich ins Zeug und gehen der Sache nach, schauen unter die Motorhaube und treten gegen die Reifen. Verstehen Sie, was ich meine?«

»Ich denke schon.«

»Die Leute dort werden eine Show abziehen und sich von ihrer besten Seite zeigen«, sagte Hendley. »Das ist ja normal. Halten Sie einfach die Augen und Ohren offen und versuchen Sie, einen Blick hinter die Kulissen zu werfen.«

Rhodes fügte hinzu: »Da drüben ist äußerste Zurückhaltung gefragt. Wenn sich herumspricht, was ihr da tut, könnte das den Deal in Gefahr bringen.«

Jack und Paul nickten.

»Fragen?«, erkundigte sich Rhodes.

»Was war die dritte Bedingung für den Job?«, fragte Jack.

»Ach ja, das hätte ich fast vergessen. Sie müssten noch heute Abend nach Singapur fliegen. Wir stehen unter Zeitdruck, und der Flug dauert einundzwanzig Stunden.«

Paul Brown machte große Augen. Jack zog die Stirn kraus.

Rhodes spürte, dass die Sache noch nicht in trockenen Tüchern war. Er wandte sich an Hendley: »Gerry, ich würde gern mit Paul unter vier Augen sprechen. Hätten Sie etwas dagegen?«

»Nein, überhaupt nicht. Ich wollte mir sowieso einen Kaffee holen und mit Jack eine andere Angelegenheit besprechen. Eine halbe Stunde?«

»Das sollte genügen.«

»Rufen Sie mich an, wenn es länger dauert«, sagte Hendley. Die vier Männer standen auf. »Kommen Sie, Jack. In der Kantine gibt es heute Morgen Pflaumenplunder.«

Jack stöhnte leise und folgte ihm durch die Tür.

Gerry Hendley würde gleich etwas auf den Tisch bringen, aber mit Sicherheit keinen Pflaumenplunder.

11

Hendley goss sich einen Kaffee ein, doch die Pflaumenplunder waren schon alle, sodass er widerwillig nach einem Blaubeer-Muffin griff. Jack nahm sich einen Müsliriegel und einen Beutel Jocko White Tea, neuerdings sein bevorzugtes, coffeinhaltiges Getränk. Hendley führte ihn an einen Tisch in der hinteren Ecke, weit weg von den anderen Gästen.

Kostenloses Frühstück und Mittagessen gehörten zu den Sonderzulagen der Mitarbeiter von Hendley Associates. Ebenso wie 80-Stunden-Wochen. Die Branche war umkämpft, und irgendwo auf der Welt wurde immer gearbeitet. Wer in der Firma aß, verbrachte weniger Zeit außerhalb der Firma. Die Einrichtung einer Kantine war für die Firma eine kostspielige, aber notwendige Investition gewesen.

»Ding und John haben mir einen detaillierten Bericht über den Rettungseinsatz gestern zukommen lassen«, sagte Hendley. »Sie und das Team haben hervorragende Arbeit geleistet. Ich hatte noch keine Gelegenheit, Ihnen das persönlich zu sagen.«

»John hat uns gesagt, dass wir ein paar Tage freinehmen sollen. Ich habe tief und fest geschlafen, als Sie heute Morgen angerufen haben.«

Hendley grinste verschwörerisch. »Ist wohl spät geworden, wie?«

»Ich habe eine neue Churchill-Biografie angefangen, die ich mir kürzlich gekauft habe. Und ich habe mir die komplette erste Staffel von *Stranger Things* angeschaut.«

»Was für eine Vergeudung der Jugend«, scherzte Hendley. »Aber im Ernst: Ist alles in Ordnung? Das war ein gefährlicher Einsatz.«

»Ja, alles in Ordnung. Muss noch ein paar Dinge verarbeiten. Und freue mich schon auf den nächsten.«

»Bei der Rettungsaktion war Glück dabei. Ich habe deswegen ein schlechtes Gewissen, um ehrlich zu sein. Die Sache hätte auch schiefgehen können.«

»Es war ein Glück, dass wir genau diese Art von Einsatz geübt hatten. Das hat sich ausgezahlt.«

»Ich weiß. Aber wenn ihr nicht schon in der Gegend gewesen wärt, hätte man euch nicht gerufen. John und ich haben gestern darüber gesprochen. Wir werden versuchen, solche Einsätze in Zukunft zu meiden. Da kommen zu viele Variablen und Unbekannte zusammen.«

»Wenn wir nicht eingegriffen hätten, wären die übrigen Geiseln umgebracht worden. Es war das Risiko wert.«

»Jetzt, wo ich weiß, wie es ausgegangen ist, kann ich zustimmen. Aber unter den gegebenen Umständen hätten wir die Geiseln *und* das Team verlieren können. Ich weiß nicht, was ich Ihrem Vater hätte sagen sollen, wenn Ihnen oder einem von den anderen etwas zugestoßen wäre.«

»Sie hätten ihm gesagt, dass wir unser Bestes gegeben haben. Mehr würde er nicht hören wollen.«

»Da haben Sie recht.« Doch plötzlich verdüsterte sich Hendleys Stimmung. Er war noch immer nicht über den Tod von Doms Bruder Brian Caruso und von Sam Driscoll hinweg. Der Campus hatte mit den beiden in den letzten Jahren zwei gute Männer verloren. Sie übten einen riskanten Beruf aus, keine Frage, und alle Mitarbeiter des Campus nahmen dieses Risiko für ihr Land bereitwillig auf sich. Doch Hendley verstand es als seine Pflicht, jede Anstrengung zu unternehmen, um die Risiken so gering wie nur möglich zu halten. Vorausplanung und Informationsbeschaffung waren der Schlüssel bei diesem Bemühen, doch bei der Befreiungsaktion hatte man aus Zeitmangel beides grob vernachlässigt.

»Erzählen Sie mir von der Sache mit Rhodes. Was geht da wirklich vor?«, fragte Jack.

»Sie wissen so viel wie ich. Er hat gestern am späten Abend angerufen und mir sein Anliegen vorgetragen. Wir beide kennen uns schon ziemlich lange. Das klingt nach einem einfachen Auftrag für Sie beide, und Singapur wird Ihnen gefallen.«

»Es ist nur so, dass ich schon eine ganze Weile nicht mehr auf der weißen Seite gearbeitet habe.«

»Umso mehr möchte ich, dass Sie den Job übernehmen. Ihre Analystentätigkeit für Hendley Associates verschafft Ihnen eine fantastische Tarnung. Außerdem müssen Sie in Übung bleiben.«

»Die Arbeit für den Campus gefällt mir aber besser.«

»Das glaube ich gern. Eine Maschinenpistole abzufeuern muss um einiges aufregender sein, als Form-10-K-Berichte und all die anderen Papiere der Börsenaufsicht zu lesen. Aber vergessen Sie nicht, mein Lieber, die Analystentätigkeit gehört immer noch zu Ihrem Aufgabenbereich.« Er trank noch einen Schluck Kaffee.

Jack stutzte. Es sah Gerry nicht ähnlich, dass er den Chef raushängen ließ. »Worum geht es hier wirklich?«

»Bitte?«

»Ich werde das Gefühl nicht los, dass Sie mich aus irgendeinem anderen Grund, den Sie mir verschweigen, in Singapur haben wollen.«

Jack fragte sich, ob er dauerhaft dort stationiert werden sollte. Mittlerweile wurde darüber gelacht, aber letztes Jahr war Gerry ganz und gar nicht davon angetan gewesen, dass er auf einer vor Carpenter Point ankernden Jacht von

Jack mit Markierungsmunition beschossen worden war. Bei der Übung hatte Jack allzu schnell den Abzug betätigt. Und auf der Nordseeplattform hatte er nicht schnell genug abgedrückt.

Hendley setzte sich aufrecht hin. »Offen gesagt, Sie sind einer meiner bester Analysten, deshalb möchte ich, dass Sie den Auftrag für Rhodes übernehmen. So einfach ist das. Sie kennen ihn so gut wie ich. Er ist nicht nur Marin Aerospace verbunden. Er hat überall in der Stadt Beziehungen. Wenn wir ihm so kurzfristig einen Dienst erweisen, wird er uns das nicht vergessen. Das wird uns eine Menge Aufträge einbringen, so langweilig sie manchmal auch sein mögen. Aber diese langweilige Arbeit ist es, die den Campus finanziert und funktionsfähig hält.«

Jack musterte Gerry, sah seinen entschlossenen Blick. Er war mehr sein Freund und Förderer als sein Boss. Jack konnte bei ihm zwischen den Zeilen lesen. »Und weiter?«

Gerry sah Jack fest in die Augen, dann verzog er das Gesicht zu einem Grinsen. »Na ja, eine Sache wäre da noch.«

Auch Jack grinste, verkniff sich aber jede Häme. Es kam nicht oft vor, dass jemand Gerry Hendley zwang, Farbe zu bekennen. »Ja?«

Der ehemalige Senator legte Jack väterlich die Hand auf den muskulösen Unterarm. »Mir gefällt einfach die Vorstellung, dass Sie in Singapur sind. Wahrscheinlich ist es die sicherste Stadt auf der Welt – auf jeden Fall die sauberste. Das wird eine Art bezahlter Urlaub. Nutzen Sie die Gelegenheit, sich auszuruhen, einen Teil der Welt zu sehen, den Sie noch nicht kennen.«

»Ich wusste es. Sie machen sich Sorgen um mich.«

»Sorgen? Warum sollte ich mir Sorgen machen?«

»Hat Ding etwas zu Ihnen gesagt?«

»Ja, allerdings. Er hat gesagt, dass Sie auf dieser Ölplattform einen guten Job gemacht haben und dass der

Fehler, der Ihnen unterlaufen ist, jedem hätte passieren können.«

»Und das ist alles?«

»Ist da noch etwas, von dem Sie glauben, dass ich es wissen sollte?«

Jack wusste, dass sich hinter dem Südstaatlercharme des Ex-Senators ein untrügliches Gespür für Schwäche und das Verhandlungsgeschick eines Fischhändlers verbargen. Er musste vorsichtig vorgehen.

»Wir sollen nächste Woche in Colorado mit der neuen Trainingseinheit beginnen. Das darf ich nicht verpassen.«

»John hat mir versichert, dass Sie nichts Wichtiges verpassen werden. Er wird Sie instruieren, wenn Sie zurückkommen.«

»Ich möchte das Team nicht hängenlassen. Wenn ich in Singapur bin und die anderen zu einem Einsatz gerufen werden, bin ich nicht für sie da.« Jack nippte an seinem Tee. »Oder ist das der Punkt?«

»Hören Sie, Sie interpretieren viel zu viel in die Sache hinein. Es ist ein Auftrag, und ich brauche Sie dafür. Das ist alles. Wenn ich Sie nicht im Campus haben wollte, wären Sie draußen, oder?«

»Ja, sicher.« Jack hatte schon einmal seinen Platz im Team verloren und fürchtete, er könnte ihn erneut verlieren. Er konnte nur hoffen, dass dieser Auftrag auf der weißen Seite nicht der erste sanfte Schubs aus der Campus-Tür war.

Hendley biss noch ein Stück von seinem Blaubeer-Muffin ab. »Ich weiß ja, dass der Analystenjob in Singapur nicht der große Aufreger ist. Eine Schießerei ist da sicher etwas ganz anderes.«

»Es ist nicht nur das. Es geht darum, dass ich meine Rolle im Team ausfülle.«

»In welchem Team? Sie arbeiten für Hendley Associates und den Campus. Wir sind alle ein großes Team. Sie haben auf beiden Seiten des Unternehmens unterschiedliche Rollen zu spielen, denn Sie haben mehr als nur ein Talent. Was Sie tun, kann nicht jeder im Campus.«

»Danke.«

»Aber ich habe den Eindruck, dass Sie den größeren Zusammenhang nicht sehen. Kennen Sie den alten Spruch ›Weil ein Nagel fehlte …‹«

Jack erinnerte sich vage. Er hatte ihn einmal an der St. Matthew's Academy zitiert. »›Weil ein Nagel fehlte, ging das Hufeisen verloren, weil das Hufeisen fehlte, ging das Pferd verloren, und weil das Pferd fehlte, ging der Reiter verloren.‹«

Hendley hielt einen Finger in die Höhe. »Genau! ›Und weil der Reiter fehlte, ging die Schlacht verloren, und weil die Schlacht verloren ging, ging das Königreich verloren.‹ Manchmal muss man in der Schlacht das Schwert schwingen, aber manchmal muss man nur den Stall ausmisten – was ich auf der Farm weiß Gott oft genug getan habe. Aber alle Rollen sind wichtig, wir müssen alle spielen. Und für mich ist es wichtig, dass Sie diese Rolle für Rhodes spielen, Jack.«

Jack hatte immer noch das Gefühl, dass ihm Hendley etwas verschwieg. Er wollte ihn nicht enttäuschen, aber er wollte auch nicht die Außenagenten des Campus im Stich lassen. Er war hin- und hergerissen.

»Jack, Sie wissen, dass Sie sich hier jedermanns Respekt verdient haben, speziell im Campus. Sie sind immer zur Stelle, ganz gleich was von Ihnen verlangt wird. Ich bitte Sie zu verstehen, dass auch das Ihr Job ist.«

Hendley stand auf und ließ dabei seinen Stuhl über die Fliesen scharren. »Nehmen Sie sich eine Stunde. Denken Sie darüber nach und teilen Sir mir dann Ihre Entscheidung mit.«

»Ich brauche die Stunde nicht, Gerry. Ich werde es natürlich tun.«

Hendley strahlte. »Wunderbar. Glauben Sie mir, es wird Ihnen mehr Spaß machen, als Sie ahnen. Und es ist für Sie eine gute Gelegenheit, Paul näher kennenzulernen. Er ist manchmal ein harter Brocken, aber ein guter Mann.«

Eher ein Weichei mit harter Schale, dachte Jack. Aber Gerry Hendley gab solche Hinweise nie leichthin.

Hendley drehte sich um und bemerkte jemanden am anderen Ende des Raums. Einen Augenblick später stand er an dem betreffenden Tisch, scherzte und schüttelte Hände, als kandidierte er für das Amt des County Commissioner.

Jack bekam ein mulmiges Gefühl. Lieber würde er aus dem Flugzeug springen, als auf dem Flug neben einem Mann zu sitzen, dessen Vorstellung von einem schönen Abend wahrscheinlich darin bestand, auf dem Kabelkanal des Hotels untertitelte Wiederholungen von *Rauchende Colts* anzuschauen. Und kaum reizvoller fand er die Vorstellung, die nächsten zehn Tage in einer Stadt zu verbringen, die so stockkonservativ war, dass sie das Kaugummikauen verbot.

Aber wie sein Vater immer sagte: Wenigstens musste er nicht zum Scheißeschaufeln nach Louisiana.

12

Worüber willst du mit mir reden?«, fragte Paul. Rhodes hatte die Tür geschlossen, nachdem Hendley und Jack gegangen waren, und dann den Vorhang am Seitenfenster zugezogen.

Überzeugt, dass sie jetzt unbeobachtet waren, kehrte Rhodes zu Paul zurück, der sich wieder in den Clubsessel gesetzt hatte. Rhodes blieb direkt vor ihm stehen und lehnte sich an Hendleys Schreibtisch, sodass er den korpulenten Wirtschaftsprüfer weit überragte. Sein Instinkt sagte ihm, dass er eigentlich einen Wanzencheck vornehmen sollte, um sicherzugehen, dass niemand mithörte, aber Gerry Hendley war ein alter Freund und ein anständiger Kerl, und er wollte Brown auf keinen Fall einen Schrecken einjagen.

»Paul, alles, was ich Gerry und Jack vorher über den Zweck dieses Auftrags gesagt habe, entspricht absolut der Wahrheit. Das musst du mir glauben.«

»Okay.«

»Und du musst mir auch glauben, dass ich wirklich darum gebeten habe, dass du den Auftrag übernimmst. Und als ich gesagt habe, dass du der beste forensische Buchprüfer bist, den ich kenne, war das nicht nur so dahingeredet. Wir kennen beide deine Fähigkeiten. Du bist sogar zertifizierter Betrugsprüfer – ideal für diesen Job. Wir beide wissen, dass dieses Zertifikat nicht so leicht zu bekommen ist.«

Paul zuckte mit den Schultern. Die Komplimente waren ihm unangenehm.

»Ich weiß auch, dass du ein Mann bist, der auf einen geregelten Tagesablauf Wert legt. Und dass es nicht nach deinem Geschmack ist, Knall auf Fall aus deiner Komfortzone und Arbeit hier herausgerissen zu werden und ans andere Ende der Welt zu düsen.«

»Es ist nur so, dass ich mitten in einem größeren Projekt stecke und mein Team …«

Rhodes hob die Hand wie ein Verkehrspolizist und brachte ihn zum Schweigen.

»Du brauchst dich vor mir nicht zu rechtfertigen, Paul. Du hast vollkommen recht. Du hast hier wichtige Aufgaben. Und ich möchte dir versichern, dass du diese Sache nicht tun musst, wenn du nicht willst. Aber ich kenne dich, und wenn ich dir erklären darf, worum es hier wirklich geht, bist du dabei, denke ich.«

»Okay. Ich bin ganz Ohr.«

Rhodes rutschte in den leeren Clubsessel neben Paul – als wären sie zwei alte Freunde, die sich gegen die Welt verschworen.

»Du weißt, dass die Chinesen ganz wild darauf sind, ihre Streitkräfte auszubauen. Sie haben ihre Verteidigungsausgaben im zweistelligen Bereich gesteigert und zeigen keine Anzeichen, dass sie einen Gang zurückschalten wollen. Schlimmer noch, sie machen atemberaubende technische Fortschritte. Schritt für Schritt scheinen sie in der Entwicklung von Tarnkappenjägern, Radartechnik, Drohnen und was auch immer mit uns gleichzuziehen. Die Cyberwar-Abteilung der Volksbefreiungsarmee ist absolute Spitze. Sie lassen unsere Unternehmen Milliarden von Dollar für Forschung und Entwicklung ausgeben und klauen ihnen dann die Ergebnisse mit einem Tastendruck.«

Paul nickte. »Das ist besorgniserregend.«

»Nun, Großunternehmen wie meines haben in jüngster

Zeit ziemlich gute Arbeit geleistet und dem Treiben einen Riegel vorgeschoben. Jeden Tag registrieren wir Tausende von Hackerangriffen – die meisten von Kleinkriminellen oder unzufriedenen Hacktivisten, aber einige sind ziemlich ernst zu nehmen, besonders die staatlich geförderten. Bislang haben sich unsere Firewalls und Abwehrmaßnahmen als unüberwindlich erwiesen, und bald wird uns neue Software gegen Viren und Hackerangriffe zur Verfügung stehen. Aber wie ich schon sagte, wir sind ein multimilliardenschweres Technologieunternehmen, wer sonst sollte in solchen Dingen gut sein, wenn nicht wir. Deshalb legt die chinesische Regierung ihr Augenmerk auf kleinere ausländische Firmen. Firmen wie Dalfan Technologies.«

»Glaubst du, da gibt es ein Problem?«

»Eigentlich nicht, nein. Ich war ein paar Mal drüben, seit wir die Möglichkeit prüfen, sie aufzukaufen. Sie haben eine erstklassige IT-Abteilung. Und der Gründer der Firma, ein gewisser Gordon Yeoh Fairchild, ist der Sohn eines Auslandsbriten. Er ist so prowestlich, wie man es in diesem Teil der Welt nur sein kann. Allerdings haben wir ein paar Nachforschungen angestellt und dabei herausgefunden, dass er ein paar Geschäfte mit Firmen in Hongkong und auf dem Festland gemacht hat.«

»Das hat Ihr Unternehmen auch«, erwiderte Paul.

»Natürlich. Wir haben heute eine vernetzte, globale Wirtschaft. Der freie Handel kommt allen zugute. Die Herausforderung in diesem Fall ist allerdings etwas komplexer. Es ist für uns eine Sache, einer chinesischen Firma, selbst wenn sie mit Peking in Verbindung steht, ein Produkt zu verkaufen – denn das ist eine einfache Transaktion, der Tausch einer Ware gegen Geld. Aber wenn wir mit Dalfan fusionieren, bedeutet das, dass unsere Software, unsere Großrechner, Cloud-Server und sonstigen IT-Infrastrukturen vernetzt werden. Und unsere Freunde in Langley befürchten, dass die Chinesen bei Dalfan bereits Software und Hardware eingeschleust haben könnten, die sich dazu benutzen lässt, unsere Cyberabwehr zu durchbrechen. Dass wir also den Bock zum Gärtner machen, ohne es zu ahnen.«

»Ich bin kein IT-Spezialist, geschweige denn Fachmann für Cybersicherheit.«

»Aber ich kenne jemanden, der es ist. Und der hat mir dies hier gegeben.« Rhodes griff in seine Jackentasche und überreichte Paul einen USB-Stick.

Paul rückte mit einem Finger die Brille auf seiner Nase zurecht, hielt sich den Stick dicht vors Gesicht und nahm ihn in Augenschein. »Was ist da drauf?«

»Die Cyberkrieg-Experten der CIA haben ein Diagnoseprogramm entwickelt, das jede Art von Schadsoftware, Würmern, Bots und was es sonst noch Gefährliches in einem Computersystem gibt, egal wie komplex, aufspüren kann. Und mich hat man damit betraut, dafür zu sorgen, dass der Inhalt des USB-Sticks in deiner Hand auf einem Computer installiert wird, über den man auf den Großrechner von Dalfan zugreifen kann. Natürlich habe ich dabei an dich gedacht.«

»Ich bin immer noch etwas verwirrt. Nichts für ungut, aber warum sollte die CIA dich damit beauftragen und nicht einen ihrer Agenten von der Special Activities Division?«

Wenn sich Rhodes durch die Frage verletzt fühlte, so ließ er es sich nicht anmerken.

»Es gehört zu den Vorzügen meines Postens im Verwaltungsrat von Marin Aerospace, dass ich über wichtige Entwicklungen auf dem Laufenden gehalten werde, und wenn es angemessen erscheint, erstatte ich unserer Regierung Bericht, besonders in Fragen der nationalen Sicherheit. Als der Vorschlag aufkam, Dalfan zu kaufen, habe ich sogleich Langley unterrichtet.«

»Du spionierst dein eigenes Unternehmen aus?«

»Nein. Ich helfe meiner Regierung, den Krieg gegen den Terror zu gewinnen und uns gegen alle bekannten Feinde im In- und Ausland zu verteidigen, darunter auch die Chinesen.«

Paul runzelte die Stirn. »Befindest du dich nicht in einem Interessenkonflikt, wenn du der Regierung heimlich Insiderinformationen darüber zuspielst, was deine eigenen Leute treiben?«

Rhodes schüttelte den Kopf. »Überhaupt nicht. Was gut für mein Land ist, ist auch gut für mein Unternehmen. Und selbst wenn ein Interessenkonflikt bestünde, ich bin Patriot, und mein Land kommt für mich an erster Stelle.« Er blickte auf die Stars-and-Stripes-Anstecknadel am Revers von Pauls Kaufhausanzug. »Und ich weiß, dass du auch Patriot bist.«

Paul lehnte sich nachdenklich zurück. »Wann hast du die Agency verlassen, vor zwanzig Jahren?«

Rhodes schmunzelte. »Man verlässt sie nie ganz, oder? Klar, ich stehe nicht mehr auf ihrer Gehaltsliste. Aber wenn die Pflicht ruft, sind Männer wie wir immer zur Stelle.«

Paul sah Rhodes prüfend ins Gesicht und versuchte, darin zu lesen. Er und der Senator hatten eine gemeinsame Geschichte, die Jahre zurückreichte. Man konnte Rhodes alles Mögliche nachsagen, aber ein Patriot war er immer gewesen. Er war gewissermaßen als einer auf die Welt gekommen. Er war Yale-Absolvent in dritter Generation, so etwas wie ein blaublütiger Yankee, so viel stand fest. Sein Großvater hatte beim OSS gedient, der Vorläuferorganisation der CIA im Zweiten Weltkrieg, und sein Vater war stellvertretender Direktor unter Reagans CIA-Chef Bill Casey gewesen.

»Dann dient alles andere, die Buchprüfung und die Geschichte mit dem Vorvertrag, in Wirklichkeit nur der Tarnung?«, fragte Paul.

»Nicht ganz. Wie gesagt, es entspricht alles der Wahrheit. Mein Unternehmen hat wirklich die Absicht, dieses Geschäft zu machen, und benötigt die Dienste von Hendley Associates, damit es zustande kommt.«

»Aber es ist der eigentliche Grund, warum ihr die andere Wirtschaftsprüfungsfirma in letzter Minute ausgebootet habt?«

»Die CIA hat mir das in letzter Minute gegeben. Ich kannte niemanden in dem anderen Team, aber ich kannte Hendley Associates, und ich kannte dich.«

»Das leuchtet ein.«

»Aber dieser kleine Sonderauftrag ist – sofern du ihn annimmst – eine zusätzliche Sicherheitsmaßnahme. Eine Präventivmaßnahme, sozusagen. Und ganz ehrlich, ich gehe davon aus, dass nicht das Geringste dabei herauskommt. Aber weil unser Unternehmen für die nationalen Verteidigungsanstrengungen so wichtig ist, möchte Langley, dass wir zusätzliche Sicherheitsvorkehrungen treffen.«

Paul wand sich, drehte den USB-Stick in seinen Wurstfingern und überlegte. Rhodes befürchtete, er könnte ihm den Stick zurückgeben.

»Hör mal, wir wissen beide, dass du zu höflich bist, um es auszusprechen, deshalb werde ich es für dich tun. Du willst wissen, warum ich mich in dieser Sache an dich wende, obwohl wir seit Jahren keinen Kontakt mehr gehabt haben.«

»Ja, so ungefähr.«

»Nun, dass wir nicht in Kontakt geblieben sind, ist allein meine Schuld, und ich entschuldige mich dafür. Du weißt, wie ehrgeizig ich damals war. Ich gebe es nur ungern zu, aber ich bin im Lauf der Jahre nur noch schlimmer geworden. Alte Freunde von früher geraten leicht in Vergessenheit, wenn man damit beschäftigt ist, neue zu finden und die Karriereleiter hinaufzuklettern. Es tut mir leid.«

Paul zuckte mit den Schultern. Er hatte nie erlebt, dass sich Rhodes für etwas entschuldigt hätte. »Nein, ich verstehe schon. Du warst ein beschäftigter Mann – Senator, verdammt. Da hat man wenig Zeit, mit einem alten Kumpel aus der Buchhaltung ein Bier zu trinken.«

Rhodes legte eine manikürte Hand auf Pauls dicken Oberschenkel. »Aber du weißt, dass ich nie vergessen habe, was du für mich getan hast. Niemals.«

Paul verlagerte wieder unbehaglich sein Gewicht. »Das ist lange her. Seit jener Nacht ist viel Wasser den Bach hinuntergeflossen.«

Rhodes lächelte. »Weißt du was? Als ich meinem Freund in der Special Activities Division gesagt habe, dass du mein Mann für die Sache bist, war er begeistert.«

Paul runzelte skeptisch die Stirn. »Wieso?«

»Weil sie sich da drüben an dich erinnern.«

»Tatsächlich?«

»Wie könnten sie nicht?«

Paul hörte auf, den Stick in den Fingern zu drehen. Er betrachtete ihn und überlegte. »Falls ich es tue, was sind die Bedingungen?«

»Gute Frage. Da wären ein paar. Erstens, wir dürfen Jack und Gerry nichts davon sagen.«

Paul stutzte. Ryan und Hendley waren gute Bekannte von Rhodes und ebenso Patrioten wie er. »Wieso nicht?«

»Beide sind hervorragende Männer – glaube mir, ich kenne sie gut. Aber für Langley stehen sie nicht auf der Liste der Leute, die eingeweiht werden müssen. Dort findet man: Je weniger davon wissen, desto besser. Und was noch wichtiger ist: Es besteht die, wenn auch äußerst geringe, Möglichkeit, dass du bei der Sache erwischt wirst. Dann ist es besser für sie und den Ruf der Firma, wenn sie wirklich keine Ahnung haben, was du tust.«

»Und es glaubhaft bestreiten können.«

Rhodes nickte. »Es geht wirklich darum, Hendley Associates zu schützen. Du erinnerst dich, was nach dem Enron-Fiasko mit Arthur Andersen passiert ist.«

»Ich verstehe.«

»Entsprechend müssen wir natürlich auch Dalfan verheimlichen, was du tust. Würden wir ihnen vorher Bescheid sagen und es gäbe tatsächlich ein internes Problem, könnten sie dem Sniffer-Programm etwas entgegensetzen. Ganz persönlich gesprochen, finde ich es unmöglich, dass wir einen potenziellen Partner der Spionage für China verdächtigen, bevor wir die Partnerschaft überhaupt eingegangen sind, zumal ich nicht glaube, dass der kleine Schnüffler in deiner Hand was finden wird. Leuchtet doch ein, oder?«

»Absolut.«

»Sollte also herauskommen, was wir beide tun, könnte das die Fusion zum Scheitern bringen und unseren Aktienkurs ebenso in den Keller schicken wie ihren. Und wie von dir angesprochen, würde das wirklich nach einem schweren Interessenkonflikt aussehen, jedenfalls in den Augen der Börsenaufsicht. Die würde mich und meinen Vorstand ans Kreuz nageln, wenn sie Wind von der Sache bekäme. Geldstrafen, vielleicht sogar Gefängnis. Gar nicht davon zu reden, dass man mich feuern würde. Und offen gestanden, ich habe mich an den fetten Gehaltsscheck gewöhnt, den sie mir jedes Jahr überreichen.«

»Das kann ich mir vorstellen.« Paul wurde bei Hendley Associates für seine Arbeit gut bezahlt, aber was Rhodes als Vorstandsmitglied einstrich, überstieg sein Gehalt mit Sicherheit um mehrere Größenordnungen. »Sonst noch was?«

»Ja, und das ist das Wichtigste. Du musst diesen Stick in einen Computer stecken, der mit dem Hauptrechner von Dalfan verbunden ist, und zwar bis heute in sechs Tagen spätestens um Mitternacht Ortszeit.« Rhodes nahm Paul den Stick aus der Hand und deutete auf die kleine LED-Anzeige am hinteren Ende. »Du musst den Stick nur in einen beliebigen USB-Port stecken, und das Programm wird automatisch gestartet. Wenn du ihn hineinsteckst, leuchtet er rot auf, und wenn das Programm startbereit ist, wechselt die Anzeige zu blau. Dann fragt das Programm nach einem vierstelligen Zahlencode. Den musst du eingeben, und schon bist du fertig. Der ganze Vorgang dürfte nicht mehr als dreißig Sekunden dauern.«

Er gab den Stick Paul zurück. »Ich nehme an, du bist dabei?«

»Ja, ich bin dabei.«

»Gut, dann wäre da nur noch eine Sache.«

Während Rhodes seine Laptoptasche aus Büffelleder öffnete, erklärte er, dass der USB-Stick, den er ihm gegeben hatte, biometrisch verschlüsselt werden müsse, und zwar mit Pauls Daumenabdruck, damit nur er den Stick benutzen konnte und sonst niemand, auch nicht Rhodes. Mithilfe einer Software auf Rhodes' Laptop führten sie die kurze Prozedur durch, und Paul steckte den Stick ein.

»Das Ding darf auf keinen Fall in fremde Hände fallen, klar?«

»Keine Sorge, Wes. Ich werde es mit meinem Leben verteidigen.«

Rhodes lächelte. »Ich bezweifle, dass das nötig sein wird, alter Junge.« Sein Lächeln erstarb. »Aber was immer du tust, verbock die Sache nicht.«

Falls Church, Virginia

Nachdem er seiner jungen Frau einen Gutenachtkuss gegeben und zugesehen hatte, wie sie die Treppe in ihr Schlafzimmer hinaufgestiegen war, zog sich Weston Rhodes in sein Arbeitszimmer zurück und verschloss die Tür.

Es war ein guter Tag gewesen – aber die Entscheidung war knapp ausgefallen. Dass er mit Brown klarkommen würde, hatte er gewusst, obwohl ihn dessen anfänglicher Widerstand überrascht hatte. Es war Jack Ryan junior, der ihm Probleme gemacht hatte. Wenn Gerry Hendley nicht gewesen wäre!

Rhodes schloss einen Unterschrank in dem bis zur Decke reichenden Bücherregal auf und entnahm ihm einen kleinen Waffensafe mit biometrischem Schloss. Der Deckel sprang auf und gab den Blick auf eine Pistole frei, eine Kimber Micro Crimson .380 ACP mit gecheckertem Walnussgriff – nicht seine bevorzugte Waffe.

Neben der Kimber lag ein kleiner, schwarzer Faraday-Beutel, dessen Zweck darin bestand, WLAN, Bluetooth und Handysignale zu blockieren. Er enthielt ein markenloses Handy. Rhodes nahm es heraus und legte es auf die Schreibunterlage des gedrechselten, italienischen Nussbaumschreibtischs aus dem 19. Jahrhundert. Er zog eine Schublade auf, öffnete eine Büroklammerschachtel, entnahm ihr eine SIM-Karte und setzte sie in das Handy ein. Dann schloss er das Handy an ein Schnellladegerät an, das er in einer anderen Schublade aufbewahrte, und wählte eine Nummer. Es klingelte, bis der Mann am anderen Ende abhob.

»Die Sache läuft«, sagte Rhodes. Darauf wurde er mit Fragen bombardiert. Er beantwortete jede. »Er wird sich bei mir melden, sobald das Programm installiert ist. Kein Grund zur Besorgnis. Wie ich gesagt habe, Paul ist der Beste. Ich halte Sie auf dem Laufenden.«

Rhodes beendete das Gespräch. Jack Ryan junior hatte er mit keinem Wort erwähnt. Das war seine Sache.

Jack war seine Versicherung.

13

Dulles International Airport,
Washington, D.C.

Gerry Hendley hatte freundlicherweise einen Wagen bestellt, der sie zu Hause abholte und zum Flughafen brachte. Dort angekommen, hatten sie noch jede Menge Zeit bis zum Abflug ihrer Nachtmaschine nach London.

Jack ging im Terminal voraus. Er zog nur einen einzigen Rollkoffer hinter sich her, der praktische Packwürfel mit seinen säuberlich zusammengelegten und gestapelten Kleidungsstücken enthielt. Er reiste gern mit leichtem Gepäck und ging davon aus, dass das Hotel, in dem sie wohnen würden, einen Wäscheservice anbot, sodass er nicht viel mitzunehmen brauchte. Zudem hatte ihm Hendley, da der Auftrag strikt auf der weißen Seite angesiedelt war, ausdrücklich untersagt, sein Satellitentelefon oder sonstiges Geheimdienstgerät mitzunehmen. Er würde es nicht brauchen, und es gab keinen Grund, beim Passieren der diversen Zoll- und Sicherheitskontrollen unterwegs Aufsehen zu erregen. Auch wurden keine Arrangements getroffen, damit er sich in Singapur mit Waffen versehen konnte.

Hinter ihm schob Paul einen Gepäckwagen vor sich her, der einen übervollen Kleidersack, einen gelben Hartschalenkoffer, der schon bessere Tage gesehen hatte, einen voluminösen Nylonseesack und seine Laptoptasche beförderte.

Sie gingen zum Abfertigungsschalter von Virgin Atlantic Airways, wo ihre Bordkarten warteten, und gaben ihr Gepäck auf.

Pauls Handgepäck bestand aus dem Nylonseesack, der gerade so die Grenzen für Größe und Gewicht einhielt, und dem Laptop, der an seiner Schulter baumelte. Er trug denselben grauen Anzug, den er schon am Morgen angehabt hatte.

Jacks Handgepäck bestand aus einer handgefertigten Schultertasche aus Leder für seinen Kindle, sein iPhone und sein iPad. Zu Hause hatte er noch einmal geduscht und sich umgezogen. Auf langen Flügen wie diesem bevorzugte er normalerweise bequeme, sportliche Kleidung, da er jedoch Hendley Associates repräsentierte, hatte er sich für ein etwas seriöseres, aber legeres Business-Outfit entschieden. Vor ihnen lag ein siebenstündiger Flug von Washington nach London, wo sie am Morgen landen und in eine andere Maschine umsteigen würden, die noch einmal dreizehn Stunden bis Singapur benötigte.

In Flugstunden gerechnet war das weniger als ein Tag, doch wegen der Zeitverschiebung landeten sie zwei Kalendertage nach dem Start vom Dulles International. Für Jack hieß das unruhige, von gelegentlichen Schlafanfällen unterbrochene Stunden geballter Langeweile, an deren Ende sich unvermeidlich ein Jetlag einstellte.

Echt toll.

Wenigstens waren die Warteschlangen vor den Sicherheitskontrollen zu dieser späten Stunde kurz, sodass sie schnell abgefertigt wurden und wenig später bei Terminal A anlangten. Der Flug war voll, aber zum Glück nicht überbucht, und sie gingen kurz nach den Erste-Klasse-Passagieren an Bord. Hendley hatte erklärt, er könne die luxuriöse, firmeneigene Gulfstream G550 für den Hinflug nicht zur Verfügung stellen, geschweige denn zehn Tage auf einem Rollfeld parken und auf den Rückflug warten lassen. Folglich hatten sie einen kommerziellen Flug nehmen müssen, und Rhodes' Assistentin hatte bei der Buchung in letzter Minute keine Plätze mehr in der First oder der Upper Class bekommen.

Jack fiel auf, dass Paul beim Gang durch die First-Class-Kabine, dann durch den Upper-Class-Bereich und schließlich zu ihren Plätzen in der Premium Economy Class stark hinkte. Er erbot sich, ihm den schweren Seesack abzunehmen, doch Paul lehnte höflich ab. »Fenster oder Gang?«, fragte er, als sie jetzt an ihrer Reihe ankamen.

»Egal«, antwortete Jack. »Was Ihnen lieber ist.«

»Mir ist es auch egal.«

»Für Ihr Bein ist es vielleicht besser, wenn Sie es ausstrecken können. Da würde sich der Gang anbieten.«

»Wenn es Ihnen nichts ausmacht.«

»Natürlich nicht.« Jack verstaute seine Schultertasche im Gepäckfach und rutschte auf den Fensterplatz, während Paul den schweren Seesack auf seinen leeren Sitz wuchtete und den Reißverschluss öffnete, ein kleines Daunenkissen und ein aufblasbares Nackenkissen herauszog, dann den Sack wieder schloss und in das Gepäckfach warf. Ein paar ungeduldige Passagiere in der Schlange hinter ihm schnaubten, bis Paul mit einem Seufzer der Erleichterung in seinen Sitz sank.

Sie schnallten sich an, und Paul stopfte sich das kleine Kissen hinter den unteren Rücken. Er bemerkte, dass Jack ihm dabei zusah. »Bandscheibenschaden zwischen dem vierten und fünften Lendenwirbel.«

»Muss unangenehm sein.«

»Langes Sitzen macht Probleme.«

»Ich werde selbst schon zappelig«, sagte Jack. *Nur noch 20 Stunden und 59 Minuten,* dachte er.

»Ich muss Ihnen noch sagen, dass ich das Fliegen nicht besonders gut vertrage«, gestand Paul.

»Flugangst?«

»Übelkeit. Na ja, und Flugangst.«

»Mein Vater fliegt auch äußerst ungern.«

Jack verkniff es sich, die Augen zu verdrehen. *Das wird ein sehr langer Flug.*

»Ich habe mir von zu Hause Dimenhydrinat mitgebracht.« Paul schüttelte eine Pillendose. »Das Verfallsdatum ist überschritten, müsste aber noch wirken.« Er reckte den Hals. »Vielleicht kann mir die Stewardess ein Glas Wasser bringen.«

»Sie wird Ihnen bestimmt gern eins bringen.« Jack drückte den Rufknopf, und Augenblicke später erschien eine gutaussehende Frau mittleren Alters mit zwei Gläsern Champagner auf einem Tablett und reichte jedem von ihnen eines.

»Willkommen an Bord, Gentlemen. Mein Name ist Sally. Kann ich Ihnen noch etwas bringen?«

Jack hob sein Glas. »Womit haben wir das verdient?«

»Auf diese Weise wollen wir Ihnen dafür danken, dass Sie Premium Economy fliegen.«

Jack bewunderte den Schampus in seiner Hand. Plötzlich kamen ihm die breiten Ledersitze noch etwas bequemer vor. »Könnten Sie, wenn es Ihre Zeit erlaubt, meinem Freund eine Flasche Wasser bringen? Er muss seine Medizin nehmen.«

»Aber ja, sobald alle ihre Plätze eingenommen haben.«

»Danke.«

Paul seufzte vor Erleichterung. »Ich hätte sie im Terminal nehmen sollen, aber ich hatte Angst, wir kommen zu spät.«

»Macht doch nichts.«

Jack stieß mit Paul an.

»Cheers.«

»Cheers.« Pauls Glas zitterte leicht, als er daran nippte.

Fünf Minuten später erschien die Flugbegleiterin wieder mit einer Flasche Wasser, und Paul schluckte zwei Dimenhydrinat – wegen des Verfallsdatums sicherheitshalber eine mehr. Eine Viertelstunde später raste die Maschine kreischend die Startbahn entlang und stieg dann in den Abendhimmel. Pauls Hände umkrallten die Armlehnen, sodass die Knöchel weiß hervortraten. Ein paar Minuten später hatten sie Reiseflughöhe erreicht, und Paul entspannte sich.

»Macht Ihnen das Fliegen nichts aus?« Paul war blass und schweißnass im Gesicht.

Jack hätte am liebsten geantwortet, dass er lieber aus Flugzeugen springe, als darin zu sitzen, vorzugsweise in Form von HALO- und HAHO-Fallschirmsprüngen. »Sie wissen, dass die Wahrscheinlichkeit, bei einem Autounfall zu sterben, größer ist als bei einem Flugzeugabsturz?«

»Ich bin auch kein großer Fan von Autounfällen.«

»Was macht Ihr Magen? Ist Ihnen flau?«

Paul horchte in sich hinein. »Ich spüre keine Turbulenzen. Ich glaube, es geht mir einigermaßen.«

»Schön. Bald gibt es Abendessen.«

Paul blickte auf seine Uhr. »Es ist fast sieben. Ich hätte gern einen heißen Kamillentee.«

»Wieso? Ist Ihnen doch schlecht?«

»Ich trinke um sieben immer eine Tasse Tee. Reine Gewohnheit.«

Ein paar Minuten später erschien die Flugbegleiterin mit ihrem Servierwagen, und Paul bestellte seinen Kamillentee. Sie entschuldigte sich und sagte, dass sie diese Teesorte nicht habe, und so nahm Paul nur eine Tasse heißes Wasser und holte einen Gleitverschlussbeutel aus seinem Seesack, der mit Teebeuteln vollgestopft war. »Ich habe ein paar eingepackt für den Fall, dass es im Hotel keine gibt«, erklärte er. Jack begnügte sich mit einer Flasche Wasser.

Als der Getränkewagen fort war, beschloss Jack, eine Pinkelpause zu machen. Eine Entschuldigung murmelnd stieg er über Paul hinweg und schlug den Weg zu den

Toiletten im hinteren Teil der Maschine ein, weil die First-Class-Kabine mit einem Vorhang abgeteilt war. Er musste eine Weile warten, bis eine frei wurde. Er schlüpfte in das beengte Kabuff und verrichtete sein Geschäft vornübergebeugt, da seine große Gestalt schlecht in die eckige Geometrie des telefonzellengroßen Klos passte. Er spülte, wusch sich die Hände und fiel förmlich durch die Falttür zurück in den Gang.

Die Deckenleuchten in der Kabine waren aus, und lila Akzentbeleuchtung erhellte das abgedunkelte Innere dezent. Bei seiner Reihe angekommen, sah Jack, dass Paul tief und fest schief, mit offenem Mund und leicht schnarchend, den Hals in sein aufblasbares Nackenkissen geklemmt. Die Tabletten hatten ihn geschafft. Jack war ein wenig enttäuscht. Er hatte Hendleys Rat beherzigt und den Vorsatz gefasst, sich Mühe zu geben und Paul Brown näher kennenzulernen. Er war zwar schrecklich schüchtern, machte aber einen ganz netten Eindruck. Er würde auf dieser Reise noch genug Zeit haben, mehr über den Mann herauszufinden.

Jack öffnete das Gepäckfach und nahm seinen Kindle heraus, dann über- und umkletterte er den bulligen Rechnungsprüfer so vorsichtig wie möglich, um ihn nicht zu wecken. Schließlich ließ er sich in seinen Sitz sinken. Mit etwas Glück konnte er vielleicht die Churchill-Biografie zu Ende lesen, die er neulich angefangen hatte. Doch er hatte erst ein paar Seiten gelesen, da erregte die Flugbegleiterin seine Aufmerksamkeit. Sie kam den Gang herunter in ihre Richtung, in der Hand ein Tablett und einen silberhaarigen Flugkapitän im Schlepp. Gleich darauf blieb sie neben Paul stehen.

»Das ist Mr. Brown, Captain«, flüsterte sie.

Ein paar Passagiere um sie herum warfen flüchtige Blicke in ihre Richtung.

Jack fragte sich, in welchen Schwierigkeiten sein Partner steckte. Es war gegen die Vorschriften, dass der Pilot während des Flugs sein Cockpit verließ. Irgendwas stimmte nicht. Er stieß Paul leicht an. »He, Kollege, wachen Sie auf.«

»Was …?« Paul schreckte aus dem Schlaf hoch.

»Paul Brown«, flüsterte der Captain. »Ich glaube es nicht.«

Paul blinzelte heftig. Kniff die Augen zusammen. Und strahlte über das ganze Gesicht. »David Miller. Was machst du denn hier?«

»Angeblich fliegen. Aber auf den Autopiloten aufpassen trifft es eher.« Der groß gewachsene Pilot streckte ihm die Hand hin. Paul schlug ein. »Ich habe deinen Namen auf der Passagierliste gelesen und wollte mich nur vergewissern. Freut mich, dass du mit mir fliegst. Was führt dich her?«

Paul war noch nicht ganz da. Er nahm die Brille ab und rieb sich die Augen. »Geschäftsreise. Oh, Entschuldigung, das ist mein Partner, Jack Ryan. Jack, das ist David Miller. Ein alter Freund.«

Jack reichte ihm die Hand. »Freut mich, Ihre Bekanntschaft zu machen, Captain.«

»Ganz meinerseits.« Ein fester, ruhiger Händedruck. Doch der Captain war offensichtlich nicht an einer Unterhaltung mit Jack interessiert. Er wandte sich wieder Paul zu. »Kümmert sich Sally gut um dich?«

Jack sah den Respekt in Millers Augen. Oder war es mehr?

Paul lächelte. »Sie ist wundervoll gewesen.«

Die Flugbegleiterin strahlte. »Vielen Dank, Mr. Brown. Es war mir ein Vergnügen. In einer halben Stunde servieren wir das normale Essen, aber wenn ich Ihnen vorher etwas bringen kann …«

»O nein, danke. Ich möchte nichts.«

Jack versuchte, seine Verwirrung zu verbergen. Sie behandelte ihn wie eine Berühmtheit.

Was zum Teufel ging hier vor?

Der Captain beugte sich vor und senkte die Stimme noch mehr. Jack konnte kaum verstehen, was er sagte. »Hör mal, Paul, ich habe gerade mit Sally nachgesehen. In der First Class hat es in letzter Minute eine Stornierung gegeben. Du kannst den Platz gerne haben.«

»Ich? Nein, ich könnte nicht …«

Captain Miller grinste. »Ich bestehe darauf. Um der alten Zeiten willen.«

Paul wandte sich an Jack, den Hals immer noch in das aufblasbare Kissen geklemmt. »Was ist mit Ihnen, Jack? Wie wäre es, wenn Sie ihn nehmen?«

Das klang himmlisch in Jacks Ohren. Heiße Gesichtstücher, Mixgetränke, Steaks. »Sie müssen ihn nehmen. Für Ihren Rücken und Ihr Knie wäre die First Class eine Wohltat, dort können Sie sich ausstrecken.«

»Würde es Ihnen auch wirklich nichts ausmachen?«

»Mir fehlt hier nichts. Ich werde sowieso nur lesen.«

Paul rieb sich das Knie. »Na ja, vielleicht haben Sie recht.«

»Gut«, sagte Captain Miller. »Sally wird dir mit deinen Sachen helfen. Ich muss jetzt wieder an die Arbeit. Hat mich gefreut, Sie kennenzulernen, Jack. Ich wünsche Ihnen einen angenehmen Flug.«

Captain Miller drehte sich um und eilte in Richtung Cockpit davon, während Sally Paul dabei half, seine Sachen zusammenzuraffen. Den schweren Seesack ließ er sie aber nicht tragen.

»Wir sehen uns in London, Jack. Ich hoffe, Sie können gut schlafen.«

»Danke. Ihnen viel Vergnügen.«

Jack sah zu, wie Paul hinter der Flugbegleiterin den Gang entlang in die erste Klasse humpelte. Ein paar Passagiere lehnten sich heraus und beobachteten neidisch, wie der korpulente Rechnungsprüfer hinter dem First-Class-

Vorhang verschwand, wo ihn das Reisenirwana – und eine Privatsuite für 20 000 Dollar – erwartete.

Zehn Minuten später las Jack wieder in seinem Kindle, als Sally mit einem kleinen Tablett und einem großen roten Cocktail wieder erschien, der mit Ananasstücken garniert war. Lächelnd reichte sie ihn Jack. »Mit den besten Wünschen von Mr. Brown.«

Jack nahm ihn mit Freuden. »Was ist das für einer?«

Sally lächelte. »Ein Singapore Sling, natürlich.«

Natürlich, dachte Jack und nahm einen Schluck. Er schmeckte Gin, Brandy, Cointreau, Bénédictine und Ananassaft heraus.

»Schmeckt er Ihnen?«, fragte Sally.

»Mein neuer Lieblingscocktail. Richten Sie Paul bitte meinen Dank aus.«

»Das werde ich. Wohl bekomm's.« Sie wandte sich ab und kehrte in die First Class zurück.

Jack erhob sein Glas zu einem gespielten Toast. »Sie sind in Ordnung, Paul Brown.« Und mit einem Mal erinnerte er sich wieder daran, wie gern er reiste und dass er schon immer mal nach Singapur wollte. Hendley hatte recht. Vielleicht wurde das doch noch ein toller Kurzurlaub.

Aber eines würde er immer noch gerne wissen. *Paul Brown, wer zum Teufel sind Sie?*

14

Als sie endlich in die Anschlussmaschine steigen konnten, war Jack sichtlich genervt. Technische Probleme, ein Flugzeugtausch und Verspätungen von Besatzungsmitgliedern wegen eines Streiks der Verkehrsbetriebe hatten einen geplanten dreistündigen Aufenthalt in ein neunstündiges Debakel verwandelt. Eine ohnehin schon frustrierende Geschäftsreise wurde noch schlimmer.

Doch was ihn wirklich ärgerte, war die Zeitverschwendung. Hätte er von der Verspätung gewusst, wäre er mit dem Taxi nach London hineingefahren und hätte Ysabel Kashani besucht. Es machte ihn krank, dass er ihr so nahe war und nicht persönlich Hallo sagen konnte. Ihr nicht sagen konnte, dass es ihm leidtue, wie es geendet hatte, mit einem eiligen Telefonanruf zwischen Flügen, die sie beide kriegen mussten, ohne einen letzten Kuss zum Abschied.

Paul hingegen war kreuzfidel und taufrisch. Captain Miller hatte ihm Einlass in das Virgin Atlantic Clubhouse auf dem Heathrow-Flughafengelände verschafft, wo er sich rasiert, heiß geduscht und ein Champagner-Frühstück zu sich genommen hatte. Er hatte sogar seinen Anzug reinigen und bügeln lassen. Wenigstens einer von ihnen ließ es sich gut gehen.

Jack hatte sich auf der öffentlichen Toilette frisch gemacht und sich mit dem billigen Einwegrasierer, den er im

Terminal gekauft hatte, geschnitten. Trotzdem freute er sich für Paul.

Die einzige Erklärung, die Paul für die außergewöhnliche Zuwendung seitens Captain Millers gab, war, dass er und Miller sich schon viele Jahre kannten. Konkreter wollte er nicht werden, und Jack beließ es dabei. Vor ihm lagen noch mindestens elf Stunden Flug und eine ganze Woche am Boden. Genug Zeit, um das Rätsel um Paul Brown zu lösen.

Jack war erschöpft. Auf dem Flug nach London hatte er kein Auge zugetan, teils weil ein Mann in der Reihe hinter ihm geschnarcht hatte wie eine Säge, die sich durch Wellblech fraß. Und auf den steiflehnigen Stühlen im Heathrow-Terminal hatte er schon gar nicht schlafen können und nur ungeduldig darauf gewartet, an Bord ihrer Maschine gehen zu können.

Nun, da er in einem weichen Ledersitz mit verstellbarer Rückenlehne saß, konnte er endlich etwas schlafen. Während er sich streckte, warf Paul seinen Computer an. »Ich muss an meinem anderen Projekt weiterarbeiten«, sagte er, doch Jack war bereits entschlummert.

Paul arbeitete an der letzten Tabellenkalkulation, die er gerade durchgesehen hatte, als Hendley angerufen hatte. Als das Essen kam, stürzte er sich förmlich darauf und bestellte dazu eine Tasse heißes Wasser für seinen Kamillentee. Wenig später schlief er ein.

Als der Frühstückswagen durch das Flugzeug rollte, beschloss Paul, Jack mit einem sanften Stups zu wecken.

Jack schreckte aus tiefem Schlaf hoch. »Ist was passiert?«

»Alles in Ordnung. Das Frühstück naht, und es riecht köstlich.«

Jack gähnte und streckte sich. »Klingt gut.« Er stellte seinen Sitz aufrecht. »Habe ich was verpasst?«

»Was denn zum Beispiel?«

Jack rieb sich den Schlaf aus den Augen. »Eine Flugzeugentführung. Ein Monster, das die Tragflächen abzureißen versucht. Das Übliche eben.«

»Nein, eigentlich nicht. Beim Frühstück können Sie unter mehreren Möglichkeiten wählen.«

»Ich nehme das Gleiche wie Sie.«

»Ich nehme das volle englische Frühstück. Und um ein wenig über die Stränge zu schlagen, trinke ich einen Earl Grey. Das Koffein kann ich gebrauchen.«

»Bestellen Sie für mich mit, aber mit schwarzem Kaffee. Bin gleich zurück.«

Jack entschuldigte sich, kletterte über Paul hinweg und eilte auf die beengte Toilette, wo er sich Wasser ins Gesicht spritzte und mit den Fingern durchs Haar fuhr, um etwas Ordnung in das Chaos auf seinem Kopf zu bringen. Er inspizierte die verschorfenden Schnittwunden, die er sich beim Rasieren beigebracht hatte, und hoffte, der Flugbegleiterin vor der Landung eine Zahnbürste und Zahnpasta abkaufen oder abbetteln zu können.

Auf dem Weg zurück durch den Gang kam er an drei Männern vorbei, die verstreut in der Kabine saßen, ein Deutscher, ein Bulgare und ein Ukrainer. Jack nahm keine Notiz von ihnen. Dazu bestand kein Grund.

Doch jeder der drei wusste um die Anwesenheit Paul Browns.

Das »Singapore Girl«, das wie alle Flugbegleiterinnen von Singapore Airlines den bunten Sarong Kebaya trug, brachte das Frühstück, als Jack gerade wieder Platz genommen hatte. Ihm lief das Wasser im Mund zusammen, und er langte kräftig zu.

Er beschloss, da anzuknüpfen, wo sie auf dem Flug nach London aufgehört hatten. Vielleicht war Pauls Widerstand ja inzwischen erlahmt.

»Ich habe mich bei Ihnen noch gar nicht richtig für den Singapore Sling bedankt.«

»Ich hatte zwei. Die haben mich endgültig umgehauen.«

»Ich nehme an, Sie und Senator Rhodes haben eine gemeinsame Vergangenheit.«

Paul kaute an einem krümelnden Keks. »Wir haben vor langer Zeit zusammengearbeitet.«

»So wie mit dem Flugkapitän von Virgin Atlantic Airways.«

»So ähnlich.«

Jack schnitt sich noch ein Stück Würstchen ab. »Wie war es denn so, mit Rhodes zusammenzuarbeiten?«

Paul legte Messer und Gabel weg und wischte sich mit der dicken Stoffserviette den Mund ab. »Weston Rhodes war bei allen beliebt, besonders bei den Damen. Ich glaube, sogar Carmen war wie ein Schulmädchen in ihn verknallt. Er hat einfach verdammt gut ausgesehen und war sehr charmant. Sie kennen ihn ja.«

Da musste ihm Jack recht geben. Noch als Mann in mittleren Jahren verdrehte Rhodes jüngeren Frauen den Kopf.

Paul kicherte. »Er kann mit jedem.«

»Ein politisches Naturtalent.«

»Wir wussten alle, dass er zu Höherem berufen war. Deshalb war ich überhaupt nicht überrascht, als er in den Senat gewählt wurde. Es hat mich schockiert, dass er sich nicht zur Wiederwahl stellte. Ich dachte damals, er hätte sich das Ziel gesetzt, fürs Oval Office zu kandidieren.«

»Im Senat verdient man nicht so gut wie an der Wall Street.« Jack beschloss, sein Glück herauszufordern. »Oder bei der CIA.«

Paul runzelte die Stirn. »Er hat Ihnen von seiner Vergangenheit erzählt?«

»Das war nicht nötig. Die Geheimdienstarbeit ist ihm in die Wiege gelegt worden. Die CIA ist ja praktisch ein Familienbetrieb. Aber ein Mann wie Rhodes tut sich schwer mit Autoritäten, wenn er nicht das Sagen hat.«

Paul schmunzelte, enthielt sich aber eines Kommentars.

Er nahm sein Besteck wieder auf und machte sich über seine Kartoffeln her.

Jack bohrte etwas tiefer. »Waren Sie mit Rhodes damals befreundet?«

»Eher nicht. Ich war unten, er oben, im wörtlichen wie im metaphorischen Sinn. Ivy League und so weiter.«

»Ich kenne den Typ.« Jack hatte die Georgetown University besucht, eine erstklassige Hochschule, und sein Vater war Absolvent des Boston College. Jack war dankbar für seine Ausbildung. Es störte ihn nicht, dass er keine Ivy-League-Beziehungen hatte. Wie die Jesuiten ihm beigebracht hatten, war es der Charakter und nicht der Stammbaum, der über das Schicksal eines Menschen entschied.

»Einmal bin ich Ihrem Vater begegnet«, sagte Paul.

»Tatsächlich?«

»Vor ein paar Monaten hat mich Gerry gebeten, ein paar Akten in sein Haus auf dem Land zu bringen. Ich musste draußen auf der Veranda bei den Leibwächtern vom Secret Service warten, weil Ihr Vater drin war. Aber dann kam Gerry heraus und lud mich zu einem Bier ein. Er holte mir eins aus dem Kühlschrank und führte mich ins Arbeitszimmer, in dem Ihr Vater war. Wir saßen nur herum, tranken zusammen Bier und unterhielten uns ein paar Minuten über College-Football. Ein netter Kerl. Nicht hochnäsig wie die meisten Politiker.«

»Ich bin auch ein Fan von ihm.«

Paul aß den letzten Bissen Rührei, leckte die Gabel ab und legte sie auf das Tablett.

»Also, ich muss Ihnen gestehen, dass ich gestern in Gerrys Büro nicht ganz aufrichtig zu Ihnen war.«

»Inwiefern?«

»Als ich sagte, ich würde Sie vom Hörensagen kennen, entsprach das schon der Wahrheit. Aber ich kenne Sie auch durch Susan Styles.«

Jack sagte der Name nichts. »Tut mir leid, aber da muss ich passen.«

»Sie ist Chefassistentin in meiner Abteilung. Eine ältere Dame, korpulent, unscheinbar. Sehr fleißig und intelligent, aber nicht die Art von Frau, der ein Mann viel Aufmerksamkeit schenkt. Also, sie hat mir die ganze Geschichte erzählt.«

Jetzt wand sich Jack. Hatte er der Frau etwas getan?

»Eines Abends, es regnete in Strömen, war sie mit dem Auto viel zu schnell unterwegs, als ihr ein Reifen platzte. Sie hätte fast die Kontrolle über den Wagen verloren, schaffte es aber, rechts ranzufahren. Sie zitterte wie Espenlaub und wollte gerade die Warnblinkanlage einschalten, da tauchte ein SUV im Rückspiegel auf und hielt an. Der Fahrer sprang heraus, obwohl er klatschnass wurde, und fragte sie, ob sie verletzt sei. Sie verneinte, und dann erbot er sich, ihr den Reifen zu wechseln. Sie war kein Mitglied im Verkehrsclub AAA, und sie selbst konnte es nicht. Und so wechselte der Mann den Reifen. Er war völlig verdreckt und durchnässt, als er fertig war. Sie bot ihm zwanzig Dollar für seine Mühe an, doch er lehnte ab. Er bestand sogar darauf, ihr bis nach Hause nachzufahren, um sich zu vergewissern, dass sie wohlbehalten dort ankam. Als sie in ihre Einfahrt einbog, hupte er und winkte zum Abschied. Wer tut denn so etwas noch?«

Jack zuckte leicht verlegen mit den Schultern. »Ist doch keine große Sache. Nur ein Reifen.«

»Als ich in Gerrys Büro sagte, Sie hätten gute Arbeit geleistet, habe ich in Wahrheit von dem Reifen gesprochen.«

Jack nahm das halbe Kompliment lächelnd an. »Sind Sie mit Ihrer anderen Arbeit fertig geworden?«

»Noch nicht. Ich muss noch mal drangehen.«

Sobald die Tabletts abgeräumt waren, klappte Paul seinen Laptop auf und vertiefte sich in seine Tabellen. Jack öffnete seinen ebenfalls, loggte sich ins WLAN des Fliegers ein und stellte Nachforschungen über die Firma Dalfan an. Er wollte gleich voll durchstarten.

Eine Stunde vor der Landung verteilte die Flugbegleiterin Zollerklärungsformulare. Jack warf einen Blick darauf. Das Übliche.

Nur dass in übergroßen, leuchtend roten Buchstaben unten auf dem Formular stand:

WARNUNG:
NACH SINGAPURISCHEM RECHT WERDEN
DROGENHÄNDLER MIT DEM TODE BESTRAFT.

15

Flughafen Changi,
Singapur

Jahr für Jahr von Skytrax zum besten Flughafen der Welt gewählt, enttäuschte der Singapore Changi Airport weder in puncto Schönheit noch in puncto Effizienz. Jack hätte liebend gern im Schmetterlingsgarten oder auf der Sonnenblumen-Dachterrasse ausgecheckt, doch sie mussten durch den Zoll und zur Gepäckausgabe, bevor sie sich mit dem Chauffeur trafen, der sie ins Hotel bringen würde.

Da sie nichts zu verzollen hatten, gingen Paul und Jack zügig durch den grünen Korridor beim Zoll und dann weiter zur Gepäckausgabe von Terminal 3. Jack staunte über die Architektur der weiten und offenen Halle. Die grauweißen, wie IBM-Lochkarten gemusterten Steinfußböden komplementierten die vorkragenden Paneelen, die sich an der hohen Decke öffneten wie silberne Fenster. Doch die kühle Modernität wurde gedämpft durch einen hängenden, grünen Garten und stattliche, im Boden wurzelnde Palmen, die vor den Wänden emporragten. Man fühlte sich eher wie in einem spacigen Kuppelgewächshaus als in einem Flughafenterminal.

Ein weiteres Plus war, dass ihr Gepäck bereits auf den breiten Gummimatten des Kofferbandes angehoppelt kam.

»Wie ist das möglich?«, wunderte sich Jack. »In den Staaten warte ich auf mein Gepäck normalerweise länger, als der Flug dauert.«

Neben ihm stand Paul mit einem kostenlosen Gepäckwagen – auf amerikanischen Flughäfen gänzlich unbekannt. »Wie ich im Internet gelesen habe, hat auf dem Flughafen Changi früher die Regel gegolten, dass spätestens zwölf Minuten nach dem Andocken des Flugzeugs der erste Koffer auf dem Band sein soll. Sie scheint noch zu gelten.«

»Wenn Singapur den Rest der Republik auch so managt wie den Flughafen, wird es bald die ganze Welt managen.«

Sie rafften ihre Gepäckstücke zusammen und strebten zum Ausgang, wo Chauffeure in schwarzen Anzügen Schilder und Tafeln in allen möglichen Sprachen und Schriften hochhielten. Doch es war eine Frau ungefähr in Jacks Alter, die ihre Aufmerksamkeit erregte. Sie trug einen pudergrauen Anzug und eine weiße Bluse mit offenem Kragen, und ihr schönes, aber ernstes Gesicht blickte beinahe finster. Kein Schmuck. Eindeutig eine Asiatin, aber größer als die meisten und auch mit europäischen Zügen. Eine Schönheit.

Neben und leicht hinter ihr stand ein Asiate, der etwa so breit wie Jack, aber nicht ganz so groß war. Er trug eine lange Hose, ein Polohemd und ein eng sitzendes Sakko, dessen Nähte über einem muskelbepackten Oberkörper spannten. Jack vermutete, dass der Security mit dem kantigen Kinn Koreaner war. Seine dunklen Augen bohrten sich in Jacks.

Die Frau trat vor und streckte ihm die Hand entgegen. »Sie müssen Jack Ryan sein.«

Jack tauschte mit ihr einen festen Händedruck. »Und Sie sind Lian Fairchild, die Sicherheitschefin von Dalfan.«

Sie versuchte, ihre Überraschung zu verbergen. »Sie haben Ihre Hausaufgaben gemacht.«

»Es war ein langer Flug, und ich hatte ein gutes WLAN.«

Sie reichte Paul die Hand. »Mr. Brown, ich hoffe, Sie hatten einen angenehmen Flug.«

»Einen sehr angenehmen, vielen Dank.«

»Das ist Park, einer meiner Führungskräfte.«

Park nickte kurz.

»Von welcher Waffengattung?«, fragte Jack, neugierig, was das Kraftpaket mit der steinernen Miene antworten würde.

»Marineinfanterie«, antwortete Park. »Republik Korea.«

Keiner, der mit sich spaßen lässt, dachte Jack.

Lian deutete zum Ausgang. »Wir sollten uns beeilen. Um diese Tageszeit ist viel Verkehr auf den Straßen.«

Ein paar Minuten später stiegen sie in einen luxuriösen schwarzen Range Rover und fädelten sich durch den dichten Verkehr am Flughafen. Die Scheibenwischer fegten den leichten Regen beiseite, der auf die Scheibe nieselte. Paul machte es sichtlich nervös, dass sie auf der falschen – der linken – Straßenseite fuhren, doch er sagte nichts.

Aufgrund der Nähe zu Malaysia und Indonesien hatte sich Jack unter Singapur mehr oder weniger eine von Menschen wimmelnde, chaotische Dritte-Welt-Megastadt vorgestellt, bis er im Flugzeug seine Recherchen angestellt hatte. Von der Autobahn aus konnte er jetzt die ultramoderne Metropole nach westlichem Vorbild mit ihrer imposanten Skyline sehen. Die meisten Autos im Stop-and-go-Verkehr um sie herum waren neucste Modelle, viele von ihnen Nobelmarken wie Lexus oder Mercedes. Genauso gut hätte er auf einer Autobahn in Los Angeles oder New York unterwegs sein können, nur dass die Autos und die Straßen dort in einem weitaus schlechteren Zustand waren.

»Ich hoffe, es macht Ihnen nichts aus, dass wir die Pläne für Sie geändert haben«, sagte Lian vom Beifahrersitz aus.

»Fahren wir nicht ins Hotel?«, fragte Paul.

»Sie werden nicht in einem Hotel wohnen. Ich habe etwas Besseres für Sie arrangiert.«

»Das ist sehr großzügig von Ihnen, wäre aber nicht nötig

gewesen«, bemerkte Jack. Eigentlich wollte er nur noch duschen, sich rasieren und dann ins Bett fallen oder sich wenigstens umziehen, bevor sie mit dem Geschäftsführer von Dalfan Technologies zusammenkamen.

»Natürlich wäre es nicht nötig gewesen, aber mein Vater wünscht es so.«

Jack und Paul tauschten einen Blick, verwundert über den feindseligen Ton in ihrer Stimme.

»Ich hoffe, Sie sind nicht zu erschöpft von der Reise. Mein Vater möchte sich heute Abend mit Ihnen treffen.«

»Wir treffen uns gern mit ihm«, sagte Jack. »Deswegen sind wir ja hier.«

»Gut. Ich hoffe, es wird nicht zu unangenehm.«

Fünfundzwanzig Minuten später befanden sie sich westlich vom Botanischen Garten in einem der ältesten und wohlhabendsten Viertel des Inselstadtstaats.

Dichtes Grün säumte die zweispurige Straße auf beiden Seiten. Stahltore unterbrachen von Zeit zu Zeit die Baumreihen und gaben den Blick auf große, moderne, weit von der Straße zurückgesetzte Wohnhäuser frei. Die Gegend erinnerte Jack an die Nobelviertel in Washington und im übrigen Land, die zu besuchen er das Vergnügen gehabt hatte.

Zwei Wachleute standen diskret im Schatten einer breiten Zufahrt. Das befestigte Tor schwang langsam für den Range Rover auf, und die Wachen winkten sie durch. Die Räder des Rovers rumpelten über Kopfsteinpflaster, als er die leicht ansteigende Zufahrt zu der Villa hinaufrollte, die eine weite, gepflegte Rasenfläche umgab. Neben der Villa ragte ein ausladender Baum empor, der mit seinen langen, kräftigen Ästen und seinem dicken Stamm an eine Eiche erinnerte.

»Was ist das für ein Baum?«, fragte Paul. »Der muss über zwanzig Meter hoch sein.«

»Ein *penaga laut*. Er ist über hundert Jahre alt. Mein

Vater ist sehr auf seinen Erhalt bedacht. Er sagt, dass dieser Baum ebenso zu unserer Familie gehört wie er selbst.«

»Ein schönes Exemplar.«

»Das bescheidene Heim meines Vaters«, sagte Lian. »Ich hoffe, es macht Ihnen nichts aus, aber wir haben einen kleinen Empfang für Sie vorbereitet.«

»Bescheiden?«, sagte Jack. »Es ist atemberaubend.«

Das rote Ziegeldach kontrastierte wunderbar mit dem zweistöckigen, weißen Unterbau. Die Villa war offensichtlich schon älter, jedoch renoviert und glich mehreren eleganten Bungalows, an denen sie vorbeigefahren waren.

»Danke. Aber es ist nicht ganz so groß oder berühmt wie das Haus, in dem Ihr Vater wohnt, fürchte ich.«

»Das Haus meines Vaters ist größer und älter, aber es gehört ihm nicht«, erwiderte Jack.

Jack konnte in den vorbeiziehenden Schatten nicht erkennen, ob sie lächelte, und auch der Klang ihrer Stimme gab keinen Aufschluss darüber, ob ihre Bemerkung als Kompliment gemeint war oder ob sie sich über ihn lustig machte. Oder beides.

»Das Haus meines Vaters ist der letzte Bungalow seiner Art auf der Insel, der noch in Privatbesitz ist. Es gibt davon nur noch ungefähr hundert. Die anderen gehören dem Staat und werden vermietet, meist an wohlhabende Auslandsbriten, die einen Hauch Kolonialatmosphäre schnuppern wollen.«

Der Range Rover kam vor der Villa sanft zum Stehen. Zwei Männer in legerer Uniform stiegen die Veranda herunter und öffneten die Wagentüren, und ein dritter, größer als die beiden anderen, rief:

»Mr. Ryan, Mr. Brown, willkommen in Singapur.«

Lian, Paul und Jack traten auf ihn zu. Es war noch warm und etwas schwül nach dem Regen, aber angenehm.

»Dr. Fairchild, es freut mich, Sie kennenzulernen«, sagte Jack. Der Mann war nur ein paar Zentimeter kleiner als er, aber breitschultrig und schlank für sein Alter, das Jack auf Ende fünfzig schätzte, nach den grauen Strähnen in seinem Haar und den Falten in seinem Gesicht zu urteilen. Wie seine Tochter war er Asiate ethnisch gemischter Herkunft, nur dass die europäischen Züge bei ihm ausgeprägter waren als bei ihr.

»Bitte, nennen Sie mich Gordon, Sie beide.« Sie schüttelten sich die Hände. Dr. Fairchilds breites Lächeln war ansteckend. Lian schlüpfte unter den Arm ihres Vaters, und er drückte sie und gab ihr einen Kuss auf den Kopf. »Meine Tochter haben Sie ja bereits kennengelernt. Der ganze Stolz ihres Vaters.«

»Wie lange sind Sie schon Sicherheitschefin?«, fragte Jack.

»Erst seit zwei Jahren.«

»Meine Tochter ist bescheiden. Sie hat unter ihrem Vorgänger drei Jahre lang gute Arbeit geleistet, und davor war sie Sergeant bei der Special Tactics and Rescue Unit der hiesigen Polizei.«

»Das kann sich sehen lassen.«

Ein schnittiger BMW i8 Protonic Red Edition kam durch das Tor gebraust. Alle Köpfe drehten sich in seine Richtung.

Dr. Fairchild ärgerte sich sichtlich über das Schauspiel, überspielte es aber mit einem gezwungenen Lächeln. »Treten Sie bitte ein. Ich weiß, wie müde Sie nach dem langen Flug sind. Ich habe ihn selbst viel zu oft mitgemacht. Wir haben ein Abendessen für Sie vorbereitet.«

»Das ist sehr freundlich von Ihnen, Sir«, sagte Paul.

»Ein bescheidenes Mahl, aber ich hoffe, Sie werden zufrieden sein.«

Der BMW i8 kam hinter dem Range Rover kreischend zum Stehen, und die Flügeltüren klappten auf. Der Fahrer sprang heraus und kam zur Veranda gesprintet. »Entschuldige die Verspätung, Vater. Ein kleiner Notfall im Büro.«

Dr. Fairchilds Lächeln verschwand. Er wollte etwas sagen, hielt dann aber seine Zunge im Zaum. »Gentlemen, das ist mein Sohn, Yong Fairchild, der Finanzvorstand von Dalfan Technologies. Yong, das sind Paul Brown und Jack Ryan von Hendley Associates.«

Yong war größer als sein Vater und so gutaussehend wie seine Schwester schön. Mit seinen breiten Schultern und seiner schmalen Taille wirkte er wie ein Kämpfer. Wie seine Schwester hatte er einen festen Händedruck und lächelte, während er Jack direkt in die Augen schaute.

»Wir haben uns auf Ihr Kommen gefreut«, sagte Yong. »Ich hoffe, Sie verzeihen mir die Verspätung.«

»Wir sind gerade erst angekommen«, erwiderte Jack. »Das ist überhaupt kein Problem.«

Dr. Fairchild deutete zur Tür. »Nun, da wir endlich vollzählig sind, sollten wir essen.«

Dr. Fairchild setzte sich auf den hohen Lederstuhl am Ende des langen Tischs, links und rechts flankiert von seinem Sohn und seiner Tochter. Jack nahm neben Yong Platz, Paul neben Lian. Ein indonesisches Ehepaar trug die Speisen herein, während ein dritter Diener Eiswasser in Kristallgläser goss. Das Esszimmer war, wie das übrige Haus, modern eingerichtet, aber dunkle Hölzer und weiße Wände verliehen ihm eine traditionelle Note. Architektur und Einrichtung wirkten tropisch und kolonial, aber nicht protzig. Sie waren eine stilvolle Hommage an die Geschichte und die lokale Kultur.

Dr. Fairchild erhob sein Glas. »Auf unsere verehrten Gäste und auf unsere beiden Länder. Frieden und Wohlstand für uns alle.«

»Ich danke Ihnen«, sagte Jack, und Paul pflichtete ihm bei.

Sie tafelten wie die Fürsten. Es gab Melonen-Mango-Salat, Chili-Krabben, *Xiao Long Bao,* Schweinerippchensuppe,

Curry-Reis, Tandoori-Huhn und andere exotische Köstlichkeiten, wobei jedes Gericht für eine der extrem unterschiedlichen, in Singapur vertretenen Kulturen stand, die britische, malaysische, chinesische, indische und indonesische. Als Verbeugung vor seinem stolzen englischen Erbe ließ Dr. Fairchild eisgekühltes Porter-Bier und Tanqueray Gin servieren.

Dr. Fairchild eröffnete das Tischgespräch recht förmlich, indem er kurz auf die globale Wirtschaftslage, die jüngste Sitzung der US-Notenbank, den Kurs der japanischen Zentralbank und andere finanzpolitische Themen einging, von denen er wusste, dass Jack und Paul damit vertraut waren. Lian und Yong stellten wenige Fragen und äußerten noch weniger Meinungen und überließen ihrem Vater die Gesprächsführung. Jack kam sich vor wie bei der Aufwärmrunde für einen Sparringskampf.

Im weiteren Verlauf des Essens zeigte der Alkohol Wirkung, und Dr. Fairchild kam endlich zur Sache.

»Wie gut kennen Sie eigentlich die Geschichte Singapurs, meine Herren?«

»Ich weiß nur, was ich auf dem Flug hierher gelesen habe«, antwortete Jack. »Und das ist bemerkenswert.«

»Wenn Sie etwas über die Geschichte der Insel erfahren wollen, sehen Sie sich einfach meine Familie an.« Er strahlte vor Stolz und erhob die Hände wie ein Segen spendender Papst.

»Lassen wir uns das Dessert und den Kaffee in die Bibliothek bringen«, schlug Dr. Fairchild vor. »Oder möchten Sie lieber Tee?«

»Tee wäre fein, danke«, sagte Paul. »Kamillentee, wenn Sie welchen haben.«

»Selbstverständlich.«

Dr. Fairchild stand auf und führte die Gruppe in eine zweistöckige Bibliothek mit Bücherschränken aus Mahagoni, die vom Fußboden bis zur Decke reichten. Jack blieb vor einem Regal stehen und musterte den Inhalt. Die Regale vor ihm beherbergten historische Bücher und Kriegsbiografien, andere wissenschaftliche und technische Werke. Überall im Raum, auf Tischen und Borden, bemerkte Jack Schwarz-Weiß-Fotografien von englischen Soldaten aus den beiden Weltkriegen und dem Koreakrieg.

Jack trat an eine Vitrine, in der ein abgenutzter Webley-Revolver lag – jahrzehntelang die Ordonnanzwaffe der britischen Armee. In einem Schaukasten hoch oben an der gegenüberliegenden Wand war eine erbeutete Kriegsflagge der Kaiserlichen Japanischen Armee ausgestellt, von Kugeln durchsiebt und an den Rändern versengt. Jack war so etwas wie ein Kenner des Zweiten Weltkriegs, und sein Großvater hatte als Angehöriger der 101. Luftlandedivision in der Ardennenschlacht gekämpft.

»Sie besitzen eine großartige Büchersammlung«, sagte Paul.

Dr. Fairchild schüttelte mit gespielter Verlegenheit den Kopf. »Sie sollten meinen Kindle sehen! Der ist noch schlimmer. Mein Vater war ein Bücherwurm. Das hat wohl auf mich abgefärbt.«

Jack und die anderen nahmen auf gemütlichen Ledersofas und Rattanstühlen Platz, während die Diener Kaffee und Teegeschirr brachten, dazu Teller und Schüsseln mit exotischen Desserts, und alles auf die niedrigen Tische vor ihnen stellten.

»Dies sind die beiden beliebtesten regionalen Nachspeisen, Durian-Creme mit Gula Melaka und Pandan-Kuchen. Ich hoffe, sie sind nicht zu süß«, sagte Dr. Fairchild und nippte an einer Tasse starken, schwarzen Kaffees.

Jack war schon übersatt, wollte das farbenfrohe Angebot aber nicht ausschlagen. Er probierte beide. Der Pandan-Kuchen war saftig und schmeckte köstlich nach Haselnüssen – er liebte Haselnüsse. Weniger sein Fall war die Durian-Creme mit ihrer seltsamen Konsistenz und ihrem komischen Geschmack – fast wie Buttermilch mit Mandeln. Der Kaffee war eine cremige, dunkel geröstete Sorte aus Sumatra. Er hatte nie besseren getrunken.

»Wie ich bereits sagte: Wenn Sie etwas über die Geschichte Singapurs erfahren wollen, brauchen Sie sich nur die Geschichte meiner bescheidenen Familie anzusehen. Mein Vater war Lieutenant in der britischen Armee, Malaya Command, und mit der 30. Festungsbau-Kompanie, Königliche Pioniere, in der Festung Singapur stationiert, als die Japaner einmarschierten. Als die britische Armee kapitulierte, flüchtete mein Vater in den Regenwald, wo er sich einer malaysischen Rebelleneinheit anschloss und meine Mutter kennenlernte. Sie sprengten Brücken, beschossen Japaner und verliebten sich ineinander. Nach dem Krieg heirateten sie.«

Dr. Fairchild deutete auf die japanische Kriegsflagge und grinste breit. »Mein Vater hat aus dem Krieg mehrere Andenken mitgebracht, darunter auch mich. Er beschloss, in Singapur zu bleiben, statt nach Großbritannien zurückzukehren, und gründete eine kleine Firma, aus der mittlerweile Dalfan Technologies geworden ist.«

»Beeindruckend«, sagte Jack.

»Ich habe hier die Universität besucht und dort meine Frau kennengelernt, die Mutter meiner beiden geliebten Kinder. Sie war halb Chinesin, halb Inderin. Unsere ersten Ehejahre verbrachten wir in London, wo ich meinen Doktor in Elektrotechnik machte. Dann kehrten wir hierher zurück und gründeten unsere Familie.«

Jack hatte auf dem Herflug im Internet den Nachruf auf seine Frau gelesen. »Mein aufrichtiges Beileid zu Ihrem Verlust. Dr. Fairchild war eine erfolgreiche Frau.«

»Vielen Dank. Ich vermisse sie immer noch.«

Paul hatte bei seinen Nachforschungen über Dalfan Privates ausgenommen. Fairchilds Trauer berührte ihn, ein Gefühl, das er nur zu gut verstand.

Yong setzte seinen Kaffee ab. »Wie Sie sehen können, sind wir eine stolze singapurische Familie, aber typisch für unser Volk. Wir arbeiten hart, achten die Gesetze, schaffen Wohlstand, zahlen unsere Steuern. Singapur ist erfolgreich, weil es zugelassen hat, dass Familien und Firmen wie unsere gedeihen.«

»Klingt ein wenig nach dem amerikanischen Traum«, bemerkte Jack dazu.

»Oder was einmal der amerikanische Traum war«, erwiderte Yong. »Ihre Staatsverschuldung, die Korruption in Ihrer Regierung und Ihr gewaltiges Handelsdefizit bringen alles in Gefahr. Das ›Ende der Geschichte‹ hat für die Vereinigten Staaten dieser Tage eine andere Bedeutung bekommen.«

Jack verstand die Anspielung. Er hatte Francis Fukuyamas bahnbrechenden Aufsatz von 1989 vor Jahren an der Universität gelesen. Fukuyama vertrat die These, dass die gesamte menschliche Geschichte auf eine letzte, alles überragende Idee der liberalen Demokratie zusteuere, die das »Ende« der historischen Entwicklung markiere, und dass die Vereinigten Staaten die Verkörperung dieser Idee seien. Fukuyamas Argumentation schien in den 1990er-Jahren unanfechtbar, nachdem Amerika den Kalten Krieg gewonnen hatte. Die westlichen, liberal-demokratischen Ideale hatten über Faschismus und Kommunismus gesiegt. Doch Amerikas Herausforderungen und Europas Krisen im 21. Jahrhundert deuteten darauf hin, dass die liberale Demokratie selbst ihre besten Tage gesehen haben könnte, jedenfalls in dem im Niedergang befindlichen Westen.

»Schreiben Sie uns noch nicht ab«, erwiderte Jack. »Mein Land hat die Angewohnheit, einen Rückstand aufzuholen und zu gewinnen.«

»Ich bin ein großer Bewunderer Ihres Vaters«, sagte Dr. Fairchild. »Wenn jemand die Vereinigten Staaten wiederbeleben kann, dann er.«

»Ich bewundere ihn auch, Sir. Aber das Land ist zu groß, als dass ein Mann allein alles richten könnte. Mein Vater tut immer das, was in seinen Augen das Beste für alle Amerikaner ist. Hoffentlich finden sich genug, die dasselbe tun und seinem Beispiel folgen werden, was es auch kosten mag.«

Dr. Fairchild nickte zustimmend. »Ich hege große Hoffnungen für Ihr Land und meines. Der Westen hat seine Probleme, aber die Welt, wie wir sie kennen – jedenfalls ihre besten Teile –, ist zutiefst westlich geprägt, selbst hier in Asien.« Der CEO von Dalfan warf einen Seitenblick auf seinen Sohn. »Meinst du nicht auch, Yong?«

»Keine Frage, Vater. Aber China ist unbestreitbar auf dem Vormarsch, und Amerikas Einfluss in Asien schwindet.«

»Stimmen Sie dem zu, Mr. Ryan?«, fragte Lian.

»Das bevorstehende Gipfeltreffen wird dazu beitragen, den Frieden in der Region auf Jahre hinaus zu sichern, davon bin ich überzeugt.«

»Eine sehr diplomatische Antwort«, sagte Lian.

Dr. Fairchild grinste verschmitzt und beugte sich gespielt verschwörerisch vor. »Können Sie uns verraten, was dort besprochen werden soll?«

Jack zuckte lächelnd mit den Schultern. »Ich habe keine Ahnung. Ich kann nur eine wohlbegründete Vermutung anstellen. Mein Vater spricht mit mir nicht über Geldanlagen und ich mit ihm nicht über Politik.«

»Ich verstehe.« Dr. Fairchild nickte versonnen und murmelte: »Väter und Söhne.«

»Wir fühlen uns geehrt«, sagte Lian, »dass Sie und Mr. Brown zu uns gekommen sind, und wir hoffen, Sie wissen, wie sehr uns daran liegt, dass dieses Geschäft mit Marin Aerospace Systems zustande kommt.«

»Als externer Prüfer kann ich Ihnen nur versprechen, dass wir bei unserer Analyse so fair und objektiv sein werden wie nur möglich.«

»Nichts anderes erwarten wir von Ihnen«, sagte Yong,

und seine Kiefernmuskeln zuckten. »Meine Abteilung wird alles tun, um Sie bei Ihrer Aufgabe zu unterstützen. Aber glauben Sie mir: Sie werden feststellen, dass unsere Bücher in Ordnung sind und die Finanzkraft unseres Unternehmens über jeden Zweifel erhaben ist.«

»Ich wollte nichts Gegenteiliges andeuten«, erwiderte Jack, verdutzt über die plötzliche Feindseligkeit. »Verzeihen Sie, wenn ich Sie beleidigt habe.«

»Davon kann nicht die Rede sein«, sagte Dr. Fairchild. »Mein Sohn führt ein strenges Regiment. Er ist es nicht gewohnt, dass jemand mit dem Finger über die Fensterbank streicht und kontrolliert, ob Staub gewischt wurde.«

»Gut, denn genau das ist unsere Aufgabe. Paul übernimmt die quantitative Analyse, und ich werde mich bei Ihren Abteilungsleitern melden und viele Fragen stellen, damit ich einen tieferen Einblick in die Tätigkeit Ihres Unternehmens bekomme.«

»Sie werden alle Informationen erhalten, die Sie brauchen. Mein Sohn wird Ihr erster Ansprechpartner sein, und meine Tochter wird für Ihre Sicherheit sorgen.«

Jack zuckte mit den Schultern. »Für unsere Sicherheit? Ich dachte, Singapur sei eine der sichersten Städte auf dem Planeten.«

Dr. Fairchild lächelte, hob die Hände und legte die gespreizten Finger aneinander. »Ja, das wird schon so sein. Trotzdem sind Vorsichtsmaßnahmen nie verkehrt.«

»Ich werde auch Ihre Reiseführerin sein«, sagte Lian. »Ich könnte mir vorstellen, dass Sie sich für die Sehenswürdigkeiten interessieren und einen persönlichen Eindruck von der Stadt bekommen wollen. Sie können unser Unternehmen nicht von unserem Land trennen. Beide gehören zusammen, gehen Hand in Hand.«

Jack lächelte. »Wir freuen uns darauf.«

Yong wechselte seine Sitzhaltung. »Sagen Sie, Mr. Ryan …«

»Bitte nennen Sie mich Jack. Wir werden uns so oft sehen, dass wir uns Förmlichkeiten sparen sollten.«

»Einverstanden. Also, Jack, sagen Sie mir, was halten Sie von Mr. Rhodes und Marin Aerospace Systems?«

»In welcher Hinsicht?«

»Sind Sie der Meinung, dass sie die Fusion noch durchziehen wollen?«

»Ich bin verwirrt. Warum fragen Sie mich das? Hätten sie das Interesse verloren, wären wir doch nicht hier, oder?«

»Würden Sie mir bitte den Gefallen tun und antworten?«

»Wir sind neutrale, unabhängige Prüfer. Ich glaube nicht, dass meine Meinung viel zählt.«

»Aber als neutraler Dritter sind Sie in der besten Position, sich eine unvoreingenommene Meinung über die beiden betroffenen Parteien zu bilden.«

Jack blickte zu Paul. *Wollen Sie mir nicht beispringen?*

Paul zuckte mit den Schultern. *Damit müssen Sie allein klarkommen.*

Jack tat es. »Soweit ich es beurteilen kann, ist Marin Aerospaces sehr an der Fusion gelegen. Wir haben zwar die Aufgabe, eine gründliche und objektive Analyse der Vermögenslage und Geschäftstätigkeit Ihres Unternehmens durchzuführen, doch nach meinem Eindruck hofft Mr. Rhodes, dass wir das Geschäft so schnell wie möglich absegnen.«

»Das freut mich zu hören«, sagte Dr. Fairchild. »Als Mr. Rhodes die Prüfung durch das andere Unternehmen absagte, befürchtete ich schon, Marin Aerospace wollte das Angebot noch einmal überdenken.«

»Ganz und gar nicht«, sagte Jack. Es war ihm unangenehm, preiszugeben, dass Rhodes und sein Team einfach nur Mist gebaut hatten.

»Dann statten Sie uns nur einen Pro-forma-Besuch ab«, sagte Yong. »So lautet doch der Fachausdruck, glaube ich.«

»Gemäß dem Vorvertrag«, erwiderte Paul, »den beide Parteien unterzeichnet haben.«

»Haben Sie irgendwelche Fragen an uns, Mr. Brown?«, fragte Dr. Fairchild.

»Nennen Sie mich bitte Paul. Im Moment nur eine: Nach dem, was ich gelesen habe, ist Ihr Unternehmen äußerst erfolgreich. Warum wollen Sie mit Marin Aerospace fusionieren? Die meisten Unternehmen bleiben lieber unabhängig.«

»Abgesehen von den offenkundigen Vorteilen, die zusätzliches Kapital bringt, bleibt die Tatsache, dass der Weltmarkt hart umkämpft ist. Ohne eine kräftige Liquiditätsspritze und die globalen Ressourcen, die ein Unternehmen wie Marin Aerospace bereitstellen kann, werden wir nicht mehr lange überleben.«

Jack beobachtete Yong. Der Blick des Mannes wanderte im Raum umher, und seine Stimmung verdüsterte sich.

»Fürchten Sie nicht, Ihre unternehmerische Unabhängigkeit zu verlieren?«

»Wenn uns die Konkurrenz vom Markt fegt, sind wir auch nicht mehr unabhängig«, antwortete Dr. Fairchild. »Der Grund für unsere Entscheidung, mit Marin Aerospace zu fusionieren, war Senator Rhodes' Versprechen, dass wir eine selbstständige Firma unter dem gemeinsamen Dach seines Unternehmens bleiben würden.«

»Was hätten sie denn sonst sagen sollen?«, fragte Yong. »Andernfalls hättest du ihr Angebot nicht angenommen.«

Dr. Fairchild versteifte sich auf seinem Stuhl. Für Jack war offensichtlich, dass die beiden Männer diese Diskussion schon einmal geführt hatten.

»Ich vertraue Weston Rhodes und dem Vorstand.« Er wandte sich an Jack und Paul. »Sollten keine unerwarteten Probleme auftreten, wird die Fusion in Kürze über die Bühne gehen, und das ist meine endgültige Entscheidung.«

»Soviel ich weiß, liegt der vereinbarte Aktienkaufpreis erheblich über dem aktuellen Börsenkurs«, sagte Jack im Bemühen, die Stimmung im Raum wieder etwas zu lockern. Er blickte zu Yong. »Ihre Familie wird sehr reich.«

Dr. Fairchild nickte. »Mein Vermächtnis an meine Kinder. Worin sonst besteht die Pflicht eines Vaters, wenn nicht darin, für seine Erben zu sorgen?«

Das ist also der eigentliche Grund, warum Sie das tun, dachte Jack. Er fragte sich, ob Dr. Fairchild gesundheitliche Probleme hatte. Dem würde er später nachgehen.

Lian blickte auf ihre Uhr. »Verzeih, Vater, aber es wird spät, und unsere Gäste sind wahrscheinlich müde. Ich sollte sie in ihre Wohnung bringen.«

»Natürlich. Wie gedankenlos von mir.« Dr. Fairchild stand auf, und die anderen folgten seinem Beispiel. »Ich habe unser Gespräch sehr genossen, meine Herren. Ich hoffe, Sie werden in Bälde wieder meine Gäste sein.«

»Wir freuen uns darauf. Sobald wir mit unserer Arbeit fertig sind.«

Der Dalfan-Chef lächelte. »Ausgezeichnet.«

16

Lian und Park, ihr südkoreanischer Leibwächter, fuhren durch ein elektrisches Einfahrtstor zu einem neuen, zweistöckigen Haus in einem neueren, dichter bewohnten Viertel. Das Haus lag viel näher an der Dalfan-Zentrale am Flughafen Changi als Dr. Fairchilds Villa.

Der Regen hatte aufgehört. Der Leibwächter half Paul und Jack, das Gepäck auszuladen und in die Diele zu tragen.

»Es ist ein bescheidenes Haus«, erklärte Lian, »aber es bietet alle modernen Annehmlichkeiten. Wir halten es für Gäste und Besucher wie Sie bereit.«

»Wir fühlen uns geehrt«, bedankte sich Paul.

Lian deutete auf den Schirmständer. »Zögern Sie nicht, sie zu benutzen. Wir haben jetzt nämlich Monsunzeit, müssen Sie wissen.«

Jack hatte sich vor dem Packen über das Wetter kundig gemacht, Paul aber offensichtlich nicht, wie seinem erstaunten Gesichtsausdruck zu entnehmen war.

»Ja, das ist uns bekannt«, erwiderte Jack, für Paul gleich mit.

Außen präsentierte sich das Haus mit einer Fassade aus Putz und Glas und einem schrägen roten Ziegeldach – offensichtlich war der Baustil traditionellen Häusern wie der Fairchild-Villa nachempfunden. Er selbst hatte über seine Villa gewitzelt, sie sei im »tropisch-elisabethanischen Tudorstil« gehalten.

Lian führte sie kurz durch die Wohnung, die über getrennte Schlafzimmer mit eigenen Badezimmern, eine komplett ausgestattete Küche, Satellitenfernsehen und High-Speed-WLAN verfügte. Sie öffnete die Hintertür und führte sie zu einer frei stehenden Garage, betätigte den automatischen Garagentoröffner und drückte Jack einen Schlüsselsatz in die Hand.

»Der Audi TT ist ein Firmenwagen und steht Ihnen zur freien Verfügung. Natürlich verfügt er über ein Satelliten-Navigationssystem, falls Sie eines benötigen.« Sie deutete auf die hintere Wand, an der zwei Fahrräder angekettet waren. »Manchmal kommt man damit leichter voran als mit dem Auto.«

»Sie haben an alles gedacht.«

»Mein Vater möchte, dass Sie sich wohlfühlen. Wenn Sie etwas brauchen, Sie haben meine Nummer. Die Mahlzeiten werden Ihnen ins Büro gebracht. Haben Sie Fragen?«

»Ein Hotel hätte es auch getan.«

»Ist das nicht besser?«

»Viel besser, danke.« *Und Sie können uns leichter im Auge behalten,* dachte Jack.

»Dann verabschieden wir uns jetzt, damit Sie sich einrichten können. Ich nehme an, wir sehen uns morgen?«

»In aller Frühe.«

»Gut. Dann sprechen wir über unsere Sicherheitsvorkehrungen.«

Sie reichte ihnen nicht die Hand, sondern nickte nur kurz. Dann ging sie mit Park über den Rasen zu einem Seitentor und direkt zu ihrem Wagen. Jack und Paul kehrten ins Haus zurück.

Paul eilte auf dem kürzesten Weg in die Küche. Er fand einen elektrischen Wasserkocher und steckte ihn ein. »Ich brauche noch eine Tasse Tee, um runterzukommen, bevor ich ins Bett gehe.«

»Meine biologische Uhr ist auch völlig durcheinander. Zu Hause ist jetzt Vormittag. Wir müssen uns schnell umgewöhnen, wenn wir etwas zustande kriegen wollen.«

»Ich setze etwas mehr Wasser auf.«

»Gute Idee.«

Paul nahm zwei Tassen aus dem Schrank, stellte sie auf die Theke und humpelte in die Diele. Ein Reißverschluss wurde auf- und wieder zugezogen, dann kehrte er mit einer Packung Teebeutel in die Küche zurück. »Kamille hilft beim Einschlafen.«

»Danke.«

Paul goss kochendes Wasser in die Tassen.

Jack setzte sich. »Was halten Sie von Dr. Fairchild?«

Paul öffnete die Schranktüren und machte Inventur. »Netter Mann, intelligent. Sieht so aus, als ob er das Geschäft wirklich durchziehen will.«

»Sein Sohn ist nicht so scharf darauf. Ich glaube, er wäre nicht unglücklich, wenn wir morgen in den Flieger steigen und nie wiederkommen würden.«

Paul grinste. »Ich kenne den Typ. Er verhält sich abweisend, weil er gut ist. Er sieht keinen Grund für eine externe Prüfung, denn seine Zahlen stimmen, und jeder Bericht, den er erstellt, ist fehlerfrei. Eigentlich ist das ein gutes Zeichen. Wenn Buchhalter übertrieben gut gelaunt und entgegenkommend sind, kann man davon ausgehen, dass etwas nicht stimmt, jedenfalls meistens. Es gibt so viele Kleinigkeiten, auf die man achten muss, besonders in den Büchern eines komplexen internationalen Unternehmens wie Dalfan.« Paul fand eine Flasche Glenfiddich Single Malt Scotch. Er riss den Verschluss auf.

»Wahrscheinlich haben Sie recht.«

»Ich weiß, dass ich recht habe.« Paul schraubte den Deckel ab und gab einen Schuss in seinen Tee. Er deutete mit der Flasche in Jacks Richtung. Jack schüttelte den Kopf. *Nein, danke.* »Was halten Sie von Lian, seiner Tochter?«

»Ich habe noch keine abschließende Meinung.« Mittlerweile war es Nacht geworden. Jack schaute auf seine Uhr. »Lassen Sie uns morgen voll durchstarten. Wir fahren um sieben hier los, wenn Sie einverstanden sind.«

»Ich werde bereit sein.«

Lian fuhr in ihrem Range Rover den von Bäumen gesäumten East Coast Parkway entlang, als ihr Mobiltelefon klingelte. Es war Yong.

»Wo bist du?«, fragte Lian.

»Auf dem Weg nach Hause. Hast du sie abgesetzt?«

»Vor ein paar Minuten. Was willst du?«

»Mir ist aufgefallen, wie du sie angesehen hast, besonders Ryan. Ich mache mir Sorgen.«

»Dazu besteht kein Grund.«

»Sie sind nicht unsere Freunde. Diese Männer sind hier, um herauszufinden, ob mit unserer Firma etwas nicht stimmt. Rhodes hat sie geschickt, um eine Möglichkeit zu finden, den Kaufpreis für unsere Aktien zu drücken.«

»Bist du sicher?«

»Sei nicht naiv.«

Lian runzelte die Stirn. »Sie werden nichts finden, oder?«

»Natürlich nicht. Wie kannst du das überhaupt fragen? Aber sie könnten lügen oder sich etwas aus den Fingern saugen.«

»Jack und Paul kommen mir nicht wie Lügner vor«, entgegnete Lian. »Sie machen nur ihren Job.«

»Ihr Job besteht darin, Vater um sein Geld zu betrügen oder Schlimmeres. Rhodes ist kein Dummkopf. Er schickt den Sohn des Präsidenten, um Eindruck zu schinden. Aber es ist offensichtlich, was er vorhat.«

»Ich bin mir da nicht so sicher.«

»Das musst du auch nicht sein. Behalte sie einfach im Auge, besonders Ryan. Ich werde veranlassen, dass jemand Brown auf die Finger schaut. Sollen sie ruhig die Bücher prüfen, aber wir werden ihnen keine Gelegenheit geben, Vater Unannehmlichkeiten zu bereiten. Einverstanden?«

»Einverstanden.«

»Und dann noch der Punkt, über den wir bereits gesprochen haben. Sollte dem Präsidentensohn während seines Aufenthalts hier etwas zustoßen, würde uns das teuer zu stehen kommen. Und für Vater wäre es eine Schande.«

»Ryan wird nichts zustoßen. Ich werde ihn im Auge behalten. Du hast mein Wort.«

»Danke, Schwesterherz. Mehr will ich nicht.«

Die Schlafzimmer waren oben. Paul nahm das am Ende des Flurs mit Blick auf die Straße, Jack das gleich neben der Treppe. Paul wollte sich nicht von Jack helfen lassen, als er humpelnd seinen schweren Koffer oder Seesack die Stufen hinaufschleppte. Paul war offensichtlich außer Form, doch wie er die Gepäckstücke herumwuchtete, verriet Jack, wie viel Kraft noch in diesen wabbeligen Armen steckte.

Jack packte seinen Koffer aus und beschloss dann zu duschen, ehe er zu Bett ging. Er fühlte sich schmutzig, nachdem er fast vierundzwanzig Stunden in denselben Kleidern in geschlossenen Räumen gereist war und umgewälzte Luft geatmet hatte.

Bevor er sich auszog, untersuchte er noch kurz das Zimmer. Er wurde langsam paranoid, das wusste er, aber es hatte ihn stutzig gemacht, wie Lian ihn beobachtet hatte. Zuerst dachte er, es hätte damit zu tun, dass er der Sohn des amerikanischen Präsidenten war. So sehr er diese Tatsache zu verbergen versuchte, sie kam immer wieder ans Licht. Insofern überraschte es ihn nicht, dass die Sicherheitschefin von Dalfan dahintergekommen war, wenngleich er es für noch wahrscheinlicher hielt, dass Rhodes es ihr einfach gesagt hatte. Vermutlich hielt er es für einen echten Coup, dass Jack Ryans Sohn seine Prüfung vornahm.

Die andere Möglichkeit war, dass sie ihn für einen gutaussehenden Mann hielt. Allerdings hatte sie keinerlei Schwingungen ausgesandt, die zu der Vermutung Anlass gaben, sie könnte sexuell an ihm interessiert sein. Schade eigentlich.

Im Verlauf des Essens hatte er irgendwann festgestellt, dass sie jede seiner Bewegungen beobachtete und sorgfältig analysierte, was er sagte. Sie war an ihm interessiert, keine Frage, aber letztlich machte sie nur ihren Job. Und wenn er sie wäre und die Aufgabe hätte, Informationen über ihn zu sammeln, hätte er die Bude mit Sicherheit verwanzt.

Vielleicht war er übertrieben misstrauisch, aber Vorsicht war die Mutter der Porzellankiste. Er überlegte, ob er mit Paul über seine Bedenken sprechen sollte, entschied sich aber dagegen. Es war nicht ratsam, sich vor ihm wie ein Geheimagent aufzuführen, solange er keine Beweise hatte. Andererseits wusste er nicht, worüber sie hier sprechen würden, wenn sie bei Dalfan erste Erkenntnisse gewonnen hatten, und er wollte nicht, dass dabei jemand ohne seine Zustimmung mithörte.

Jack ging zur Dusche und drehte das Wasser voll auf. Ebenso die Hähne am Waschbecken. Wenn sein Zimmer abgehört wurde, konnte das Rauschen des Wassers fast jede geräuschunterdrückende Software austricksen.

Er begann im Badezimmer und arbeitete sich dann ins Schlafzimmer vor, indem er mit den Fingern über die Kanten von Fenster- und Türrahmen strich, Vorhangsäume, Reißverschlüsse und Schubladen abtastete. Er suchte nicht länger als fünf Minuten. Es war nur eine stichprobenartige Kontrolle, die man in der Hoffnung auf einen Zufallsfund vornahm, doch im Grunde wollte er nur die nervende Stimme in seinem Hinterkopf zum Verstummen bringen. Von Anfang an hatte er bezweifelt, dass er etwas finden würde, und er behielt recht. Wenn Lian und ihr Team raffinierte Geräte verwendeten wie aus der Ferne einsetzbare Lasermikrofone oder verdrahtete, fest verbaute Abhörgeräte, würde er sie nicht finden, und die nötigen elektronischen Gegenmittel, um sie auszuschalten, standen ihm nicht zur Verfügung. Dieser Job sei ganz auf der weißen Seite angesiedelt, hatte Hendley betont. Nur hatte er dabei vergessen, dass es auf der Welt weitaus mehr Wirtschaftsspionage als politische Spionage gab.

Nicht unbedingt zufrieden, aber auch nicht bereit, noch mehr Mühe aufzuwenden, zog sich Jack aus und trat unter das heiße, dampfende Wasser.

Es war ein gutes Gefühl, wieder sauber zu werden.

Paul streckte den Kopf aus seiner Zimmertür und vergewisserte sich, dass Jack weder draußen auf dem Flur noch im Erdgeschoss herumgeisterte.

Er schloss die Tür wieder und sperrte ab, dann steuerte er auf sein Gepäck zu. Er öffnete den Reißverschluss der Laptophülle, griff in eine Seitentasche und entnahm ihr den USB-Stick mit der CIA-Software, die er für Rhodes installieren sollte.

Er hielt den Stick in der Hand. Lian hatte gesagt, dass sie morgen früh über Sicherheitsvorkehrungen sprechen würden. Was meinte sie damit? Vermutlich Sicherheitsvorkehrungen, die in der Dalfan-Zentrale galten. Und deren Zweck darin bestand, genau das, was jetzt in seiner Hand lag, aufzuspüren. Wenn Drogenhändler hierzulande mit dem Tod bestraft wurden, was blühte dann Spionen?

Er steckte den USB-Stick in die Seitentasche zurück und schloss die Hülle wieder. Es würde nicht einfach werden, den Stick hineinzuschmuggeln, das Installieren der Software wäre dann noch ein Problem für sich, darüber würde er sich später Gedanken machen. Jetzt wurde es Zeit, sich mit Bürste und Zahnseide die Zähne zu putzen.

»Sicherheitsvorkehrungen«, murmelte er vor sich hin. Worin mochten die bestehen? Er ging im Kopf eine Reihe von Regeln durch, die er in einer ähnlichen Situation aufstellen würde. Er würde bestimmt eine Möglichkeit finden, den Stick an ihren Kontrollen vorbeizuschmuggeln, und selbst wenn sie ihn fanden, was konnten sie schon tun? Ihm sagen, dass er ihn zu Hause lassen solle. Was aber, wenn sie ihn sicherstellten und nachsahen, was drauf war? Wie hatte Rhodes gesagt: Die Mission war so geplant, dass im Fall ihres Scheiterns nur einer aufflog, und zwar Paul. Er akzeptierte das. Aber natürlich war es besser, gar nicht erst erwischt zu werden. Er musste einen Weg finden, wie er den Stick an den Kontrollen vorbeischmuggeln und anschließend die Software installieren konnte. Aber das hatte Zeit bis morgen.

Da kam ihm ein Gedanke. Er schaltete das Licht aus und ging zum Fenster. Würde er eine Sicherheitsoperation leiten, würde er Leute vor Ort postieren und die Zielperson rund um die Uhr beschatten. Überzeugt, dass er von hinten nicht angeleuchtet wurde, schob er den Vorhang vorsichtig zwei Zentimeter zur Seite und spähte auf die schwach erleuchtete Straße hinaus.

Ein Auto parkte in einiger Entfernung vor einem anderen Haus. Er konnte nichts richtig erkennen. Er zog sein Smartphone aus der Tasche, richtete es auf den Wagen und stellte den Zoom auf sechsfache Vergrößerung. Dank Low-Light-Modus und Zoom konnte er auf dem Beifahrersitz den Schatten eines Mannes ausmachen, der in seine Richtung zu blicken schien, aber mit Gewissheit konnte er das nicht sagen. Müsste er raten, würde er sagen, dass es ein Weißer war. Das Mondlicht spiegelte sich so grell in der Windschutzscheibe, dass die Fahrerseite nicht einsehbar war.

Paul kam sich wie ein Voyeur vor. Das war albern. Wenn das Leute von Lians Sicherheitsteam waren, na und? Jack und ihn unter Beobachtung zu stellen diente doch ihrem eigenen Schutz, oder etwa nicht? Außerdem gab es viele Häuser in der Gegend. Und es war noch relativ früh am Abend. Er ließ das Smartphone sinken.

Just in diesem Moment erschien ein anderer Mann auf der Bildfläche, riss eine der hinteren Türen auf und stieg ein. Scheinwerfer flammten auf, und der Wagen brauste davon.

Was hatte das zu bedeuten?

Wahrscheinlich nichts, sagte sich Paul. Wahrscheinlich nur Leute aus der Nachbarschaft. Lian würde ein Observationsteam nicht so früh abziehen.

Dieser USB-Stick machte ihn ganz verrückt.

Paul schaltete das Licht wieder an und ging ins Badezimmer. Wenn er sich die Zähne putzte und einen Pyjama anzog, konnte er vielleicht einschlafen. Morgen musste er fit im Kopf sein, denn es würde ein langer Tag werden.

17

Firmenzentrale von Dalfan Technologies,
Singapur

Jack brauchte eine Weile, ehe er sich daran gewöhnt hatte, einen Wagen zu fahren, bei dem das Lenkrad auf der rechten Seite war, und noch länger, bis er sich auf den Linksverkehr eingestellt hatte. Sein erster Kreisverkehr im Uhrzeigersinn war ein Schlüsselerlebnis. Paul umklammerte den Haltegriff über der Tür und stemmte die Füße gegen den Boden, und Jack brach in lautes Lachen aus, als er auf der inneren Spur eingeklemmt wurde und eine Ehrenrunde drehen musste, ehe er die richtige Ausfahrt nehmen konnte. Was ihn besonders erheiterte, war der an Verzweiflung grenzende Ton der Anweisungen aus dem Navi, während er an dem halben Dutzend Ausfahrten des Kreisverkehrs vorbeibretterte.

Der Morgenverkehr auf der Hauptverkehrsstraße floss nur zäh, aber geordnet im Vergleich zu dem wüsten Gerangel, das auf den Straßen der meisten Großstädte in der nicht-westlichen Welt herrschte. Sie brauchten nur sieben Minuten bis zu Dalfan Technologies, einem hypermodernen, vierstöckigen Gebäude aus Stahl, Beton und grünem Glas. Jack bog in die Zufahrt ein und reichte dem Wachmann am Tor ihre Lichtbildausweise. Nach einem Abgleich mit den Daten in seinem Tablet lächelte der unbewaffnete Mann freundlich und winkte sie durch. Zehn Minuten später standen sie am Empfang beim Haupteingang.

»Jack Ryan und Paul Brown. Wir möchten zu Ms. Lian Fairchild.«

Die junge, spröde Empfangsdame lächelte und griff zum Telefon. Jacks Blick wanderte durch das geräumige, offene Erdgeschoss zu den Arbeitsplätzen hinter der Wand aus Sicherheitsglas. Eine Minute später erschien Lian.

»Willkommen, meine Herren. Hatten Sie Mühe, uns zu finden?«

»Nein, überhaupt nicht. Nur Ihr Navi wird eine Therapie brauchen. Ich fürchte, ich habe die Dame um den Verstand gefahren.«

»Wie wäre es mit einem Kaffee oder Tee, bevor wir anfangen?«, fragte Lian.

»Vielen Dank, aber wir haben schon im Gästehaus gefrühstückt.«

»Aber später wäre ein Tee schön«, sagte Paul.

»Selbstverständlich. Wann immer Sie möchten. Wenn Sie mir bitte folgen wollen.«

Lian zückte eine Karte, öffnete die schwere Glastür und führte sie in den Raum dahinter, an den verglaste Büros und Konferenzräume mit Glastüren angrenzten. Der Raum selbst beherbergte zwei Dutzend besetzte Computerarbeitsplätze.

Unmittelbar zu ihrer Linken lag das Sicherheitsbüro, ein gläserner Raum wie die anderen. Ein ernster junger Mann, wohl frisch von der Universität, stand hinter einem Schreibtisch mit Bildschirmarbeitsplatz an der Seite.

Lian deutete in seine Richtung. »Bitte, meine Herren.«

»Was soll das?«

»Ab hier gelten strenge Sicherheitsvorschriften. Wir müssen Ihre Taschen nach Schmuggelgut durchsuchen und Ihre elektronischen Geräte kontrollieren, wenn Sie sie mit hineinnehmen wollen.«

»Das gefällt mir aber gar nicht«, protestierte Jack.

Paul schüttelte den Kopf. »Mir auch nicht.«

Lian zuckte mit den Schultern. »Dann bleibt Ihnen die Möglichkeit, Ihre Taschen hierzulassen und ausschließlich unsere Geräte zu benutzen. Sonst können Sie nicht hinein.«

»Wenn wir nicht hineinkönnen, führen wir keine Prüfung durch«, beharrte Jack. »Ihr Vater wird nicht erfreut sein.«

»Er wird noch weniger erfreut sein, wenn ich zwei Fremden erlaube, Geräte hineinzuschmuggeln, mit deren Hilfe man unsere wichtigsten Daten hacken oder stehlen kann. In diesem Gebäude gibt es kein WLAN. Jeder Rechner ist per Air-Gap gesichert und per Kabel mit unserem Zentralrechner verbunden, der über eine sichere Internetverbindung verfügt.«

»Ist Wirtschaftsspionage ein so großes Problem?«, fragte Paul.

»Das war sie früher. Jetzt nicht mehr.«

Paul und Jack stellten ihre Taschen auf den Tisch und legten ihre Smartphones daneben.

»Würden Sie sie bitte öffnen?«, bat der Sicherheitsmann. »Und dann Ihre Geräte einschalten und Ihre Passwörter eingeben.«

Während Jack und Paul der Aufforderung nachkamen, streifte der Mann Gummihandschuhe über – Computertastaturen waren schmutziger als Klobrillen, ein Sammelplatz von Bakterien, Fäkalien und anderen unhygienischen Ablagerungen. Als Erstes wischte er mit dem Teststreifen eines Spurendetektors über jedes Gerät.

»Suchen Sie nach Sprengstoff?«, fragte Jack.

»Standardverfahren«, antwortete Lian.

Der Security-Mann untersuchte den Streifen im Analysegerät und überprüfte dann schnell noch die Programmordner in ihren Laptops und Smartphones. Da er nichts Verdächtiges entdeckte, gab er ihnen die Geräte zurück.

»Danke.« Er warf seine Handschuhe in einen Mülleimer

und nahm sich dann ihr Gepäck vor. Er runzelte die Stirn, als er Pauls geöffnete Laptoptasche durchstöberte. Seine Finger waren auf einen Gegenstand gestoßen, der unter der Polsterung steckte. Mit einiger Mühe gelang es ihm, ihn ans Tageslicht zu fördern. Ein USB-Stick.

»Sir? Gehört der Ihnen?«

Paul hatte das Gefühl, den Boden unter den Füßen zu verlieren. »Ja, vermutlich.«

Jack sah, dass Lian seinen Partner finster ansah. Was versuchte Paul zu verbergen?

Paul zuckte mit den Schultern. »Er muss da hineingerutscht sein. Tut mir leid.«

Der freundliche Security-Mann war plötzlich nicht mehr ganz so freundlich. Er nahm den Stick und steckte ihn in den USB-Port an seinem Computer.

Paul sah zu, wie er ein paar Tasten antippte und konzentriert den Inhalt studierte.

Jack warf Paul einen Blick zu. Einen zornigen Blick. *Wollen Sie mir etwas sagen?*

Paul zuckte wieder mit den Schultern und schüttelte den Kopf.

Der Computer piepte, und der Wachmann zog den Stick heraus.

»Hübsche Fotos, Sir. Washington, nicht wahr?«

»Mein letzter Ausflug ins Smithsonian. Ich habe mich schon gewundert, wo der Stick abgeblieben ist. Danke, dass Sie ihn gefunden haben.«

»Leider werden Sie ihn hierlassen müssen. Sie können ihn abholen, wenn Sie wieder gehen.«

Paul zuckte mit den Schultern. »Okay, natürlich.«

Lian stellte dem Wachmann eine Frage auf Mandarin. Der Mann schüttelte den Kopf, als wollte er sagen »kein Problem«.

Lian deutete zum Ausgang. »Alles klar, meine Herren. Wenn Sie mir bitte folgen wollen.«

Sie führte sie ans andere Ende des Raums zu einer weiteren Panzerglastür, die verschlossen und mit einem Kartenlesegerät gesichert war. Unterwegs kamen sie an einem stählernen Notausgang vorbei, der ins Treppenhaus führte. Daneben lag eine große Küche mit Essbereich, in der gerade jemand Kaffee kochte.

Lian zeigte ihnen das restliche Stockwerk hinter dem Panzerglas.

An beiden Wänden reihten sich die Büros der leitenden Analysten, die die internationalen Märkte beobachteten und die einschlägige Forschung verfolgten. Die Junioranalysten saßen an Arbeitsplätzen im Saal.

Ganz hinten erblickte Jack eine weitere Glastrennwand und rechts davor einen großen, gläsernen Konferenzraum. Darin stand ein langer Tisch, an dem ein Dutzend Personen saßen.

Lian steuerte auf die Tür zu. »Meine Herren.«

Als Jack und Paul eintraten, standen alle auf und lächelten. Die meisten waren in den Dreißigern und Vierzigern, Männer und Frauen aus Ost- und Südasien, mit konzentrierten und ernsten Gesichtern, aber freundlich – technische Führungskräfte, wie sie Jack überall auf der Welt begegnet waren.

Lian stellte sie mehreren Abteilungsleitern und deren Assistenten aus dem gesamten Unternehmen vor, darunter die Ressorts Herstellung, Marketing, Vertrieb und Buchhaltung. Überdies wies sie ihre Mitarbeiter an, sämtliche Fragen der Prüfer von Hendley Associates zu beantworten. »Im Übrigen bestehen sie darauf, mit ihren Vornamen Jack und Paul angesprochen zu werden.«

Das kurze Meeting endete mit erneutem allseitigen Händeschütteln und Lächeln, dann ging es weiter zur nächsten Sicherheitstür. Lian öffnete sie mit ihrer Schlüsselkarte und führte sie in den letzten Bereich des Stockwerks. Ganz hinten lag Dr. Fairchilds großzügiges Büro, das sich über die gesamte Außenwand erstreckte. Links davor befanden sich die zwei Büros von Yong und Lian und rechts davor zwei weitere, die leer waren. Lian deutete auf sie. »Die gehören Ihnen für die Zeit Ihres Aufenthalts.«

Jack und Paul gingen hinein. Sie waren spartanisch eingerichtet: Schreibtisch, Computer, Festnetztelefon, kleiner Laserdrucker und ein einzelner Ablageschrank voller Büroutensilien.

»Ihre Laptops können nicht mit dem Zentralrechner verbunden werden, ohne dass unsere eigenentwickelte Software installiert wird. Deshalb müssen Sie Ihre gesamte Arbeit an einem unserer Endgeräte ausführen.«

»Können wir Daten von Ihrem System auf unsere Laptops herunterladen, sodass wir außerhalb des Geländes damit arbeiten können?«, fragte Paul.

»Nein. Für die Zertifizierungsprüfung bleiben unsere Daten auf unserer Festplatte. Selbstverständlich wird Marin Aerospace nach dem Zusammenschluss der Firmen uneingeschränkten Zugang zu unseren Daten, unserem Zentralrechner und unserem Speicher bekommen. Bis dahin dürfen Sie beide sich gerne Notizen auf Ihren Geräten machen oder Daten ausdrucken, die Sie brauchen, aber wir können keinerlei Maschinenschnittstelle zwischen Ihren und unseren Geräten gestatten. Das schließt auch den Gebrauch tragbarer Festplatten ein. Ist das klar?«

»Absolut«, antwortete Paul.

Er war aufgeschmissen.

Lian sah auf die Uhr. »Wir haben gerade noch Zeit, den ersten und zweiten Stock zu besichtigen, bevor Ihr Assistent eintrifft, Mr. Brown. Er wird Sie mit der Buchhaltungsdatenbank und -software vertraut machen und Ihnen für etwaige weitere Fragen zur Verfügung stehen.«

»Was ist mit mir? Brauche ich keinen Aufpasser?«, fragte Jack.

»Sie haben schon einen. Mich.«

Jack rechnete eigentlich mit einem neckischen Lächeln oder koketten Achselzucken, doch sie blieb ganz dienstlich.

Lian führte sie zurück, wobei sie erklärte, dass die Treppe aus Sicherheitsgründen nur in echten Notfällen benutzt werde.

Sie verließen die Büroetage und fuhren mit dem Aufzug in den ersten Stock, in dem dieselben strengen Sicherheitsvorschriften herrschten wie im Erdgeschoss. Lian versicherte ihnen, dass diese Vorschriften in allen vier Etagen galten. Offensichtlich nahmen es Dalfan und Lian Fairchild mit der Sicherheit sehr ernst. Jack war froh, dass er hier keine verdeckte Operation durchführen musste. Er war nicht sicher, ob er diesen High-Tech-Safe hätte knacken können.

Lian machte sie mit Dr. Chen Tao bekannt, der Leiterin der Abteilung Virtuelle Realität. Jack fiel auf, dass sie reizende Sommersprossen um die Nase hatte. Aus irgendeinem Grund musste er bei ihrem Anblick an einen Song von den Beach Boys denken. Sie vereinbarten einen Termin.

Dann führte sie Lian in den zweiten Stock, wo sie Mr. Mahindar Singh trafen, den Leiter des Forschungsprogramms »Steady Stare«. Er sicherte Paul und Jack seine uneingeschränkte Zusammenarbeit zu. Jack machte mit ihm für morgen einen Termin aus.

»Was ist mit dem dritten Stock?«, fragte Jack.

»Dort steht unser Zentralrechner. Außerdem beherbergt er Dr. Hengs Abteilung.«

»Sein Team leistet hochinteressante Arbeit«, sagte Paul.

»Bedauerlicherweise ist er momentan auf einer Tagung. Aber Sie können ihn am Samstag kennenlernen, wenn Sie mögen.«

»Ist schon in Ordnung, wir haben es nicht eilig«, sagte Jack.

Singh und Tao hatten ihm Präsentationen versprochen, und er freute sich darauf, mehr über die Entwicklungsarbeit ihrer Abteilungen zu erfahren. Nach dem, was er bisher gesehen hatte, handelte es sich dabei um absolute Spitzentechnik. Dr. Hengs Arbeit war etwas schwerer zu begreifen, nach den Unternehmensberichten zu urteilen aber trotzdem beeindruckend. Kein Wunder, dass Marin Aerospace diesen Deal wollte.

Nach dem kurzen Rundgang brachte Lian sie zurück in ihre Büros im Erdgeschoss und stellte ihnen noch einmal einen jungen Mann namens Bai aus der Buchhaltung vor, den sie bereits im Konferenzraum getroffen hatten. Er sollte Paul assistieren.

Zudem händigte Lian ihnen Sicherheitsausweise und -karten aus, mit denen sie jeden Raum im Gebäude betreten konnten. »Mit Ausnahme der Zentralrechneranlage«, sagte sie.

»Dort müssen wir auch nicht hin«, versicherte ihr Jack.

»Ich verlasse Sie jetzt, damit Sie mit Ihrer Arbeit beginnen können. Bitte geben Sie mir Bescheid, wenn Sie die Absicht haben, das Gebäude zu verlassen.«

»Klar doch«, sagte Jack. Er hatte sowieso nicht die Absicht, heute irgendwo hinzugehen. Und morgen? *Na ja, mal sehen,* sagte er sich.

»Ich hoffe, Sie essen mit uns zu Mittag. Wir haben einen Koch, der zu uns kommt und für uns kocht.«

»Das wäre wunderbar«, sagte Paul.

»Bei der Gelegenheit können Sie unsere Mitarbeiter näher kennenlernen und Fragen stellen.«

Und Sie können uns weiter im Auge behalten, dachte Jack. Der Wagen. Das Haus. Ja, das alles war sehr praktisch.

18

Als Erstes richtete Bai, Pauls Assistent, ihre Computer ein, wobei er mit ihren Benutzernamen begann. Er händigte jedem von ihnen einen USB-Stick mit Digitalanzeige aus. Auf den Anzeigen leuchteten bereits Ziffern auf.

»Was ist das?«, fragte Jack.

»Das sind Sicherheits-Fobs, die Passwörter generieren. Wenn Sie sich mit Ihrem Benutzernamen anmelden, haben Sie sechzig Sekunden Zeit, um die vom Fob generierte Zahl einzutippen. Tun Sie es nicht, können Sie sich nicht einloggen und müssen weitere sechzig Sekunden warten, bevor die nächste Zahl generiert wird und Sie den nächsten Versuch starten können, sich einzuloggen. Ist das so weit klar?«

»Absolut.«

»Sie bekommen jeweils nur einen. Bitte verlieren Sie ihn nicht, und wenn doch, melden Sie es sofort.«

»Selbstverständlich.«

Bai weihte sie in die restlichen Sicherheitsvorschriften ein. »Zunächst einmal steht es Ihnen frei, Ihre Laptops zu benutzen, doch wie Ihnen Ms. Fairchild bereits erklärt hat, gibt es im Gebäude keinen WLAN- oder Mobilfunkzugriff, und Sie haben keine Möglichkeit, sich physisch mit dem Zentralrechner zu verbinden, ohne vorher unser verschlüsseltes Interface herunterzuladen, was nicht erlaubt ist.«

Dann deutete Bai auf einen USB-Port an der Computertastatur. »Es ist Ihnen nicht gestattet, private USB-Sticks in diesen Anschluss oder in irgendein anderes Gerät von Dalfan zu stecken. Und selbst wenn Sie es täten, würde es nicht funktionieren. Die USB-Ports sind wie der Computer mit einem Passwort gesichert.«

Das ist gar nicht gut, dachte Paul. *Wie soll ich das Programm von Rhodes' Stick rüberziehen, wenn der Port gesperrt ist?*

Bai zog einen USB-Stick aus der Tasche. »Nur ein von Dalfan verschlüsselter Stick wie dieser lässt sich an unsere Geräte anschließen.«

»Bekommen wir so einen verschlüsselten Stick für den persönlichen Gebrauch?«, fragte Paul.

Bai runzelte die Stirn. »Das ist verboten. Zu gefährlich.« Er wandte sich an Jack. »Weitere Fragen?«

»Wir sehen ein, dass strenge Sicherheitsvorschriften unerlässlich sind«, sagte Jack. »Wir werden uns bei der Arbeit so gut es geht danach richten.« Er stand auf. »Bis später, Paul. Viel Vergnügen.«

»Ihnen auch.«

Und zu Bai sagte Paul: »Dann lassen Sie uns ins kalte Wasser springen.« Er öffnete den Desktop, während Jack in sein Büro ging.

Bai zeigte ihm das File mit dem Hauptbuch – dem Controlling-Dokument, das alle anderen Nebenbücher und Buchhaltungsdateien mit sämtlichen finanziellen und sonstigen Daten von Dalfan Technologies enthielt. Pauls Fokus galt der finanziellen Seite. Er öffnete den ersten großen Dateiordner namens »Aktiva«. Vor ihm lag viel Arbeit, und er hatte dafür nicht viel Zeit. Doch mit seinen Gedanken war er woanders. Er seufzte.

»Stimmt was nicht, Mr. Brown?«

»Könnte ich vielleicht eine Tasse Tee bekommen, bevor wir anfangen?«

Bai stand auf. »Folgen Sie mir.«

Jack freute sich darauf, nicht mehr von Lian oder irgendeinem Dalfan-Mitarbeiter beobachtet zu werden, doch kaum saß er in seinem Chefsessel, klopfte es an seiner Glastür.

Jack drehte sich um. *Mist.*

»Feng«, sagte der Mann und entblößte gelbliche Zähne zu einem schiefen Lächeln. »Ich bin der Betriebsleiter.«

Feng stank nach kaltem Rauch. Er war der älteste Angestellte, den Jack bislang im Haus getroffen hatte. An dem Treffen im Konferenzraum hatte er nicht teilgenommen. Er trug ein Tablet in der Linken.

Ryan stand auf und reichte ihm die Hand. »Jack.«

»Ich soll Ihnen einen allgemeinen Überblick über die Firma geben. Ich werde Ihnen die Organisationsstruktur, die Betriebsanlagen und die Belegschaft zeigen und alle Ihre Fragen beantworten.«

Jack zwang sich zu einem Lächeln. »Wunderbar. Dann lassen Sie uns anfangen.«

Jack öffnete den Dalfan-Desktop mit seinem Passwort-Fob, und Feng tippte derweil auf seinem Tablet. In den folgenden Minuten studierten sie Organigramme, Personaldaten, Betriebsbudgets und Anlagestandorte überall in der Stadt, darunter auch ein Hangar am nahen Flughafen Seletar.

Als sie all diese Dokumente durchgesehen hatten, war Mittagspause.

»Wollen Sie sich uns zum Essen anschließen?«, fragte Feng und erhob sich.

»Vielen Dank, aber heute nicht.« Jack stand ebenfalls auf.

Feng runzelte die Stirn. »Wie bedauerlich. Ich werde Ms. Fairchild Bescheid geben.«

Aber natürlich, dachte Jack. »Wir sehen uns nach dem Essen.«

Für Jack und Paul war es ein langer, aber auch produktiver erster Vormittag gewesen. Ihre biologischen Uhren tickten noch anders, weshalb sie jetzt geschafft und hungrig waren.

Jack rechnete eigentlich mit einem Wortwechsel, als er Lian gegenüber bestätigte, dass er und Paul heute nicht mit den Dalfan-Mitarbeitern essen würden, doch stattdessen empfahl sie ihm ein Restaurant etwa zehn Minuten entfernt.

»Wollen Sie sich uns anschließen?«, fragte Jack.

»Ich denke, Sie kommen mit den Chilikrabben auch ohne meine Hilfe klar«, schoss sie zurück. »Aber wundern Sie sich nicht, wenn ein paar Freunde in Ihrer Nähe weilen.«

Jack wollte Paul fahren lassen, doch der wortkarge Buchhalter war nicht darauf erpicht herauszufinden, wie man ein Auto von der falschen Wagenseite aus auf der falschen Straßenseite durch den Verkehr steuerte, und das mitten in einem Wolkenbruch. Eine Viertelstunde später saßen sie in einem gemütlichen, schummrig beleuchteten Restaurant, das von Einheimischen besucht war. Sie entschieden sich beide für die Spezialität des Hauses, Chilikrabben. Dazu bestellte Jack einen Mango-Eistee und Paul einen Wodka Tonic.

»Erzählen Sie mir, was Sie herausgefunden haben«, begann Jack, nippte an seinem Eistee und sah sich im Raum um. Sein Blick blieb an Park hängen, Lians Leibwächter, der allein am anderen Ende des Restaurants saß und mit finsterer Miene die Speisekarte studierte. Er war zweifellos hier, um sie im Auge zu behalten.

Paul runzelte die Stirn. »Als Erstes habe ich herausgefunden, dass sich mein Assistent wie eine Klette an mich hängt. Es hätte mich nicht überrascht, wenn er mir heute Morgen aufs Klo gefolgt wäre.«

»Haben Sie das Gefühl, dass Sie beobachtet werden?«

»Eher betüdelt. Durchaus freundlich, verstehen Sie mich nicht falsch. Meine Fragen werden bereitwillig beantwortet. Aber der Mann will mich einfach nicht allein lassen, keine halbe Minute.«

Dann beschrieb Paul seine Arbeit, die hauptsächlich darin bestanden hatte, Steuererklärungen der letzten zehn Jahre mit Unternehmensberichten zu vergleichen. »Alles stimmt überein. Fast zu gut. Kein Dezimalkomma verrutscht. So wie ein entflohener Sträfling leicht unter dem Tempolimit fährt, damit er der Verkehrspolizei nicht auffällt.«

»Glauben Sie, dass es ein Problem gibt?« Jack winkte einer Bedienung.

»Nicht unbedingt. Dass die Bücher mustergültig geführt sind – jedenfalls bis jetzt –, heißt allerdings nicht, dass alles in bester Ordnung ist.«

Die junge Bedienung ließ ein wunderschönes Lächeln aufblitzen. »Sir?«

»Sehen Sie den Herrn da drüben? Am Fenster?« Jack nickte mit dem Kopf in Parks Richtung, dann deutete er in die Getränkekarte. »Bringen Sie ihm bitte so einen auf meine Rechnung.«

Sie kicherte. »Sofort, Sir.«

Paul tippte an seinen Wodka Tonic. »Und für mich bitte noch so einen.«

Sie nickte und huschte davon.

»Entschuldigen Sie, Paul. Was sagten Sie gerade?«

»Ich war schon fertig. Bis jetzt sieht alles gut aus, aber ich grabe weiter. Was haben Sie herausgefunden?«

Jack fasste seine Nachforschungen zusammen, wobei er auch auf die Durchsicht der Personalakten einging. »Ich habe hauptsächlich versucht, mir ein Bild von Mitarbeiterbindung und Einstellungspraktiken zu machen – das Übliche. Außerdem habe ich mich mit den Vorsorgeleistungen beschäftigt. Wie es scheint, erhalten die meisten Führungskräfte Aktienoptionen. Sie werden kräftig Kasse machen, wenn Marin Aerospace einsteigt und das Doppelte des aktuellen Aktienpreises bezahlt.«

»Kein Wunder, dass die Leute im Konferenzraum sich so gefreut haben, uns zu sehen.«

Jack beobachtete, wie die Bedienung ein großes Glas mit rotem Inhalt an Parks Tisch brachte. Park runzelte bei seinem Anblick verwirrt die Stirn.

»Unser Freund Park hat soeben seine Lieferung gekriegt«, bemerkte Jack.

Paul drehte sich gerade noch rechtzeitig um, um zu sehen, wie Park ihnen den Stinkefinger zeigte.

»Was haben Sie ihm denn bringen lassen?«

»Einen Shirley Temple. Ich könnte mir denken, dass er im Dienst keinen Alkohol trinken darf.«

Paul schmunzelte. »Sie wollen sich mit dem Kerl doch nicht anlegen, oder?«

»Was gibt es hier schon anderes zu tun?«

Die Bedienung brachte Platten mit brutzelnd heißen Krabben, dampfende Schüsseln mit Reis und knackigem Gemüse aus dem Wok. Sie ließen es sich schmecken, aber Paul war in Gedanken immer noch bei Rhodes' USB-Stick. Er war froh, dass er heute sein kleines Experiment mit dem Test-Stick durchgeführt hatte. Er hatte zwar vermutet, dass er das Ding nicht durch ihre Kontrollen bringen würde, aber sicher war er sich nicht gewesen. Hätte der Wachmann heute den CIA-Stick in seiner Tasche entdeckt, würde er jetzt wahrscheinlich in einem Flieger in die Vereinigten Staaten sitzen oder in einer engen singapurischen Gefängniszelle auf und ab gehen. Das einzig Positive war, dass sie keine Leibesvisitation vornahmen. Bei Dalfan legte man großen Wert auf Sicherheit, aber man war nicht paranoid. *Ein Fehler ihrerseits*, sagte er sich.

Ruhig kauend sann er über das Problem nach. Selbst wenn er seinen Test-Stick hätte behalten dürfen, hätte er heute keine Gelegenheit bekommen, probehalber Daten davon auf seinen Dalfan-Computer zu laden, und laut Bai hätte es ohnehin nicht funktioniert, da der Verschlüsselungscode von Dalfan fehlte.

Bai war selbst eine Sicherheitsbarriere, fand Paul. Wenn der Mann weiter so an ihm klebte, würde er nie eine Gelegenheit bekommen. Es wurde immer wahrscheinlicher, dass die Mission scheiterte oder dass er bei dem Versuch, sie auszuführen, erwischt wurde. Beide Szenarien missfielen ihm. Außerdem hatte Rhodes gesagt, dass es bei Dalfan wahrscheinlich gar keine Probleme gebe – und dass die Installation der Software nur eine Vorsichtsmaßnahme sei. Und so kam er, während er so dasaß, plötzlich zu dem Schluss, dass es das Risiko nicht wert war. Es wurde Zeit, eine dritte Option ins Auge zu fassen. Vielleicht sollte man die Mission einfach abblasen.

»Wenn Sie nichts finden und ich auch nicht, sollten wir hier vielleicht Schluss machen und früher nach Hause fliegen«, sagte Paul.

Jack lachte. »Wieso denn? Langweilen Sie sich auch so wie ich?«

»So ähnlich. Dr. Fairchild hätte sicher nichts dagegen, wenn wir die Sache zügig zum Abschluss bringen.«

»Rhodes schien aber schon zu wollen, dass wir hier eine ernsthafte Prüfung durchführen.«

»Aber er will auch, dass wir am Ende unseren Segen geben.« Paul trank sein Glas aus. Er wollte nicht den Eindruck erwecken, dass er der Sache zu viel Bedeutung beimaß. »Ich meine, Sie waren ja auch nicht gerade wild auf diesen Auftrag, und ich muss zurück. Also was immer Sie tun wollen, ich bin dabei.«

Paul hoffte bei Gott, dass Jack anbiss. Er bezweifelte, dass seine Nerven das weitere vier Tage aushielten.

»Ich weiß nicht. Wo wir schon hier sind, können wir unseren Job auch richtig machen. Gehen wir weiter nach Schema F vor und warten ab, was dabei herauskommt.«

»Okay. Klingt vernünftig.« Paul kämpfte gegen eine aufsteigende Panik an. Als die Kellnerin vorbeiwischte, hielt er sein leeres Glas hoch und ließ das Eis klirren. »Noch einen.«

Sie nickte und eilte zur Bar.

Paul seufzte. Es würde eine lange Woche werden.

19

Darf ich Ihnen eine Frage stellen?«, fragte Jack.

»Klar.«

»Warum wollten Sie eigentlich forensischer Wirtschaftsprüfer werden?«

Paul spießte noch eine Garnele auf. »Na ja, ich hatte schon immer ein Talent für Zahlen, und meine Mutter sagte, dass Buchhalter immer Arbeit fänden, also beschloss ich, in diese Richtung zu gehen. Mein erster Lehrer am College war promovierter Jurist und Buch- und Rechnungsprüfer und hatte vor seiner Lehrtätigkeit beim FBI gearbeitet. Er erzählte uns alle möglichen tollen Geschichten aus seiner Zeit bei der Bundespolizei – er verglich seine Tätigkeit dort mit der eines Kriminalisten, der Spione jagte, nur eben nicht mit der Waffe, sondern mit Zahlen. Was wird ein dicker Junge aus Iowa da tun? Er wird forensischer Wirtschaftsprüfer.«

»Und Sie waren im Staatsdienst?«

»Kurz.«

Angesichts der knappen Antwort hielt es Jack für besser, nicht nachzubohren – jedenfalls nicht jetzt. Er wechselte das Thema.

»Und macht es Ihnen Spaß, Betrügereien auf die Spur zu kommen?«

»Es ist wirklich interessant. Und wird nie langweilig.«

Jack kämpfte gegen das Verlangen an, die Augen zu verdrehen. Wollte Paul ihn zum Narren halten? Bei der Vorstellung, er müsste sich in Hauptbücher vertiefen und nach falsch gesetzten Dezimalkommata suchen, hätte er sich am liebsten das mit Chili befleckte Essstäbchen ins Auge gestoßen.

»Inwiefern interessant?«

Endlich kam Pauls Getränk. »Die Chilisoße ist ziemlich scharf, finden Sie nicht?«, sagte er, als wäre das der Grund, warum er jetzt an seinem dritten Wodka Tonic nippte.

»Scharf, aber gut. Ich bin froh, dass wir hergekommen sind.«

»Ich auch. Worüber haben wir gerade gesprochen? Ach ja. Warum der Beruf so interessant ist. Also, für mich ist er interessant, weil es letzten Endes nie um Zahlen geht, sondern immer um Menschen. Menschen sind Gewohnheitstiere, die sich an Muster halten. Und wie sich erwiesen hat, bringen Zahlen recht gut Gewohnheiten und Muster ans Licht, und auch die Betrügereien, die Menschen begehen, generieren gewohnheitsmäßige Zahlen- und Datensatzmuster.«

»Gibt es einen bestimmten Personentyp, der eher zum Betrügen neigt?«

»Nach dem, was ich gelesen habe, gibt es keinen bestimmten Charakterzug oder Indikator, auf den sich Psychologen einigen können – vielleicht entdecken sie irgendwann dafür ein Gen, aber ich bezweifele es. Allerdings lassen sich Menschen, die einen Betrug begehen, normalerweise einem von vier Typen zuordnen.« Paul hielt inne und nahm noch einen Happen Reis.

Jack ließ noch eine Garnele in seinen Mund fallen.

»Ein Betrugsexperte namens Allan gab ihnen Namen und unterschied zwischen dem Brutalo, dem Egoisten, dem Kontrollfreak und der Maus. Leute, die betrügen, gieren entweder nach Anerkennung, beanspruchen mehr

Einfluss, führen Revierkämpfe oder wollen, dass alles so bleibt, wie es immer gewesen ist.«

»Wo steht die Maus in dieser Reihe?«

»Die Maus ist interessant. Das ist der ruhige Typ, der unauffällig bleibt und keine Aufmerksamkeit auf sich zieht – mit der Ausnahme, dass er als der perfekte Mitarbeiter hervorsticht.«

»Perfekt im Sinne von *zu* perfekt?«

»Ja. Er macht besonders viele Überstunden, übernimmt zusätzliche Projekte, klagt nie, bittet nie um eine Gehaltserhöhung. Natürlich soll das alles nur die schlimmen Sachen, die er tut, kaschieren.«

Bei Menschen weiß man nie. Die Worte, die Ding auf dem Schnellboot zu ihm gesagt hatte, hallten in Jacks Kopf wider.

»Das sind also die Menschentypen, die betrügen. Ich nehme an, sie handeln einfach nur aus Habsucht.«

»Nicht unbedingt. Kennen Sie das Akronym MICE – schon mal davon gehört?«

Ungefähr eine Million Mal, dachte Jack bei sich. »Helfen Sie mir auf die Sprünge.«

»Money (Geld), Ideology (Ideologie), Coercion (Zwang oder Erpressung) und Ego (Narzissmus). Deshalb ja, manchmal geht es um Geld, aber sehr häufig sind auch die anderen Beweggründe ausschlaggebend, in der Regel eine Kombination davon.«

»Ich meine, irgendwo gelesen zu haben, dass Terroristen und Verräter ein Paradebeispiel für MICE sind.«

»Das ist richtig.«

Jack zuckte mit den Schultern. »Das leuchtet ein. Wenn man einen Betrug begeht, ist das eine Art Terrorakt gegen oder Verrat am Management und den Aktionären des Unternehmens.«

»Von der Seite habe ich es noch nie betrachtet. Aber vermutlich haben Sie recht.«

»Und wie kommen Sie den Betrügern auf die Schliche?

Wenn sie clever und motiviert genug sind, die Bücher zu frisieren, sind sie doch sicher auch clever genug, ihre Spuren zu verwischen.«

Paul schenkte ihm ein seltenes Lächeln und trank noch einen Schluck. Die Eiswürfel in seinem Glas klirrten. »Glauben Sie mir, sie versuchen es.«

»Und was ist Ihre Geheimwaffe?«

»Ich habe ein ganzes Arsenal, aber Datenanalytik ist meine beste. Früher habe ich ein altes staubiges Hauptbuch aufgeschlagen und bin mit dem Finger an den Spalten entlanggefahren. Heute überlasse ich die ganze Arbeit der Software. Ich will Ihnen ein Beispiel geben – es ist wirklich interessant.«

Paul zog einen Kugelschreiber aus der Tasche und griff nach einer Serviette.

»He, Moment mal, ich habe auch so einen.« Jack fasste nach unten und brachte einen Stift zum Vorschein, den er innen an der Hosentasche befestigt hatte. »Das ist ein Zebra F-701.«

Paul grinste. »Ich wusste nicht, dass Sie auch einen haben.«

Jack ließ seinen klicken. »Meiner schreibt mit Tinte, nicht mit Blei wie Ihrer.«

Paul hielt seinen Zebra mit beiden Händen und bewunderte die kultige Form des soliden Edelstahlschafts. »Ich benutze Zebras seit Jahrzehnten.«

»Und ich seit meinem College-Abschluss – mein Vater hat mir ein Set geschenkt. Er hat gesagt, meine Zebras würden mich nie im Stich lassen.«

»Wie klein die Welt doch ist«, sinnierte Paul und zog die Serviette näher zu sich heran. »Haben Sie schon mal vom Benford'schen Gesetz gehört?«

»Nein.«

»Das ist ziemlich cool.« Paul stutzte. »Ich langweile Sie doch nicht?«

»Nein, das interessiert mich. Ehrlich.«

Paul lächelte, dankbar für Jacks höfliche Lüge. »Benford war ein Physiker, der ein Muster bei Zahlen entdeckte. Eines Tages nahm er ein paar beliebige Zahlen – Zahlen aus einer Zeitschrift, die Flächen von Gewässern, Molekulargewichte –, eine ganze Reihe unkorrelierter Datensätze, und analysierte sie dann. Was er dabei entdeckte, ist faszinierend und offen gesagt schwer zu erklären.«

Paul zeichnete ein Koordinatensystem mit Prozenten auf der Y-Achse und Ziffern von 1 bis 9 auf der X-Achse. Beim Zeichnen redete er weiter.

»Wie es scheint, stößt man überall in der Natur, egal wo man hinschaut, auf ein einheitliches Muster bei Zahlen. So entdeckte Benford, dass die erste Ziffer einer beliebigen Zahl mit einer Wahrscheinlichkeit von etwa 30 Prozent die Eins sein wird.« Paul markierte den Schnittpunkt von 30 Prozent und 1 mit einem X.

»Die Ziffer Zwei wird in fast 18 Prozent der Fälle die erste Stelle einnehmen, die Ziffer Drei in 12,5 Prozent der Fälle und so weiter.« Paul trug die restlichen Werte ein. »Die Neun ist in weniger als fünf Prozent der Fälle die führende Ziffer.«

»Das heißt ... wenn Sie auf Zahlenmuster stoßen, die nicht mit dem Benford'schen Gesetz übereinstimmen, dann glauben Sie, dass Sie einen Betrug entdeckt haben?«

»Wenn ich auf eine Abweichung von der Benford'schen Gesetzmäßigkeit stoße, weiß ich, dass es sich lohnt, genauer hinzusehen. Andererseits kann eine solche Abweichung viele Gründe haben. Wenn eine Firma beispielsweise regelmäßig einen Artikel kauft, der 97,86 Dollar kostet, und wenn dieser Artikel der am häufigsten gekaufte in ihren Büchern ist, dann kann keine Entsprechung zum Benford'schen Gesetz vorliegen. Es gibt neben der Benford-Analyse viele andere Muster und Inkongruenzen, die meine Software prüfen kann, aber das Prinzip müsste klar geworden sein.«

»Dann darf ich davon ausgehen, dass die Benford-Analyse nichts erbracht hat?«

»Ich habe sie noch nicht durchgeführt. Eine anständige Buchprüfung bei Dalfan würde mehrere Wochen in Anspruch nehmen. Ich kann nur ein paar stichprobenartige Kontrollen vornehmen.«

»Ich bin trotzdem der Meinung, dass wir am Ball bleiben sollten.«

»Mein Geld bekomme ich so oder so.« Paul schluckte seine Enttäuschung hinunter und leerte sein Glas. »Wie wär's mit einer Tasse Kaffee, bevor wir zurückgehen? Ich bin geschafft.«

»Na klar.« Jack winkte der hübschen Kellnerin. Sie kam lächelnd herüber.

»Einen Kaffee für meinen Freund.«

»Aber gerne. Mit Milch und Zucker, Sir?«

Paul nickte. »Bitte.«

Jack deutete mit dem Kopf wieder zu Park hinüber. »Und setzen Sie seine Zeche auf meine Rechnung. Ich glaube, wir beide haben einen schlechten Start hingelegt.«

Nach dem Essen kehrten alle an ihre Arbeit zurück, auch Jack und Feng. Feng stellte Informationen über die beiden kleinen Fertigungswerke zusammen, die das Unternehmen unweit der Zentrale, in der Jack jetzt saß, betrieb und bei denen es sich um die einzigen anderen Liegenschaften handelte, die Dalfan auf der Insel besaß. Jack fragte ihn nach den dortigen Arbeitsbedingungen, Sicherheitsvorkehrungen und Produktionsplänen. Feng notierte sich jede Frage, die er nicht beantworten konnte, und versprach Jack, die Antwort sobald wie möglich nachzuliefern.

Jacks analytisches Hirn saugte alle Informationen auf, doch er machte sich auch ausgiebig Notizen in seinem Laptop. Ihm gefiel diese Art von Arbeit, bei der er alle Teile des Puzzles aus der Schachtel nahm und zusammenzusetzen versuchte. Trotzdem fühlte er sich hier ein wenig unwohl. Vor knapp zwei Wochen hatte er noch mitten in einem Schneesturm auf einer Ölbohrinsel in der Nordsee um sein Leben gekämpft. Hier konnte er sich schlimmstenfalls an einem Blatt Papier schneiden.

Während seine Campus-Kollegen in den Rockies von Colorado trainierten, saß er an einem Schreibtisch und ging Leasingverträge, Pensionspläne und Produktionsberichte durch.

»Ich muss mir die Beine vertreten, Feng. Wie wär's, wenn Sie mich draußen ein wenig herumführen?« Jack dachte sich, dass der alte Raucher mittlerweile nach einer Zigarette lechzte.

Feng strahlte bei der Aussicht. »Gern.«

Seine erste Gelegenheit, sich eine anzustecken, bekam Feng auf dem Dach, wo Jack die Palmen und die Sonnenterrasse in Augenschein nahm und die weite Aussicht auf die Stadt genoss. Ein halbes Dutzend Kippen später hatte Jack alles gesehen, was das Dalfan-Gebäude zu bieten hatte, inklusive Laderampe und Parkplatz, und zudem einen Abstecher in die Garage, wo die Firmenfahrzeuge parkten, und sogar in den Heizraum unternommen. Jack hatte einen Blick für bauliche Details – besonders für solche, die sich in einer Notsituation als nützlich erweisen konnten.

Als sie fertig waren und in sein Büro zurückkehrten, war Feierabend. Jack bedankte sich bei Feng per Handschlag für die Führung und klopfte dann an Pauls Tür.

»Startklar?«

Paul schwenkte auf seinem Drehstuhl herum und gähnte. Auch Bai sah ziemlich geschafft aus.

»Ist es schon Zeit?«

»Ja. Verschwinden wir.«

Lian klopfte an den Türrahmen. »Meine Herren, wie war Ihr erster Tag?«

»Produktiv«, antwortete Paul.

Lian blickte zu Bai. Der junge Buchhalter nickte. »Sehr.«

»Sie können jetzt nach Hause«, sagte sie zu ihm.

»Danke.« Bai stand auf und ergriff seine Jacke. »Dann bis morgen, Mr. Brown.« Er nickte Jack zu und sagte »Mr. Ryan«, als er an ihm vorbei und zur Tür hinaus ging.

Lian sah ihm nach. Als er außer Hörweite war, fragte sie: »Ich würde Sie beide gern zum Abendessen einladen. Und Ihnen etwas von der Stadt zeigen.«

»Wie kommen wir zu der Ehre?«, fragte Jack in der Hoffnung, dass sie sich endlich von ihrer menschlichen Seite zeigte.

»Es ist meine Aufgabe, Ihnen meine Stadt und meine Firma zu zeigen.«

Paul kämpfte mit einem neuerlichen gewaltigen Gähnen. »Ich fürchte, wir müssen das auf ein andermal verschieben.«

»Ich verstehe«, sagte Lian und sah Jack an. »Sie sind wahrscheinlich ebenfalls müde. Dann eben ein andermal.«

Jack schüttelte den Kopf. »Nein, ich bin fit. Lassen Sie uns gehen.«

Paul gähnte erneut, als er aufstand.

Jack deutete mit dem Daumen auf ihn. »Wenn wir ihn abgesetzt haben.«

20

Sie fuhren auf dem East Coast Parkway in Richtung Bay Front, vorbei am Singapur Flyer, dem zweithöchsten Riesenrad der Welt.

Beim Blick aus Lians Range Rover beherrschte das Hotel Marina Bay Sands die atemberaubende Skyline. Seine drei breiten, schlanken und leicht gebogenen Türme ragten fünfundfünfzig Stockwerke empor und trugen eine Dachterrasse, die an ein Raumschiff erinnerte. Der gesamte Bau war in helles Licht getaucht, dessen Farben unablässig changierten. Er stellte ein architektonisches Wunderwerk dar. Nicht von ungefähr zählte er zu den meistfotografierten Gebäuden der Welt.

Doch es war die Aussicht aus dem Raumschiff selbst – dem Skypark, wie der richtige Name lautete –, die Jack wirklich überwältigte. Der Blick über die Bucht und die Innenstadt war wie eine Szene aus *Blade Runner*. Wolkenkratzer fast bis zum Horizont, ein Gewirr von wechselnden Lichtern und aufregenden Formen, das unter den tief hängenden Wolken violett, blau und weiß leuchtete. Der riesige, speichenlos wirkende Lichtkreis des Flyers rotierte langsam wie eine vertikale Raumstation, und der Verkehr auf dem East Coast Parkway floss in einem breiten, bernsteinfarbenen Strom aus Licht, der die Küste umschloss. In der Ferne sah Jack die Lichter von unzähligen

Frachtern, die vor der Küste ankerten, und von ebenso vielen, die im betriebsamen Hafen unter hoch aufragenden Kränen lagen.

Direkt unter ihnen war das ArtScience Museum, das aussah wie eine riesige, halb geöffnete Lotusblüte aus Beton. In der Ferne erhob sich ein kleiner Wald aus riesigen »Supertrees« – fünfundzwanzig bis fünfzig Meter hohen künstlichen Bäumen aus Stahl und Beton mit Kronendächern, die sich wie gespreizte Hände dem Himmel entgegenreckten. Auch sie waren umwerfend schön beleuchtet.

Das Ganze hatte etwas Ätherisches und Unwirkliches, und dieser Eindruck wurde dadurch noch verstärkt, dass unten gerade eine Lasershow stattfand, deren grüne Strahlen den Wolkenschleier durchschnitten.

Der rund dreihundert Meter lange SkyPark selbst war ein erstaunliches Stück Architektur. Er beherbergte Nachtclubs, Bars und Restaurants, doch weltberühmt geworden war er durch den fast hundertfünfzig Meter langen Infinity Pool, der die auskragende Aussichtsplattform durchzog. Selbst um diese Zeit war er noch voller Badegäste, die am Rand des Himmels im hüfthohen Wasser standen und Selfies machten.

Jack und Lian saßen am Rand des Schwimmbeckens in der überfüllten SkyBar des Nachtclubs Cé La Vi, in dem sich bei wummernden Techno-Beats geile Touristen tummelten. Jack war nicht hungrig genug, um die Gelegenheit zu nutzen und in dem preisgekrönten Restaurant des Clubs zu essen, und so begnügten sie sich mit Sushi und Bier und nahmen einen kleinen Tisch mit rotem Schirm direkt an der Glasbrüstung. Die Aussicht auf die Bucht war hier ohnehin besser, und der kühle, feuchte Wind tat gut.

»Falls Sie versucht haben, mir Ihre Stadt schmackhaft zu machen, dann ist Ihnen das gelungen«, sagte Jack. »Sie gehört zu den schönsten, die ich je gesehen habe.«

Lian gestattete sich ein leichtes Lächeln. »Wir sind sehr stolz auf sie. Sie ist eine Wundermetropole, die man mitten in einen schönen Regenwald gesetzt hat.«

»Mit seinen botanischen Gärten und grünen Laserlichtern erinnert mich Singapur an die Smaragdstadt des Zauberers von Oz.«

»Es mag wie die Smaragdstadt sein, aber selbst Oz hatte seine Geflügelten Affen.«

Jack lachte. »Ich dachte, mit Kriminalität hätten Sie hier keine Probleme.«

»Keine, die man sehen kann. Aber wo Menschen sind, gibt es immer Probleme.«

»Haben Sie deshalb den Dienst bei der Polizei quittiert?«

»Nein. Ich hatte immer die Absicht, ins Familienunternehmen einzusteigen. Ich wollte bei der Polizei praktische und technische Erfahrungen sammeln.«

»Sie sind sehr stolz auf Ihr Unternehmen, nicht wahr?«

»Ist dagegen etwas einzuwenden?«

»Nein, überhaupt nicht. Ich wollte Ihnen nicht zu nahe treten. Ich wollte damit, glaube ich, nur sagen, dass Sie sich Ihrer Stadt, Ihrem Unternehmen und Ihrer Familie anscheinend eng verbunden fühlen.«

»Allerdings.«

»Was ist Ihre ehrliche Meinung über die Fusion? Sie wird keinen Einfluss auf meine Beurteilung haben, und ich werde meinen Bossen nichts sagen. Ich frage aus reiner Neugier.«

Lian nippte nachdenklich an ihrem Tsingtao, ihrem dritten bislang. Jack schob sich noch ein Thunfisch-Sushi in den Mund, während sie über eine Antwort nachdachte, und überlegte, ob er sich ein zweites Bier bestellen sollte.

»Ehrlich gesagt, bin ich nicht davon begeistert, denn ich fürchte, dass wir dann nicht mehr viel zu melden haben. Aber mein Vater ist ein sehr kluger Mann, und ich vertraue auf seinen Geschäftssinn, und wenn er diesen Schritt nicht nur für gut, sondern auch für unerlässlich hält, beuge ich mich seinem Urteil.«

»Danke, dass Sie so ehrlich sind.«

»Was sollte ich sonst sein?«

»Seit wir hier sind, benehmen Sie sich uns gegenüber ziemlich feindselig. Feindselige Menschen neigen zur Unwahrheit.«

»Feindselig? Bin ich jemals unhöflich zu Ihnen oder zu Paul gewesen?«

»Nein, unhöflich nicht. Aber es ärgert Sie offensichtlich, dass wir hier sind. Ich hätte erwartet, dass Sie sich über die Fusion freuen, denn sie wird Sie sehr reich machen.«

Lian runzelte die Stirn und schüttelte den Kopf. »Glauben Sie, dass mir Reichtum etwas bedeutet?«

»Es ist ja wohl nicht dasselbe, ob man erfährt, dass man reich wird oder dass man Krebs im Endstadium hat.«

»Sagen Sie, Jack, ist es das Geld, was Sie antreibt?«

Jack zuckte mit den Schultern. »Eigentlich nicht. Doch andererseits besitze ich kein Unternehmen wie Ihre Familie.«

»Nein, aber Sie arbeiten für ein Finanzunternehmen. Warum arbeiten Sie in dieser Branche, wenn Sie Geld nicht lieben?«

Weil ich insgeheim für den Campus arbeite, weil ich für meinen Dad arbeite und mein Land verteidige, hätte Jack am liebsten gesagt. »Die Arbeit ist interessant, und ich kann ziemlich gut mit Zahlen umgehen.«

»Ich überhaupt nicht, dafür umso besser mit Schusswaffen, und ich liebe meinen Vater, deshalb tue ich, was ich kann, um die Firma zu schützen, denn dadurch schütze ich auch ihn.«

Ich schätze, wir sind gar nicht so verschieden, dachte Jack.

»Also, Mr. Jack Ryan, ich entschuldige mich dafür, dass ich einen feindseligen oder abweisenden Eindruck gemacht habe. Vermutlich sollte ich mich bei Ihnen einschmeicheln und Sie mit Aufmerksamkeit überschütten, denn das erwarten Sie von mir.«

»Warum sagen Sie das? Wegen meines Vaters?«

»Was? Nein. Weil Sie so gut aussehen.«

Damit habe ich jetzt nicht gerechnet, dachte Jack. *Muss am Alkohol liegen.*

»Also ich weiß nicht.«

»Haben Sie nicht bemerkt, dass Ihnen alle Frauen hier schöne Augen machen? Zu Hause in den Staaten haben Sie wahrscheinlich viele Freundinnen.«

Jack schüttelte den Kopf und schälte das Etikett von seiner leeren Bierflasche. Ysabels Gesicht stieg vor ihm auf. »Meine Arbeit lässt mir wenig Zeit für ein Privatleben.«

Lian blickte zu einem glücklichen Paar am Nebentisch. »Ich verstehe, glauben Sie mir.«

Ein Kellner nahte mit einem Tablett und stellte einen riesigen tropischen Cocktail auf den Tisch, aus dem eine große Ananasscheibe ragte.

»Für die Dame, ein Mai Tai, mit Empfehlung von den Herren da drüben«, sagte der Kellner und deutete mit dem Kopf zu einem Tisch auf der anderen Seite. Drei große weiße Männer in den Zwanzigern lächelten Lian anzüglich an. Einer mit prallen Bizepsen, anscheinend der älteste, erhob ein halb leeres Glas Mai Tai und prostete ihr zu.

»Das Ding ist ja so groß wie Ihr Kopf«, sagte Jack in Erinnerung an den Shirley Temple, den er mittags an Parks Tisch geschickt hatte.

Lian sagte zu dem Kellner: »Richten Sie den Herren meinen Dank aus. Nur leider kann ich ihre großzügige Gabe nicht annehmen.«

»Was ist los?«, fragte Jack. »Mögen Sie Mai Tai nicht?«

»Ich liebe Mai Tai. Aber nicht von Fremden.«

Der Kellner erbleichte. »Ma'am, der Gentleman meint es nicht böse. Es könnte seinen Unmut erregen, wenn ich den Drink zurückbringe.«

»Sie können den Sicherheitsdienst rufen, wenn sie Ärger machen«, beharrte Lian.

»Besser, wenn es gar nicht erst zu Ärger kommt. *Lah*«, erwiderte der Kellner und lächelte flehentlich.

»Wie viel Trinkgeld haben sie Ihnen gegeben?«, fragte Jack.

»Zehn Dollar, australische.« Der Kellner beugte sich herunter und flüsterte, ohne die drei brünstigen Musketiere aus den Augen zu lassen. »Ich fürchte, sie werden böse, wenn ich den Drink zurückbringe. Sie sollten ihn annehmen, gnädige Frau. Sie werden sowieso bald gehen.«

Jack zog einen 100-Dollar-Schein aus der Brieftasche und hielt ihn hoch. »Das sind 100 Dollar, amerikanische. Sie gehören Ihnen, wenn Sie den Drink auf der Stelle zurückbringen.«

Der Kellner schnappte sich den Schein und steckte ihn ein, dann ergriff er das Glas und trug es fort.

»Wir sollten gehen«, sagte Lian. »Das gibt Ärger.«

»Sind die Männer Freunde von Ihnen?«

Sie bedachte ihn mit einem wissenden Lächeln. »Nein, überhaupt nicht. Aber es sind Männer, oder?«

»Mir gefällt es hier. Lassen Sie uns bleiben.«

»Sind Sie sicher?«

Jack sah ihr direkt in die Augen. »Ja, ich bin sicher.«

Sie musterte sein Gesicht und warf einen verstohlenen Blick auf seine kräftigen Hände und Schultern. »Ja, das sind Sie.«

»Sagen wir einfach, ich bin ein guter Menschenkenner.«

»Das wird sich finden.«

Sie aßen und tranken ein paar Minuten schweigend, wobei Lian zwischen den Bissen immer wieder argwöhnisch zu dem Problemtisch schielte. Ihre Straßencop-Instinkte waren anscheinend in höchster Alarmbereitschaft.

Jack schaute nicht zu den Männern hinüber, doch aus dem Augenwinkel sah er, dass sie irgendwann aufstanden und gingen. Sobald sie die Bar verlassen hatten, winkte er dem Kellner.

»Sir?«

»Einen Mai Tai für die Dame.«

Der Kellner runzelte verwirrt die Stirn. »Sir?« Er blickte Hilfe suchend zu Lian. »Ma'am?«

Sie lächelte.

»Ein Mai Tai klingt verlockend« sagte sie, »aber das Ding war ja so groß wie mein Kopf. Bringen Sie besser zwei Strohhalme.«

Der Kellner lachte. »Okay, *lah.*«

21

Während Jack den Mai Tai und die grandiose Aussicht genoss, trank Paul heißen Tee und schwitzte heftig.

Er saß am Küchentisch und starrte auf Rhodes' USB-Stick und seinen eigenen Stick mit den Fotos aus dem Smithsonian. Sein Test des Sicherheitssystems war etwa so verlaufen wie erwartet. Gut, er hatte zwar auf laxe Kontrollen gehofft, aber im Grunde damit gerechnet, dass sie ebenso streng ausfallen würden wie in anderen Hochsicherheitsbereichen, in denen er gearbeitet hatte. Mit dem unten in seiner Computertasche versteckten Stick hatte er getestet, wie gründlich kontrolliert wurde. Es hatte ihn ein wenig überrascht, dass man sich bei Dalfan sogar die Mühe machte, den Inhalt eines privaten USB-Sticks zu prüfen, anstatt ihn einfach dem Besitzer auszuhändigen. Wäre auf dem Stick ein Virus gewesen, hätte es den Computer der Sicherheitsleitstelle infiziert, allerdings bedeutete das auch, dass dieser Computer nicht mit dem Zentralrechner verbunden war und Dalfan bei einer Infektion bloß einen einzigen Computer verlieren würde.

Clever.

Dass der Sicherheitsdienst von Dalfan auch nach Sprengstoffrückständen suchte, ließ erkennen, dass er digitale wie auch kinetische Bedrohungen sehr ernst nahm. Paul ging jetzt davon aus, dass zumindest einige von Lians Sicherheitsleuten versteckte Waffen trugen.

Bai war eine Nervensäge. Er wich ihm nicht von der Seite. Aber seine Ausführungen über die elektronischen Schlösser an den USB-Buchsen aller Dalfan-Computer waren nützlich gewesen. Ohne Verschlüsselungscode konnte nichts von einem USB-Stick geladen werden.

Das Problem war nur, dass Paul keinen Verschlüsselungscode besaß. Deshalb konnte er den Inhalt von Rhodes' Stick keinesfalls direkt herunterladen.

Und folglich auch seinen Auftrag nicht erfüllen.

Und das bedeutete, dass er ernsthaft und unwiderruflich im Arsch war.

Paul ergriff den USB-Stick und betrachtete ihn wieder. Hatte er etwas übersehen?

Das einzig Positive war, dass die Dalfan-Leute keine vollständige Leibesvisitation vornahmen. Folglich wäre es möglich, den Stick in einem Hosenaufschlag oder Schuh versteckt ins Gebäude zu schmuggeln. Doch selbst wenn er das tat, was würde es ihm bringen?

Dass die Sicherheitsleute ihn beim letzten Mal nicht abgetastet oder gescannt hatten, bedeutete nicht, dass sie es auch bei seinem nächsten Besuch unterlassen würden. Und bei dem Versuch erwischt zu werden, einen USB-Stick hineinzuschmuggeln, dessen Inhalt er gar nicht auf einen Computer ziehen konnte, wäre selten dämlich.

Ebenso wenig konnte er seinen Laptop an einen Dalfan-Computer oder den Zentralrechner anschließen – derselbe Verschlüsselungscode verhinderte es.

Paul trank noch einen Schluck Tee. Er formulierte für sich selbst eine Liste von Fragen.

Wie kann ich die Verschlüsselung am USB-Port überwinden?

Wie kann ich Bai ablenken oder loswerden?

Wie kann ich verhindern, dass ich dabei erwischt werde – und wegen Spionage in einen singapurischen Knast wandere?

Die einzig gute Nachricht war, dass ihm noch vier Tage für die Beantwortung dieser Fragen blieben.

Die schlechte Nachricht war, dass ihm *nur* vier Tage blieben.

Paul überlegte, ob er Rhodes anrufen und ihm sagen sollte, dass er dem Job nicht gewachsen sei. Dass die Sicherheitsvorkehrungen viel strenger seien, als sie angenommen hätten.

Moment mal. Hatte Rhodes nicht gesagt, er sei schon einmal in der Firmenzentrale von Dalfan gewesen? Wenn ja, dann musste er wissen, wie streng die Sicherheitsvorkehrungen waren. Warum hatte er ihm nichts davon gesagt?

Vielleicht weil Rhodes ahnte, dass er den Auftrag nicht angenommen hätte, wenn er gewusst hätte, wie schwierig es werden würde.

Rhodes war ein Manipulator, das gehörte zu seinem Beruf. Zumindest damals, im Jahr 1985, als Paul ihn in Bulgarien kennengelernt hatte. Außerdem entsann er sich, dass Rhodes ihm auch vor jener Nacht vor so vielen Jahren die unangenehmen Details verschwiegen hatte.

Rhodes hatte eine hohe Meinung von sich und seinen Fähigkeiten und eine entsprechend niedrige Meinung von allen anderen. Beide Schwächen waren das Produkt seiner sozialen Herkunft, seiner Erziehung und Ausbildung. Er hielt es für eine Selbstverständlichkeit, dass er Menschen in seinem Umfeld manipulieren musste, um durch sie seine Ziele zu erreichen.

Jetzt wurde das Bild klarer. Die alte Seilschaft in Langley hatte wieder einen ihrer liebsten Söhne gerufen – niemand Geringeres als einen CIA-Erben, den Enkel eines OSS-Helden –, und dieser pflichtbewusste Sohn, Rhodes, hatte dem Ruf wieder einmal Folge geleistet. Für Rhodes war es völlig normal, dass er jemanden kontaktierte, der für ihn die Kastanien aus dem Feuer holen konnte, und so hatte er Paul dazu überredet, den Auftrag zu übernehmen. Rhodes hatte ihm eine Last aufgebürdet, die nicht zu tragen war.

Doch je länger Paul darüber nachdachte, desto deutlicher erkannte er die Logik dahinter. Dass die CIA die Operation nicht selbst durchführte, lag zweifellos daran, dass sie ebenfalls nicht wusste, wie sie die Sache angehen sollte. Deshalb hatten sie Rhodes konsultiert und um Ideen gebeten, und allem Anschein nach war Paul seine beste gewesen. Er stellte sich vor, wie Rhodes zu ihnen gesagt hatte: »Wenn es jemand schafft, dann Paul Brown.« Und nicht ohne Grund, denn Paul besaß durchaus gewisse Fähigkeiten mit Seltenheitswert, und Rhodes wusste das.

So gesehen war das Ganze als Kompliment zu verstehen.

Daher fiel es ihm schwer, Rhodes wirklich böse zu sein.

»Aber was ist, wenn er es nicht schafft?«, hörte Paul den Chef der Abteilung für Sondereinsätze in Langley fragen. Und vor seinem geistigen Auge sah er, wie Rhodes mit den Schultern zuckte und antwortete: »Dann schafft er es eben nicht. Und uns erwächst kein Schaden daraus, dass wir es versucht haben.«

»Außer er wird erwischt«, murmelte Paul vor sich hin, immer noch in der Rolle des imaginären CIA-Mannes.

Paul zuckte mit den Schultern. *Dann lass dich einfach nicht erwischen.*

Aber wie sollte er das verhindern? Es gar nicht erst zu versuchen war der einzig sichere Weg, nicht erwischt zu werden, aber das war keine Option.

Er wollte Rhodes nicht im Stich lassen. Und noch wichtiger: Er wollte sein Land nicht im Stich lassen. Irgendetwas musste er probieren.

Aber was?

Paul blickte auf seine Uhr. Es wurde Zeit, Rhodes anzurufen. Er würde nicht begeistert sein.

Nach mehrmaligem Klingeln hob Rhodes endlich ab. »Paul?«

»In Person.«

»Es ist schön, deine Stimme zu hören.«

»Deine auch, Wes. Ich hoffe, ich habe dich nicht geweckt.«

»Überhaupt nicht. Bin gerade vom Sport zurückgekommen. Wie ist das Wetter da drüben?«

»Warm, vereinzelte Schauer. Eine Monsunpause, habe ich mir sagen lassen.«

»Wir rechnen heute Abend mit Schnee. Ich glaube, ich würde gern mit dir tauschen. Und, wie findest du sie? Die Stadt, meine ich?«

»Bemerkenswert. Ich war noch nie in einer so sauberen und ordentlichen Stadt. Sie erinnert mehr an Disney Epcot als an New York oder Chicago.«

»Ich dachte, das würde dir gefallen. Und wie läuft es sonst? Kümmert sich Dr. Fairchild gut um dich und Jack?«

»Bestens. Jack ist im Moment mit Lian Fairchild in der Stadt essen.«

»Ausgezeichnet. Und die Arbeit?«

»Ohne Komplikationen, wie wir vermutet haben.«

»Das hört man gern.« Der Senator hielt inne. Er wartete auf die verschlüsselte Nachricht, die Paul durchgeben sollte.

»Ich habe an der Stadt nur eines auszusetzen. Ich bekomme nirgends eine gute Tasse Kamillentee.«

Am anderen Ende folgte langes Schweigen. Dann: »Ich bin enttäuscht, das zu hören. Aber versuch es weiter. Du wirst bestimmt noch fündig, und schon bald. Bestell Jack viele Grüße von mir und auch Dr. Fairchild.«

»Das werde ich.«

»Wir bleiben in Kontakt.«

Paul legte auf. Die Enttäuschung in der Stimme des Senators war ihm nicht verborgen geblieben.

Er musste eine Lösung finden. Er hoffte, dass ihm dafür noch genügend Zeit bliebe, allerdings bezweifelte er, dass ihm etwas einfallen würde.

Doch er musste es versuchen.

Und wenn er erwischt wurde? Na ja, wenn das Gefängnis so sauber und gut organisiert war wie der Rest der Stadt, dann wäre das vielleicht gar nicht so schlimm.

Mist, Mist, MIST!

Rhodes ging, das Handy noch in der Hand, in seiner Bibliothek auf und ab.

Das war gar nicht gut. Er hatte angenommen, Paul hätte das Programm vom USB-Stick bereits installiert. Er wusste, dass bei Dalfan strenge Sicherheitsvorkehrungen herrschten, aber Paul war cleverer als jede IT-Sicherheitsabteilung. Glaubte er zumindest.

Und wenn seine Intelligenz nicht reichte, dann musste es eben das Glück richten. *Und davon hat Paul jede Menge, der fette Kerl.*

Rhodes trat an die Bibliothekstür, um sich zu vergewissern, dass die Putzfrau nicht mit dem Ohr daran klebte, obwohl sie erst in einer Stunde erwartet wurde. Seine junge Frau war bei ihrem Hot-Yoga-Kurs, und so hatte er das Haus ganz für sich.

Er kramte wieder Wegwerfhandy, SIM-Karte und Akku hervor und drückte die Kurzwahltaste. Sein Vater hatte ihm vor langer Zeit beigebracht, dass man Probleme am besten direkt in Angriff nahm. Leider biss er bei dem Mann am anderen Ende auf Granit.

»Wie ist der aktuelle Stand?«, fragte die Stimme.

»Wir arbeiten noch dran.«

»Warum rufen Sie dann an?«

»Um Sie auf dem Laufenden zu halten.«

»Muss ich Sie daran erinnern, dass die Zeit knapp wird?«

»Es bleiben noch vier Tage. Ich bin zuversichtlich, dass er noch einen Weg findet, ans Ziel zu kommen.«

»Sie wissen, was sonst passiert.«

Rhodes schluckte schwer. Er hatte mit hohem Einsatz

auf diese Transaktion gewettet und sogar beträchtliche Schulden aufgenommen, darunter eine zweite Hypothek auf das große Vorstadthaus, in dem er jetzt stand. Ein Kurseinbruch der Dalfan-Aktie war für ihn ein sicherer Weg, mit kreditfinanzierten Kaufoptionen Kasse zu machen – wie eine Wette gegen einen Boxer, von dem man wusste, dass er absichtlich verlieren würde. »Dann werde ich eine Menge Geld verlieren.«

»Das wird Ihre geringste Sorge sein.« Der andere legte auf.

Zitternd vor Wut starrte Rhodes auf das Telefon in seiner Hand.

»Oder deine, du Arschloch.«

Er ging wieder auf und ab.

Wie zum Teufel bin ich nur in diesen Schlamassel geraten?

22

Washington, D. C.,
zwei Wochen zuvor

Sein Lieblingshotel war ein gemütlicher, kleiner Schuppen näher an der Innenstadt, doch die Frauen schwärmten zunehmend von der Aussicht auf den Potomac aus der Suite im siebten Stock, die seit über dreißig Jahren im Besitz seiner Familie war. Rhodes hatte sie unlängst im Stil des *Mid-Century Modern* renovieren lassen, für den er sich zu der Zeit begeistert hatte.

Trotz der Kälte stand er auf dem Balkon und blickte zum hell erleuchteten Kapitol. Er brannte darauf, mit der abendlichen Party zu beginnen. Die kleine, blaue Pille hatte schon zu wirken begonnen, ebenso sein erster Gin Tonic, und die Zwillinge vom Escort-Service mussten jeden Moment kommen.

In all den Jahren war es für einen so gutaussehenden und gut gebauten Mann wie Rhodes nie ein Problem gewesen, in Bars, Hotellobbys, Fitnessstudios oder sogar Bibliotheken Frauen aufzureißen. Doch mittlerweile war es ihm um die Zeit und Energie, die er dafür aufbringen musste, zu schade; immerhin musste er seine Rolle als Vorstandsmitglied eines bedeutenden Rüstungsunternehmens mit der als Vater und als Ehemann einer jungen und ehrgeizigen Vorzeigefrau unter einen Hut bringen, der Mutter ihres gemeinsamen Kindes Weston Porter Rhodes III., seines einzigen Sohnes und Erben. Besser, er verwendete seine begrenzte Zeit und Energie auf den physischen Akt hemmungslosen Geschlechtsverkehrs und vermied die emotionalen Verstrickungen, in die er die von ihm verführten Frauen unweigerlich hineinzog.

Oder wie sein Vater immer gesagt hatte: Besser, man bezahlt einfach dafür.

Rhodes nahm die Dienste eines besonders gut sortierten und diskreten Service namens The Sorority in Anspruch, der auf Studentinnen spezialisiert war, die ihre teure Ausbildung an privaten Hochschulen im Raum Washington zu finanzieren suchten. Die Mädchen von diesem Service hatten zudem ärztliche und psychologische Atteste. Die meisten kamen aus Mittelschichtsfamilien und sahen in ihrer Erwerbstätigkeit sowohl ein stärkendes Abenteuer wie auch eine praktische Notwendigkeit.

Die beiden Damen, die er für heute Abend gebucht hatte, gehörten zu seinen Favoritinnen, teils wegen ihrer körperlichen Ausstattung, hauptsächlich aber wegen ihrer Schamlosigkeit. Die Zwillinge – in Wahrheit waren die beiden Angehörigen der Studentinnenverbindung Tri Delta gar keine Schwestern, sondern nur am selben Tag geboren – hatten einen stolzen Preis, waren ihn aber wert und hatten Rhodes noch nie enttäuscht.

Außerdem verspäteten sie sich.

Aber das störte Rhodes nicht. Es war Teil ihres unreifen Charmes, ein kindischer Trick, der darauf abzielte, seinen unersättlichen Appetit zu steigern.

Diesbezüglich hätten sie sich allerdings keine Sorgen zu machen brauchen. Der bloße Gedanke an die bevorstehende Orgie rührte bei Rhodes einen vertrauten Schmerz auf, und das sanfte Läuten der Türglocke brachte ihn fast aus der Fassung.

Erwartungsfroh durchquerte er das Wohnzimmer, vorbei an dem weiß gesteppten Modulsofa von Harvey Probber, auf dem er nach einem Drink und Ecstasy für die

Mädchen den ersten Akt des Abends zu vollziehen gedachte. Er riss die breite Tür auf, ein laszives Lächeln im kantigen Gesicht und eine pralle Erektion in der eng sitzenden Hose.

»Hallo, Weston.«

Der Schreck durchzuckte Rhodes wie ein Blitzschlag.

Es waren nicht die Zwillinge.

»Wie …?«, fragte Rhodes, die Hand noch am Türknauf.

Der stämmige Mann im Hausflur lächelte und entblößte gelbliche Zähne, umrahmt von einem gepflegten, grauen Bart, der zu seinem gut geschnittenen Anzug passte. Die linke obere Ecke seiner Stirn verdeckte die breite Krempe eines grünes Filzhuts, der schräg und tief ins Gesicht gezogen war.

»Wollen Sie mich nicht hereinbitten?«

Rhodes erkannte Zvezdevs starken, bulgarischen Akzent wieder, doch am lebhaftesten erinnerte er sich an den stechenden Blick seiner schwarzen Augen.

Wo zum Teufel ist meine SIG?, fragte sich Rhodes, der gleichzeitig erschrocken und wie benebelt im Kopf war. *Im Schlafzimmer,* fiel ihm wieder ein.

Zu weit weg.

Zvezdev las seine Gedanken. Sein Lächeln erstarb, sein Blick wurde hart. »Wenn ich Sie umbringen wollte, wären Sie längst tot.«

Rhodes schluckte schwer. »Als ich Sie das letzte Mal gesehen habe, waren *Sie* tot.«

Zvezdev lächelte wieder. »Das dachte ich auch. Machen Sie mir einen Drink, dann erzähle ich Ihnen die Geschichte.«

Rhodes zögerte. Tervel Zvezdev war ein gefährlicher Mann, und er hatte ihn nach all den Jahren ausfindig gemacht. Am liebsten hätte sich Rhodes davongemacht oder, noch besser, den Kerl umgelegt.

Aber wie tötet man einen Geist?

Sie saßen einander auf dem weißen Modulsofa gegenüber, getrennt durch einen Couchtisch aus Teakholz und Glas. Rhodes fuhr zerstreut mit einer Hand über den Stoffbezug des Sofas, eine unbewusste Erinnerung daran, was hätte sein können.

Zvezdev hob das hohe Glas an die Lippen und trank noch einen Schluck Gin Tonic. Sein grüner Filzhut lag neben ihm auf dem Sofa. Die mächtige Delle in seiner Stirn, direkt am Haaransatz, wo ihm der Schädel eingeschlagen und wieder zusammengeflickt worden war – nicht übermäßig gekonnt, wie Rhodes fand –, war jetzt deutlich zu sehen. Die höckerige Haut sah aus wie geschmolzenes Plastik. Rhodes versuchte, nicht darauf zu starren. Seine Augen huschten zwischen der golfballgroßen Delle und dem USB-Stick auf der gläsernen Tischplatte hin und her.

»Ich kann nicht für Sie arbeiten«, sagte er schließlich in bemüht festem Ton. Doch dann sah er den Ausdruck in Zvezdevs sich verengenden Augen und verlor den Mut. »Tut mir leid.«

»Vielleicht habe ich mich nicht klar ausgedrückt. Sie brauchen nur diese eine Sache für mich zu tun.« Er lächelte. »Und habe ich schon erwähnt, dass es Sie sehr reich machen wird?«

»Ich bin vielleicht vieles, aber mit Sicherheit kein Verräter.«

Zvezdev schüttelte den Kopf. »Mit Ihrer Regierung hat das gar nichts zu tun, und es berührt auch nicht die amerikanischen Sicherheitsinteressen. Es ist rein geschäftlich.«

»Dann sind Sie jetzt Geschäftsmann? Wenn ich mich recht erinnere, waren Sie Kommunist und haben für das Zweite Direktorat des Komitees für Staatssicherheit der Volksrepublik Bulgarien gearbeitet.«

Zvezdev stellte sein Glas ab. »Dann haben Sie nicht aufgepasst. Ja, ich war ein Parteimann mit der Lizenz, Staatsfeinde zu töten. Aber das hieß nur, dass ich ein Geschäftsmann mit Kanone war.«

»Sie meinen, ein Gangster.«

»Ha! Genau!« Zvezdev beugte sich vor. »Aber das haben Sie nie wirklich begriffen, oder?«

»Am Ende schon.« Rhodes' Blick wanderte unfreiwillig zu Zvezdevs Delle. »Natürlich.«

»Bereits das bulgarische KfS war eine kriminelle Vereinigung und mit anderen Elementen in Sicherheitsdiensten überall im Ostblock verbunden, die gewissermaßen ebenso geschäftstüchtig waren wie wir. Als der Eiserne Vorhang fiel, gründeten wir eine eigene Organisation, weiteten unsere Geschäfte aus und stärkten unsere Profitabilität, wenn sich eine Gelegenheit bot – und das war häufig der Fall. Wir sind jetzt eine globale Organisation. Wären wir ein legales Unternehmen, wären wir im S&P 500 gelistet.«

»Freut mich, dass Sie sich so gut gemacht haben.«

Zvezdev schüttelte grinsend den Kopf. »Ich kann nicht klagen. Natürlich habe ich sehr hart gearbeitet. Es gab viel zu tun in den letzten dreißig Jahren.« Die lächelnden Augen des Bulgaren bekamen etwas Drohendes. »Natürlich wollte ich mich an meinen Feinden rächen und an denen, die mir Schaden zugefügt hatten.«

Rhodes spürte, wie das Blut aus seinem Gesicht wich.

»Aber dreißig Jahre sind eine lange Zeit, Weston. Ich war zu sehr damit beschäftigt, Geld zu verdienen, Frauen zu ficken und mich zu amüsieren. Und, na ja, vielleicht bin ich einfach nur ein alter Mann, aber aus Rache zu töten erscheint mir heute wie pure Zeitverschwendung. Besser, man schließt Freundschaften und verdient Geld, oder?«

»Das sehe ich auch so.«

»Ha! Aber natürlich! Schauen Sie sich an, immer noch ein gutaussehender Mann, immer noch reich, nicht wahr? Ach ja, tut mir leid wegen der Mädchen heute Abend. Ich weiß, Sie hatten Großes vor.«

»Könnten Sie mir verraten, woher Sie das wissen?«

Zvezdev grinste. »Weil es meine Mädchen sind! Meine Organisation betreibt den Escort-Service, dessen Dienste Sie in Anspruch nehmen … wie übrigens das halbe Capitol Hill. Ha!«

»Nun, sosehr ich Ihre neu entdeckte Anständigkeit zu schätzen weiß und immer gern Geld verdiene, so ist es ein Fakt, dass ich nicht interessiert bin. Ich hätte dabei zu viel zu verlieren, und offen gestanden, bin ich schon reich.«

»Kann ein Mann zu reich sein?«

»Wenn die vielen Millionen einen Mann ins Gefängnis bringen, dann ja, ein reicher Mann im Gefängnis war zu reich.«

»Dann beantworten Sie mir folgende Frage: Kann ein toter Mann zu reich sein?«

»Also wirklich, Tervel! Müssen Sie so plump sein? Früher hatten Sie mehr Feingefühl.«

»Wenn Sie die Sache nicht machen, bin *ich* der tote Mann, Weston.«

»Wer sollte denn Ihren Tod wollen?«

»Das wollen Sie lieber nicht wissen.« Zvezdev wagte es nicht, Rhodes von dem Nordkoreaner oder seiner Brutalität zu erzählen.

»Und warum ist das alles mein Problem?«

»Weil ich als toter Mann nur ungern allein im Dunkeln bin.« Zvezdev trank einen Schluck.

Rhodes hob die Hände. »Selbst wenn ich Ihnen helfen wollte, was kann ich denn tun?«

»Wie ich schon sagte, installieren Sie dieses Softwareprogramm.« Er schob den USB-Stick weiter zu Rhodes hinüber.

Rhodes nahm ihn in die Hand und betrachtete ihn. »Ich bin kein Technikfreak.«

»Sie brauchen ihn nur in die USB-Buchse eines Dalfan-Computers zu stecken. Wenn die Anzeige von Rot zu Blau wechselt, geben Sie Ihren vierstelligen Code ein, und fertig. Maximal dreißig Sekunden. Das kann doch nicht so schwer sein.«

»Erklären Sie mir noch mal, was dieses Programm tut.«

»Dalfan Technologies ist an der Hongkonger Börse notiert. Die Software auf dem Stick soll den Wert der Dalfan-Aktie an einem bestimmten Tag und zu einer bestimmten Uhrzeit nur für ein paar Sekunden abstürzen lassen – aber lange genug, damit meine HFH-Experten Leerkäufe abschließen und Millionen machen können.«

»HFH?«

»Hochfrequenzhandel. Heutzutage werden die meisten Börsengeschäfte von Computern getätigt, und je schneller die Computer, desto besser die Geschäfte. Aber wir sind zu dem Schluss gelangt, dass wir die Schnellsten sind, wenn wir die Zukunft voraussagen können und die besten Geschäfte von allen machen.«

»Das ist Betrug.«

»Nur wenn wir erwischt werden.«

»Also ich weiß nicht.« Rhodes legte den Stick auf die Glasplatte zurück. »Ich bin bei Dalfan gewesen. Ihre Sicherheitsvorkehrungen machen einen unüberwindbaren Eindruck.«

»Dann überwinden Sie sie.«

»Und wie?«

»Wie brechen Sie den Widerstand einer zögerlichen Frau? Durch Verführung. Davon verstehen Sie doch was.«

»Was soll das denn heißen? Ich habe keine Ahnung, wie ich deren Sicherheitsvorkehrungen überwinden soll.«

»Das ist nicht mein Problem.«

»Das wird es aber, wenn ich scheitere.«

»Dann tun Sie uns beiden einen Gefallen und scheitern Sie nicht.« Zvezdev grinste. »Und ich denke, Sie hätten nichts dagegen, sehr, sehr reich zu werden.«

»Ich habe eine treuhänderische Verantwortung gegenüber Marin Aerospace und damit auch gegenüber der Firma Dalfan, die zu übernehmen wir im Begriff sind, wie Sie zweifellos wissen, denn sonst wären Sie nicht hier.«

Zvezdev schürzte die Lippen und wiegte den Kopf. »Nun ja, eine ›treuhänderische Verantwortung‹, das muss man natürlich berücksichtigen. Doch andererseits …« Er zog ein Smartphone aus der Tasche, drückte ein paar Tasten und reichte das Telefon Rhodes.

Rhodes blickte auf das Display, las und errötete dann empört und verlegen. Aus dem Text ging hervor, dass Rhodes zwar Tausende von Aktienoptionen von Marin Aerospace besaß, sie aber in den nächsten drei Jahren nicht ausüben durfte. Und obwohl er ein üppiges Gehalt bezog, hatten ihn sein aufwendiger Lebensstil, seine beiden Scheidungen und seine in jüngerer Zeit erworbene Spielsucht an den finanziellen Abgrund geführt. Er warf das Telefon zu dem Bulgaren zurück. »Woher haben Sie das?«

»Von dem Unternehmen für Identitätsschutz, bei dem Sie sich angemeldet haben. Das gehört nämlich auch uns.« Zvezdev tippte sich mit einem dicken Zeigefinger an die Schläfe. »Ich weiß, dass Sie Geld brauchen, Weston. Und das hier ist leicht verdientes Geld.«

Rhodes blickte finster auf den fetten Bulgaren, einen pockennarbigen Bauern aus einem gescheiterten Staat: einen Mann, der in jeder Hinsicht unter ihm stand. Und doch war er, Rhodes, der zerlumpte Bettler. Er verübelte Zvezdev seine lässige Selbstgefälligkeit. Dies war keine Verhandlung. Der Bulgare hielt alle Trümpfe in der Hand, und er selbst war pleite. Und das Einzige, was er mehr hasste als Verrat, war Armut.

Zvezdev leerte sein Glas mit einer schwungvollen Bewegung, wischte sich mit der Hand Mund und Bart ab und stellte das Glas auf den Tisch. »Also, was machen wir jetzt?«

Rhodes sank ins Sofa zurück und überlegte. Vor Jahren

hatten sie zusammengearbeitet. Zvezdev war damals beim Komitee für Staatssicherheit, er bei der CIA. Sie waren natürliche Feinde. Und dennoch schafften sie es, eine schwierige Partnerschaft einzugehen, geschmiedet im Feuer beiderseitigen Eigeninteresses. In Wahrheit benutzte einer den anderen für seine eigenen Zwecke. In dieser Hinsicht waren sie gar nicht so verschieden.

Tatsächlich hätte Zvezdev auch hier hereinstürmen und um sich schießen können. Er hätte jedes Recht dazu gehabt. Schließlich hatte Rhodes ihn vor all den Jahren als vermeintlich tot zurückgelassen. Ohne Zweifel besaß er Unterlagen, Beweise. Dinge, die Rhodes schlimmer vernichten konnten als Kugeln.

Doch der Mann, der ihm gegenübersaß, schien keinen Groll zu hegen, sondern nur Geschenke zu bringen.

»Nun ja, es gäbe vielleicht einen Weg. Ich kenne da jemand …«

Zvezdev hob lächelnd die Augenbrauen. »Wen?«

Rhodes wollte es schon sagen, hielt dann aber inne. Er lächelte. Die Ironie wäre zu groß. »Das tut nichts zur Sache.«

»Von dem Mann, an den Sie denken, darf keine Spur zu mir führen. Ist das klar?«

»Wer hat gesagt, dass es ein Mann ist? Aber keine Sorge, ich bin Ihre Firewall. Wie viel Zeit haben wir?«

Zvezdev setzte seinen Hut auf und zog ihn über die Narbe, während er aufstand. »Sie haben für die Sache Zeit bis Mitternacht Ortszeit am Zwölften. Eine Sekunde später, und der Plan scheitert.«

»Das sind nur etwas mehr als zwei Wochen. Ich brauche mehr Zeit.«

»Mehr Zeit haben wir nicht.« Zvezdev marschierte zur Wohnungstür, Rhodes folgte ihm.

»Aber von hier nach Singapur zu kommen ist allein schon eine Tagesreise.«

Zvezdev blieb an der Tür stehen und griff nach dem Knauf. »Dann machen Sie sich besser gleich morgen früh an die Arbeit.«

Rhodes runzelte besorgt die Stirn. »Nein, ich sollte wahrscheinlich schon heute Nacht anfangen.«

»Heute Nacht können Sie nicht anfangen. Sie werden zu beschäftigt sein.« Zvezdev öffnete die Tür. Auf dem Gang standen die Zwillinge und lächelten.

Rhodes lächelte zurück. »Hallo, Girls.«

»Sehen Sie, Weston?«, flüsterte ihm Zvezdev ins Ohr. »Ich kümmere mich um meine Freunde. Das geht auf meine Rechnung.« Er zwinkerte und gab Rhodes einen Stups in die Rippen. Er nickte den Mädchen zu, als er sich an ihnen vorbeischob, dann drehte er sich um. »Und bleiben Sie in Verbindung. Ich muss wissen, wenn es vollbracht ist.«

Rhodes hatte bereits die Arme um die Taillen der beiden vollbusigen Studentinnen geschlungen. »Das werde ich. Und danke.«

»Ich muss meinen Flieger kriegen.« Zvezdev salutierte spöttisch, fuhr auf dem Absatz herum und eilte zum Aufzug.

Rhodes bugsierte die Zwillinge zur Bar und fragte sich dabei, ob der gerissene Bulgare mit ihm gerade das machte, was er heute Nacht mit diesen Mädchen vorhatte.

23

Singapur,
Gegenwart

Lian leistete die Trinkarbeit an dem Mai Tai fast alleine. Jack genehmigte sich nur ein paar Schlückchen, um nicht ungesellig zu erscheinen, denn er hatte schon genug Bier intus.

Weit hinten in seinem Reptilienhirn fragte er sich, ob Lians Geflirte im Verein mit reichlich Rum und Bier zu etwas Reizvollerem führen könnte, verwarf den Gedanken aber sofort wieder. Er würde den alkoholisierten Zustand einer Frau niemals ausnutzen.

Als alles bis zum letzten Tropfen getrunken war, bezahlte Jack die Rechnung, und die beiden fuhren mit dem Fahrstuhl ins zweite Untergeschoss, wo Lians Wagen parkte.

»Können Sie noch fahren?«, fragte er.

»Ich glaube schon. Aber nur um sicherzugehen – würde es Ihnen etwas ausmachen?«

»Überhaupt nicht.«

Sie reichte ihm die Schlüssel, während sie auf die Nordostecke der riesigen Tiefgarage zusteuerten, wo der Range Rover stand. Jack hatte einen schönen Abend gehabt. Die Sushi hatten geschmeckt, und er fühlte sich völlig entspannt, hatte aber nicht so viel getrunken, dass seine Fahrtüchtigkeit beeinträchtigt gewesen wäre.

In diesem Augenblick hörte er wieder Clarks Stimme in seinem Kopf. »Die Augen offen halten, Junge!« Er musste in sich hineingrinsen. Situationsbewusstsein empfahl sich immer, selbst im Paradies.

Jeder Parkplatz war belegt. Kein Wunder. Hotel, Casino, Restaurants und Amüsierlokale hatten von Touristen und Einheimischen gewimmelt, doch hier unten in der Tiefgarage war jetzt niemand außer ihnen unterwegs. Lian schritt gleichmäßig aus, aber etwas langsamer als zuvor, sodass auch Jack seine Schritte zügelte. Ihre Schritte hallten vom Beton wider. Auf dem Weg zur hintersten Reihe bemerkte Jack, dass das Kabel der Überwachungskamera an dem Betonpfeiler durchtrennt und die Deckenlampe in der Nähe des Range Rover zertrümmert war.

»Warten Sie hier«, sagte er.

»Was ist denn?«

»Nichts.« Jack spähte wieder in die Runde, entdeckte aber nichts. Er drückte die Entriegelungstaste an der Fernbedienung. Der Range Rover piepte zweimal, und die Innenbeleuchtung ging an.

Der schwache Lichtschein fiel auf den muskelbepackten Mai-Tai-Spender. Er lehnte am Rover und grinste.

»Hallo, mein Freund.«

Jack bemerkte den starken australischen Akzent. »Suchen Sie eine Fahrgelegenheit nach Hause, Kollege? Ich kann Ihnen ein Taxi rufen.«

Der Australier richtete sich zu seiner vollen Größe auf. Er war noch größer, als ihn Jack in Erinnerung hatte, mindestens drei Zentimeter länger und zehn Kilo schwerer als er selbst.

»Also wirklich. Ich komme hier runter, um ein freundliches Schwätzchen zu halten, und muss mich dafür schon wieder blöd anmachen lassen.« Er deutete mit einem dicken Finger auf Lian. »Die kriege ich – das ist eine eingebildete kleine Schlampe. Ich kenne den Typ, glauben Sie mir. Und Sie? Ein Yankee und ein vorlauter kleiner Wichser. Euch muss man Manieren beibringen.«

Lian schrie von hinten: »Nehmen Sie die Hände weg!«

Jack wirbelte herum und sah, wie sich Lian gegen einen anderen Kerl aus der Bar zur Wehr setzte, der von hinten seine schmierigen Pfoten um sie gelegt hatte. Er grinste und flüsterte ihr etwas ins Ohr, worauf sie schnaubte und sich noch heftiger wehrte.

Jack hatte sich gerade in ihre Richtung in Bewegung gesetzt, als er bemerkte, wie der Schatten des dritten Mannes aus der Bar hinter ihm einen Bogen um ihn schlug.

Jack machte kehrt und ging auf den Anführer zu, der älter und größer war als die anderen. Er kannte das Tattoo am kräftigen Unterarm des Mannes. Das Schwert Excalibur mit zwei Flammen. SASR – Special Air Service Regiment.

Eine australische Spezialeinheit.

Jack hob die Hände in Brusthöhe, Handflächen nach vorn – eine Kapitulationsgeste. »Hören Sie, Kollege, ich möchte keinen Ärger.«

»Tja, mein Freund, du bekommst ihn trotzdem.«

Der Mann, der Jack von hinten umkreiste, trat aus dem Schatten und blieb links neben ihm stehen, keine zwei Meter entfernt.

Die Züge des tätowierten Anführers verfinsterten sich. »Ich wollte der Lady nur einen Drink spendieren …«

Den Blick auf das beleuchtete Innere des Rovers gerichtet, trat Jack noch ein Stück auf ihn zu und blieb einen Meter vor ihm stehen.

»Ich weiß. Es tut mir leid. Ich war schlecht gelaunt …«

»Und hast mit deinem dreckigen Geld rumgewedelt.«

Jack verkürzte den Abstand weiter, indem er den rechten Fuß vorsetzte, und griff mit der Linken in seine linke Gesäßtasche. »Geld? Klar. Kein Problem.«

In diesem Moment ging die Innenbeleuchtung aus.

Darauf hatte Jack nur gewartet.

Er sprang vor und versetzte dem Hünen mit der Linken einen Handkantenschlag gegen die Kehle. Der Getroffene wollte schreien, brachte aber nur ein Röcheln zustande und griff sich an den Hals.

Jack trat zurück, wirbelte um fünfundvierzig Grad nach links und nutzte den Schwung seines herumschwenkenden Oberkörpers, um dem anderen Mann, der sofort auf ihn losging, die rechte Faust direkt auf die Nase zu schmettern. Jack spürte, wie Knorpel brach und warmes Blut auf seine Knöchel spritzte, während der Kopf des Angreifers mit einem Knacken zurückschnappte.

Er stürzte zu Boden und blieb, alle viere von sich gestreckt, vor dem Tätowierten liegen, der in die Knie gesackt war und nach Luft rang.

»Scheiße!«, hallte es von dem Beton hinter Jack wider. Er wirbelte herum und sah, wie der letzte Australier sich vor Lian krümmte und an die Eier griff. Lian versetzte ihm einen Tritt und traf ihn mit der Schuhspitze unter dem Kinn. Jack zuckte zusammen, als er Zähne krachen hörte. Der Mann flog, die Arme hoch in der Luft, nach hinten und verlor das Bewusstsein, bevor er auf dem Beton aufschlug und liegen blieb.

Jack rannte zu ihr. »Sind Sie okay?«

»Er hat mich überrumpelt.« Sie blickte auf den Ohnmächtigen. »Mistkerl.« Sie spuckte nach ihm, wollte sich auf ihn stürzen, doch Jack hielt sie am Arm fest.

»Sie haben ihn schon erledigt. Es bringt nichts, ihn zu töten.«

Sie fuhr herum und funkelte Jack wütend an. »Lassen Sie mich los!«

Er gehorchte und hob die Hände, wie um sich zu ergeben. »Sie haben gewonnen.«

Sie fuhr sich mit der Hand durch das lange Haar und strich es sich aus dem Gesicht. Die Bewegung beruhigte sie. »Das sind die Arschlöcher aus der Bar.«

»Tatsächlich?«

Sie blitzte ihn an.

»Tut mir leid.« Jack ließ den Blick durch die Tiefgarage schweifen. Immer noch niemand zu sehen.

Lian hob ihre Tasche auf, die sie hatte fallen lassen, als sie von hinten gepackt worden war. »Ich rufe die Polizei.«

»Mir wäre es lieber, Sie tun es nicht.«

»Warum nicht?«

»Ich glaube, die sind genug bedient.«

»JACK!«, schrie Lian.

Der Tätowierte stürmte auf Jack zu, die großen Hände nach vorn gestreckt, um ihn an der Taille zu packen.

Jack wich gerade noch rechtzeitig zur Seite und gab ihm, als er vorbeirauschte, einen Fausthieb an die Schläfe. Der saß. Die Wucht des perfekt getimten Schlags ließ die Hirnmasse gegen den Schädel prallen und setzte den Mann außer Gefecht. Wie nasses Fleisch klatschte der Aussie auf den Beton.

Jack rieb sich die Fingerknöchel und wandte sich wieder Lian zu. »Wie gesagt, die sind genug bedient, und ich würde gern jedes Aufsehen vermeiden. Und Sie doch auch, könnte ich mir denken.« Er deutete mit dem Finger auf die außer Betrieb gesetzte Überwachungskamera. »Oben hat niemand etwas gesehen.« Dann mit dem Kopf auf die Schläger. »Und die werden mit Sicherheit keine Anzeige erstatten.«

»Vielleicht haben Sie recht.« Sie blickte auf die beiden Männer, die Jack zu Boden geschlagen hatte. »Nicht schlecht für einen Finanzanalysten.«

»Beeilen wir uns, bevor jemand auftaucht. Nehmen Sie jeden Ausweis an sich, den Sie finden.« Er nahm dem Hünen die Brieftasche ab und steckte sie ein, dann packte er ihn an den Füßen und zog ihn zwischen zwei parkende Wagen, wobei er darauf achtete, dass er nicht überfahren werden konnte. Lian erleichterte den Kleinsten um seine Brieftasche, ergriff ihn dann an den Füßen und schleifte ihn ebenfalls weg, während Jack den Letzten am Kragen hochriss und gegen einen Pfeiler lehnte.

»Und jetzt weg hier, bevor sie aufwachen«, sagte er.

»Geben Sie mir die Schlüssel. Ich fahre.«

Jack warf sie ihr zu. »Sind Sie sicher?«

»Glauben Sie mir, jetzt bin ich nüchtern.«

»Ich würde Sie nur ungern kämpfen sehen, wenn Sie nicht betrunken sind.«

Sie kämpfte mit einem Grinsen, als sie in den Range Rover stiegen. Sie ließ den Motor an und fuhr davon, tunlichst darauf bedacht, keine Aufmerksamkeit zu erregen.

Lian fuhr auf dem East Coast Parkway nach Osten in Richtung Gästehaus. Jack blickte immer wieder in den Außenspiegel und hielt nach möglichen Verfolgern Ausschau. Er bemerkte, dass Lian dasselbe im Innenrückspiegel tat. Schließlich überzeugt, dass ihnen niemand folgte, zog er die Brieftasche des Mannes hervor und durchsuchte sie.

»Laut seinem australischen Führerschein heißt Ihr Verehrer mit dem Alkoholproblem Archy Hamilton und stammt aus Melbourne.« Einen Militärausweis fand er nicht. Vielleicht war der Mann nur ein Möchtegern-Elitesoldat oder hatte einen Verwandten bei den Spezialkräften.

Lian setzte den Blinker und wechselte die Spur. »Ich habe einen guten Bekannten bei der singapurischen Polizei. Ich werde gleich morgen früh alle drei Ausweise überprüfen lassen.«

»Irgendeinen Verdacht?«

Lian schüttelte den Kopf. »Ich würde sagen, das waren nur drei Schläger, die Streit gesucht haben.«

»Ich schätze, den haben sie gefunden.« Jack hatte so seine Zweifel. Lian merkte es an seinem Tonfall.

»Glauben Sie, das Ganze war eine Falle?«

»Haben Sie das Tattoo des Mannes gesehen? Am Unterarm?«

»Ja. Es kam mir bekannt vor.«

Darauf möchte ich wetten, dachte Jack bei sich. *Vor allem wenn Sie selbst ihn angeheuert haben.* Er blickte wieder in den Außenspiegel. »Special Air Service Regiment. Australische Spezialeinheit. Knallharte Kämpfer.«

»Was sollte der Angehörige einer australischen Spezialeinheit hier wollen?«

»Keine Ahnung. Eine Operation durchführen?«

Verwirrung legte sich auf Lians Gesicht. »Sie machen Scherze, oder?«

Ein paar Regentropfen landeten auf der Windschutzscheibe. Die automatischen Scheibenwischer fegten los.

»Ihr Freund soll der Sache nachgehen. Vielleicht bekommt er Einblick in die Dienstakte von dem Kerl, falls er überhaupt eine hat.« Aber Jack war klar: Wenn der Mann tatsächlich verdeckte Operationen durchführte, war seine Identität vor den neugierigen Blicken eines Polizeiermittlers geschützt.

»Wissen Sie, nicht jeder ehemalige Soldat ist ein Held. Es sind auch faule Äpfel darunter. Ich wette mit Ihnen um einen Mai Tai, dass er, wenn er beim Militär war, ein Vorstrafenregister hat.«

»Ja, vielleicht haben Sie recht.« Jack wollte das Thema jetzt nicht weiter vertiefen. Wenn Lian oder ihr Bruder hinter der Sache steckten, würden sie alles vertuschen.

Er warf ihr wieder einen verstohlenen Blick zu. Die Schatten der Regentropfen auf der Windschutzscheibe verunzierten ihr sonst makelloses Gesicht.

24

Von einem Platzregen überrascht, flitzte Jack zur Eingangstür des Gästehauses. Er schüttelte noch die Wassertropfen ab, als Paul in Pantoffeln und Pyjama heranschlurfte. In der einen Hand hielt er eine Schüssel mit Müsli, mit der anderen wischte er sich einen Tropfen Milch von der Unterlippe.

»Haben Sie sich amüsiert?«

»Amüsiert? Ja. Doch.«

Paul zog die Stirn kraus, als er Jacks rote, geschwollene Fingerknöchel bemerkte. »Irgendwas, was ich wissen sollte?«

»Nein.«

»Im Ernst. Sind Sie okay?«

»Alles in Ordnung.« Jack drückte sich an ihm vorbei. »Ich brauche nur eine Dusche. Und einen Drink.«

Paul fragte sich, was zum Teufel Jack eigentlich trieb. Und warum er sich wie ein Arschloch aufführte. Er stopfte sich noch einen Löffel Müsli in den Mund.

Er muss einen unerfreulichen Abend gehabt haben.

Müsste er raten, würde er sagen, dass Jack eine Schlägerei gehabt hatte, so wie er aussah. Aber Jack war Finanzanalyst, kein Raufbold. Wenn er sich geprügelt hatte, warum erzählte er es ihm nicht einfach?

Paul stand kauend in der Diele und überlegte. Er wischte

erneut einen Tropfen Milch weg, der ihm übers Kinn lief, und ging verschiedene Möglichkeiten durch.

Alkohol? Drogen? Spielte seine Hirnchemie verrückt?

Vielleicht.

Vielleicht war Jack aber auch nicht der Mann, für den er ihn hielt.

Paul war nervös. Er wollte etwas trinken. Er brauchte etwas zu trinken. Aber noch dringender brauchte er einen klaren Kopf.

Nachdem er den ganzen Tag über die Sicherheitsvorkehrungen bei Dalfan nachgedacht hatte, war ihm eine Idee gekommen, wie er sie vielleicht umgehen konnte. Wie die meisten brillanten Lösungen für komplexe Probleme war auch diese erschreckend einfach. Und irgendwie auch verrückt. Sein Plan bestand nur aus wenigen Schritten: das CIA-Programm auf seinen Laptop herunterladen, dann das Programm von seinem Laptop auf einen von Dalfan verschlüsselten USB-Stick kopieren, den infizierten Stick in einen Dalfan-Rechner stecken, und dreißig Sekunden später hieß es: Auftrag erfüllt.

Heute Abend stand der leichte Part an. Er brauchte nur das CIA-Programm von Rhodes' Stick auf seinen Laptop zu ziehen. Eine einfache Sache.

Sofern es klappte.

Nur die Ruhe, sagte er sich. Eins nach dem anderen.

Er vergewisserte sich noch einmal, dass seine Zimmertür abgeschlossen war und Jack nicht plötzlich hereinplatzen konnte. Das fehlte noch, dass Jack in den ganzen Schlamassel mit hineingezogen wurde.

Er setzte sich aufs Bett und klappte den Laptop auf, um das CIA-Programm auf seinen Computer zu laden. Was hatte Rhodes noch gesagt? Es sei eine automatisch ausführende Datei. Allerdings würde sie nur ausführen, wenn er sie mit seinem Daumenabdruck entsperrte und seinen

Verifizierungscode eingab. Sobald er beides getan hatte, würde das Programm automatisch starten.

Das war das Problem. Paul wollte nicht, dass das Programm automatisch startete – denn dann konnte er es nicht kopieren.

Doch er fand eine Lücke im System. Er steckte den CIA-Stick in den USB-Port und legte den Daumen auf den Sensor. Der Stick erkannte seinen Abdruck. Er wurde entsperrt, wie erwartet, leuchtete rot, dann blau.

Auf dem Bildschirm des Laptops ploppte ein Dialogfeld auf und fragte nach Pauls Sicherheitscode, mit dem das Programm gestartet werden konnte. Doch Paul gab den Code nicht ein. Stattdessen klickte er auf das Symbol des Sticks und nahm dessen Inhalt in Augenschein.

Paul entdeckte nur einen einzigen unbenannten Dateiordner. Die einzige Datei darin schien nichts zu tun. So weit, so gut.

Er schluckte schwer, dann zog er die unbenannte CIA-Datei auf seinen Laptop. Ein Fortschrittsbalken erschien. Der Kopiervorgang würde ungefähr zwei Minuten dauern. Paul trommelte nervös mit den Fingern, während er auf das Ende des Vorgangs wartete …

… oder auf eine Explosion.

Sie ereignete sich nie.

Der Fortschrittsbalken zeigte an, dass die CIA-Datei erfolgreich auf seinen Rechner übertragen worden war. Er zog den Stick aus der Buchse, und das Passwort-Dialogfeld verschwand.

Paul starrte auf die kopierte Datei auf seinem Bildschirm. Sie schien nichts zu tun.

Was Paul wirklich interessant fand, war, dass sein Virenschutzprogramm, das amerikanischen Militärstandards entsprach, nicht anschlug. Im Prinzip war das CIA-Programm auf seinem Computer nur nicht ausgeführt worden, weil er sein Passwort nicht eingegeben hatte.

Pauls Herz begann vor Panik zu rasen. Wie konnte er sein Passwort eingeben und das Programm auf einem Dalfan-Rechner starten, ohne den CIA-Stick einzuführen? Vielleicht lief das CIA-Programm auf dem Dalfan-Rechner ohne eingesteckten USB-Stick gar nicht.

In der nächsten Sekunde ploppte ein neues Passwort-Dialogfeld auf, generiert von der kopierten CIA-Datei. Die Datei konnte jetzt gestartet werden. Das bedeutete, dass eine Kopie auf einem Dalfan-Rechner auch ohne eingesteckten CIA-Stick laufen würde. Paul seufzte erleichtert.

Morgen würde er die CIA-Datei von seinem Laptop auf einen verschlüsselten USB-Stick der Firma Dalfan kopieren und dann von dem infizierten Stick auf einen Dalfan-Rechner laden. Das kopierte Programm würde wieder nach seinem Verifizierungscode fragen, und sobald er ihn eingetippt hatte, würde das Programm starten, und seine Aufgabe wäre erfüllt.

So jedenfalls sah sein Plan aus.

Trotzdem gab es noch ein Problem. Er musste sich einen verschlüsselten Dalfan-Stick beschaffen.

Nur wie?

25

Am nächsten Morgen nahm Jack rasch eine Dusche und putzte sich die Zähne. Dann zog er Chinos und ein blaues Oxford-Hemd an, dazu seine geliebten Stadtwanderschuhe – superbequem und gerade noch schick genug für die lockere Geschäftsatmosphäre bei Dalfan. Außerdem waren sie wasserdicht, und laut Vorhersage war heute erneut mit Gewitterschauern zu rechnen.

Er hatte Paul versprochen, dass er in zwanzig Minuten unten sein würde, und seine Uhr verriet ihm, dass bereits zweiundzwanzig verstrichen waren. Doch eine Sache musste er noch tun, bevor er zur Tür hinauskonnte.

Er zückte sein iPhone und startete die App Photo Trap – die beste Investition von neunundneunzig Cent, die er je getätigt hatte –, dann ging er nacheinander zum Schrank, zu den Kleiderschubladen und zum Waschbecken im Badezimmer. Bei jedem Stopp drückte er auf die Schaltfläche +, um Datum und Uhrzeit der ersten Aufnahme festzuhalten. Heute Abend würde er wiederkommen, an denselben Stellen Zweitaufnahmen machen und diese dann mit den ersten vergleichen, und zwar mithilfe der manuellen Flip-Funktion der App, die es ihm ermöglichte, zwischen den Fotos hin- und herzuspringen und festzustellen, ob irgendein Gegenstand bewegt worden war.

Im Campus war das eine Routinemaßnahme, die bei Einsätzen dazu diente, die persönliche Sicherheit zu gewährleisten – Hotelzimmer im Ausland waren berüchtigte Bespitzelungsfallen für Gäste, besonders für solche aus dem Westen. Doch über elektronische Geräte hinaus war es nicht ungewöhnlich, dass Security-Leute des Hotels – oder, schlimmer noch, staatliche Sicherheitskräfte – heimlich in ein Hotelzimmer eindrangen und es nach Schmuggelware durchsuchten.

Natürlich war Jack nicht im Campus-Auftrag unterwegs, doch von Gewohnheiten wie dieser, die ihm Ding und die anderen antrainiert hatten, konnte er nur schwer lassen. Dreißig Sekunden Mehraufwand sorgten dafür, dass er von Dings mäkelnder Stimme und Gewissensbissen, die ihm sonst keine Ruhe gelassen hätten, verschont blieb. Außerdem hatte ihm Clark eingeschärft, er solle immer auf sein Bauchgefühl hören, und sein Bauchgefühl sagte ihm, dass er wachsam bleiben müsse.

Um festzustellen, ob jemand eingebrochen war und die Wohnung durchsucht hatte, hatte man bis vor Kurzem noch einen Fussel auf einen Schubladenrand gelegt oder den Schieber am Reißverschluss eines Gepäckstücks in eine ganz bestimmte Position gebracht, doch erfahrene Profis kannten diese Tricks, denn sie benutzten sie selbst und wussten, wie man sie erkennen und umgehen konnte. Das Tolle an der App Photo Trap war, dass alles auf Fotos gebannt wurde, und wenn etwas nur ganz leicht verrückt wurde, wusste Jack hinterher, dass jemand in seinem Zimmer gewesen war und was er angefasst hatte.

Nicht dass er etwas zu verbergen gehabt hätte. Doch der Gedanke war ihm zuwider, dass jemand herumgeschnüffelt hatte und er nichts davon wusste.

Er überlegte, ob er Paul zu derselben Maßnahme raten sollte, doch er wollte ihm keinen Anlass zu dem Verdacht geben, er sei möglicherweise etwas anderes als Finanzanalyst bei Hendley Associates. Finanzleute auf Dienstreise ergriffen keine OPSEC-Maßnahmen. Je weniger Paul über ihn wusste, desto besser.

Paul und Jack trennten sich nach ihrer Ankunft im Dalfan-Gebäude. Paul wurde von Bai abgeholt und verschwand mit ihm in seinem Büro.

Jack wartete auf Lian, die einen Augenblick später auftauchte, sichtlich nicht in Bestform. Sie grüßte ihn förmlich und begleitete ihn in den zweiten Stock zu seiner Verabredung mit Dr. Singh.

Im Fahrstuhl nach oben sagte sie kein Wort. Jack auch nicht.

Dr. Singh nahm sie bei der Sicherheitskontrolle in Empfang und führte sie in sein Büro. Er war größer als Jack, aber schmaler, sah gut aus und trug einen Vollbart. Sein Turban war strahlend weiß und tadellos gewickelt. Seine dunklen, lächelnden Augen rahmte eine modisch eckige Brille mit transparentem Acetat-Rahmen.

»Kennen Sie unser Programm Steady Stare, Mr. Ryan?«

»Nur was ich in Ihren Unterlagen darüber gelesen habe. Es handelt sich um ein vierundzwanzigstündiges, drohnenbasiertes Überwachungsprogramm für zivile Anwendungen.«

»Das ist korrekt. Aber wenn man es so ausdrückt, klingt es ziemlich langweilig, habe ich recht? Ich möchte Ihnen heute zeigen, wie wir alles zusammenfügen und was dabei unterm Strich tatsächlich für unsere Kunden und für Dalfan herauskommt.«

»Ich kann es kaum erwarten.«

»Schön. Wenn Sie mir bitte folgen wollen.«

Die Steady-Stare-Etage war in zwei Hauptbereiche unterteilt, genau wie das Stockwerk darunter. Der vordere Teil bestand aus Büros und Computerarbeitsplätzen.

»Hier entwickeln wir unsere eigene Software für GPS-Navigation, Autopiloten, Bildkorrelation und so weiter«, erklärte Singh.

»Was ist daran eigenentwickelt?«, fragte Jack. »Viele Leute entwickeln Software dieser Art.«

Singh blickte zu Lian. Sie nickte.

»Die von uns geschriebene KI-Software«, antwortete Singh, »und die Art und Weise, wie wir sie auf alle anderen Software- und Hardwarekomponenten anwenden, machen Steady Stare zu einem einzigartigen Produkt.«

»Künstliche Intelligenz? Daran arbeiten doch auch Google und die anderen Big Player aus dem Silicon Valley. Sie haben starke Konkurrenz.«

»Wir sind davon überzeugt, dass wir uns behaupten können.«

Er führte Jack und Lian zu einer rechnergestützten Design-Station. »Das ist eine unserer Hardware-Design-Plattformen. Wir entwickeln und bauen mithilfe von CAD unsere eigenen Geräte – optische Geräte, Sensoren, Kommunikationstechnik und die Steady-Stare-Drohne selbst.«

»Und alle diese Komponenten fertigen Sie hier in Singapur?«, fragte Jack.

»Die eigenentwickelten«, antwortete Singh. »Wir verwenden auch viel Standardtechnik. Einen Teil davon beziehen wir aus vertrauenswürdigen Quellen.«

»Die sind heutzutage schwer zu finden.«

»Seltener als die seltensten Seltenen Erden«, bekräftigte Lian. »Aber wir haben unsere Quellen.«

Singh machte Jack mit einigen seiner Programmierer und Konstrukteure bekannt. Sie waren alle noch jung und sprachen wie jeder in Singapur fließend Englisch, unabhängig von ihrer ethnischen Herkunft und Muttersprache.

Jack fragte sie nach den Besonderheiten der Projekte, an denen sie arbeiteten, und sie antworteten in technischem Fachjargon und deuteten auf die CAD-Grafiken oder Codezeilen auf ihren Bildschirmen. Er konnte zwar ihren Gedankengängen folgen, besaß jedoch nicht die nötigen Engineering- oder Programmierkenntnisse, um tiefer zu bohren.

Aber es war offensichtlich, dass sie sich auskannten. Er dankte ihnen und drängte weiter.

Dr. Singh führte ihn in den anderen Bereich der Etage. Er war, wieder genau wie im Stockwerk darunter, durch eine Wand aus Sicherheitsglas abgeteilt, nur hing diesmal auf der anderen Seite ein schwarzer Vorhang. Singh erläuterte, dass seine Konstrukteure und Programmierer keinen Zugang zum Kontrollraum benötigten und dass manches, was da drin vorgehe, absolut tabu sei. »Aus Gründen des Datenschutzes«, wie er erklärte, als sie durch den Vorhang schlüpften.

Der Kontrollraum war dunkel und wie eine kleine Einsatzzentrale eingerichtet, mit Computerarbeitsplätzen und Kontrollmonitoren, an denen Techniker saßen, die auf ihre Bildschirme starrten und in Headsets sprachen.

Fast die gesamte hintere Wand des Raums nahm ein Videobildschirm ein, auf dem, wie es schien, ein Livebild von Singapur aus der Vogelperspektive zu sehen war. Es sah aus wie eine Satellitenansicht. Die Leitstation vor dem Bildschirm war unbesetzt. Singh führte sie hin.

»Dieser Raum ist das Herz des Steady-Stare-Projekts«, erläuterte er. »Unsere Drohnen bleiben zwölf Stunden am Stück auf Position, und wir nehmen jeden Tag zwei in Betrieb, sodass wir volle vierundzwanzig Stunden abdecken.«

»Wie werden die Drohnen mit Strom versorgt?«

»Durch Solarzellen.«

»Sie können zwölf Stunden mit Sonnenenergie fliegen?«

»Das unbemannte Solarflugzeug von Google kann theoretisch fünf Jahre lang ununterbrochen herumfliegen, ohne zu landen. Es bietet natürlich eine viel größere Plattform. Unser kleines Fluggerät fliegt mit unseren eigenen Photovoltaik- und Lithium-Batteriespeichersystemen – ein weiteres Beispiel für den Wert, den wir diesem Projekt beimessen. Außerdem befinden sich eine Pufferbatterie und ein kleiner Benzinmotor für Notfälle an Bord.«

»Der Gedanke dahinter ist also, dass diese Drohnen vierundzwanzig Stunden lang über der Stadt kreisen und Videoüberwachungsbilder liefern.«

»Ganz genau.«

»Wie bewerkstelligen Sie das in der Monsunzeit?«

»Das ist sicherlich eine Herausforderung. Wir starten die Fluggeräte mit aufgeladener Batterie, doch selbst an bewölkten Tagen ist die Sonneneinstrahlung noch beträchtlich.«

Jack runzelte die Stirn. »Was macht Ihr Luftbeobachtungssystem besonders nützlich oder einzigartig, speziell für die zivile Nutzung?«

Singh räusperte sich und richtete den Blick auf Lian.

»Luftbeobachtung hat viele Vorteile«, sagte Lian. »Und wir bieten ein hochleistungsfähiges, kostengünstiges Fluggerät an, mit dem man sie durchführen kann.«

»Haben Sie eine Ahnung, wie viele Hundert kostengünstige, hochleistungsfähige Drohnen bereits entwickelt wurden oder noch entwickelt werden?«

»Das wissen wir«, antwortete Lian.

»Dann wissen Sie auch, dass in diesem Geschäft kein Geld zu verdienen ist.«

»Wir sind nicht auf den Kopf gefallen.« Lian lächelte.

Jack deutete auf den Videomonitor. »Was also kann Ihr System, was mich glauben machen könnte, dass sich damit Geld verdienen ließe?«

Lian verschränkte nachdenklich die Arme, offensichtlich hin- und hergerissen. Schließlich nickte sie in Singhs Richtung. »Fahren Sie fort.«

Singh lächelte erleichtert. »Glauben Sie an Zeitreisen, Mr. Ryan?«

26

Zeitreisen?« Jack schüttelte den Kopf. »Ich mag Science-Fiction, wie jeder andere, aber nein. Sie sind logisch nicht möglich.«

»Sie sind sehr wohl möglich. Lassen Sie mich es Ihnen beweisen.«

Singh führte Jack zur hinteren Wand und nahm ein Tablet von der unbesetzten Leitstation davor. Der Bildschirm der Station zeigte dasselbe Bild wie der an der Wand.

»Was Sie hier sehen, ist ein Live-Video-Feed von Singapur aus fünftausend Meter Höhe – fast sechzehntausend Fuß.« Singh drückte eine virtuelle Taste, und Leistungsdaten für Höhe, Geschwindigkeit, Position in Länge und Breite und dergleichen leuchteten auf.

»Können Sie den Vogel von dieser Station aus fliegen?«, fragte Jack und deutete auf die, neben der er stand. Der Tisch beherbergte einen Joystick, eine Tastatur, zwei Monitore und eine kabellose Maus.

»Theoretisch können wir unsere Drohne von jeder Station, die Sie in diesem Raum sehen, aus steuern. Wir planen, künftig von jeder Station aus mehrere Drohnen zu steuern. Einstweilen wird die Drohne da oben von einer Leitstation am Flughafen Seletar aus gesteuert …«

»Im Dalfan-Hangar?«

»Ja.«

Jack wandte sich an Lian. »Das würde ich mir gern ansehen, wenn wir hier fertig sind.«

»Ich werde schauen, was sich machen lässt.«

Singh tippte auf weitere virtuelle Tasten auf seinem Tablet. »Lassen Sie uns jetzt näher rangehen.« Die Kamera zoomte, und wie im Sturzflug ging es nach unten, bis schließlich das Dalfan-Gebäude die Mitte des riesigen Bildschirms einnahm.

»Da, sehen Sie den Lieferwagen, der gerade an der Sicherheitsschranke angehalten hat?«

»Ja«, antwortete Jack, »aber außer dass sein Dach blau ist, kann ich nichts erkennen.«

»Nehmen wir an, der Lieferwagen hat Sprengstoff geladen und wird von Terroristen gefahren. Nehmen wir weiter an, er passiert das Tor und fährt auf das Firmengelände – wie er es in diesem Moment auch tatsächlich tut. Und sagen wir, er explodiert nach zwanzig Metern, und bei der Explosion sterben alle Insassen, und das Fahrzeug selbst wird völlig zerstört.«

»Okay.«

»Wie würde man in einer solchen Situation normalerweise versuchen, die Identität der Mörder und ihren Unterschlupf zu ermitteln?«

»Üblicherweise suchen die Ermittlungsbehörden den Tatort nach forensischen Beweisen ab – Fingerabdrücken, Lichtbildausweisen, Fahrgestellnummern, Kennzeichen –, nach Sachbeweisen jedweder Art, die einen Hinweis liefern können.«

»Korrekt. Nur ist die Wahrscheinlichkeit, am Schauplatz eines so katastrophalen Verbrechens brauchbare Sachbeweise zu finden, äußerst gering. Doch wenn die Polizei oder Ermittlungsbehörde eine Zeitmaschine hätte, bräuchte sie all die von Ihnen erwähnten Dinge nicht. Sie müsste nur in der Zeit zurückreisen bis zu einem Punkt vor der Explosion.«

Singh drückte erneut auf ein paar virtuelle Tasten, und der blaue Lieferwagen fuhr plötzlich rückwärts. Ein weiterer Tastendruck, und der Wagen beschleunigte um das Doppelte.

»Bitte geben Sie acht.«

Der Lieferwagen schoss rückwärts aus der Dalfan-Zufahrt auf den Hauptboulevard – der Name der Straße wurde auf dem Bildschirm angezeigt wie bei Google Maps – und dann rückwärts davon wie der übrige Verkehr. Auch die Uhr auf dem Kontrollmonitor lief rückwärts, während der Lieferwagen durch das Industriegebiet raste, in ein paar Zufahrten hinein- und wieder aus ihnen hinausfuhr und schließlich rund acht Kilometer entfernt eine Lagerhalle erreichte, wo er vor einer Laderampe stehen blieb.

Singh hielt das Bild an. »So, hier ist unser ›Terroristen-Fahrzeug‹ losgefahren. Aber wir wissen noch immer nicht, wer unsere Terroristen sind.« Er ließ das Bild rückwärts weiterlaufen. Zwei Männer stiegen aus dem Lieferwagen und erklommen rückwärts die Treppe zur Laderampe.

»Alle diese Daten sind auf Ihrem Zentralrechner gespeichert?«

»In diesem Fall ja, denn wir sind noch dabei, die Daten aus unserem Feldversuch zusammen mit unserem ersten Kunden zu analysieren.«

»Wer ist das?«

»Die singapurische Polizei. Sie speichert diese Daten ebenfalls in ihrem Cloud-Storage-Server. Jeder, der das Programm künftig von uns least, kann es nach Belieben auf eigenen Servern, in der Cloud oder sonst wo speichern. Das Speichern ist der leichte Teil.« Singh hielt sein Tablet hoch. »Entscheidend sind die Software für das Fluggerät, die Kameras und das von uns entwickelte Überwachungspaket.«

»Wie schwierig ist die Bedienung?«

»Denkbar einfach.«

»Dann zeigen Sie es mir.«

»Nein«, sagte Lian. »Dr. Singh hat Ihnen bereits alles gezeigt, was Sie über das System wissen müssen, um sein Gewinnpotenzial ermessen zu können.«

»Einfache Bedienung ist die Voraussetzung dafür, dass Sie es staatlichen Einrichtungen verkaufen können. Wenn es nicht benutzerfreundlich ist, werden Sie kein Geld damit verdienen. Deshalb muss ich mir ein Bild machen, wie leicht es geht.«

Lian sah ihn finster an. »Na schön«, sagte sie schließlich mit einer wegwerfenden Handbewegung.

Ihre feindselige Reaktion stimmte Jack bedenklich, zumal er sie letzte Nacht wahrscheinlich vor einer Gruppenvergewaltigung oder Schlimmerem bewahrt hatte. Er wusste, dass sie keine verfolgte Unschuld war, doch die meisten Menschen hätten unter solchen Umständen mehr Dankbarkeit gezeigt.

Da kam ihm ein Gedanke. *Es sei denn, sie weiß, dass ich sie gar nicht gerettet habe.* Vielleicht war der ganze Vorfall von ihr inszeniert, um ihn einzuschüchtern oder auf die Probe zu stellen. Er traute ihr so etwas durchaus zu.

Doch er hatte keinen Grund, es zu glauben. Den einen Angreifer hatte sie richtig fertiggemacht. Wenn sie das arme Schwein selbst angeheuert hatte, schuldete sie ihm eine Sonderzulage für die ausgeschlagenen Zähne oder zumindest eine Zahnbehandlung.

Er hielt es für wahrscheinlicher, dass ihr der ganze Abend einfach nur peinlich war. Sie hatte mit ihm geflirtet, und er war nicht darauf angesprungen. Nicht weil er kein Interesse gehabt hätte, sondern weil er zum Gentleman erzogen worden war und sie etwas zu viel getrunken hatte. *Aber das konnte sie nicht von ihm wissen, oder?* Und eigentlich war sie letzte Nacht der Aufpasser gewesen, aber er war es, der sie gerettet hatte. *Ja, es ist ihr mit Sicherheit peinlich.*

Oder auch nicht. Verdammt, wer konnte das schon wissen? Manchmal hatte er das Gefühl, dass er von Waffen mehr verstand als von Menschen, speziell Frauen. Singh reichte ihm das Tablet. »Die Bildsteuerung ist selbsterklärend. Überzeugen Sie sich selbst.«

Jack nahm das Tablet und tippte auf das Symbol für Wiedergabe. Das Video begann vorwärts zu laufen. Er drückte auf Stopp und fuhr mit einem Schieberegler bis zu dem Punkt zurück, an dem Singh es angehalten hatte.

»Ich möchte diese Männer dorthin zurückverfolgen, wo sie ursprünglich herkommen. Wie mache ich das? Das Bild einfach rückwärts laufen lassen, bis sie dort sind?«

»Sie können es manuell tun, so wie im Moment, aber das könnte abhängig von Ihrer Zielperson Minuten, Stunden oder sogar Tage dauern. Einfacher ist es, wenn Sie die Tracking- und Gesichtserkennungssoftware des Programms die Arbeit für Sie machen lassen.«

Jack gab ihm das Tablet zurück. Er sah genau zu, während Singh weitere Symbole antippte. Auf dem Großbildschirm waren die beiden Lieferanten von eingekastelten Fadenkreuzen umgeben, einer von roten, der andere von gelben. Die Männer trennten sich. Einer stieg in ein Auto, der andere auf ein Motorrad.

Singh zoomte weg, klickte weitere Symbole an, und das virtuelle Kameraobjektiv entfernte sich so weit, dass wieder die ganze Stadt zu sehen war. Die beiden Männer waren nur noch ein gelber und ein roter Punkt. Dann entfernten sich eine rote und eine gelbe Linie in unterschiedlichen Richtungen vom Lagerhaus und schlängelten sich durch die Straßen der Stadt, bis sie schließlich an zwei weit auseinanderliegenden Orten endeten. Die Steady-Stare-Software vollbrachte das Kunststück in weniger als einer Sekunde. Singh stoppte das Programm wieder.

»Wow«, sagte Jack.

»Ich habe ein Zeitlimit von nur zwei Stunden gesetzt.«

»Wie weit können Sie zurückgehen?«

Singh zuckte mit den Schultern. »Das hängt ganz allein

davon ab, wie viele Daten Sie gespeichert haben. Wenn ein Kunde Videoaufnahmen eines ganzen Jahres aufbewahrt, kann er zurückverfolgen, was die beiden Jungs – oder sonst wer – in dem Jahr gemacht haben.«

»Die Speicherung ist der Schlüssel, nicht wahr?«, sagte Jack. »Je nachdem, was Sie mit den Daten vorhaben.«

»Die Speicherung ist ein weiteres Profitcenter«, unterbrach Lian. »Erwähnen Sie das in Ihrem Bericht.«

»Das werde ich.«

»Haben Sie genug gesehen?«, fragte Lian.

Jack blickte prüfend in Singhs Gesicht. Singh sah ihm direkt in die Augen. Eine stumme Einladung.

Jack blickte wieder zu Lian und schüttelte den Kopf. »Ich nehme an, das ist noch längst nicht alles.«

»Möglich«, sagte Lian.

27

Paul und Bai holten sich zwei Tassen dampfend heißen Kaffees und ließen sich wieder auf ihren Stühlen in dem kleinen Büro nieder. Bai saß wie üblich direkt neben Paul und interessierte sich brennend für jeden Tastendruck Pauls. In den ersten dreißig Minuten prüfte Paul wieder stichprobenartig verschiedene Nebenbücher, insbesondere Forderungs- und Verbindlichkeitskonten.

Dann richtete er sein Augenmerk auf die Bilanz und griff auf die Eigenkapitalveränderungsrechnung zu. Der allgemeine Zweck dieser buchprüferischen Übung war es, Dalfan wie auch Marin Aerospace zu garantieren, dass der vereinbarte Preis für den Aktienkauf für beide Seiten angemessen war. Es gab ein paar technische Details und auch Begriffe in Mandarin, die Bai schon früh für ihn klären musste, doch alles in allem war es ein eintöniger Vorgang, bei dem sich Paul mit der gebührenden Sorgfalt Zeile für Zeile und Zahl für Zahl voranarbeitete.

War Bai anfangs noch aufmerksam und hellwach, erlahmte seine Konzentration mit der Zeit. Der junge Buchhalter begann auf seinem eigenen Laptop herumzutippen, der mit dem LAN der Firma verkabelt war. Paul konnte Bais Bildschirm nicht einsehen, erkannte aber in seinen spiegelnden Brillengläsern, dass er ein Videospiel spielte.

Was Bai nicht ahnen konnte: Während Paul seiner buchhalterischen Aufgabe nachging, beschäftigte er sich in der Zentraleinheit seines Gehirns mit etwas ganz anderem. Paul glaubte nämlich, einen Weg gefunden zu haben, wie er die Verschlüsselungssperre des Dalfan-Computers, an dem er arbeitete, überwinden konnte, doch dieser Vorgang erforderte mehrere Schritte, und der erste bestand darin, Bai zu zermürben.

So weit, so gut.

Bei der gestrigen Arbeitssitzung hatte Paul gelernt, dass Bai mit einem schnellen Stoffwechsel ausgestattet war und einen Bärenhunger bekam, wenn der Mittag nahte. Paul ging weiter seiner profanen Buchprüfungstätigkeit nach, bis er den Magen des jungen Mannes knurren hörte wie einen wütenden Hund.

»Wir haben ein Problem«, sagte Paul.

Bais Aufmerksamkeit war auf seinen eigenen Bildschirm gerichtet. »Verzeihung, haben Sie mich etwas gefragt?«

Paul schwenkte auf seinem quietschenden Drehstuhl herum. »Ich habe gesagt, dass es ein Problem gibt.«

Bai riss die Augen auf. »Ein Problem?« Er klappte den Laptop zu.

»Ja, ein Problem. Ich kann meine Arbeit nicht tun, wenn ich meinen Laptop nicht mit dem Zentralrechner verbinden kann.«

»Das ist nicht möglich. Sie kennen die Sicherheitsbestimmungen.«

»Dann kann ich meinen Job nicht machen.«

»Wieso nicht?«

»Weil ich mit der Vorprüfung fertig bin. Jetzt wird es Zeit für die formelle Prüfung Ihrer Bücher.«

»Ich dachte, das tun Sie schon die ganze Zeit.«

»Nein. Ich habe mir nur einen Überblick verschafft. Aus zehntausend Metern Höhe. Jetzt muss ich runter und mir konkrete Punkte vornehmen.«

»Aber warum müssen Sie dazu Ihren Laptop mit dem Zentralrechner verbinden?«

»Weil sich meine Buchprüfungssoftware auf meinem Laptop befindet.«

»Aber das geht nicht, Sir.«

»Deswegen haben wir ein Problem.«

»Was für eine Software benutzen Sie?«

»Eine Analysesoftware.«

»Wir haben bereits CaseWare IDEA zur Analyse großer Datenmengen auf unseren Computern installiert. Falls Sie die Software nicht bedienen können, kann ich es Ihnen zeigen.«

»IDEA ist ein hervorragendes Programm, und ich habe es schon häufig benutzt. Doch ich bevorzuge meine eigene Software.«

»Warum?«

»Weil es meine ist. Ich habe sie geschrieben.«

Bai blinzelte ein paar Mal, einen verwirrten Ausdruck auf dem Gesicht, das Gehirn in einer Dauerschleife. Schließlich platzte er heraus: »Tut mir leid, aber das ist einfach nicht möglich.«

»Wie soll ich dann all die Datensätze herunterladen?«

Bai zuckte mit den Schultern.

»Da kommt mir eine Idee«, sagte Paul. »Sie könnten alle Daten, die ich brauche, in den nächsten vierundzwanzig Stunden von Hand auf meinen Computer laden. Das sind wahrscheinlich nicht mehr als eine halbe Million Zahlen. Und natürlich dürfen Sie dabei keinen einzigen Fehler machen. Wäre das für Sie okay?«

»Das ist nicht Ihr Ernst.«

»Wie soll ich sonst die Daten auf meinen Laptop kriegen?«

»Lassen Sie mich mit Mr. Fairchild sprechen.« Bai verließ den Raum und eilte durch die Büroetage in Yongs Büro. Durch die Glastrennwand beobachtete Paul, wie die beiden miteinander sprachen. Nach einer Weile schaute Yong auf und spähte finster zu Paul herüber. Paul winkte verlegen. Yong stand auf, durchquerte die Etage und trat mit Bai im Gefolge in Pauls Büro.

Paul blieb sitzen.

»Bitte erklären Sie mir noch einmal Ihr Problem, Mr. Brown.«

»Bitte nennen Sie mich Paul.«

»Das Problem!«

»Ohne meine Software kann ich meine forensische Prüfung nicht durchführen. Bai hat mir erklärt, dass ich den verschlüsselten Sicherheitscode nicht auf meinen Rechner herunterladen kann und auch ein direkter Anschluss nicht möglich ist.«

»Warum können Sie unsere Analysesoftware nicht benutzen?«

»Sie ist nicht so gut wie meine.«

Bai flüsterte etwas auf Mandarin. Yong nickte. »Wäre es möglich, Ihre Software auf unseren Rechner zu ziehen?«

Paul zuckte mit den Schultern. »Sind Sie sicher, dass Sie das wollen? Wenn Sie nicht erlauben, dass fremde Rechner mit Ihrem Zentralrechner verbunden werden, dann doch deshalb, damit keine Schadprogramme Ihr System infizieren. Rufen Sie Ihren IT-Menschen an, aber ich wette, dass er nicht mitspielen wird.«

Yong nickte Bai zu, und der griff zum Tischtelefon und drückte eine Kurzwahltaste. Paul vermutete, dass er die IT-Abteilung anrief. Bai und die Person am anderen Ende der Leitung sprachen eine Weile auf Chinesisch miteinander. Dann legte Bai auf. »Mr. Brown hat recht. Sie wollen seine Software nicht hochladen.«

»Nicht einmal, wenn sie vorher geprüft wird?«, fragte Yong.

»Nein, Sir.«

»Es gäbe da noch eine andere Möglichkeit«, sagte Paul.

»Wenn Sie mir einen Ihrer verschlüsselten USB-Sticks leihen, kann ich die Daten, die ich brauche, herunterladen und vom Stick auf meinen Rechner ziehen. Auf diese Weise kommt mein Rechner nicht in direkten Kontakt mit Ihrem Computer.«

»Warum können Sie nicht einfach Bais Stick benutzen?«

»Ich möchte lieber einen eigenen.«

»Warum?«

»Es wäre ein Verstoß gegen die Prüfungsstandards des International Auditing and Assurance Standards Board, wenn ich einem Mitarbeiter von Dalfan – oder auch von Marin Aerospace – Zugriff auf die von mir zu prüfenden Daten und Unterlagen gestatten würde. Sie werden doch einsehen, dass das moralisch nicht vertretbar wäre.«

Yong strich sich nachdenklich übers Gesicht. »Ja, das wäre es wohl nicht.« Er wandte sich an Bai. »Besorgen Sie ihm einen unserer USB-Sticks – und löschen Sie alles darauf. Dann sorgen Sie dafür, dass der Stick auf ihn angemeldet und die Seriennummer registriert wird.«

»Ja, Sir. Muss er ihn jeden Tag abgeben, wenn er das Haus verlässt?«

»Ja, selbstverständlich.« Er wandte sich wieder an Paul. »Ist das ein Problem?«

»Ncin. Ich werde jeden Tag alle Daten auf dem Stick löschen, nur damit alles korrekt bleibt.«

»Außerdem müssen Sie uns den Stick zurückgeben, wenn Sie damit fertig sind. Er ist Firmeneigentum, und wir führen über jedes Gerät genau Buch.«

»Kein Problem. Entschuldigen Sie die Unannehmlichkeiten. Ich tue nur meine Arbeit.«

»Ich verstehe. Hoffen wir, dass der Erfüllung Ihrer Aufgabe nun nichts mehr im Wege steht.«

Paul lächelte. »Das war der Zweck der Übung.«

Natürlich war das meiste Bullshit.

Paul hatte lügen müssen. Ihm war nichts anderes übrig geblieben. Aber glücklich war er darüber nicht.

Bai hatte recht. IDEA war eine hervorragende Analysesoftware für Wirtschaftsprüfer, und so ziemlich alles, was Paul für diese »Due-Diligence-Prüfung« tun musste, hätte sich damit machen lassen. Pauls Software war zwar besser, weil er die Makros und Templates auf der Grundlage seiner langjährigen Erfahrung in Betrugsanalyse selbst geschrieben hatte. Aber wollte er die Bücher ernsthaft auf Unregelmäßigkeiten hin untersuchen, wäre er bei einem Unternehmen dieser Größe mehrere Wochen beschäftigt. In Wahrheit war es ihm nur darum gegangen, den verschlüsselten USB-Stick von Dalfan zu bekommen. Damit waren seine Probleme zwar noch nicht vom Tisch, doch war er ihrer Lösung einen bedeutenden Schritt näher gekommen.

Hoffte er jedenfalls.

Aber nun hatte er wieder zu arbeiten. Rhodes hatte zwar behauptet, dass ihm die Buchprüfung wichtig sei, wenn auch nicht ganz so wichtig wie Pauls andere Aufgabe. Doch Paul wurde das Gefühl nicht los, dass sie nur als Tarnung für den Software-Upload diente. Also reine Zeitverschwendung war. Aber auch das ergab keinen Sinn. Rhodes kostete es eine hübsche Stange Geld, Jack und ihn hierherzuschicken. Doch andererseits war es ja nicht sein Geld, oder?

Paul schob den Gedanken beiseite und öffnete sein Programm. Zeit, die Sache in Angriff zu nehmen.

Selbst wenn man alle Zeit der Welt hatte, bestand bei einem Projekt dieser Größenordnung die Kunst darin, es in mundgerechte Stücke zu zerlegen und nicht als Ganzes schlucken zu wollen. Wenn irgendeine Art von Betrug oder Unregelmäßigkeit im Spiel war und der Urheber die Transaktionen leichtsinnigerweise irgendwo im Hauptbuch festgehalten hatte, dann konnte seine Prüfsoftware sie eventuell aufspüren. Allerdings nur mit einer gehörigen Portion Glück, denn in der kurzen Zeit konnte er nur stichprobenartig ausgewählte Datensätze prüfen. Andererseits war das Glück mit den Tüchtigen, jedenfalls statistisch.

Paul hatte dreißig einzelne Tests vorbereitet, in der Mehrzahl numerische. Doch es waren auch einige qualitative Tests darunter, bei denen Namen und Adressen von Lieferanten, Banken, Lagerhäusern und Produkten gesucht und verglichen wurden, desgleichen Schlüsselwörter in Bezug auf Transaktionen, Vermögenswerte, Reiseziele und Mitarbeiter. Das Zusammenbringen von Leuten, Orten und Verhaltensmustern erwies sich manchmal als äußerst lohnenswert bei der Aufdeckung eines Betrugsfalls, vor allem wenn die Betrüger sich gut darauf verstanden, die Zahlen zu kaschieren. Tatsächlich war eine der Singapurer Banken, mit denen Dalfan zusammenarbeitete, in das nordkoreanische Debakel um Seltene Erden vor ein paar Jahren verwickelt gewesen, allerdings nie deswegen angeklagt worden. Auf jeden Fall ein interessantes Zusammentreffen, dem er später noch auf den Grund gehen würde.

Doch im Mittelpunkt seiner Arbeit standen Zahlen. Er war fest davon überzeugt, dass er im Aufspüren von Zahlen besser war als die meisten Betrüger im Verstecken, und seine Erfolgsbilanz war dafür der Beweis. Aber er war kein Narr. Normalerweise bedurfte es einer Kombination beider investigativer Ansätze, um die schwierigsten Fälle zu knacken. Soweit er wusste, hatte sich Dalfan nichts zuschulden kommen lassen, doch im Interesse seiner Aufgabe ging er davon aus, dass die Firma etwas verbarg und dass sie es sehr gut verbarg.

Würde er auf Zulieferer stoßen, die häufig die Bankverbindung änderten? Hatten Dalfan-Mitarbeiter mehrfach Zahlungen für Posten unter einem bestimmten Schwellenwert angewiesen, um keinen Schwellenwert-Alarm auszulösen? Gab es Rechnungen über Beträge, die größer waren als der Wert des entsprechenden Wareneingangs? Wie viele Kaufpreiszahlungen waren geleistet worden, die den Bestellwert überstiegen?

Und dann hatte er ja noch seine Suchmaschine, die nach Abweichungen vom Benford'schen Gesetz fahndete.

Paul krempelte die Ärmel hoch. Wieder stand ihm ein langer Tag bevor, doch er würde trotzdem viel Spaß haben. Wie man diese Arbeit langweilig finden konnte, war ihm ein Rätsel.

28

Okay«, sagte Jack. »Was gibt es noch?«

»Hauptsächlich technische Details«, antwortete Singh. »Für Sie möglicherweise nicht von Interesse.«

»Lassen wir es drauf ankommen.«

Lian kniff die Augen zusammen und überlegte.

Jack ließ ein verschmitztes Lächeln aufblitzen. »Ich bin überzeugt, dass sich diese technischen Details in meinem Bericht hervorragend machen werden.«

Geschlagen nickte sie Singh zu. »Gut. Fahren Sie fort.«

Singh deutete auf die Videowand. Dann drückte er einen weiteren Knopf.

Neben dem roten und dem gelben Punkt auf dem Bildschirm leuchteten bestimmte Adressen auf, dann eine Liste von Namen und dazu Fotos der Bewohner jedes angegebenen Hauses. Singh stoppte das Programm erneut.

»Woher haben Sie diese Daten?«, fragte Jack.

»Was Sie jetzt auf dem Bildschirm sehen, sind ausschließlich OSINT-Daten, also Informationen aus frei verfügbaren Quellen. Facebook, Twitter, LinkedIn, YouTube – wie in den USA sind in Singapur alle großen Plattformen vertreten. Wir verwenden auch Telefonverzeichnisse, Steuerunterlagen und sonstige der Öffentlichkeit zugänglichen Daten.« Singh hielt inne. »Da dies jedoch ein Pilotprojekt für die singapurische Polizei ist, sind wir auch mit deren Datenbanken verbunden – Einreisebehörde, Gefängnisverwaltung, innere Sicherheit, Zivilschutz und sogar Interpol. Wir können praktisch jede von uns benötigte Information über eine Person bekommen, wenn sie sich in Singapur aufhält.«

»Und Sie führen all diese Informationen auf einer Analyseplattform zusammen?«

Singh strahlte vor Stolz. »Meine Teams schreiben hervorragende Algorithmen. Das ist unsere Geheimwaffe, Mr. Ryan.«

»Mehr als beeindruckend.«

Singh markierte das Foto eines 28-jährigen Mannes namens Ho, der in dem Haus neben dem roten Punkt wohnte. Er drückte auf eine Taste, und weitere Daten leuchteten auf. »Wie Sie sehen, ist Mr. Ho bei dem Zustelldienst beschäftigt, dem wir nachgespürt haben. Somit haben wir eine Bestätigung, dass er eine unserer Zielpersonen ist.«

Singh zögerte.

»Gibt es ein Problem?«

Singh blickte ein letztes Mal zu Lian, die ihm mit einem Nicken grünes Licht gab.

Er fuhr fort. »Wenn wir die Software ihre Bewegungen weiter zurückverfolgen lassen – was haben sie am gestrigen Tag getan, in der vorigen Woche, im vorigen Monat oder Jahr? –, können wir alle erdenklichen interessanten Daten sammeln. Jedes Mal, wenn sie ein Gebäude betreten, können wir ermitteln, mit wem sie sich treffen. Anschließend können wir auch die Schritte der neuen Zielpersonen zurückverfolgen. Auf diese Weise können wir ganze Netzwerke von Personen rekonstruieren, Zusammenhänge herstellen, Standorte, Bewegungsmuster und so weiter ermitteln. Und das alles viel schneller und kostengünstiger als mit herkömmlichen Methoden.«

Jack rechnete im Kopf, multiplizierte die Zahl der Polizisten mit der Zahl der Stunden für Überwachungsmaßnahmen und Observationen im Schichtbetrieb, mit den gefahrenen Kilometern und einem Dutzend anderer Kostenfaktoren, die zu den Hunderttausenden von Dollar für Gehälter und Kosten hinzukamen, die selbst kleinere geheimdienstliche Operationen verursachten.

»Ich will Ihnen ein einfaches Beispiel zeigen. Seit nunmehr vierundsechzig Tagen haben wir dieses Testprogramm am Laufen. Sehen wir uns an, was Mr. Ho in der Zeit angestellt hat.«

Singh drückte wieder mehrere Tasten. Zuerst löschte er auf dem Bildschirm die gelbe Linie, die den anderen Auslieferungsfahrer repräsentierte, dann erweiterte er den Time-Trace-Parameter auf vierundsechzig Tage. Im nächsten Moment überzog den Bildschirm ein Gewirr von roten Linien, die alle Mr. Hos Bewegungen wiedergaben und ihr Zentrum in seinem Haus hatten. Meist folgten die roten Linien denselben Strecken, und nur einige wenige lose Enden schlängelten sich über die Insel zu Parks, Erholungsgebieten und Einkaufszentren.

»Wenn ich jetzt eine andere Taste drücke, zeigt mir die Software die fünf Orte, die Mr. Ho gemessen an der Dauer seines Aufenthalts am meisten besucht hat.« Singh führte die neue Funktion aus. Fünf Orte leuchteten auf, und das rote Spinnennetz verschwand, um eine bessere Übersicht zu ermöglichen.

»Wie Sie sehen können, sind zwei der fünf Orte seine Wohnung und seine Arbeitsstelle. Ein dritter scheint eine Kneipe zu sein und der vierte eine Pferderennbahn. Der fünfte ...«

Singh betätigte weitere Tasten. »... ist die Wohnung dieser Frau.« Ein Foto poppte auf, zusammen mit den Personendaten der Frau. Es handelte sich um eine unverheiratete 32-Jährige, unattraktiv und leicht korpulent.

»Mr. Ho verbringt also recht viel Zeit mit dieser Frau. Aus Rücksicht auf ihre Privatsphäre werde ich ihren Namen nicht aufrufen. Doch spaßeshalber ...«

»Dr. Singh …«, intervenierte Lian, aber zu spät.

Dutzende von Linien strahlten, jede in einer anderen Farbe, von der Wohnung der Frau in alle Richtungen aus. Der Zielpunkt jeder Linie leuchtete auf, dazu die Bilder der Menschen, die dort wohnten – ausschließlich Männer unterschiedlichen Alters und unterschiedlicher Ethnie.

»Anscheinend hat Mr. Hos ›Freundin‹ noch viele andere Freunde.« Singh zog die Augenbrauen hoch. »Wenn Sie verstehen, was ich meine.«

»Freunde für Stunden, nach der Zeitanzeige zu urteilen«, fügte Jack hinzu.

»Das genügt, Dr. Singh.«

»Ja, Ma'am.« Singh drückte eine andere Taste, und alle Daten verschwanden. Auf dem Bildschirm blieb nur das Live-Luftbild von Singapur zurück.

Jack schüttelte den Kopf. »Ich bin sprachlos. Sie haben einen Streifenpolizisten am Himmel postiert. Einen Streifenpolizisten mit Adleraugen und unfehlbarem Gedächtnis.«

Singh nickte nachdenklich. »Mehr oder weniger, ja.«

»Dasselbe tun auch Militärs und Geheimdienste seit zehn Jahren«, fuhr Jack fort. »Ich weiß, dass Sie Ihre eigenen KI-Programme geschrieben haben, aber was haben Sie den anderen voraus?«

»Sie wissen, wie diese staatlichen Systeme funktionieren. In den Einsatz einer Predator-Kampfdrohne können achtzig, hundert, sogar zweihundert Leute eingeweiht sein, vom Personal der Bodenkontrollstation und von den Piloten bis hinauf ins Pentagon und zu den zivilen und militärischen Analytikern, die sicherheitshalber hinzugezogen werden.« Er hielt wieder das Tablet hoch. »Das hier ist Ihr Analyseteam. Die Drohne, die wir entwickelt haben, lässt sich mit einem Lastwagen transportieren und in einer knappen halben Stunde von nur zwei Leuten mit einem Schraubenschlüssel und einem Schraubenzieher abladen, zusammenbauen und startklar machen. Verglichen mit den großen Militärsystemen ist Steady Stare billig, leicht zu bedienen und erfordert sehr wenig Personal.« Singh ließ ein Lächeln aufblitzen. »Und selbstverständlich ist Dalfan bereit, alle oder einen Teil dieser Dienstleistungen zu erbringen, wenn der Kunde es wünscht. Wenn nicht, bietet Dalfan bei Bedarf Schulungen und technische Unterstützung an.«

Jack sah sich im Raum um. Vier Analytiker saßen an Workstations und sprachen in ihre Headsets. »Wie benutzt eine Polizeibehörde eigentlich ein solches System?«

»Die hiesige Polizei reagiert jeden Tag auf verschiedene Anrufe aus dem Stadtgebiet. Wenn sie wegen einer Straftat Ermittlungen aufnimmt und die Schuldigen nicht identifizieren kann – zum Beispiel bei einem Verkehrsunfall mit Fahrerflucht –, ruft uns ein zuständiger Kriminalbeamter an und übermittelt uns die Daten des Unfallorts. Daraufhin führen wir mit der Suchfunktion eine ›Zeitreise‹ durch wie die, die ich Ihnen vorhin gezeigt habe. Anschließend melden wir dem Ermittler den Standort des mutmaßlichen Täterfahrzeugs, und er schickt Beamte dorthin. Wir machen Polizeiarbeit nicht überflüssig, wir machen sie nur effizienter.«

»Politikern wird das gefallen, denn ihre Polizeibehörden werden für weniger Geld weit mehr Verbrechen aufklären«, sagte Lian. »Und wenn sich das herumspricht, wird es eine abschreckende Wirkung haben. Wenn jeder Temposünder wegen Steady Stare automatisch einen Strafzettel bekommt, wird weniger gerast – und das bedeutet weniger Unfälle, geringere Versicherungskosten und weniger Verletzte und Tote.«

Kein Wunder, dass Marin Aerospace ein Stück von diesem Kuchen abhaben will, dachte Jack. Er fuhr sich mit der Hand durchs Haar und sann über die Möglichkeiten nach – und die Profite.

Er wandte sich an Lian. »Jetzt kann ich besser verstehen, warum Dalfan so strenge Sicherheitsvorkehrungen hat. Die Chinesen würden eine solche Technologie nur zu gerne stehlen.«

»Sie haben es bereits versucht.« Lian lächelte. »Und nicht nur die Chinesen.«

Jack sah auf seine Uhr. »Das war faszinierend, Dr. Singh. Ich würde mir gern noch die Anlage auf dem Flughafen ansehen.«

»Wann?«

»Wie wäre es mit gleich?«

Lian zuckte mit den Schultern. »Gut. Gehen wir.«

Der Dalfan-Hangar am Flughafen Seletar war unscheinbar und unterschied sich in nichts von mehreren anderen vermieteten Hangars auf dem Gelände. Ein Wohnwagen stand daneben.

Singh, Lian und Jack parkten den Firmenwagen und betraten die Flugzeughalle. Sie bot genug Platz für zwei Cessnas 172 oder einen mittelgroßen Privatjet, beherbergte aber etwas ganz anderes.

»Das ist die Steady-Stare-Drohne«, erklärte Singh.

Das unbemannte Fluggerät hatte natürlich kein Cockpit. Seine Flügelspannweite maß knapp fünf Meter und sein Rumpf etwa die Hälfte. Es besaß einen Sechsblatt-Propeller. Singh deutete auf die Glaskuppel am Bauch. »Unsere Kameras, Sensoren und Kommunikationsgeräte sind da drin montiert. Infrarot-Nachtsichtsystem, Laserentfernungsmesser, GPS – was auch immer –, alles kann ausgetauscht werden. Alles ist modular aufgebaut und genau auf die Einheit zugeschnitten.«

»Wie lang muss die Startbahn sein?«

»Wir brauchen keine.« Singh deutete mit dem Kopf auf ein drei Meter langes Gerüst in der Ecke, bestehend aus vier Aluminiumrohren, die mit kürzeren, dünneren Stücken verschweißt waren. »Das ist ein Federkatapult. Es schleudert die Steady Stare in die Luft, deshalb ist keine Startpiste erforderlich.«

»Und wenn Ihnen das Katapult nicht zur Verfügung steht?«

»Dann gehe ich es holen. Im Moment ist sie nicht für einen konventionellen Start ausgerüstet, aber sie ist so konzipiert, dass ein Fahrwerk angebracht werden kann. Wir sahen darin keine Vorteile gegenüber einem Katapultstart.«

Jack klopfte mit dem Finger auf den Rumpf. Er klang hohl.

»Der Rumpf besteht aus Kohlefaserverbundstoffen. Sehr robust und trotzdem leicht.«

Jack schüttelte den Kopf. »Ich versuche, ein anderes Wort für ›beeindruckend‹ zu finden, aber mir fällt keines ein. Ich bin von dem Konzept begeistert. Alles wirkt so benutzerfreundlich, wie Sie sagen, und ich habe gesehen, was die Kameras und die Software leisten können. Was sind die Nachteile des Systems?«

»Bei starkem Wind kann das Gerät nicht starten, und Nachtflüge sind nur möglich, wenn die Betriebs- und Reserveakkus vorher voll aufgeladen werden. Natürlich können Sie notfalls immer auf den Hilfsverbrennungsmotor zurückgreifen.«

»Ich sehe nur ein Problem und sehe nicht, wie Sie es ausräumen wollen.«

»Welches?«, fragte Lian.

»In den Vereinigten Staaten verbietet der Vierte Verfassungszusatz Durchsuchungen ohne gerichtliche Anordnung, und ich weiß, dass einige Juristen in einer Dauerüberwachung wie dieser eine Verletzung der Bürgerrechte sehen würden.«

»Unser Vertriebsteam ist in den Staaten bei verschiedenen Gelegenheiten auf dieses Problem gestoßen«, erwiderte Singh, »aber nach wie vor informieren sich amerikanische Städte über uns und nehmen Kontakt mit uns auf. Sie haben recht, aus juristischer Sicht ist die Frage noch strittig, und wir befürchten, dass unser Amerika-Geschäft erst in einigen Jahren anziehen wird. Doch dafür zeigen Polizeibehörden in Asien großes Interesse an unserem Produkt, und ich bin guter Dinge, dass westliche Regierungen nachziehen werden. Schließlich haben sie ja schon überall Videoüberwachungsanlagen installiert, oder vielleicht nicht? Und die sind ineffizienter als das, was wir anzubieten haben, und liefern bei Weitem nicht die nahezu perfekten Resultate unseres Systems.«

Lian fügte hinzu: »Die Polizei ist unser vorrangiger Zielmarkt, aber auch jede andere Behörde, die in der Lage sein muss, die Bewegungen von Personen zu verfolgen – von Umweltsündern, Wilderern, illegalen Einwanderern, Piraten –, wird ein solches System nutzen wollen.«

Singh nickte zustimmend. »Außerdem sind wir davon überzeugt, dass der Markt für Privatunternehmen noch wachsen wird. Zum Beispiel für Speditionen, die den Weg ihrer Lieferfahrzeuge verfolgen wollen, oder Kfz-Versicherer, die dic genaue Ursache für Fahrzeugschäden ermitteln wollen.«

Auch Terrorgruppen und Verbrechersyndikate würden mit Freuden solche »Zeitreisen« unternehmen, dachte Jack. *Und Organisationen wie der Campus.*

»Wenn uns die Geschichte etwas lehrt«, sagte Lian, »dann dass die menschliche Moral sich nach der Technik richtet und nicht umgekehrt. Es ist nur eine Frage der Zeit, bis sich Ihre unter hoher Kriminalität leidenden Städte unserer Sichtweise anschließen.«

Jack stimmte ihr darin zu. Er sah die Vorteile des Programms, und es erschien vernünftig, wenn Regierungen im Interesse der Sicherheit ihrer Bürger ein solches System installierten.

Doch eine Frage drängte sich auf: Was geschah, wenn

einer Regierung nicht zu trauen war? Diktatoren und Gewaltherrscher würden diese Art von Technologie ganz sicher gegen die eigene Bevölkerung einsetzen. Und selbst in den Vereinigten Staaten würden Einzelkämpfer in Bundesbehörden wie dem Finanzamt, dem FBI oder gar der CIA ihre Macht dazu missbrauchen, politische Gegner im Land zu verfolgen.

Jack spähte in den diesigen Himmel. Er konnte die da oben kreisende Dalfan-Drohne nicht sehen, aber er wusste, dass sie da war, und der Gedanke, dass sie ihn beobachtete, gefiel ihm überhaupt nicht. Das war irrational, keine Frage, doch es veränderte bereits seine Einstellung zu sich selbst und seiner persönlichen Sicherheit – und er war keiner von den bösen Jungs.

Er strich wieder mit der Hand über den glatten Rumpf. Das Ding sah wie ein gewöhnliches Fluggerät aus, doch die heutige Demonstration hatte gezeigt, dass es alles andere als gewöhnlich war.

»Haben Sie genug gesehen, Mr. Ryan?«, fragte Lian.

»Ja, danke. Das genügt.«

Jedenfalls fürs Erste, dachte Jack bei sich.

Dies war genau die Präsentationsshow, vor der ihn Gerry Hendley gewarnt hatte. Da war noch etwas anderes, worüber sie nicht sprachen, und er war fest entschlossen, es herauszufinden.

29

Paul Brown hatte am College gepokert und in rauchgeschwängerten Kellern von Verbindungshäusern und Spielsalons auf dem Campus der Iowa State University gut betuchte Greeks ausgenommen. Er verdiente zwei Jahre lang so gut, dass er seine Bücher und seine Studiengebühren davon bezahlen konnte, und hörte erst auf, als ein drei Zentner schwerer Lineman damit drohte, ihm das Rückgrat zu brechen, nachdem Paul ihn mit einem einzigen Blatt um fünfhundert Dollar erleichtert hatte.

Mit seinem scharfen Zahlenverstand konnte er die Gewinnchancen eines Blattes genau berechnen, doch ein hervorragender Spieler war er deshalb, weil er begriff, dass man beim Pokern nicht gegen die Karten, sondern gegen den Mann spielen musste, und Paul hatte sich das beste Pokerface der Welt zugelegt. Ein Pokerface, von dem er heute wirkungsvoll Gebrauch gemacht hatte.

Das erste Mal hatte er davon Gebrauch gemacht, als Bai im Büro erschien und ihm den verschlüsselten USB-Stick überreichte, den ihm Yong versprochen hatte. Er nahm ihn so beiläufig entgegen, als hätte ihm Bai ein Glas lauwarmes Leitungswasser gebracht. Innerlich jauchzte Paul vor Freude. Er war der Erfüllung seines CIA-Auftrags einen entscheidenden Schritt näher gekommen.

Seelenruhig lud er Daten von dem Dalfan-Computer auf

den Dalfan-Stick und von dort auf seinen Laptop. Für sein eigenes Gerät waren die verschlüsselten Passwörter auf dem Stick nicht erforderlich, und so ignorierte er sie.

Ab und zu versuchte Bai, einen verstohlenen Blick über Pauls Schulter zu werfen, indem er vorgab, sich zu strecken, heißen Tee oder Büromaterial zu holen. Offensichtlich sollte er sich einen Eindruck verschaffen, was für Dateien Paul herunterzog, aber Paul drehte sich jedes Mal in seinem Stuhl und verlagerte sein Gewicht, sodass Bai die Sicht versperrt wurde, und wenn das nicht klappte, sah er den jungen Buchhalter einfach an und sagte: »Verzeihung, aber ich muss ungestört arbeiten können.«

Das genügte, um Bai zum Rückzug zu veranlassen, aber Paul wusste, dass Bai nicht sein einziges Problem war. Höchstwahrscheinlich überwachte jemand in der Dalfan-Buchhaltung seine Arbeit. Und wenn er dieser Jemand wäre, hätte er irgendein Fernwartungsprogramm installiert. Wahrscheinlich wurde jede Datei, die er öffnete, und jeder Datensatz, den er von dem Dalfan-Rechner herunterzog, von dem heimlichen Beobachter registriert und notiert.

Paul störte das nicht, denn die wichtige Arbeit, die er zu leisten hatte, erledigte er auf seinem Privatrechner. Und unglücklicherweise für Dalfan verhinderten dieselben Sicherheitsprotokolle, die ihn daran hinderten, sich auf den Rechnern der Firma einzuloggen, dass Dalfan sich auf seinem einloggen konnte. Air-Gapping funktionierte in beide Richtungen. Mithilfe des verschlüsselten Dalfan-Sticks konnte er aber ihre Daten auf seinen sicheren Laptop herunterladen.

Doch der eigentliche Grund, warum er den Stick wollte, war der Stick selbst. Sobald Bai das erste Mal den Raum verließ, um auf die Toilette zu gehen, steckte Paul den Stick in eine USB-Buchse an seinem Laptop, machte einen Screenshot von Marke und Modell und speicherte ihn in einer Datei. Er brauchte diese Informationen, wenn er ein Duplikat kaufen wollte. Wobei er nicht wusste, ob das überhaupt möglich war. In dieser Hinsicht improvisierte er noch. Leider hatte er noch keine Ahnung, wie er die Verschlüsselung des Dalfan-Sticks überwinden sollte.

In der Zwischenzeit musste er am Ball bleiben und versuchen, Unregelmäßigkeiten in den Büchern von Dalfan zu finden. Er widmete sich wieder seiner Prüfertätigkeit.

Die Tests, die Paul im Lauf des Tages mit seiner eigenen Prüfsoftware durchführte, fielen negativ aus. Im Großen und Ganzen schien Dalfan ein gut geführtes und höchst profitables Unternehmen zu sein. Yong und sein Team hatten in den letzten fünf Jahren bei der Führung der Bücher hervorragende Arbeit geleistet.

Bais Augen huschten weiter zwischen seinem Bildschirm und Paul hin und her. Paul verbarg seine Enttäuschung hinter seinem Pokerface. Richtig Spaß machte der Job eines forensischen Buchprüfers erst, wenn er tatsächlich einen Betrug entdeckte. Der Jäger, der ohne Beute nach Hause kam, oder der Don Juan, der keine Frau hatte, die er verführen konnte, waren nicht im Entferntesten so enttäuscht wie Paul, wenn er nicht die Hinweise fand, die er brauchte, um einer Manipulation auf die Spur zu kommen. Doch in Pauls Augen gehörte es sich für einen forensischen Buchprüfer nicht, seine Enttäuschung zu zeigen, wenn er in einem renommierten Unternehmen nicht fündig wurde, so wie es auch umgekehrt von schlechten Manieren zeugte, wenn er sich damit brüstete, einen Schwindel aufgedeckt zu haben.

Er hatte Jahre gebraucht, um zu begreifen, dass er diese Arbeit deshalb so liebte, weil sie einem Pokerspiel glich, nur war sie sehr viel härter, denn man spielte gegen einen brillanten, aber unsichtbaren Gegner, der eine Million unsichtbare Karten in der Hand hielt. Sein Job war es, gegen den

Mann – oder die Frau – zu spielen, aber vorher musste er herausfinden, mit was für Karten überhaupt gespielt wurde und was für ein Blatt sein Gegner auf der Hand hatte.

In der Mittagspause ging er mit Bai in die Kantine und aß dort dampfende Klößchensuppe und einen gehäuften Teller Huhn und Reis. Hinterher kehrte Bai zu seinem Videospiel zurück, und er nahm seine Partie Blinden-Poker wieder auf.

Eine Stunde später schaute Bai von seinem Bildschirm auf. »Alles in Ordnung, Mr. Brown?«

Der Pokerspieler Paul Brown zuckte mit den Schultern und unterdrückte mühsam die in ihm aufwallende Freude. Eines seiner schlichteren Suchprogramme hatte soeben einen Treffer gemeldet.

»Ja, ich denke schon.«

»Noch nichts gefunden?«

»Nein. Bis jetzt sieht alles okay aus.«

»Gut.« Bai widmete sich wieder seinem Spiel.

Und Paul auch.

Das Suchprogramm hatte so oft die Buchstabenkombination *QC* gefunden, dass der Häufigkeitsparameter erfüllt war. Paul nahm natürlich an, dass das Kürzel für »quality control« stand und dass Dalfan damit ein Problem hatte. Doch was ihn stutzig machte, waren die Dokumente, in denen die QC-Treffer auftauchten. Sie hatten mit dem, was er sich unter Qualitätskontrolle vorstellte, nichts zu tun und ließen sich auch mit bestimmten Finanzdokumenten nicht unter einen Hut bringen.

Er bohrte etwas tiefer und entdeckte, dass Dalfans Sorgen in puncto QC bestimmte Artikel betrafen, die es selbst produzierte und an eine Importfirma in Shanghai verkaufte, die sich ebenfalls um Qualitätskontrolle sorgte – wohingegen kein anderes Unternehmen, mit dem Dalfan Geschäfte machte, das Thema auch nur einmal ansprach.

Merkwürdig.

Nicht dass es ein Problem gewesen wäre, mit einer Importfirma in Shanghai Geschäfte zu machen. Ebenso unproblematisch war, dass die Firma die Dalfan-Produkte in die Volksrepublik China exportierte. Die ganze Welt trieb mit China Handel, auch die Vereinigten Staaten, die seit Jahrzehnten ein chronisches Defizit im Handel mit Peking verzeichneten und Jahrzehnt um Jahrzehnt Hunderte von Milliarden Dollar an die kommunistische Diktatur überwiesen und ihr dadurch ermöglichten, auf Kosten Amerikas ihre Wirtschaft und ihr Militär auszubauen.

Gleichwohl hatte Lenin nur teilweise recht, wenn er sagte, die Kapitalisten würden den Kommunisten noch den Strick verkaufen, mit dem diese sie aufknüpften. Denn während die Vereinigten Staaten den Handel mit China durchaus gerne förderten, missbilligten sie den Export von Waren und Dienstleistungen, die unmittelbar die nationale und wirtschaftliche Sicherheit Amerikas betrafen.

Zu diesem Zweck gab das Bureau of Industry and Security des Handelsministeriums eine Commerce Control List (CCL) heraus, die regelmäßig aktualisiert wurde und in der Tausende von Gütern verzeichnet waren, die in die problematischen Länder auf der Commerce Country Chart (CCC) nicht ausgeführt werden durften.

Natürlich stand die Volksrepublik China auf der Ländertabelle CCC, und es gab mindestens ein Produkt, das auf der CCL unter der Export Control Classification Number 5A002.c aufgelistet war und das die beiden Buchstaben *QC* enthielt.

Das war wahrscheinlich nur ein Zufall, doch in zweitägiger Arbeit war er auf nichts Vielversprechenderes gestoßen, und so beschloss er weiterzugraben. Zwar fand er in den Büchern von Dalfan keine Bestätigung für die Bedeutung von QC, doch seine Nachforschungen führten ihn zu einer dubiosen Datei mit einer Liste von Rechnungen und Zahlungen, aus der er nicht recht schlau wurde. Es war nur ein einzelner, loser Faden. Aber manchmal dröselte man, wenn man an einem losen Faden zog, den ganzen Anzug auf.

Er markierte die Datei auf dem Dalfan-Zentralrechner und nahm sich vor, der Sache später, wenn er mehr Zeit hatte, auf den Grund zu gehen.

Der alte, thailändische Trainer hatte dunkle Mahagonihaut, einen kahlen Schädel und einen harten, runden Bauch wie der Buddha in Yongs Kindheitserinnerungen, der Buddha auf dem Regal in der Küche seiner Großmutter. Nur dass der alterslose Thai niemals lächelte.

Yong stand barfuß da, nur bekleidet mit knallgelben Muay-Thai-Shorts aus Seide, die Hände erhoben und bereit, die dicken, viereckigen Handpratzen zu attackieren, die der Trainer mit geübten Händen links und rechts seines Kopfes hochhielt. Die sehnigen Muskeln an Yongs Oberkörper und Gliedmaßen spannten sich wie Saiten unter seiner glänzenden Haut.

Yong explodierte auf dem linken Fuß, schleuderte den rechten Fuß in die Höhe und wirbelte dabei so schnell herum, dass sein Fersentritt gegen die Pratze wie ein Gewehrschuss knallte. Sofort wiederholte er die Bewegung, dann noch einmal und noch einmal, vier Tritte in blitzschneller Folge.

Der Thai murmelte ein Kommando in seiner Sprache. Yong bestätigte, dass er verstanden hatte, drehte sich in die andere Richtung und führte nun mit dem linken Fuß Tritte aus, die zehn Zentimeter über dem Kopf des Trainers landeten.

»Es wäre von Vorteil, wenn das Geschäft zustande käme«, sagte Meili auf Mandarin. Sie war klein, aber durchtrainiert, und hatte direkt über der Oberlippe ein herzförmiges Muttermal. Ihre Haare waren zu einem kurzen Pferdeschwanz gebunden und ihre Hände für ein Sparring bandagiert.

Sie trug eine rote Turnhose und ein enges, schwarzes Tanktop.

Yong verstand sie trotz ihres Festlandakzents tadellos. Sein eigenes Mandarin war stark vom Hokkien-Dialekt seiner Mutter geprägt, der praktisch eine andere Sprache war – die zweite von vieren, die er fließend sprach, wobei Englisch die erste war.

Yong holte ein paar Mal tief Luft und richtete die Augen auf die viereckigen Pratzen, die nun in Brusthöhe gehalten wurden und in einem 45-Grad-Winkel nach unten zeigten.

»Mein Vater will das Geschäft«, sagte er. »Und meine Schwester will das Geschäft, weil mein Vater es will.« Sein rechter Fuß schnellte nach vorn, und sein Gewicht verlagerte sich auf das Standbein. Sein Fuß traf die Pratze vier Mal kurz hintereinander mit solcher Wucht, dass der kräftige Thai fast das Gleichgewicht verlor.

»Habe ich einen empfindlichen Nerv getroffen?«, fragte die kleine Agentin vom Ministerium für Staatssicherheit, die stets auch den Thai im Blick behielt. Yong hatte ihr zwar versichert, dass der nur Thai sprach und keinen einzigen chinesischen Dialekt, aber sie blieb dennoch misstrauisch.

Yong zischte zwischen zusammengebissenen Zähnen hervor: »Ich will es nicht!«

Yong veränderte seine Position und feuerte vier Tritte gegen die Hände des Thais ab, dass es krachte. Der Trainer stöhnte bei jedem Tritt.

Meili sagte nichts, während Yong seine Kicks austeilte. Es wäre sinnlos gewesen – der Lärm war ohrenbetäubend. Sie erschauderte bei dem Gedanken, zum Ziel dieser Fersentritte zu werden. Sie hoffte, Yong davon zu überzeugen, dass eine Fusion mit Marin Aerospace für ihn und für ihre Behörde strategisch von Vorteil wäre.

Yong atmete jetzt schwer. Er wandte sich seiner chinesischen Kontaktfrau zu. »Und das war nicht so zwischen uns abgesprochen.«

»Nein. Ich wollte mich nur vergewissern, dass du alle Möglichkeiten erwogen hast.«

Der thailändische Trainer schrie, und Yong fuhr mühelos auf den Hacken herum und ließ einen tückischen Ellenbogenstoß gegen das linke Schlagpolster krachen, dann wirbelte er in die entgegengesetzte Richtung und stieß den linken Ellbogen aus der Drehung gegen die Pratze. Yong schrie, dann wiederholte er exakt dieselben Stöße sechs weitere Male in einer einzigen fließenden Bewegung.

Aus Meilis Sicht wirkte Yong wie ein rotierender Messerkreisel. Der Ellbogen war der härteste Knochen des menschlichen Körpers, und beim Muay Thai wurde er als eine der »acht Gliedmaßen« dieser Kampfkunst – Ellbogen, Schienbeine, Knie und Fäuste – konsequent genutzt. Immer mehr MMA-Kämpfer nahmen die Techniken der thailändischen Kampfsportart in ihr Repertoire auf.

»Und du bist sicher, dass sie nichts finden werden?«

»So sicher, wie man nur sein kann. Schließlich habe ich das Buchführungssystem selbst entwickelt.«

»Und das genügt?«

»Ich habe meinen Teil getan. Aber es wäre das Beste, wenn er und Brown einfach verschwinden würden – je früher, desto besser.«

Yong rief dem Trainer auf Thai zu, dass er für heute gehen könne. Der Trainer grunzte, deutete eine Verneigung an und schloss die Tür hinter sich, als er hinausging. Der Fitnessraum befand sich in einem Außengebäude hinter dem Haupthaus auf Yongs Anwesen, unweit der Villa seines Vaters.

»Was schlägst du vor?«, fragte die Frau.

»Wenn ihnen etwas zustößt, könnten sie versucht sein, früher abzureisen.«

Yong schob die Finger unter das Gummiband ihrer Shorts und zog sie dicht zu sich heran.

»Schick mir ihre Fahrtroute. Ich will sehen, was ich tun kann …«

Yongs Mund verschlang gierig den ihren, als er sie auf die schweißbefleckte Matte zog und nahm, ohne dass sie sich groß zur Wehr setzte.

Paul machte ein Riesentrara darum, als er Daten von seinem Dalfan-Rechner auf seinen verschlüsselten USB-Stick herunterlud und den Stick dann in seinen Privatlaptop steckte.

»Mann, diese USB-Datenübertragung macht alles viel schneller. Nochmals Danke für Ihre Hilfe, Bai.«

Bai lächelte. »Nichts zu danken, Mr. Brown. Ich helfe immer gerne.«

Paul reckte die schwabbeligen Arme in die Höhe und zur Seite und gähnte wie ein Bär, der aus dem Winterschlaf erwacht war. »Mann, bin ich müde.«

»Möchten Sie vielleicht einen Tee?«

»Wow, das wäre toll. Und vielleicht etwas Süßes dazu, wenn Sie etwas auftreiben können.«

Bai nickte. »Bin gleich wieder da.«

»Danke, Bai.«

Paul wandte sich wieder seinem Laptop zu und tat so, als konzentrierte er sich auf den Bildschirm, beobachtete Bai aber angestrengt aus dem Augenwinkel und wartete, bis er auf dem Weg in die Küche um die Ecke bog und …

Beeilung!

Pauls Finger huschten über das Mauspad und die Tastatur, öffneten die CIA-Datei und kopierten den Inhalt auf den Dalfan-Stick. Ein Fenster mit Ladebalken poppte auf. Zwei Minuten und mehr. Genau wie letzte Nacht.

Bai würde mindestens ebenso lange brauchen, um eine Tasse Tee aufzubrühen und etwas Gebäck aufzutreiben, und weitere dreißig Sekunden für den Weg zurück ins Büro.

Es sei denn, der Wasserkocher war defekt und der Karton mit den süßen Stückchen leer.

Eine Minute verstrich, dann eine weitere halbe. Noch dreißig Sekunden.

»Ich hoffe, Sie mögen Donuts, Mr. Brown.«

Paul erschrak fast zu Tode. Er schwenkte im Stuhl herum und machte sich möglichst breit, um Bai, der lächelnd vor ihm stand und ihm einen Becher Tee und einen Schoko-Donut mit bunten Streuseln hinhielt, die Sicht auf den Bildschirm zu versperren.

Paul rang sich ein breites Lächeln ab. »Ausgezeichnet, Sir. Danke.«

Bai runzelte die Stirn, reckte das Kinn und versuchte, über Pauls Schulter hinwegzuspähen.

»Ist was, Bai?«

»Was haben Sie da auf Ihrem …«

»Autsch!« Paul fuhr aus dem Stuhl hoch, die Hose klitschnass.

»Was ist denn?«

»Ich habe mir heißen Tee über die Hose gekippt! Schnell, holen Sie mir ein paar Papiertücher! Bitte.«

»Aber ja, natürlich. Bin gleich wieder da.« Bai flitzte zur Tür hinaus.

Paul drehte sich wieder zu seinem Laptop herum. Seine verbrühten Oberschenkel schrien vor Schmerzen, doch er ignorierte es.

Er stellte den halbleeren Becher mit der linken Hand ab und schüttelte sie aus, dann steckte er sich mit der Rechten den Donut in den Mund und warf einen prüfenden Blick auf den Bildschirm.

Die USB-Meldung lautete: *Ungenügender Speicherplatz.*

»Scheiße«, zischte Paul durch den Donut und ließ wieder die Finger fliegen. Der USB-Stick hatte nur ein Gigabyte

Speicherplatz. Er hörte, wie sich Bais leise Trippelschritte der Tür näherten.

»Scheiße!« Paul löschte die CIA-Datei im selben Moment, als Bai die Tür aufriss, in beiden Händen zusammengeknüllte Papiertücher von der Herrentoilette.

»Hier, Mr. Brown.«

Paul schwenkte herum und nahm den Donut aus dem Mund. »Danke.« Er biss von dem Donut ab und begann den Tee von der Hose zu tupfen. Aus dem Augenwinkel registrierte er, dass Bai einen Blick auf den leeren Bildschirm des Laptops warf.

»Noch einen Wunsch, Mr. Brown?«

»Nein, danke. Das dürfte genügen. Verzeihen Sie, dass ich Ihnen solche Umstände mache.«

»Kein Problem, Mr. Brown. Noch einen Tee?«

»Äh … nein, danke. Ich glaube, für heute Vormittag ist mein Bedarf an Tee gedeckt.«

»Ja, *lah*.«

Paul war froh, dass er noch mal davongekommen war, aber sein schöner Plan war im Eimer.

Wie zum Henker soll ich jetzt die Dalfan-Security austricksen?

30

Jack traf mit Lian an seiner Seite im ersten Stock ein und passierte die Kontrolle am Security Desk, wo Dr. Chen Tao sie erwartete. Ein Lächeln legte ihr rundes, sympathisches Gesicht in Falten, als sie Jack die rechte Hand hinstreckte. In der anderen hielt sie ein Tablet. Jack bemerkte, dass sich eine ihrer Jackentaschen ausbeulte.

»Es ist mir eine Freude, Mr. Ryan. Wenn Sie mir bitte folgen wollen.«

Dieser Stock war in drei Bereiche unterteilt, die wie in der Etage darunter durch Sicherheitsglas und Passwortkontrollen voneinander getrennt waren, nur dass die Räumlichkeiten hier wie ein Hollywoodstudio aussahen – was sie im Grunde auch waren.

Nach dem Passieren der Sicherheitskontrolle führte Dr. Tao sie durch den mittleren Bereich, bestehend aus Büros mit Videobearbeitungsplätzen und einem Großraum mit Programmierplätzen.

Jack kam an einer Workstation vorbei, an der drei Programmierer leidenschaftlich über die dicht gedrängten Codezeilen auf dem Bildschirm diskutierten. Jack spürte die Energie im Raum, der voller kreativer und kluger junger Leute war, die Probleme anpackten, von denen er kaum etwas verstand.

Dr. Tao stellte ihm im Vorbeigehen Grafikdesigner, Künstler, Mathematiker, Software-Entwickler und sogar ein paar Physiker vor. Dann fragte sie Jack: »Was wissen Sie über VR – virtuelle Realität?«

»Dass sie der nächste Megatrend bei Videospielen ist.«

»Wie kommen Sie darauf?«

»Weil sie die Spiele realistischer erscheinen lässt.«

»Und auch macht. Alle VR-Programmierer stehen heute vor folgender Herausforderung: Gibt es eine Möglichkeit, virtuelle Realität so realistisch zu machen, dass es nicht mehr möglich ist, zwischen virtuell und real zu unterscheiden?«

Dr. Tao schob ihren Ausweis in das Lesegerät an der Tür zum hinteren Bereich.

»Geht das überhaupt?«, fragte Jack. »Laut Definition ist ›real‹, was wirklich existiert. Wie können Software und Sensoren jemals so ›real‹ sein wie die Realität?«

Dr. Tao zog die Tür auf und schlüpfte mit ihnen durch einen dunklen Vorhang. »Das hängt vermutlich davon ab, was Sie unter Realität verstehen.«

»Sie reden eher wie eine Philosophin als wie eine Programmiererin.«

»Ich habe auch einen Bachelor-Abschluss in Psychologie. Und wie ich festgestellt habe, ist er mir in meiner gegenwärtigen Position ungemein nützlich.«

»Inwiefern?«

»Psychologie ist die Lehre vom menschlichen Denken und Fühlen. Sinn und Zweck der ganzen Computerprogrammiererei ist doch der, den Verstand zu imitieren und, wenn möglich, zu übertreffen, um die menschlichen Lebensbedingungen zu verbessern.«

»Den Verstand übertreffen?«, sagte Jack. »Sie sprechen von künstlicher Intelligenz.«

»Ja. KI und maschinelles Lernen verändern alles, von einfachen Geräten wie Raumthermostaten bis hin zu technischen Kampfmitteln auf dem Schlachtfeld. KI spielt bei der Entwicklung unserer VR- und AR-Anwendungen eine zentrale Rolle.«

»AR steht für *augmented reality* – erweiterte Realität?«

»Ganz recht. Unter uns gesagt: Ich glaube, dass AR in den kommenden Jahren eine viele größere Rolle spielen wird als VR.«

»Weil AR eine Überlagerung der Realität ist und darum leichter zu erstellen?«, vermutete Jack.

Dr. Tao nickte. »Sie begreifen schnell, Mr. Ryan. Haben Sie jemals an einen Berufswechsel gedacht?« Sie öffnete die Sicherheitstür und führte sie in den dritten Bereich des Stockwerks. Es handelte sich um einen offenen Raum, der durch einen schweren Vorhang zweigeteilt war. Der vordere Teil beherbergte ein Hightech-Kino mit komfortablen Sesseln und einem riesigen 4K-Bildschirm an der Wand.

»Manchmal ist es besser, wenn man sich das, was man auf einem kleinen Monitor erschaffen hat, auf einem großen Bildschirm ansieht«, erläuterte Dr. Tao. »Und es ist immer hilfreich zu sehen und zu hören, wie ein Publikum auf Ihre Arbeit reagiert.«

»Dann ist Ihre Arbeit auf Unterhaltung fokussiert?«

»Nicht in erster Linie. Wir entwickeln Tools, die das virtuelle Erleben zu einem völlig realen machen. Das mag Unterhaltungsprodukte wie Videospiele und Filme mit einschließen, aber die Hauptanwendung, auf die wir hinarbeiten, betrifft Simulatoren.«

»Verzeihen Sie, aber da ist wieder dieser Gegensatz. Wie kann virtuelles Erleben völlig real sein, Dr. Tao? Das ist logisch unmöglich.«

»Wie ich schon sagte, das hängt davon ab, was Sie unter ›real‹ verstehen. Meine Definition von Realität stützt sich auf die menschliche Psychologie und Physiologie. Das Gehirn ist real. Das zentrale Nervensystem ist real. Die fünf Sinne sind real. Stimmen Sie mir zu?«

»Natürlich.«

»Wir interagieren mit der realen Welt durch unsere Erfahrung mittels unserer Sinne und durch die Art, wie unser Gehirn diese Interaktionen verarbeitet. Mit anderen Worten, Realität ist nichts anderes als Daten, und was wir als Realität wahrnehmen, hängt davon ab, wie unser Gehirn den sensorischen Dateninput interpretiert.«

»Mit anderen Worten, für Sie ist Wahrnehmung Realität.«

»Kann sie denn etwas anderes sein?«

»Die Dinge existieren in der Realität außerhalb meiner Wahrnehmung.«

Dr. Tao schmunzelte. »Wer redet jetzt wie ein Philosoph?«

»Erwischt.«

Dr. Tao machte eine ausladende Handbewegung in den Raum. »Sehen Sie hier irgendwo Äpfel?«

»Nein.«

»Glauben Sie, dass Äpfel real sind?«

»Ja, weil ich schon welche wahrgenommen habe.«

»Und jetzt können wir nur abstrakt über Äpfel sprechen, weil wir keinen echten Apfel in der Hand haben, den wir essen können.« Dr. Tao ergriff ein Tablet, drückte ein paar Tasten und hielt es dann Jack hin. Auf dem Bildschirm war ein roter Apfel zu sehen.

»Ist dieser Apfel nun real oder virtuell?«

»Ich würde sagen, virtuell, weil es nur das Bild eines Apfels ist. Er existiert nicht in der Wirklichkeit.«

»Aber das Bild ist real. Was meinen Sie mit ›er existiert nicht‹?«

»Der Apfel selbst.«

»Wie ist ein Apfel definiert?«

»Als die Summe seiner Eigenschaften: Gewicht, Dreidimensionalität, Farbe, Geschmack – solche Dinge.«

»Ganz genau.« Dr. Tao griff in ihre Tasche und warf Jack einen roten Apfel zu. Er fing ihn auf.

»Ist dieser Apfel real?«, fragte Dr. Tao.

Jack drehte ihn in den Fingern, fühlte sein Gewicht in der Hand. »Na klar.«

»Gesetzt den Fall, Ihr Gehirn ist normal und Ihre Sinne sind normal, dann sagt Ihnen Ihr Gehirn korrekterweise, dass Sie soeben mit einem realen Apfel in Berührung gekommen sind. Nicht mit einem virtuellen Apfel. Nicht mit der Idee eines Apfels. Sondern mit einem echten Apfel.«

»Stimmt.«

»Warum?«

»Weil mein Gehirn und meine Sinne es mir sagen.«

»Ganz genau.« Dr. Tao lächelte. »Haben Sie schon Erfahrungen mit virtueller Realität gesammelt, Mr. Ryan?«

»Nein. Videospiele sind nicht so mein Ding.«

»Dann sollten wir vielleicht *damit* anfangen.«

31

Dr. Tao führte Jack und Lian in den hintersten Bereich, einen offenen und weitläufigen Raum mit Markierungen auf dem Fußboden und Sensoren an der Decke, in dem es dunkel war wie in einem Kino. Auf der einen Seite arbeiteten hinter einer Glaswand zwei Techniker im Schein ihrer Computerbildschirme.

Dr. Tao führte Jack zu einem Tisch vor dem Raum mit den Workstations. Darauf lagen schwarze Handschuhe, Slipper und eine ungewöhnlich aussehende Brille. Jack nahm die Brille in die Hand. Ihre Vorderseite bestand aus einer großen, rechteckigen, dunklen Scheibe.

»Das ist unsere hauseigene, drahtlose VR-Brille. Allerdings unterscheidet sie sich nicht übermäßig von anderen auf dem Markt wie der Oculus Rift oder der HTC Vive.«

»Ich nehme an«, sagte Jack, »dass der flache Teil eine Art private Kinoleinwand ist.«

»Ganz recht. Dazu gehört auch ein drahtloses Stereo-Headset.«

Jack entdeckte ein Beinholster mit einer Glock 19. Er zog die Pistole heraus und spürte in der Hand das vertraute, noppige Griffstück aus Kunststoff. Sein Daumen berührte den breiten Magazinhalteknopf. Eine Gen4. Sie hatte das richtige Gewicht und die richtigen Maße, doch auf dem Lauf saß eine orangefarbene Kunststoffkappe, das

Magazin auf dem Tisch war leer und Munition nicht vorhanden.

»Eine Übungswaffe.«

»Haben Sie jemals eine richtige Pistole abgefeuert, Mr. Ryan?«, fragte Dr. Tao.

Jack zuckte mit den Schultern. »Ein- oder zweimal.«

Dr. Tao zog besorgt die Stirn kraus. »Wenn Ihnen Schusswaffen zuwider sind, kann ich eine andere Art von Demonstration …«

»Nein, nein, kein Problem, wirklich.«

»Gut. Legen Sie die Ausrüstung an, dann beginnen wir.«

Zehn Minuten später war Jack mit Stiefeln, Handschuhen und Pistole ausstaffiert und hielt seine VR-Brille in der Hand.

Er stand neben Dr. Tao in der Mitte des Raums. Auch sie war eingekleidet und hielt ihre Brille in der Hand. Sie demonstrierte die intuitiven Hand- und Fingerbewegungen, die bei verschiedenen Simulationen als Steuerung dienten.

Jack hielt eine behandschuhte Hand hoch, drehte das Handgelenk, beugte die Finger. *Perfekt*. Das Einzige, was die Illusion trübte, war, dass seine Hand frei schwebte, wie abgetrennt vom Arm. Doch schon nach wenigen Sekunden hatte er sich daran gewöhnt.

»Wie Sie feststellen, ist alles an Ihnen drahtlos, sodass Sie volle Bewegungsfreiheit haben. Das ist nur möglich, weil wir eine Optimierungssoftware entwickelt haben, die es uns erlaubt, weitaus mehr Daten in kleineren Paketen zu senden. Normalerweise können nur Kabel die Datenmengen übertragen, die solche Systeme erfordern.«

»Drahtlos ist toll. Ich möchte nicht über Kabel stolpern, wenn ich hier herumlaufe.«

»Sind Sie bereit?«

»Klar.«

Jack setzte die VR-Brille auf und sah zunächst rein gar

nichts. Im nächsten Moment ging das Licht an, und er stand in einem vollkommen weißen Raum vor einem weißen Tisch. Ein roter Apfel lag darauf, und Dr. Tao – oder vielmehr ihr Avatar – stand auf der anderen Seite. Sie trug wie er Handschuhe, Brille, Pistole.

»Kommt mir bekannt vor«, sagte Jack mit Blick auf den Apfel.

»Nehmen Sie ihn.«

Jack griff danach.

»Das glaube ich nicht.« Er spürte den Apfel in der Hand, eine bestimmte Form, ein bestimmtes Gewicht. »Haptische Handschuhe?«

»Überall im Handschuh vibrieren Mikroaktoren und geben Ihnen das Gefühl, Sie würden einen Apfel in der Hand halten. Wir können noch die Temperatur simulieren und arbeiten zurzeit daran, verschiedene taktile Empfindungen zu perfektionieren.«

»Er fühlt sich so echt an, dass ich am liebsten reinbeißen würde.«

»Drehen Sie sich um und werfen Sie ihn.«

Jack drehte sich um und warf den Apfel. Er flog durch die Luft und fiel sieben Meter weiter auf den weißen Fußboden.

»Jetzt schießen Sie.«

Jack blickte hinab auf die Glock in seinem Holster. Er rief sich in Erinnerung, dass er sie nicht wirklich sehen konnte. Er sah nur ein virtuelles Abbild der Waffe an seinem Bein.

Er fasste nach unten und legte die Finger um die Übungspistole – sie war so real, dass künstliche Haptik unnötig war –, doch die Waffe und die Hand, die er sah, waren virtuell. Er hob die Pistole, zielte und drückte ab.

Der Schuss krachte in seinen Ohren – der scharfe, ohrenbetäubende Knall einer 9-mm-Patrone. Die leere Messingpatronenhülse flog aus der Kammer und klirrte zu seiner

Rechten über den Fußboden, und die Pistole ruckte in seiner Hand. Der Apfel zerbarst in Fetzen.

»Auch die Waffe hat ein haptisches Feedback?«

»Deswegen spüren Sie einen Rückstoß.«

»Sie war laut.«

»So würde sie sich in Wirklichkeit anhören. Soll ich sie leiser stellen?«

»Bevor ich vollends taub werde.«

»Versuchen Sie es noch einmal.« Noch während Dr. Tao sprach, erschien eine Zielscheibe, die über dem zerfetzten Apfel in der Luft schwebte.

Jack zielte und feuerte drei Mal in schneller Folge. Die Waffe ruckte in der Hand, die Scheibe zitterte, und drei Löcher prangten in ihrer Mitte. Doch anstelle von drei Pistolenschüssen hörte er das dreifache Quietschen einer Gummiente. Jack lachte.

»Niedlich, Doc.«

»Um die Alternativen geht es.«

Jack steckte die Pistole ins Holster und drehte sich um.

»Nicht schlecht geschossen für jemand, der für Waffen nichts übrighat«, kommentierte Lian in seinem Headset.

»Sie haben zugeschaut?«

»Natürlich.«

»Ich muss zugeben, die Technologie ist echt cool«, sagte Jack. »Die Stubenhocker-Brigade wird begeistert sein.«

»Es gibt wichtigere VR-Anwendungen als Spiele.«

Plötzlich stand Jack in einer leeren chirurgischen Station.

»Was ist das?«

»Könnte ein Sturmangriff oder eine polizeiliche Geiselbefreiung sein.«

Ein metallisches Scheppern ertönte von der anderen Seite einer Schwingtür.

Jack ging an einem Operationstisch vorbei, stieß die Schwingtür auf und griff gleichzeitig mit der Rechten nach seiner Pistole. Er spürte, wie das Gewicht der virtuellen Tür gegen seinen Handschuh drückte, als sie nachgab. Er trat in einen gekachelten Waschbereich mit Edelstahlbecken. Sein Puls raste. Er ertappte sich dabei, wie er den Raum sichern wollte. Fast hätte er sich verraten.

»Interessant, aber bauen sich die Jungs vom Militär nicht selbst solche Übungsräume?«, fragte Jack und steckte die Pistole weg.

»Schon, aber nicht so schnell.«

Jack rührte sich nicht, doch die Örtlichkeiten wechselten in rascher Folge: eine Hotel-Lobby, ein afghanisches Dorf, ein Kaufhaus, ein Klassenzimmer.

»Ein Ausbildungskoordinator kann Türen verschließen oder öffnen, Wände bewegen, Waffen versagen lassen, den Gegner austauschen, die Tageszeit ändern, das Wetter, die Jahreszeit – was immer Sie möchten. Auf Tastendruck ein komplett maßgeschneidertes Trainingsszenario.«

»Ich sehe durchaus, wo das sehr nützlich wäre«, sagte Jack, seinen Schrecken verbergend. Jede Sondereinsatztruppe wäre von solchen Trainingsmöglichkeiten begeistert. John Clark würde überschnappen. »Trotzdem kommt es an die Realität nicht heran, könnte ich mir denken.«

»Es soll das körperliche Training ergänzen, nicht ersetzen. Lust auf mehr?«

»Klar.«

Plötzlich stand Jack auf einem windgepeitschten Berggipfel, und direkt vor ihm klaffte ein Abgrund. Die Vorstellung, in die Tiefe zu stürzen, verursachte ihm ein flaues Gefühl im Magen, obwohl er wusste, dass das unmöglich war, da er ja in Wirklichkeit im Dalfan-Gebäude stand.

Oder?

Ein zwanzig Zentimeter breites Brett überbrückte die mehrere Meter breite Kluft. Auf der anderen Seite stand Dr. Taos Avatar und winkte ihm.

»Was denken Sie, Mr. Ryan?«

Jack drehte sich um 360 Grad und ließ den Blick über die zerklüftete, schneebedeckte Bergkette wandern. Ein kräftiger Wind pfiff in seinen Ohren.

Das Bild wirkte völlig echt, besser als beim besten 4K-Fernseher, den er kannte. Euphorie überkam ihn, das Gefühl grenzenloser Freiheit, das er immer verspürte, wenn er in den Bergen kletterte.

»Die Bildqualität ist verblüffend. Ich könnte schwören, ich stehe wirklich auf einem Berg. Keine Lags, kein Verpixeln.«

»Wir haben 12K-Bilder erzeugt, indem wir 4K-Videos zusammengefügt haben. Optimierungsalgorithmen verbessern den Stream auf Ihrem Bildschirm.«

»Das ist es doch, was Sie hauptsächlich tun, nicht wahr? Existierende Technologien hernehmen und leistungsfähiger machen?«

»Ganz recht, obwohl wir auch hervorragende Audio-, Video- und Grafikabteilungen haben.« Dr. Taos Avatar winkte ihn zu sich. »Wollen Sie nicht herüberkommen?«

»Doch, doch.« Jacks beinloser linker Stiefel trat auf das schmale Brett, dann der rechte. Der Wind in seinen Ohren nahm zu. Er spähte in den Abgrund. Weit unten toste ein Fluss. Sein Gleichgewichtssinn schwächelte bereits.

»Fühlt sich verdammt real an, Doc. Die Tonqualität ist schockierend gut.«

»Unsere fünf Sinne sind unser Tor zur Wirklichkeit. Sehen und Hören sind die beiden wichtigsten.«

»Ich nehme an, Geruchskino haben Sie noch nicht.« Jack machte noch ein paar Schritte.

Dr. Tao kicherte. »Wir arbeiten dran, sind aber noch nicht ganz fertig.«

Das Brett bog sich unter seinen Füßen und ächzte.

»Sind auch die Stiefel haptisch?«

»Genau wie die Handschuhe. Die Mikro-Aktuatoren in Ihren Stiefeln können wechselnde Druckpunkte am Fuß belasten, Steigungen und Gefälle simulieren sowie Oberflächenbeschaffenheiten wie Geröll, Felsen und sogar Sand. Wir arbeiten an einem kopfumschließenden Helm und einem Ganzkörperanzug für ein vollständig immersives Erlebnis.«

Jack balancierte weiter über das Brett, wobei er instinktiv die Arme zur Seite streckte, um das Gleichgewicht besser halten zu können. Auf halber Strecke über dem Abgrund knackte das Brett in seinen Ohren und begann, vor seinen Zehen zu zerbrechen. Jacks Puls beschleunigte sich.

»Wow, das fühlt sich …«

Der durchdringende Schrei eines Falken ließ ihn verstummen. Er blickte in die Richtung, aus der der Schrei kam, und entdeckte den Vogel, der über ihm am Himmel kreiste.

»Klingt nach einem Falken, aber ich wäre nicht überrascht, wenn es ein Geier wäre.«

»Strecken Sie die Hand aus, damit er landen kann«, sagte Dr. Tao und machte ihm vor, wie, indem sie die flache Hand wie bei einem Karatehieb nach vorn streckte, senkrecht mit dem Zeigefinger oben.

Jack streckte die Rechte genauso von sich. Im nächsten Augenblick stieß ein goldbrauner Falke herab und bremste seinen Sturzflug, indem er vor seinem Gesicht mit den Flügeln schlug. Es war hervorragend wiedergegeben. Das Geräusch der flatternden Flügel in seinen Ohren veranlasste Jack, sich nach hinten zu lehnen, um nicht von den Federn getroffen zu werden. Die Klauen des Falken krallten sich um seinen Zeigefinger.

»Wieder das haptische Feedback der Handschuhe.«

»Genau.«

»Ich spüre sogar das Gewicht des Vogels.«

»Das ist teils Haptik, teils Einbildung – Ihr Gehirn ergänzt die Details. Das ist ein ähnlicher Effekt wie beim Phantomschmerz.«

Dr. Taos Avatar hob eine Hand und schnippte mit den

Fingern. Sie verschwand, und Jack stand zwischen den riesigen, sichelförmigen Dünen einer Wüste. Vom Wind verwehter Sand prasselte in seinem Headset.

Im nächsten Moment befand sich Jack mitten in einem heulenden Schneesturm.

Wiederum einen Moment später stand er oben auf dem Eiffelturm, und unter ihm glitzerte Paris, die Ville Lumière, in der Dunkelheit.

»Können Sie jedes beliebige Videobild in Ihr System laden? Zum Beispiel so etwas wie Google Earth?« In Wahrheit dachte Jack dabei an das Weltkarten-Programm der National Geospatial-Intelligence Agency (NGA). Wenn es Gavin gelänge, die Weltkarte mit einem VR-Programm wie diesem hier zu verknüpfen, dann könnte der Campus Einsätze in aller Welt virtuell planen, ohne jemals das Hauptquartier in Virginia verlassen zu müssen.

»Theoretisch kann jedes 2-D-Video in 3-D umgewandelt und dann im Rahmen von VR-Systemen genutzt werden. Straßen, Gebäude, Räume, Dörfer, Raumstationen. Was Sie wollen. Sie können einen Spaziergang auf dem Mond oder auf dem Meeresgrund machen – alles ist möglich. Und wenn Sie keine Realaufnahmen haben, können Digitalkünstler Simulationen erstellen.«

»Virtuelles Reisen, virtuelles Trainieren – langsam dämmert mir, welche Möglichkeiten sich damit auftun«, sagte Jack, während er den Sonnenaufgang über der Pariser Skyline bewunderte.

»Hätten Sie noch ein paar Minuten, Mr. Ryan? Das ist noch nicht alles.«

»Klar.«

Paris verschwand. Jack stand wieder in einem vollkommen weißen Raum. An seinem linken Handgelenk saß ein virtueller Herzmonitor. Die Spitze seines rechten Zeigefingers war ein glühendes Laserskalpell. Dann erschien vor seinen Augen ein menschliches Herz, dessen Schläge in seinen Ohren dröhnten. Er hob die linke Hand, berührte den pulsierenden Muskel und spürte in der Handfläche die Heftigkeit seiner Kontraktionen.

»Wir können angehende Chirurgen an einem virtuellen Herzen statt an einem echten üben lassen. Wollen Sie es mal probieren?«

Jack betrachtete den Laser, dann das Herz. Er stellte sich vor, wie bei jedem Schnitt ein Blutschwall auf den Boden spritzte. »Nein, danke.«

Der weiße Raum wurde schwarz, und das Herz verschwand. Der Herzmonitor an seinem linken Handgelenk war jetzt die Palette eines Grafikers für Pinselgrößen, Formen und Farben, und sein rechter Zeigefinger war ein Pinsel.

»Probieren Sie es.«

Intuitiv wählte Jack eine Pinseleinstellung – Wolken – und eine Farbe aus. Er zog den Pinsel durch die Luft und hinterließ eine Spur aus durchscheinenden, senfgelben Wattewolken. Er probierte das Spektrum an Pinselarten – Bleistift, Klebeband, Farbrolle – und ein Dutzend Farben durch. Zwanzig Minuten später hatte er einen dreidimensionalen, türkisfarbenen Baum mit lila Früchten erschaffen, umgeben von grob gezeichneten Sternen, Vögeln und geometrischen Figuren in den unterschiedlichsten Farben. Das Bild war primitiv und kindisch, aber es war seines, und er war überraschend stolz darauf.

Jack lachte, als er in sein 3-D-Gemälde hineintrat, durch es hindurchging und es im Kreis drehte, bevor er sich, beglückt und fasziniert, darunter auf den Boden setzte.

»Ich glaube, das ist bisher mein Favorit«, sagte er.

»Meiner auch«, erwiderte Dr. Tao. »Aber stellen Sie sich vor, wie Sie ein Haus entwerfen, eine neue Gliedmaßenprothese oder einen Rennwagen.«

»Oder eine Waffe«, ergänzte Lians Stimme in seinem Ohr.

»Die starke emotionale Reaktion auf das VR-Erlebnis

erhöht den Lerneffekt und die Gedächtnisleistung der Nutzer«, erklärte Dr. Tao.

»Das habe ich inzwischen begriffen«, sagte Jack. Er hatte bei der Demonstration Euphorie, Ehrfurcht, Angst und Freude empfunden. Diese Gefühle waren real gewesen. Das war die wahre Macht hinter dieser Technologie. Jack sah das enorme Potenzial des Systems für die Kampfausbildung, aber auch für jede andere Art kreativer Tätigkeit.

Die Simulation endete. Jack nahm die Brille ab. Dr. Tao und Lian standen vor ihm.

»Jetzt wissen Sie, warum wir an Videospielen nicht interessiert sind«, sagte Dr. Tao. »Doch stellen Sie sich andererseits vor, was für ein Spaß es wäre, mit Ihrer Lieblingsmannschaft der WM Fußball zu spielen oder eine Runde Golf mit Ihrem Lieblingsprofi, der Ihnen das Golfen beibringt.«

Jack blickte zu Lian. »Da wartet noch viel Arbeit auf Sie. Diese Technologie ist mehr wert als alles Gold in Fort Knox.«

»Es gibt viele Möglichkeiten für Diebe, hier einzubrechen und sie zu stehlen.« Sie deutete mit dem Kopf auf Park, der mit finsterem Blick und verschränkten Armen in der Ecke stand. »Mein Team ist darauf trainiert, jede Art von Wirtschaftsspionage zu verhindern.«

Lian warf einen vernichtenden Blick auf Jack. »Nur leider sind manche Formen des Diebstahls legal. Gegen die bin ich machtlos.«

32

Es war Feierabend, jedenfalls nach der Zahl von Dalfan-Mitarbeitern zu urteilen, die ihre Sachen zusammenpackten und zu den Ausgängen strebten.

Jack blieb vor Lians Büro stehen und klopfte an die Tür. Sie schaute von ihrer Tastatur auf, auf der Nase eine Lesebrille in keckem Neon-Orange.

»Ist heute Abend etwas geplant? Für uns drei, meine ich.«

»Ich habe mir gedacht, Sie wollen vielleicht etwas Zeit für sich haben. Wenn Sie einen Ausflug in die Stadt machen wollen, kann ich Ihnen ein paar Locations empfehlen.«

Autsch!

Jack schüttelte den Kopf. »Nein, ich denke, wir fahren ins Haus und versuchen, etwas Schlaf nachzuholen. Dann bis morgen.«

»Guten Abend.« Lian senkte den Blick wieder auf die Tastatur.

Jack holte Paul in seinem Büro ab und fuhr mit ihm ins Gästehaus zurück.

»Schon Pläne fürs Abendessen?«, fragte Paul im Wagen.

»Ich habe ein paar Steaks im Kühlschrank gesehen. Ich dachte, die könnte ich für uns in die Pfanne hauen. Und dazu vielleicht ein paar Zwiebeln und Kartoffeln.«

»Und ich kann einen Salat machen.«

»Klingt doch ganz brauchbar. Wie wollen Sie Ihres gebraten?«

»Schwenken Sie es kurz über der Pfanne, bevor Sie es auf meinen Teller werfen.«

»Also blutig.«

Eine halbe Stunde später schnitt Paul in sein Steak und sah zu, wie der blutrote Saft zwischen die Bratkartoffeln und Zwiebeln lief, die er auf seinen Teller gehäuft hatte – so wie er es liebte. Er nahm den ersten Bissen, herzhaft und pfeffrig.

»Haben Sie jemals eine Kuh geschlachtet, Jack?«

»Nein, aber viele gegessen. Wie ist Ihr Steak?«

»Perfekt. Sollten Sie jemals beschließen, Hendley Associates zu verlassen und ein Steakhaus aufzumachen, werde ich Ihr erster Gast sein.«

»Danke. Ich bin kein Spitzenkoch, aber an einem Weber-Grill werde ich zum Tier.«

»Ich für mein Teil ziehe einen Kamado-Grill vor.«

»Sie meinen das große grüne Ei?«

»Ja. Schließt das Aroma ein wie ein Smoker. Alles bleibt saftig.«

Jack beschloss, sich heute mal gehen zu lassen und bei einem Glas Bushmills zu entspannen – was nicht hieß, dass er bei Dalfan unter großem Stress gestanden hätte. Tatsächlich hatte er einen richtig spannenden Tag gehabt. Er stand noch ganz unter dem Eindruck der VR-Demonstration. Wenn Amerika jetzt schon ein Problem mit Stubenhockern hatte, mochte er sich nicht vorstellen, was werden sollte, wenn Teenager vor VR-Spielkonsolen kleben blieben.

»Wie war die Vorführung heute?«, fragte Paul.

»Lustig, ich habe gerade daran gedacht. Verdammt cool. Sie müssen unbedingt mal mit rauf in den ersten Stock und es selbst ausprobieren.«

»Ich bin kein großer Gamer.«

»Ich auch nicht. Aber das muss man gesehen haben,

sonst glaubt man es nicht. Und wie war Ihr Tag? Etwas Interessantes entdeckt?«

»Nicht viel. Ich konnte endlich ein paar Dalfan-Datensätze, die ich gebraucht habe, herunterladen und meine Screening-Software drüberlaufen lassen. Noch ist nicht viel dabei herausgekommen bis auf …« Paul hatte sich auch ein Glas von dem irischen Whiskey gegönnt, den Jack trank.

»Bis auf was?«

»Na ja, ich erhebe ungern falsche Anschuldigungen, aber ich bin auf eine Datei gestoßen, die mir Rätsel aufgibt.«

»Wie meinen Sie das?«

»Ich habe mir die Forderungen und Verbindlichkeiten zu einer Produktlinie angesehen, die Dalfan an eine Firma in Shanghai verkauft, und eine Verhältnisanalyse durchgeführt – Sie wissen schon, Höchst- und Mindestpreise innerhalb definierter Zeiträume. Je näher das Verhältnis bei eins liegt, desto zufriedener bin ich.«

»Wieso?«

»Wenn das Verhältnis zwischen dem höchsten und dem niedrigsten Preis, der für einen Artikel bezahlt wurde, ungefähr eins beträgt, bedeutet das, dass der für einen Artikel bezahlte Preis insgesamt relativ stabil ist. Aber wenn der für einen Artikel bezahlte Höchstpreis plötzlich in die Höhe schießt – oder der Mindestpreis in den Keller rauscht –, dann ist das in der Regel ein ziemlich sicheres Zeichen für Betrug. Hier stört mich, dass sich das Preisverhältnis in den letzten sechs Monaten nahezu vervierfacht hat. Und dass die verkauften Stückzahlen nicht recht dazu passen.«

Jack trank noch einen Schluck Bushmills. »Von was für einem Produkt sprechen wir?«

»Von Mobiltelefonen.« Paul aß noch ein Stück Steak.

»Moment mal. Dalfan verkauft Mobiltelefone nach China?«

»Den Rechnungen zufolge obendrein Wegwerfhandys.« Paul kaute noch beim Sprechen.

»Das ist so, als würde man den Saudis Sand verkaufen.«

»Wie ich schon sagte, ziemlich rätselhaft.«

»Wo stellt Dalfan sie her?«

»Hier in Singapur. Sie lagern sie in einem separaten Lagerhaus auf der Westseite der Insel und versenden sie von dort.«

Jack ging im Kopf die Liste der Dalfan-Anlagen durch, die Feng ihm gezeigt hatte. An ein separates Lagerhaus erinnerte er sich nicht. »Vielleicht sollte ich das morgen mal überprüfen.«

»Nur wenn Sie wollen. Wie gesagt, die Sache ist merkwürdig, aber halb so wild gemessen an der finanziellen Gesamtlage. Wahrscheinlich nur ein Erfassungsfehler.«

»Wir werden gut dafür bezahlt, dass wir unserer Sorgfaltspflicht nachkommen, deshalb sollte ich mir die Sache ansehen. Oder Sie nehmen sich noch mal die Bücher vor.« Jack stach mit der Gabel in seinen Salat.

Paul sah dem jüngeren Kollegen beim Essen zu. In den letzten Tagen hatte er Jack Ryan etwas näher kennengelernt. Er machte den Eindruck eines anständigen und gescheiten Menschen, keine Frage. Am liebsten hätte er ihn gebeten, ihm bei der Durchführung des Auftrags für Rhodes zu helfen, zumal jetzt, wo er in einer Sackgasse steckte, aber ihm war klar, dass er das nicht durfte – und nicht nur, weil Rhodes es ihm verboten hatte. Paul versuchte, den jungen Analysten zu schützen. Wenn er ihn in die Sache mit hineinzog und etwas schiefging, konnte das für ihn, den Präsidentensohn, böse Folgen haben.

Auf der anderen Seite war er sich nicht sicher, ob er Jack vertrauen konnte. Jack war zwar angenehm im Umgang, doch offensichtlich hatte er letzte Nacht eine Schlägerei gehabt und wollte nicht darüber reden. Wenn er nur in Notwehr gehandelt hatte, warum es dann verheimlichen? Vielleicht war die ganze Freundlichkeit nur Fassade.

Nein, er musste die Sache ohne Jack durchziehen, doch

er war sich auch darüber im Klaren, dass er es allein nicht schaffen würde.

Er goss sich noch einen Whiskey ein und trank ihn in einem Zug.

Nach dem Essen beluden Jack und Paul die Spülmaschine, räumten auf und gingen zu Bett. Paul gähnte, was das Zeug hielt, und Jack wollte seine Churchill-Biografie zu Ende lesen.

Doch bevor sich Jack die Zähne putzte und schlafen legte, griff er zu seinem iPhone und öffnete die App Photo Trap. Photo Trap listete die Fotos auf, die er am Morgen gemacht hatte, und er lud das erste hoch – das vom Kleiderschrank. Das Programm forderte ihn auf, sich für Foto 2 bereit zu machen. Er trat vor den Kleiderschrank und tippte auf die »Ready«-Anzeige. Die Kamerafunktion des iPhones lud ein mattes, halbtransparentes Bild des Schranks hoch, sodass er seine neue, aktuelle Vergleichsaufnahme mit dem Original zur Deckung bringen konnte, indem er den Rand der Schranktür, ein blaues Oxford-Hemd und ein paar andere Merkpunkte so ausrichtete, dass die Fotos exakt übereinstimmten. Die App Photo Trap wartete zudem mit Richtungspfeilen auf, die anzeigten, in welche Richtung Jack die Kamera drehen oder neigen musste, um das erste und das zweite Bild zur Deckung zu bringen. Als der Richtungsmesser alle Pfeile ausgegraut hatte, machte er das Foto, dann schaltete er manuell zwischen den beiden Aufnahmen hin und her und suchte nach Abweichungen, so gering sie auch sein mochten.

Er wiederholte das Ganze mit den Fotos, die er von der Schublade und im Badezimmer gemacht hatte. Nachdem er mehrmals zwischen den Fotos hin und her geblättert hatte, stand für ihn fest, dass jemand in seinem Zimmer gewesen war und etwas gesucht hatte. Und wenn er sein Zimmer durchsucht hatte, hatte er wahrscheinlich auch das übrige Haus durchsucht.

Jack hatte einen Verdacht, wer es gewesen sein könnte und was er gesucht hatte. Er überlegte, ob er Paul davon erzählen sollte, entschied sich dann aber dagegen. Der Buchhalter wirkte so schon fahrig genug und hätte ohnehin nichts tun können. Jack durchsuchte sein Zimmer gründlich nach Wanzen und Kameras, fand aber keine.

Mit einem Mal fühlte er sich ziemlich ungeschützt.

Völlig erschöpft ging Paul nach oben in sein Zimmer und nahm eine Dusche. Im Unterschied zu den meisten Amerikanern duschte er lieber abends und befreite sich vom Schmutz des Tages, bevor er ins Bett schlüpfte. Diese Gewohnheit hatte er von Carmen übernommen.

Unter dem heißen, dampfenden Wasser musste er wieder an das Problem mit der Dalfan-Verschlüsselung denken. Er hatte sich den ganzen Tag den Kopf darüber zerbrochen, und wenn er ehrlich war, half auch der Whiskey nicht weiter. Unter der Dusche bekam er wieder einen klaren Kopf. Aber den Alkohol hatte er heute Abend gebraucht. Wieder einmal hatte ihn Trauer überkommen, so ungebeten wie die Pest. Und die einzige Möglichkeit, sich aus ihrem Griff zu lösen und Tränen zu verhindern, war der Alkohol. Besser betäubt als verzweifelt. So konnte er wenigstens arbeiten.

Paul hatte sich eine Art Plan überlegt, wusste aber nicht, wie er ihn in die Tat umsetzen sollte. Dann fiel ihm plötzlich jemand ein, der es könnte.

Gavin Biery, der IT-Direktor von Hendley Associates, war zwar ein Klugscheißer, wie er im Buche stand, aber auch, wie Paul zähneknirschend zugab, verdammt gut in seinem Job.

Paul trocknete sich ab und fügte dabei die letzten Teile zusammen. Gavin musste ihm eine Software schreiben, mit der sich der Verschlüsselungscode auf dem Dalfan-USB-Stick, den er jetzt hatte, abgreifen ließ. Gavins Software musste so beschaffen sein, dass der Code erfasst wurde, wenn Paul den Dalfan-Stick in seinen Privatlaptop steckte. Anschließend würde er den abgegriffenen Code auf den CIA-Stick ziehen. Dann konnte er das Programm vom Stick direkt auf den Dalfan-Computer laden.

Aber das alles war nur möglich, wenn Gavin ihm diese Software schrieb, und zwar schnell. Bis spätestens in drei Tagen.

Leider wusste Paul auch, dass Gavin in dem dynamischen Finanzunternehmen gewöhnlich mit IT-Anfragen überhäuft wurde. Er musste sich etwas einfallen lassen, das Gavin dazu brachte, alles andere stehen und liegen zu lassen und dieses Programm für ihn zu schreiben, und zwar möglichst in den kommenden vierundzwanzig Stunden. Aber er kannte Gavin und wusste, dass die Chance, ihn dazu zu bewegen, so kurzfristig für ihn in die Bresche zu springen, sehr gering war.

Paul brauchte eine überzeugende Geschichte, ohne seine Mission für Rhodes preiszugeben. Aber wie sollte die aussehen? Er zog einen Pyjama an, dann öffnete er den Browser seines Laptops und tippte die vertrauliche Internetadresse von Hendley Associates ein. Er klickte das Mitarbeiterportal an, loggte sich mit seinem Passwort ein und durchsuchte das Firmenverzeichnis, bis er Bierys gesicherten Nachrichten-Link fand.

Er schrieb eine kurze Nachricht, von der er hoffte, dass sie Gavin nicht nur neugierig machte, sondern auch dazu bewog, unverzüglich zu antworten, damit er ihm alles erklären konnte. In der Dalfan-Zentrale würde er nicht mit ihm sprechen können, da Handys dort verboten waren, deshalb würde er regelmäßig im Webportal von Hendley Associates nachsehen müssen. Er musste eine Möglichkeit finden, mit Gavin zu sprechen, statt ihm nur Nachrichten zu schicken. Sprechen war viel besser.

Am Telefon log es sich leichter.

33

Paul hatte in der Nacht und am frühen Morgen mehrmals im Webportal von Hendley Associates nachgesehen, aber Gavin hatte noch nicht geantwortet. Gavin war dafür bekannt, dass er häufig seine Nachrichten checkte, selbst wenn er nicht im Büro war – was selten vorkam, denn der Mann hatte kein Leben neben der Arbeit. Entweder war er krank oder er konnte nicht auf seinen Rechner zugreifen. Aus Pauls Sicht war beides eine Katastrophe. Er sah ein letztes Mal in seinem Smartphone nach, bevor sie bei Dalfan ankamen. Nur für den Fall.

Und da war sie. Die Antwort Gavins, auf die er gewartet hatte. Gewissermaßen.

Ich bin im Krankenhaus. Kann nur hoffen, dass die Sache so wichtig ist, wie Sie sagen.

Endlich war Gavin online. Paul fragte:

Können Sie sprechen?

Eine Sekunde später antwortete Gavin:

Sobald ich entlassen werde. In etwa einer Stunde.

Das war gut. Das gab Paul genügend Zeit, darüber nachzudenken, wie er sich aus der Dalfan-Zentrale mit ihrem Handyblocker verdrücken konnte. Da kam ihm der Gedanke, dass er wohl Besorgnis zeigen und sich nach dem Befinden des Kollegen erkundigen sollte.

Warum sind Sie im Krankenhaus? Alles in Ordnung?

Ohne das geringste Zögern schrieb Gavin zurück:

Operative Penisverkleinerung.

Paul seufzte.

LOL. Aber im Ernst. Nichts Ernsteres, hoffe ich.

Fuß gebrochen. Vor meinem Haus auf Glatteis ausgerutscht. Warterei in Notaufnahme war echt hart. Jetzt alles gut bis auf quälende Schmerzen und endlose Bitten um IT-Unterstützung aus dem Büro. Aber danke der Nachfrage.

Ich rufe Sie an, sobald ich kann. Danke.

Nicht der Rede wert. Tut mir leid, dass ich nicht früher antworten konnte. Schon mal eine Andeutung?

Besser, wenn wir reden. Zu kompliziert.

Sie haben meine Nummer. Ciao.

»Muss ja wichtig sein«, sagte Jack. »Sie texten ein Lexikon.«
Paul zuckte mit den Schultern, ganz Pokerface. »Es geht um das Projekt, an dem ich vorher gearbeitet habe. Nur ein paar nachträgliche Anmerkungen.«
»Zu Hause ist es jetzt spät.« Jack schaute auf seine Uhr.

»Fast zwanzig Uhr. Sie halten den Empfänger ganz schön auf Trab.«

»Genau das ist der Zweck der Übung«, erwiderte Paul, als sie in die Tiefgarage von Dalfan rollten.

Jack und Paul betraten das Gebäude, unterzogen sich den üblichen Kontrollen und suchten ihre Büros auf.

Jack hatte die ganze Nacht nicht geschlafen, denn er war überzeugt, dass er unter Beobachtung stand, auch wenn er keine Beweise dafür gefunden hatte. Es war, wie wenn jemand über Läuse redete. Es spielte keine Rolle, ob die Plage schon ein Jahr her war oder am anderen Ende der Stadt grassierte, beim bloßen Gedanken an die lästigen, kleinen Biester juckte es ihn am Kopf.

Dass seine Privatsphäre verletzt wurde, ärgerte ihn maßlos, aber dass Lian und ihre Leute ihn und Paul für Diebe hielten, machte ihn richtiggehend wütend. Er hatte nicht den geringsten Zweifel, dass Lian hinter dem Einbruch steckte. Aufgrund des fehlenden Schlafs noch aufgebrachter, kochte er förmlich, als er mit Paul an dem Morgen bei Dalfan einlief.

Er bemerkte Lian in Yongs Büro, wo die beiden, wie es aussah, ein hitziges Gespräch führten. Jack hatte die Absicht, ihr heute Morgen wegen des Einbruchs die Leviten zu lesen. Er ging davon aus, dass einer ihrer Sicherheitsleute ihre Zimmer durchsucht hatte. Wahrscheinlich hatten sie herausfinden wollen, ob Paul und er irgendwelche wertvollen Geheimnisse gestohlen hatten. Einen anderen Beweggrund konnte er sich nicht vorstellen. Er war immer noch davon überzeugt, dass sie irgendwelches Überwachungsgerät installiert hatten – und wahrscheinlich aus demselben Grund.

In Anbetracht der Heftigkeit, mit der sich die Geschwister hinter der geschlossenen Glastür beharkten, beschloss Jack, die Konfrontation mit Lian auf später zu verschieben.

Da er im Moment sehr unkonzentriert war, erschien ihm der Zeitpunkt günstig, sich das Lagerhaus anzusehen, von dem Paul am Abend berichtet hatte.

Paul hatte sich gerade an seinen Schreibtisch gesetzt, als Bai erschien, triefäugig und gähnend.

»Lange Nacht gehabt?«, fragte Paul.

»Mein Cousin hat Geburtstag gefeiert. Ich habe wohl etwas zu viel getrunken, aber es war sehr lustig, und es waren viele hübsche Mädchen da. *Lah.*«

»Sie können getrost ein Nickerchen machen. Ich sitze nur hier und arbeite.«

»Ich könnte Kaffee holen. Wollen Sie etwas dazu?«

»Nein, danke.«

Bai verließ in dem Moment das Büro, als Jack hereinkam.

»Ich fahre jetzt zu dem Lagerhaus. Wollen Sie mitkommen?«

»Ich habe hier zu tun, aber danke.«

»Ich rufe Sie an, wenn ich etwas finde.«

»Seien Sie vorsichtig, Jack.«

»Vorsichtig? Warum? Wir reden über einen Fall von schlechter Buchführung und nicht über eine Bombenfabrik der Al-Qaida.«

»Nehmen Sie sich einfach in Acht.«

»Sie auch.«

Lian sprach immer noch mit ihrem Bruder, als Jack an ihrer Tür vorbeiging. Ihre Blicke begegneten sich kurz, aber sie redete weiter auf Yong ein, und Jack setzte seinen Weg fort. Doch sie griff zu einem Telefon.

Jack näherte sich dem Securitydesk. Park stand am Tisch und telefonierte, die junge Frau, die dort Dienst tat, weit überragend. Er schaute in dem Moment auf, als Jack vorbeiging.

»Brauchen Sie etwas, Mr. Ryan?«, fragte Park.

»Nein, danke.«

»Wollen Sie irgendwohin?«

Jack lächelte. »Wollen wir das nicht alle?« Er wollte die Sicherheitstür aufstoßen, doch sie war verschlossen.

Jack drehte sich um. Park lächelte ihn an, das Telefon noch in der Hand.

»Sagen Sie Ihrer Chefin, dass ich keinen Babysitter brauche. Ich mache nur eine Spritztour.«

»Ich fahre Sie gern. Wohin Sie wollen.«

»Ich habe selbst ein Auto.«

»In dieser Stadt verfährt man sich leicht.«

Jack platzte endgültig der Kragen. Er stürmte zu Park hinüber und funkelte ihn an. Der ehemalige südkoreanische Marineinfanterist zuckte nicht mit der Wimper. Ihre Blicke bohrten sich ineinander. Die junge Frau, die danebensaß, sah schon die Fäuste fliegen. »He, Jungs!«

Jack erkannte, dass er die Beherrschung verloren hatte, atmete tief durch und trat einen Schritt zurück. Er deutete auf das Telefon in Parks Hand. »Lassen Sie mich mit Ihrer Chefin reden.«

Park ließ das Telefon in der Hand hüpfen, wie um es zu wiegen, bevor er es Jack endlich reichte.

»Hören Sie, Ms. Fairchild. Dass man mir auf Schritt und Tritt folgt, ist nicht Teil der Abmachung. Ich fahre jetzt weg und will und brauche keinen Begleiter. Ist das klar?«

»Vollkommen klar«, sagte Lian am anderen Ende der Leitung. »Darf ich fragen, wohin Sie fahren?«

»Sicher, fragen dürfen Sie.«

Lian wartete auf eine Antwort, begriff aber im nächsten Moment, dass er einen Scherz auf ihre Kosten gemacht hatte. »Na schön. Aber halten Sie sich an die Verkehrsregeln. Unsere Polizei ist sehr tüchtig.«

Jack wollte noch etwas Bissiges erwidern, ließ es dann aber. »Danke für die Warnung.« Er klatschte Park das Telefon in die breite Hand.

»Irgendwann«, sagte Park, »werden wir mal ein ernstes Wörtchen miteinander reden müssen.«

Jack grinste. »Das denke ich auch.«

Jack drückte im selben Moment wieder gegen die Tür, als das elektronische Schloss klickend aufsprang, und eilte zum Fahrstuhl in die Tiefgarage.

Park wartete, bis sich die Fahrstuhltür geschlossen hatte, dann drückte er eine Kurzwahlnummer und gab einem Untergebenen, der in der Tiefgarage wartete, Anweisungen.

34

Im Aufzug starrte Jack in die Überwachungskamera. Sie sah aus wie alle anderen Kameras, die fast in jeder Ecke jedes Raums in der Dalfan-Zentrale hingen – auf allen vier Etagen.

Der Fahrstuhl klingelte, die Tür ging auf, und Jack blickte direkt in die Kamera, die an dem Stützpfeiler vor ihm angebracht war. Er winkte. Dalfan legte großen Wert auf Sicherheit, und der Mensch, der die Kameras überwachte, beobachtete jetzt zweifellos, wie Jack zu seinem Firmenwagen ging.

Er schalt sich dafür, dass er oben die Fassung verloren hatte. Er wusste, dass auch der Schlafmangel daran schuld war, doch der Hauptgrund war seine eigene Unüberlegtheit. Die Respektlosigkeit, die Lian und jetzt Park ihm gegenüber an den Tag legten, ging ihm auf die Nerven. Aber wenn er ehrlich war, hatte der Scherz, den er sich neulich mit Park erlaubt hatte, auch nicht gerade von Respekt gezeugt, und was Lian anging, so hatte der Vorfall von vorgestern Nacht ihren Stolz verletzt. Deshalb sollte er sich jetzt an die eigene Nase fassen und sich bei den beiden entschuldigen. Schließlich machten sie nur ihren Job. Es wurde Zeit, dass er anfing, seinen wie ein Profi zu erledigen.

Er schloss den silbernen Audi TT auf und stieg ein. Er betätigte den Anlasser, und die 220 PS erwachten röhrend zum Leben. Dann aktivierte er die Navigationsfunktion im virtuellen Cockpit und gab sein Fahrtziel ein – Google Maps wurde zwischen dem Tacho und dem Drehzahlmesser angezeigt. Er legte den ersten Gang ein und stieß vorsichtig aus der Parkbox. Er wählte die schnellstmögliche Route, für die rund vierzig Minuten veranschlagt wurden, und steuerte Richtung Ausfahrt.

Jack fuhr aus der Tiefgarage und dann auf dem Changi North Crescent hinüber zur Upper Changi Road North, von der er auf den Pan Island Expressway (PIE) einbog, eine dreispurige Autobahn, die quer über die ganze Insel führte, aber näher an ihrer Mitte und etwas abseits von den Staus im südlichen Stadtzentrum, das ans Meer, die Straße von Singapur, grenzte. Die Stadt wurde Jack von Tag zu Tag sympathischer. Selbst ihre Autobahnen waren schön. Die gut gewartete Asphaltstraße führte mitten durch einen Regenwald, und den Mittelstreifen schmückten Palmen und farbenprächtige tropische Blumen. Der spärliche Verkehr auf dem PIE floss reibungslos.

Tatsächlich war das Verkehrsaufkommen an diesem Morgen so gering, dass Jack keine Mühe hatte, den schwarzen Land Rover im Auge zu behalten, der sich mehrere Fahrzeuge hinter ihm befand und ihn verfolgte. Er hatte zwei Insassen. Eine Frau saß am Steuer und ein Mann auf dem Beifahrersitz, aber er kannte beide nicht. Sie waren ihm aufgefallen, als er auf den PIE eingebogen war, und er hatte nichts getan, um ihnen zu zeigen, dass er sie bemerkt hatte. Doch er trat ein paar Mal auf die Bremse und nahm Tempo weg, um festzustellen, ob sie Abstand hielten. Sie hielten Abstand, und wenn er wieder beschleunigte, passten sie ihre Geschwindigkeit an.

Erfreulich war, dass sie streng nach Vorschrift fuhren. Noch erfreulicher war, dass der Rover, soweit er es beurteilen konnte, der einzige Wagen war, der ihm folgte.

Jack wollte auf keinen Fall wieder in Zorn geraten. Auch die beiden da hinten machten nur ihren Job. Aber jetzt wurde es Zeit für ihn, dass er seinen machte.

Jack nahm die nächste Ausfahrt, fuhr auf der Clementi Avenue 6 nach Süden und dann auf der Commonwealth Avenue West nach Osten, bis er an der Darussalam-Moschee vorbeikam, dann bog er scharf links in eine der kleineren Straßen ab, dann abermals links in eine rot gepflasterte, die hohe Wohnhäuser säumten. Die Verfolger machten jeden Richtungswechsel mit, wie er beobachtete, fielen aber immer weiter zurück.

Jack bog erneut links ab, dann rechts und gondelte herum wie ein Tourist, der sich nur die Stadt ansah. Er fuhr durch schmalere Straßen mit dichterem Verkehr und gelangte wieder auf verschiedene Clementi Avenues, die durchnummeriert waren, zunächst auf die 2, dann auf die 5, die 4, die 3 und wieder zurück. Jack fragte sich, was an diesem Clementi so wichtig war, dass man mehrere Alleen nach ihm benannt hatte, auch wenn alle Namen mit einer Ziffer endeten.

Bei einer solchen Kreuz- und Querfahrerei in dichtem Verkehr war es für ein einzelnes Fahrzeug unmöglich, ihm zu folgen, ohne bemerkt zu werden, und offensichtlich bekamen sie entsprechende Befehle. Um einer Entdeckung zuvorzukommen, brachen sie die Beschattung ab. Jetzt konnte Jack zu seinem Zielort weiterfahren.

Paul sah auf die Uhr. Er hatte exakt eine Stunde gearbeitet. Gavin müsste inzwischen entlassen worden sein.

»Ich muss mir ein wenig die Beine vertreten«, sagte er zu Bai und stand auf.

»Es hat gerade angefangen zu regnen«, gab Bai zu bedenken.

Paul griff nach seinem Regenmantel. »Ich mag Regen.«

»Mir könnte ein Spaziergang auch nicht schaden.« Bai erhob sich ebenfalls.

»Dann lassen Sie sich nicht aufhalten. Aber wohin Sie auch gehen, in einer halben Stunde treffen wir uns wieder hier.«

Bai verstand den wenig dezenten Hinweis. »Okay, Mr. Brown.«

Paul blieb stehen und wartete, bis Bai seine Sachen zusammengerafft hatte und gegangen war, dann ging er in Richtung Ausgang, inständig hoffend, dass ihm Gavin den Arsch retten konnte.

35

Paul sah den Wolkenbruch durch die Tür am Haupteingang. Wenn er mit dem Handy telefonieren wollte, konnte er nicht im Gebäude bleiben, und eine Festnetzleitung konnte er nicht benutzen, da sie höchstwahrscheinlich überwacht wurde. Er lieh sich an der Rezeption einen Schirm, dann entriegelte der Wachmann per Fernbedienung die Tür für ihn, und er trat hinaus in den heftigen Regen.

Paul war sich darüber im Klaren, dass der Wachmann ihn für einen Idioten halten musste, als er seinen Spaziergang antrat, doch er hatte keine Alternative. Er schätzte, dass er sich nicht weiter als einen Block vom Dalfan-Gebäude entfernen musste, denn er bezweifelte, dass die Behörden Lian gestatten würden, mit ihrem Sicherheitssystem das Mobilfunknetz im gesamten Gewerbegebiet lahmzulegen.

Der Regen trommelte auf den Schirm, und die Reifen der vorbeifahrenden Autos zischten durch das Wasser, das auf der Straße stand. Der Wind wehte Tropfen unter den Schirm, sodass sein Jackett nass wurde. *Wenigstens ist es nicht kalt,* sagte er sich. *Dafür sind wir zu nahe am Äquator.*

Er musste einen ruhigeren Platz zum Telefonieren finden. Er erspähte ein Sonnensegel an einem Gebäude in einer ruhigen Seitenstraße gegenüber dem Dalfan-Block.

So schnell, wie es sein lahmes Bein zuließ, humpelte er darauf zu.

Schließlich im Trockenen, weg vom Verkehrslärm, wählte er Gavins Handynummer. Nach mehrmaligem Klingeln hob Gavin ab.

»Paul Brown aus China Town. Wie geht's?«

»Gut. Was macht der Fuß?«

»Sechs Wochen im Gipsschuh. Meine Tango-Stunden kann ich abschreiben, aber es hätte schlimmer kommen können. Wie war das mit Jack? Um was für einen Notfall geht es?«

»Unser Gespräch kann doch niemand mithören, oder?«

»Ich arbeite von zu Hause aus. Hier ist niemand außer mir und dem Goldfisch. Also, was ist los?«

»Ich glaube, wir kriegen hier ein Sicherheitsproblem«, begann Paul. Er hatte die Lügen, die er jetzt aufzutischen gedachte, sorgfältig geprobt, aber er hatte sie in einer bestimmten Reihenfolge auswendig gelernt und konnte nur hoffen, dass er nichts durcheinanderbrachte.

»Ein nationales Sicherheitsproblem?«

»Ich fürchte, ja.«

»Das ist doch Quatsch.« Gavin arbeitete als IT-Direktor für Hendley Associates und für den Campus. Paul Brown wusste nichts vom Campus oder der Rolle, die Gavin dort spielte.

Paul erschrak über Gavins Reaktion, obwohl er sie vorausgesehen hatte. Natürlich war es eine Lüge, und er musste sie glaubhaft rüberbringen, obwohl er kein guter Lügner war. »Ein Sicherheitsproblem, das Jack betrifft.«

»Jack? Wieso ihn? Er ist Finanzanalyst und kein Spion.« Gavin deckte Jack, von dessen Rolle im Campus Paul Brown nichts zu wissen brauchte.

»Ich weiß. Aber ich glaube, er hat eine Affäre mit einer aus der Firmenleitung, von der ich glaube, dass sie für die Chinesen arbeitet.«

Paul wurde ganz flau im Magen. Er fühlte sich schrecklich dabei, so über Jack zu lügen, aber er wusste, dass Gavin alles tun würde, um Jack zu schützen.

»Schön für Jack«, sagte Gavin. »In meiner Jugend habe ich mir auch ein paar Ladys zu Willen gemacht.«

»Darauf möchte ich wetten. Aber wie viele von ihnen haben für das chinesische Ministerium für Staatssicherheit gearbeitet?«

»Wenn Sie ganz sicher wissen, dass sie für die Chinesen arbeitet, müssen Sie es Jack sofort sagen.«

»Ich weiß es eben nicht ganz sicher. Deswegen habe ich Sie ja angerufen. Es ist nur ein Verdacht. Und ich brauche einen Beweis. Ich habe einen Plan, aber der funktioniert nur, wenn Sie eine kleine Software für mich schreiben.«

»Sie machen mich nervös. Vielleicht sollten wir Gerry einschalten.«

»Nein! Machen Sie Witze? Was ist, wenn ich mich irre? Jack und ich sind hier, um dabei zu helfen, ein Geschäft abzuschließen, ein Geschäft zwischen einem alten Freund Gerrys und dem Unternehmen, dessen Sicherheitsabteilung diese Frau leitet – sie ist die Tochter des Eigentümers.«

»Die Sache gefällt mir nicht.«

Paul bekam langsam Panik. Wie es aussah, wollte ihn Gavin auffliegen lassen.

»Hören Sie, Gavin, wenn diese Frau gar nicht für die Chinesen arbeitet, aber rauskommt, dass wir es vermuten, wird das die Fusion zum Platzen bringen. Und wenn rauskommt, dass Jack eine Affäre mit der Frau hat, könnte ihm das Ärger mit Gerry einbringen, ob sie nun eine Spionin ist oder nicht.«

»Vor allem aber, wenn sie eine ist.«

»Deshalb müssen wir uns Gewissheit verschaffen, ohne dass Gerry oder sonst jemand davon erfährt. Auf diese

Weise können wir Jack schützen und gleichzeitig auch Gerrys Kunden.«

»Okay, verstehe. Ich werde den Mund halten, zumindest vorläufig. Was genau brauchen Sie?«

Paul erklärte, was er vorhatte, nämlich irgendwie die Verschlüsselung auf dem USB-Stick zu umgehen, was ja der Wahrheit entsprach. Die Lüge bestand in der Behauptung, er müsse in Lians Computer eindringen, um herauszufinden, ob sie tatsächlich für die Chinesen arbeite. Er hatte von Rhodes die strikte Anweisung, niemandem von der CIA-Spyware zu erzählen, und das schloss auch Gavin mit ein.

»Das ist ein bisschen viel verlangt«, knurrte Gavin.

Eine Frau mit Papiermaske im Gesicht und durchsichtigem Plastikschirm über dem Kopf hastete an Paul vorbei. Er sah ihr nach und sprach erst weiter, als sie außer Hörweite war.

»Ich glaube, ich habe einen Weg gefunden, wie ich sie umgehen kann. Aber dazu brauche ich eine Software, die ich auf meinen Laptop laden kann und die den Verschlüsselungscode von ihrem USB-Stick abgreift, wenn ich ihn reinstecke.«

»Das dürfte nicht allzu schwer sein«, sagte Gavin. »Aber wenn Sie den Code abgegriffen haben, was haben Sie dann damit vor?«

»Ich will ihn auf meinen eigenen USB-Stick laden und mir mit seiner Hilfe Zugang verschaffen.«

Gavin pfiff. »Das könnte problematisch werden.« Längeres Schweigen folgte.

»Gavin?«

»Ich überlege.«

Paul hörte Tastengeklapper am anderen Ende.

Schließlich ertönte wieder Gavins Stimme. »Sie haben nicht zufällig die Modell- und Seriennummer?«

»Doch. Die kann ich Ihnen nachher gleich schicken.«

»Gut. Wie es der Zufall will, hat eine Bekannte von mir bei der NSA eine Software gebastelt, mit der es gehen müsste.«

»Und die bekommen Sie von ihr?«

»Soll das ein Witz sein? Welche Frau kann schon meinem männlichen Charme widerstehen?«

Na dann gute Nacht, dachte Paul. »Logo. Was habe ich mir nur gedacht?«

»Außerdem schuldet sie mir einen Gefallen. Ich werde sie kontaktieren. Aber Sie könnten trotzdem noch Probleme bekommen.«

»Inwiefern?«

»Die meisten Sicherheitssysteme verlangen eine Zwei-Faktor-Authentifizierung. Selbst wenn Sie den Verschlüsselungscode kriegen und auf Ihren Stick ziehen, werden Sie wahrscheinlich das persönliche Passwort der Dame brauchen, um reinzukommen.«

»Darum kümmere ich mich, danke.« Paul behielt für sich, dass das Zwei-Faktor-Passwort für die CIA-Software sein eigenes war. »Sonst noch was?«

»Wenn nichts dazwischenkommt, schicke ich Ihnen die Software innerhalb der nächsten vierundzwanzig Stunden.«

»Geht es nicht früher?«

»Glauben Sie, ich habe nichts Besseres zu tun, als für Sic den Laufburschen zu spielen?«

»Hier geht es um Jack. Vierundzwanzig Stunden sind zu viel.«

Gavin seufzte. »Na schön. Ich überlege mir was. Rufen Sie mich an, wenn Sie noch etwas brauchen.«

»Danke, Gavin. Um Jacks willen.«

»Wir bleiben in Kontakt.«

Paul unterbrach die Verbindung, und im selben Moment hörte auch der Regen auf. Er klappte den Schirm zusammen und schüttelte ihn aus, plötzlich begeistert von der

Vorstellung, dass sein ziemlich aussichtslos scheinender Plan tatsächlich klappen könnte.

Die Scheibenwischer seines gemieteten Toyota-Minivan schoben die Regenmassen beiseite, die gegen die Windschutzscheibe prasselten, als er zum Flughafen Changi abbog. Er folgte den weißen Pfeilen auf dem roten Asphalt zum Abholbereich vor der eindrucksvollen Glas- und Stahlkonstruktion von Terminal 3. Seine ukrainischen und bulgarischen Partner waren auf ihren Posten geblieben, damit sie Paul Brown im Auge behielten.

Das Trommeln des Regens auf das Dach hörte abrupt auf, als sein Minivan unter die große Stahlauskragung des Terminals rollte. Er bemerkte die Gestalt mit der eleganten Ledertasche und der flachen Chauffeurmütze, die allein neben dem riesigen Hinweisschild von Gate 4 stand, genau dort, wo sie stehen sollte. Der Deutsche erkannte den schmalschultrigen Mann auf Anhieb. Er hatte noch nie mit Wolz zusammengearbeitet, kannte ihn aber vom Hörensagen. Wie jeder in der Organisation. Und auch die ausländischen Geheimdienste. Aber niemand kannte Wolz besser als seine Opfer.

Der Deutsche erschauderte.

Das schmale Gesicht des Mannes wirkte noch spitzer als sonst, entweder weil ihn das schlechte Wetter verdross oder der Umstand, dass er fast zwei Minuten hatte warten müssen, ehe er abgeholt wurde.

Oder beides.

Der Deutsche fuhr mit dem silbernen Minivan an die Seite, hielt an und drehte sich zu Wolz hin, um Blickkontakt herzustellen, doch der Mann mittleren Alters mit dem Menjoubärtchen und den zornigen blauen Augen blickte stur geradeaus, als würde der Minivan überhaupt nicht existieren.

Der Deutsche verstand den Wink. Leise fluchend schälte

er sich aus dem Sitz, lief um den Toyota herum zur anderen Seite und öffnete die hintere Schiebetür. Da erst bedachte ihn Wolz mit einem kurzen, prüfenden Blick in sein Gesicht und einem knappen, humorlosen Nicken.

Wolz stieg ein, rutschte in die Mitte der Sitzbank und stellte die handgefertigte Tasche behutsam neben sich. Unterdessen flitzte der Deutsche wieder um den Wagen herum und schwang sich eilends auf den Fahrersitz, um der Flughafenpolizei zu entgehen, die, wie er wusste, im Vierminutentakt um den Terminal herumfuhr und nach Falschparkern Ausschau hielt.

Er fuhr los und fädelte sich in den Verkehr Richtung Stadt ein. Wortlos fuhren sie in ihr Hotel, wo die Rumänin, die der Deutsche zwei Stunden zuvor vom selben Terminal abgeholt hatte, für Wolz gerade eine Mahlzeit zubereitete, die seinen speziellen Ernährungsbedürfnissen Rechnung trug. Wolz war das letzte Mitglied des Teams, das für die Durchführung des Auftrags gebraucht wurde. Paul Browns Bewegungen waren genauestens verfolgt und dokumentiert worden, Fahrzeuge und Waffen waren beschafft.

Nun, da Wolz endlich hier war, warteten sie nur noch auf den Befehl zum Losschlagen.

36

Jack fuhr zur Clementi Avenue 6 zurück und dann auf dem Ayer Rajah Expressway (AYE) nach Westen, ehe er nach Süden in die Pioneer Road und schließlich in die Nebenstraße abbog, die an dem Gebäude unten am Hafen endete, das er suchte.

Jack war nicht sonderlich überrascht, als er sah, dass das Gebäude von einem Stacheldrahtzaun umgeben und mit Wachhäuschen und Schranke versehen war. Was ihn allerdings überraschte, war der Umstand, dass die Wachleute Straßenkleidung trugen und unter ihren schlabberigen Shirts Schusswaffen hervorschauten. Das waren harte, ernst zu nehmende Burschen – nicht die in Asien üblichen privaten Sicherheitsleute.

Sein Gefühl sagte ihm, dass es sich um Spezialkräfte handelte. Zwar hatte er dafür keinen Beweis, doch ein Wolf erkannte einen anderen Wolf immer, auch wenn er einen Schafspelz trug.

Jack fuhr an dem Wachhäuschen vor und ließ die Scheibe herunter. Der größere der beiden Wachleute trat aus dem Häuschen und beugte sich zu Jack herunter, während der andere zu einem Telefon griff.

»Ja, bitte?«

»Mein Name ist Jack Ryan. Ich bin von Hendley Associates und führe im Auftrag von Dalfan eine Revision durch.

Hier ist meine Legitimation.« Jack reichte dem Mann seinen Dalfan-Sicherheitspass und seinen Ausweis.

Der Wachmann nahm sie kurz in Augenschein. »Warten Sie.« Er kehrte in das Häuschen zurück und beriet sich mit seinem Kollegen, der seinerseits Jacks Ausweise prüfte und dabei weiter ins Telefon sprach.

Jack trommelte mit den Fingern aufs Lenkrad. Was zum Teufel war hier los? Im nächsten Moment fuhr ein viersitziger Golfwagen am Tor vor, und vier noch bulligere Sicherheitsleute sprangen heraus.

Der groß gewachsene Wachmann kam wieder aus dem Häuschen und reichte Jack seine Ausweise. Der andere beendete sein Telefonat und trat ebenfalls heraus.

»Zutritt nicht gestattet.« Die Typen aus dem Golfwagen umstellten Jacks Audi TT auf allen vier Seiten. Keiner hatte seine Waffe gezogen, aber keiner sah so aus, als würde er davor zurückschrecken.

»Was soll das heißen, ›nicht gestattet‹? Ich habe zu jedem Dalfan-Betriebsgrundstück in der Stadt Zugang.«

Der Mann sah ihn finster an. »Fahren Sie.«

Jack deutete auf das Telefon in der Hütte. »Greifen Sie zum Hörer und rufen Sie Ihre Chefin, Lian Fairchild, an, oder noch besser, ihren Vater, Dr. Fairchild. Beide wissen, wer ich bin, und sie wissen ganz genau, warum ich hier bin.«

Der Wachmann richtete sich zu seiner vollen Größe auf und deutete auf die Straße hinter Jack. »Sie fahren jetzt.«

Und wenn ich es nicht tue?, hätte Jack am liebsten gefragt. Doch das hätte nichts gebracht. Es war klar, dass er heute nicht hineinkommen würde, selbst wenn er eine Waffe gehabt hätte. Und was noch wichtiger war: Rhodes hatte ausdrücklich darum gebeten, kein Aufsehen zu erregen. Und das war wahrscheinlich für alle Beteiligten das Beste, besonders für ihn.

»Ich muss mich geirrt haben. Entschuldigen Sie die Störung.« Einer Eingebung folgend, winkte er den Großen mit dem Zeigefinger dichter heran. Der Mann beugte sich vor, und Jack schoss mit seinem iPhone ein Foto von ihm, ließ den Motor an und legte den Rückwärtsgang ein. Aus Angst, er könnte sie überfahren, sprangen die beiden Typen hinter dem Wagen zur Seite. Doch Jack setzte vorsichtig aus der Zufahrt zurück, nicht ohne vorher noch zwei Fotos von den verdutzten Sicherheitsleuten zu machen, die ihn auf Mandarin beschimpften.

Auf der Straße wendete er, hielt noch einmal kurz an und warf einen Blick in den Rückspiegel. Die Wachleute standen in lockerer Formation in der Zufahrt und sahen ihm nach, um sich zu vergewissern, dass er es sich nicht anders überlegte und umdrehte. Das tat er nicht. Er gab Gas und brauste davon.

Auf der Pioneer Road fragte er sich nur einen kurzen Augenblick, ob sich Paul möglicherweise in der Adresse vertan hatte oder sonst ein Versehen vorlag. Aber sein Gefühl – auf das immer zu hören ihm Clark eingeschärft hatte – sagte ihm, dass hier kein Versehen vorlag, jedenfalls nicht von seiner Seite.

Nachdem er auf den AYE eingebogen war, schickte er die Fotos an Gavin und dazu eine Sprachnachricht mit der Bitte, sie *asap* zu identifizieren.

»Wie schnell?«, fragte Gavin zurück.

»Bis gestern.«

»Klar. Hab ja sonst nichts zu tun.« Gavin wagte Jack nicht zu sagen, dass er sich für Paul den Arsch abarbeitete.

»Danke«, sagte Jack. »Es ist wichtig.«

Jack riss die Tür zu Lians Büro auf. Sie telefonierte gerade. »Sie haben kein Recht, mir den Zugang zu diesem Lagerhaus zu verwehren.«

»Ich rufe Sie zurück«, sagte Lian ins Telefon, knallte den Hörer auf und erhob sich. »Was fällt Ihnen ein, so in mein

Büro zu platzen? Sie sind es doch, der sich abgesetzt und meinen Begleitschutz abgehängt hat.«

Jack bemerkte, dass mehrere Leute aus der Büroetage zu ihnen herübersahen, darunter auch Paul und Bai auf der anderen Seite. Jack trat vollends in das Büro und schloss die Tür.

»Ich habe nicht um Begleitschutz gebeten. Ich habe sogar ausdrücklich erklärt, dass ich keinen will.«

»Ich habe meine Leute bis auf Weiteres beurlaubt, weil sie Sie aus den Augen verloren haben. Ich hätte nicht übel Lust, sie zu feuern.«

»Sie konnten nichts dafür. Ich übernehme die Verantwortung dafür, was heute passiert ist.«

»Warum sollten Sie die Verantwortung übernehmen? Ach so, weil es Ihnen gelungen ist, zwei hervorragend ausgebildete Sicherheitsleute abzuschütteln. Wie haben Sie das angestellt?«

»Was wollen Sie damit andeuten?«

»Nur ein Profi setzt Profis matt.« Sie trat auf ihn zu und sah ihm prüfend ins Gesicht. »Ja, Jack Ryan. Ich glaube, Sie haben eine Profiausbildung.«

Jack erfand rasch eine Lüge. »Natürlich habe ich eine Ausbildung. Mein Vater hat mir gezeigt, wie man Verfolger abschüttelt, als er mir im Teenageralter das Autofahren beigebracht hat. Wir haben immer ein Spiel daraus gemacht.« Er setzte ein jungenhaftes Grinsen auf.

»Sie machen eine Menge Ärger, sonst nichts.« Sie kehrte hinter den Schreibtisch zurück und ließ sich in den Stuhl fallen. »Verraten Sie mir, warum Sie heute so wild darauf waren, im Alleingang zu handeln.«

»Ich verstoße gegen internationale Auditierungsregeln, wenn ich einem Klienten erlaube, Nachforschungen zu überwachen.« Jack staunte selbst, wie gut er im spontanen Lügen wurde.

»Von einer solchen Regel habe ich noch nie gehört. Doch

andererseits haben wir einem Außenstehenden wie Ihnen auch noch nie einen so tiefen Einblick in unser Unternehmen gewährt.«

»Meine Aufgabe ist es, dafür zu sorgen, dass sich Marin Aerospace und Dalfan Technologies auf eine faire und ausgewogene Aktienbewertung einigen, und diese Bewertung hängt teilweise von der Rentabilität Ihres Unternehmens und der Richtigkeit seiner Finanzunterlagen ab.«

»Sind Sie auf ein Problem gestoßen?«

»Das habe ich herauszufinden versucht.«

»Wo sind Sie hingefahren?«

»Sie wissen, wo ich war.«

Lian runzelte die Stirn. »Nein. Sie haben meine Beschatter abgehängt, schon vergessen?«

»Sie haben veranlasst, dass man mir den Zugang verwehrt hat.«

»Ich habe nichts dergleichen getan.«

»Sie haben die Wachleute nicht angewiesen, mich abzuweisen?«

»Noch einmal: Wie hätte ich das tun sollen, wenn ich gar nicht wusste, wo Sie waren?«

»Die haben Sie angerufen.«

»Niemand hat mich Ihretwegen angerufen.« Sie sah ihn finster an. »Was haben Sie gesucht?«

»Ich wollte nur eine offene Frage klären. Ich bin mir sicher, dass es nichts ist.«

»Nichts? Und trotzdem mussten Sie vorher meine Leute abhängen? Ich möchte jetzt wissen, wo Sie waren.«

Jack war sich unschlüssig, was er sagen sollte. Wenn sie es war, die das Lagerhaus vor ihm verheimlichte, wollte er sich nicht in die Karten schauen lassen. Doch andererseits: Wenn er hineinwollte und wenn sie ehrlich zu ihm war, dann konnte sie das für ihn arrangieren. Die Kunst bestand darin, ihr gerade so viele Informationen zu geben, dass er ihr auf den Zahn fühlen konnte, aber nicht so viele, dass sie ihm bei seinen Nachforschungen dazwischenfunken konnte.

»Ich war bei Ihrem Lagerhaus im Westend.«

Lian stutzte. »Wir haben kein Lagerhaus im Westend oder sonst irgendwo. Wie wär's, wenn Sie mich hinfahren und wir das zusammen überprüfen?«

Jack verfluchte sich innerlich. Das war die schlimmstmögliche Antwort. Wenn sie unschuldig war, würde sie genau das sagen. Aber wenn sie ihm dazwischenfunken wollte, musste sie wissen, was er entdeckt hatte.

»Das ist nicht nötig. Ich bin mir sicher, dass der Fehler bei mir liegt. Verzeihen Sie die Störung.«

Jack wandte sich zum Gehen, doch sie hielt ihn auf. »Eine Sekunde noch, bitte.« Sie drückte eine Kurzwahlnummer und schaltete die Freisprechfunktion ein.

»Ja?«, meldete sich Yong.

»Ich bin's. Eine Frage: Haben wir im Westend ein Lagerhaus, von dem ich nichts weiß?«

»Nein. Warum fragst du?«

»Ich versuche nur, eine offene Frage zu klären. Danke.« Sie legte auf. »Ich hoffe, damit ist die Sache für Sie geklärt.«

Jack lächelte. »Ja«, log er. »Danke.«

»Und falls Sie es sich anders überlegen und doch noch mit mir rausfahren wollen, stehe ich gerne zur Verfügung.«

»Sehr nett von Ihnen.«

Lian sah ihm nach, als er ging, sich neugieriger denn je fragend, was er wohl vorhatte.

In dem Lagerhaus am anderen Ende der Stadt stand der große Wachmann, der Jack abgewiesen hatte, in dem holzgetäfelten Büro vor dem Schreibtisch seines Bosses, die Hände hinter dem breiten Rücken verschränkt. Er versuchte, nicht auf das zu hören, was die Frau sagte, sondern blickte immer wieder verstohlen auf das herzförmige Muttermal über ihrer Oberlippe. Sein Blut geriet in Wallung, wenn er an ihren Mund dachte und daran, was er mit ihr tun würde, wenn sie ihm zu Willen wäre, an den Spaß, den sie miteinander hätten.

Sein Boss stand nur wenige Schritte von ihr entfernt, zupfte an seinem Kragen und tupfte sich mit einem Taschentuch Schweißperlen von der Stirn. Der Wachmann wusste nicht, wie die Frau hieß, nur dass sie aus Peking war. Aber er kannte seinen Boss – ein skrupelloser Hund und ein Parteimann durch und durch. Und wenn sein Boss vor ihr Angst hatte, dann wusste er, dass er sich vorsehen musste, ganz gleich wie begehrenswert sie war.

Er hatte seinem Boss von dem Zwischenfall mit dem Mann berichtet, der sich als Jack Ryan ausgewiesen hatte, und sein Boss hatte die Frau verständigt. Sie war sofort gekommen, hatte verlangt, mit dem Wachmann zu sprechen, sich dann die Aufnahmen der Überwachungskameras angesehen und Jack Ryans Identität bestätigt.

Wer immer dieser Jack Ryan ist, dachte der Wachmann, *er sollte besser auf sich achtgeben.*

»Wie ist er dahintergekommen?«, fragte Yong am anderen Ende der Leitung.

Meili blickte zu dem großen Wachmann, der sie geflissentlich ignorierte, nach dem leeren Ausdruck auf seinem durchtriebenen Pfannkuchengesicht zu urteilen. Sie drehte sich um und kehrte ihm den Rücken zu.

»Keine Ahnung. Aber ich brauche dir ja wohl nicht zu sagen, dass er nicht wiederkommen darf.«

»Natürlich nicht.«

»Wie können wir ihn daran hindern?«

Yong lachte. »Du meinst, außer ihn über den Haufen zu fahren?«

Meili lachte nicht.

»Ich mach nur Spaß.«

»Lass das. Das ist nicht gut. Für uns beide.«

»Ich habe eine Idee.«

Yong beendete das Gespräch, behielt aber den Hörer in der Hand. Jack wurde langsam zum Problem. Er musste etwas unternehmen.

Er hatte zu Meili gesagt, dass ihn zu töten keine Option sei, doch er war sich nicht sicher, ob sie ihm darin zustimmte. Wenn Jack Ryan sich nicht davon abbringen ließ, weitere Nachforschungen anzustellen, musste man ihn in seinem eigenen Interesse zur Abreise überreden, sonst nahm sich Meili seiner an, so oder so.

37

Jack und Paul arbeiteten den ganzen Tag bei Dalfan und wühlten sich weiter durch die Berge von Daten und Berichten, die sie prüfen mussten, bevor sie eine Fusion von Dalfan und Marin absegnen konnten. Jack beschloss, mit einem weiteren Besuch der Lagerhalle zu warten, bis er von Gavin Rückmeldung erhalten hatte.

Lians schroffe Reaktion auf seine Anschuldigungen hatte bei ihm Zweifel geweckt, ob es sich bei der Lagerhalle wirklich um eine Liegenschaft von Dalfan handelte. Doch irgendetwas war dort, und was es auch war, es wurde unter Verschluss gehalten. Und sollte sich herausstellen, dass die Halle doch Dalfan gehörte, sollte er besser wissen, mit wem er es zu tun bekam, wenn er dort einbrach.

Jack und Paul holten sich in einem indischen Restaurant, das Bai ihnen empfohlen hatte, Essen zum Mitnehmen und fuhren ins Gästehaus zurück.

Aus mehreren Pappbehältern verteilten sie herzhaftes Hühner-Biryani, Basmati-Reis und kräftiges Gemüsecurry auf Teller und Schalen. Und während Paul Besteck auflegte, füllte Jack zwei Gläser mit Mango-Eistee, den er aus dem Kühlschrank geholt hatte.

Sie begannen schweigend zu essen, beide in Gedanken noch bei den Ereignissen des Tages, über die sie mit dem anderen nicht sprechen zu können glaubten. Ironischerweise warteten beide auf einen Anruf von Gavin, ohne dass der andere davon wusste. Der Essensberg schrumpfte rasch.

»Schmeckt hervorragend«, befand Jack.

Paul stieß noch einen Happen Huhn auf seine Gabel. »Bai hat beteuert, dass wir nicht enttäuscht sein würden.«

»Glauben Sie immer noch, dass er über alles, was er sieht, Yong Bericht erstattet?«

»Selbstverständlich. Aber das ist sein Job, und ich mach ihm daraus keinen Vorwurf.«

»Ich könnte mir denken, dass er nicht viel zu berichten hat.«

»Er spielt Videospiele, und ich spiele den Dummen. Das hält ihn mir vom Leib.« Paul schluckte. »Viel ist nicht mehr übrig.« Er häufte sich noch einmal Huhn und Reis auf den Teller. »Sie haben gar nicht erzählt, was bei Ihrem Besuch in der Lagerhalle herausgekommen ist.«

»Es ist nicht ganz so gelaufen wie geplant. Sie haben mich nicht reingelassen.«

»Haben Sie ihnen Ihre Ausweise gezeigt?«

»Ja. Die waren ihnen egal. Merkwürdig ist nur, dass Lian behauptet, sie hätte nichts damit zu tun.«

»Aber irgendjemand hat etwas zu verbergen.«

»Ohne Zweifel.«

»Wie wollen Sie reinkommen?«

Jack grinste. »Mithilfe meiner gewinnenden Persönlichkeit.«

Paul ergriff die fast leere Curryschachtel. »Möchten Sie noch?«

»Tun Sie sich keinen Zwang an.«

Die Hintertür flog auf.

Jack fuhr in die Höhe, als Männer mit taktischer Ausrüstung und gezückten Schusswaffen hereinstürmten. Doch zwei kräftige Hände legten sich von hinten auf seine Schultern und drückten ihn wieder nach unten, und der kalte Stahl eines Gewehrlaufs presste sich an seine Schläfe.

Paul saß, den offenen Mund voller Curry, auf seinem Stuhl und schnappte nach Luft wie ein Karpfen auf dem Trockenen.

Die schwarz gekleideten Männer trugen kugelsichere Westen mit dem Aufdruck *Police*. Jack hörte Stiefel die Treppe hinaufstampfen und Rufe auf Englisch und Mandarin.

Ein kleiner, kräftig gebauter Mann mit den Balken eines Lieutenants am Kragen trat vor und steckte seine Pistole weg.

»Sie sind festgenommen!«

»Was wirft man uns vor?«, erkundigte sich Jack.

»Drogenbesitz.«

»Wovon reden Sie?« Jack achtete nicht groß auf das Rumpeln und Poltern, das von oben durch die Decke drang. Es bedeutete nur, dass ihre Zimmer auf den Kopf gestellt wurden.

Ein anderer Polizist zog Paul vom Stuhl hoch. Sein pausbäckiges Gesicht war bleich vor Panik.

»Hände auf den Rücken!«

Paul nickte und kam der Aufforderung nach. Kunststoffhandfesseln ratschten hinter ihm und zwickten ihn in die Handgelenke. Er zuckte vor Schmerz zusammen.

Der Lieutenant deutete auf Jack. »Sie da. Aufstehen. Hände auf den Rücken.«

»Sie begehen einen Fehler«, sagte Jack und erhob sich. Ein anderer Polizist fesselte ihm die Hände.

Über ihnen fiel etwas krachend auf den Boden. Paul fuhr zusammen und blickte zur Decke. Der Lieutenant bemerkte es.

»Einen Fehler? Warum hat dann Ihr Freund solche Angst? Hat er Angst, dass meine Männer etwas finden werden?«

»Sie werden keine Drogen finden«, sagte Jack. »Nicht mal einen Streifen Kaugummi.«

Der Lieutenant trat dicht an Jack heran. »Ist Ihnen nicht bekannt, dass in Singapur auf Drogenschmuggel die Todesstrafe steht?«

»Doch, ich habe so was gelesen …«

»Was geht hier vor?«, brüllte Lian und kam in die Küche marschiert, dicht gefolgt von Park, dessen Gesicht zu einer grimmigen Maske verzerrt war.

»Wer sind Sie?«, fragte der Lieutenant.

»Lian Fairchild. Mir gehört dieses Haus. Was hat das alles zu bedeuten?«

Der Ton des großspurigen Lieutenants wurde milder. »Fairchild? Den Namen kenne ich. Waren Sie nicht bei der Special Tactics and Rescue Unit?«

»Ja. Und? Was geht hier vor?«

»Und Ihr Vater …«

»Beantworten Sie meine Frage, Lieutenant!«

»Meine Einheit hat einen anonymen Hinweis bekommen, wonach in diesem Haus illegale Betäubungsmittel versteckt sein sollen.«

Lian deutete auf Jack. »Halten Sie diesen Mann für einen internationalen Drogenschmuggler?«

Der Lieutenant zog einen Flunsch. »Der Hinweis war glaubhaft.«

»Wissen Sie, wer das ist?«

»Glauben Sie, das interessiert mich? Wenn er gegen das Gesetz verstößt, ist er ein Krimineller.«

»Sie sind ein Narr, und Sie haben einen aus sich machen lassen.« Lian stieß auf Mandarin eine Reihe von Silben aus, die wie ein leises, zorniges Knurren klangen. Jack verstand die Sprache nicht, doch dem immer panischer werdenden Gesicht des Lieutenants war anzusehen, dass sie für ihn nichts Gutes zu bedeuten hatten.

»Nehmt ihnen die Fesseln ab!« Der Lieutenant bellte Befehle in sein Schultermikrofon, und der Lärm im Obergeschoss verstummte augenblicklich. Während Jacks Fesseln durchschnitten wurden, stürmten die anderen Einsatzkräfte die Treppe herunter und zur Tür hinaus.

Der Lieutenant sagte zu Lian: »Sie übernehmen die volle Verantwortung für diese Männer?«

»Ja. Und ich werde auf alle Fälle Ihren Captain anrufen und informieren.«

Der Lieutenant warf einen letzten argwöhnischen Blick auf Jack und Paul, dann fuhr er auf dem Absatz herum, marschierte zur Hintertür hinaus und knallte sie hinter sich auf den demolierten Rahmen.

Jack wandte sich an Lian. »Ich glaube, wir sollten Ihnen danken.«

Paul rieb sich die schmerzenden Handgelenke. »Ja, haben Sie vielen Dank, Ms. Fairchild.«

Lian stieg über die vom Türrahmen abgeplatzten Holzsplitter auf dem Fußboden. »Wie es hier aussieht.« Sie blickte zu Park. »Veranlassen Sie, dass die Tür repariert wird.«

Park zückte sein Mobiltelefon und ging ins vordere Zimmer.

»Wenn Sie mich bitte entschuldigen ...« Paul zwängte sich an Jack vorbei und eilte die Treppe hinauf.

»Wollen Sie mir nicht sagen, was hier gerade passiert ist?«, fragte Jack.

Lian schüttelte den Kopf, sichtlich irritiert. »Da hat sich jemand geirrt – oder wollte Ihnen eine Botschaft zukommen lassen.«

»Eine Botschaft wie ›verschwinden Sie aus Dodge‹?«

»Aus Dodge?«

»Eine Redensart. Gemeint ist Dodge City. Jemand will uns nicht hier haben und versucht uns zu vergraulen.«

»Wer sollte so etwas tun?«

Jack verkniff sich ein Lachen. »Tja, das frage ich mich auch.«

Lian funkelte ihn an. »Sie glauben, dass ich es war?«

»Ich weiß nicht, was ich denken soll. Aber es hat sich gut getroffen, dass Sie genau im richtigen Moment hier aufgetaucht sind. Sonst hätte ich möglicherweise die amerikanische Botschaft angerufen und einen Riesenwirbel ausgelöst.«

Lian schüttelte den Kopf. »Sie sind ein arroganter Arsch, wissen Sie das?«

Mit so einem Konter hatte Jack nicht gerechnet. »Ich bin schon Schlimmeres genannt worden.«

»Ich bin heute Abend hierhergekommen, um mich bei Ihnen für mein schlechtes Benehmen heute Nachmittag zu entschuldigen. Ich war sehr ungehalten.«

»Das habe ich gemerkt.«

»Und jetzt machen Sie mich für das hier verantwortlich?«

»Würden Sie an meiner Stelle nicht auch denken, dass das Timing besser nicht hätte sein können?«

Lian stieß Luft zwischen den zusammengebissenen Zähnen hervor. »Ich weiß auch nicht, was ich denken soll, deshalb ist es vielleicht das Beste, wenn ich jetzt gehe.« Sie wandte sich zur Tür.

Wieder wusste Jack nicht, was er von dieser Frau halten sollte.

Normalerweise konnte er Menschen ziemlich gut einschätzen, aber bei ihr kam er ständig ins Schleudern. Bis eben war er überzeugt gewesen, dass sie ihn an der Nase herumführte, aber ihre emotionale Reaktion hatte ihn verunsichert. Er wurde einfach das Gefühl nicht los, dass er zum Narren gehalten wurde.

Wer war Lian Fairchild wirklich?

Sie war eine loyale Schwester, und ihr Bruder war eindeutig gegen die Fusion. Aber sie war auch eine loyale Tochter, und ihr Vater wollte die Fusion. Und sie war gelernte Sicherheitsexpertin. War sie nur hin- und hergerissen zwischen widerstreitenden Loyalitäten, oder trieb sie irgendein Spiel mit ihm? Und wenn sie ein Spiel mit ihm trieb, was für eines?

Sie war Chinesin, zumindest teilweise. Ob sie vielleicht für die Chinesen arbeitete? Gab es eine bessere Möglichkeit, den Sicherheitsdienst von Dalfan zu unterwandern, als sie zu rekrutieren?

Aber wenn sie eine chinesische Spionin war, dann war sie in ihrem Job nicht besonders gut. Eine richtige Spionin würde versuchen, ihn in Sicherheit zu wiegen, und ihn nicht ständig offen anfeinden.

Es sei denn, genau das gehörte zu ihrem Spiel.

Jack fluchte in sich hinein. Er hatte keinen Schimmer. Und wenn er ganz ehrlich war, kam er sich schon leicht paranoid vor.

Er hielt sie sanft am Arm fest. Sie drehte sich um.

»Hören Sie, es tut mir leid. Ich weiß nicht, was zum Teufel hier vorgeht. Aber wenn Sie wirklich nichts damit zu tun haben, habe ich mich wohl wie ein Idiot benommen.«

Sie blieb unversöhnlich. »Das ›wohl‹ können Sie streichen.«

Park kehrte zurück. »Gleich morgen früh wird ein Mann kommen und die Schäden reparieren.«

Lian blickte zur Tür. »Und bis dahin?«

Jack ergriff einen Stuhl und klemmte ihn vor die knarrende Tür. »Heute Nacht sind wir sicher. Seien Sie unbesorgt.«

»Ich fürchte, die Polizisten haben oben ein Chaos angerichtet. Brauchen Sie Parks Hilfe beim Aufräumen?«

»Nein, das schaffen wir schon«, antwortete Jack, milder gestimmt. »Und danke, dass Sie vorbeigekommen sind. Sonst würden wir jetzt im Gefängnis sitzen.«

»Dann kommen Sie beide morgen früh ins Büro?«

»Sobald Ihr Mann die Tür repariert hat.«

»Sehr gut.« Sie wandte sich erneut zum Gehen.

»He, lassen Sie es mich wiedergutmachen. Ich kenne in der Stadt ein Lokal, in dem es einen hervorragenden Mai Tai gibt.«

Lian zeigte ein trauriges, kleines Lächeln. »Lieber nicht.«

Jack sah, dass Park mit einem Grinsen zu kämpfen hatte. *Abgeblitzt*. Er unterdrückte das Verlangen, es dem Koreaner mit dem Handrücken aus dem höhnischen Gesicht zu schlagen.

»Gute Nacht«, sagte Lian auf dem Weg zur Tür über die Schulter. Park bedachte Jack mit einem letzten spöttischen Blick, ehe er sich umdrehte und ihr folgte.

Jack wollte noch etwas sagen, besann sich aber anders. Er war heute schon in genug Fettnäpfchen getreten.

38

In Pauls Zimmer hatte eine Bombe eingeschlagen. Jedenfalls schien es ihm so, als er in der Tür stand und die Trümmer begutachtete.

Er stürmte an den Socken, Unterhosen, Bettlaken, Kleiderbügeln, Kissen und Anzügen vorbei, die auf dem Schlafzimmerboden verstreut lagen. Kurz blieb er stehen, hob das gerahmte Foto von Carmen auf, das auf dem Nachttisch gestanden hatte, und stellte es an seinen Platz zurück, obwohl das Glas gesprungen war, dann eilte er ins Badezimmer.

Ein leeres Pillenfläschchen aus Kunststoff knackte unter seinem Fuß, als er sich nach der federgespannten Duschvorhangstange bückte, die auf dem Boden lag. Er hob sie an einem Ende hoch. Die Gummikappe fehlte. Er drehte die Stange herum, zog die andere Kappe ab, schob seinen Wurstfinger hinein und versuchte angestrengt, etwas zu fassen zu bekommen. Nach mehreren vergeblichen Versuchen zog er schließlich ein zusammengeknülltes Stück Klopapier heraus, indem er es zwischen Finger und Innenwand klemmte, und warf es weg. Dann neigte er die Stange noch schräger nach unten, und heraus rutschte der USB-Stick, den ihm Rhodes gegeben hatte.

Paul entfuhr ein Seufzer der Erleichterung. Ein Glück, dass der Polizist, der das Badezimmer durchsucht hatte, zu faul gewesen war, in beide Enden einen Blick zu werfen, oder dass der Lieutenant gerade noch rechtzeitig alle nach unten befohlen hatte. So oder so, Paul konnte aufatmen. Was seinen Auftrag anging, wurde die Zeit zwar langsam knapp, aber alles wäre unendlich viel schwieriger geworden, wenn er den USB-Stick verloren hätte. Er hielt den Stick in der offenen Hand.

»Was haben Sie denn da?«, fragte Jack und ließ den Blick über die Pillenfläschchen und Toilettenartikel wandern, mit denen der Boden übersät war. »Und was zum Teufel ist hier passiert?«

Paul hob erschrocken den Kopf. »Das? Nichts. Nur ein USB-Stick.«

»Hatten Sie den in der Vorhangstange versteckt?«

»Was? Nein. Er war in meiner Tasche. In der Stange habe ich nachgesehen, ob sie uns Drogen untergeschoben haben.«

Jack hob ein leeres Fläschchen Tylenol auf. Die kleinen weißen Tabletten lagen überall auf dem Fußboden und auf der Ablage verstreut.

»Jemand will uns nicht hier haben.«

»Yong?« Paul richtete sich stöhnend auf, wobei er sich an der Badewanne abstützte.

»Oder Lian. Oder beide. Oder jemand anders. Wer weiß?«

»Ich glaube nicht, dass es Lian ist. Sie kommt mir ... ratlos vor.«

»Was? Nein. Vertrauen Sie mir.«

Ihnen vertrauen?, dachte Paul und blickte zu Boden. »Die Bude räumt sich nicht von selbst auf. Wir sollten lieber loslegen.«

Jack sah sich um. »Soll ich Ihnen helfen? Wir könnten uns zuerst Ihr Zimmer vornehmen, dann meines.«

»Wenn es Ihnen nichts ausmacht, möchte ich meines lieber alleine aufräumen. Ich habe meine Sachen gern in einer bestimmten Ordnung.«

»Verstehe. Ich denke, ich werde vorher einen Drink nehmen.«

Paul ließ noch einmal den Blick über das Chaos wandern. »Gute Idee.«

Nachdem sie unten ein paar Gläser Bushmills gekippt hatten, humpelte Paul mit Besen und Kehrschaufel wieder nach oben und machte sich an die Arbeit. Er versuchte gar nicht erst, die überall herumliegenden, rezeptfreien Pillen zu retten, sondern kippte sie in eine Tüte, band die Tüte zu und überlegte, wo er sie entsorgen sollte. In die Toilette oder in den Müll wollte er sie nicht werfen – jedes Jahr gelangten bereits Tausende Tonnen an Arzneimitteln ins öffentliche Abwassersystem, und wahrscheinlich noch mehr verseuchten den Boden. Er wusste nicht, wie er es schaffte, solche zufälligen Fakten zu sammeln, aber sie waren immer da, und wenn die Fakten ein bestimmtes moralisches Handeln verlangten, dann versuchte er, das Entsprechende zu tun.

Es dauerte weitere zwei Stunden, bis er die von ihm bevorzugte Ordnung wiederhergestellt hatte. Der bestellte Handwerker würde eine kaputte Schublade reparieren müssen, und den Ärmel eines seiner Jacketts aus Polyester verunzierte ein großer schwarzer Schuhabdruck. Er würde Bai morgen nach einer chemischen Reinigung fragen.

Er fragte sich, ob Jack das mit dem USB-Stick glaubte. Er musste vom Gegenteil ausgehen. Er mochte Jack, aber er kannte ihn kaum, und er gehörte eindeutig zur neugierigen Sorte. Statt den Stick wieder in die Duschvorhangstange zu stecken, nahm Paul einen Schuh zur Hand und stopfte das kleine Speichergerät mit einer Socke in die Schuhspitze.

Endlich beruhigt, beschloss er, eine Dusche zu nehmen.

Paul fand sein Telefon auf dem Nachttisch und sah, dass er einen Anruf von Gavin verpasst hatte. Er hörte die Sprachnachricht ab und fluchte leise über Gavins Kindereien, war aber froh, dass er ihn als Quelle anzapfen konnte.

»Paul Brown, Sie sind nicht downtown. Aber ich habe gerade eine Zip-Datei mit Ihrem Wunschprogramm in Ihre Dropbox geladen, dazu eine Readme-Datei mit einer Anleitung, obwohl alles ziemlich einfach ist. Mir ist zwar noch nicht ganz klar, wie das Programm dabei helfen soll, Ihre chinesische Spionin zu entlarven. Aber solange Sie auf Jack junior aufpassen, bin ich auf Ihrer Seite und halte den Mund, zumindest vorläufig. Melden Sie sich, wenn Sie ein Problem haben – ich meine, abgesehen von dem offensichtlichen, das Sie aus dem Spiegel anstarrt. Und keine Ursache, gern geschehen. Ciao.«

Paul schaltete seinen Laptop ein, loggte sich in sein Dropbox-Konto ein und fand die beiden Dateien, die Gavin angekündigt hatte. Mit einem Doppelklick öffnete er die Readme-Datei und las Gavins Anleitung:

1. Laden Sie die nicht gekennzeichnete SNATCHWARE-Datei auf Ihren Laptop.
2. Stecken Sie den Ziel-USB-Stick in Ihren Laptop.
3. Die SNATCHWARE wird den Verschlüsselungscode auf dem Ziel-USB-Stick automatisch finden und abgreifen. Sie müssen nichts tun. Sie wird eine Datei namens BigDaddyG erstellen.
4. Entfernen Sie den Ziel-USB-Stick und stecken Sie Ihren eigenen Stick hinein.
5. Kopieren Sie die Datei BigDaddyG auf Ihren Stick.
6. Stecken Sie Ihren Stick in den Zielcomputer.
7. Geben Sie Ihr Kennwort für die Zwei-Faktor-Authentifizierung in den Zielcomputer ein, wenn Sie dazu aufgefordert werden.
8. Sie sind drin.
9. Spendieren Sie Gavin Biery und einer gewissen Freundin ein Steak Dinner im Mastro's.

Paul schüttelte den Kopf. »BigDaddyG?« *Verschon mich.* Das Essen im Mastro's würde ihn eine Stange Geld kosten, aber die Ausgabe lohnte sich.

Er öffnete die Snatchware-Datei. Paul war beileibe kein Programmierer, aber er konnte sie leidlich lesen. Sie war knapp gehalten, elegant und potent. Aber was sie wirklich zu leisten vermochte, würde sich erst zeigen, wenn sie heruntergeladen und ausgeführt wurde.

Sie ließ sich problemlos herunterladen. Jetzt war sein Computer gerüstet. Morgen würde er damit den Verschlüsselungscode auf dem Dalfan-Stick abgreifen, der ja das Betriebsgelände der Dalfan-Zentrale nicht verlassen durfte. *Dann werden wir sehen, wie klug unser Klugscheißer wirklich ist,* dachte Paul.

Sobald er das Verschlüsselungsprogramm hatte, würde er es auf den USB-Stick kopieren, den Rhodes ihm gegeben hatte. Dann musste er es nur noch auf einen Dalfan-Computer laden, sein persönliches Kennwort eintippen und das Programm seinen Zauber entfalten lassen.

Ein Kinderspiel, solange alles genau nach Plan lief und er nicht auf frischer Tat bei einem Akt internationaler Wirtschaftsspionage ertappt wurde.

Der Gedanke trieb seinen Blutdruck in die Höhe. Er schlüpfte in seine Pantoffeln, humpelte nach unten und trank noch zwei Fingerbreit Whiskey, um sein Nervenkostüm zu beruhigen.

39

Als Jack und Paul am nächsten Morgen am Security Desk eintrafen, wurde ihnen ein Zettel überreicht mit der Bitte, unverzüglich in Yongs Büro zu kommen.

Yong saß am Computer, als Jack an den Türrahmen klopfte. Yong deutete auf die beiden leeren Stühle vor seinem Schreibtisch.

»Sie wollten uns sprechen?«, fragte Jack.

»Ich habe gehört, was gestern Abend vorgefallen ist. Ziemlich beunruhigend.«

»Für uns oder für Sie?«

»Für uns alle, natürlich.«

»Ja, natürlich.«

Yong schüttelte den Kopf. »Ihre schlechten Manieren sind offenbar nicht besser geworden. Aber das bringt mich gleich zum Punkt. Ich habe festgestellt, dass Ihre Arbeit und Anwesenheit den Betrieb stören und meinem Unternehmen keinen Nutzen bringen.«

»Ich bedaure, dass Sie das so empfinden.«

»Von ›empfinden‹ kann keine Rede sein. Hier geht es nicht um Gefühle, sondern ums Geschäft. Ich stelle lediglich eine Tatsache fest.«

»Und Tatsache ist, dass Sie uns eigentlich gar nicht hier haben wollen, nicht wahr?«

»Bin ich Ihnen gegenüber unhöflich gewesen?«

»Das ist keine Antwort auf meine Frage.«

»Mein Vater möchte Sie hier haben, also möchte ich es auch.«

»Aber wenn nicht Ihr Vater der CEO wäre, sondern Sie? Was wäre Ihnen dann lieber?«

Yong lehnte sich in seinem Stuhl zurück. »Um ganz ehrlich zu sein, ich weiß nicht, welchen Vorteil uns zum jetzigen Zeitpunkt eine Partnerschaft mit einem amerikanischen Unternehmen bringen soll.«

»Eine massive Geldspritze, operative Synergien, globales Branding und weltweite Vermarktung. Besonders unvorteilhaft klingt das nicht.«

»Alles kurzfristige Stimulanzen. Auf lange Sicht ist Amerika im Niedergang begriffen, und Amerikas Rolle in Asien schwindet mit jedem Tag.«

»Während China im Aufstieg begriffen ist«, sagte Paul.

»Ohne Frage. Aber ich würde auch keine Fusion mit einem chinesischen Unternehmen anstreben. Ihren beiden Ländern ist dasselbe Schicksal bestimmt wie dem Vogel Dodo. Sie sind beide zu groß, zu sozialistisch, zu komplex und zu korrupt. Die Zukunft gehört kleinen Nationalstaaten wie Singapur, die von fortschrittlichen Visionären wie einst Lee Kuan Yew geführt werden.«

Oder Yong Fairchild, dachte Jack.

»Nur neun Prozent der Amerikaner vertrauen ihrem Kongress, aber vierundsiebzig Prozent der Singapurer vertrauen ihrer Regierung. Und wenn nicht einmal die Amerikaner ihrer eigenen Regierung vertrauen, warum sollten es dann andere tun?«

Yong traf bei Jack einen wunden Punkt. Sein Vater setzte alles daran, das Vertrauen der Amerikaner in ihre Regierung wiederherzustellen, indem er ehrlich zu ihnen war und stets versuchte, das zu tun, was für das Land das Beste war, selbst wenn ihm das politisch zum Nachteil gereichte.

In einem Politologie-Seminar in Georgetown hatte Jack eine Umfrage von 1964 gelesen, wonach siebenundsiebzig Prozent der Amerikaner glaubten, man könne darauf vertrauen, dass die Bundesregierung meistens das Richtige tue. Diesen Kredit hatte Amerikas politische Klasse verspielt. Es würde Jahrzehnte dauern, das Vertrauen wiederherzustellen.

»Dann frage ich mich, warum Ihr Vater so erpicht auf die Fusion ist«, sagte Jack.

»Es ist vom alten Schlag und hat schon auf dem Schoß seines weißen, britischen Vaters Geschichten gehört über den heroischen Widerstand gegen die grausamen, gelben Eindringlinge aus Nippon.«

»Wollen Sie damit sagen, dass Ihr Vater ein Rassist ist? Er ist selbst halber Asiate.«

»Mein Vater ist anglophil und durch und durch prowestlich. Das macht ihn nicht zum Rassisten. Es bedeutet nur, dass er die Dinge nicht realistisch sieht, obwohl er sonst in vielerlei Hinsicht sehr klug ist.«

»Wir wissen Ihre Offenheit zu schätzen. Vielleicht müssen wir das dem Vorstand von Marin Aerospace zur Kenntnis bringen. Vielleicht überlegen sie es sich dann zweimal, ob sie mit einem Unternehmen fusionieren sollen, dessen künftiger Chef gegen die Fusion ist.«

»Wenn Sie etwas dergleichen berichten, werde ich es bestreiten und Sie deswegen verklagen. Was ich Ihnen anvertraut habe, sind lediglich private Gedanken. Ich trete entschieden für die Fusion und alles andere ein, was mein Vater wünscht. Habe ich mich klar ausgedrückt?«

»Ja.«

»Vielleicht sollte ich Senator Rhodes anrufen und ihm mitteilen, dass Sie Ihre Befugnisse überschritten und das Geschäft zum Platzen gebracht haben.«

Das wäre nicht gut für Gerry oder Hendley Associates, dachte Jack. Yong mochte die Fusion ablehnen, aber viele andere wollten sie. Jack begriff, dass er klein beigeben musste und Yong nicht den Vorwand liefern durfte, den er brauchte, um den Deal noch zu verhindern. Mit einem Mal erschien ihm dieser vermeintlich harmlose Auftrag schwieriger, als in der Nordsee Kugeln auszuweichen, und für seine Karriere fast ebenso gefährlich.

»Ich bitte um Entschuldigung, wenn ich etwas gesagt oder getan habe, was Sie beleidigt hat. Ich versuche nur, meine Arbeit zu tun.«

Paul nickte zustimmend. »Wir führen nur eine rasche, standardmäßige Deliktrevision durch und bemühen uns dabei um größtmögliche Diskretion.«

»Was sollte dann dieser ganze Unsinn mit der Polizei gestern Abend?«

»Wir haben keine Ahnung. Das war, gelinde gesagt, merkwürdig. Zum Glück erschien genau im richtigen Augenblick Ihre Schwester auf der Bildfläche.«

Yong legte den Kopf schief. »Was wollen Sie damit andeuten?«

Jack wollte gar nichts andeuten. Es war doch ganz offensichtlich. Oder sollte er vielleicht glauben, die vorgetäuschte Polizeirazzia sei reiner Zufall gewesen? »Gar nichts. Dank ihrer Intervention bleibt unseren beiden Ländern am Vorabend eines historischen Gipfeltreffens ein peinlicher diplomatischer Zwischenfall erspart.«

»Meine Schwester ist eine außergewöhnliche Frau und ihrer Familie gegenüber absolut loyal. Aber sie ist auch nicht dumm.« Yong grinste. »So amüsant es gewesen wäre, wenn Sie beide die Prügelstrafe erhalten hätten, es wäre nicht richtig gewesen. Sie weiß, dass Sie und Mr. Brown keine Drogenschmuggler sind.«

»Gut zu wissen, denn wer immer diese idiotische Nummer gestern Abend abgezogen hat, ist zu dumm, um zu begreifen, dass wir uns dadurch nicht davon abhalten lassen, unseren Job zu machen, solange wir hier sind.«

»Das freut mich zu hören.«

»Und wir sind ihr aufrichtig dafür dankbar, dass sie uns aus der Patsche geholfen hat.«

»Auch das freut mich zu hören. Sie wirkte ziemlich aufgebracht, als ich heute Nacht mit ihr sprach. Sie ist eine stolze Frau. Ich kann kaum glauben, dass sie sich bei Ihnen entschuldigen wollte.«

Genau genommen hat sie es auch nicht getan, rief sich Jack in Erinnerung. »Mich hat sie jedenfalls überrascht.«

»Meine Schwester hatte heute Morgen mit Ihnen etwas Bestimmtes vor, vermutet jetzt aber, dass Sie nicht mitmachen wollen – so wie Sie sie gestern Abend behandelt haben.«

»Ich bin gestern Abend auf dem falschen Fuß erwischt worden. Hinterher habe ich zu ihr gesagt, dass ich mich wie ein Idiot benommen hätte.« Am liebsten hätte Jack hinzugefügt: *Aber wie ein Idiot habe ich mich nur dann benommen, wenn ich mich in ihr getäuscht habe, und ich bin eher vom Gegenteil überzeugt*. Doch er besann sich eines Besseren. »Wir verbringen sehr gern den Vormittag mit ihr, nur habe ich am Nachmittag einen Termin mit Dr. Heng.«

»Den werden Sie bestimmt einhalten können, und meine Schwester wird entzückt sein.«

Paul trat nervös von einem Fuß auf den anderen und flüsterte Jack ins Ohr: »Ich habe zu arbeiten.«

Jack ignorierte ihn. »Wir sind überaus erfreut.«

Yong stand auf und streckte ihm die Hand entgegen. »Ich bin froh über diese kleine Unterredung, meine Herren. Es ist immer gut, reinen Tisch zu machen.«

Jack drückte ihm die Hand. »Nur noch ein paar Tage, Mr. Fairchild, dann sind Sie uns los.«

»Hoffentlich ereignislose Tage. Wenn Sie mich jetzt entschuldigen, ich habe heute Morgen viel zu tun«, sagte Yong mit einer abschätzigen Geste.

Jack und Paul gingen und machten sich auf die Suche

nach Lian. Jack fing an zu glauben, dass Paul die ganze Zeit recht gehabt hatte – vielleicht sollten sie einfach ihre Unterschrift unter das Scheißpapier setzen und verschwinden. Wie es schien, verschwendeten sie hier nur ihre Zeit.

Pjöngjang, Nordkorea

Der große Schreibtisch des Vorsitzenden Choi Ha-guk war leer bis auf einen Aschenbecher. Anders als bei seinem Vorgänger war das Büro spartanisch eingerichtet: eine einfache Couch, zwei Stühle, Industrieteppich und Bücherregale, in denen, säuberlich geordnet, technische Bücher in drei Sprachen standen. Der Vorsitzende selbst saß steif und in eine Rauchwolke gehüllt auf einem Stuhl mit niedriger Rückenlehne, ihm gegenüber Vizedirektor Ri vom Direktorat für allgemeine Verwaltungsdienste.

»Warum ist es noch nicht geschehen?« Eine Gitane glühte zwischen den gelblichen Fingern des Vorsitzenden auf, als der noch einen Zug nahm.

»Ich habe vollstes Vertrauen in den Bulgaren. Er hat sich in der Vergangenheit als höchst zuverlässig erwiesen.«

»Das beantwortet nicht meine Frage.«

»Es gibt unvorhergesehene Sicherheitsvorkehrungen, die überwunden werden müssen. Aber er versichert mir, dass sie überwunden werden.«

»Wann?«

»Bald.«

»Uns läuft die Zeit davon.« Vorsitzender Choi drückte die Zigarette im übervollen Aschenbecher aus. »Ihnen läuft die Zeit davon.«

»Aber noch ist Zeit, und die Software, die meine Abteilung geschrieben hat, ist einwandfrei.«

Der Vorsitzende zog eine Schublade auf und entnahm ihr ein frisches Päckchen Zigaretten. Nachdenklich schob er den Daumennagel unter die Zellophanverpackung. »Ich erteile Ihnen das direkte Kommando über jede RGB-Einheit im Ausland, deren Unterstützung Sie benötigen.«

»Direktor Kang wird etwas dagegen haben, und ich …«

Der Vorsitzende schnitt ihm das Wort ab, indem er den Finger hob. »Diese Operation hat Vorrang vor allen anderen. Ich werde Direktor Kang persönlich informieren.«

»Vielen Dank, Herr Vorsitzender.«

Der Vorsitzende hielt Ri das blaue Päckchen hin. »Zigarette?«

Ri verbarg seine Überraschung. Er nickte und nahm eine. »Danke.«

Der Vorsitzende schob sein Zippo-Feuerzeug über den Tisch. Ri steckte die Zigarette an. Sie rauchten eine Weile schweigend, dann beendete ein kurzes Nicken des Vorsitzenden die Unterredung.

40

Singapur

Lian unternahm mit Jack und Paul eine Stadtrundfahrt, die im historischen Viertel Emerald Hill mit seinen restaurierten prächtigen Kolonialhäusern begann und in der farbenfrohen Arab Street im muslimischen Viertel weiterging, die geprägt ist von der Sultan-Moschee mit ihren goldenen Kuppeln, Hipster-Läden und Straßenkunst.

Als sie bemerkte, dass Pauls Hinken schlimmer wurde, strich sie einen geplanten Spaziergang durch den Cloud Forest und fuhr stattdessen in die Orchard Road, Singapurs Gegenstück zum Rodeo Drive in Beverly Hills.

Sie beendeten die kurze Rundfahrt in einem Hawker-Center, einer Art Einkaufspassage für singapurisches Streetfood.

»Essen ist bei uns Volkssport«, erklärte Lian, als sie vor einem von Dutzenden Imbissständen stand. »Essen ist eines unserer vielen nationalen Kulturgüter, und Streetfood ist von allen das berühmteste.«

Lian gönnte sich ein scharfes Fischkopfcurry. Paul fand die schwarzen Augen und scharfen Zähne der in einer roten Soße schwimmenden Fischköpfe nur mäßig appetitanregend und entschied sich für ein Reisgericht mit Huhn bei einem anderen Händler, während Jack ein paar Stände weiter Satay-Hühnerspieße erstand, die pikanter und süßer waren als die in seinem Lieblings-Thai-Restaurant zu Hause in Alexandria.

Sie saßen schmatzend und kauend an einem Picknicktisch aus Plastik, um sie herum lärmendes Stimmengewirr, bestehend aus lebhaftem Singlish und einem guten Dutzend asiatischer und europäischer Sprachen in der von Touristen überlaufenen Schlemmerhalle. Jack bemerkte nicht, dass ganz hinten im Menschengewühl ein Bulgare und ein Deutscher standen, deren Aufmerksamkeit ganz auf Paul Brown gerichtet war.

»Und haben Sie im Haus wieder alles in Ordnung gebracht?«, fragte Lian, die das Thema bislang vermieden hatte.

»Ja«, antwortete Jack, »aber wir warten immer noch darauf, von diesem Lieutenant die Identität des anonymen Anrufers zu erfahren. Er wird doch wissen, wie man einen Anruf zurückverfolgt.«

»Ich hoffe, Sie warten nicht auf eine Entschuldigung. Unsere Polizei nimmt Drogenvergehen ziemlich ernst. Sie finden, dass sie nur ihre Pflicht getan haben.«

»Obwohl sie falschgelegen haben?«

»Das bringt der Job manchmal mit sich.« Sie nahm noch einen Bissen Curry. »Jetzt, wo Sie Zeit hatten, darüber nachzudenken – was glauben Sie, wer war der Anrufer?«

Jack schüttelte den Kopf. »Entweder hat sich da jemand einen schlechten Scherz erlaubt, oder es war jemand, der uns loswerden will.«

»Ich versichere Ihnen, dass es niemand von Dalfan war.«

»Wie können Sie sich da so sicher sein?«

Lian blinzelte nachdenklich. »Absolut sicher kann ich mir wohl nicht sein, oder?«

»Auch auf die Gefahr hin, Sie zu beleidigen, muss ich Sie fragen: Besteht die Möglichkeit, dass es Ihr Bruder war?«

Lian hätte fast das Curry ausgespuckt. »Yong? Ausgeschlossen. Das ist nicht sein Stil.«

Jacks Telefon vibrierte in seiner Tasche. »Entschuldigen Sie mich.« Er zog es hervor und ging ran, während er sich vom Tisch entfernte. »Gavin – danke, dass du anrufst. Was hast du herausgefunden?«

Paul tat so, als hätte er Jack nicht Gavins Namen sagen hören, doch sein rundes Gesicht erbleichte vor Sorge. *Was hatte Jack mit Gavin zu reden?*

»Es geht um die Fotos, die du mir geschickt hast, von den Wachleuten oder was immer sie sind«, sagte Gavin. »Totale Fehlanzeige.«

»Nichts?«

»Nada. Ich habe dort, wo du bist, ein paar amtliche Datenbanken gehackt, aber null Treffer erzielt. Auch offene Quellen haben nichts gebracht. Ich würde sagen, ihre Identitäten wurden gelöscht.«

»Geheimdienst?«

»Ich habe keinen blassen Schimmer.«

»Aber wer? Warum?«

»Ich habe dir alles gesagt, was ich weiß. Sorry.«

»Grab weiter, ja? Und wenn du schon dabei bist, kannst du mir noch einen Gefallen tun.«

»Klar.«

»Bist du in der Lage, den Cloud-Server der singapurischen Polizei zu hacken?«

Gavin schnaubte. »Jetzt bloß nicht frech werden. Was soll ich herausfinden?«

»Das werde ich dich wissen lassen.«

41

Wie versprochen, lieferte Lian Paul und Jack um drei Uhr wieder bei Dalfan ab, gerade noch rechtzeitig für ihren Termin im dritten Stock bei Abteilungsleiter Dr. Melvin Heng.

Im Unterschied zu den beiden Forschungsetagen war es in dieser fast so still wie in einer Bibliothek, denn außer dem Klackern von Tastaturen und leisem Geflüster zwischen Computerstationen war nichts zu hören. Mehrere junge Programmierer trugen dick gepolsterte Kopfhörer und wippten mit den Köpfen zu unbekannten Rhythmen, während sie ihre Tastaturen bearbeiteten.

Dr. Heng führte sie in sein kleines Büro. »Kaffee? Tee? Sonst ctwas zu trinken?«

»Wir haben gerade gegessen, danke«, erwiderte Jack, während er und Paul Platz nahmen.

Heng setzte sich an seinen Schreibtisch und strich sich das lange, ergrauende Haar hinters Ohr. »Bitte sehen Sie es mir nach, dass es auf meiner Etage nicht so interessant oder unterhaltsam ist wie in den beiden anderen Forschungsabteilungen. Hier ist es eher wie in einem Beerdigungsinstitut, aber die Stille ist unserer Arbeit zuträglicher. Was kann ich für Sie tun?«

»Wie Sie wissen, führen wir eine sehr informelle Revision durch, um dann ein Abschlussdokument zu unterzeichnen, das den Fusionsvertrag zwischen Ihrem Unternehmen und Marin Aerospace komplettieren wird.«

Heng lächelte. »Wir freuen uns sehr über die Fusion, besonders die Führungskräfte.«

»Die Führungskräfte werden ordentlich davon profitieren«, sagte Paul.

»Das ist das Schöne am Kapitalismus.«

Paul hakte nach. »Ist das der Grund, warum Sie Ihre Forschungsstelle beim Centre for Quantum Technologies an der Nationaluniversität aufgegeben haben?«

»Eigentlich bin ich beim CQT ausgestiegen, um diese Abteilung hier ins Leben zu rufen.«

»Ihr Forschungsschwerpunkt war Quantenkryptografie?«

»Ganz recht. Deswegen hat mich Dr. Fairchild eingestellt. Gibt es ein Problem?«

»Nein, nein«, beschwichtigte Paul. »Wir versuchen nur, uns einen Überblick zu verschaffen. Zu diesem Zweck haben wir in verschiedenen Abteilungen stichprobenartige Prüfungen vorgenommen, und dabei sind wir auf Unterlagen gestoßen, von denen wir glauben, dass sie in einem Zusammenhang mit Ihrer Abteilung stehen. Insbesondere auf eine Datei mit der Bezeichnung ›QC‹, die ich zuerst für ein Kürzel für ›quality control‹ gehalten habe – aber Ihre Abteilung entwickelt *quantum cryptography*, richtig?«

»Genau. Wir konzentrieren uns primär auf die Software-Seite von Quantenkryptografie. Vor allem auf Quantenalgorithmen.«

Jack beugte sich vor. »Was genau ist eigentlich Quantenkryptografie?«

»Das ist eine sehr gute Frage, und sie verlangt eine sehr lange und komplizierte Antwort – bedauerlicherweise hauptsächlich in technischem Fachjargon. Mal sehen, ob ich es einigermaßen anschaulich machen kann.« Heng lehnte sich in seinem Stuhl zurück. »Wie Ihnen sicher bekannt sein wird, ist der Cyberkrieg die neue Form der kriegerischen Auseinandersetzung, auf die die Großmächte zusteuern. Finanzmärkte, Transaktionshandel, Energieinfrastrukturen, Armeen – praktisch jeder Bereich der modernen Gesellschaft wird von Computernetzwerken überwacht, unterhalten oder gesteuert, die miteinander und in zunehmendem Maße auch mit anderen Computernetzwerken weltweit kommunizieren.

Wenn ein feindlicher Staat oder eine Terrorgruppe ein modernes Industrieland wie die Vereinigten Staaten oder seine Streitkräfte vernichten will, sind die empfindlichsten Angriffspunkte die Computernetzwerke, und das ist der Grund, warum momentan so viele Ressourcen für den Cyberkrieg bereitgestellt werden.«

»Welche Rolle spielt Dalfan bei all dem?«, fragte Jack.

»Darauf komme ich gleich zu sprechen, wenn Sie mir noch einen Moment Zeit geben.« Heng sammelte sich. »Der Cyberkrieg ist die modernste Angriffstechnologie, die von den Großmächten zum Einsatz gebracht wird, und in geringerem Maße auch von kleineren Staaten wie dem Iran und sogar von nichtstaatlichen Akteuren wie kriminellen Banden oder Terrorgruppen. Doch die Geschichte lehrt uns, dass jede neue Angriffstechnologie defensive Gegenmaßnahmen hervorbringt, und die Quantenkryptografie ist eine solche defensive Gegenmaßnahme im Cyberkrieg. Wer sie als Erster beherrscht, wird einen strategischen Vorteil gegenüber allen anderen Akteuren haben, und deshalb ist der Rüstungswettlauf auf dem Gebiet der Quantenkryptografie in vollem Gang. Nicht ohne Stolz kann ich sagen, dass Dalfan bei diesem Wettlauf ganz vorn mit dabei ist.«

»Verzeihen Sie, Dr. Heng, aber mir ist noch immer nicht klar, was Quantenkryptografie genau ist«, sagte Jack.

Heng lächelte verlegen. »Ich bitte um Verzeihung. Ich bin es nicht mehr gewohnt, mit Menschen zu reden, die nicht vom Fach sind. Ich rede nur noch mit Physikern und

Software-Ingenieuren. Sind Sie mit den Grundlagen der Quantenmechanik vertraut?«

»Mit der Heisenbergschen Unschärferelation, Schrödingers Katze und so weiter?«

»Genau. Bis vor Kurzem waren unsere besten Schutzvorkehrungen gegen Cyberangriffe komplizierte mathematische Algorithmen – im Wesentlichen Zugangscodes. Doch Mathematiker und Programmierer haben sich noch aggressivere Attacken ausgedacht, darunter die Verwendung des Shor-Algorithmus, um hochkomplexe mathematische Passwörter zu knacken. Deshalb kommen wir heute von mathematischen Schutzmaßnahmen ab und wenden uns der Welt der Physik zu – und nutzen quantenmechanische Mittel wie die Verschränkung bei Aufbau und Wartung von Kommunikationsnetzen.«

»Verschränkung?«, fragte Jack.

»Ja. Seit den 1930er-Jahren wissen wir, dass bestimmte Paare von Teilchen einander zu ›kennen‹ scheinen.« Heng richtete seine beiden Zeigefinger aufeinander und bewegte sie, um diesen Punkt zu veranschaulichen. »Sie sind so miteinander verschränkt, dass, wenn man eine Eigenschaft des einen Teilchens misst, zum Beispiel seinen Drehimpuls, das andere Teilchen augenblicklich den entgegengesetzten Drehimpuls annimmt.«

»Wie ist das möglich?«

»Ich kann Ihnen die Gleichungen zeigen, die es beweisen. Ich kann Ihnen sogar Experimente zeigen, die demonstrieren, wie Sie den Zustand eines verschränkten Teilchens in der Zukunft verändern können und wie das den Zustand eines Teilchens in der Vergangenheit verändern wird, sogar nachdem das erste zerstört worden ist.«

Paul schüttelte den Kopf. »Tut mir leid, aber das klingt verrückt.«

Heng zuckte mit den Schultern. »Ich weiß. Deshalb hat Einstein von einer ›spukhaften Fernwirkung‹ gesprochen.

Aber glauben Sie mir, die Quantenverschränkung ist real. Sie ist sogar so real, dass die Chinesen letztes Jahr ihren ersten Quantensatelliten ins All geschossen haben. Er testet nicht nur Quantenverschränkung, sondern auch Quantenteleportation im Hinblick auf eine Nutzung für sichere Kommunikation.«

Jack verdrehte die Augen. »Teleportation? Sie wollen uns wohl auf den Arm nehmen?«

»Nicht wie in Star Trek, wo Körper mithilfe von Transportern zu einem anderen Ort gebeamt werden. Quantenteleportation ist bloß ein hochtrabender Ausdruck für sofortige Kommunikation. Mit anderen Worten: Wenn zwei Teilchen über eine große Entfernung hinweg verschränkt sind, können Sie zu dem Teilchen am einen Ende ›reden‹ und es in genau demselben Moment am anderen Ende ›hören‹. Da fliegt nichts durch die Luft, was sich abfangen lässt, da gibt es keine Software, die sich hacken lässt. Und das Beste von allem: Es geht keine Zeit verloren.«

»Wenn Sie also einen Quantensender auf dem Jupiter hätten«, sagte Jack, »könnten Sie ohne Zeitverzögerung mit einem Quantenempfänger auf der Erde sprechen.«

»Ganz genau, obwohl es noch einige Jährchen dauern wird, bis wir solche Geräte besitzen. Aber eines Tages wird uns die Quantenverschränkung ein Quanteninternet für absolut sichere Kommunikation ermöglichen.«

Jack warf die Hände in die Luft. »Okay, Wahnsinn. Und welche Rolle spielt Dalfan bei dem Ganzen?«

»Die Chinesen versuchen, ein Quantennetzwerk aufzubauen, aber es weist noch Riesenlöcher auf. Tatsächlich haben alle Quantennetzwerke Probleme auf zwei Ebenen. An einigen dieser Probleme arbeiten wir.«

»Haben Sie Nachsicht mit mir, Doktor, aber bitte erklären Sie mir in möglichst einfachen Worten, an welchen Problemen Sie arbeiten.«

»Auf der ersten Ebene entwickeln wir neue Quantenalgorithmen. Das Kernproblem ist nämlich, dass wir nicht die erforderliche Software besitzen, um die Hardware zum Laufen zu bringen. All diese Dinge sind völlig neu. Der neue D-Wave-Quantencomputer von Google ist 3600 Mal schneller als der schnellste Superrechner – 100 Millionen Mal schneller als Ihr Laptop. Aber diese superschnellen Quantencomputer und die Quantenverschlüsselung, die für ihren Schutz erforderlich ist, laufen mit Quantenalgorithmen – und an denen beißen sich bislang alle die Zähne aus, auch wir.« Heng grinste. »Aber wir sind auf einem guten Weg.«

»Und die zweite Ebene?«

»Im Moment sind Quantennetzwerke auf teure Geräte angewiesen, die durch Glasfaserkabel miteinander verbunden sind. Von einem praktikablen, flächendeckenden Quanteninternet sind wir noch viele Jahre entfernt.«

Heng öffnete eine Schublade und entnahm ihr ein Smartphone.

»Die Chinesen und die anderen Quanten-Mächte müssen die Fähigkeit erwerben, ihre Quantensatelliten da oben ...« Heng deutete zur Decke. »... mit quantenverschlüsselten Mobiltelefonen hier unten zu verbinden.« Er tippte auf das Handy in seiner Hand. »Erst dann haben wir ein praktisch funktionierendes Quantennetzwerk, denn das Mobiltelefon ist auf dem Planeten heute das wichtigste Gerät, was Kommunikation und Internetzugang angeht.«

Jack deutete auf Hengs Smartphone. »Und Sie glauben, dass wir irgendwann Quantenhandys haben werden?«

Heng lachte. »Auf jeden Fall. Die Frage ist nicht ob, sondern wann.« Er tippte erneut auf sein Handy. »Wir entwickeln auch die dafür notwendige Software, und wenn wir sie haben, geht die Revolution auf dem Gebiet der Quanten-Kryptografie erst richtig los.«

»Verkaufen Sie Teile dieser Software an die Chinesen?«

»Nein, natürlich nicht. Das wäre nicht nur absolut ungesetzlich, wir würden uns damit auch ins eigene Knie schießen. Die Chinesen sind unser größter Konkurrent auf dem Gebiet. Wenn wir den Weltmarkt beherrschen wollen, müssen wir diese Technologie für uns behalten.« Heng beugte sich vor. »Wieso fragen Sie mich das überhaupt?«

»Wir haben Hinweise darauf gefunden, dass Dalfan billige Wegwerfhandys mit Riesengewinn in die Volksrepublik China verkauft.«

Heng zuckte mit den Schultern. »Schauen Sie mich nicht so an. Meine Abteilung verkauft nichts, geschweige denn Handys. Wir forschen nur. Soweit ich weiß, schlagen wir in der Bilanz von Dalfan negativ zu Buche.«

»Aber Sie arbeiten an der Speerspitze dieser Technologien«, sagte Jack.

»Und deswegen will Marin Aerospace Ihr Unternehmen kaufen«, fügte Paul hinzu.

Heng lächelte. »Genau.«

»Die Chinesen müssen an dem, was Sie hier tun, sehr interessiert sein«, sagte Jack.

»Das ist jeder. Zumindest jeder, der etwas von Quanten-Kryptografie versteht.«

»Und Sie haben vollstes Vertrauen in Ihre betriebliche Sicherheit?«

»Hundertprozentiges Vertrauen. Wie Sie wahrscheinlich wissen, sind Menschen immer das schwache Glied in einem technischen System, auch was die Sicherheit angeht. Aber ich lege für jeden in meinem Team die Hand ins Feuer.«

Jack und Paul standen auf, und Heng folgte ihrem Beispiel. »Danke für Ihre Zeit, Dr. Heng, und für die Auskünfte. Sie leisten hier eindrucksvolle Arbeit.«

»Ich führe Sie gern herum, aber es gibt wirklich nicht viel zu sehen. Und falls Sie noch Fragen haben, schauen Sie ruhig herein.«

Sie schüttelten sich die Hände, und Paul und Jack machten sich auf den Weg in ihre Büros.

Im Aufzug zückte Jack sein Smartphone, klickte auf die App White Noise und wählte »Crowded Room«. Im Vertrauen darauf, dass ihre Stimmen für mögliche Lauscher nun nicht mehr zu verstehen waren, fragte er Paul: »Was meinen Sie zu all dem?«

»Zu dem Mann oder der Technologie?«

»Zu beidem.«

Paul schüttelte den Kopf. »Faszinierende Technologie. Obwohl ich nicht mal so tun kann, als würde ich sie verstehen. Quantenalgorithmen übersteigen ein wenig mein Fassungsvermögen.«

»Und Dr. Heng?«

»Er macht einen anständigen Eindruck. Doch andererseits, wenn er ein chinesischer Spion wäre, wäre es unklug, sich wie einer zu benehmen.«

»Ich glaube immer noch, dass mit dieser Lagerhalle und den Wegwerfhandys etwas nicht stimmt.«

»Sie vermuten doch nicht, dass er auf diesen Handys quantenkryptografische Software schmuggelt?«

»Das wäre nicht nötig. Ein USB-Stick würde ihnen genügen.« Jack sah Paul in die Augen.

Pauls Herz raste. Was wollte Jack damit andeuten? »Das stimmt. Was habe ich mir nur gedacht?«

»Wenn überhaupt, dann sind die Wegwerfhandys nur ein Mittel, illegale Zahlungen an jemanden zu tätigen, der die quantenkryptografische Software stiehlt. Die Chinesen sind die Käufer. Ich muss noch mal zu der Lagerhalle. Vielleicht kann ich herausfinden, wer der Verkäufer ist.«

»Zu der Lagerhalle, von deren Existenz Lian nichts wissen will?«, fragte Paul. »Wie wollen Sie denn reinkommen?«

Jack zuckte mit den Schultern. »Ich werde versuchen, mir irgendwo eine Erlaubnis zu besorgen.«

»Ich würde nichts Ungesetzliches tun, wenn ich Sie wäre. Sie wissen nicht einmal mit Gewissheit, dass da etwas nicht stimmt. Alles könnte nur ein Zufall sein.«

»Deswegen muss ich eins von den Handys in die Finger bekommen.«

Der Aufzug machte *Ping,* und sie stiegen aus.

Paul sagte zu Jack: »Ich muss in mein Büro, Arbeit nachholen.«

»Ich auch. Lassen Sie uns um fünf Feierabend machen und nach Hause fahren.«

42

Zurück in seinem Büro, schaltete Paul seinen Computer an, in Gedanken noch bei dem Gespräch über Quantenkryptografie. Zum Glück für ihn waren die Computer von Dalfan noch nicht quantenverschlüsselt, doch es war auch so schon eine Herausforderung, die konventionelle Verschlüsselung auf dem Dalfan-Stick zu überwinden.

Sein Betreuer Bai saß an seinem Schreibtisch und spähte von Zeit zu Zeit zu ihm herüber, doch die meiste Zeit war er damit beschäftigt, auf seinen Bildschirm zu blicken und sich heißen Tee nachzuschenken. Paul war ein Gewohnheitsmensch und registrierte die Gewohnheiten anderer, und nachdem er Bai ein paar Tage beobachtet hatte, wusste er, dass er nach seiner dritten Tasse Tee auf die Toilette gehen würde – was er dann auch tat.

Sobald Bai hinter der Toilettentür verschwunden war, steckte Paul den Dalfan-Stick, den er während seines Aufenthalts hier benutzen durfte, in seinen Laptop. Er wusste, dass Gavins Programm den Verschlüsselungscode auf dem Stick abgreifen würde. Danach musste er den Code nur noch auf den Stick laden, den Rhodes ihm gegeben hatte, und er war voll im Rennen.

Laut Gavin würde sein Programm für das Abgreifen des Codes mehrere Minuten brauchen, diese Arbeit aber automatisch im Hintergrund leisten. Paul machte sich keine ernsthaften Sorgen, dabei erwischt zu werden, denn schließlich durfte er den Dalfan-Stick ja offiziell besitzen und benutzen. Er wartete nur darauf, dass das Dialogfenster und die Meldung ERFASSUNG ABGESCHLOSSEN erschienen, dann konnte er erleichtert aufatmen.

Nach Dr. Hengs Ausführungen über unknackbare Netzwerke war er froh, dass er der CIA dabei helfen durfte, China daran zu hindern, diese Technologie von Dalfan zu stehlen und durch ein Hintertürchen in Amerikas Sicherheitsapparat einzudringen. Mit einem Mal erschien ihm sein Auftrag viel wichtiger, als er bislang realisiert hatte.

Er konnte nur hoffen, dass er der Aufgabe gewachsen war.

Das Dialogfenster mit der Meldung ERFASSUNG ABGESCHLOSSEN poppte auf. Paul klickte es in dem Moment weg, als Bai zur Tür hereinkam. Er musste sich gedulden und irgendwann später versuchen, den Verschlüsselungscode auf den CIA-Stick zu laden. Aber das war kein Problem. Er hatte noch vierundzwanzig Stunden bis zur Deadline.

Ein Kinderspiel.

Jack und Paul legten die kurze Fahrt zum Gästehaus schweigend zurück, die Dalfan-Beschatter im Schlepptau, die Jack beim letzten Mal abgehängt hatte.

»Ist was?«, fragte Jack, als sie in ihre Straße abbogen.

»Nein. Wieso?«

»Sie sind so still. Ich habe das Gefühl, dass Sie etwas bedrückt.«

»Ich denke nur nach, das ist alles.«

Paul war sehr wohl bedrückt, aber er wollte nicht darüber sprechen. Als er vorhin Feierabend gemacht hatte, war ihm aufgefallen, dass er mit dem Kalender durcheinandergekommen war. Da sie um den halben Globus geflogen waren, war hier in Singapur jetzt ein anderer Tag als zu Hause. Aber zu Hause war sein Bezugspunkt, und das bedeutete, dass heute sein Hochzeitstag war.

Der eisige Griff um sein Herz wurde immer stärker.

»Möchten Sie etwas Bestimmtes zum Abendessen?«

Paul hörte kaum hin. »Was? Äh ... nein. Eigentlich nicht.«

»Ich könnte ein paar Sandwichs machen. Dann können Sie essen, wenn Sie Hunger bekommen.«

»Ist mir recht.«

Jack parkte den Wagen, während sich das elektrische Tor hinter ihnen schloss, und ging mit Paul zum Haus. Das Sicherheitsteam von Dalfan parkte auf der Straße, entschlossen, sich von Jack kein zweites Mal abschütteln zu lassen.

Jack brachte Wasser zum Kochen und brühte sich eine Instant-Ramen-Suppe auf – eine Reminiszenz an seine Studienzeit. So ungesund die Nudeln für seinen Körper auch waren – nur verarbeitete Kohlenhydrate und gekörnte Hühnerbrühe mit wer weiß welchen chemischen Zusätzen –, der Geschmack war angenehm vertraut, und für das, was er heute Nacht vorhatte, konnte er die geballte Ladung Kohlenhydrate gut gebrauchen.

Er goss sich gerade ein Glas ungesüßten Tee aus dem Kühlschrank ein, als Paul eine Flasche Bushmills aus der Speisekammer holte. Er kippte ein erstes Glas hinunter und goss sich ein zweites ein.

Jack wollte etwas sagen, hielt sich aber zurück. Pauls sanfte Augen waren in den letzten Minuten zu dunklen Wunden geworden, und er schlurfte in der Küche umher, als wäre Jack überhaupt nicht vorhanden – oder als wäre er mit den Gedanken ganz woanders. Irgendwann musste

Jack mit ihm über die Trinkerei sprechen. Paul vertrug zwar einiges, doch in den letzten Tagen hatte er seinen Alkoholkonsum beträchtlich erhöht. Stress konnte nicht der Grund sein – was zum Teufel sollte ihn hier denn stressen? Ergo musste er mit einem Suchtproblem oder etwas anderem zu kämpfen haben, folgerte Jack, und zog bei diesem Kampf momentan offensichtlich den Kürzeren. Er würde morgen mit ihm reden. Für heute Abend hatte er andere Pläne.

Jack spülte sein Geschirr unter dem Wasserhahn ab und stellte es in die Spülmaschine. Dann ging er nach oben. Er zog schwarze Jeans und ein dunkelblaues T-Shirt an, dazu Stiefel mit dicken Schnürsenkeln, eine dunkle Regenjacke und eine schwarz-lila Baseballmütze der Baltimore Ravens. Er schaute auf die Uhr. Es war 19.18 Uhr. Laut Google ging die Sonne um 19.21 Uhr unter, und ein Blick aus dem Fenster lieferte die Bestätigung. Er verriet ihm überdies, dass die beiden Aufpasser von Dalfan in ihrem Range Rover saßen, der auf der Straße parkte.

Es wurde Zeit zum Aufbruch.

Jack ging wieder nach unten in die Küche, wo Paul am Herd stand und Rührei machte. Das war ein gutes Zeichen.

»Riecht gut«, sagte Jack.

»Wollen Sie auch?«

»Schon gegessen, aber danke.« Jack legte die Hand an die Hintertür, deren geborstener Rahmen inzwischen repariert war.

»Wohin gehen Sie?«

»Zurück zu dem Lagerhaus. Ich muss nachsehen, was da drin ist.«

»Ich dachte, man wollte Sie nicht reinlassen.«

Jack schmunzelte. »Beim ersten Mal habe ich den Fehler gemacht, um Erlaubnis zu fragen.«

»Seien Sie vorsichtig – und lassen Sie sich nicht erwischen.«

»Wird gemacht. Vorher muss ich noch unsere Freunde da draußen abschütteln.«

Paul löffelte die Rühreier auf einen Teller. »Und rufen Sie mich an, wenn es ein Problem gibt.«

»Okay, Mom.«

Paul warf Jack einen bösen Blick zu. Etwas Rohes regte sich hinter diesen blassgrauen Augen. Jack war davon überrascht, maß ihm aber keine weitere Bedeutung bei.

43

Jack huschte zur Garage, wobei er möglichst wenig Lärm machte. Gerry hatte zwar zu ihm gesagt, dass dies ein »weißer« Hendley-Job sei und er keine Agentenausrüstung benötige, doch heute Abend hatte er das Gefühl, dass er ein paar Dinge mitnehmen sollte. Er fand einen Werkzeugkasten, durchwühlte ihn, nahm das eine oder andere heraus und steckte es ein.

Plötzlich fühlte er sich beobachtet und spähte in die Ecken der Garage, ob dort vielleicht ferngesteuerte Kameras installiert waren, entdeckte aber keine. Das Sicherheitsteam von Dalfan machte ihn nervös. Er tat es mit einem Achselzucken ab.

Jack trat ins Freie und schloss die Tür hinter sich, wieder so leise wie möglich. Vielleicht hatten die Aufpasser vor dem Haus das Fenster heruntergelassen und wurden argwöhnisch, wenn sie im Hof etwas hörten.

Jack kletterte über die Betonmauer, die das Grundstück auf der Rückseite begrenzte, und schlich durch den Nachbargarten hinüber zur Goodman Road, die rechtwinklig zur Crescent Road verlief, in der das Dalfan-Team parkte und, wie er hoffte, noch nichts mitbekommen hatte.

Er ging auf der Goodman nach Westen. Es war eine sehr gediegene Wohngegend mit traditionellen, modernen und supermodernen Mittelschichtshäusern auf der einen und einer von Bäumen umsäumten Schule auf der anderen Seite. Er hätte sich in einem Vorort von Los Angeles oder Dallas wähnen können, hätten ihn nicht vereinzelte Buddha-Statuen, singapurische Nationalflaggen und auf der falschen Straßenseite fahrende Autos eines Besseren belehrt.

Er schritt zügig aus, hütete sich aber, zu rennen oder sich sonst wie auffällig zu benehmen. Zum Schutz vor etwaigen neugierigen Kameras hielt er das Gesicht gesenkt, aber nicht so tief, dass es in diesem Wohlstandsviertel Verdacht erregt hätte. Er wollte nicht wie ein Einbrecher wirken, der die Lage peilte, oder wie ein Krimineller, der auf der Flucht vor der Polizei war. Er vermutete, dass man auch in Singapur Nachbarschaftswachen aufstellte wie zu Hause in den Staaten.

An der Ecke Goodman und Broadrick Road zückte er sein Telefon, aktivierte die Uber-App, für die er sich unter einem Tarnnamen registriert und die er mit einer Campus-Kreditkarte verlinkt hatte, die nicht zurückzuverfolgen war.

Eine Viertelstunde später las ihn ein Lexus auf, raste mit ihm auf dem PIE quer durch die Stadt nach Westen, bog dann in Richtung Süden auf die Pioneer Road North ab und brachte ihn zu der Adresse, die er in der Uber-App angegeben hatte – und die nicht mit seinem wirklichen Fahrtziel identisch war. Tatsächlich ließ er sich ein paar Hundert Meter entfernt von dem Lagerhaus absetzen, in das er unter Ausnutzung von Singapurs üppiger tropischer Topografie einzudringen gedachte.

Die Straßen in diesem Teil der Stadt waren beidseitig von Stahlgebäuden und Betonfertigbauten gesäumt, die alle erdenklichen Industrie- und Gewerbebetriebe beherbergten, von denen viele dem starken Schiffsbausektor und der erdölverarbeitenden Industrie zuarbeiteten.

Jack hatte, nachdem er an der Dalfan-Lagerhalle abgewiesen worden war, ein benachbartes Werftgelände ausgekundschaftet. Davor standen hohe Bäume, die jetzt in der leichten Brise säuselten, die vom Wasser herüberwehte. Er brauchte nichts weiter zu tun, als über einen hüfthohen Zaun zu springen, wenn gerade kein Auto vorbeifuhr, und sich dann von hinten an das Dalfan-Grundstück heranzupirschen.

Jack blieb stehen, sich plötzlich bewusst, wo er war. *Warum tue ich das?* Eigentlich sollte er eine ganz normale Revision durchführen und keine geheime Operation. Streng genommen schickte er sich an, etwas Ungesetzliches zu tun. Wenn er dabei erwischt wurde, brachte er sich und Hendley Associates in große Schwierigkeiten und mit Sicherheit auch die Fusion zum Platzen.

Aber er konnte nicht anders. Sein Gefühl sagte ihm, dass hinter den Kulissen noch etwas anderes vorging, besonders seit dem Treffen mit Dr. Heng und dem Gespräch über Quantenkryptografie. Hier könnte eine echte Bedrohung der nationalen Sicherheit vorliegen. Allein deshalb war es das Risiko wert.

Hatte Gerry möglicherweise den Verdacht gehegt, dass bei Dalfan etwas nicht stimmte? Gerry wusste, dass Jack gerne mal gegen sein Einsatzprofil verstieß. Vielleicht war das der wahre Grund, warum er ihn nach Singapur geschickt hatte.

Jack hätte es gern geglaubt. Aber es war unwahrscheinlich. Wenn er ehrlich war, dann musste er zugeben, dass er sich über diesen »weißen« Auftrag ärgerte. Er war jetzt Außenagent auf der schwarzen Seite. Was erwartete Gerry von ihm? Dass er das einfach vergaß und brav seine Bleistifte spitzte?

Jack seufzte, während er die vorbeifahrenden Autos beobachtete und seine Optionen abwog. Eigentlich sollte er auf der Stelle Clark anrufen, ihm die Situation erklären und seinen Rat einholen, bevor er eine Dummheit beging. Dann wäre er auf der sicheren Seite.

Aber welche Alternativen hätte er denn? Mit einer bloßen Vermutung konnte er nicht zu den Behörden gehen. Und den Fairchilds konnte er nicht mit einer Anschuldigung kommen, für die er keine Beweise hatte. Wenn sie unschuldig waren, würden sie sauer reagieren und die Fusion abblasen. Wenn sie schuldig waren, würden sie es abstreiten und, was noch schlimmer war, alle Spuren verwischen, bevor er Beweise dafür sammeln konnte, dass sie Geheimnisse an die Chinesen verkauften.

Und genau aus diesem Grund war er jetzt hier und schickte sich an, über den Zaun zu springen. Wenn er in das Lagerhaus hinein und wieder heraus kam, ohne erwischt zu werden, würde er den Beweis dafür haben, dass Dalfan mit den Chinesen zusammenarbeitete – oder auch nicht. So oder so, er hätte dann Gewissheit.

Es war das Risiko wert. Und eigentlich würde der Einbruch nur dann zum Problem werden, wenn er sich erwischen ließ.

»Also lass dich nicht erwischen«, flüsterte er.

Sobald die Straße leer war, sprang er über den hüfthohen Zaun. Einmal drüben, hielt er sich möglichst dicht an der Wellblechwand, denn er hatte bemerkt, dass die an den hohen Mauern angebrachten Überwachungskameras auf die Straße und den Hafen gerichtet waren. Er schlich an großen, gewerblichen Booten vorbei, die auf riesigen Trailern im Trockendock lagen und auf ihre Reparatur oder Generalüberholung warteten, und vermied es, in die Sichtlinie der Kameras hinter ihm zu geraten.

Er blieb häufig stehen und kauerte sich tief in den Schatten der Boote, die ihm als Deckung dienten. Er beobachtete, wie die beiden einzigen Wachleute, die er bisher entdeckt hatte, gemächlich ihre Runden über das weitläufige Werftgelände drehten, sich dabei unterhielten und rauchten. Als er das erste Mal an der Werft vorbeigefahren war, hatte er nur einen Wächter am Eingangstor gesehen, aber der Mann hatte sich mehr für sein Lunchpaket interessiert als für den vorbeifahrenden Amerikaner. Jack hatte vermutet, dass die Sicherheitsmaßnahmen nachts, wenn die Werft geschlossen war, noch laxer gehandhabt wurden, und bis jetzt hatte er recht behalten. Sobald die beiden Wachleute auf die andere Seite wechselten, huschte Jack geduckt zu dem Stahlgitterzaun, der das Dalfan-Grundstück umgab, und ging hinter einem rostigen, orangefarbenen Gabelstapler, der dort parkte, in Deckung.

Im Gegensatz zur Werft war der hintere Teil des Dalfan-Grundstücks gut beleuchtet und einsehbar. Die Rückwand der Lagerhalle wies vier große Rolltore auf, die jetzt geschlossen waren. Von dort, wo er kniete, hörte Jack keine Geräusche in der Halle oder auf dem asphaltierten Platz davor.

Er zog eine Drahtzange aus der Tasche. Eigentlich war sie zum Abkneifen von Stromkabeln oder Haushaltsnägeln gedacht, nicht von Stahlgitterstäben. Jack erwog, den Zaun zu erklimmen und seine Jacke oben über den Stacheldraht zu werfen, damit er hinüberklettern konnte. Aber der Zaun war zweieinhalb Meter hoch, und der Stacheldraht maß noch einmal fast einen halben Meter. Er konnte auch auf den Gabelstapler steigen und die Jacke von dort aus werfen, sodass sie mit ziemlicher Sicherheit richtig zu liegen kam. Aber er war überzeugt, dass die Sicherheitsmaßnahmen auf der Dalfan-Seite strenger waren, und er wollte sich den Anblick ersparen, wie Dalfan-Wachleute mit gezückten Schusswaffen auf ihn zustürmten, wenn er in drei Meter Höhe rittlings auf Stacheldraht saß.

Er beschloss, geduldig zu sein und sich Zeit zu nehmen. Er setzte die Zange an, drehte sie kräftig hin und her und zwang die Schneiden, sich in den Gitterstab zu graben, obwohl sie dafür nicht gemacht waren. Er müsste häufig die Hände wechseln, da sie von der Anstrengung ermüdeten und die Griffe sich tief in die Handinnenfläche gruben. Jedes Mal, wenn die Zange einen Stab durchtrennt hatte und den Zaun zum Wackeln brachte, legte er eine Pause ein und vergewisserte sich, dass das Geräusch auf keiner Seite einen Alarm ausgelöst hatte. Dreißig Minuten später hatte er ein so großes Loch in den Zaun geschnitten, dass er hindurchschlüpfen konnte. Nur wusste er nicht recht, was er dann tun sollte. Drüben gab es keinerlei Deckung. Er hatte nur eine Möglichkeit: Er musste direkt zum Gebäude rennen und darauf hoffen, dass sich im Dunkeln keine Sicherheitsleute oder Wachhunde verbargen. Er bedauerte, dass er keine Nachtsichtbrille dabeihatte, mit der er die Umgebung hätte absuchen können. Aber wozu hätte er denn eine mitnehmen sollen? Er erfüllte doch nur einen einfachen, gefahrlosen »weißen« Auftrag.

Was zum Teufel tue ich hier?, fragte er sich erneut. Wenn er erwischt wurde, kam er in Teufels Küche. Und es bestand immer noch die Möglichkeit, dass das Lagerhaus gar nicht Dalfan gehörte.

Aber sein Bauchgefühl.

Sein verdammtes Bauchgefühl.

Jack spähte sicherheitshalber noch einmal nach hinten und vergewisserte sich, dass die Werft-Patrouille außer Sicht war, dann kroch er durch das Loch im Zaun und rannte über den leeren Hof in Richtung Lagerhalle, wobei er das Gesicht von den Kameras wegdrehte, die er an den Ecken des Dachs entdeckt hatte.

Sein Puls raste, als er die zweihundert Meter sprintend zurücklegte und jede Sekunde damit rechnete, Schüsse oder knurrende Hunde zu hören. Doch er erreichte die Ecke des Gebäudes, ohne dass Alarm geschlagen worden wäre.

So weit, so gut.

Er atmete tief durch und schaute sich wieder um. Dank der hellen Natriumdampflampen konnte er das Gelände hinter sich und vor sich bis zur Laderampe überschauen. Nichts.

Merkwürdig.

Was in dem Lagerhaus auch immer gearbeitet wurde, es wurde offensichtlich nicht nachts getan. Das war ein Glück für ihn.

Er sprang auf die Laderampe, lief am ersten Rolltor entlang und zog probehalber mit einem Ruck daran, doch es rührte sich nicht. Er huschte zu den beiden nächsten Toren und probierte es auch dort, doch beide waren fest verriegelt. Das galt auch für das vierte Tor, aber dahinter war eine normale Tür aus Stahl, von der eine Treppe auf den Asphalt hinunterführte. Wieder vergewisserte er sich mit einem Blick in die Runde, dass er nicht im Sichtfeld einer Kamera war, dann drehte er in der unsinnigen Hoffnung, dass die Tür aufgehen würde, am Türknauf.

Sie ging natürlich nicht auf.

Scheiße.

Jack kniete sich vor dem runden Stahlknauf hin und nahm das einfache Schlüsselloch in Augenschein, dann ließ er noch einmal den Blick über den Hof schweifen, um sicherzugehen, dass er nicht beobachtet wurde. Er griff in die Hosentasche und zog zwei große, schwere Büroklammern heraus, die er sich aus seiner Schublade für Büromaterial bei Dalfan geborgt hatte.

Dom hatte ihm letztes Jahr beigebracht, wie man mit einem Dietrich-Set von Sparrows Vorax – eines der besten auf dem Markt – so ziemlich jedes Schloss aufbekam. Das Problem war nur, dass bei dieser Reise das Mitführen eines Einbrecherbestecks im Gepäck die Aufmerksamkeit der TSA oder des singapurischen Zolls erregt hätte. Und im Übrigen hatte er ja nicht ahnen können, dass er einen Einbruch begehen würde.

Zum Glück hatte Dom ihm auch beigebracht, wie man mit zwei Büroklammern improvisierte. Beim letzten Mal, als sie den Büroklammertrick übten, hatten sie ein Saufspiel daraus gemacht, bei dem nach jeder Runde der Verlierer einen Wodka trinken musste, was die Fingerfertigkeit, die man brauchte, um selbst ein simples Schloss zu knacken, weiter beeinträchtigte. Nachdem Jack die ersten beiden Runden verloren hatte, war es ihm am Ende doch noch gelungen, Dom zu besiegen. Vielleicht war er durch den Alkohol lockerer geworden. Wenn ja, dann hätte er jetzt dringend einen Schluck gebraucht.

Jack zog eine Spitzzange hervor und formte mit ihrer Hilfe aus der ersten Büroklammer einen rechtwinkligen Spanner, wozu nur ein paar Drehungen nötig waren, dann brachte er die folgenden zwei Minuten damit zu, aus der anderen Büroklammer einen Rake-Pick mit w-förmiger Spitze zu biegen. Der Rake-Pick erforderte deshalb mehr Zeit, weil er das gerade Ende der Büroklammer zu einem relativ präzisen *W* und das andere Ende zu einem stabilen Griff biegen musste.

Jack nahm den Spanner in die linke Hand, führte ihn in das Schloss ein, ohne irgendein Drehmoment auszuüben, und schob den Rake-Pick bis zum Anschlag hinein. Dann zog er den Pick mit gespitzten Ohren und viel Fingerspitzengefühl wieder heraus, wobei er Druck nach oben ausübte und versuchte, die Sperrstifte in ihre Freigabeposition zu drücken und gleichzeitig ein leichtes Drehmoment auf den Zylinder anzuwenden.

Beim ersten Mal, als er durch das Schloss harkte, glaubte er zu hören, wie zwei Stifte sich setzten, und so hielt er den Druck auf den Zylinder mit dem Spanner aufrecht, damit die Stifte nicht zurückschnappten. Dies wiederholte er mehrere Male, wobei er sich voll und ganz auf seine Aufgabe konzentrierte. Er glaubte zu spüren, wie sich ein weiterer Stift setzte, und hoffte inständig, dass es sich um ein normales Schloss mit fünf Stiften handelte.

Er tastete gerade hochkonzentriert nach dem nächsten Stift, den er setzen musste, als plötzlich das stählerne Rolltor neben ihm rasselte. Im ersten Moment dachte er, jemand öffne es von innen, doch dann spürte er einen Windstoß im

Gesicht und begriff, dass er sich irrte. Doch dieser Bruchteil einer Sekunde genügte, um ihn abzulenken. Die Spannung, die er auf den Zylinder ausübte, ließ minimal nach, und alle Stifte, die er bereits gesetzt hatte, schnappten zurück.

Verdammt!

Er begann noch einmal von vorn, entschlossener denn je, dieses Schloss zu öffnen und festzustellen, was in der Halle war, und sei es auch nur deshalb, um vor Dom damit prahlen und ihn dazu nötigen zu können, ein paar Runden auszugeben, wenn er wieder zu Hause war.

Er brauchte gut drei Minuten, um vier Stifte zu setzen, indem er mit dem Rake-Pick wackelte und ruckte und gleichzeitig mit dem Spanner genau den richtigen Druck auf den Zylinder ausübte.

Stimmen flüsterten in der Dunkelheit. Wieder erstarrte Jack, doch diesmal achtete er darauf, dass er die Spannung hielt. Er holte tief Luft und spähte in die Richtung, aus der das Flüstern kam. Mit Mühe konnte er zwei schattenhafte Gestalten ausmachen, die hinter dem Zaun über den Hof gingen – die Werft-Bewacher, die er vorhin umkurvt hatte. Sie drehten ihre normale Runde und unterhielten sich dabei. Jack bezweifelte, dass sie in seine Richtung schauen würden, und wenn doch, würden sie eher die Polizei rufen, als selbst einzugreifen. Aber wer konnte das wissen? Er musste so schnell wie möglich aus dem Licht.

Da nur noch ein Stift übrig war, benutzte er den Rake-Pick wie einen herkömmlichen Dietrich, stellte sich die erste scharfe Biegung des Ws als einzelne Spitze vor und versuchte, damit den letzten Stift zu ertasten. Gleich darauf spürte er, wie der Stift klickend arretierte. Es war geschafft.

Gott sei Dank.

Jack schlüpfte hinein und erstarrte.

44

Leer.

Das ganze verdammte Lagerhaus war leer.

Jack wollte schon die Baseballmütze abnehmen und sich am Kopf kratzen, ließ es aber im letzten Moment bleiben. Besser, er präsentierte sich jetzt nicht den Kameras.

Er war total frustriert. Hatte er sich in der Adresse geirrt?

Nein. Ausgeschlossen.

Wer immer die Halle leer geräumt hatte, er hatte freundlicherweise das Licht brennen lassen. Und warum auch nicht? Es gab ja nichts zu sehen.

Und offensichtlich sollte er genau das sehen.

Er ging in die Knie und untersuchte schmale Spuren von Gummireifen. Sie rührten von einem Gabelstapler her, der scharfe Kurven gefahren und offensichtlich schwere Lasten befördert hatte. Sie konnten vor zehn Monaten entstanden sein oder auch vor zehn Stunden.

Ungefähr um die Zeit, als Lian mit ihnen die Stadtrundfahrt unternommen hatte.

Jack versuchte, sich Paletten und Kisten vorzustellen, gefüllt mit etwas, von dessen Existenz er nichts erfahren sollte. Aber was konnte das sein?

Er streifte umher und suchte den Fußboden nach Hinweisen ab. Ein Ölfleck, ein Stück zerknülltes Paketband, eine Zigarettenkippe.

Nichts.

Was immer hier gestern von einer Schlägertruppe ohne offizielle Abzeichen bewacht worden war, es war nicht mehr da.

War eilends weggeschafft worden.

Warum?

Wohin?

Wie Piksieben hier herumzustehen beantwortete keine dieser Fragen. Aber Jack glaubte zu wissen, wie er Antworten bekommen konnte.

Er zückte sein Telefon und aktivierte wieder die Uber-App. Wenn ihn sein Gefühl nicht trog, lief die Uhr gegen ihn.

Es wurde Zeit, die Karte Gavin auszuspielen.

»Sorry, Jack, ich habe es versucht«, sagte Gavin, einen seltenen Anflug von Bescheidenheit in der Stimme.

Jack traute seinen Ohren nicht. »Hast du nicht gesagt, es wäre ein Kinderspiel?«

»Ich weiß. Ich habe mich geirrt. Der Cloud-Server der singapurischen Polizei ist besser geschützt, als ich dachte. Ich könnte dranbleiben oder sogar ein paar Gefallen einfordern. Aber dann reden wir von mehreren Stunden, vielleicht Tagen.«

»So viel Zeit haben wir nicht.«

»Ich fühle mich beschissen deswegen.«

Jack hätte am liebsten geflucht. Er war enttäuscht, aber Gavin traf keine Schuld. Er konnte nicht erwarten, dass der Mann ihm jedes Mal aus der Patsche half, wenn er nicht weiterwusste.

Der Uber-Fahrer hielt am Straßenrand. »Halb so wild, Gav. Ich muss jetzt los. Ich finde einen anderen Weg.«

Jack stieg in den Toyota Camry, wohl wissend, dass ihm eine lange Nacht bevorstand. Eine Möglichkeit hatte er noch, doch dazu brauchte er Pauls Hilfe. Er konnte nur hoffen, dass der dickliche Buchhalter noch auf dem Posten war.

Jack schlich durch die hintere Küchentür, durch die er hinausgeschlüpft war, wieder ins Haus, ohne von den Beschattern im Wagen vor dem Haus gesehen zu werden. Er konnte es kaum erwarten, Paul für die Geheimaktion heute Nacht zu gewinnen. Er hörte ein Geräusch im Wohnzimmer und lenkte seine Schritte dorthin.

Paul saß auf der Couch, vor sich auf dem Tisch eine halb leere Flasche Bushmills, die Augen feucht und gerötet. Er rang sich ein Lächeln ab. »Hallo, Jack.«

Jack betete, dass es die erste Flasche war. *Paul wird mir heute Nacht keine Hilfe sein.* Er durchmaß den Raum, setzte sich neben ihn und tätschelte ihm das Knie. »Was ist los?«

»Trinken Sie einen mit mir?«

»Was ist los? Im Ernst. Sie können es mir sagen.«

Paul seufzte. »Ich vermisse sie sehr.«

»Ihre Frau.«

»Carmen war die Beste.«

»Sie sind auch nicht so schlecht.«

»Sie kennen mich nicht, Jack.« Paul versteifte sich. »Sie wissen nichts von mir.«

»Sie sind ein hervorragender Buchprüfer. Sie haben einen ausgezeichneten Geschmack, was Kugelschreiber angeht. Was muss ich denn mehr wissen?«

Paul goss sich noch einen Drink ein, wobei er einen Teil auf dem Tisch verschüttete. Dann füllte er ein leeres Glas, das daneben stand. »Trinken Sie einen mit mir.«

»Ich wollte eigentlich wieder …«

»Trinken Sie mit mir. Bitte.«

»Na schön.« Jack ergriff das Glas. »Was ist der Anlass?«

»Heute ist mein Hochzeitstag. Carmen und ich wären heute zweiunddreißig Jahre verheiratet.« Er erhob sein Glas.

»Das ist großartig.« Jack stieß mit Paul an. »Auf Carmen und auf Sie.«

Pauls Unterlippe begann zu zittern wie bei einem Kind. »Sie fehlt mir, Jack.«

»Kommen Sie, trinken Sie aus. Sie haben eine Menge zu feiern.«

»Was denn?«

»Zum Beispiel wunderbare Erinnerungen an eine Frau, die Sie über alles geliebt haben und die auch Sie über alles geliebt hat. Das ist nicht jedem im Leben vergönnt.« Jack zeigte ein warmes Lächeln. »Meinen Eltern ist es vergönnt. Ich beneide sie darum – und ich beneide Sie und Carmen.« Er leerte sein Glas in einem Zug.

Pauls Miene hellte sich auf. »Ja, Sie haben recht. Ich kann mich glücklich schätzen.« Auch er kippte seinen Drink hinunter.

Jack stand auf. »Ich würde ja hierbleiben und Ihnen Gesellschaft leisten, aber ich habe noch was zu erledigen.«

»Wollen Sie, dass ich mitkomme?«

Ja, ich würde es wollen, wenn Sie nicht schon besoffen wären und es Sie davon abhalten würde, sich bis zur Besinnungslosigkeit zu betrinken. »Diesmal nicht. Aber danke.«

Paul grinste breit und wedelte mit einem Wurstfinger in Jacks Richtung. »Ah, ich verstehe. Es ist diese Frau, nicht? Lian. Mannomann. Sie ist eine Schönheit. Freut mich für Sie.« Paul goss sich noch einen Schluck ein. »Darauf sollten wir anstoßen.«

»Noch so einen Drink, und ich bin erledigt. Wir verschieben das auf ein andermal.«

»Klar. Ich verstehe. Nicht jeder verträgt so viel wie ich.« Paul rülpste.

»Soll ich Ihnen was zu essen bringen, bevor ich gehe?« Zwecks Ausnüchterung, dachte Jack.

»Nein, nein, alles in Ordnung. Trotzdem danke.«

»Okay. Rufen Sie mich an, wenn Sie mich brauchen.«

»Tun Sie nichts, was ich nicht auch tun würde«, sagte Paul kichernd. Aber dann verdüsterte sich seine Miene. »Und behandeln Sie sie gut, hören Sie? Sonst bekommen Sie es mit mir zu tun.«

Jack nickte feierlich. »Selbstverständlich.«

Er machte auf dem Absatz kehrt und eilte auf sein Zimmer, wo er noch etwas zu erledigen hatte, bevor er erneut der Garage einen Besuch abstatten würde. Auf der Treppe fluchte er vor sich hin. Die Nacht würde *noch* länger werden, als er erwartet hatte.

45

Jack fuhr mit einem Uber-Taxi zur Dalfan-Zentrale, ließ sich vom Fahrer aber mehrere Blocks davor absetzen. Er wusste von Betriebsleiter Feng, dass bei Dalfan abends nicht gearbeitet wurde und nur eine Rumpfmannschaft von Wachleuten im Haus blieb. Allerdings war es nicht ungewöhnlich, dass ein paar fleißige Angestellte bis in den späten Abend und sogar die ganze Nacht blieben, wenn sie einen engen Termin einzuhalten hatten.

Jack hatte Feng im Rahmen seiner Pflichten als Prüfer um eine Besichtigung des gesamten Betriebs gebeten, doch John Clark hatte ihm auch beigebracht, stets das Terrain zu sondieren, wo immer er sich befand, und wenn es auch nur ein Kino oder ein Restaurant war. Er konnte Clarks Stimme und die Fragen noch hören: »Wo sind die Ausgänge? Wie gelangt man am schnellsten ins Freie? Wo hat man den besten Überblick? Welche Positionen sind am leichtesten zu verteidigen? Wo ist die Herrentoilette?«

»Wieso denn die Herrentoilette?«

»Falls Sie mal pinkeln müssen.«

Fengs Führung war recht aufschlussreich gewesen. Bei der Gebäudeüberwachung setzte Dalfan größtenteils auf elektronische Systeme wie Alarmanlagen, Sensoren und Kameras. Das kostbarste Gut des Unternehmens war sein geistiges Eigentum, und das war auf seinem Zentralrechner und seinen Workstations gespeichert, die durch Passwörter geschützt waren. In Singapur gab es tatsächlich wenig Kriminalität, und so hielten sie es für ausreichend, dass ein einzelner Wachmann in der Eingangshalle die ferngesteuerten Kameras überwachte, wie Jack ebenfalls bemerkt hatte.

Mit seinem Sicherheitspass und den anderen Dalfan-Ausweisen hätte Jack problemlos durch die Vordertür marschieren, sich dem Wachmann am Security Desk vorstellen und behaupten können, er müsse irgendwelchen Papierkram fertig machen. Er zweifelte nicht im Geringsten daran, dass ihn der Mann hineinlassen würde. Noch weniger zweifelte er daran, dass er seinen Namen in sein System eingeben und dann möglicherweise feststellen würde, dass Yong oder Lian ihn rot markiert hatten und sofort benachrichtigt werden wollten, wenn er nach Feierabend plötzlich im Haus aufkreuzte. So konnte es nicht funktionieren. Bei dem, was er heute vorhatte, wollte er möglichst anonym bleiben, zumindest bis es erledigt war.

Da kam ihm eine bessere Idee.

Drüben im Gästehaus neigte Paul die Flasche und kippte den restlichen Whiskey in sein Glas. Er wischte mit dem Finger die letzten Tropfen aus der Flaschenmündung, fuhr sich damit über die Zähne und lutschte alles weg, während er die Flasche mit einem dumpfen Knall wegstellte.

Er brüstete sich mit seiner Trinkfestigkeit, einer Gabe, die er seinem deutsch-irischen Vater zu verdanken hatte, dem Polizisten, der in Ausübung seines Dienstes getötet worden war. Der Mann hatte gut schießen können – Paul hatte zu Hause in einer Vitrine die Schützentrophäen seines Vaters ausgestellt –, doch sein wahres Talent hatte nach Auskunft der Altgedienten darin bestanden, dass er jeden im Revier unter den Tisch saufen konnte und dann noch in der Lage war, in gerader Linie nach Hause zu marschieren, wo ihm Pauls abstinente Mutter eine Gardinenpredigt hielt.

Paul wusste, dass er betrunken war, aber der Schlüssel zur Bewältigung dieses Zustands war, sich dessen bewusst zu sein, und Paul wusste genau, dass er nicht bei klarem Verstand war. Doch erst in diesem Zustand alkoholisierten Innewerdens vermochte er ein wenig Abstand zwischen sein Herz und das Licht schluckende schwarze Loch untröstlichen Schmerzes zu bringen, das in seiner Brust rotierte. Zum ersten Mal an diesem Abend war ihm nicht zum Heulen zumute. Der Alkohol entzog ihn der Schwerkraft der Trauer, die nüchtern zu überwinden ihm niemals gelang. Aber nüchtern konnte er wenigstens arbeiten und sich so stark auf die jeweilige Aufgabe konzentrieren, dass er seinen Kummer darüber vergaß. Doch kaum war er eine Weile ohne Beschäftigung, zog es ihn unweigerlich wieder in den Abgrund. Das war nicht richtig, und es war auch nicht normal, aber so war es nun mal. Carmen war die Liebe seines Lebens, und seine Seele war entzweigerissen.

Jetzt, wo er betrunken war, fielen die Fesseln der Trauer ab und ermöglichten ihm, wieder einigermaßen klar zu denken oder zumindest klarer zu sehen. Er hatte das überwältigende Gefühl, dass Carmen ihn genau in diesem Moment beobachtete, und er war überzeugt, dass sie unzufrieden mit ihm war. Und nicht nur das, sondern dass sie sich für ihn schämte.

»Du hast etwas Wichtiges zu tun. Hast du das vergessen? Warum sitzt du hier nur herum und zerfließt vor Selbstmitleid?«

Er nickte. Sie hatte recht. Carmen hatte immer recht.

»Tut mir leid, Carmen.«

»Beweise es.«

Paul schloss die Augen und brachte ihre Stimme zum Verstummen. Er ergriff sein Glas und führte es an die Lippen, aber er konnte nicht trinken. Jedenfalls nicht jetzt.

Er stand auf und schwankte in Richtung Küchentisch, auf dem die Umhängetasche mit seinem Laptop lag. Er hatte mit dem Reißverschluss zu kämpfen, bekam ihn schließlich aber auf, und eine Minute später lief der Rechner. Heftig blinzelnd versuchte er, sich zu erinnern, was er als Nächstes tun musste. Schließlich lichtete sich der Nebel.

Er torkelte zur Treppe und schleppte sich ins Badezimmer hinauf. Er zog an der federgespannten Duschvorhangstange, aber zu ungestüm, sodass die ganze Chose herunterkrachte. Egal. Das würde er später wieder in Ordnung bringen.

Paul nahm die Kappe am hinteren Ende ab und versuchte, Rhodes' USB-Stick herauszuziehen, aber sein Wurstfinger konnte das Papiertuch nicht ertasten. Er spähte ins hohle Innere der Stange. Leer.

Jemand hatte den USB-Stick gestohlen.

Panik befiel ihn, brachte sein Herz zum Rasen und flutete seine Blutbahnen mit so viel Adrenalin, dass er etwas nüchterner wurde. Plötzlich fiel ihm etwas ein.

Er ließ die Vorhangstange fallen, ging zu seinem Schrank und hob den Schuh auf, in den er eine Socke gestopft hatte. Darin fand er den Stick. Er schnappte ihn sich und rannte buchstäblich die Treppe hinunter zu seinem Laptop. Er hörte sich schwer durch die Nase atmen, während ein pochender Kopfschmerz in seinen Schädel kroch.

»Das ist zu wichtig, um damit zu spaßen«, wiederholte Paul, was er Carmen hatte sagen hören.

»Kaffee«, sagte er sich. Er brauchte eine Minute, um sich zu besinnen und herauszufinden, wo sich Kaffee, Filter und Kanne befanden. Zehn Minuten später saß er wieder vor seinem Computer, in der Hand einen großen Becher mit dampfendem Sumatra-Kaffee mit reichlich Sahne und Zucker. Er schlürfte ihn so schnell er konnte hinunter, dann klappte er den Laptop wieder auf und riss sich zusammen.

Er fand die Datei, in der Gavins Programm den kopierten Verschlüsselungscode der Firma Dalfan abgelegt hatte.

Er öffnete sie und überflog die Programmzeilen. Er blinzelte heftig. Es hätte ebenso gut Sanskrit sein können. Paul konnte einfache Software schreiben und Makros für seine Excel-Tabellen erstellen, aber von Verschlüsselungs-Algorithmen wurde ihm schwindelig. Er schloss die Datei wieder.

Nach mehreren Fehlversuchen gelang es ihm, den CIA-Stick in die USB-Buchse an seinem Laptop zu stecken. Als das Symbol des Sticks auf dem Bildschirm erschien, zog er den Verschlüsselungscode zu ihm hinüber. Eine Minute später war die Datei auf den CIA-Stick kopiert.

Paul seufzte durch die Nase. Sein Plan ging tatsächlich auf.

Er fühlte, wie ihn Carmens Anerkennung warm durchströmte. Er griff zum Kaffeebecher, sah aber keinen Grund mehr, Kaffee zu trinken. Für heute war seine Arbeit getan. Zeit für den letzten Schluck Whiskey, der im Wohnzimmer wartete. Er hatte einen Grund zum Feiern.

Er stand auf und kehrte ins Wohnzimmer zurück. Der Regen, der draußen prasselte, half seinem Gedächtnis auf die Sprünge.

Wo zum Teufel steckte Jack?

46

Jack war von seiner »besseren Idee« ziemlich überzeugt, bis der Himmel seine Schleusen öffnete und sintflutartiger Regen einsetzte. Da befand er sich bereits in sieben Meter Höhe und kletterte am Regenrohr auf der Rückseite der Dalfan-Zentrale weiter nach oben.

Seine Füße rutschten ein paar Mal an der rauen Betonwand ab, doch seine Hände hielten das Rohr fest umklammert – John Clark hatte ihm vor langer Zeit beigebracht, dass Greifstärke von entscheidender Bedeutung für Gesamtmuskelkraft und Ausdauer sei, und heute Abend zahlte sich das in hohem Maße aus.

Der Regen peitschte sein Gesicht, doch die Mütze der Baltimore Ravens saß fest auf seinem Kopf. Die Hälfte der Strecke bis zum Dach hatte er hinter sich. Jetzt umzukehren wäre genauso riskant wie weiterzuklettern, würde ihn aber seinem Ziel keinen Deut näher bringen. Seine Arme erlahmten, doch die Aussicht, abzustürzen und unten auf dem Asphalt aufzuschlagen, bestärkte ihn in seiner Entschlossenheit, und er stützte sich mit den Füßen zusätzlich an den Stahlhalterungen ab, mit denen das Rohr an der Wand befestigt war. Als er endlich oben war und einen Arm um die Dachkante legte, hörte der Regen schlagartig auf. *Natürlich!* Er wuchtete seinen triefenden Körper über den Rand und lief zur Dachterrassentür.

Jack hatte aus der Garage einen Schraubenzieher mitgebracht und machte sich damit am Schloss der Tür zu schaffen, als es wieder zu schütten begann. Feng hatte Jack am ersten Tag das Dach gezeigt, und dabei war ihm aufgefallen, dass das Schließblech der Tür kaum abgenutzt war, was darauf hindeutete, dass das Blech zu tief in die Türzarge eingesetzt war. Das bedeutete, dass die Falle wahrscheinlich nicht richtig einrastete, wenn die Tür ins Schloss fiel. Tatsächlich genügten ein paar Drehungen mit der flachen Spitze des Schraubenziehers, um den Schnapper zurückzudrücken und die Tür zu öffnen. Jack hatte außerdem bemerkt, dass die Tür weder mit einem elektronischen Alarm noch mit einem Magnetsensor gesichert war. Auch gab es auf dem Dach keine Kameras. Der Regen hatte Fengs sandgefüllte Kaffeedose zum Überlaufen gebracht und die Zigarettenkippen aufs Dach gespült, wo sie jetzt um Jacks Füße herumlagen.

Jack schlüpfte durch die Tür, hielt einen Moment inne, nahm die Mütze ab, wand sich aus der Jacke, schüttelte beide aus und trocknete sich so gut es eben ging. Drinnen würden ihn die Überwachungskameras erfassen. Und wenn der Wachhabende sich die Mühe machte, die Kameras zu kontrollieren, und ihn in triefend nassem Zustand sah, dürfte er sofort erraten, dass Jack das Gebäude nicht auf dem üblichen Weg betreten hatte.

Jack eilte das stählerne Treppenhaus hinunter, bemühte sich aber, so leise wie möglich zu bleiben. Bloß nicht durch lautes Poltern auf den Stufen jemand alarmieren. Er gelangte an die Tür zum zweiten Stock, verharrte dort einen Moment und lauschte, um festzustellen, ob jemand in der Nähe war. Da er nichts hörte, zog er seine Sicherheitskarte am Lesegerät vorbei. Klack. Die Tür ging auf.

Er fragte sich, wie er sein Tun rechtfertigen sollte, wenn Dalfan morgen die Sicherheitsprotokolle prüfte, aber dem wollte er jetzt nicht weiter nachgehen.

Als Erstes flitzte er auf die Herrentoilette, auf der es dankenswerterweise keine Kameras gab, und trocknete sich mit mehreren Handvoll Papiertüchern noch einmal ab. Zurück auf der Etage horchte er noch einmal. Kein Mensch da. Er hatte den ganzen Stock für sich.

Mithilfe seiner Sicherheitskarte passierte er die zweite gläserne Trennwand und steuerte auf die Workstation zu, an der das drohnenbasierte Überwachungssystem Steady Stare gesteuert wurde. Er loggte sich mit seinem Zugangscode ein, rief das Fenster für den Live-Video-Feed auf und sah genau das, was er erwartet hatte – nichts. Bei einem solchen Wetter war die Drohne am Boden. Aber auf Livebilder war er auch nicht aus.

Er öffnete ein anderes Fenster, das den Zugriff auf die Videoaufzeichnungen der letzten vierundzwanzig Stunden ermöglichte. »Zeit für eine kleine Zeitreise«, flüsterte er.

Jack brauchte nur ein paar Klicks, und schon hatte er die Videodateien gefunden, die er suchte. Er war gespannt, was er darauf finden würde.

Alles in allem war das Wetter heute recht gut gewesen, sah man einmal von gelegentlichen Windböen und Wolkenbrüchen ab. Mit anderen Worten, typisches Singapur-Wetter für diese Jahreszeit. Wenn Steady Stare für die hiesige Polizei eine praktikable Option darstellen sollte, mussten die Drohnen auch unter suboptimalen Bedingungen fliegen können.

Noch ein paar Klicks, und Jack hatte gefunden, was er sich erhofft hatte. Das Videoprogramm von Steady Stare war vollständig intuitiv bedienbar, und die Einweisung, die ihm Dr. Singh gegeben hatte, machte es ihm noch leichter. Glücklicherweise war die Drohne fast den ganzen Tag in der Luft gewesen. Der erste Bildschirm, den er öffnete, zeigte ganz Singapur aus der Vogelperspektive. Er tippte die Adresse des Lagerhauses ein, und das Bild zoomte in den Westteil der Stadt. Ein paar weitere Klicks, und das Grundstück mit dem Lagerhaus wurde vergrößert.

Mit einem Mal begriff Jack, dass, wenn die Steady-Stare-Drohne heute Nacht geflogen wäre, die Kameras auch ihn erfasst hätten. Zum Glück war das nicht der Fall. Jetzt galt es, sich auf die anstehende Aufgabe zu konzentrieren.

Bei seinem gestrigen Besuch hatte das Lagerhaus unter schwerer Bewachung gestanden. Mittlerweile war das Wachpersonal abgezogen und das Lagerhaus geräumt. Das musste innerhalb der letzten rund sechsunddreißig Stunden geschehen sein. So wie Lian darauf bestanden hatte, mit ihnen eine Rundfahrt zu machen und essen zu gehen, stand für ihn jetzt fest: Sie hatte sie ablenken wollen, während im Lagerhaus ein Großreinemachen veranstaltet wurde.

Er tippte wieder ein paar Tasten. Eine Zeitleiste erschien mit einem Pfeil darüber, der Kalendertag, Stunde, Minute und sogar Sekunde anzeigte. Er brauchte nicht lange, um einen Sattelschlepper zu entdecken, der an der Laderampe vorfuhr. Jack stellte fest, dass er Zeitreisen mochte.

Sehr sogar.

Da der Laster an die Laderampe zurückstieß und die Rampe selbst überdacht war, konnte Jack nicht sehen, was in den Anhänger verfrachtet wurde. Das war bedauerlich, aber nicht weiter tragisch. Er schob den Scrubber auf der Zeitleiste nach vorn, bis der Sattelschlepper losfuhr. Jack zoomte gut hundert Meter weg, belegte den Laster mit einer Tracking-Markierung und ließ das Programm mit zehnfacher Geschwindigkeit laufen. Dann sah er zu, wie der Laster durch mehrere Straßen fuhr und nach etwas mehr als sechs Kilometern zu einem anderen Lagerhaus abbog. Mit dem Smartphone machte Jack ein Foto von der Örtlichkeit.

Wieder konnte er nicht sehen, was aus dem Laster geladen wurde. Er rief die Daten über den Eigentümer der Lagerhalle auf, obwohl er vermutete, dass es sich um eine Strohfirma handelte, die die Identität des wahren Besitzers verschleiern sollte. Er wollte für die Gesichtserkennungs-Software ein paar Aufnahmen machen, doch die beiden Typen, die um den Laster herumliefen, trugen Mützen mit langen Schirmen und unterließen es, den Kopf zu heben. Und selbst wenn es ihm gelungen wäre, ein paar Gesichter zu fotografieren und die Fotos an Gavin weiterzuleiten, bezweifelte er, dass etwas dabei herausgekommen wäre, jedenfalls wenn es sich um dieselben Leute handelte, die Lagerhaus Nummer eins bewacht hatten.

Schade. Das einzig Positive war, dass das Zeug nicht kurzerhand auf ein Schiff verfrachtet und fortgebracht wurde. Allerdings lag auch dieses Lagerhaus direkt an der Bucht, und Jack vermutete, dass bereits ein Schiff unterwegs war, um die geheimnisvolle Fracht an Bord zu nehmen. Wann, konnte er nicht wissen. Aber mit Sicherheit eher früher als später, und worum es sich bei der Ware auch handeln mochte, sie war so heiß, dass der Eigentümer sie auf den bloßen Verdacht hin, dass Jack Ryan weiter herumschnüffeln könnte, glaubte wegschaffen zu müssen.

Sie wussten gar nicht, wie recht sie mit ihrem Verdacht hatten.

Jack beobachtete, wie der Sattelschlepper wieder von der Lagerhalle weg und quer durch die Stadt zu einem Autoverleih fuhr. Er machte ein Foto von dem Laster mit Namen und Adresse der Verleihfirma, doch er bezweifelte, dass das zu etwas führen würde. Sein Zielobjekt war nicht der Laster, sondern das neue Lagerhaus und die Fracht, die dort hingeschafft worden war.

Er schloss das Steady-Stare-Programm und überlegte sein weiteres Vorgehen. Mit dem Mobiltelefon konnte er von hier drinnen niemanden anrufen, auch nicht Gavin. Er hätte ihn auf dem Festnetz anrufen können, aber solche Anrufe wurden automatisch registriert und möglicherweise sogar aufgezeichnet, und zum jetzigen Zeitpunkt wollte er keine Aufmerksamkeit auf sich, Gavin oder Hendley Associates lenken, zumal er gerade eine rechtswidrige Handlung beging, oder vielmehr mehrere.

Im Moment brauchte er Gavin ohnehin nicht. Was er brauchte, war ein Idee, wie er zu dem zweiten Lagerhaus kam. Die Uber-App auf seinem Telefon konnte er nicht benutzen, und wer wusste, was passieren würde, wenn er übers Festnetz ein Taxi rief. Er vermutete, dass Lians Aufpasser noch das Gästehaus observierten, deshalb konnte er den Firmenwagen, den Lian ihnen zur Verfügung gestellt hatte, nicht benutzen, es sei denn, er lieferte sich mit ihnen eine Verfolgungsjagd im Stil von *Fast and Furious* und schüttelte sie ab – doch bei dem Regen und dem spärlichen nächtlichen Verkehr war das kaum zu schaffen, zumal Lian ihren Leuten eingeschärft hatte, ihn auf keinen Fall wieder zu verlieren. Und selbst wenn es ihm gelänge, sie abzuhängen, würde er Lian damit nur noch mehr verärgern und das ohnehin gespannte Verhältnis zu ihr weiter verschlechtern. Sein Verdacht bezüglich der Ware in diesem Lagerhaus war nur ein Verdacht und mehr nicht. Er wollte Gerry Hendley oder Hendley Associates nicht in Verlegenheit bringen, indem er sich auf ein sinnloses Abenteuer einließ, das möglicherweise alles verdarb und die Fusion zum Platzen brachte.

Und doch … sein Gefühl sagte ihm, dass ein Blick in dieses Lagerhaus ein gewisses Risiko wert wäre. Er trat ans Fenster. Das Wetter war immer noch miserabel. Die rund fünfundzwanzig Meilen zu Fuß zurückzulegen war ausgeschlossen. Er brauchte einen fahrbaren Untersatz. Zum Glück hatte Feng ihm gezeigt, wo die Schlüssel für die im Hinterhof geparkten Lieferwagen der Firma aufbewahrt wurden. Streng genommen wollte er sich ja nur einen ausleihen, ihn nicht stehlen.

Zumindest würde er das den Polizisten sagen, wenn sie ihn festgenommen hatten.

47

Yong saß an seinem Schreibtisch, nackt.

Der Regen klatschte gegen die Fensterscheiben seiner Luxuswohnung im vierundzwanzigsten Stock, doch seine Augen waren auf dieselben Videoaufnahmen des Sattelschleppers gerichtet, die sich Jack zur gleichen Zeit ansah.

»Eis?« Auch Meili war nackt, stand aber in der Küche und mixte Drinks. Mit einer Silberzange hielt sie einen Eiswürfel in die Höhe.

»Nein.«

Leise fluchend warf sie den Eiswürfel in die Edelstahlspüle, dann goss sie Casa Noble Añejo, einen Edel-Tequila, in zwei tulpenförmige Glencairn-Whiskeygläser und trug diese ins Wohnzimmer.

»Bist du deswegen aufgestanden? Ich hatte gehofft, du suchst noch ein paar Pornos oder guckst vielleicht QVC.«

»Der Alarm ist ausgelöst worden.« Er hob sein Glas an die Lippen und nippte, ohne den Blick vom Bildschirm zu wenden. In die Dalfan-Sicherheitsausweise von Jack und Paul waren ohne deren Wissen Peilsender eingesetzt, die mit einem Alarmsystem auf Yongs Computer verbunden waren.

»Ein Wunder, dass du ihn überhaupt gehört hast. Du warst zu dem Zeitpunkt ziemlich beschäftigt.«

»Ich bin ein hervorragender Multitasker.« Yong kippte den restlichen Tequila hinunter.

»Noch einen?«

»Klar.« Er betrachtete das herzförmige Muttermal über ihrer Lippe, und eine Erinnerung regte sich. Blut schoss in seine Männlichkeit.

»Was hat Ryan vor?« Sie trank ihr Glas aus.

Yong schnaubte, das Blut strömte zurück. »Er ist ein neugieriges Arschloch. Mir ist noch nie ein Wirtschaftsprüfer untergekommen, der so penetrant ist.«

Meili streichelte Yongs Nacken, während sie über seine Schulter hinweg auf den Bildschirm schaute. »Er wird zu einem ernsten Problem.«

»Er wird noch heute Nacht zum Lagerhaus rausfahren.«

»Bei dem Wetter? Niemals.« Meili zog ihre Fingernägel sanft über seinen Rücken.

»Er lässt nicht locker.«

»Was willst du dagegen tun?«

»Ihm einen Schrecken einjagen.«

Meili hörte auf, ihn zu massieren. »Wir müssen ihn töten.«

Yong starrte sie an. »Zu riskant. Außerdem wird er nicht finden, was er sucht.«

»Nein, aber er wird weitersuchen. Du hast selbst gesagt, dass er nicht lockerlässt. Wir müssen ihn uns vom Hals schaffen.«

»Wir können ihn nicht umbringen. Das würde die Polizei auf den Plan rufen – oder noch schlimmer, die Amerikaner.«

»Es wäre kein Problem, wenn es wie ein Unfall aussieht. Was muss er auch nachts in einem Lagerhaus herumschleichen? Eine große Kiste könnte auf ihn herunterfallen, oder er kommt einem Einbrecher in die Quere.«

»Das ließe sich nicht bis zu mir – oder Lian – zurückverfolgen?«

»Nein.«

»Machen wir es zuerst auf meine Art.« Yong griff zu seinem Telefon.

»Uns bleibt nicht viel Zeit.« Meili griff zu ihrem. »Du rufst deine Leute an, ich rufe das Lagerhaus an. Falls dein Plan fehlschlägt, meiner wird es nicht. Bis morgen ist der Fall Jack Ryan erledigt, so oder so.«

Der Regen trommelte auf das Metalldach der Garage, als Jack in den Nissan NV200 stieg, einen weißen Kastenwagen, der rundum mit dem Dalfan-Logo beklebt war. Das automatische Garagentor öffnete sich, und Regenschwaden glitzerten silbern im hellen Licht der Halogenscheinwerfer. Das Unwetter wurde definitiv schlimmer.

Der Transporter roch noch nagelneu. Der Tacho zeigte 342 gefahrene Kilometer an. Jack gab schon mal seinen Zielort in Google Maps ein. Der Handyempfang war hier zwar noch blockiert, doch er wusste, dass er ein Signal bekommen würde, sobald er das Firmengrundstück verließ.

Er näherte sich dem automatischen Tor, und es schwang auf. Das Wachgebäude war leer, doch er war überzeugt, dass die Überwachungskameras Nummernschilder erfassten. Da er den Schirm seiner Mütze in die Augen gezogen hatte und den Kopf gesenkt hielt, vertraute er darauf, dass sein Gesicht auf den Aufnahmen nicht zu sehen war, sodass ihm bei Bedarf eine Restmöglichkeit blieb, alles zu leugnen.

Er bog auf den Changi North Crescent ein und fuhr in Richtung PIE. Es war nicht der schnellste Weg, aber er war ihn schon so oft gefahren, dass er sich einigermaßen sicher fühlte, selbst wenn aus irgendeinem Grund Google Maps oder das eingebaute Navi ausfallen sollte.

Er fuhr an einem silbernen Toyota-Minivan vorbei, der in der Gegenrichtung am Straßenrand parkte. Er sah das Gesicht des Fahrers, als ein Blitzstrahl über die Windschutzscheibe des Toyotas zuckte und gleichzeitig die großen Wischer das Regenwasser zur Seite schoben. Dunkle, finster blickende Augen unter dichten, zusammengewachsenen Brauen fixierten ihn, während er vorbeifuhr. Ein Türke? Vielleicht. Kaum der Rede wert, nur dass neben dem Türken, dessen Augen ihm folgten, ein blonder Mann Mitte dreißig saß und in ein Mobiltelefon brüllte.

Jacks Blick fiel auch auf das helle, schwarz-weiße Nummernschild. Es war leicht zu entziffern, jedenfalls ein Teil davon. **sam 00**, mehr konnte er nicht erkennen. Es erinnerte ihn an einen toten Freund, Sam Driscoll, und brannte sich in sein Gedächtnis ein.

Doch die kleine Filmszene auf dem Vordersitz des Toyotas war – im wahrsten Sinne des Wortes – blitzschnell wieder vorüber, und Jack dachte schon nicht mehr daran, als er nach links in die Upper Changi Road North abbog.

Der Ayer Rajah Expressway (AYE) war um diese Zeit meist leer, und erst recht bei diesem Wetter. Ein paar Sattelschlepper wirbelten hinter ihren großen Rädern Wasserfontänen auf, aber Personenwagen waren kaum unterwegs. Jack konnte weder Marke noch Modell des Wagens erkennen, der mehrere Hundert Meter hinter ihm fuhr, aber die Halogenscheinwerfer folgten ihm nun schon seit zwanzig Kilometern. Ob das die Beschatter von Dalfan waren? Schwer vorstellbar. Lian hatte ihre Leute davor gewarnt, sich noch einmal abschütteln zu lassen. Würden sie in dem Fahrzeug da hinten sitzen, würden sie sich zu erkennen geben und dichter auffahren. Wahrscheinlich handelte es sich nur um einen Pendler, der spät von der Arbeit nach Hause fuhr.

Jacks Kastenwagen geriet heftig ins Schwanken, als er von einer kräftigen Böe erfasst wurde. Aber er wollte nicht langsamer fahren. Ein paar Kilometer weiter lief ihm ein Schauder über den Rücken, als die Reifen durch Aquaplaning die Bodenhaftung verloren.

Er konnte förmlich spüren, wie der Nissan von der Straße abhob und auf einem dünnen Wasserfilm dahinschoss. Im nächsten Moment hatte er ihn wieder unter Kontrolle und drosselte das Tempo ein wenig, mit dem Ergebnis, dass ein Sattelzug an ihm vorbeibrauste und ihm noch mehr Wasser auf die Frontscheibe spritzte, als ohnehin schon dort landete.

Doch Jack fiel auf, dass der Wagen hinter ihm ebenfalls das Tempo drosselte. *Würde das nicht ein Verfolger tun?*, fragte er sich. Er kicherte. *Aber auch ein vorsichtiger Pendler, wenn er sieht, dass der Blödmann vor ihm fast die Herrschaft über seinen Wagen verliert.*

Jack stellte das Radio an und drückte die Scan-Taste. Die meisten Sender waren auf Englisch. Als er eine melodische britische Stimme »BBC World Service« sagen hörte, drückte er die Taste erneut.

»Nachrichten aus Asien«, begann die weibliche Stimme. »Erneut Spannungen im Südchinesischen Meer. Vietnam legte heute Morgen formellen Protest bei den Vereinten Nationen ein, nachdem es bei den umstrittenen Spratly-Inseln zu einem Zusammenstoß zwischen einem chinesischen Minensuchboot und einem vietnamesischen Fischkutter gekommen war. In einem Exklusiv-Interview mit BBC Radio beklagte sich der vietnamesische Außenminister darüber, dass es in jüngster Zeit vermehrt zu Übergriffen chinesischer Kriegsschiffe in von Hanoi beanspruchten Hoheitsgewässern gekommen sei.«

Jack hörte weitere Meldungen: über ein Treffen der ASEAN-Verteidigungsminister, über die rückläufigen Agrarexporte Thailands und ein neues Zweiundfünfzig-Wochen-Hoch an den Börsen von Singapur und Hongkong. Doch es war der Wetterbericht, der seine Aufmerksamkeit fesselte.

»Der australische Wetterdienst in Perth hat ein tropisches Tief über der Javasee circa hundertachtzig Kilometer südöstlich von Singapur zu einem Tropensturm der Kategorie 1 heraufgestuft, mit Windgeschwindigkeiten von über neunzig Stundenkilometern. Örtlich ist mit orkanartigen Böen und mit Starkregen zu rechnen, die achtundvierzig Stunden anhalten können. Es gelten Hochwasserwarnungen für tief gelegene Gebiete in Singapur, Ost-Malaysia, Borneo und Sumatra.«

»Das klingt nicht gut«, sagte er laut, froh darüber, dass Singapur bislang weitgehend verschont blieb. Er fragte sich, wie schlimm das Unwetter wohl werden würde. Noch war es ziemlich weit weg. Aber Windgeschwindigkeiten von über neunzig Stundenkilometern bedeuteten, dass da draußen ein ausgewachsener Sturm tobte.

Wie bestellt setzte der Wagen hinter ihm den Blinker und nahm eine Ausfahrt. Jetzt war Jack praktisch allein auf der Straße. Eine Viertelstunde später bog er in die Pioneer Road ab und fuhr durch ein Industriegebiet in Richtung Tanjong Kling Road.

Jack folgte der Route seiner Google-Maps-App durch eine Allee, an der sich Lagerhäuser und Industriegebäude säuberlich hinter Maschendrahtzäunen reihten. Auf der nahezu leeren Straße fuhr er jetzt nur noch im Schritttempo. Die Scheibenwischer kämpften vergeblich gegen die herabstürzenden Regenmassen an und eröffneten ihm zwischen den Wischbewegungen nur kurze Blicke auf die Straße, als würde der Nissan blinzeln. An keinem Gebäude war eine Hausnummer zu erkennen.

Das Lagerhaus, das er suchte, musste sich direkt vor ihm zu seiner Rechten befinden. In der Hoffnung, die Hausnummer am nächsten Gebäude lesen zu können, ließ er das Fenster herunter. Kühler Regen klatschte ihm ins Gesicht, und er hob schützend die Hand vor die Augen. Er musste anhalten.

Mit einem Blick in den Außenspiegel vergewisserte er

sich, dass niemand hinter ihm war, und trat auf die Bremse. Im selben Moment sah er …

Oh, Scheiße!

Der Kühlergrill eines unbeleuchteten Sattelschleppers rammte von hinten seinen Transporter. Jack hörte hinter sich das widerliche Knirschen von Blech und Splittern von Glas und vor sich den Knall des Airbags. Der Sicherheitsgurt zog sich wie eine Henkerschlinge über seiner Brust zusammen, als die Polyesterfaust des explodierenden Airbags in sein Gesicht schlug, seinen Kopf gegen die Kopfstütze prallen ließ und seinen Körper in den Sitz drückte.

Und dann wurde es interessant.

Sein Hintern stieg, dem angeschnallten Körper folgend, leicht in die Luft, als der Transporter in einem schrägen Winkel mehrere Meter nach vorn schlitterte. Sein Gesicht schlug wieder gegen den halb erschlafften Airbag, als der Wagen vorn gegen etwas Unbewegliches prallte und krachend zum Stehen kam. Was da vorn war, konnte er nicht sehen, denn der Airbag versperrte ihm die Sicht.

Das Ganze dauerte höchstens anderthalb Sekunden, wenn überhaupt. Ihm kam es wie eine Ewigkeit vor.

Benommen von dem Doppelschlag gegen den Kopf, griff er instinktiv in den erschlaffenden Airbag, drückte ihn zur Seite und spähte nach vorn. Der Transporter war gegen einen der mächtigen Bäume geprallt, die hier die Straße säumten. Jack drehte sich um und sah gerade noch, wie die massige Kastenform eines Sattelschleppers davonraste. Seine Scheinwerfer waren noch ausgeschaltet, aber dankenswerterweise nicht seine Kennzeichenbeleuchtung. Die Buchstaben und Ziffern waren das Letzte, was sein Bewusstsein registrierte.

Dann wurde er ohnmächtig.

48

Er erwachte vom Trommeln des Regens auf das Dach, hielt aber die Augen noch fest geschlossen. Im ersten Moment dachte er, er sei in einem Strandbungalow mit Blechdach auf Aruba, wo er einmal eine Woche mit einer Blondine mit lachenden grünen Augen verbracht hatte. An ihren Namen konnte er sich nicht mehr erinnern. Vielleicht hatte er ihn nie gekannt.

Er erwachte jetzt vollends und fluchte, als die Erinnerung kam.

Zum Teufel, wie spät ist es? Er blickte auf seine Uhr. Er war rund zehn Minuten weg gewesen, vielleicht etwas länger. Je klarer er im Kopf wurde, desto größer wurden die Schmerzen. Vor allem im Kopf, aber auch in Gesicht und Nacken und an der Brust. Er drehte sich so gut es ging herum, erwartete, eine Ambulanz oder einen Streifenwagen zu sehen, oder zumindest einen besorgten Zivilisten, der ihm zu Hilfe eilte. Er hatte höllische Schmerzen, die Schlimmes befürchten ließen. Keine Ahnung, ob er innere Verletzungen erlitten hatte. Aber dieser kurze Anflug von Selbstmitleid verging. Er durfte hier nicht gefunden werden. Streng genommen hatte er den Transporter gestohlen. Und noch wichtiger: Sein Name durfte nicht in den Zeitungen auftauchen, schon gar nicht in den Polizeinachrichten.

Zunächst einmal musste er aus dem Wagen raus. Er war

in dem Gurt gefangen, der so straff saß, dass er die Arme nicht bewegen konnte. Er stemmte mit aller Kraft die Füße gegen das Bodenblech und drückte sich tiefer in den Sitz hinein, um den Verriegelungsmechanismus zu entlasten und den Gurt zu lockern. Gleichzeitig fasste er nach unten und öffnete das Gurtschloss. Dann schob er den Airbag, der verschrumpelt und weiß bestäubt auf seinem Schoß lag, zur Seite. Er griff nach dem Türriegel und zog, doch nichts geschah. Er drehte sich herum, entriegelte die Tür und versuchte es erneut, indem er sich mit der schmerzenden Schulter dagegenwarf. Nichts. Die Tür klemmte.

Natürlich.

Er spähte durch die geborstene Windschutzscheibe. Immer noch keine Autos in Sicht. Gut. Aber lange würde es nicht mehr dauern, bis jemand vorbeikam und die Polizei verständigte. Stöhnend hievte er sich aus dem Sitz, kroch zur Beifahrertür hinüber, die sich problemlos öffnen ließ, und kletterte auf die Straße hinaus. Eilends humpelte er zum Gehweg und aus dem Lichtkegel der Straßenlaterne. Zuerst untersuchte er, welche Schäden er selbst davongetragen hatte. Er blutete nicht, hatte sich nichts gebrochen. Er sah sich den Lieferwagen an. Der Sattelschlepper hatte ihn am hinteren Kotflügel auf der Beifahrerseite erwischt. Alles hatte darauf abgezielt, den Lieferwagen zu beschädigen, ohne die Fahrtüchtigkeit des Sattelschleppers zu beeinträchtigen. Ein Unfall mit Fahrerflucht? Oder Absicht?

Er war mit ausgeschaltetem Licht gefahren. Deshalb konnte es sich nur um Absicht handeln.

Und das machte es zu einer persönlichen Angelegenheit.

Scheißkerle.

Zu den pochenden Kopfschmerzen gesellte sich plötzlich ein Schwindelgefühl. Er stützte sich mit der Hand am Wagen ab und spürte gleichzeitig, wie seine Beine einzuknicken drohten, doch er zwang sich, stehen zu bleiben. In der nächsten Sekunde verflüchtigte sich der Schwindel.

Ich muss zu schnell aufgestanden sein, sagte er sich. *Oder ich stehe unter Schock.*

An einem Schock konnte man sterben. Wie auch an einer Gehirnblutung oder einem Dutzend anderer Verletzungen, die er erlitten haben konnte.

Jack zückte sein Telefon und begann die Nummer des Rettungsdiensts zu wählen, hielt dann aber inne. Wenn man ihn jetzt ins Krankenhaus brachte, behielt man ihn stundenlang dort, und wenn er wieder herkam, war auch dieses Lagerhaus leer geräumt. Das andere Problem war, dass er Rhodes versprochen hatte, nicht aufzufallen. Und wenn er den Vorfall meldete, musste er im Krankenhaus Angaben machen und, noch schlimmer, wahrscheinlich unangenehme Fragen der Polizei beantworten.

Aber vor allem: Er hatte einen Job zu erledigen.

Er wusste, dass er sein Glück über die Maßen strapazierte, aber er musste einfach in dieses Lagerhaus. Mit seinen Blessuren würde er sich später befassen. Soweit er es beurteilen konnte, hatte er noch alle Finger und Zehen und konnte noch die Faust ballen.

Eine der beiden Hecktüren des Nissans war aufgesprungen. Er drückte sie noch weiter auf und nahm die Ladefläche in Augenschein. Sie bot ein chaotisches Bild. Kisten mit Elcktroteilen, Spulen mit farbigen Kabeln und dicke, broschierte Kataloge und technische Handbücher waren aus den Metallregalen geschleudert worden und lagen nun durcheinander auf einem großen Haufen. Er entdeckte einen Verbandskasten, der an der Wand befestigt war, öffnete ihn und fand eine Packung Tylenol. Er riss ein Tütchen auf, steckte sich die zwei Tabletten in den Mund, zerkaute sie zu einem bitteren Brei und schluckte ihn, das Gesicht verziehend, hinunter. Das würde ihm wenigstens etwas Linderung verschaffen.

Er kroch weiter in dem Haufen herum und suchte – wonach, wusste er selbst nicht genau.

Bis er es gefunden hatte.

Das Erste war ein Werkzeugkasten. Er wühlte darin herum. Hauptsächlich Elektrokram – Spitzzangen, Abisolierer, kleine Schraubenzieher. Das schwerste Werkzeug, das er fand, war ein Engländer. Nicht unbedingt die ideale Waffe, aber ein ordentlicher Klumpen Gussstahl. Niemand wusste, wer oder was ihn erwartete. Er steckte ihn ein.

Der andere Gegenstand, den er an sich nahm, war schwer, aber biegsam. Wahrscheinlich eine Schnapsidee, aber mit diesen hämmernden Kopfschmerzen konnte er nur noch schwer klar denken und beschloss daher, auf seinen Instinkt zu vertrauen.

Stöhnend kletterte er aus dem Wagen, und als er sich aufrichtete, fiel sein Blick auf die Hausnummer an dem Gebäude vor ihm. Sie verriet ihm, dass das Lagerhaus nur zwei Blöcke weit entfernt war.

Er nahm die Gegenstände aus dem Wagen an sich und spähte die Straße hinauf und hinunter. Etwa eine Meile entfernt tauchte ein Scheinwerferpaar auf. Polizei? Kein Blaulicht. Aber was hieß das schon? Und wenn nicht dieser Wagen, dann vielleicht der nächste.

Wenn er in dieses Lagerhaus wollte, dann jetzt oder nie.

In einer Art Humpelsprint überquerte er die Straße. Jeder Muskel seines Körpers schrie, und bei jedem Schritt schlug sein Hirn dröhnend gegen den Schädel.

Jack lächelte. Plötzlich kam ihm der Gedanke, dass diese lockere Dienstreise, auf die ihn Gerry geschickt hatte, leicht mit seinem Tod enden konnte.

Yong und Meili waren jetzt angezogen, starrten auf den Computerbildschirm und beobachteten, wie sich Jacks roter Tracking-Punkt in Richtung Lagerhaus bewegte.

»Ich habe dir gesagt, dass er nicht lockerlässt«, sagte Yong.

Meili sprach in ihr Mobiltelefon.

»Er ist auf dem Weg.«

49

Falls Church,
Virginia

Rhodes ging in seinem Büro im vierten Stock auf und ab, ohne die herrliche Aussicht zu beachten. Wie die beiden konkurrierenden Rüstungsunternehmen Northrop Grumman und General Dynamics hatte Marin Aerospace seinen Sitz in Fairfax County, Virginia. Das kleine County im äußersten Norden des Bundesstaates war weder ein günstiger Produktionsstandort, noch bot es besondere wirtschaftliche oder Wettbewerbsvorteile bis auf einen: Es grenzte direkt an Washington, D.C.

Wie bei jedem anderen Großunternehmen in den Vereinigten Staaten wurden die wichtigsten Geschäftsentscheidungen von Marin Aerospace in den Hallen des Kongresses getroffen. Der Zugang zu Abgeordneten und Senatoren war mehr wert als Rohstoffe, Geld oder Kredit. Mithilfe von Verbindungen in die Politik – auch Crony-Kapitalismus genannt – ergatterte Marin Aerospace einen Großteil seiner Staatsaufträge, entschärfte potenziell schädliche Regulierungen, bremste Ermittlungen bei Kostenüberschreitungen aus und sorgte dafür, dass die Melkkuh weiter mit Steuergeldern subventionierte Milch gab. Rhodes mochte dieses Spiel nicht – was auch für das Gros seiner Vorstandskollegen galt –, doch er hatte die Regeln nicht erfunden. Er beherrschte sie nur.

Doch heute plagten ihn Kopfschmerzen anderer Art.

Er hatte Angst um sein Leben.

Oder schlimmer.

Angst pleitezugehen.

Rhodes hatte eine Menge privates Geld in dieses Unternehmen gesteckt. Und Zvezdev bestimmt auch. Aber er war kein Narr. Er hatte Zvezdev schon einmal verärgert. »Das ist Schnee von gestern. Jetzt heißt es Geld verdienen!«, hatte Zvezdev beteuert. Doch der gerissene Bulgare war immer noch Slawe, und Slawen hatten ein langes Gedächtnis – und noch längere Messer. Rhodes wollte ihn kein zweites Mal verärgern.

Er starrte auf das Mobiltelefon auf seinem Schreibtisch. Warum klingelte es denn nicht? Warum dauerte es so lange? Er war sich sicher, dass Paul Brown das Programm, das er ihm gegeben hatte, mittlerweile installiert hatte. Hatte er nur vergessen anzurufen?

Idiot.

Wider bessere Einsicht ergriff er das Telefon und drückte die einzige Kurzwahlnummer, die darauf gespeichert war.

Paul schlief am Küchentisch, den Kopf in einer Lache seines eigenen Sabbers, als sein Mobiltelefon klingelte. Er rieb sich das Gesicht, setzte die Brille wieder auf und starrte unbehaglich auf die Digitalanzeige. Fast hätte er die leere Whiskeyflasche vom Tisch gestoßen, als er zum Telefon griff.

»Weston?«

»Wie lange dauert das denn noch?«

Paul zuckte zusammen. Eine alte Wunde aus längst vergangener Zeit. Der ungehobelte, herablassende Weston Rhodes, den er aus Sofia kannte, war plötzlich am anderen Ende der Leitung. Er suchte nach Worten, bemüht, seine fünf Sinne zusammenzunehmen.

»Äh … der ›Tee ist aufgebrüht‹, ich bin nur noch nicht dazu gekommen …«

»Ach, vergiss den Tee. Das lassen wir jetzt. Sag mir einfach, warum du das verdammte Programm noch nicht installiert hast.«

»Das Programm?«

»Ja! Das Programm auf dem USB-Stick, den ich dir gegeben habe!«

»Ach so, na klar. Äh … es gab da ein Problem mit den Sicherheitsvorkehrungen von Dalfan.«

»Ein Problem? Paul, ich habe dich dahin geschickt, weil du ein Problemlöser bist.«

»Ich habe es auch gelöst, denke ich.«

»Gut.«

»Aber ich brauche noch Zeit. Innerhalb der nächsten zwölf Stunden dürfte es geschafft sein.«

»Du hast nur noch vierundzwanzig. Das ist dir doch klar, oder? Mitternacht Ortszeit. Nach deiner Zeit, Paul, nicht meiner.«

Paul musste an Carmen denken. Am liebsten hätte er wieder losgeheult, tat es aber nicht. »Ja, Weston. Ich verstehe. Ich gebe mein Bestes.«

»Die Zeit wird verdammt knapp.«

»Ich werde dich nicht enttäuschen.«

Stille am anderen Ende der Leitung.

»Weston?«

»Paul, entschuldige, dass ich die Beherrschung verloren habe. Aber du kannst dir nicht vorstellen, unter welchem Druck ich stehe. Du weißt, wie unverschämt diese Bürokraten in Langley sein können. Sie sitzen mir im Nacken.«

»Ich verstehe. Aber vertrau mir, die Sache wird heute erledigt.«

»Ganz bestimmt?«

»Ganz bestimmt.«

»Ich wusste, dass ich mich auf dich verlassen kann. Und nochmals danke, Paul. Du erweist deinem Land einen großen Dienst.«

»Danke.«

»Ach, und grüß Jack von mir.« Rhodes beendete das Gespräch.

Paul legte das Telefon weg. Rhodes war immer noch eine Arschgeige, aber es war sein Land, das ihn jetzt brauchte. Paul fasste sich an den Brummschädel.

Mein Land wird noch ein paar Minuten warten müssen.

Er stemmte sich mühsam aus dem Stuhl und machte sich auf wackeligen Beinen auf den Weg ins Bett. Schwer auf das Geländer gestützt, schleppte er sich die Treppe hinauf und humpelte an Jacks Zimmer vorbei. Das Licht war aus, die Tür stand einen Spalt offen. Er stieß sie etwas weiter auf. Das Bett war unberührt.

Paul runzelte die Stirn. Er fragte sich, ob Jack bei Lian war und Sex mit ihr hatte. Anscheinend hatten sie etwas füreinander übrig. Aber gut war das nicht, jedenfalls nicht aus Prüfersicht.

50

Singapur

Jack näherte sich der nach Norden weisenden Vorderseite des Lagerhauses. Zwei Glastüren, beide verschlossen, und ein rotes Blinken verriet ihm, dass sie mit einer Alarmanlage gesichert waren. Allem Anschein nach war niemand drinnen, aber er war nicht dafür gerüstet, eine elektronische Alarmanlage lahmzulegen. Er beschloss, sich den Stahlbau genauer anzusehen. Wie die andere Lagerhalle grenzte auch diese direkt an die Bucht, damit man Frachtgut auf Schiffe verladen konnte, und musste deshalb Tore auf der Rückseite haben.

Jack vergewisserte sich noch einmal, dass er nicht beobachtet oder von irgendwelchen Überwachungskameras erfasst wurde, zog sich den Schirm seiner Ravens-Basecap ins Gesicht und schlich an der Westseite der Halle entlang. An einer Stahltür blieb er stehen. Sie war mit einem Vorhängeschloss gesichert. Es gab kein Fenster, durch das man hineinsehen konnte.

Er setzte seinen Weg fort.

Der Vollmond blieb hinter hohen Gewitterwolken verborgen. So leise wie möglich legte er die restlichen zwanzig Meter an der Stahlwand entlang zurück, geleitet vom trüben Licht einer Natriumdampflampe hoch über ihm. Wenigstens bot die Wand Schutz vor dem windgepeitschten, von Osten kommenden Regen. Ganz hinten angekommen, kauerte er sich mit schmerzverzerrtem Gesicht nieder und spähte um die Ecke. Regen klatschte auf den Schild seiner Mütze.

Ein rechteckiger Lichtschein fiel aus einem offenen Tor in der Mitte der Ladeplattform. An den Rampen standen weder Laster noch sonstige Fahrzeuge, und an dem offenen Tor rührte sich nichts.

Aber durch das Prasseln des Regens hörte er Stimmen, die lachten, sprachen.

Chinesisch.

Sich dicht an den geschlossenen Toren haltend, huschte er zu der offenen Ladebucht und linste um die Ecke.

Drei Männer, Chinesen, saßen um einen Klapptisch, unterhielten sich in normaler Lautstärke und spielten ein Spiel mit Plastiksteinen. *Domino?*, fragte sich Jack. Wohl eher Mah-Jongg, das sich in Asien großer Beliebtheit erfreute.

Einer von ihnen, der Älteste – mit kurz geschorenem, silbergrauen Haar und Hängeschultern –, paffte eine dicke Zigarre, die im Mundwinkel über seinem kantigen Kinn klemmte. Blauer Rauch schwängerte die Luft.

Der Tisch stand vor einer Reihe Paletten, auf denen sich knapp zwei Meter hoch Kartons mit DVD-Playern stapelten, die in dickes Zellophan eingeschweißt waren. Das Zellophan einer Palette war aufgerissen, und mehrere Kartons standen übereinander auf dem Boden.

Jeder Karton war so groß, dass er mehrere DVD-Player fassen konnte. Einer war geöffnet, und ein Player war ausgepackt und auf den Boden geworfen worden. Daneben stand ein elektrischer Hubtisch mit halb ausgefahrener Plattform.

Was geht hier vor? Jack rieb sich frustriert das Gesicht. Das ergab doch keinen Sinn. Hatte er sich mit der Adresse vertan? Oder war alles nur ein Riesenirrtum?

Verdammt.

Er beschloss, den Rückzug anzutreten und sich neu zu

sammeln. Er hatte sich gerade abgewendet, da hörte er einen Ruf.

»He! He!«

Er sah hin. Der Zigarrenmann lächelte ihm durch Rauchschwaden hindurch zu und winkte. Die beiden anderen drehten sich um. Sie waren jünger – der eine in den Dreißigern, der andere ungefähr in Jacks Alter. Auch sie lächelten.

Der Zigarrenmann rief ihm etwas auf Chinesisch zu, senkte den Blick wieder auf den Spieltisch und betrachtete die Steine vor ihm. Wahrscheinlich hatte er gefragt, ob er nicht mitspielen wolle oder so was.

Jack spürte das Gewicht des Engländers, der in seinem Gürtel steckte. Er war froh, dass er ihn nicht wie eine Waffe herausgezogen hatte. Wenn er jetzt wegrannte, könnten ihn diese Männer für einen Dieb halten und die Polizei rufen. Besser, er spielte mit und stellte sich dumm.

Jack trat in das Lagerhaus und schüttelte gerade den Regen aus seiner Jacke auf den Betonboden, als einer der Chinesen »Mah-Jongg« rief. Jack schaute auf. Der Typ in den Dreißigern stieß triumphierend die Fäuste in die Luft, während der Ältere lachte und der Jüngere fluchte.

Im Näherkommen erkannte Jack auf dem Tisch die vertrauten »Ziegel«, mit denen Mah-Jongg gespielt wurde. Auf dem College hatte er eine taiwanesische Freundin gehabt, die ihm das Spiel beigebracht hatte – zusammen mit ein paar anderen Dingen. Der Ältere stieß eine weitere Rauchwolke aus und drehte zusammen mit den anderen rasch die Ziegel um, sodass sie wieder verdeckt auf dem Tisch lagen. Jack kamen schöne Erinnerungen in den Sinn an mitternächtliche Mah-Jongg-Partien im Studentenwohnheim. Er war kein besonders guter Spieler gewesen, aber es hatte großen Spaß gemacht, besonders wenn er Pabst Blue Ribbon dazu trank.

Die drei Männer legten die Hände auf die umgedrehten

Steine und mischten sie im Verein, ein gemeinsamer Akt der Betrugsverhinderung. Der Typ in den Dreißigern warf Jack einen kurzen Blick und ein leichtes Lächeln zu. Jack fragte sich, ob er das Ass in der Gruppe war.

Gruppe?

Mah-Jongg wird zu viert gespielt …

Jack fuhr auf dem Absatz herum und duckte sich. Ein Baseballschläger zischte an seinem linken Ohr vorbei. Er spürte ihn mehr, als dass er ihn sah. Das schwere Holz streifte seine Schulter, prallte von seinem Oberarm ab und krachte auf den wenig stabilen Kartentisch, sodass die Spielsteine in alle Richtungen flogen. Der Zigarrenmann war bereits in die Höhe geschnellt und zurückgewichen, die beiden anderen zückten Messer und stoben zur Seite.

Ohne auf die Schmerzen im Oberarm zu achten, zog Jack den Engländer aus dem Gürtel und drehte sich, das stählerne Werkzeug mit ausgestrecktem Arm haltend, im Kreis, als werfe er ein Frisbee. Der Schraubenschlüssel brach dem kleineren Mann das Genick, als er gerade wieder zum Schlag ausholte. Vom Schwung seiner Drehung mitgerissen, wirbelte Jack an dem zusammensackenden Sterbenden vorbei, dessen Baseballschläger klappernd zu Boden fiel.

Gegen die drei anderen Männer stand er eigentlich auf verlorenem Posten, auch wenn er ihren Komplizen bereits erledigt hatte. Seine einzige Chance war Schnelligkeit – und schiere Dreistigkeit. Noch während er dem Typ mit dem Baseballschläger eine verpasst hatte, war der Mittzwanziger mit einem langen Messer zum Angriff übergegangen. Wie ein Fechter machte er einen weiten Ausfallschritt und stach die Klinge in Jacks Bauch.

Das geschah so schnell, dass Jack keine Zeit für ein Déjà-vu blieb – er holte mit dem Engländer aus, ließ ihn auf das verwirrte Gesicht des Mannes niedersausen und hieb ihm zwischen den Augen ein Loch in den Schädel. Blut schoss heiß auf Jacks Hand, als der kantige Kopf des Engländers in den Knochen fuhr.

Da hörte Jack hinter sich schwere Schritte. Ohne hinzusehen, stieß er mit aller Kraft den Ellbogen in Schulterhöhe nach hinten. Die Höhe war perfekt. Der härteste Knochen von Jacks Körper krachte in den weichen Nasenknorpel des Angreifers. Schreiend flog der Chinese nach hinten und zappelte mit den Füßen in der Luft wie ein Mann, der mit vollem Tempo in eine gespannte Wäscheleine gerannt war. Dumpf schlug sein Schädel auf dem Beton auf.

Jack wandte sich dem Zigarrenmann zu, der, lächelnd und paffend, mit seinem breiten Rücken an einer Palette lehnte. Er legte seine dicken Finger um die Zigarre, nahm einen letzten Zug und warf den Stummel zur Seite. Gleichzeitig griff er unter sein Hemd und zog ein Karambit mit rasiermesserscharfer, klauenartiger Klinge hervor.

Was sonst.

Jack erschauderte bei dem Anblick. Amador hatte ihm eindrücklich vorgeführt, was dieses Messer in den Händen eines Mannes, der damit umzugehen verstand, anrichten konnte. Das Vertrauen des Zigarrenmannes in die Waffe war offensichtlich.

Jack nahm seine Kampfposition ein und versuchte verzweifelt, sich ins Gedächtnis zu rufen, was Amador ihm beigebracht hatte. *Blödmann!,* schalt er sich. *Wenn du es nicht im Muskelgedächtnis hast, versuch es gar nicht erst.* Von John Clark hatte er gelernt, dass in einem echten Nahkampf keine Zeit zum Nachdenken blieb – da zählte nur der Instinkt, den man sich in vielen Übungsstunden antrainiert hatte. Und davon hatte Jack eine Menge. Er blickte wieder auf das Karambit und versuchte, sein Gehirn abzuschalten.

Wenigstens hat er nur ein *Messer,* dachte er.

Bis der Zigarrenmann ein zweites zückte.

Scheiße.

Er hörte Amadors Stimme in seinem Kopf. *Wenn du einem Mann gegenüberstehst, der mit zwei Messern umzugehen versteht – lauf um dein Leben!*

Aber Jack konnte nicht davonlaufen.

Er hatte noch einen Job zu erledigen.

Der Zigarrenmann grinste, glaubte, leichtes Spiel mit dem Amerikaner zu haben, obwohl der einen Kopf größer war. Er glitt auf seinen Füßen vorwärts wie ein Tänzer.

Jack wich zurück, tastete den Fußboden mit den Füßen ab. Nur nicht über einen der drei Männer stolpern, die er …

Zu spät.

Er strauchelte rückwärts über die Leiche des ersten, und der Zigarrenmann sah seine Chance gekommen. Er senkte die Klingen und griff an.

Doch auch Jack sah seine Chance, während er das Gleichgewicht wiedererlangte. Er holte weit aus und schleuderte den Engländer mit aller Kraft. Das schwere Stück Stahl traf den Mann an der Brust. Verblüfft stieß er einen Schwall rauchiger Luft aus und ließ die Messer fallen. Noch bevor die auf dem Boden aufschlugen, war Jack bei ihm und schlang ihm die Arme um den Hals. Er wollte ihn nicht töten – er brauchte Antworten. Doch der alte Kämpfer war noch nicht am Ende. Er riss die Unterarme nach oben zwischen Jacks Arme und sprengte die Umklammerung. Dann rammte er den Kopf nach vorn und erwischte Jack am Kinn.

Der Kopfstoß fühlte sich an wie ein Schuss, und weiße Sterne explodierten vor Jacks Augen. In der Superzeitlupe seines Adrenalinschubs hörte er, wie der Engländer klirrend auf den Beton fiel, und roch sogar den Zigarrengestank im Atem des Gegners.

Der Kopfstoß des Zigarrenmannes verfehlte seinen Zweck. Jack taumelte, aber er war nicht außer Gefecht.

Der Mann stürzte sich wieder auf ihn und griff mit beiden Händen nach Jacks Kehle. Doch Jack packte ihn an den Handgelenken, ließ sich nach hinten auf den Rücken fallen und zog die Hände des anderen an seine Brust. Gleichzeitig stieß er ihm die Füße in den Schritt, ließ sie nach oben schnellen und katapultierte ihn über sich hinweg. Vom Schwung ihrer beiden Körper und der Zentrifugalkraft wurde der kleinere Mann durch die Luft geschleudert. Er prallte gegen die scharfe Stahlkante des elektrischen Hubtisches und brach sich das Rückgrat.

Jack sprang auf. Als Erstes untersuchte er seinen Schutzpanzer – den dreihundert Seiten starken Produktkatalog von Dalfan, den er mit Isolierband innen an seinem Hosenbund befestigt hatte. Die Klinge, die seinen Bauch getroffen hatte, war fast zwei Zentimeter tief eingedrungen. Er wollte den Papierpanzer schon herausziehen, überlegte es sich dann aber anders.

Noch war die Nacht nicht vorüber.

Er fühlte dem Zigarrenmann den Puls, doch die leblosen Augen sprachen für sich. Jack fluchte. Wie sollte er jetzt in Erfahrung bringen, wer diese Arschlöcher waren?

Er durchwühlte die Taschen der vier Männer, drehte dabei aber ständig den Kopf und spitzte die Ohren aus Furcht, erneut aus dem Hinterhalt angegriffen zu werden. Die Durchsuchung förderte nichts zutage, noch nicht einmal Taschenfussel. Ein weiterer Beweis dafür, dass es sich um Profis handelte.

Jack konnte nichts weiter tun, als die Toten mit seinem iPhone zu fotografieren und ihre Fingerabdrücke zu nehmen, wozu er eine militärische App verwendete, die Gavin auf jedem Campus-Smartphone installiert hatte. »Nur für den Fall«, hatte er damals gesagt.

Jack blickte wieder in die Runde. Noch immer nichts Verdächtiges. Er wusste, dass Profis nichts zurücklassen würden, was für ihn interessant wäre. Trotzdem musste er sich ein paar zusätzliche Minuten nehmen und so viel herausfinden, wie er konnte. Aber er stand unter Zeitdruck. Diese Leute hier arbeiteten auf keinen Fall allein. Ihre Kameraden lauerten womöglich schon draußen vor der Tür. Oder noch schlimmer: Die Polizei könnte plötzlich auftauchen. Wie sollte er die vier Toten erklären?

Jack war kein Soziopath, aber es bereitete ihm auch kein schlechtes Gewissen, dass er Männer getötet hatte, die ihn ohne Grund hatten umbringen wollen. Aber der singapurischen Justiz war das möglicherweise egal, und er war nicht wild darauf, es herauszufinden.

Er hob den blutverschmierten Engländer vom Boden auf, wischte ihn am T-Shirt des jüngsten Killers ab und steckte ihn ein. Er wollte keine Beweise hinterlassen. Er überlegte, ob er die Leichen beseitigen oder sogar die Halle niederbrennen sollte, um seine Spuren zu verwischen. Er hob die Augen zur Decke. Nur zwei Überwachungskameras blickten in seine Richtung, beide außer Betrieb. Ja, diese Leute waren Profis und hatten ebenso wenig Beweise hinterlassen wollen wie er.

»Danke für die Unterstützung, ihr Arschlöcher.«

Er durfte die Liste möglicher künftiger Anschuldigungen nicht noch um Brandstiftung und Verdunkelung verlängern. Wer immer diese Männer geschickt hatte, er war höchstwahrscheinlich sogar noch mehr daran interessiert, ihre Leichen verschwinden zu lassen, als er. Vier tote Männer würden eine Menge Fragen aufwerfen, von denen einige zu ihren Auftraggebern führen könnten.

Jack untersuchte ein paar DVD-Player-Kartons auf der angebrochenen Palette, fand aber nichts außer DVD-Playern. Er hätte noch in die vorderen Büros einbrechen und sich darin gründlicher umsehen können, aber sein Gefühl sagte ihm, dass dabei nichts herauskommen würde. Es war sicherer und wohl auch sinnvoller, schleunigst von hier zu verschwinden und Gavin die Fotos und Fingerabdrücke zu schicken.

Am Ausgang vergewisserte er sich ein letztes Mal, dass ihm niemand folgte, dann huschte er, diesmal die entgegengesetzte Richtung einschlagend, zur Ostseite des Gebäudes und ließ den beschädigten Lieferwagen so rasch, wie es sein Humpelsprint zuließ, hinter sich. Nach ein paar Hundert Metern blieb er stehen und öffnete die Uber-App.

51

Jack bemerkte auf einer Baustelle einen fast vollen Müllcontainer und humpelte zu ihm hinüber. Er kletterte auf den Container und fand, was er suchte – einen Lumpen und einen leeren Karton. Mit dem Lumpen wischte er sich das Blut von der Hand, warf ihn in den Karton, klappte den Deckel zu und schob ihn unter eine Gipsplatte. Dann ging er ans andere Ende des Containers, steckte den Engländer in ein Stück PVC-Rohr, stopfte Dämmmaterial darauf und vergrub das Ganze zusammen mit dem Dalfan-Katalog im Müll. Normalerweise hätte er die Beweise, die ihm eine lebenslange Gefängnisstrafe – oder Schlimmeres – einbringen konnten, vernichtet, doch die Zeit wurde knapp, und seine Optionen waren begrenzt.

Er wandte sich von dem Container ab, überquerte die Straße und checkte seine Uber-App. Laut App sollte der blaue Punkt, der sich in seine Richtung bewegte, in drei Minuten bei ihm sein. Er sah noch einmal an sich hinunter und vergewisserte sich, dass er weder Blutspritzer noch sonst etwas Verdächtiges an sich hatte, das darauf hinwies, dass er ein Stück die Straße runter in einem Lagerhaus vier Männer getötet hatte. Es war schon schlimm genug, dass er wie ein halb ertrunkener Obdachloser aussah, noch dazu wie ein Serienkiller, das wäre des Guten zu viel.

Der äußerliche Check erinnerte ihn daran, dass er heute Nacht verdammt viel Glück gehabt hatte. Bis auf die wunde Stelle am Arm, wo der Baseballschläger ihn gestreift hatte, war er relativ unversehrt. Die vielen Hundert Stunden strapaziösen, zermürbenden Kampftrainings, in denen ihn Clark und Ding gedrillt hatten, waren zum Tragen gekommen, sobald er die Angst ausgeblendet und dem Kampf freien Lauf gelassen hatte. Tatsächlich war es das Kampftraining, das ihn befähigte, alles andere auszublenden.

Wie Clark immer sagte: Das Spiel wird auf dem Trainingsplatz gewonnen, bevor es überhaupt beginnt.

Der Kampf selbst war brutal und kurz gewesen wie die meisten Kämpfe – und nicht wie im Film, wo der Held ein Dutzend Faustschläge ins Gesicht bekommt und einfach weitermacht. Im wirklichen Leben hätte Rocky nach seinem großen Kampf im Koma gelegen und nie bis zum Nachfolgefilm durchgehalten, geschweige denn bis zu einem weiteren Kampf.

Aber Glück gehörte ebenfalls dazu. All das Training und die Vorbereitungen konnten einen nicht vor den tausend Dingen schützen, die bei so etwas Unübersichtlichem wie einem Nahkampf passieren konnten. Ein wilder Schwinger, ein rutschiger Ölfleck, ein Baseballschläger, der eine Sekunde früher niedersaust. Alles Mögliche hätte schiefgehen können. In echten Kämpfen tat es das gewöhnlich auch, aber heute Nacht war alles gut für ihn gelaufen. Beim nächsten Mal hatte er vielleicht nicht so viel Glück.

Und ein nächstes Mal würde es mit Sicherheit geben. Denn das war das Leben, für das er sich entschieden hatte. Pflicht, Ehre, Vaterland.

Komme, was da wolle.

Die Scheibenwischer des Kias waren den Regenmassen nicht gewachsen. Daniel Lim, der Uber-Fahrer – ein langhaariger Student der Logistik, wie er Jack erzählte, mit

Brillengläsern so dick wie die Windschutzscheibe –, fluchte über die verschwommenen roten Lichter vor ihnen. Ein Stau, zum Donnerwetter.

»Diese dämlichen Autofahrer! Wegen so ein bisschen Regen!« Er drückte auf die Hupe.

Das Plärren durchfuhr Jack wie ein elektrischer Schlag. Die Tylenol-Tabletten, die er geschluckt hatte, hatten seine Kopfschmerzen gelindert, aber nicht beseitigt. Er musste den Jungen dazu bringen, dass er sich beruhigte.

»Ich habe am Abend im Radio gehört, dass sich über der Javasee ein Zyklon zusammengebraut hat. Regnet es deshalb so?«

»Zyklon der Kategorie 1, sehr niedriges Niveau«, antwortete Daniel. »Kein Problem für uns! *Lah*. Bloß ein Unwetter. Mit viel Regen.«

»Und der Regen ist der Grund für den vielen Verkehr?«

»Möglich. Haben wohl Angst. Wenn das Unwetter zu schlimm wird, gibt es Probleme. Viele Überschwemmungen.« Er schob die Brille auf die Nase zurück und drückte fluchend wieder auf die Hupe.

Jack wusste, dass Uber-Fahrer nach Strecke bezahlt wurden, nicht für die Zeit, die sie im Auto saßen, wie ein regulärer Taxifahrer. Das war einer der Gründe, warum sich der Fahrdienst so großer Beliebtheit erfreute.

»Hören Sie, Daniel. Ich weiß, dass wir lange bis zu meiner Wohnung brauchen. Ich bezahle Ihnen das Doppelte für Ihre Mühe. Also machen Sie sich keinen Kopf, okay?«

Der Fahrer drehte sich um, ein breites Lächeln auf den dicken Lippen. »Okay! Danke! Das hilft mir sehr.« Er bedachte Jack wieder mit einem prüfenden Blick. »Sind Sie sicher, dass Sie okay sind?«

Jack konnte nur ahnen, wie er aussah, klitschnass, unrasiert und leicht verbeult. Er deutete auf die Windschutzscheibe. »Sie sollten besser auf die Straße schauen.«

»Ja, Sie haben recht.«

Die folgenden Minuten ging es nur im Schneckentempo voran. Jack nutzte die Zeit, um Gavin eine verschlüsselte Textnachricht zu schicken, zusammen mit den Fotos und Fingerabdrücken der Männer, die er vorhin getötet hatte.

Weiter vorn sah Jack flackernde Signallichter von Streifenwagen am Straßenrand. Die rechte Fahrspur war gesperrt. Rote Warnleuchten blinkten. Zwischen zwei Bewegungen der Wischerblätter konnte Jack zwei Autos ausmachen, die ineinandergekracht waren. Die anderen Fahrer versuchten, sich links einzuordnen, auch Daniel.

»Die Dummköpfe haben ihre Autos zu Schrott gefahren! *Lah.*«

»Besteht die Gefahr, dass der Zyklon Singapur erreicht?«, fragte Jack.

»Uns hier? Ausgeschlossen. So weit kann ein Zyklon nicht kommen. Wir sind am Äquator. Hier gibt es keine Corioliskraft. Die bewirkt, dass die Winde einen wirbelnden Trichter bilden. Zwischen dem fünften Grad südlicher und nördlicher Breite können keine Taifune und Zyklone entstehen. Singapur liegt auf 1,35 Grad nördlicher Breite. Also kein Problem.«

»Das ist gut zu wissen.«

Daniel ließ sein Fenster herunter, schlenkerte mit dem Arm und schimpfte über einen Lexus, der ihn nicht hineinlassen wollte. Sein Gesicht und sein Arm wurden klatschnass. Schließlich ließ der Lexus genug Platz. Daniel fädelte sich ein. Er wischte sich mit der Hand das Gesicht ab.

»Sie kennen sich mit dem Wetter gut aus«, sagte Jack, immer noch bemüht, freundlich zu sein und den Burschen zu beruhigen. Doch für einen Uber-Fahrer wusste er wirklich ziemlich viel.

»Ich studiere Meteorologie im Nebenfach. Faszinierendes Gebiet.«

»Das ist cool.«

»Cool, schon. Nur gibt's beim Wetter keine Jobs. Deshalb studiere ich Logistik.«

Erneut kam der Verkehr zum Stehen. Eine Polizistin blockierte ihre Spur und winkte einen Abschleppwagen heran. Daniel drehte sich um und zog ein finsteres Gesicht.

»Vamei. Ich habe Vamei vergessen.«

»Was ist ›Vamei‹?«

»Im Jahr 2001 bildete sich auf 1,4 Grad nördlicher Breite der Taifun Vamei. Ist über Singapur hereingebrochen. War sehr schlimm.«

»Sagten Sie nicht, dass unterhalb von 5 Grad nördlicher Breite keine Zyklone entstehen könnten?«

»Können sie auch nicht. Vamei aber schon! *Lah*.«

Jack runzelte die Stirn.

»Keine Sorge! Die Javasee liegt südlich des Äquators, nicht nördlich. Keine Taifune. Sie werden sehen. Nur etwas Regen.«

»Sie sind der Meteorologe.« Plötzlich fiel Jack ein, dass er sich bei Paul nicht gemeldet hatte. Wahrscheinlich machte er sich Sorgen. Er drückte Pauls Nummer.

»Hallo?«

»Paul, ich bin's, Jack. Sorry, wenn ich Sie geweckt habe.«

»Macht nichts. Wie spät ist es?«

»Spät.«

»Wo sind Sie?«

»Auf dem Weg nach Hause. Warten Sie nicht auf mich.«

»Alles in Ordnung?«

Jack überlegte, ob er ihm alles sagen sollte, doch was würde das bringen? Er hatte gerade vier Männer getötet und trotz des Blutvergießens nichts herausgefunden. Und wäre selbst beinahe in einem gestohlenen Wagen umgebracht worden. Würde er Paul das alles erzählen, würde er seine Tarnung ihm gegenüber aufgeben – was ein klarer und sinnloser Verstoß gegen seinen Status beim Campus wäre. Also log er.

»Ja, alles in Ordnung. Wir reden später.« Jack unterbrach die Verbindung.

Als der Wagen in der leeren Straße hinter dem Gästehaus hielt, hatte der Regen etwas nachgelassen.

»Sehen Sie? Kein Zyklon!«, sagte Daniel, während Jack in seiner Uber-App tippte und ein Trinkgeld hinzufügte, das doppelt so hoch war wie der Fahrpreis.

»Vielleicht sollten Sie doch Meteorologe werden.«

»Auf keinen Fall. Keine Jobs.« Daniel checkte das Trinkgeld. »Hey, danke. Das ist mir eine große Hilfe. Das Studium ist nicht billig.«

»Gern geschehen. Danke für die Fahrt.«

»Wenn Sie wieder ein Taxi brauchen, fordern Sie mich an, okay?«

»Wenn ich ein Taxi oder einen Wetterbericht brauche, rufe ich Sie.«

Daniel strahlte. »Okay!«

Jack humpelte auf den Gartenzaun des Nachbarhauses zu, während Daniel davonbrauste und seine Räder auf dem nassen Asphalt zischten.

Jack hörte Paul, bevor er ihn sah. Seine Zimmertür stand einen Spalt offen. Paul schnarchte wieder. Jack schlurfte den Gang hinunter, um nachzusehen. Paul lag auf dem Bett, die Arme weit gespreizt, den Mund offen, und Sabber lief ihm über die Wange.

Jack schüttelte schmunzelnd den Kopf und ging in sein Zimmer. Er war durchnässt, schmutzig, und alles tat ihm weh. Zeit für eine heiße Dusche.

Nur dass er verdammt müde war.

Mit letzter Kraft zog er die nassen Kleider aus und schlüpfte ins Bett. Er war im selben Moment weg, als sein schmerzender Kopf ins Kissen sank.

52

Paul fühlte sich nicht gut.

Genau genommen fühlte er sich fürchterlich. Er hatte einen Brummschädel und ein flaues Gefühl im Magen. Er war schon im Bett gewesen, als Jack angerufen hatte. Jetzt schrie ihn der Wecker an.

Paul fühlte sich so elend, dass er dachte, er hätte sich eine Lungenentzündung eingefangen. Aber er begriff schnell, dass es der Bushmills war, der seinen Kopf in einen Schraubstock gespannt hatte und mit seinem Magen Karussell fuhr.

Er schloss die Augen. Wieder bekam er den Drehwurm. Innerhalb von Sekunden wurde ihm schwindelig, und sein Magen krampfte sich zusammen und drohte seinen Inhalt nach oben zu schicken. Er zwang sich, die Augen zu öffnen, und drückte sich in eine sitzende Position hoch.

Besser.

Aber noch nicht gut.

Tee. Der würde ihm jetzt guttun.

Kaffee. Schwarzer Kaffee.

Besser.

Er kratzte sich den dicken Bauch, stellte sich auf zittrige Beine, wackelte die Füße in die Pantoffeln und machte sich auf in die Küche.

Auf dem Weg nach unten stützte er sich schwer auf das

Treppengeländer, im Kopf ein heilloses Durcheinander. Wo war Jack die ganze Nacht gewesen? In dem Lagerhaus? Oder woanders? Aber das war ja nur das Neueste. Was war an dem Abend passiert, als er mit Lian Fairchild ausgegangen war? Offensichtlich hatte er eine Art tätliche Auseinandersetzung gehabt. Und er verhielt sich wie ein Mann, der so etwas gewohnt war, auch wenn er nie damit prahlte.

Wenn er jetzt darüber nachdachte, hatte Jack schon an dem Tag, an dem sie Rhodes getroffen und den Auftrag bekommen hatten, so ausgesehen, als hätte er sich geprügelt. Er hätte schwören können, dass Jack ein blaues Auge gehabt und überschminkt hatte. Jacks Erklärung – er sei auf einer Wanderung im Urlaub gestürzt – war ihm schon damals komisch vorgekommen, doch er hatte nicht weiter darüber nachgedacht.

Er trat unbeholfen von der letzten Treppenstufe und tapste in Richtung Küche. Er war noch nie einem Finanzanalysten begegnet, der in so kurzer Zeit so oft in Schwierigkeiten geraten oder verletzt worden war. Jack verhielt sich mehr wie ein Agent als wie ein Wirtschaftsprüfer.

Paul blieb abrupt stehen. Ein Eisklumpen fuhr in seinem Magen herum, als wäre ihm der Boden unter seinen Füßen weggezogen worden.

Wurde er an der Nase herumgeführt?

Paul kratzte sich das schüttere, ungekämmte Haar. Jack? Ein Agent? Wenn ja, für wen?

Er ging zu dem Schrank mit dem Kaffee und den Filtern.

Wenn Jack bei der CIA war, arbeitete er dann für Rhodes? Rhodes arbeitete mit Langley zusammen – und streng genommen er selbst ja auch, durch Rhodes. Aber warum hätte Rhodes ihm dann verschweigen sollen, dass Jack bei der CIA war?

Er hätte es ihm gesagt, außer Jack war gar nicht bei der CIA. Aber für wen arbeitete er dann? Die DIA? Das Justizministerium? Das FBI?

Paul löffelte schwarzen Sumatra-Kaffee in einen Filter und goss Wasser in die Kaffeemaschine.

Nein. Jack arbeitete für Hendley Associates. Das wusste er mit Bestimmtheit. Er stand nicht auf der Gehaltsliste der Regierung.

Aber das traf auch auf ihn selbst zu, und trotzdem arbeitete er für die CIA.

»Oder?«, fragte sich Paul. »Für die CIA. Hat jedenfalls Rhodes gesagt.«

Es sei denn, Rhodes log.

Und wenn Rhodes gar nicht für die CIA arbeitete, was bedeutete das für ihn?

Paul schüttelte den Kopf, um klarer denken zu können. Ein Riesenfehler. Er spürte, wie sein Hirn gegen den Schädel schlug und seine Kopfschmerzen regelrecht explodierten.

Kaffee. Dann duschen. Dann nachdenken.

»In dieser Reihenfolge«, sagte er sich und sah zu, wie Dampf aus der schnaufenden Kaffeemaschine aufstieg.

»Und dann mit Jack reden.«

Paul war angezogen und abfahrbereit, als Jack endlich die Treppe herunterkam und steifbeinig in die Küche humpelte. Paul glaubte, ein paar neue Schrammen in seinem Gesicht und an seinen Händen zu entdecken.

»In der Kanne ist heißer Kaffee«, sagte Paul. »Ich kann aber auch Tee machen.«

»Eine Tasse Kaffee genügt. Ich muss noch kurz unter die Dusche, dann können wir fahren.«

Paul goss ihm eine Tasse ein, schwarz wie Motoröl, aber weich wie Seide.

Paul fand, dass Jack ziemlich mitgenommen aussah. Schlimmer, als er ihn in Erinnerung hatte. Seine Hand war dick geschwollen, die Fingerknöchel gerötet. Er sah aus, als hätte er in der Nacht mit einem Bären gerungen.

»Geht es Ihnen gut?«

Jack zuckte mit den Schultern. »Ja, bestens. Wenn man bedenkt.«

»Wenn man was bedenkt?«

Jack schüttelte den Kopf und rieb sich das Gesicht. »Ach, scheiße. Ich habe ganz vergessen, es Ihnen zu sagen. Ich bin letzte Nacht in einen Unfall mit Fahrerflucht verwickelt worden.«

Vergessen, mir zu sagen? Das ist doch Schwachsinn. Paul schluckte seinen Ärger hinunter. »Wo? Wann?«

»Am anderen Ende der Stadt. Als ich das Lagerhaus überprüft habe, über das wir gesprochen haben – beziehungsweise ein anderes.«

»Sie müssen zum Arzt.«

»Nein. Nur ein paar Schrammen. Der Airbag hat mich hart getroffen, als der Laster mir hinten reingefahren ist. Ich habe ganz schön was abgekriegt. Ich glaube, ich bin sogar kurz ohnmächtig gewesen.«

Paul runzelte besorgt die Stirn. »Sie sollten wirklich zu einem Arzt.«

»Nicht hier.« Jack trank einen Schluck Kaffee. »Vielleicht, wenn ich wieder zu Hause bin.«

»Haben Sie deshalb ein blaues Auge?«

»Was?« Jack drehte sich um und suchte die Arbeitsplatte ab. Er fand den silberglänzenden Toaster, hob ihn hoch und betrachtete sein Gesicht darin wie in einem Spiegel. Es war ein kleines Hämatom an fast genau derselben Stelle wie das, das er sich an der Nordsee geholt hatte, als er mit dem Kopf gegen die Stahlleiter gestoßen war. War es dasselbe? Oder ein neues? Oder war das alte noch schlimmer geworden? Er hatte keine Ahnung.

»Ja, vermutlich.«

»Irgendeine Ahnung, wer Ihnen reingefahren ist?«

»Nein.«

»Haben Sie das Kennzeichen des Lasters?«

Jack log. »Nein.«

»Ich vermute, der Audi TT hat Totalschaden. Ein Jammer. Er war ein cooles Gefährt.«

Jack schüttelte den Kopf. »Ich war nicht im Audi unterwegs.«

»Ach?«

»Ich hatte mir von Dalfan einen Lieferwagen geliehen.«

»Wieso denn?«

»Das ist eine lange Geschichte.«

»Wir haben Zeit.«

»Nein, haben wir nicht. Es ist schon fast zehn. Ich muss duschen, und dann müssen wir los.« Jack trank den restlichen Kaffee und stellte die Tasse in die Edelstahlspüle.

Pauls Augen verengten sich wegen der Abfuhr.

Jack drehte sich um und kratzte sich am Stoppelbart. »Ich würde Sie gern was fragen.«

»Nur zu.«

»Es geht um die Datei, die Sie gefunden haben, mit der Bezeichnung ›QC‹. Haben Sie eine Kopie heruntergeladen?«

»Nein. Daran habe ich nicht gedacht. Warum?«

Jack sah ihn säuerlich an. »Warum nicht?«

»Schlicht vergessen. Warum?«

»Ich glaube, dass es bei Dalfan ein Problem gibt, und ich fürchte, dass diese Datei der einzige Beweis ist, den wir haben.«

»Okay. Wir ziehen eine Kopie, wenn wir im Büro sind.«

Jack rieb sich den schmerzenden Nacken. »Gibt es hier Tylenol?«

»In der dritten Schublade links ist Ibuprofen.«

»Danke.« Jack zog die Schublade auf, öffnete das Fläschchen und warf sich ein paar Pillen in den Mund. Er beugte sich über die Spüle, trank ein paar große Schlucke Wasser direkt aus dem Hahn und wischte sich mit dem Handrücken den Mund ab.

»Sie sollten zum Arzt«, sagte Paul.

»Sie wiederholen sich.«

Paul rang sich ein Lächeln ab. »Schon verstanden.«

»Jetzt ab unter die Dusche.« Jack schleppte sich unter Schmerzen zur Treppe.

»Sind Sie sicher, dass Ihnen nichts fehlt?«

»Mir ist es nie besser gegangen«, rief Jack über die Schulter.

Paul schaute ihm nach, alles andere als sicher, ob er ihm noch trauen konnte, vor allem in puncto Wahrheit.

Jack blickte auf die Dampfwolke, die aus der Dusche quoll, und seine schmerzenden Muskeln bettelten darum, hineinzudürfen. Doch plötzlich kam ihm der Gedanke, dass er wegen des Kennzeichens des Lasters Gavin kontaktieren sollte. Wahrscheinlich eine Sackgasse, trotzdem musste es überprüft werden.

Er ging zur Kommode und ergriff sein Telefon. Er war jetzt nicht in der Stimmung, mit Gavin zu verhandeln, deshalb entschied er sich für eine SMS. Es war ohnehin schon spät.

Er tippte den Teil des Kennzeichens ein, an den er sich noch erinnerte: SAM 00. Er wollte die Nachricht losschicken, doch sein wunder Daumen zögerte. War das wirklich das Kennzeichen?

Nein.

Er wusste nicht, woher er das hatte. Das Lkw-Kennzeichen war sechsstellig gewesen, daran erinnerte er sich genau. Er sah das hintere Nummernschild vor seinem geistigen Auge, als der Laster vom Unfallort flüchtete. Ja. Die Nummer begann mit einem X. Er war sich ganz sicher. Und dann sah er den Rest.

Er lächelte in sich hinein, froh, dass sein Gehirn wieder zu normalem Niveau zurückfand. Er löschte SAM 00 und tippte die korrekte Nummer ein. Er klickte auf »Senden« und schlüpfte unter die Dusche. Vielleicht machte Gavin ja das Unmögliche wahr und fand den Laster.

Paul hörte die Dusche oben angehen, als er sich mit einer Tasse heißen Kaffees an den Tisch setzte, seinen Laptop aufklappte und seine Mails checkte. Er überlegte, ob er an seinem anderen Projekt für Hendley Associates weiterarbeiten sollte, doch im Moment war er zu abgelenkt. Es war zu viel los, es stand zu viel auf dem Spiel.

Und die Kopfschmerzen wollten einfach nicht vergehen.

Rhodes' scharfe Zurechtweisung klang ihm noch in den Ohren. Bis heute Mitternacht hatte er Zeit, den Dalfan-Verschlüsselungscode abzugreifen, auf den CIA-Stick zu laden und dann das CIA-Programm auf einem Dalfan-Rechner zu installieren, ohne dass Bai oder sonst jemand etwas merkte. Außerdem musste er einen Weg finden, wie er den CIA-Stick durch die Sicherheitskontrolle der Firma schmuggeln konnte. Zeit hatte er reichlich. Er brauchte nur eine Gelegenheit.

Er konnte nur hoffen, dass das CIA-Programm keine Spuren hinterließ. Wenn doch, würden die IT-Leute von Dalfan den Upload direkt zu seinem Stick zurückverfolgen können – auch das gehörte zum Sicherheitssystem. Er könnte seine Täterschaft nicht glaubhaft bestreiten und beispielsweise behaupten, ein Dritter hätte ihm den Stick gestohlen und zweckentfremdet, denn der Stick war mit seinem Daumenabdruck biometrisch verschlüsselt, sodass nur er ihn benutzen konnte. Dass Rhodes ihn hochgehen lassen wollte, bezweifelte er. Was hätten er oder die CIA davon, wenn man ihn für den Upload verantwortlich machte?

Nein, Rhodes würde es nicht riskieren, in einen solchen Skandal verwickelt zu werden. Immerhin saß er im Vorstand von Marin Aerospace. Er konnte alles verlieren, wenn er mit einem Fall von Industriespionage in Verbindung gebracht wurde. Außerdem war Rhodes ein eitler und arroganter Arsch. Wenn er, Paul, erwischt wurde und Rhodes belastete, würde das Langley als Versagen werten und nie wieder seine Dienste in Anspruch nehmen. Rhodes hatte größtes Interesse daran, dass Paul Erfolg hatte, daran bestand kein Zweifel. Das war wahrscheinlich auch der Grund für sein rüdes Benehmen letzte Nacht. Der Mann hatte allen Grund, sich Sorgen zu machen. Für ihn stand viel auf dem Spiel. Und wenn viel auf dem Spiel stand, tat Rhodes, was jede in die Ecke getriebene Ratte tat – er zeigte die Zähne.

Paul nahm noch einen Schluck Kaffee. Das Bild eines zornigen und ängstlichen Rhodes weckte eine Erinnerung aus einer Zeit, als der Senator und er noch viel jünger gewesen waren. Eine Erinnerung, die Paul nur selten an die Oberfläche kommen ließ.

Eine Erinnerung, die zu schrecklich war, um sie zu vergessen.

53

Jakarta,
Indonesien

Sie rannte unter ihrem Nike-Golfschirm durch den strömenden Regen zu dem zehnstöckigen, zylindrischen Gebäude. Ihre Brille beschlug in der kühlen Luft. Sie trug einen lila Hidschab mit modischem Blumenmuster, die einzige Extravaganz, die sich die kinderlose Witwe gestattete. Unter ihrem Regenschutz und ihrer traditionellen Kleidung hielt sie ein kleines Paket, das in Papier eingeschlagen und verschnürt war. Sie hatte es erst vor einer halben Stunde aus einem Postschließfach geholt. Mit beiliegenden Anweisungen.

Sania Masood ignorierte die verstohlenen Blicke der Männer und westlich gekleideten Frauen, die das BMKG, das indonesische Amt für Meteorologie, Klimatologie und Geophysik, durch die Glastür betraten oder verließen.

Sie wischte die beschlagenen Brillengläser frei, als sie in der Schlange am Sicherheitscheck wartete, und mied tunlichst die Blicke der anderen, speziell die der schamlosen Frauen. Die Schlange war länger als sonst. *Ausgerechnet heute Morgen,* sagte sie sich. An dem einzigen Morgen, an dem sie nicht zu spät zur Arbeit kommen durfte.

Inshallah.

Als Sania an den Security Desk trat, erkannte sie der uniformierte Wachmann sofort – sie gingen beide in dieselbe Moschee, nur fünfzehn Minuten südlich von hier. Sie hielt kurz einen Ausweis hoch. Der Wachmann nickte leicht und winkte sie mit einer lässigen Handbewegung um den Metalldetektor herum, damit sie nicht durch ihn hindurchgehen musste. Das war abgesprochen.

Nun musste sie nur noch in den vierten Stock hinauf.

Singapur

Für die kurze Fahrt vom Gästehaus zur Dalfan-Zentrale brauchten Jack und Paul wegen des starken Regens und der verstopften Straßen doppelt so lange wie gewöhnlich. In den Radionachrichten hieß es, der schwere Tropensturm habe sich über der Javasee festgesetzt.

Ursprünglich hatten die Meteorologen vorausgesagt, er werde in Richtung Westen und weit südlich an Singapur vorbeiziehen, aber Jakarta voll treffen. Doch der ins Stocken gekommene Sturm lud weiter Regen über Singapur ab, und die überfluteten Straßen behinderten den Verkehr zusätzlich.

Als sie bei Dalfan ankamen, humpelte Paul schlimmer denn je. Alle waren nervös wegen des Sturms und abgelenkt. Jack und Paul wurden von der Security nur oberflächlich kontrolliert und durchgewinkt. Paul musste auf dem Weg zu ihren Büros einen Zwischenstopp in der Toilette einlegen. Bai war noch nicht da – was für ein Glück. Paul sank in seinen Stuhl und fuhr seinen Rechner hoch, wobei ihm Jack über die Schulter sah. Paul gab sein randomisiertes Passwort ein und meldete sich an. In den folgenden zwanzig Minuten flogen seine Wurstfinger über die Tasten, gelegentlich unterstützt von einem Mausklick.

»Sie verstehen Ihr Handwerk«, sagte Jack und sah sich um, um festzustellen, ob sie durch die Glaswand beobachtet wurden.

»Da haben wir die Bescherung.«

»Was?«

»Die Datei ist nicht mehr da.«

»Die QC-Datei, auf die Sie gestoßen sind?«

»Ja. Glatt verschwunden.«

»Sind Sie sicher, dass Sie an der richtigen Stelle nachsehen?«

Paul drehte den Kopf, sodass beinahe ihre Nasen zusammenstießen. »Das meinen Sie jetzt nicht ernst, oder?«

»Vielleicht hat sie jemand verschoben.«

»Wohl eher gelöscht. Ich habe bereits eine umfassende Suche durchgeführt. Sie ist verschwunden.«

»Könnte sie nicht einfach umbenannt worden sein?«

»Ich habe den Ordner nach Dateien durchsucht. Mit Stichwörtern und so weiter. Nichts.«

Jack stand auf. »Wir brauchen diese Datei. Sie ist der einzige Beweis, den wir haben.« Er ging eine Weile auf und ab. »Könnte Dalfan eine Art Back-up-System haben? Um sich vor Datenverlust zu schützen?«

»Na klar. Gute Idee. Geben Sie mir ein paar Minuten.« Paul tippte wieder wild auf den Tasten herum.

Jack beschloss, selbst ein wenig herumzuschnüffeln. Er ging in sein Büro, loggte sich in seinen Computer ein und stellte ein paar Nachforschungen an. Nach zwanzig Minuten gab er auf. Er konnte nichts finden. Er kehrte in Pauls Büro zurück.

Paul kratzte sich frustriert den schütteren Skalp. »Ich habe das Back-up-System, das sie benutzen, gefunden – es handelt sich um Hardware, die hier im Haus untergebracht ist, nicht cloudbasiert. Soweit ich es beurteilen kann, bewahren sie die letzten dreißig Tage auf ihrer Sicherungsfestplatte auf, dann laden sie wahrscheinlich alles davor herunter und legen es irgendwo in einer Art permanentem Speicher ab. Unsere Datei müsste eigentlich in dem Dreißig-Tage-Back-up sein. Ist sie aber nicht. Jemand hat mithilfe eines Bots oder irgendeines anderen automatischen

Schnüfflers alle anderen Versionen der Datei aufgespürt und vernichtet.«

»Dann sind wir im Arsch.«

»Wer immer die Datei ursprünglich erstellt hat, er wollte den Überblick über die Transaktionen behalten. Er wird diese Unterlagen nicht verlieren wollen – wozu hätte er sie dann überhaupt aufbewahren sollen?«

»Dann hat derjenige, der diese Dateien gelöscht hat, vorher einen Ausdruck gemacht?«

»Davon gehe ich aus. Ich kann nicht sagen, wer den Ausdruck hat oder wo er jetzt ist, aber zumindest besteht die – wenn auch entfernte, wie ich gerne einräume – Möglichkeit, dass Sie die Daten eines Tages wiedererlangen.«

In diesem Moment kam Bai in Sicht. Er steuerte schnurstracks auf Pauls Büro zu. Jack hörte in seinem Büro nebenan das Telefon klingeln.

Nur Yong oder Lian hatten ihn jemals angerufen. Es konnte wichtig sein.

»Ich gehe besser ran.« Jack flitzte zu seinem Tischapparat hinüber.

Paul atmete auf. Er hatte heute Morgen noch etwas Vertrauliches zu erledigen und wollte nicht, dass Jack derweil hier herumschnüffelte.

Leider würde ihm auch Bai nicht viel Handlungsspielraum lassen. Noch hatte er zwölf Stunden, um die Sache durchzuziehen, aber auf einmal kam ihm das gar nicht mehr so lang vor.

Bai schüttelte seinen Regenmantel aus und hängte ihn an die Garderobe neben Pauls Mantel, der immer noch tropfnass war. »Guten Morgen, Mr. Brown.«

»Hallo, Bai. Wie war Ihr Abend?«

»Mäßig.« Bai ließ sich erschöpft in seinen Stuhl fallen. »Ich habe nicht besonders gut geschlafen.«

»Wegen des Unwetters?«

»Ja. Und wegen meiner Mutter. Sie macht sich große

Sorgen. Sie glaubt, dass der Sturm sich zu einem schweren Taifun auswachsen und uns treffen wird.«

»Die Wetterfrösche glauben das nicht.«

»Sie schon. Und sie ist eine *Wu*.«

»Eine was?«

»Eine *Wu*. So etwas wie ›Hexe‹ im Englischen. Sie kann wahrsagen, in die Zukunft sehen. Meistens tut sie das zum Spaß. Aber sie ist ziemlich gut.«

»Meinen Sie das im Ernst?«

»Ja.«

»Und sie sieht einen schweren Sturm heraufziehen?«

»Einen gewaltigen. Sie hat große Angst.«

Paul lächelte den jungen Mann an. »Ich glaube, Sie sind derjenige, der etwas Angst hat.«

»Ich mache mir Sorgen um meine Mutter. Mein Vater lebt nicht mehr. Geschwister habe ich auch nicht. Deshalb kümmere ich mich um sie.«

Paul beobachtete, wie Jack das Telefon auflegte und dann zurückkam.

»Alles in Ordnung?«

»Das war Lian. Sie möchte mich sprechen.«

»Weswegen?«

»Anscheinend ist in der Nacht ein Lieferwagen der Firma gestohlen und zu Schrott gefahren worden.«

Paul mimte den Überraschten. »Echt?«

»Ja, verrückt, nicht? Das alles ist passiert, während wir beide uns die Lokalnachrichten angesehen haben und dann ins Bett gegangen sind und geschlafen haben.«

Mit einem Kopfnicken gab Paul zu verstehen, dass das von Jack vorgeschlagene Alibi seinen Segen fand. »Ja, verrückt.«

»Ein Lieferwagen gestohlen?«, fragte Bai. »Das glaube ich nicht. In Singapur werden keine Autos gestohlen.«

»Selbst Oz hat seine fliegenden Affen«, sagte Jack.

Bai runzelte die Stirn. »Wie bitte?«

»Vergessen Sie's.« Er wandte sich an Paul. »Sie erwartet mich im dritten Stock. Ich rede mit ihr, dann komme ich zurück, und wir können da weitermachen, wo wir aufgehört haben. Einverstanden?«

»Lassen Sie sich ruhig Zeit. Ich habe viel zu tun.«

Jack nickte und eilte zu den Aufzügen.

Jetzt musste Paul nur noch Bai loswerden.

Aber wie?

54

Jack betrat das Büro im zweiten Stock, in dem sich Lian aufhielt. Sie hatte den Raum in Beschlag genommen, damit sie ungestört unter vier Augen mit ihm reden konnte.

»Sie wollten mich sprechen?«, fragte Jack.

»Nehmen Sie Platz.«

Jack setzte sich. »Sie sagten etwas von einem gestohlenen Lieferwagen?«

»Die singapurische Polizei hat heute Vormittag angerufen. Sie haben heute gegen halb drei im Lagerhausbezirk am anderen Ende der Stadt einen unserer Transporter gefunden, total demoliert.«

»Tut mit leid, das zu hören. Wurde jemand verletzt?«

»Nicht dass ich wüsste.« Lians Augen verengten sich und musterten Jacks Gesicht. »Sie selbst sehen nicht besonders gut aus. Wie fühlen Sie sich heute Morgen?«

Jack zuckte mit den Schultern. »Ich habe letzte Nacht schlecht geschlafen. Der Sturm hat mich wach gehalten. Aber sonst geht es mir gut.« Jack hatte sich die Zeit genommen, sein blaues Auge wieder zu überschminken – zum Glück war er nicht dazu gekommen, die Grundschminke aus seinem Erste-Hilfe-Set wegzuwerfen. Er war geduscht und gründlich rasiert, und er hinkte so gut wie nicht mehr. Doch er hatte Glück, dass sie ihn nicht aufforderte, das

Hemd auszuziehen. Ein fieser blauer Fleck verunzierte seinen Arm von der Schulter bis zum Ellbogen, wo ihn der Baseballschläger getroffen hatte. Er schmerzte bei Berührung, aber es war nichts gebrochen. Beim Haarewaschen den Arm über den Kopf zu heben war allerdings kein besonderes Vergnügen gewesen.

»Ich frage nicht gern, aber als Sicherheitschefin muss ich es: Haben Sie letzte Nacht unseren Transporter gestohlen?«

»Nein. Warum hätte ich das tun sollen? Mir steht doch ein Firmenwagen zur Verfügung.«

»Weil Sie nicht wollten, dass Ihnen jemand folgt? Weil Sie Ihr Tun geheim halten wollten?«

»Ich habe gestern Abend nichts anderes getan, als mir mit Paul die Lokalnachrichten anzusehen. Danach bin ich ins Bett. Ich war nicht ganz auf dem Posten.«

»Und er wird das bestätigen?«

»Natürlich. Warum sollte er nicht?«

»Natürlich.« Lian lächelte. »Warum sollte er nicht?«

»Was war in dem Wagen, das zu stehlen sich lohnte?«

»Es war ein Lieferwagen. Elektroteile, Kabel, Kataloge. Der Inhalt war vier- bis fünftausend Dollar wert, amerikanische.«

»Ich schätze, dass es hier Wertvolleres zu stehlen gibt.«

»Allerdings. Das macht es ja so verwirrend.«

»Und sie haben alles mitgenommen?«

Lian zuckte mit den Schultern. »Nein. Tatsächlich fehlt nichts von Wert, soweit wir bisher sagen können.«

»Das ergibt keinen Sinn.«

»Es sei denn, man hat den Wagen nicht wegen seines Inhalts gestohlen.«

»Sondern um ihn in Einzelteilen zu verkaufen, meinen Sie?«

»Zum Beispiel. Aber auch das ergibt keinen Sinn. Ein Toyota Camry wäre viel mehr wert als dieser Transporter.

Warum eine Gefängnisstrafe riskieren, um einen stinknormalen Lieferwagen auszuschlachten?«

»Sonst ist vom Firmengelände nichts weggekommen?«

»Nicht dass ich wüsste.«

»Was haben Ihre Überwachungskameras aufgenommen?«

»Eine interessante Frage, nicht wahr? Das habe ich als Erstes überprüft. Irgendwie wurden alle Überwachungsaufnahmen der letzten vierundzwanzig Stunden gelöscht.«

»Das ist eigenartig.«

»Und einer Ahnung folgend beschloss ich, mir auch die Aufnahmen von Steady Stare anzusehen. Leider war die Drohne wegen des schlechten Wetters letzte Nacht nicht in der Luft. Aber wissen Sie, was ich festgestellt habe?«

»Nein.«

»Die Aufnahmen der letzten vierundzwanzig Stunden wurden gelöscht.«

Jack runzelte die Stirn, ehrlich verwirrt. »Wie konnte das passieren?«

»Das wollte ich gerade Sie fragen.«

Jack wusste, dass er es nicht gewesen war. Aber wer immer es getan hatte, er musste gewusst haben, dass er, Jack, letzte Nacht auf die Aufnahmen zugegriffen hatte. Er beschloss, ein Risiko einzugehen. »Sie müssen doch Protokolle darüber führen, wer gestern auf das Material zugegriffen hat.«

Lians Augen musterten sein Gesicht und suchten nach einem verräterischen Hinweis. »Ob Sie wohl erraten, was ich entdeckt habe?«

»Dass auch die Protokolle gelöscht wurden?«

»Genau.«

»Jemand hat seine Spuren verwischt.«

»In der Tat.« Lian beugte sich vor. »Ich frage Sie noch einmal: Waren Sie es?«

»Nein, ich kann Ihnen versichern, dass ich es nicht war.«

Verwirrt lehnte sie sich wieder zurück. »Wer dann?«

Gute Frage. Anscheinend hatte er einen Schutzengel. Wer immer die Überwachungsvideos und die Log-in-Daten gelöscht hatte, er hatte auch die Leichen im Lagerhaus beseitigt, sonst hätte Lian sie erwähnt. Mord war in Singapur selten, und ihre Bekannten bei der Polizei hätten sie unterrichtet, wenn vier Tote fremder Nationalität gefunden worden wären. Und wäre sie sicher gewesen, dass Jack den Lieferwagen gestohlen hatte, hätte sie ihn längst verhaften lassen oder zumindest aus der Firma gejagt. Da keines von beiden geschehen war, musste sie ihre Zweifel haben.

Oder sie hob sich diese Trumpfkarte für später auf.

Jack fand, dass es Zeit wurde, abzulenken und in die Offensive zu gehen.

»Ich weiß nicht, ob es etwas damit zu tun hat, aber Paul und ich haben gerade eine Datei gesucht, die vom Hauptrechner verschwunden ist.«

Lian legte die Stirn in Falten. »Was für eine Datei?«

Jack musste vorsichtig sein. Er wollte nicht zu viel preisgeben, und er wollte sie nicht beleidigen. »Nur eine von den Dateien, die wir für unsere Prüfung brauchen.«

»Das ist ziemlich vage.«

»Stimmt. Aber es ist ein interessanter Zufall.«

»Suchen Sie in den Back-ups des Hauptrechners nach Kopien.«

Sie denken aber auch an alles, dachte Jack bei sich. »Das haben wir. Komplett verschwunden.«

»Vielleicht war sie gar nie dort.«

»Doch, glauben Sie mir.«

»Wenn sie so wichtig war, warum haben Sie sie nicht heruntergeladen und kopiert?«

Jack hatte sich schon dasselbe gefragt. Warum hatte Paul sie nicht heruntergeladen? Das lag doch eigentlich nahe, und Paul war ein cleverer Bursche. Hatte er es nur vergessen, oder war es Absicht gewesen?

Scheiße, vielleicht war es Paul, der die Datei gelöscht hat, schoss ihm durch den Kopf.

»Wir haben da wohl einen Fehler gemacht. Aber ich verspreche Ihnen, ich werde weitersuchen, bis ich sie finde.«

»Gut, das ist Ihr Job.«

»Richtig.« Jack stand auf, um zu gehen.

»Ich warne Sie nur einmal, Jack. Wenn ich Sie bei etwas Illegalem erwische, lasse ich Sie verhaften.« Sie lächelte. »Es ist nichts Persönliches.«

»Ja.« Jack wandte sich zum Gehen, dann drehte er sich noch einmal um. »Sie sagten doch, Sie wollten einen Freund bei der Polizei die Identität dieser Aussies überprüfen lassen. Was haben Sie erfahren?«

»Ach ja, das habe ich ganz vergessen, Ihnen zu sagen. Zwei von ihnen wurden aus dem Krankenhaus entlassen und ausgewiesen. Der Dritte ist noch im Krankenhaus, soll aber morgen entlassen und abgeschoben werden. Alle drei sind in Australien vorbestraft – hauptsächlich wegen Bagatellvergehen. Ein paar Anklagen wegen Körperverletzung, die fallen gelassen wurden. Aber keine Hinweise auf Geheimdienst- oder Militärzugehörigkeit.«

»Dann hatten wir einfach nur Glück und wurden von den einzigen drei Kriminellen in Singapur überfallen?«

»Sie haben sich illegal hier aufgehalten. Schläger, einer wie der andere.« Nach einer kurzen Pause fügte sie hinzu: »Gut, dass wir die los sind.«

»Werden Sie das auch von mir sagen?«

Lian lächelte. »Guten Tag, Mr. Ryan.«

55

Paul wandte sich an Bai. »Wie wär's, wenn Sie nach nebenan gehen, von Jacks Telefon aus Ihre Mutter anrufen und sich vergewissern, dass es ihr gut geht? Und uns dann einen schönen heißen Kaffee holen?«

»Ich weiß nicht.«

»Was?«

Bai zuckte mit den Schultern. »Kommen Sie, Mr. Brown. Sie wissen doch, dass ich die Aufgabe habe, Sie im Auge zu behalten.«

»Bin ich denn eine so große Bedrohung gewesen? Habe ich alle möglichen verrückten Dinge angestellt?«

Bai lächelte. »Eigentlich nicht.«

»Aber der Sturm ist ein Problem, oder?«

»Ja. Ich mache mir Sorgen um meine Mutter.«

»Dann rufen Sie sie von Jacks Telefon aus an. Überzeugen Sie sich davon, dass es ihr gut geht. Und anschließend gehen Sie in die Küche und holen uns zwei Tassen Kaffee und etwas Süßes. Ich werde nicht von hier verschwinden, versprochen. Okay?«

Paul konnte sehen, wie es im Kopf des anderen arbeitete. Schließlich antwortete Bai: »Okay. Mit Milch und Zucker, richtig?«

»Von beidem reichlich. Danke.«

Während Bai zu Jacks Schreibtisch hinüberging und

seine Mutter anrief, meldete sich Paul an seinem Dalfan-Computer an.

Durch die Glaswand beobachtete er, wie Bai lebhaft gestikulierend mit seiner Mutter sprach. Eine Art Streit, vermutete Paul. Bai war durch das Gespräch komplett abgelenkt, und so nutzte Paul die Gelegenheit, die CIA-Datei auf seinen Laptop zu laden.

Sobald Bai aufgelegt hatte und zum Pausenraum eilte, zog Paul seinen Dalfan-USB-Stick aus dem Schreibtisch und steckte ihn in den Laptop. Das Symbol des Sticks erschien auf dem Bildschirm. Mit einem Blick über die Schulter vergewisserte er sich, dass ihn niemand beobachtete. Dreißig Sekunden später erschien eine Datei namens BIGDADDYG auf dem Laptop.

Paul zog den Dalfan-Stick heraus und ersetzte ihn durch seinen CIA-Stick, den er am Morgen aus dem Badezimmer geholt und in seinem linken Schuh in die Firma geschmuggelt hatte. Er zog BIGDADDYG darauf.

Laut Gavin war es das. Die CIA-Datei konnte nun auf einen Dalfan-Computer geladen werden. Er brauchte den CIA-Stick nur in den Dalfan-Rechner zu stecken, sein Passwort einzutippen, wenn er dazu aufgefordert wurde, und seine Mission war erfüllt – in dreißig Sekunden oder weniger.

Paul hielt den CIA-Stick zwischen Daumen und Zeigefinger und näherte ihn der USB-Buchse an dem Dalfan-Rechner.

Gerade als er den silbernen Stecker in die Buchse einführen wollte, hielt er inne. Er vergewisserte sich, dass Bai noch außer Sicht war, öffnete den Dateiordner, führte einen Drilldown durch, zoomte immer tiefer in die Dateien hinein und öffnete schließlich die Codezeilen. Er las sie wie ein Talmud-Gelehrter, ließ die Augen über Ziffern und Buchstaben wandern und murmelte dabei vor sich hin.

Und dann entdeckte er sie. Eine vertraute Zeile, verbunden mit einer anderen und wieder einer anderen.

»Heilige Scheiße«, zischte er. »Das gibt's doch nicht.« Er wünschte bei Gott, er könnte Gavin anrufen und ihm das zeigen. Unglaublich.

Und unglaublich gefährlich.

»Was zum Teufel ist das?«, fragte eine Stimme.

Paul schaute bestürzt auf. Es war Yong, das Gesicht wie versteinert. Er deutete auf die Codezeilen auf Pauls Bildschirm.

Paul schluckte schwer. »Das?«

Yong trat zornig näher. »Ja. *Das.*«

Jakarta, Indonesien

Sania Masood saß an ihrem Arbeitsplatz in ihrem Büro. Die Vorhänge waren zugezogen, die Tür geschlossen. Sie blickte auf den Bildschirm vor ihr, doch ihre Gedanken waren bei dem Päckchen in ihrer Schublade. Es war fast Mittag.

Das Telefon klingelte. Sie hob ab.

»Deep Convection Analysis.«

»Hast du das Päckchen schon geöffnet?«

Masood lächelte. Sie erkannte die Stimme des Mannes. »Laut Anweisung soll ich bis Mittag warten.«

»Ja, ich weiß. Aber tu es bitte jetzt, während ich am Telefon bin.«

»Wie du wünschst.«

Sie schaltete in den Freisprechmodus um, öffnete die Schreibtischschublade und nahm das Päckchen heraus. Dann zog sie eine andere Schublade auf und entnahm ihr eine Schere. Vorsichtig zerschnitt sie die Kordel, mit der das Päckchen verschnürt war, schob einen Fingernagel unter jedes perfekt platzierte Stück Klebeband und hob sie so an, dass der Inhalt keinen Schaden nehmen konnte. Schließlich hob sie behutsam den schweren Deckel des Kästchens.

Ihre Augen weiteten sich.

Die Stimme aus dem laut gestellten Telefon fragte: »Bist du überrascht?«

»Total.« Masood nahm das Buch aus dem Kästchen.

Jane Austens *Persuasion*. Sie schlug es auf. Ausgabe von 1907, mit Illustrationen von Brock.

»Ich bin begeistert, Onkel. Vielen Dank.« Sie las die beigefügte Notiz. *Eine Lektüre für heute Abend, wenn dein erster Arbeitstag hinter dir liegt.*

»Das ist mein Lieblingsroman von Austen. Ich glaube, er wird dir gefallen.«

»Ich werde ihn in der Mittagspause anfangen, in ein paar Minuten.«

»Was ist es für ein Gefühl, wieder zu arbeiten?«

»Du meinst wohl eher: ›Wie funktioniert der Herzschrittmacher?‹«

Er lachte. »So was in der Art. Geht es dir gut?«

»Ja, Onkel. Keine Probleme, wirklich.«

Ein Alarm plärrte aus ihrem Monitor.

»Onkel, tut mir leid. Ich muss aufhören.« Ohne abzuwarten, legte sie den Hörer auf.

Der Bildschirm, den Masood beobachtete, zeigte ein Video-Livebild des geostationären japanischen Satelliten Himawari 8. Obwohl Eigentum der japanischen Meteorologiebehörde und von ihr betrieben, lieferte Himawari 8 auch Bilder an das BMKG, die regionale Behörde, die das Tropical Cyclone Warning Center betrieb. Masood war für die Analyse der Tiefenkonvektion zuständig, eines von mehreren optischen und sensorischen Verfahren, die eine Multispektralkamera mit sechzehn Kanälen an Bord der solarbetriebenen Raumsonde ermöglichte.

Sie wusste, dass auch jeder andere Monitor auf ihrem

Stockwerk Alarm schlug. Der Tropensturm Ema verstärkte sich zu einem Taifun und zog Richtung Norden. Unfassbar. Das hatte es noch nie gegeben.

Und er steuerte direkt auf Singapur zu.

56

Singapur

Jack verließ Lian, entschlossener denn je, die verschwundene QC-Datei zu finden – und die Person, die ihn vergangene Nacht hatte umbringen lassen wollen. Seine Gedanken überschlugen sich, als er den Aufzugknopf drückte. Paul musste für ihn seine magischen, forensischen Kräfte spielen lassen. Vielleicht fand er einen Hinweis darauf, wann die Datei gelöscht worden war – dann ließe sich bestimmen, wann sie kopiert und auf einer Festplatte abgelegt worden war. Wenn sie das herausfanden, konnten sie vielleicht auch Zugang zu Computerprotokollen bekommen und ermitteln, welcher Computer benutzt worden war – sofern nicht auch die Protokolle gelöscht worden waren.

Die Aufzugtür ging auf. Jack stieg ein und drückte den Knopf fürs Erdgeschoss. Er versuchte, die Sache von allen Seiten zu betrachten. Wenn er wüsste, welcher Computer benutzt worden war und wann, könnte er herausbekommen, wer ihn benutzt hatte, nur wie, wenn alle Überwachungsvideos und Computerprotokolle der letzten vierundzwanzig Stunden gelöscht worden waren?

Wer immer Jacks Spuren verwischt hatte, er hatte eigentlich seine eigenen verwischt. Aber warum? Es gab nur einen plausiblen Grund: Hätte die Polizei Jack aufs Revier gebracht, hätte sie möglicherweise angefangen, seine Schritte zurückzuverfolgen, und sich veranlasst gesehen, nach den Tätern und ihren Motiven zu forschen.

Jack steckte das Telefon ein und wandte sich wieder dem Hauptproblem zu: wie diese Datei finden?

Wenn Paul recht hatte und die Daten tatsächlich gespeichert worden waren, dann wahrscheinlich auf einem USB-Stick, denn das war am einfachsten.

Bei seiner Sicherheitseinweisung hatte es geheißen, dass nur Dalfan-Mitarbeiter mit Dalfan-USB-Sticks, die jeweils nur auf eine Person zugelassen waren, Daten von den Rechnern herunterladen durften. Wenn Lian wirklich nicht hinter dem Verschwinden der Datei steckte, dann konnte er sie vielleicht dazu bewegen, alle Dalfan-Sticks einzuziehen und darauf nach der Datei zu suchen – oder zumindest nach Spuren von ihr, falls sie inzwischen auf ein anderes Medium übertragen worden war. Wenn sie den USB-Stick fanden, der für den Kopiervorgang benutzt worden war, hatten sie den Schuldigen. Die Sache war ziemlich aussichtslos, aber ihm fiel nichts Besseres ein.

Die Aufzugtür glitt auf, und Jack schlug den Weg zu seinem Büro ein. Er nickte der Empfangsdame am Security Desk zu, die hektisch in ihren Rechner tippte. Er winkte mit seinem Ausweis und passierte die Sicherheitstür.

Jack fiel auf, dass die Hälfte der Arbeitsplätze und Büros im Hauptarbeitsbereich leer war. Er kam an mehreren Angestellten vorbei, die ihre Sachen zusammenpackten und gingen. Er vermutete, dass Mittagspause war.

Er strich mit der Sicherheitskarte über das Lesegerät an der letzten Tür, sah aber schon durch die Glaswände, dass Paul nicht in seinem Büro war. Er ging trotzdem hinein und sah sich um. Er entdeckte weder Pauls Jacke noch seine Laptoptasche. Er drehte sich um. Auch Yong war nicht in seinem Büro. Und sein junger Aufpasser Bai auch nicht.

Jack ging zurück, das Erdgeschoss war nun weitgehend

leer. Er näherte sich der Empfangsdame, die gerade ihren Regenmantel anzog. Ihr Computer war ausgeschaltet.

»Ist mir etwas entgangen?«, fragte Jack.

»Haben Sie es nicht gehört? Taifun Eme ist auf dem Weg hierher. Wir sind aufgefordert worden, nach Hause zu gehen und Vorkehrungen zu treffen.«

»Wann wird er hier sein?«

»Morgen. In den Nachrichten sagen sie, dass er wahrscheinlich nicht bis zu uns kommt, aber schlechter wird das Wetter auf jeden Fall.« Sie ergriff ihre Handtasche.

»Ich suche Mr. Brown, meinen Kollegen. Haben Sie ihn gesehen?«

Sie raffte ihr Haar zu einem Pferdeschwanz zusammen und streifte ein Gummi darüber. »Er hat mich gebeten, ihm ein Taxi zu rufen. Anscheinend fühlte er sich nicht wohl.«

»Hat er gesagt, wo er hinwollte?«

»Nein, aber vermutlich nach Hause.« Sie setzte einen Regenhut auf. »Tut mir leid, aber ich muss los. Wünschen Sie noch etwas?«

»Nein, danke. Seien Sie vorsichtig.«

»Sie auch, Mr. Ryan. Suchen Sie höheres Gelände auf und bleiben Sie von den Straßen weg.« Sie wandte sich zum Gehen, hielt dann aber inne. »Ich hoffe, dass es Mr. Brown bald wieder besser geht. Bitte richten Sie ihm das aus.«

»Das werde ich, danke.«

Sie eilte in Gummistiefeln zum Vordereingang.

Jack kehrte in sein Büro zurück und packte ebenfalls seine Sachen zusammen. Es ergab ja keinen Sinn, zusammen mit dem Schiff unterzugehen – jedenfalls nicht mit diesem.

Außerdem musste er Paul finden.

Als er seinen Regenmantel anzog, fiel ihm auf, dass er einer der Letzten auf der Etage war. Einen Moment lang zog er ernsthaft in Erwägung, Yongs Büro zu durchsuchen, vielleicht sogar die von Lian und Dr. Fairchild. Jetzt, wo er den Laden ganz für sich hatte, wäre es die ideale Gelegenheit. Aber die Überwachungskameras funktionierten noch, und Lians Sicherheitsleute waren wahrscheinlich noch auf dem Gelände, auch wenn sich keiner mehr auf dieser Etage aufhielt. Und was wollte er überhaupt finden? Paul war der Schlüssel.

Er musste Paul finden.

Der Verkehr war noch schlimmer als bei der Herfahrt, und Jack fragte sich, ob es nicht besser gewesen wäre, zu Fuß nach Hause zu gehen. Oder zu schwimmen.

Die Empfangsdame hatte recht gehabt. Laut einem BBC-Bericht, den er im Wagen hörte, war Taifun Ema mittlerweile ein Tropensturm der Kategorie 2 und zog von der Javasee nach Norden in Richtung Singapur, würde aber bei seiner momentanen Geschwindigkeit nicht vor drei Uhr morgens auf Land treffen.

»Wie jedoch ein Sprecher vom indonesischen Amt für Meteorologie, Klimatologie und Geophysik erklärte, hätten die Computermodelle bislang falschgelegen und es wäre ebenso möglich, dass der Sturm seinen Westkurs fortsetze. Dr. Paolo Pratesh von der Universität Melbourne behauptet, dass der globale Klimawandel verheerende Auswirkungen auf Meerestemperaturen habe und für das unberechenbare Verhalten von Stürmen wie Taifun Ema verantwortlich sei, und fordert die Einberufung eines Klimakrisengipfels, der sich mit der vom Menschen verursachten Erderwärmung beschäftigt.«

Jack schaltete das Radio aus. Warum musste alles immer politisch werden? Er schob seinen Ärger beiseite und konzentrierte sich auf den Verkehr vor ihm. Der Wasserspiegel auf der Straße war in den letzten Stunden mit Sicherheit gestiegen und reichte bei den meisten Autos um ihn herum bis zu den Felgen. Kein Grund zur Sorge, aber ihm war klar, dass Unterführungen und andere tiefliegende Straßenabschnitte möglicherweise unbefahrbar wurden. Aber zwischen hier und dem Gästehaus erwartete ihn keine solche Gefahrenstelle. Er war froh, dass er in der Nähe wohnte und nicht in dem Hotel am anderen Ende der Stadt, in dem sie Zimmer reserviert hatten.

Durch die Windschutzscheibe beobachtete er ein Passagierflugzeug, das beim Anflug auf den Flughafen Changi mit starkem Seitenwind zu kämpfen hatte. Er fragte sich, wann sie den Flughafen schließen und alle Flüge streichen würden. Laut BBC-Nachrichten musste bis morgen früh mit Windböen bis zu 125 Stundenkilometern gerechnet werden – da konnte kein Flugzeug fliegen. Wenn er sah, wie sich die Bäume im Wind bogen, wunderte er sich, dass überhaupt noch welche in der Luft waren.

In der Einfahrt stand das Wasser mehrere Zentimeter hoch, als er endlich im Gästehaus ankam. Mit platschenden Schritten lief er zur Haustür und schloss auf, nachdem er eine Weile mit dem Schlüssel herumgefummelt hatte. Er trat in den gefliesten Flur, schüttelte seinen Regenmantel aus und hängte ihn auf. Er überlegte, ob er nach Paul rufen sollte, aber wenn ihm unwohl war, schlief er vielleicht, und Jack wollte ihn nicht wecken. Paul hatte am Morgen etwas mitgenommen gewirkt. Vermutlich wieder ein Kater. Aber vielleicht lag er auch falsch, und Paul hatte sich etwas eingefangen.

Jack zog die nassen Schuhe aus und ging nach oben, nicht gerade im Laufschritt, aber auch nicht mehr humpelnd. Er war immer noch ungelenk und hatte überall Schmerzen, und er nahm sich vor, nachher in der Küche noch ein paar Ibuprofen einzuwerfen.

Er ging durch den Flur zu Pauls Zimmer. Die Tür stand offen. Das Bett war gemacht und das Zimmer leer.

Kein Paul.

Er lief nach unten in die Küche und rief: »Hey, Paul! Sind Sie da?«, während er die Schublade mit dem Ibuprofen aufriss. Er schob sich ein paar Tabletten in den Mund und spülte sie mit einem Schluck Wasser aus dem Hahn hinunter.

»Paul?« Keine Antwort.

Wo zum Teufel steckte er?

57

Jack lief ins Wohnzimmer. Vielleicht war Paul auf der Couch eingeschlafen.

Jack bog um die Ecke und blieb abrupt stehen.

Der Couchtisch mit der Glasplatte, die Lampen, die Spiegel – alles zertrümmert. Bilder waren von den Wänden gerissen, Stühle umgeworfen, überall lagen Sofakissen verstreut.

Hier hatte offenbar ein heftiger Kampf stattgefunden.

»PAUL!«

Jack lief durchs Wohnzimmer und zurück in die Küche, dann zur Hintertür hinaus und durch den strömenden Regen in Richtung Garage. Er rief weiter Pauls Namen, erhielt aber keine Antwort.

Er eilte in die Küche zurück. Seine Socken waren klatschnass, Wasser tropfte von seinem Jackett auf den Boden. Er zückte sein Mobiltelefon. Keine Nachrichten von Paul, keine E-Mail, keine Voice-Mail, kein verpasster Anruf.

»Paul, wo zum Teufel stecken Sie? Rufen Sie mich an, sobald Sie das abhören. Sind Sie in Ordnung, Kollege? Ich mache mir Sorgen.« Jack legte auf.

Was tun? Sein Telefon klingelte.

»Paul?«

»Sorry, ich bin's nur«, sagte Gavin. »Soll ich später noch mal anrufen?«

»Nein, Gav. Entschuldige. Was gibt's?«

»Es geht um die Fotos, die du mir geschickt hast. Und die Fingerabdrücke. Mann, in was bist du da hineingeraten?«

»Was hast du herausgefunden?«

»Zu drei von den Typen gibt es nichts, rein gar nichts. Ich glaube, ich weiß auch, warum. Zu dem vierten habe ich was gefunden, aber leicht war es nicht. Im Gegenteil, es war verdammt schwer. Ich möchte nicht wissen, wie viele Alarme ich im Verteidigungsministerium ausgelöst habe, um da ranzukommen.«

»Wenn es für dich schwer war, wäre es für jeden anderen unmöglich gewesen, Gav.«

»Das ist nett von dir, Jack. Es stimmt natürlich absolut. Trotzdem ist es nett.«

Jack biss sich auf die Zunge. »Und was hast du herausgefunden?«

»Der eine Treffer, den ich gelandet habe, betrifft einen Typ namens Wang Kai, Alter um die einundfünfzig. Er ist Oberst in einer Spezialeinheit der chinesischen Volksbefreiungsarmee, die kürzlich der Abteilung Fünfzehn im Ministerium für Staatssicherheit angegliedert wurde. Sein letzter bekannter Aufenthaltsort war Damaskus, wo er als sogenannter diplomatischer Verbindungsoffizier zum Assad-Regime fungierte.«

»Wie in drei Teufels Namen hast du es geschafft, die Datenbanken von VBA und MSS zu hacken?«

»Ich wünschte, ich könnte es, aber das habe ich nicht. Ich habe nur mein NSA-Hintertürchen benutzt, um auf die Großrechner des Verteidigungsministeriums zuzugreifen. Wie sich herausgestellt hat, hat dieser Wang Kai 1998 an einer Schulung der US Army teilgenommen – im Rahmen eines Austauschprogramms für Offiziere, denn damals haben wir noch versucht, uns bei den chinesischen Kommunisten einzuschleimen. Na, jedenfalls haben die Jungs von der DIA Fingerabdrücke und DNA-Proben aller an dem

Austauschprogramm beteiligten VBA-Genossen von Tassen, Handtüchern, Besteck und so weiter genommen. Auch Fotos haben sie gemacht. Natürlich war dein Mann damals viel jünger. Er ist ein knallharter Bursche. Vielmehr war – bis du ihn kaltgemacht hast.«

»Ich habe dir nicht gesagt, dass ich ihn getötet habe.«

»Für mich sah er mausetot aus, und ich bezweifele, dass er dir freiwillig auch nur einen Fingerabdruck gegeben hätte, wenn nicht ein großkalibriges Geschoss mit im Spiel gewesen wäre.« Gavin kicherte. »Oder willst du behaupten, du hättest die vier Typen tot aufgefunden?«

»Du hättest Detektiv werden sollen.«

»Es ist unschwer zu erraten, dass auch die drei Freunde Wangs für VBA oder MSS im Einsatz waren. Sie waren nur nicht in einer unserer Datenbanken.«

»Gute Arbeit, Gavin. Das weiß ich zu schätzen.«

»Oh, ich habe noch mehr.«

»Raus damit.«

»Das Kennzeichen, das du mir geschickt hast. Von dem Laster.«

»Gemietet, gestohlen oder beides?«

»Warum mache ich mir überhaupt die Mühe?«

»Weil dir so viel daran liegt.«

»Na ja, du hast darum gebeten.«

»Und ich bin dir sehr dankbar. Ich wollte nur bestätigt haben, was ich vermute.«

»Dann zurück zu meiner anderen Frage, Jack. In was bist du da hineingeraten?«

»Ich komme schon klar.«

»Wo vier tote chinesische Spione sind, müssen noch mehr sein, und zwar lebendige, die jetzt ziemlich angepisst sein dürften. Die gehören nicht gerade zu den nachsichtigen Typen.«

»Hast du mir noch etwas zu sagen?«

»Vielleicht sollten wir Gerry informieren.«

»Ein Wort zu Gerry, und du wirst von mir geblutadlert.«

»Nette Anspielung auf die Wikinger, Jack.«

»Ich gebe mir Mühe. Im Übrigen meine ich es verdammt ernst.«

Stille am anderen Ende. Schließlich sagte Gavin: »Okay, ich halte den Mund – fürs Erste.«

»Eine Bitte noch. Kannst du Pauls Telefon orten?«

»Wieso? Hat er es verloren?«

»Du stellst zu viele Fragen.«

»Gib mir eine Sekunde.«

Jack hörte am anderen Ende der Leitung Tastengeklapper.

»Gefunden.«

»Wo?«

»Etwa drei Meter hinter dir, zu deiner Linken.«

Jack eilte in die Küche. Pauls Telefon lag auf der Arbeitsplatte. Das Display meldete **Hendley Associates.** Jack schaltete das Telefon aus.

»Gefunden, Jack?«

»Ja. Und jetzt hilf mir, Paul zu finden.«

Hendley Associates,
Alexandria, Virginia

Gavin schaltete das Bluetooth-Gerät in seinem Ohr stumm, humpelte mit seinem gebrochenen, in einer Orthese steckenden Fuß quer durch das Büro und spähte auf den Gang hinaus, um sich zu vergewissern, dass niemand gelauscht hatte. Er schloss die Tür.

Er war sich unschlüssig, was er Jack von Paul erzählen sollte. Weder Paul noch Jack wussten, dass er für sie beide gearbeitet hatte. Paul hatte sogar von ihm verlangt, Jack nichts von ihrer Zusammenarbeit zu sagen, zu dessen eigenem Schutz. War das nicht der Grund, warum sich Paul von ihm diese Abgreifsoftware hatte schicken lassen?

Aber jetzt war es Paul, der in Schwierigkeiten steckte. Und möglicherweise war er daran schuldig.

»Gavin? Bist du noch dran?«, tönte Jacks Stimme aus seinem Ohrhörer.

Gavin schaltete wieder laut. »Ja, Jack, ich bin noch dran.«

»Hast du gehört, was ich gesagt habe? Du musst mir helfen, Paul zu finden.«

»Ja, ich hab's gehört.«

Jack schwieg einen Augenblick. »Was verheimlichst du mir, Gavin?«

Gavin sank in seinen Stuhl. »Paul und ich haben zusammen an einem Projekt gearbeitet.«

»Du meinst, neben seiner Arbeit in Singapur?«

»Hmm, nicht direkt.«

»Was genau heißt ›nicht direkt‹?«

»Paul hat mich gebeten, ihm ein kleines Abgreifprogramm zu schreiben.«

»Ein Abgreifprogramm? Um was abzugreifen?«

»Das hat er nicht gesagt. Doch es war etwas auf einem USB-Stick. Ein Verschlüsselungscode.«

»Wozu denn?«

»Hat er nicht gesagt.«

»Und du hast es einfach für ihn geschrieben? Scheiße, Gavin, hätte ich gewusst, dass du zu viel Freizeit hast, hätte ich eine interessante Beschäftigung für dich gefunden.«

»Streng genommen habe ich das Programm gar nicht geschrieben. Ich habe es nur ein wenig aufgepeppt. Den Hauptcode hatte ich woanders besorgt.«

»Dann sag mir jetzt, warum du ihm das Programm besorgt hast.«

»Paul hat gesagt, er fürchte, dass die Frau, mit der du Sex hättest, eine chinesische Spionin sein könnte.«

Jack starrte auf das Telefon, hochrot im Gesicht. »Wovon zum Teufel redest du? Ich schlafe hier mit niemandem.«

»Paul hat gesagt, du würdest mit Lian Fairchild schlafen.«

»Das ist totaler Schwachsinn.«

»Ich habe ein Foto von ihr gesehen, Jack. Sie ist eine Schönheit.«

»Halt die Klappe, Gavin. Ich bin zum Arbeiten hier, nicht wegen einer Frau. Ich sage dir, dass nichts zwischen uns läuft.«

»Aber Paul hat es geglaubt und dass sie möglicherweise für die Chinesen arbeitet.«

»Warum hat mir Paul denn nicht gesagt, dass er sie im Verdacht hat, für die Chinesen zu arbeiten?«

»Er dachte, du bist in sie verliebt, und er war sich ja nicht sicher, ob sie eine Rote ist. Er hat nach Beweisen gesucht. Zumindest hat er das mir gegenüber behauptet.«

»Und deswegen wollte er die Abgreifsoftware?«

»Hat er jedenfalls gesagt.«

»Und du hast ihm geglaubt?«

»Warum denn nicht? Außerdem hat er nur versucht, dich zu schützen. Und ich auch.«

Jack beruhigte sich, sein Zorn wich Bedauern. »Ja, vermutlich. Und du hast recht, sie ist eine Schönheit. Aber nein, ich habe sie nicht gevögelt, und ich bin mir ziemlich sicher, dass sie keine chinesische Spionin ist.«

»Aber du bist jetzt mit mindestens vier von ihnen aneinandergeraten. Also hatte Paul den richtigen Riecher.«

Jack sah sich in dem verwüsteten Wohnzimmer um. »Sein Riecher hat ihn in große Schwierigkeiten gebracht. Ohne sein Telefon gibt es keine Möglichkeit, ihn aufzuspüren, oder?«

»Nein. Na ja, eine.«

»Und die wäre?«

»Gib mir eine Minute. Bleib dran.«

Jack hörte ein Klicken im Telefon. Er fragte sich, was Gavin wohl vorhatte. Er ging im Wohnzimmer umher und suchte den Boden nach Hinweisen ab. Er zermarterte sich das Hirn. Irgendetwas ließ ihm keine Ruhe. Aber er konnte es nicht richtig fassen. Gavin hatte recht. In den letzten Tagen hatte er es mit einigen ganz speziellen Leuten zu tun bekommen. Zuerst die Australier, dann die Chinesen – die Wachleute am ersten Lagerhaus und dann das Killerkommando im zweiten. Ganz zu schweigen von dem Laster, der seinen Transporter gerammt hatte – wer zum Teufel hatte ihn gefahren? Müsste er raten, würde er auf die Chinesen tippen. Lian zufolge waren die Australier einfach nur Schlägertypen, keine Agenten. Aber sie konnten von jemandem geschickt worden sein, beispielsweise von den Chinesen.

Oder arbeiteten die Chinesen für jemand anders?

Irgendwas störte ihn an den Australiern. Die meisten Weißen, denen er in Singapur begegnete, waren Touristen, Geschäftsleute waren die Ausnahme. Jack kratzte sich am Kopf. *Aber … war da nicht noch jemand gewesen?*

Ja. Ein Blonder, der in ein Telefon gebrüllt hatte. Wer war er?

Jack schloss fest die Augen und versuchte, das Videoband in seinem Kopf abzuspielen. Es war dunkel, dann ein Lichtblitz. In diesem Augenblick sah er den Blonden in ein Telefon brüllen. Richtig – in einem Minivan. Einem Toyota-Minivan. Und neben ihm saß der Türke, der ihn unter buschigen, zusammengewachsenen Augenbrauen hervor anstarrte. Es war die Nacht, in der er zu dem Lagerhaus fuhr. Unterwegs kam er an dem Toyota vorbei, der in Gegenrichtung parkte.

Moment! Die Autonummer. Wie war sie noch mal? Jack spulte das Band zurück. Der Blitz zuckte und brannte das flüchtige Bild wie ein Foto in seinen Kopf. Er sah es klar und deutlich. Weiße Buchstaben auf einem schwarzen Schild. Unvollständig. *SAM 00*.

Im Telefon klickte es.

»Jack, hier ist Gerry Hendley, ich habe auf Lautsprecher gestellt.«

Oh, scheiße.

58

»Hey, Gerry.«

»Sagen Sie nicht ›Hey, Gerry‹ zu mir. In was zum Teufel sind Sie reingeraten?«

Gute Frage, dachte Jack. »Sie sagten, ich soll hierher kommen und gegen die Reifen treten. Ich habe das Gefühl, dass die Reifen zurücktreten.«

»Und was ist das mit Paul … er ist verschwunden?«

»Ja, er ist nicht hier, und er hat sein Telefon nicht bei sich.«

»Sie glauben, dass er in Schwierigkeiten ist?«

Jack ließ den Blick über die demolierte Einrichtung gleiten. »Schwer zu sagen«, log er. »Aber es sieht ihm nicht ähnlich, dass er sein Telefon zurücklässt und mir nicht sagt, wo er hingeht.«

»Soll ich Dom und Midas zur Unterstützung rüberschicken?«

»Das würde nichts bringen. Sie wären mindestens vierundzwanzig Stunden unterwegs und könnten nicht mehr tun als Gavin und ich. Außerdem wird der Flughafen schließen, bis der Sturm vorüber ist.«

»Wir wollen die singapurische Polizei auf keinen Fall einschalten, wenn es sich vermeiden lässt. Und Senator Rhodes möchte, dass wir uns möglichst unauffällig verhalten. Aber Pauls Sicherheit ist wichtiger als der Auftrag.«

»Ganz meine Meinung. Trotzdem glaube ich, dass es für Unterstützung noch zu früh ist.«

»Ich werde Mary Pat Foley anrufen. Sie hat Ressourcen in Ihrer Nähe.«

Jack biss sich auf die Zähne. Gerry bauschte die Sache auf. Der CIA-Stationschef saß am anderen Ende der Stadt in der US-Botschaft, und Jack war überzeugt, dass er und seine Leute angesichts der umfangreichen Aktivität der Chinesen in Singapur alle Hände voll zu tun hatten. Er störte sie nur höchst ungern bei der Arbeit, wenn er das Problem selbst lösen konnte. Außerdem musste er Gerry beweisen, dass er selbst damit fertigwurde. Er erinnerte sich noch an den scharfen Rüffel, den er nach dem Scheitern der Prager Mission von Gerry bekommen hatte, und hegte bereits den Verdacht, dass Gerry ihn bei diesem Auftrag am liebsten kaltstellen würde. Seine Zukunft beim Campus geriet in Gefahr, wenn Gerry zu der Ansicht gelangte, dass er auch einen »offiziellen« Auftrag nicht auf die Reihe kriegte.

»Geben Sie mir eine Stunde, bevor Sie den Anruf tätigen, Gerry. Ich habe eine Spur, der Gavin und ich nachgehen können. Wenn nichts dabei herauskommt, können wir immer noch die Kavallerie rufen.«

»Sie sind der Mann vor Ort. Es ist Ihre Entscheidung. Aber was immer Sie tun, finden Sie Paul.«

»Ja, Sir.«

»Ich übergebe jetzt wieder an Gavin. Halten Sie mich auf dem Laufenden.« Gerry klickte sich aus der Leitung.

»Gavin?«, fragte Jack.

»Ja, Jack?«

»Was zum Teufel sollte das?«

Jacks Ton ließ Gavin zusammenzucken. »Tut mir leid. Ich habe mir Sorgen um Paul gemacht.«

»Was hast du ihm noch erzählt?«

»Du meinst, über die chinesischen Spione und das alles? Nichts. Ich habe nur gesagt, dass Paul verschwunden ist.«

»Können wir dann wieder an die Arbeit gehen?«

»Schieß los.«

»Vielleicht ist es nur ein Schuss in den Ofen. Ich habe wieder einen Teil eines Kennzeichens für dich. Von einem Toyota-Minivan. Wahrscheinlich gemietet, aber vielleicht auch nicht. Die ersten drei Buchstaben sind S, A, M und die ersten beiden Ziffern 00.«

»Singapurer Kennzeichen haben drei Buchstaben und eine Ziffernfolge. Dürfte nicht schwer zu finden sein.«

»Ruf mich an, sobald du was hast.«

»Okay.«

»Aber nicht Gerry, den Papst oder den Präsidenten der San Diego Comic-Con. Du rufst mich an. Verstanden?«

»Absolut.« Gavin legte auf.

Jack steckte sein Telefon ein und eilte in der Hoffnung, einen Anhaltspunkt zu finden, in Pauls Zimmer.

Jack suchte in Pauls Zimmer nach Hinweisen, aber er hatte keine Ahnung, was er zu finden hoffte. Er riss Schubladen und Schranktüren auf. Alle Kleidungsstücke waren sauber gestapelt und ordentlich aufgehängt. Keine versteckten Geräte, keine Zettel mit Lösegeldforderungen, keine blutigen Handtücher, keine KGB-Abzeichen.

Mist.

Dann fiel ihm der Vorfall mit dem USB-Stick im Badezimmer ein, nachdem die singapurische Polizei ihre Wohnung auf den Kopf gestellt hatte. Paul hatte zwar das Gegenteil behauptet, doch Jack hatte genau gesehen, wie er den Stick aus der Duschvorhangstange gezogen hatte. Eigentlich hatte es ihn nicht interessiert, warum Paul das getan hatte und warum ihm der Stick so wichtig war, dass er ihn versteckt und seinetwegen gelogen hatte. Paul hatte so harmlos gewirkt und nicht wie einer, der Dinge tat, die er nicht tun sollte.

Offensichtlich hatte er sich in ihm geirrt.

Jack hängte die Vorhangstange aus, entfernte die Kappen an beiden Enden und spähte hinein. Soweit er erkennen konnte, steckte nichts in dem Hohlraum. Er hielt die Stange schräg, sodass der USB-Stick, oder was immer Paul darin versteckt haben mochte, herausfallen musste.

Das Telefon in seiner Tasche klingelte. Er warf die Stange auf den Boden und nahm den Anruf entgegen.

»Das war schnell, Gav, selbst für dich.«

»Danke mir noch nicht. Die Sache ist schwierig, aber ich glaube, ich habe den Wagen gefunden. Er gehört einem lokalen Autoverleih und wurde für zwei Wochen an einen gewissen V. Levski vermietet, mit einer Firmenanschrift in Sofia, Bulgarien.«

»Bulgarien? Das verstehe ich nicht.« Jack fragte sich, ob der Türke, den er bei dem Blonden gesehen hatte, in Wirklichkeit Bulgare war.

»Ich schicke dir eine SMS mit den GPS-Koordinaten vom Standort des Wagens.«

»Wie hast du ihn gefunden?« Jacks Telefon klingelte, als die SMS eintraf.

»Die Firewall der Autovermietung ist ein Schweizer Käse. Ich hatte null Probleme, mich in ihren GPS-Locator zu hacken. Tut mir leid, aber mehr habe ich nicht. Wahrscheinlich vergebliche Liebesmüh.«

»Es ist ein Hinweis, Gav. Ich melde mich wieder.«

Jack beendete das Gespräch und stürzte die Treppe hinunter. Er betete, dass es mehr als ein Hinweis war. Er erinnerte sich an Pauls Telefon und pflückte es von der Arbeitsplatte in der Küche. Ein Meldungsfeld zeigte an, dass Paul drei Anrufe und eine Voice-Mail von Senator Rhodes verpasst hatte. Was zum Teufel hatte das zu bedeuten? Er steckte das Telefon ein, stieg in seine durchnässten Schuhe und flitzte zu dem Audi TT, der in der Einfahrt parkte.

War der Verkehr vorher schon schlimm gewesen, so war er jetzt die reine Hölle. Jack war von plärrenden Hupen und roten Bremslichtern umgeben. Der Regen trommelte auf den Audi wie ein Schlagzeuger, der auf Crack war. Die Wischerblätter kamen nicht mehr nach. Die Wassermassen verteilten sich so schnell wieder auf der Windschutzscheibe, wie die Wischer sie beiseiteschoben.

Jack brauchte zwanzig Minuten für einhundert Meter auf dem dreispurigen Pan Island Expressway. Er nutzte die Zwangspause, um eine alternative Route über Nebenstraßen zu planen und so der Blechlawine von Autos zu entgehen, die höheres Gelände zu gewinnen suchten. Zum Glück hatte er es nicht allzu weit.

Er bog in die nächste Seitenstraße ab und ließ sich von der Frauenstimme des Navis den restlichen Weg weisen, der vom Gästehaus ziemlich genau nach Westen führte. An einem Tag mit normalem Verkehr hätte er für die Fahrt nicht mehr als fünfzehn Minuten gebraucht.

Etwa fünf Minuten vor dem Ziel klingelte sein Telefon. Die angezeigte Anrufer-ID lautete **sen.rhodes.**

Merkwürdig.

Er nahm den Anruf über die Bluetooth-Freisprechanlage des Audis entgegen. »Senator Rhodes. Was kann ich für Sie tun?«

»Jack, ich versuche Paul zu erreichen. Ist er bei Ihnen?«

»Nein. Ich bin selbst auf der Suche nach ihm. Gibt es ein Problem?« Der trommelnde Regen und die rubbelnden Scheibenwischer produzierten im Fahrgastraum des Audis einen ohrenbetäubenden Lärm.

»Ich wollte Sie gerade dasselbe fragen. Mein Gott, das hört sich ja so an, als wären Sie in einer Maschinenfabrik.«

»So was in der Art.«

»Paul sollte mich heute Abend anrufen. Ich habe ihn auf seinem Telefon angerufen, aber er geht nicht ran. Ich mache mir Sorgen um ihn.«

»Warum?«

»Sie wissen es vielleicht nicht, aber Paul hat ein Alkoholproblem. Er behauptet zwar, er habe es unter Kontrolle, aber das sagt jeder Trinker.«

Jack biss sich auf die Zähne. Es ärgerte ihn, dass Rhodes Paul einen Trinker nannte, auch wenn es zutraf. »Wissen Sie, dass gestern sein Hochzeitstag war?«

»Ach so, natürlich. Hatte ich ganz vergessen. Das ist ihm wahrscheinlich nahegegangen. Ich muss sofort mit ihm sprechen.«

»Ich sag es ihm, wenn ich ihn gefunden habe.« Es folgte eine lange Pause am anderen Ende. »Haben Sie sonst noch etwas auf dem Herzen, Senator?«

»Jack«, kam die Antwort, »ich fürchte, Paul steckt in der Klemme.«

»Wieso?«

»Das kann ich Ihnen jetzt nicht erklären. Sagen wir einfach, ich habe ihn um einen Gefallen gebeten. Wenn er die Sache nicht bis Mitternacht erledigt, gibt es Ärger.«

»Was für Ärger?«

»Rufen Sie mich einfach an, wenn Sie ihn gefunden haben, ja? Es ist äußerst dringend.« Rhodes legte auf.

Jack schüttelte den Kopf. *Was zum Teufel hatte das nun wieder zu bedeuten?*

59

Jacks Telefon klingelte erneut. »Gav, ich bin in einer Minute da.«

»Ich weiß. Ich verfolge dich.«

»Wie?«

»Über dein Telefon.«

»Na logo. Was brauchst du?«

»Ich wollte dich vorwarnen. Die Sache war alles andere als vergebliche Liebesmüh. Diese Bulgaren – oder was das auch immer für Leute sind – sind tatsächlich hinter Paul her.«

»Wie kommst du darauf?«

»Ich schalte dich dazu.« Gavin drückte ein paar Tasten am anderen Ende. Dann hörte Jack über das Audiosystem des Audis Stimmen, die Deutsch sprachen.

»Was höre ich da?«

»Ich habe mich in das Bordsystem des Toyotas gehackt. Wir hören sie gerade live.«

»Was sagen sie?«

»Dass sie in den nächsten fünf Minuten reingehen und sich Paul schnappen müssen.«

»Kannst du Deutsch?«

»Ich habe eine Simultan-Übersetzungssoftware. Mit einer Genauigkeit von zweiundneunzig Prozent. Ich meine, nur zwei verschiedene Stimmen zu hören.«

Jack schaltete die Scheinwerfer aus, als er von der Geylang Road in eine schmale, einspurige Straße abbog, in der das GPS-Signal des Minivans geortet worden war. Er fuhr an alten, zwei- und dreistöckigen Häusern mit maroden Kolonialfassaden in verblassenden Pastellfarben vorbei. Der Geylang District war der schäbigste Stadtteil von Singapur, aber immer noch ein ganzes Stück besser als die schöneren Viertel einiger Drecksstädte in der Dritten Welt, die er im Lauf der Jahre besucht hatte.

»Und wo ist Paul?«

»Laut Transkript in der Pink Lily.«

»Klingt nach einem Bordell.«

»Laut einer Hausfrau aus Ohio, die auf TripAdvisor einen Kommentar abgegeben hat, befindest du dich im Rotlichtviertel von Singapur. Zimmer 331. Rund fünfhundert Meter vor dir.«

Eine der deutschen Stimmen bellte einen Befehl, dann waren dumpfe Schläge zu hören.

»Was war das?«, fragte Jack.

»Sie sind ausgestiegen und auf dem Weg zu Paul!«

Jack schaltete das Licht wieder ein und ließ den 220 Pferdestärken des Turbomotors freien Lauf. Der Allradantrieb verhinderte, dass der Wagen ins Schleudern geriet, als die Tachonadel vier Sekunden später die 100-km/h-Marke durchbrach. Doch die schmale Straße war links und rechts von parkenden Autos gesäumt. Der Audi pflügte durch stehendes Wasser und geriet ins Rutschen. Funken stoben, als der rechte Außenspiegel abrasiert wurde. Jack riss das Steuer herum, und die vordere Stoßstange des Audis rammte einen grünen Müllcontainer aus Plastik, der noch auf der Straße stand, und beförderte eine Ladung Abfall auf den Gehweg.

Jack trat auf die Bremse. Wasser spritzte nach allen Seiten, und der Wagen kam mit quietschenden Reifen hinter dem Toyota-Minivan zum Stehen, der gegenüber dem »Hotel« geparkt war – einem rosafarbenen, dreistöckigen Gebäude, auf dessen Reklameschild PINK LILY stand. Die Vordertür stand offen.

Jack sprang aus dem Audi und rannte durch den Regen zu der Tür. Immer drei Stufen auf einmal nehmend, stürmte er die Treppe hinauf. Er nutzte das Geländer, um schneller um die Ecken zu kommen, und erreichte atemlos den Treppenabsatz im dritten Stock. Ein Blick nach rechts den Gang hinunter erbrachte nichts, doch als er nach links spähte, entdeckte er eine offene Tür, aus der das Poltern von Möbeln drang.

Jack rannte hin. Er kam im selben Moment an der Tür an, als der Bulgare mit den zusammengewachsenen Brauen Paul mit dem Handrücken ins Gesicht schlug. Der blonde Deutsche drehte sich erschrocken um, als Jack auftauchte, und fasste in seine Manteltasche, aber Jack war mit der Faust schneller. Eine rechte Gerade traf den kleineren Mann am Kinn und schickte ihn bewusstlos zu Boden.

Der große Bulgare fuhr herum, als Jacks Faust am Kinn des Deutschen landete, warf sich auf Jack, drückte ihn an die Wand und zerlegte dabei einen billigen Wechselrahmen, aus dem ein Vishnu mit blauen Armen hervorlächelte. Dann packte er Jack mit der linken Hand am Revers, holte mit der rechten aus und schlug mit der größten Faust, die Jack je gesehen hatte, nach dessen Gesicht. Wie ein Fleischklopfer sausten die dicken, behaarten Fingerknöchel auf Jacks Kopf zu. Doch Jack riss die linke Hand hoch, lenkte den Schlag ab, und die Faust des Mannes prallte mit einem grässlichen Knirschen gegen die Wand.

Die Linke des Mannes war noch in Jacks Revers gekrallt, und sein schwerer rechter Arm legte sich nun über Jacks Gesicht und drückte seinen Kopf an die Wand. In seiner Bewegungsfreiheit zu eingeschränkt, um einen anständigen Schlag anzubringen, griff Jack in seine Hosentasche, zog die Waffe hervor, die er nur im äußersten Notfall benutzte, und stieß dem großen Mann die Spitze des Edelstahlkugelschreibers von Zebra tief in das weiche Gewebe des Unterkiefers. Der Bulgare brüllte, riss entsetzt die Augen auf und taumelte, nach dem Kugelschreiber greifend, nach hinten. Jack versetzte ihm einen Fußtritt seitlich an den Kopf, der ihm das Bewusstsein raubte.

»Er wird verbluten«, sagte Paul und rieb sich das gerötete Gesicht.

Jack rang noch nach Atem. Er kniete sich dicht neben den Bulgaren, achtete aber darauf, dass er das Knie nicht in die sich ausbreitende Blutlache setzte. »Er ist tot.«

Jack zog den Kuli aus dem Unterkiefer des Bulgaren und wischte ihn an dessen Hemd ab. Er bemerkte Pauls entrüsteten Blick. »Ich darf keine Beweise zurücklassen.« Er richtete sich wieder auf.

Paul trat einen Schritt zurück in die Kochnische, die an das kleine Wohnzimmer angrenzte. »Wer zum Teufel sind Sie, Jack?«

Jack lächelte düster. »Sie wissen, wer ich bin. Ich bin hier, weil ich Sie gesucht habe.« Er griff in die Tasche, zog Pauls Telefon hervor und warf es ihm hin, als Friedensangebot. »Ich dachte, das könnten Sie gebrauchen.«

»Wer hat Sie geschickt?«

»Niemand hat mich geschickt. Hören Sie, wir müssen von hier verschwinden.«

Paul fingerte an seinem Telefon herum. »Was ist mit dem anderen?«, fragte er, ohne aufzuschauen.

Jack ging zu dem Deutschen und fühlte seinen Puls. Er fand keinen. Ganz überrascht war er nicht. Es war ein perfekter Schlag gewesen. Mit der Wucht seiner hundert Kilo hatte seine Faust wie eine Granate am Kinn des kleineren Mannes eingeschlagen. Wäre die Gerade einen halben Schritt kürzer ausgefallen, würde der Mann noch atmen.

»Er ist auch tot.« Jack schob die Hand unter den Mantel

des Mannes und zog eine Makarow-Pistole hervor, Kaliber 9x18 mm. Er zeigte sie Paul. »Sowjetische Version der Walther.«

Paul sah verwirrt von seinem Telefon auf und steckte es ein. »Kommt mir bekannt vor. Kann ich mal sehen?«

»Können Sie denn damit umgehen?«

»Mein Vater war Polizist.« Paul nahm die kleine Pistole in seine kräftigen Hände und leerte die Kammer, während Jack mit dem Rücken zu ihm den Bulgaren durchsuchte.

Jacks Finger ertasteten eine Pistole im Schulterholster des Bulgaren. »Nichts wie raus hier.«

»Hat Rhodes Sie geschickt, Jack?«

»Ich habe Ihnen doch gesagt, dass mich niemand ...«

Ein Schmerz explodierte an Jacks Hinterkopf und unterbrach ihn mitten im Satz.

60

Jack blinzelte sich wach. Sein Schädel pochte, und seine Handgelenke brannten, als wären seine Hände abgeschnitten. Er brauchte einen Augenblick, ehe er begriff, dass sie hinter seinem Rücken zusammengebunden waren. Er lag auf der Seite, unweit des toten Deutschen.

Paul saß auf einer kleinen, abgewetzten Couch ihm gegenüber und hielt die Makarow auf sein Gesicht gerichtet.

»Ich frage Sie noch einmal: Weshalb hat Rhodes Sie geschickt?«

»Verdammt noch mal, Paul. Er hat mich nicht geschickt.«

»Warum haben Sie dann vor zehn Minuten mit ihm telefoniert?«

»Er hat mich angerufen, weil er Sie gesucht hat.«

»Genau das meine ich.«

Jack dehnte die Schultern. »Womit haben Sie mich gefesselt? Mit einer Klaviersaite?«

»Mit einem Lampenkabel. Letzte Chance, Jack. Sonst werde ich Sie erschießen.«

»Verdammt noch mal, Paul, wer sind Sie?«

»Das würde ich gern von Ihnen wissen.«

Jack zuckte unter dem Hammer zusammen, der gegen sein Hirn schlug. »Ja, Rhodes hat mich angerufen, weil er Sie gesucht hat. Aber ich war schon auf dem Weg zu Ihnen, bevor er angerufen hat.«

»Warum?«

»Weil Sie verschwunden waren. Ich habe mir Sorgen um Sie gemacht.«

»Wie haben Sie mich gefunden?«

»Gavin hat Sie gefunden, nicht ich.«

»Dann weiß Gavin Bescheid?«

»Bescheid? Worüber?«

Paul griff in seine Hemdtasche und zog Rhodes' USB-Stick heraus. »Darüber.«

»Was ist das?«

»Sagen *Sie* es mir.«

»Das kann ich nicht.«

»Sie meinen, Sie wollen nicht.«

»Nein. Ich kann nicht, weil ich keine Ahnung habe, was das ist. Ist das der Stick, den Sie in der Duschvorhangstange versteckt hatten?«

»Woher wissen Sie das?«

»Ich habe Sie dabei ertappt, wie Sie nach der Polizeirazzia damit rumgemacht haben. Erinnern Sie sich?«

»Ja, ich denke schon.«

Wieder zuckte Jack zusammen. »Können Sie mich wenigstens losschneiden?«

»Noch nicht.«

»Dann sollten Sie sich beeilen. Diese Arschlöcher haben wahrscheinlich Freunde, und die könnten auf dem Weg hierher sein. Wir müssen von hier verschwinden.«

»Vielleicht verschwinde ich, und Sie dürfen hierbleiben und den Freunden dieser Leute erklären, was Sie getan haben.«

»Dann würde wenigstens einer von uns überleben.«

Paul stutzte. »Was hat Rhodes zu Ihnen gesagt?«

»Dass er Ihretwegen besorgt sei. Dass er Sie um einen Gefallen gebeten habe und dass Sie großen Ärger bekommen würden, wenn Sie ihm den Gefallen bis Mitternacht nicht getan hätten. Das war's im Großen und Ganzen.«

»Mehr hat er nicht gesagt?«

»Nein. Nur, dass er mir den Rest nicht ›erklären‹ könne.«

»Dann arbeiten Sie also nicht mit ihm zusammen oder für ihn?«

»Aber natürlich nicht, ich führe wie Sie den Audit bei Dalfan durch.«

Paul schnaubte und deutete mit der Pistole auf die beiden Toten. »Sie sind kein Auditor.«

»Streng genommen haben Sie recht. Ich bin Finanzanalyst.«

»Mir ist in der Buchhalterei noch niemand untergekommen, der mit bloßen Händen zwei Agenten außer Gefecht setzen kann. Sind Sie von der CIA?«

Jack schüttelte den Kopf. »Nein.« Er zuckte wieder zusammen. »Kommen Sie schon, Paul, meine Arme tun wahnsinnig weh.«

»Einen Moment noch. Wenn Sie nicht von der CIA sind, von wem dann? FBI? DIA?«

»Bei keiner der genannten Organisationen.«

»Auslandsgeheimdienst? Interpol?«

»Hören Sie, Sie sind doch ein intelligenter Mann und wissen ganz genau, dass ich es Ihnen nicht sagen darf, wenn ich für eine solche Organisation arbeite. Aber Gerry wird für mich bürgen.«

»Gerry arbeitet für Rhodes. Ich weiß nicht, ob ich ihm trauen kann.«

»Gerry ist ein guter Mensch. Das wissen Sie. Wenn Rhodes ein krummes Ding dreht, dann hat Gerry nichts damit zu tun.« Er blickte in Pauls hellgraue Augen. »Und ich auch nicht. Wenn ich etwas damit zu tun hätte, würde mir mein Daddy in den Arsch treten.«

Paul kicherte. »Und ob er das würde.«

Paul ging in die Küche und zog ein Messer aus der Schublade. Er durchschnitt Jacks Fesseln.

Jack setzte sich auf und rieb sich die Gelenke. »Danke.«

»Wie geht's Ihrem Kopf?«

»Ich werde einen neuen brauchen, wenn wir wieder zu Hause sind.« Jack betastete ihn. Blut an seinen Fingern. Er stand ungelenk auf.

Paul senkte die Stimme zu einem Flüstern. »Tut mir wirklich sehr leid. Aber ich war mir sicher, dass Sie gekommen sind, um mich zu töten.«

Jack ging in die Küche und suchte ein sauberes Handtuch. »Wegen dieses USB-Sticks? Was ist da eigentlich drauf? Und was hat Rhodes damit zu tun?« Er fand eines und drückte es gegen seinen Kopf.

Paul sank wieder auf die Couch, die Pistole schlaff in der Hand. »Letzten Montag, als sie uns für die Sache geködert haben und Gerry mit Ihnen rausgegangen ist, hat Rhodes zu mir gesagt, dass er für Langley arbeite und einen Spezialauftrag für mich habe – ich sollte den Inhalt eines USB-Sticks auf den Hauptrechner von Dalfan laden. Aber Sie haben ja gesehen, wie gut die Sicherheitsvorkehrungen dort sind. Ich habe mehrere Tage gebraucht, bis ich wusste, wie ich sie umgehen konnte, und es ist mir dann auch gelungen. Heute Abend wollte ich die Software eigentlich von dem Stick herunterladen, habe dann aber beschlossen, mir den Code vorher anzusehen. Und was ich gesehen habe, hat mir nicht gefallen.«

»Inwiefern?«

»Rhodes hat behauptet, es sei nur eine kleine Schnüffel-Software der CIA. Die Firma wolle sich nur vergewissern, dass die Dalfan-Systeme vor der Fusion mit Marin Aerospace nicht mit chinesischer Malware infiziert worden seien.«

»Klingt durchaus glaubhaft. Nehmen Sie es mir nicht übel, aber warum hat Rhodes ausgerechnet Sie dafür auserkoren?«

Paul runzelte die Stirn. »Wir hatten schon einmal miteinander zu tun. Vor längerer Zeit.«

»Und er hat einen Gefallen eingefordert?«

»Er hat eher meinem Ego geschmeichelt, mir wieder das Gefühl gegeben, wichtig zu sein.«

»Klingt ganz nach dem Weston Rhodes, den ich kenne.«

Jack betrachtete das Handtuch. Die Blutung hatte aufgehört. »Lassen Sie uns gleich weiter darüber reden, jetzt sollten wir erst einmal von hier verschwinden.« Sie brauchten zwei Minuten, um Fingerabdrücke abzuwischen und andere Spuren ihrer Anwesenheit zu beseitigen, bevor sie zum Audi liefen. Paul behielt seine Pistole und gab Jack die andere. Sie stiegen in das Coupé und fuhren davon.

Als Jack an der ersten Ecke abbog, fragte Paul: »Sollten wir nicht unsere Botschaft anrufen?« Er schrie regelrecht gegen das Trommeln des Regens an.

»Um was zu sagen? Dass Sie in einen Fall von Wirtschaftsspionage verwickelt sind und ich gerade zwei Ausländer getötet habe? Sie würden uns kurzerhand den Singapurer Behörden ausliefern. Außerdem hat das Unwetter alle Handynetze lahmgelegt.«

»Oh, Mist!«

»Was ist?«

»Mein Laptop. Ich habe ihn im Gästehaus zurückgelassen. Ich muss ihn holen.«

»Warum?«

»Ich habe Rhodes' Software auf die Festplatte kopiert. Und die sollte man nicht herumliegen lassen. Außerdem ist eine Menge wichtige Arbeit drauf, die ich nicht verlieren möchte.«

Jack grinste bei der Vorstellung. »Das ist der letzte Ort, wo sie uns vermuten würden.«

»Daran hatte ich nicht gedacht, aber Sie haben recht.«

Jack bog abermals ab und fuhr in Richtung PIE. Der Verkehr hatte deutlich abgenommen, doch der Regen war noch stärker geworden. Die Straßen waren überflutet. Jack konnte nicht Vollgas geben, selbst wenn er gewollt hätte.

»Erzählen Sie weiter. Sie sagten, Ihnen hätte nicht gefallen, was Sie auf Rhodes' Stick gefunden haben.«

»Ich habe mir den Code angesehen. Ich bin kein Experte, aber ich habe einiges zum Thema Cybersicherheit gelesen – das ist so was wie ein Hobby von mir. Ein paar Zeilen habe ich gekannt. Ich wusste nicht, woher, aber sie kamen mir bekannt vor, also habe ich sie gegoogelt, als ich wieder im Gästehaus war. Ich hätte mir fast in die Hose gemacht, als ich feststellte, dass es sich um eine Stuxnet-Variante handelte. Extrem fieses Zeug – die Software, mit der man die iranischen Zentrifugen außer Betrieb gesetzt hat, wissen Sie noch?«

»Ja. Aber warum sollte die CIA so etwas in das System von Dalfan einschleusen wollen?«

»Ich habe mir die Software dann noch etwas genauer angesehen. Dalfan war gar nicht das Ziel. Das eigentliche Ziel war die Hongkonger Aktienbörse.«

»Hongkong«, wiederholte Jack nachdenklich, während er den Paya Lebar Flyover überquerte und auf dem PIE weiterfuhr. Die wenigen Autos, die unterwegs waren, hatten die Warnblinkanlage eingeschaltet. Ein Krankenwagen heulte in Gegenrichtung an ihnen vorbei.

Die Bäume zu beiden Seiten des Expressway bogen sich im stürmischen Wind. Laub flog wie Asche durch die Luft und Äste rutschten über den Asphalt. Jack hielt das Lenkrad fest umklammert, um den Audi in der Spur zu halten. Eine mächtige Böe ließ ihn hin- und herschaukeln.

»Wow! Die hatte es in sich!«, rief Paul. »Wo war ich stehen geblieben? Ach ja, die Dalfan-Rechner sind durch eine Air-Gap gesichert, erinnern Sie sich? Die haben kein WLAN. Aber sie sind an der Hongkonger Börse registriert und deshalb über Glasfaserkabel mit den Computern der Börse verbunden. Meines Erachtens war das Programm dazu bestimmt, mit der Hongkonger Börse das zu tun, was Stuxnet mit den iranischen Zentrifugen gemacht hat.«

»Warum sollte die CIA einen Crash an der Hongkonger Börse herbeiführen wollen?«

»Will sie auch gar nicht. Wenn der Markt in Hongkong zusammenbricht, dann auch der in Shanghai, in Tokio und schließlich auch alle Märkte in Europa und in den USA gleich hinterher. Das wäre eine globale wirtschaftliche Katastrophe.«

Jack stieß einen Pfiff aus. »Klingt nicht nach Langley.«

»Deshalb bin ich abgehauen. Wer immer diese Software geschrieben hat, er ist ein Genie.«

»Und wer befohlen hat, dass sie geschrieben wird, ist das Superhirn, hinter dem wir her sind.« Jack blickte in den Rückspiegel. Niemand folgte ihnen. Er fragte: »Warum haben Sie sich eigentlich in einem Bordell versteckt?«

»Ich habe dem Taxifahrer gesagt, er soll mich in ein billiges Hotel bringen. Er hat wohl gedacht, ich wäre auf eine heiße Nacht aus.«

Jack grinste. »Sich bei einer Prostituierten verkriechen, bis der Scheißsturm vorüber ist, ist gar nicht so blöd.«

Paul warf ihm einen ungläubigen Blick zu. »Ich wollte mich nur irgendwo bis nach Mitternacht verstecken. Rhodes hat gesagt, die Software würde sich selbst zerstören, wenn ich sie bis dahin nicht installiert hätte.«

»Wie in *Mission: Impossible?*«

»Nicht ganz so dramatisch. Ein Timer im Programm löscht ein paar Codezeilen und deaktiviert es dadurch.«

»Warum haben Sie es nicht einfach zerstört?«

»Es ist ein Beweisstück gegen Rhodes, und es hat meinen Daumenabdruck als biometrischen Zugangscode. Ohne mich kann niemand das Programm öffnen, nicht einmal Gavin. Auch deshalb musste ich untertauchen.«

»Also wenn Sie mich fragen, war das vernünftig.«

»Und zum Mitschreiben: Eine Prostituierte war nicht mit im Spiel.«

Jack schmunzelte. *Natürlich nicht.* »Wir holen uns Ihren Laptop, und dann überlegen wir gemeinsam, wie wir die Sache zu Ende bringen.«

»Danke, Jack. Das weiß ich zu schätzen. Und es tut mir leid, dass ich uns das eingebrockt habe.«

»Ich mache Ihnen keinen Vorwurf. Rhodes ist schuld. Ich werde ein paar Takte mit ihm reden müssen.«

Wieder rüttelte eine Böe am Wagen, und im ersten Moment dachte Jack, sie seien von einem anderen Auto gerammt worden.

»Was zum Teufel ist das für ein Sturm?« Jack drückte auf die Radiotaste.

»… mit Böen von bis zu einhundertvierzig Stundenkilometern. Der Sturm zieht weiter in Richtung Singapur. Die singapurischen Behörden haben Katastrophenalarm ausgelöst und allen Bürgern geraten, in den Häusern zu bleiben, um nicht durch herumfliegende Trümmerteile und abgerissene Stromleitungen in Gefahr zu geraten. Mobilfunkmasten sind ausgefallen, die meisten Mobilfunkanbieter sind davon betroffen.«

Jack schaltete das Radio wieder aus. »Wir müssen aus diesem Unwetter raus.«

»Wohin sollen wir, wenn wir meinen Laptop geholt haben?«

»Irgendwohin, wo es nicht regnet.«

61

Jack und Paul flitzten zur Vordertür des Gästehauses, wobei sie ihre Gesichter vor dem peitschenden Regen und herumfliegenden Teilen schützten.

Drinnen angekommen, hörte Jack Geräusche aus dem Wohnzimmer. Er gab Paul ein Zeichen zu warten, zog die Makarow aus dem Hosenbund, bog um die Ecke und richtete die Waffe nach vorn.

Und blickte in die Mündung einer SIG P229.

»Was machen Sie denn hier?«

»Lassen Sie die Waffe fallen«, erwiderte Lian. Die beiden Pistolenläufe waren nur Zentimeter voneinander entfernt.

»Lassen Sie Ihre fallen.«

Äste schlugen gegen die Wohnzimmerfenster, die im Sturm klapperten, und kratzten über die Scheiben.

»Wo ist Paul Brown?«

»Keine Ahnung«, antwortete Jack.

»Jack? Sind Sie in Ordnung?«, flüsterte Pauls Stimme hinter der Ecke hervor.

Lian grinste. Sie blickte weiter über den Lauf ihrer Waffe auf Jack. »Sind Sie in Ordnung, Mr. Brown?«

Paul trat hinter der Ecke hervor. »Ja, danke.«

»Kann ich Mr. Ryan trauen?«

»Er ist ein Freund.«

»Aber kann ich Ihnen trauen?«

»Mir? Selbstverständlich.«

Jack sah ein Aufleuchten in ihren Augen. Sie überlegte. Sie nahm die linke Hand von der Pistole und drehte sie mit der Innenfläche nach vorn, dann richtete sie den Pistolenlauf zur Decke und bot damit eine Einstellung der Feindseligkeiten an.

Jack ließ die Waffe sinken und steckte sie in den Hosenbund zurück. »Was tun Sie hier?«

»Ich habe mir Sorgen um Sie beide gemacht«, antwortete Lian und schob ihre Pistole ins Holster. »Der Sturm zieht nach Norden. Ich habe versucht, Sie beide anzurufen, aber die Mobilfunktürme müssen ausgefallen sein, also bin ich hergefahren.« Sie deutete auf die zertrümmerten Möbel. »Und habe das vorgefunden.«

Jack hatte einen silbernen Range Rover auf der anderen Straßenseite parken sehen, sich aber nichts dabei gedacht. Die Firmenfahrzeuge von Dalfan waren alle schwarz. Er wandte sich an Paul. »Mir haben Sie auch nicht erklärt, was hier geschehen ist.«

Paul zuckte mit den Schultern. »Als ich erkannt habe, dass ich getäuscht worden war, bin ich ausgerastet.« Er zuckte mit den Schultern. »Ich habe mich betrunken, angefangen Sachen zu zerschlagen, irgendwie den Kopf verloren.«

»Das war's dann mit der Mietkaution«, sagte Jack.

Paul stieß mit dem Fuß gegen die Scherbe einer zerbrochenen Keramik. »Dumm, ich weiß. Und dann habe ich mir ein Taxi gerufen und ein Versteck gesucht.«

»Wozu denn ein Versteck?«, fragte Lian.

Jack erzählte ihr von dem USB-Stick und wozu die darauf befindliche Software offenbar bestimmt gewesen war. Sie war fassungslos. Er fügte hinzu: »Weston Rhodes spielt ein gefährliches Spiel.«

»Mein Laptop«, sagte Paul. »Er ist oben.«

»Holen Sie ihn«, sagte Jack.

Paul eilte zur Treppe. Draußen heulte der Wind, und Äste schlugen gegen das Haus.

»Was für ein gefährliches Spiel?«, fragte Lian.

»Ich kenne nicht alle Einzelheiten, aber hinter Paul waren ein paar üble Typen her, und irgendwie machen die mit Rhodes gemeinsame Sache.«

»Das ergibt keinen Sinn.«

»Ich würde gern mit Ihrem Bruder sprechen.«

»Er und seine Freundin haben den letzten Flug nach Peking genommen, bevor Changi geschlossen hat.«

»Lassen Sie mich raten. Eine Geschäftsreise.«

Lians Augen verengten sich. »Was denn sonst?«

»Ich werde später auf ihn zurückkommen.«

Die Fensterscheibe im Wohnzimmer ging zu Bruch. Sie sahen beide hin. Ein Ast musste …

Mein Gott.

Zwei zylinderförmige Granaten hüpften über den Fußboden. Jack und Lian fuhren herum und warfen sich hin.

Zu spät.

Die Granaten explodierten, bevor ihre Körper den Boden berührten.

62

Jack rollte sich auf den Rücken, geblendet von der Dunkelheit. Draußen vor dem zertrümmerten Fenster zuckte ein Blitz, in dessen Schein er sah, wie sich der Regen in Strömen ins Wohnzimmer ergoss. Er setzte sich mühsam auf, der Nebel lichtete sich. Er blickte zu Lian hinüber, die noch mit dem Gesicht nach unten dalag.

Er kroch zu ihr hinüber und prüfte ihren Puls. Sie lebte. Der nächste Blitz enthüllte, dass ihr Blut aus dem Ohr sickerte.

Jack drehte sie behutsam auf den Rücken. Sie begann sich zu rühren und schreckte dann plötzlich hoch, die Augen vor Angst geweitet. Sie drehte sich um und starrte Jack nur verwirrt an.

»Blendgranaten. Sie sind unverletzt. Atmen Sie einfach eine Sekunde durch.«

Sie blinzelte, legte die Stirn in Falten. Jack wusste, dass die Schmerzen, die in ihrem Schädel tobten, ebenso schlimm waren wie seine.

»Was ist passiert?«, brachte sie schließlich heraus, als Jack ihr aufstehen half.

»Zwei Blendgranaten.«

»Wie lange waren wir weggetreten?«

Jack sah auf seine Uhr. »Rund fünfzehn Minuten.«

»Wo ist Paul?«

»Warten Sie hier.« Jack rannte die Treppe hinauf und rief Pauls Namen. Im Dunkeln stolperte er über eine Stufe, fing sich aber. Ein weiterer Blitz erhellte den Flur. Dunkle Schrammen von Schuhen an den Wänden. Jack rannte zu Pauls Zimmer und rief dabei weiter nach ihm. Er stürzte in das Zimmer. Es war verwüstet.

Paul war fort.

Lian war in der Küche und wusch sich an der Spüle das Gesicht, als Jack wieder herunterkam. Der Druck in der Leitung war gering.

»Er ist nicht oben«, sagte Jack, als er auf sie zutrat.

»Hier unten auch nicht.« Sie trocknete sich das Gesicht ab. »Die ›üblen Typen‹, von denen Sie gesprochen haben, müssen Ihnen hierher gefolgt sein.«

»Oder Ihnen«, erwiderte Jack.

»Er muss wieder geflüchtet sein. Oder sie haben ihn erwischt.«

»Ich habe oben Spuren eines Kampfes gefunden. Paul hat sich zur Wehr gesetzt.«

»Ich frage mich, warum wir noch leben«, sagte Lian. »Wir waren bewusstlos. Zwei Kugeln in den Kopf, und wir würden kein Problem mehr darstellen.«

»Ich weiß es nicht, aber ich will mich nicht beklagen.«

»Was meinen Sie, wohin haben sie ihn gebracht?«

Jack sah auf seine Uhr. »Wir haben jetzt drei Minuten vor halb zwölf. Noch ist Zeit.«

»Wofür?«

»Wir müssen in die Dalfan-Zentrale. Dorthin haben sie Paul gebracht.«

»Woher wollen Sie das wissen?«

Er packte sie bei der Hand. »Das erkläre ich Ihnen unterwegs. Beeilen wir uns!«

Sie nahmen Lians silbernen Range Rover. Er hatte bei Hochwasser bessere Chancen und ebenfalls Allradantrieb.

Niemand war jetzt mehr unterwegs, sodass keine anderen Autos sie aufhielten, doch Jack musste am Steuer Schwerstarbeit leisten, um den Hindernissen auf der Straße auszuweichen – Ästen, Mülltonnen, Blechteilen von Dächern und verlassenen Fahrzeugen. Ein paar Mal musste er über den Bordstein rumpeln und auf dem Gehweg weiterfahren, weil sich Funken sprühende Stromleitungen auf der Straße schlängelten.

Jack ließ es darauf ankommen und erzählte Lian von dem Kampf im Lagerhaus und später im PINK LILY.

»Sie wirken nicht überrascht«, sagte Jack, verwundert über ihre Gelassenheit.

»Das alles ist ja auch gar nicht so überraschend, wenn man bedenkt, was auf dem Spiel steht. Ich bin nur froh, dass Sie es sind, der überlebt hat.«

»Sechs Leichen dürften der Polizei schwer zu erklären sein.«

»Ich glaube, Sie haben recht, was das Verschwinden der vier Chinesen angeht. Sie sind mittlerweile wahrscheinlich Fischfutter. Also sind es eigentlich nur zwei, um die wir uns sorgen müssen.«

»Das beruhigt mich ungemein.«

»Wenigstens weiß ich jetzt, dass Sie es waren, der meine Überwachungsdateien gelöscht hat.«

»Nein, ich schwöre Ihnen, ich war das nicht.«

»Wer dann?«

»Daran arbeite ich noch.«

»Ich kann immer noch nicht fassen, dass Rhodes einen internationalen Börsenkrach auslösen will.«

»Ich glaube nicht, dass er das will.«

»Aber er hat Paul die Software gegeben.«

»Das schon, aber er hat sie nicht geschrieben. Das bedeutet, jemand anders hat sie für ihn geschrieben. Und mit diesem Programmierer würde ich gern reden – und mit seinem Auftraggeber. Das ist der Arsch, der hinter all dem steckt.«

Lian stellte das Radio an. Auf jedem Sender ertönte ein Notsignal, und eine automatische Ansage wiederholte: SUCHEN SIE UMGEHEND HÖHERES GELÄNDE AUF! MEIDEN SIE DAS FREIE! FAHREN SIE NICHT AUTO! MEIDEN SIE TIEFER GELEGENE GEBIETE! HOCHSPANNUNGSLEITUNGEN SIND GERISSEN! BLEIBEN SIE IN IHREN HÄUSERN!

Ausgefallene Ampeln schwankten im Wind, Straßenlaternen und Gebäudebeleuchtungen waren inzwischen erloschen.

Lian schaltete das Radio aus. »Nur noch dreizehn Minuten bis Mitternacht. Fahren Sie schneller!«

63

Pjöngjang, Nordkorea,
Direktorat für allgemeine Verwaltungsdienste

Vizedirektor Ri stand in seinem beengten Kellerbüro und sprach in die Freisprechanlage auf seinem Schreibtisch. »Warum ist es noch nicht passiert?« Schweiß perlte über sein ausdrucksloses Gesicht.

»Der von mir rekrutierte Mann hat versagt«, antwortete Zvezdev am Telefon. »Ich habe die Sache jetzt selbst in die Hand genommen.«

»Ich denke, ich brauche Ihnen nicht zu drohen. Sie wissen, was für uns beide auf dem Spiel steht.«

»Noch ist Zeit.«

Ri sah auf seine Uhr. »Zehn Minuten.«

»Eine Ewigkeit. Wir brauchen nur dreißig Sekunden.«

»Rufen Sie mich an, wenn es erledigt ist.« Ri drückte mit zitterndem Finger auf einen Knopf. Zvezdev war seine letzte Hoffnung. Die Missionen in Lissabon und Toronto waren bereits fehlgeschlagen.

Ri zündete sich eine Gitane an, um seine Nerven zu beruhigen. Der Vorsitzende hatte ihm gestern eine ganze Stange geschickt. Choi Ha-guk war ein vernünftiger Mann im Unterschied zu seinem Cousin, der erfolglose Untergebene und ihre gesamten Familien mit scharfen Hunden, Flammenwerfern oder Flugabwehrwaffen hatte umbringen lassen.

Der Vorsitzende war ein Profi. Er verstand, dass Operationen manchmal misslangen, ganz egal wie gut sie vorbereitet waren und durchgeführt wurden.

Ri drehte die brennende Gitane zwischen den Fingern und betrachtete die sich kringelnden Rauchschwaden im Lampenlicht. Er lächelte.

Ja, Choi Ha-guk war ein vernünftiger Mann.

Choi würde ihn nur vor ein einfaches Erschießungskommando stellen, wenn er versagte.

Er drückte die Zigarette im Aschenbecher aus und griff zum Telefon. Die Telefonistin verband ihn mit dem RGB-Stationschef in der nordkoreanischen Botschaft in Sofia, Bulgarien. Der Leiter der dortigen Einheit war ein Cousin, ein tüchtiger und zuverlässiger Mann. Er befahl ihm, sich bereitzuhalten und nötigenfalls innerhalb der nächsten dreißig Minuten Schritte gegen Zvezdev einzuleiten.

Im Unterschied zu Choi war Ri kein vernünftiger Mann.

64

Singapur

Jack schaltete das Licht aus und trat auf die Bremse. Dreißig Meter vor der Dalfan-Zentrale, die mitten in dem sonst dunklen Viertel wie ein Weihnachtsbaum erstrahlte, kam der Range Rover spritzend zum Stehen. Der Toyota-Minivan parkte auf dem Gehweg nahe der Tür.

»Notstromaggregat«, erklärte Lian. »Wir brauchen immer Strom, sonst fallen die Sicherheitsschlösser aus. Außerdem müssen wir den Hauptrechner am Laufen halten – ein Systemausfall hätte schwerwiegende Folgen.«

»Der Hauptrechner steht im dritten Stock, richtig?«

»Ja, der Kontrollraum ist direkt gegenüber der Fluchttreppe. Das ist der einzige Raum, in dem man jetzt Software von einem USB-Stick installieren kann.«

»Dann haben sie Paul dorthin gebracht.«

Jack deutete durch die regenüberflutete Windschutzscheibe. In den kurzen Pausen zwischen den Bewegungen der Wischerblätter konnten sie erkennen, dass sich zwei Männer in der Eingangshalle aufhielten.

»Ich kann mit meinem Sicherheitsausweis durch einen Notausgang auf der Rückseite ins Gebäude gelangen«, sagte Lian. »Dann schleiche ich …«

»Keine Zeit.«

Jack drückte das Gaspedal bis zum Anschlag durch. Der Range Rover preschte los, machte einen Satz über den

Bordstein. Jack nutzte den Toyota-Minivan als Deckung. Lian betätigte den Kippschalter, mit dem der Beifahrer-Airbag deaktiviert wurde.

Der silberne SUV kam aus der Nacht wie ein stählerner Schatten. Die beiden Männer in der Eingangshalle sahen ihn erst in letzter Sekunde und stoben auseinander, als seine Frontpartie die gläserne Eingangstür durchbrach.

Jack blendete auf, riss das Steuer scharf nach links und fuhr einem der Männer nach, der rennend Deckung suchte. Der Wagen erwischte ihn mit der linken vorderen Stoßstange an der Hüfte, schleuderte ihn gegen einen Betonpfeiler und zerquetschte ihm das Becken. Der Mann schrie gellend.

Lian sprang aus der Tür, eröffnete das Feuer und jagte dem anderen Mann vier Kugeln in die Brust, als der seine Waffe in Anschlag bringen wollte. Er sackte wie eine Stoffpuppe in sich zusammen, und seine Pistole fiel scheppernd auf den Boden. Lian drehte sich um und sah gerade noch, wie Jack dem Mann am Pfeiler, der es irgendwie noch geschafft hatte, seine Waffe auf ihn zu richten, ins Gesicht schoss.

Sie konnten nicht wissen, ob die Männer oben den Lärm gehört hatten, aber das spielte jetzt auch keine Rolle mehr. Immer zwei Stufen auf einmal nehmend, stürmten sie die metallene Fluchttreppe hinauf, die unter ihren Tritten schepperte. Jacks Herz raste vor Adrenalin, und ein Death-Metal-Soundtrack hämmerte in seinem Schädel. Sie erreichten den Treppenabsatz im dritten Stock und blieben vor dem Notausgang stehen. Jack legte ein Ohr an die Tür.

Schreie.

Paul.

Er wusste nichts über die taktische Lage da drin. Es konnten zwanzig Typen sein. Oder auch nur zwei. Jack war das egal. Sein Freund war in Schwierigkeiten.

Per Handzeichen erklärte er seinen Plan – Zielpersonen

im Raum ausschalten, den Kontrollraum stürmen – und zählte dann mit nickendem Kopf herunter.

Drei.

Zwei.

Eins.

Los!

Jack stemmte sich gegen die verschlossene Tür, sodass sie, als Lian ihre Sicherheitskarte durchzog, mit einem Knall aufsprang. Er rannte direkt in Richtung Kontrollraum, der durch eine Glaswand abgetrennt war, während sich Lian nach rechts wegduckte und hinter den Workstations Deckung suchte. Jack vermutete, dass die Typen, sofern sie überhaupt Wachen aufgestellt hatten, davon ausgingen, dass etwaige Angreifer durch die Vordertür und nicht übers Treppenhaus kommen würden.

Jack lag damit nur zur Hälfte richtig.

Nach zwei Schritten sah er einen Weißen vor sich zusammenschrecken und die Pistole in seiner Rechten auf ihn richten. Zu langsam. Jack hatte seine Waffe bereits oben und schoss dem Mann in den Hals. Das Blei ging glatt durch, klatschte in einem blutigen Spinnennetz gegen die Glaswand des Kontrollraums und alarmierte einen zweiten Killer, der neben einem dritten Mann mit Schiebermütze stand, der sich mit einem Messer in der Hand über Paul beugte.

Zwei Schüsse fielen zu Jacks Rechten, einer aus einer großkalibrigen und der andere aus einer kleineren Waffe. Glas klirrte.

Jack hatte keine Zeit, sich umzudrehen und nachzusehen – sein Blick war auf den Mann geheftet, der aus dem Kontrollraum gestürmt kam und bereits eine Waffe auf ihn anlegte.

»LIAN!«

»SAUBER!«

Jack feuerte zwei Schüsse auf die breite Brust des Mannes, die ihn herumwirbelten wie einen Kreisel, doch erst als der selbst einen Schuss abgegeben hatte. Jack hatte das Gefühl, am rechten Oberarm von einem Schmiedehammer getroffen zu werden. Er wurde einen Viertelschritt herumgerissen – und das rettete ihm das Leben.

Der Mann mit dem Messer, der bei Paul stand, hatte sich ruhig umgedreht und mit einer selbstsicheren, einhändigen Bewegung eine kleinkalibrige Pistole in Anschlag gebracht. Und Jack hätte schwören können, dass sich unter dem dünnen Menjoubärtchen des Mannes ein Schmunzeln zeigte, als er feuerte. Doch der Treffer, der Jack herumriss, warf ihn aus der Flugbahn der Kugel, die der Schmunzler auf seinen Kopf abgegeben hatte.

Das Geschoss sirrte wie eine zornige Hornisse an Jacks Ohr vorüber.

Jack erwiderte das Feuer. Zwei Kugeln zerschmetterten die Stirn des Mannes direkt unter der Schiebermütze, und eine dritte schlug dicht unter der Nase ein. Der Mann flog nach hinten, prallte gegen Paul und stürzte zu Boden.

Jack stürmte vorwärts und kickte die Pistole des Toten zur Seite, dann sicherte er seine eigene Waffe. Unterdessen nahm Lian die Waffen der beiden anderen, die Jack niedergeschossen hatte, an sich und fühlte den Puls der Männer.

»Paul! Wo sind Sie verletzt?« Jack bereute die Frage augenblicklich. Pauls Unterarme waren mit Klebeband an den Stuhl gefesselt, und aus den Fingerspitzen seiner linken Hand quoll Blut.

»Jack, es tut mir leid …«

»Wo ist der Stick?«

»Das Programm ist geladen!«

Jack spähte auf den Bildschirm hinter Paul. **Ausgeführt** leuchtete dort in Rot. Das Virus war auf den Weg gebracht.

Während Jack mit den Fingern das Klebeband wegriss, stammelte Paul mit rot unterlaufenen Augen und triefender

Nase: »Er hat das Passwort aus mir herausgepresst … ich wollte nicht … aber ich …«

»Schon gut.«

Lian kam in den Raum gestürmt. »Alles sauber.« Sie sah Pauls Hand und schnappte nach Luft. »Ich hole den Erste-Hilfe-Kasten.« Sie rannte wieder hinaus.

Jack sah auf seine Uhr. Zwei Minuten bis Mitternacht.

Zwei Minuten bis zum Ende der Welt.

65

Jack machte Pauls anderen Arm los und wollte ihm aufstehen helfen, doch der große Mann knickte in den Knien ein. Um nicht hinzufallen, griff er mit der unversehrten Hand nach Jacks Unterarm und umklammerte ihn wie ein Schraubstock. Jack wunderte sich, wie kräftig er zupackte, schob den Gedanken aber beiseite und half Paul, sich auf den Boden zu legen.

Lian kam mit einem Erste-Hilfe-Kasten über der Schulter wieder in den Raum gerannt. Sie kniete sich neben Paul hin und untersuchte seine verletzten Finger. Obwohl sie jahrelang Polizistin gewesen war, setzte ihr der grausige Anblick zu.

Auch Jack sah, was los war. Der Scheißkerl mit dem Menjoubärtchen hatte Paul die Fingernägel herausgerissen. Jack machte sich schwere Vorwürfe, dass er nicht früher gekommen war.

»Das alles tut mir sehr leid«, sagte er.

Paul schüttelte den Kopf und bewegte die Lippen, brachte aber keinen Ton heraus.

»Ich fürchte, er könnte in einen Schockzustand fallen«, sagte Lian, während sie die Wunden reinigte und die Blutungen stillte.

Jack kippte den Bürostuhl um, hob Pauls Beine an und legte sie auf die Stützstreben rund dreißig Zentimeter über dem Boden, dann zog er seine Jacke aus und breitete sie über seine wogende Brust. Wind rüttelte an den Fenstern.

»Jack …«

»Ganz ruhig, mein Freund.«

Auf Pauls Gesicht perlte Schweiß. »Wir müssen dieses Virus stoppen.«

»Wie denn? Es ist bereits geladen.«

Paul zeigte mit dem gesunden Daumen kraftlos auf seinen toten Peiniger. »Chuckles, der Clown da drüben, hat mir erzählt, dass es erst aktiviert wird, wenn morgen früh um sieben Uhr der Handel mit Dalfan-Aktien beginnt. Wenn wir vorher den IT-Vorstand der Hongkonger Börse verständigen, können wir das Virus isolieren oder löschen – oder zumindest verhindern, dass es aktiviert wird.«

»Die Telefone funktionieren nicht. Laut BBC wird der Sturm hier bis morgen früh um zehn alles im Griff haben.«

»Was ist mit Ihrer Botschaft?«, fragte Lian, während sie Pauls Finger verband. »Wir könnten versuchen hinzufahren.«

»Selbst wenn wir das schaffen und noch jemand da ist, der etwas zu melden hat, wird er wahrscheinlich auch nicht nach draußen telefonieren können.«

»Laut Wetterdienst ist der Sturm ins Stocken geraten«, sagte Lian. »Ab Kuala Lumpur, das nördlich von hier liegt, gehen immer noch Flüge.«

»Das bedeutet, dass malaysische Mobilfunknetze und andere Dienste wahrscheinlich noch funktionsfähig sind.« Jack wusste, dass es dort eine US-Botschaft und eine CIA-Station gab. Dort mussten sie hin. »Wie lange fährt man dahin?«

»An einem normalen Tag? Dreieinhalb Stunden, vier bei Verkehr.«

Jack blickte auf seine Uhr. »Uns bleiben noch knapp sieben Stunden.« Er spähte wieder aus dem Fenster in den tosenden Sturm hinaus. »Ich muss es versuchen.«

Auch Lian sah das Unwetter. »Natürlich müssen wir es versuchen.«

»Wir? Von ›wir‹ kann keine Rede sein.« Die Chancen, es bei einem solchen Wetter zu schaffen, waren gering. Die Chancen, mit dem Leben davonzukommen, vielleicht noch geringer.

Lian verband Pauls letzten Finger. »Sie müssen hier bleiben und sich ausruhen. Wenn Sie in einen Schockzustand fallen, können Sie sterben.«

»Versuchen Sie, mich aufzuhalten, Ms. Fairchild.« Paul wollte aufstehen.

Jack legte ihm eine Hand auf die Brust. »Ich kümmere mich darum.«

Paul schlug seine Hand weg. »Das können Sie vergessen. Sie sind ja nicht nach Strich und Faden verarscht worden. Außerdem, sehen Sie sich doch mal an.«

Am rechten Oberarm, wo es Jack erwischt hatte, war sein Hemdsärmel blutig.

»Zeigen Sie mal her«, sagte Lian, zog ein rasierklingenscharfes Messer aus dem Verbandskasten und schnitt damit Jacks Ärmel weg.

»Nicht allzu schlimm«, befand sie. »Nur ein Kratzer. Die Haut ist zerfetzt, Muskeln und Knochen haben aber nichts abgekriegt. Tut es weh?«

Die Wirkung des Adrenalins war abgeflaut. »Fühlt sich an, als hätte mir jemand ein Brandeisen aufgedrückt.«

»Geben Sie mir eine Minute.«

Lian säuberte und verband die Wunde zügig. »Abgesehen von den Antibiotika trage ich auch ein Lokalanästhetikum auf. Hoffen wir, dass es Ihnen gegen die Schmerzen hilft.«

»Das tut es bereits, danke.«

»Wir müssen die Wunde im Auge behalten, aber ich glaube nicht, dass sie Probleme machen wird.« Sie hielt den abgeschnittenen Ärmel hoch. »Das da tut mir leid.«

Paul reichte Jack seine Jacke, als er sich stöhnend aufsetzte. »Die werden Sie brauchen.«

»Mir wäre lieber, Sie würden hier bleiben«, sagte Jack, während er Paul auf die Beine half.

»Mir wäre auch vieles lieber, Jack.« Paul betrachtete seine verbundenen Finger. »Und im Moment am liebsten wäre mir eine Tasse Tee.«

»Wir haben kein Fahrzeug«, sagte Lian.

»Der Minivan der Typen hat draußen gestanden. Einer von ihnen muss die Schlüssel haben.«

»Ich gehe meine Pistole suchen«, sagte Paul, die Waffe meinend, die Jack ihm am Abend gegeben hatte, und fasste seinem Peiniger in die Jackentasche. Er fand die kleine Makarow und einen Diplomatenpass – einen bulgarischen. Danach hieß der Mann Petrow. Paul bezweifelte es. Trotzdem steckte er den Pass in die Hosentasche. Er sah eine schicke Ledertasche in der Ecke stehen, kam aber nicht auf die Idee, sie zu durchsuchen. Er wusste nicht, dass Wolz mit Zvezdev telefoniert hatte, als er vor Schmerz ohnmächtig geworden war, und dass er dazu ein Satellitentelefon benutzt hatte, das jetzt wieder in der Ledertasche steckte.

Auch Jack und Lian durchsuchten Hosen- und Jackentaschen. Jack tauschte seine Makarow gegen die 9-mm-Glock, die Lians Mann getragen hatte. Er prüfte das Magazin. Dreizehn Schuss. Zum Glück hatte der Mann ein zweites, volles Magazin mit weiteren fünfzehn Schuss bei sich.

»Gefunden!«, rief Lian und hielt die Autoschlüssel in die Höhe.

»Fahren wir!«

66

Sofia, Bulgarien

Angst war Zvezdevs bester Freund.

Er hätte weder Säuberungsaktionen im bulgarischen Komitee für Staatssicherheit noch Intrigen von KGB-Führungsoffizieren oder Mordanschläge krimineller Syndikate unbeschadet überstanden, wenn er allzu optimistisch gewesen wäre. Er ging immer davon aus, dass alle ihn fertigmachen wollten.

Denn gewöhnlich wollten sie das auch.

Und das war auch der Grund, warum Zvezdev jetzt in seinem Privatbüro auf seinem weitläufigen Anwesen saß und mit den Fingern besorgt auf den vergoldeten Schreibtisch trommelte.

Sein Telefongespräch mit Ri fünfzehn Minuten zuvor war recht zufriedenstellend verlaufen. Dank Wolz war die Mission abgeschlossen. Zvezdev machte sich keine Illusionen über seine Beziehung zu dem nordkoreanischen Meisterspion. Hätte er versagt, hätten Ris Agenten längst sein Haus gestürmt, seine Wachleute getötet und ihn selbst in eine konspirative Wohnung verschleppt, um ihm ein grausames Schicksal zu bereiten, das er sich lieber nicht vorstellen wollte.

Stattdessen hatte ihm Ri versichert, dass die zweite Hälfte seines fürstlichen Honorars – und zwar in Form von nichts Geringerem als Goldbarren – wie vereinbart innerhalb der nächsten vierundzwanzig Stunden im Tresor einer Bank auf den Kaimaninseln hinterlegt werden würde. Zvezdev hatte sich von seinem englischen Banker telefonisch bestätigen lassen, dass die Transaktion angelaufen war. *Alles gut.*

Was Zvezdev allerdings besorgt stimmte, war ein früheres Telefonat mit Wolz, bei dem ihn dieser um die Erlaubnis gebeten hatte, Jack Ryan junior und Lian Fairchild zu töten. Zvezdev hatte ihm geantwortet, dass eine Ermordung Jack Ryans nur den Zorn seines Vaters, eines fähigen und gewalttätigen Mannes, entfachen würde. Seine Befehle von Ri waren eindeutig: Die Operation sollte fristgerecht abgeschlossen werden, ohne dass sie bis zu ihm zurückverfolgt werden konnte. Zvezdev hatte alles getan, um seine Spuren zu verwischen, und ging davon aus, dass der bevorstehende Zusammenbruch der Aktienmärkte in aller Welt zusätzliche Verwirrung stiften und die Ermittlungen verzögern würde. Dagegen würde sich die US-Regierung bei einer Ermordung des Präsidentensohns mit ganzer Kraft und Aufmerksamkeit dem Fall widmen, und das galt es zu vermeiden. Deshalb war Jack Ryan junior noch am Leben.

Und das bereitete ihm Sorgen.

Zvezdev kratzte sich den grauen Bart. Er hatte sich hinter einem schleimigen Typ wie Rhodes versteckt und ihm die Sache überlassen. Und wie er zugeben musste, war es von Rhodes ein schlauer Zug gewesen, Jack Ryan junior in seinen Plan einzubinden. Nur ging ihm Ryan mittlerweile ziemlich auf den Geist.

Dank der von Wolz im Gästehaus angebrachten Wanzen wussten sie, dass Paul den wahren Zweck des USB-Sticks durchschaut und obendrein Ryan und Fairchild informiert hatte. Zvezdev seufzte. Er hatte einen Fehler begangen. Er hätte Wolz beide liquidieren lassen sollen. Wenigstens Brown war jetzt tot. Neben seinem Honorar hatte Wolz verlangt, dass er ihm in Bezug auf den fetten Buchprüfer freie Hand ließ. Für Zvezdev war das ein geringer Preis gewesen. Er lachte.

Aber ein hoher Preis für Brown.

Natürlich gab es nichts, was Ryan in der momentanen Situation noch tun konnte. Das Virus war installiert. Ri brauchte nur noch knapp sieben Stunden zu warten, und sein Vorhaben, die Weltwirtschaft zum Kollabieren zu bringen, ging in Erfüllung.

Aber Jack Ryan junior würde keine Ruhe geben. Man würde die Spur des Virus zu Rhodes zurückverfolgen und dann bis zu ihm, wenn Rhodes umfiel.

Und er würde umfallen.

Selbst wenn er Rhodes jetzt tötete, liefe er immer noch Gefahr, entlarvt zu werden. Das würde Ri nicht gefallen.

Deshalb machte sich Zvezdev jetzt ernsthaft Sorgen.

Ryan und Fairchild mussten sterben.

Er rief erneut bei Wolz an.

Und wieder wurde dessen Satellitentelefon nicht abgehoben.

War wegen des Sturms der Satellitenservice ausgefallen? Nein. Satellitentelefone waren für Stürme und dergleichen gemacht. Wenn Wolz und seine Leute nicht rangingen, bedeutete das, dass etwas nicht stimmte.

Und dass das mit Ryan zu tun hatte. Er war noch am Leben. Er musste es sein.

Ob Ryan wusste, dass es um sieben Uhr losging?

Nein. Wie könnte er?

Und wenn doch?

Ryan würde Hilfe holen. Aber bislang hatte er weder die US-Botschaft noch die CIA-Station in Singapur angerufen, sonst würden beide mitmischen.

Was würde ich an seiner Stelle tun?

Ich würde irgendwo hinfahren, wo ich Hilfe bekommen könnte.

Zvezdev klappte seinen Laptop auf, sah sich den aktuellen Wetterbericht und den Sturm-Tracker an und öffnete dann ein zweites Fenster und lud Google Maps hoch.

Zvezdev fluchte verdrossen.

Er hatte Ri nichts von Jack Ryan junior erzählt. Je weniger Ri über die Angelegenheit wusste, desto besser. Aber jetzt musste er ihn informieren. Ein unangenehmes Gespräch, aber unvermeidlich.

Er griff zum Telefon und rief Ri an, denn er befürchtete, dass der Amerikaner auf dem Weg nach Malaysia war, um ihnen beiden richtig Ärger zu machen.

Ri musste Jack Ryan aufhalten.

Sofort.

67

Singapur

Laut Lian war die kürzeste Route von der Dalfan-Zentrale nach Kuala Lumpur zugleich auch die nördlichste, auf der sie noch am ehesten vom Sturm verschont blieben. Sie mussten auf dem Seletar Expressway (SLE) zum Bukit Timah Expressway (BKE) und dann über den Johor-Singapur-Damm nach Malaysia fahren. Ohne Navi war Jack völlig aufgeschmissen, und da sich Lian hier ohnehin besser auskannte, übernahm sie das Steuer. Zu Paul sagte sie, dass er nur mitdürfe, wenn er sich hinten im Van in die Horizontale begebe und die Beine hochlege. Er fügte sich widerspruchslos.

Sie brauchten über zwei Stunden für die Strecke. Sie fuhren so weit wie möglich auf dem SLE, umkurvten liegen gebliebene Fahrzeuge, umgestürzte Bäume und abgerissene Stromleitungen, bis ein Krater in der Fahrbahn sie zwang, die Schnellstraße zu verlassen und auf kleinere Nebenstraßen auszuweichen. Einmal musste Jack aus dem Wagen steigen und ein Klimagerät aus dem Weg räumen, das auf die Straße gestürzt war, und ein andermal musste auch Lian mit hinaus, um ein Auto beiseitezuschieben.

Sie kehrten auf den SLE zurück und gelangten schließlich an die Kreuzung mit dem BKE, an der ein batteriebetriebenes Schild blinkend darauf hinwies, dass die Dammstraße über die Meerenge von Johor gesperrt war.

»Was nun?«, fragte Jack. »Schwimmen?«

»Bei dem Wetter? Nein. Es gibt eine weitere Landverbindung weiter westlich von hier.«

»Wie weit?«

»In dem Tempo vierzig Minuten.«

Eine Stunde und dreiundvierzig Minuten später erreichten sie den Tuas Checkpoint, den einzigen anderen Grenzübergang über die Meerenge nach Malaysia. Bei diesem Second Link, wie er im Volksmund hieß, handelte es sich um eine knapp zwei Kilometer lange Brücke.

Das einzige Problem war, dass der Kontrollpunkt Tuas – eine Zollstelle – laut Hinweisschild geschlossen war.

Und selbst wenn er nicht geschlossen gewesen wäre, hätten sie nicht durchfahren können. Die drei Fahrspuren, die zum Kontrollpunkt hinführten, waren mit Hunderten verlassenen Fahrzeugen verstopft, von denen einige quer standen, weil ihre in Panik geratenen Fahrer törichterweise versucht hatten, auf der Einbahnstraße zu wenden.

Selbst die Busspur war blockiert. Die Leute waren fort und hatten ihre Fahrzeuge zurückgelassen. Jack fühlte sich an ein riesiges Gemälde mit dem Titel *The Rapture* erinnert, das er einmal auf einem Jahrmarkt gesehen hatte, nur dass hier die abstürzenden Flugzeuge und die zum Himmel aufsteigenden Seelen fehlten.

»Das war's wohl«, sagte Paul und setzte sich auf. Regen klatschte an die Scheiben und trommelte gegen die Stahlbleche. Der Lärm war ohrenbetäubend und konnte einen fast um den Verstand bringen.

»Können Sie zu Fuß gehen?«, fragte Jack.

Paul nickte. »Klar. Solange Sie nicht verlangen, dass ich renne.«

»Was haben Sie vor?«, fragte Lian.

Jack sah auf die Uhr. Sie hatten noch knapp vier Stunden, um die restliche Strecke zurückzulegen und Kontakt mit jemandem aufzunehmen, der das Virus stoppen konnte. »Wenn die Brücke wegen des Sturms geschlossen wurde, dann stecken alle diese Autos hier fest. Aber es gibt vielleicht eine Möglichkeit hinüberzukommen. Folgen Sie mir.«

Jack und Lian stützten Paul unter den Armen und liefen mit ihm so schnell es eben ging im peitschenden Regen zwischen den Reihen verlassener Autos und Lastwagen hindurch.

Als sie nach hundert Metern die schützende Halle erreichten, waren sie triefend nass, aber froh, dem Regen zu entkommen. Das luftige Gebäude sah aus wie ein großer Flugzeughangar ohne Wände.

»Und nun?«, fragte Lian. Auch hier drin standen Dutzende von verlassenen Fahrzeugen. Die vordersten versperrten die Zufahrt zur Brücke.

»Gehen wir an die Spitze der Schlange.« Jack drängte weiter durch das Terminal, vorbei an einem Wachhäuschen, das mit schwarzem Spiegelglas verkleidet war. Sie waren gerade auf der Höhe der Tür, als ein uniformierter Grenzbeamter aus dem Häuschen geschossen kam. Auf seinen blauen Schulterstücken prangten die silbernen Winkelstreifen eines Sergeants.

»Was tun Sie hier? Wir haben einen schweren Sturm. Sehen Sie das nicht?«

»Wo sind die anderen, Sergeant?«, fragte Lian, deren Kommandostimme den Unteroffizier überraschte. Lian hatte den Tuas Checkpoint schon viele Male passiert. Normalerweise war hier eine kleine Armee uniformierter und ziviler Grenzbeamter, die jeden Tag Tausende von Reisenden abfertigten.

»Die meisten sind nach Hause zu ihren Familien. Andere sind drüben in Terminal Eins. Ich bin hiergeblieben, um alles im Auge zu behalten. Wer sind Sie?«

»Wir müssen unverzüglich nach Kuala Lumpur«, antwortete Jack.

»Bei dem Wetter fahren Sie nirgendwohin. Der Grenzübergang ist bis morgen Mittag geschlossen. Sie können in Terminal Eins bei den anderen gestrandeten Autofahrern kampieren.«

Jack ballte die Fäuste. Es war ihm zuwider, einen Beamten zu schlagen, der nur seine Pflicht tat. Aber es stand zu viel auf dem Spiel, und sie mussten auf die andere Seite.

Lian bemerkte, wie er die Fäuste ballte.

Sie trat zwischen die beiden Männer, hielt dem Grenzbeamten ihren Reservistenausweis der singapurischen Polizei hin und stellte sich ihm vor.

Der Mann nahm den Ausweis in Augenschein, dann zuckte er mit den Schultern. »Sie können trotzdem nicht über die Brücke. Zu gefährlich. Der Wasserpegel ist sehr hoch. Zwei Autos sind heute schon ins Meer gestürzt.« Er fuchtelte mit den Händen, um seinen Worten Nachdruck zu verleihen.

Lian trat näher auf ihn zu. »Hier liegt ein nationaler Notfall vor. Ich übernehme die volle Verantwortung.«

»Ich kann nicht.«

Lian hielt dem Mann ihre Pistole vor die Nase. »Tut mir leid, aber das muss sein.«

Die Augen des Mannes wurden so groß wie Spiegeleier. »Nicht schießen!«

»Gehen Sie einfach wieder in Ihr Büro, dann wird Ihnen nichts geschehen.«

Der Mann nickte heftig und kehrte in seinen Glaskasten zurück. Die anderen folgten ihm.

Während der verängstigte Beamte von Jack mit seinen eigenen Plastikfesseln gebunden wurde, hielt Lian die Waffe auf ihn gerichtet. Sie entschuldigte sich für die Ungelegenheiten, versicherte ihm, dass ihr Tun notwendig sei, und erklärte, dass sie ihn nur fesselten, damit er keine Verstärkung rufen könne.

»Wir werden Ihnen nichts tun«, beteuerte sie.

»Aber eine Sache wäre da noch«, sagte Jack und beugte sich über den Mann.

Der Beamte sah aus, als wollte er gleich in Tränen ausbrechen.

Jack lief auf die andere Seite der Kontrollstelle, vorbei an einer Reihe verlassener Autos, die hier Schlange gestanden hatten, dann aber wegen des Sturms nicht über die Brücke hatten fahren dürfen. Er drückte den Alarmknopf an dem Autoschlüssel. Genau an der Stelle, die ihm der Beamte beschrieben hatte, blinkten die Lichter eines blauen Honda Odyssey. Jack hatte ein schlechtes Gewissen, weil er sich den Van des Mannes nahm, aber sie brauchten einen fahrbereiten Wagen.

»Da.« Jack deutete hin und stoppte den Alarm.

Sie eilten zu dem Honda und stiegen ein. Jack wusste, dass sich moderne Autos im Gegensatz zu dem, was Fernsehkrimis glauben machten, nahezu unmöglich kurzschließen ließen.

Diesmal setzte er sich selbst ans Steuer. Eine Holzschranke versperrte ihnen den Weg nach vorn. Die Schnauze des Hondas wies direkt auf die ansteigende Fahrbahn der Brücke und die am anderen Ende in der Dunkelheit liegende Malaiische Halbinsel.

Jack ließ den Motor an, und die Scheinwerfer flammten auf. Regen durchschnitt den Lichtkegel der aufgeblendeten Scheinwerfer.

»Nur knapp zwei Kilometer, richtig?«, fragte Jack.

»Fahren Sie so schnell wie möglich«, sagte Lian. »Da draußen werden keine Autos sein.«

Jack nickte. »Wie bei einer Fahrt durch eine Waschanlage.«

»Eine ziemlich lange Waschanlage«, fügte Paul hinzu. »Eine Waschanlage, in der man sterben kann.« Er deutete nach vorn. »Wie wollen Sie an der Absperrung vorbeikommen?«

Jack gab Gas und bretterte mitten durch.

68

Der Honda mit Einspritzmotor jagte trotz des stürmischen Winds mit zügiger Beschleunigung die dreispurige Fahrbahn hinauf.

Jack wusste nicht, wie viel Wasser auf der Straße stand. An der Steigung schoss es ihnen fast sturzbachartig entgegen. Aquaplaning hätte auf dieser Straße bei hoher Geschwindigkeit tödliche Folgen, man konnte von der Brücke fliegen und ins Meer stürzen. Er drosselte das Tempo auf sechzig Stundenkilometer.

Alles, was er sehen konnte, waren die Straße vor ihm und der strömende Regen, der beinahe waagrecht durchs Scheinwerferlicht peitschte. Auf der malaysischen Seite waren keine Lichter zu erkennen. Er wusste nicht, was das zu bedeuten hatte. Ob dort auch Stromausfall herrschte oder einfach keine Lichter waren.

Der Regen klatschte gegen die Seite des Wagens, als käme er aus einem Feuerwehrschlauch. Jack hatte mit dem Lenkrad zu kämpfen, um zu verhindern, dass der stürmische Wind den Odyssey quer über die drei nach Norden führenden Fahrstreifen drückte. Ein paar Minuten später spürte er mehr, als dass er es sah, dass sie den Scheitelpunkt der Brücke erreicht hatten und das Gefälle in Richtung malaysische Grenze begann. Er hielt das Tempo konstant.

Die Straße flachte ab. Sie führte schnurgerade ans andere

Ufer, doch die tosende See, deren Wellen sich direkt unter den Seitenbegrenzungen auftürmten, war ihnen jetzt sehr viel näher.

»Noch einen halben Kilometer!«, rief Lian.

Der Van erzitterte, als er eine große Wasserlache durchpflügte. Eine Sekunde lang hatte Jack das Gefühl zu fliegen, was vielleicht nur daran lag, dass er mit dem Hintern vom Sitz abhob. Er spürte ein Kribbeln im Bauch, als wäre er im freien Fall, doch er korrigierte die Lenkung, und die Räder fanden wieder Kontakt zur Straße.

»Langsam!«, brüllte Paul vom Rücksitz.

Jack sah, dass sich Lian mit einer Hand an dem Haltegriff über ihrem Kopf festhielt und mit der anderen am Sitz abstützte.

»Noch kein Handysignal?«, rief Jack nach hinten zu Paul.

Paul blickte auf das Telefon in seiner Hand. »Nein.«

Jacks Augen waren auf die Straße vor ihm geheftet. Das Fernlicht spiegelte sich in den dicken Regentropfen wie in einer Million kleiner silberner Spiegel, was ihn irritierte, ja beinahe blendete. Er schaltete auf Abblendlicht um. Im selben Moment bemerkte er den bedrohlichen Schatten, der über das Geländer hinweg auf sie zuschoss.

Lian schrie auf, als die Welle wie die Faust Gottes gegen den Van schlug, sich auf Jacks Seite brach und den Wagen in die entgegengesetzte Richtung drückte. Die beiden rechten Räder hoben vom Boden ab, doch bevor der Odyssey vollends umkippen konnte, krachte er in die Betonbegrenzung auf der anderen Seite.

Glas splitterte, Stahl knirschte, und Jacks Tür ächzte unter den anbrandenden Wassermassen. Die Scheibe neben seinem Gesicht barst, zerbrach aber nicht. Wasser drückte an den Türrändern herein. Der Motor ging aus, doch die Scheinwerfer des Vans brannten weiter.

»Alle okay?«, schrie Jack, während er den Zündschlüssel drehte und aufs Gaspedal drückte.

»Alles gut«, antwortete Paul. »Eine Sturmflut.«

Jack warf Lian einen Blick zu. Sie nickte. »Okay.«

Jack drehte den Schlüssel noch einmal. Der Motor wollte nicht anspringen. »Die Karre bringt uns nirgendwo mehr hin.«

»Was sollen wir tun?«, fragte Lian.

»Hier können wir nicht bleiben«, sagte Paul. »Die nächste Welle könnte uns über die Brüstung spülen.«

»Außerdem wird die Zeit knapp«, ergänzte Jack, der vor sich das Ende der Brücke sehen konnte. »Noch hundertfünfzig bis zweihundert Meter. Das können wir schaffen.«

Die drei tauschten Blicke. Solange sie da draußen zu Fuß unterwegs waren, durfte keine weitere Welle kommen, sonst war es um sie geschehen.

69

»Los!« Jack drückte gegen die Tür, doch sie klemmte. Er musste sich dreimal mit der Schulter dagegen werfen, ehe sie nachgab. Er sprang hinaus, drehte sich um und half Lian, über den Fahrersitz hinweg ins Freie zu kriechen. Paul riss mit aller Gewalt die Schiebetür hinten auf und zerbrach dabei den Griff.

Einen Moment lang duckten sie sich in den heulenden Sturm, der sie umzuwerfen drohte, und spähten nach Osten. Sie hoben die Hände, um die Augen vor dem Regen zu schützen.

»Bleibt dicht an der Brüstung«, rief Jack. »Und volle Kanne voraus!«

Lian und Jack legten sich Pauls Arme über die Schultern und verfielen in eine Art stockenden Trab. Nach hundert Schritten rief Paul: »Wartet!«

Im peitschenden Wind blieben sie stehen.

»Was ist?«, fragte Jack.

Paul klopfte sich hektisch von oben bis unten ab. »Der USB-Stick! Ich glaube, ich habe den Stick nicht mehr!«

»Wo haben Sie ihn denn liegen lassen?«, fragte Lian.

»Wir müssen weiter!«, rief Jack. »Wir haben jetzt andere Sorgen.« Er hielt Paul am Arm fest, doch Paul riss sich los.

»Ich gehe nicht ohne den Stick. Er ist mein einziger Beweis gegen Rhodes.«

»Vergessen Sie Rhodes.«

»Und gegen seine Hintermänner«, fügte Paul hinzu, drehte sich um und humpelte in Richtung Van zurück.

Jack fluchte vor sich hin, dann packte er Paul am Jackett. »Sie und Lian gehen weiter. Ich laufe zurück und sehe nach.«

Paul runzelte unschlüssig die Stirn. Schließlich sagte er: »Beeilen Sie sich«, legte Lian einen Arm über die Schulter und setzte mit ihr den Weg zur malaysischen Grenze fort.

Jack raste mit gesenktem Kopf zu den hellen Scheinwerfern des liegen gebliebenen Odysseys zurück. Er lief gegen den Wind, aber er war viel schneller als die beiden anderen.

Die Schiebetür stand noch offen. Jack stürzte hinein. Die Innenbeleuchtung brannte noch, und die hellbraunen Ledersitze erleichterten die Sicht. Doch da lag kein USB-Stick. Er fuhr mit der Hand zwischen die Sitzpolster. Nichts.

Er kniete sich hin und tastete den Boden ab. Unter dem Sitz stießen seine Finger auf einen kleinen, flachen Gegenstand. Der USB-Stick.

Erleichtert steckte er ihn in die Hosentasche, stieg wieder aus und rannte zurück zu den anderen.

Lian war stark, aber nicht unbesiegbar, und gegen den Wind zu laufen und gleichzeitig den korpulenten Amerikaner zu stützen zehrte an ihren Kräften. Dreißig Meter vor dem Ufer fiel sie in Schritttempo. Sie fand, dass Jack sie längst eingeholt haben müsste.

»Warten Sie«, sagte sie zu Paul. Die beiden blieben stehen und drehten sich, nach Atem ringend, um.

Sie sahen Jack auf sich zurennen. Seine große Gestalt hob sich dunkel gegen das Scheinwerferlicht des Vans ab.

Dann sahen sie, wie die riesige Hand einer Welle über die Seitenbegrenzung wischte.

Und wie er verschwand.

Lian schrie und rannte los.

Die Welle, die Jack erwischte, war kleiner als die, die den Van erfasst hatte, aber groß genug, um ihn hochzuheben und gegen die Betonmauer zu schleudern. Wie durch ein Wunder hatte sie ihn nicht höher emporgehoben, sonst wäre er ins Meer gespült worden.

Als Lian bei ihm eintraf, war die Welle verschwunden. Er lag auf dem Asphalt vor der Betonbrüstung, spuckte Wasser und schnappte nach Luft. Sie kniete neben ihm nieder.

»Jack! Sind Sie verletzt?«

»Ich glaube, ich habe mir den Arm gebrochen.«

Er atmete tief durch und fluchte. Er hielt sich den linken Unterarm.

»Lassen Sie mal sehen.« Sie untersuchte den Arm und betastete ihn vorsichtig. Er zuckte heftig zusammen.

»Er ist wahrscheinlich gebrochen, aber es ist kein offener Bruch. Können Sie gehen?«

Paul kam keuchend ins Scheinwerferlicht gehumpelt. »Ich dachte schon, Sie wären tot, Jack.«

»Ich auch. Verschwinden wir von hier, bevor die nächste Welle uns alle wegfegt.«

Jack versuchte sich aufzurappeln, hatte damit aber größte Mühe. Lian wollte ihm helfen, aber Paul schob sie beiseite. Trotz der schrecklichen Schmerzen in seiner linken Hand packte er Jack mit beiden Fäusten und stellte seinen schweren Körper auf wackelige Füße.

Jack legte den gesunden rechten Arm um Pauls Nacken, und zu dritt nahmen sie, die Augen aufs rettende Ufer geheftet, die letzten Meter in Angriff, wobei Jack das Tempo vorgab. Lian schob sich ständig die verklebten, nassen Haare aus dem Gesicht, und Paul hinkte schlimmer denn je.

Aber er war fest entschlossen, an Jacks Seite zu bleiben und ihn zu stützen, allen Schmerzen zum Trotz. Er war schuld an Jacks Zustand, und das schlechte Gewissen beflügelte seine humpelnden Schritte.

Jack schlurfte mehr, als dass er ging. Er drückte sich den gebrochenen Unterarm an die Brust, zuckte bei jedem Schritt zusammen und betete, dass keine weitere Welle im Dunkeln lauerte und darauf wartete, sie zu verschlingen.

70

Kuala Lumpur,
Malaysia

Die Agenten vom Reconnaissance General Bureau wurden zwanzig Minuten nach Mitternacht vom RGB-Stationschef persönlich aus ihren Betten hinter den bröckelnden Mauern des nordkoreanischen Botschaftsgeländes gerissen. Die Panik in ihren Augen spiegelte die Dringlichkeit seiner gebrüllten Befehle wider.

Der Stationschef hatte in der Botschaft nur sieben Männer unter seinem Kommando. Doch andererseits war die Aufgabe auch nicht übermäßig kompliziert: Sie sollten drei Spione finden, die aus Südmalaysia auf dem Weg nach Kuala Lumpur waren.

Den Agenten wurden Passfotos der drei Gesuchten ausgehändigt.

»Könnte es sich nicht als schwierig erweisen, diese drei Leute auf einer Halbinsel mit dreißig Millionen Bewohnern zu finden, Genosse?«

Der Stationschef spulte die Erläuterungen herunter, die er bekommen hatte: Die drei Spione reisten fast sicher mit dem Auto, und zwei von ihnen seien Weiße. Außerdem sei um diese Nachtzeit sonst niemand auf den Straßen unterwegs, zumal unter den gegenwärtigen Witterungsverhältnissen. Die Aufgabe sei also nicht so schwierig, wie es zunächst scheine.

»Alles klar?«

»Alles klar.«

Der Chef setzte seine Männer davon in Kenntnis, dass sie ihre Einsatzbefehle direkt aus Pjöngjang erhielten und dass sie ihre Kräfte zwischen den einzigen beiden Grenzübergängen, dem Johor-Damm im Osten und dem Second Link im Westen, aufteilen sollten. Außerdem war der Auftrag näher spezifiziert:

Stellen Sie den USB-Stick sicher.

Töten Sie Brown.

Töten Sie Fairchild.

»Und am wichtigsten: Nehmen Sie Jack Ryan gefangen!«

Die vier grimmig dreinschauenden RGB-Männer in dem Kia Sorento mit nordkoreanischem Diplomatenkennzeichen rasten mit hoher Geschwindigkeit durch die frühmorgendliche Dunkelheit und den strömenden Regen – mit weit höherer Geschwindigkeit, als unter den gegenwärtigen Bedingungen ratsam erschien. Die Fahrt zum Second Link und zum Grenzübergang Tuas dauerte bei normaler Geschwindigkeit fast dreieinhalb Stunden. Diese Zeit mussten sie unterbieten, und dass sie so spät losgefahren waren, machte es nicht leichter.

Glücklicherweise waren die Straßen zu dieser frühen Stunde leer, und der Verkehrswarndienst hatte die Malaysier aufgefordert, bis morgen Mittag ihr Auto möglichst stehen zu lassen.

Der nordkoreanische Fahrer holte alles aus dem Vierzylinder heraus und überschritt das Tempolimit bei Weitem. Wegen ihrer Diplomatennummer würde es die Polizei nicht wagen, sie anzuhalten – aber Polizei war ohnehin nirgends zu sehen.

Der ungewöhnliche Sturm hatte mittlerweile auch Kuala Lumpur erreicht, doch wütete er hier nicht annähernd so zerstörerisch, wie er es Berichten zufolge in Singapur und weiter südlich getan hatte. Trotzdem waren die Straßenverhältnisse gefährlich, und jeder Insasse des Kia Sorento war sich darüber im Klaren, dass das, was sie bei einem Scheitern ihrer Mission erwartete, schlimmer war, als bei einem Autounfall zu sterben.

Süd-Malaysia

Jack, Paul und Lian erreichten schließlich das andere Ufer, wo sie zwar vor dem Meer sicher, aber nach wie vor dem unablässigen Regen und Wind ausgesetzt waren. Sie blieben stehen und verschnauften. Kein Auto in Sicht. Geschweige denn ein Krankenwagen. Falls jemand gesehen hatte, wie sie über die Grenze gekommen waren, so machte er keine Anstalten, ihnen zu helfen.

»Was jetzt?«, fragte Paul. »Zu Fuß weiter?«

»Was bleibt uns anderes übrig?«, erwiderte Jack und wandte sich an Lian. »Wie spät ist es?« Bei der Begegnung mit der Welle hatte er sich nicht nur den Arm gebrochen, sondern auch die Armbanduhr ruiniert.

»Fünf vor halb vier. Noch drei Stunden und zweiunddreißig Minuten.« Lian schüttelte den Kopf. »Wir brauchen einen Wagen und zwar schnell.«

»Haben Sie den Stick gefunden, Jack?«, fragte Paul.

»Er ist in meiner Tasche.«

»Es tut mir leid. Das alles tut mir leid …«

»Geben Sie mir ein Bier aus, dann sind wir quitt, okay? Aber vorher müssen wir einen fahrbaren Untersatz finden.«

»Die Scheinwerfer des Hondas brennen noch«, sagte Paul. »Wird denn niemand kommen und nachsehen?«

Jack schüttelte den Kopf. »Nicht bei dem Wetter. Zu gefährlich. Wir können hier nicht warten, bis jemand auftaucht. Uns läuft die Zeit davon.«

»Ich weiß, wo wir einen Wagen finden könnten«, sagte Lian.

71

Fünf Minuten später standen die drei durchnässt und erschöpft auf dem leeren, erhöhten Expressway und schauten auf etwas hinab, das wie der Parkplatz eines Gebrauchtwagenhändlers aussah. Das eingezäunte Gelände grenzte an eine zweispurige Straße, die in Ost-West-Richtung durch einen Tunnel unter dem Expressway hindurchführte.

Ein Blitz enthüllte weitere Details.

»Verdammt«, fluchte Paul. »Das ist ein Autofriedhof.«

»Ein was?«, fragte Lian.

»Ein Schrottplatz«, erklärte Jack, während über ihnen ein Donner krachte.

Paul zählte auf dem Platz dreißig Wagen, aber alle waren ausgeschlachtet. Da und dort waren drei oder vier übereinandergestapelt, ohne Reifen, ohne Motoren. Ganz hinten auf dem Gelände stand eine große Stahlgarage.

»Na ja, die Auswahl an Autos ist zumindest groß«, sagte Jack, gleichzeitig grinsend und eine Grimasse ziehend.

»Sehen wir zu, dass wir aus dem Regen kommen«, sagte Lian.

»Vielleicht finden wir unten ja eine Kiste, die tatsächlich noch läuft«, bemerkte Paul hoffnungsvoll und beäugte die steile Grasböschung. Da hinabzusteigen würde Jack nicht leichtfallen. Weiter vorn säumte ein Zaun die Straße, und die Böschung wurde noch steiler. Daher erschien es ihm ratsamer, es gleich hier zu versuchen.

Da bemerkte er, dass sich im Norden auf der Straße etwas bewegte. Er deutete darauf: »Ist das ein Wagen?«

Jack kniff die Augen zusammen. Aus drei Kilometer Entfernung raste ein Scheinwerferpaar auf sie zu.

»Die fliegen«, sagte Jack.

»Ein Rettungswagen?«, fragte sich Paul.

»Ohne Signallicht?«, überlegte Lian. »Unwahrscheinlich.«

»Wer oder was dann?«, fragte Paul.

»Hier stimmt was nicht«, befand Jack.

Der nächste Blitz zuckte über ihnen.

Das Xenon-Fernlicht des Wagens flammte auf und erfasste sie.

»Schnell weg hier!«, schrie Lian.

Ein Blitzstrahl beleuchtete die drei Gestalten, die auf dem Expressway standen.

Alle vier Nordkoreaner sahen sie, doch es war der Sektionschef auf dem Vordersitz, der schrie und auf sie deutete.

Der Fahrer schaltete das Xenon-Fernlicht ein und trat das Gaspedal bis zum Anschlag durch. Die beiden Männer auf dem Rücksitz zückten ihre Pistolen und überprüften gerade ihre Magazine, als der Sorento durch eine Pfütze schoss und die Bodenhaftung verlor.

Den drei Beifahrern entfuhr ein kollektives »Ah«, doch der Fahrer war zu sehr damit beschäftigt, sich zu konzentrieren. Er widerstand dem natürlichen Instinkt zu bremsen, nahm stattdessen nur den Fuß vom Gas und versuchte, eine trockene Stelle weiter vorn anzusteuern.

»Schneller!«, schrie der Sektionschef.

»Ich kann nicht, Genosse. Zu nass!«

Der Sektionschef lud seine Pistole durch und hielt sie dem Fahrer an den Kopf. »SCHNELLER!«

72

Paul beobachtete den Sorento noch einen Moment lang, bevor er seine Aufmerksamkeit der Böschung zuwandte. Er machte einen Schritt nach unten und zog Jack, sobald er den Fuß fest aufgesetzt hatte, vorsichtig zu sich herunter.

»Ich schätze«, sagte er, »wir haben zwei Minuten Vorsprung vor den Typen.«

»Lian«, stieß Jack zwischen zusammengebissenen Zähnen hervor, »könnten Sie vorauslaufen und sich da unten ein wenig umsehen?«

»Alles klar.« Wie eine Gazelle hüpfte sie den glitschigen Grashang hinunter in Richtung Stahlgarage. Augenblicke später patschten ihre Füße auf der überfluteten zweispurigen Straße, die quer unter dem Expressway durchführte.

Paul stieg die Böschung schräg hinunter, um das Gefälle zu mindern, hatte aber dennoch Mühe, Jack auf den Beinen zu halten. Jack rutschte einige Male aus, und nur Pauls fester Griff verhinderte, dass er stürzte.

Jack blickte kurz auf, als vor ihnen der Maschendrahtzaun klirrte, und konnte gerade so erkennen, wie Lians Gestalt oben vom Zaun in den Hof sprang.

Er und Paul hatten soeben den Fuß der Böschung erreicht, als über ihnen Bremsen quietschten.

»Bloß weg hier«, sagte Jack und legte mit Paul einen

Zahn zu, während vor ihnen Stahl auf Stahl schlug und der Drahtzaun rasselte.

Drei Schritte weiter, und sie hörten über sich Stimmen, die auf Koreanisch brüllten. Paul schlug instinktiv einen leichten Bogen nach rechts, weg von der direkten Linie zum Zaun, da er annahm, dass die Koreaner bewaffnet waren und auf den Zaun zielten …

Schüsse krachten oben auf der Böschung, gedämpft durch das Prasseln des Regens. Große Spritzer schossen links und rechts neben ihnen empor – ob von Hagelkörnern oder Kugeln, vermochte Paul nicht zu sagen. Weitere Schüsse fielen, aber diesmal vor ihnen, hinter dem Zaun. Lian nahm den SUV auf der Böschung unter Beschuss.

»Machen Sie schon!«, rief sie Paul und Jack zu, als die beiden die letzten dreißig Meter zu dem Tor im Zaun auf drei Beinen zurücklegten. Sie gab ihnen Feuerschutz.

Jack und Paul humpelten durch das Tor. Jack wäre beinahe über den großen, rostigen Schraubenschlüssel gestolpert, mit dem Lian die Kette gesprengt hatte.

Lian stand da und beobachtete, wie die Koreaner wieder in ihren SUV sprangen und davonbrausten, dann schloss sie das Tor hinter ihnen und wickelte die Überreste der Kette um den Torpfosten. Sie deutete auf die Seitentür der Stahlgarage.

Paul spürte, wie Jack in seinem Arm immer schwerer wurde. Die Kräfte verließen ihn. Er brauchte dringend Ruhe und einen Arzt. Zehn Meter entfernt entdeckte Paul einen elektrischen Golfwagen. Er parkte neben einem riesigen gelben Gabelstapler mit mächtigen Vorderrädern, der ohne Zweifel dazu benutzt wurde, die Autowracks zu bewegen und aufeinanderzustapeln.

Sie humpelten an der ausgeschlachteten Karosserie eines alten VW-Käfers vorbei und schlüpften in die Garage. Lian schlug die Tür hinter ihnen zu.

»Sie sind weg«, sagte sie keuchend und knipste eine

Taschenlampe an, die sie auf einer Werkbank gefunden hatte.

»Was meinen Sie damit – ›sie sind weg‹?«, fragte Jack.

Lian leuchtete mit der Taschenlampe die Garage ab, während sie sprach. »Sie sind einfach weggefahren.«

»Nie im Leben.« Jack sank erschöpft in einen Klappstuhl aus Metall und hielt sich mit der gesunden Hand den Unterarm. »Sie sind nicht weggefahren, sie bewegen sich.«

Paul missfiel Jacks schwächer werdende Stimme. Im Schein von Lians Taschenlampe sah Jack aschfahl aus.

»Was haben wir denn da?« Lian näherte sich einem gedrungenen Gegenstand, der, mit einem dicken Tuch zugedeckt, in der Mitte der ordentlich aufgeräumten Garage stand. Mit einem Ruck zog sie das Tuch beiseite. »Wow.«

Es war ein altes Motorrad mit Seitenwagen, olivgrün lackiert. Lian las das Logo auf dem Teardrop-Tank. »Royal Enfield.«

»Das ist eine indische Maschine«, sagte Jack. »Der Typ muss ein Sammler sein.«

Lian leuchtete es noch einmal mit der Lampe ab. »Und der Schlüssel steckt auch.«

»Wohin bewegen sie sich, Jack?«, fragte Paul.

»Was?«

»Wohin sie sich bewegen?«, wiederholte Paul.

»Sie suchen eine Möglichkeit, hier herunterzukommen und ihren Job zu erledigen.«

Paul drehte sich um und blickte zur Tür. »Wir sind an einem Tunnel vorbeigekommen, der unter dem Expressway hindurchführt. Wenn sie die Straße finden, können sie hierherkommen.«

»Drei Kilometer nördlich auf dem Expressway ist eine Wendestelle«, sagte Lian. »Die Straße da draußen führt dorthin.«

»Dann bleiben uns höchstens vier Minuten«, sagte Paul.

Lian schraubte den Tankdeckel auf. »Jede Menge Sprit.«

»Wenn sie hierherkommen, sind wir alle tot«, malte Paul schwarz.

»Immerhin sind wir bewaffnet«, erwiderte Jack.

»Aber wir wissen nicht, wie viele es noch sind«, hielt Paul dagegen. »Und sie könnten Verstärkung kriegen.«

Jack deutete mit dem Kopf auf die Royal Enfield. »Können Sie so eine Maschine fahren?«

»Ich schon«, sagte Lian, schwang ein Bein über das Motorrad, öffnete den Benzinhahn, drehte den Schlüssel im Zündschloss und trat den Kickstarter durch. Der kleine Motor sprang sofort an. Sie lächelte. »Es hat Platz für uns alle drei.«

Jack stand auf und humpelte zu der Kette, mit der man das hintere Rolltor der Garage öffnete. Er schob mit dem Fuß den Riegel beiseite, der die Tür blockierte, und begann an der Kette zu ziehen, während Lian das Motorrad zum Hinterausgang schob. Über dic Schulter rief er Paul zu:

»Sie und Lian nehmen die Straße da vorn und fahren nach Westen. Irgendwohin muss sie ja führen …«

»Allerdings«, unterbrach ihn Lian. »Nach etwa acht Kilometern biegt sie nach Norden ab und nach weiteren zwanzig führt sie wieder zum Expressway zurück.« Sie sah auf ihre Uhr. »Bis nach Kuala Lumpur schaffen wir es nicht mehr rechtzeitig, aber wir können versuchen, ein Handynetz zu bekommen und einen Anruf zu tätigen.«

»Dann machen wir's so. Ich bleibe hier und halte sie …« Jack brach mitten im Satz zusammen. Paul fing ihn auf.

»Helfen Sie mir«, forderte er Lian auf. »Wir setzen ihn in den Seitenwagen.«

Sie sprang vom Motorrad und hob Jack an den Füßen hoch, während ihn Paul am Oberkörper hielt. Sie wuchteten seine schwere und schlaffe Gestalt in den Seitenwagen und gurteten sie fest.

»Wir müssen ihn schleunigst in ein Krankenhaus bringen – und diesen Anruf tätigen.« Lian schwang sich in den

Sattel und rutschte nach vorn. »Steigen Sie auf und dann los.«

Paul deutete auf die Maschine. »Das ist ein Rasenmähermotor. Jack und ich wiegen zusammen über fünf Zentner. Die Typen in dem Wagen werden uns einholen und mitsamt dem Ding über den Haufen fahren.«

»Paul …«

Paul prüfte das eine Magazin, das in seiner Makarow steckte. »Sie haben ab jetzt maximal drei Minuten. Geben Sie Gas!«

»Paul?« Lians Augen beendeten die Frage.

Paul steckte ihr sein Mobiltelefon in die Tasche. »Gerry Hendleys Durchwahlnummer ist da drauf. Rufen Sie ihn sofort an, wenn Sie ein Signal haben. Sagen Sie ihm, dass er den IT-Chef der Hongkonger Börse anrufen soll – oder sonst einen Verantwortlichen. Er wird die Sache in die Hand nehmen. Und dann bringen Sie Jack ins Krankenhaus. Fahren Sie!«

Lian nahm sein Hamsterbackengesicht in beide Hände und küsste ihn auf die Wange, dann ließ sie den Motor aufheulen und brauste aus der Garage.

Paul sah ihr nicht nach. Er humpelte zur Vordertür und ging dabei im Kopf seinen Plan durch. Er wusste genau, was er zu tun hatte.

Er wusste aber auch, dass ihm dafür nicht mehr genug Zeit blieb.

73

Der Fahrer der Nordkoreaner bog scharf rechts in die schmale zweispurige Straße ab, gab wieder Gas und hielt mit dem Sorento genau auf das schwarze Loch des Verkehrstunnels fünfhundert Meter vor ihnen zu.

Die vier Männer hatten sich bereits einen Plan für den Angriff auf die Garage zurechtgelegt: Der Fahrer sollte mit dem SUV den Maschendrahtzaun durchbrechen, dann sollten alle Insassen aus dem Wagen springen und von vier Seiten die Garage stürmen. Neben ihren Pistolen führten sie zwei Schrotflinten, ein Sturmgewehr und ein Dutzend Blendgranaten im Kofferraum mit sich – mehr als genug für diesen Job.

Der Sorento rumpelte auf dem unebenen Asphalt dem schmalen Einbahnstraßentunnel entgegen. Die zweite Tunnelröhre in der Gegenrichtung war überflutet, ebenso die andere Straße. *Egal,* dachte der Fahrer. *Ich brauche nur eine.*

Der SUV raste in voller Fahrt in den Tunnel. Nach hundert Metern würde er auf der anderen Seite herauskommen und nach rechts abbiegen, direkt auf den Zaun zu. Der Fahrer umschloss das Lenkrad noch fester und drückte aufs Gaspedal …

Er erstarrte für einen Moment, als er das unförmige Ding

zu erkennen versuchte, das am Ende des Tunnels um die Ecke bog. Dann stieg er auf die Bremse.

Zu spät.

Paul trat das Gaspedal des Gabelstaplers bis zum Anschlag durch, als er in den Tunnel einbog. Der Turbodieselmotor von Cummins heulte auf, und der große Hochleistungsstapler tauchte in die Röhre ein. Seine lange Stahlgabel war hochgestellt. Paul hoffte, dass er die Höhe richtig erraten hatte.

Er hatte.

Die linke Zinke bohrte sich durch die Windschutzscheibe des Sorentos und durchtrennte das Gesicht des schreienden Fahrers direkt über der Nasenwurzel. Der Sektionschef auf dem Beifahrersitz duckte sich im letzten Moment. Die rechte Zinke rasierte nur die Kopfstütze seines Sitzes ab, spießte aber fast den Mann dahinter auf.

Mit einem fürchterlichen Knall krachte der Stapler in den SUV. Der Aufprall war so stark, dass Pauls Zähne klapperten und er sich fast das Genick brach. Sofort ließ er den Motor wieder an und fuhr die Gabel nach oben, hob den Sorento am Dach empor, bis er an die Tunneldecke stieß, und klemmte ihn dort ein.

Die drei noch lebenden Koreaner schrien, stießen mit den Füßen die Türen auf und stürzten aus mehreren Metern Höhe auf den nassen Asphalt herunter. Unterdessen kletterte Paul auf der linken Seite aus der Kabine. Er richtete die Makarow nach vorn und zielte auf den Sektionschef, der mit gebrochenen Knöcheln am Boden lag und seinerseits gerade die Waffe hob. Paul schoss zuerst und jagte dem Mann zwei Kugeln in den Kopf, die ihn auf der Stelle töteten.

Die beiden noch lebenden Koreaner schossen zurück. Kugeln prallten von den Tunnelwänden ab und schlugen gegen den Stapler.

Paul spürte einen Schlag in die Rippen. Er fasste hin. Seine Hand war blutig.

Der Agent, der hinter dem Fahrer gesessen hatte, war in die Knie gegangen und versuchte jetzt, auf der anderen Seite um den Stapler herumzuschleichen. Paul sah seine obere Kopfhälfte durch die Kabine und feuerte durch die Scheibe, traf aber nicht. Er drehte sich um und lief zum Heck des Staplers, als der Koreaner plötzlich vor ihm auftauchte, die Waffe im Anschlag. Zwei Schüsse aus kurzer Distanz trafen Paul in die Schulter, zerfetzten Muskeln und zertrümmerten Knochen. Er ließ die Makarow fallen. Doch der Schmerz schlug in Wut um. Mit einem Schrei sprang er vor, packte den Koreaner mit der linken Hand an der Kehle, drückte ihm mit den verbundenen Fingern die Luftröhre zu und schmetterte seinen Schädel gegen die Wand, dass das Blut spritzte.

Schüsse fielen aus dem Inneren des Tunnels. Paul hob den Koreaner hoch, hielt ihn wie einen Schild vor sich hin und drang in den Tunnel vor, den Schüssen entgegen. Kugeln schlugen in den Leichnam ein. Aber kupferummantelte Geschosse hackten in seine Schienbeine wie eine Brandaxt, bis schließlich die Knie unter ihm einknickten. Mitsamt seiner zerfetzten Last stürzte er auf den Asphalt.

Paul rollte sich auf den Rücken, sah noch die große schwarze Mündung einer Pistole vor seinem Gesicht und dann den letzten, blendenden Blitz …

Der überlebende Koreaner spuckte auf Pauls Leichnam und steckte die Pistole weg, dann zog er ein Taschentuch aus der Tasche und wischte sich das Blut aus dem Gesicht. Seine Ohren klingelten von den Schüssen, deren Lärm der Tunnel verstärkt hatte. Er konnte kaum einen Gedanken fassen. Er ging zum Tunnelausgang, steckte sich eine Zigarette an, um wieder einen klaren Kopf zu bekommen, und starrte in den endlosen Regen über der leeren Straße.

Was nun?

Kein Auto, kein Handysignal, und die beiden anderen Spione waren nirgends zu sehen. Er hatte versagt.

Das war sein Ende.

Er drehte sich um und trat zu der Leiche des dicken Amerikaners, in dessen Stirn ein einzelnes Loch klaffte. Er schnippte die Zigarette weg, kniete neben ihm nieder und betrachtete sein Gesicht.

Der Koreaner schüttelte den Kopf. Das Lächeln des Toten war ihm unheimlich.

74

Falls Church,
Virginia

Rhodes schaltete das Wegwerfhandy ab und warf es auf den Schreibtisch. Seit zwei Tagen ging Zvezdev nicht ran. Der widerliche Fettsack ließ ihn hängen.

Rhodes nahm die Kimber Micro Kaliber .380 aus dem Wandsafe, überprüfte das Magazin und legte sie vorsichtig neben das Handy auf den Tisch. Dann zog er seinen echten Pass heraus und einen gefälschten, den er für den Fall, dass etwas schiefging, vor einer Woche gekauft hatte. *Du hast keinen Plan, solange du keinen Fluchtplan hast,* hatte sein Vater ihn gelehrt. Natürlich bezog sich das auf den Außendienst, aber auch heute erwies es sich als verdammt nützlich.

Plötzlich kam ihm der Gedanke, dass er seinen Sohn nicht würde aufwachsen sehen – zumindest nicht in den nächsten Jahren. Doch andererseits war auch sein Vater die meiste Zeit weg gewesen, als er klein war, und trotzdem war etwas aus ihm geworden. Vatersein wurde, wie die meisten Dinge im Leben, überschätzt. Der Knirps würde schon zurechtkommen.

Seine Frau? Na ja, eine Schönheit, keine Frage, aber letztlich hatte sie auch nur einen Arsch wie jede andere. Er war froh, dass er sie loswurde – denn gemessen daran, wie selten sie ihn ranließ, gab sie eine Menge Geld aus. Ein leises Schuldgefühl regte sich in ihm. Natürlich würde sie Insolvenz anmelden müssen, und mit Sicherheit würde sie das Haus verlieren. Möglicherweise würde sie sich sogar einen Job suchen müssen, die Arme. Aber er konnte für den Jungen keinen Unterhalt zahlen, geschweige denn für sie. Seine Bankkonten waren leer geräumt, seine Vermögenswerte aufgezehrt und seine Offshore-Gelder, die er komplett in die Wette gegen die Dalfan-Aktie gesteckt hatte, verloren.

Und in einer Stunde würde auch er fort sein.

Doch auf der anderen Seite fickte sie mit ihrem Pilates-Lehrer. Ein Grinsen ging über sein Gesicht, als er sich ihren Schreck vorstellte, wenn sie realisierte, dass er sich ins Ausland abgesetzt und sie mit einem Haufen Schulden sitzen gelassen hatte.

Rhodes zuckte zusammen, als die Tür zur Bibliothek aufschwang. Er drehte sich um.

»Jack? Was machen Sie denn hier. Mein Gott, Junge – was ist denn mit Ihnen passiert?«

Jack Ryan junior trat an den Schreibtisch, einen grimmigen Ausdruck auf dem geschundenen Gesicht. Sein linker Unterarm war eingegipst, und seine Hände waren mit blauen Flecken und Schrammen übersät.

»Überrascht, Senator?«

»Ich dachte, Sie wären in Singapur.«

»War ich auch. Mit Paul.«

Rhodes spähte über Jacks Schulter. »Wo ist er?«

»Er ist tot.«

Rhodes erbleichte. »Tot?«

»Lassen Sie die Spielchen, Wes. Sie haben mich doch angerufen und darauf aufmerksam gemacht, dass er in Schwierigkeiten stecke, erinnern Sie sich?«

Rhodes hatte tatsächlich vergessen, dass er in einem Anflug von Panik Jack angerufen hatte. *Eine Dummheit*. Er registrierte Jacks unerbittlichen Blick. Zwecklos, ihn jetzt anzulügen.

Er ließ sich in den Stuhl hinter seinem Schreibtisch fallen und blickte durch das breite Erkerfenster auf den schneebedeckten Rasen hinaus. »Ich wollte wirklich nicht, dass so was passiert.« Seine sonst so gebieterische Stimme war nur noch ein Flüstern.

»Er hat im Alleingang drei nordkoreanische RGB-Agenten ausgeschaltet und dadurch mir und Lian den Arsch gerettet.«

Rhodes setzte sich auf. »Nordkoreanische Agenten?«

»Spielen Sie nicht den Ahnungslosen. Sie haben sie doch geschickt.«

Rhodes schüttelte den Kopf. »Nein. Ich habe niemanden geschickt.«

»Wenigstens einer von uns hat überlebt.«

»Gott sei Dank, Jack. Ich könnte den Gedanken nicht ertragen …«

»Sagen Sie mir nur eins. Warum zum Teufel wollten Sie einen Zusammenbruch der Weltwirtschaft herbeiführen?«

Rhodes machte ein ungläubiges Gesicht. »Wovon reden Sie?«

»Von dem USB-Stick.«

»Das war ein Softwareprogramm, das die Dalfan-Aktie in den Keller schicken sollte. Ich wollte es dazu benutzen, gegen die Aktie zu wetten und Kasse zu machen.« Ein Leuchten trat in seine Augen. »Jedenfalls hat man mir das gesagt.«

»Blödsinn. Aber selbst wenn Sie nicht lügen, sind Ihre schmutzigen Geschäfte schuld daran, dass Paul umgebracht worden ist.«

»Ich schwöre, dass ich das nicht wollte.« Rhodes' Gesicht verfinsterte sich. »Hat Paul Ihnen erzählt, wie wir uns kennengelernt haben?«

»Nein.«

»Setzen Sie sich. Ich würde es Ihnen gerne erzählen.«

»Dafür haben Sie keine Zeit mehr.«

»Bitte. Paul zuliebe. Ich möchte, dass Sie wissen, was für ein Mensch er war.«

»Machen Sie schnell.«

»Paul und ich waren zusammen in Sofia, in den Achtzigern. Wir arbeiteten beide für die Firma.«

»Das dachte ich mir schon.«

»Ich war auf der Überholspur – was denn sonst, bei meiner Herkunft? Zuerst war ich in Berlin stationiert, dann wurde ich meines Postens enthoben und nach Sofia strafversetzt…«

»Aus welchem Grund?«

»Wegen der Frau des Botschafters.« Rhodes konnte sich ein Grinsen nicht verkneifen. »In seinem Haus. In flagranti ertappt.«

Arschloch, dachte Jack. »Kommen Sie zum Punkt.«

»Anstatt mich kurzerhand zu feuern, versetzte man mich also nach Sofia – eine Verbeugung vor meinem Vater, der damals noch einigen Einfluss hatte. Aber ich wurde gewarnt. Das sei meine allerletzte Chance, mich zu rehabilitieren – und wieder hochzuarbeiten. Doch in Wahrheit bin ich in der Feldarbeit nicht gut – schon gar nicht im Rekrutieren lokaler Talente –, und ich stand unter enormem Erfolgsdruck. Der einzige bulgarische Informant, den ich auftat, war ein Mann vom Komitee für Staatssicherheit …«

»Wie hieß er?«

Rhodes musterte wieder Jacks Gesicht. Jetzt zu lügen war riskant, aber Zvezdevs Identität preiszugeben wäre noch riskanter. »Das tut nichts zur Sache. Und wahrscheinlich war es sowieso nicht sein richtiger Name. Wo war ich stehengeblieben? Ach ja. Mit diesem Kontaktmann traf ich ein Arrangement. Er brauchte dringend Computerchips, die ich ihm beschaffte, und ich brauchte dringend Informationen, speziell über KGB-Aktivitäten in der Region, die er mir in regelmäßigen Abständen zuspielte. Das Problem war nur, dass seine Informationen dürftig und für Langley nur von mäßigem Interesse waren. Mein Stationschef setzte mir die Pistole auf die Brust. Entweder ich brachte mehr bei, oder ich konnte meine Karriere in den Wind schreiben.«

»Woher bekamen Sie die Chips?«

»Offiziell arbeitete ich in der Botschaft für den US and Foreign Commercial Service. Das war meine Tarnung. Ich hatte Zugriff auf Gelder der Abteilung, und ich kannte jemanden im Silicon Valley, der mir die Chips über eine Strohfirma zukommen ließ.«

»Und Ihr Stationschef hat das gebilligt?«

»Er hatte keine Ahnung davon.«

»Dann haben Sie gegen das Gesetz verstoßen.«

»Na klar, aber das war mir egal. Ich war verzweifelt.«

»Sie haben Hochtechnologie an unsere Feinde verkauft.«

»Nicht verkauft, sondern gegen Informationen getauscht. Und so hochtechnologisch war das Zeug gar nicht – hauptsächlich Prozessoren für PCs. Es war ein kalkulierbares Risiko. Mein bulgarischer Kontaktmann konnte gar nicht genug davon bekommen. Aber natürlich saßen die wahren Abnehmer in Ostdeutschland. Der Mistkerl hat meine Chips den Ostdeutschen verkauft. Und damit ein Vermögen gemacht. Aber das war mir egal. Ich brauchte die Informationen, die er mir lieferte, und als mein Chef damit drohte, mich in die Staaten zurückzuschicken und meine Karriere zu beenden, stellte ich meinen Kontaktmann zur Rede. Ich sagte, ich wüsste, dass er die Chips mit Gewinn an Ostberlin verkaufe und dass seine KGB-Führungsoffiziere ihn liquidieren würden, wenn sie Wind davon bekämen. Ich drohte ihm damit, die Chiplieferungen zu stoppen und ihn an Moskau zu verpfeifen, wenn er mir nicht half, einen richtig dicken Fisch an Land zu ziehen.«

»Und wo kommt Paul bei all dem ins Spiel?«

»Etwa eine Woche nachdem ich meinen Kontaktmann zur Rede gestellt hatte, erhielt ich spät abends einen Anruf. Mein bulgarischer Freund war dran, sehr aufgeregt und gleichzeitig besorgt. Er versprach mir den größten Geheimdienstcoup meiner Karriere – vielleicht sogar den größten überhaupt. Er sagte, er hätte einen hochrangigen

Agenten an der Hand, der überlaufen wolle. Das Problem sei nur, dass es in den nächsten zwei Stunden passieren müsse. Und dass ich allein kommen müsse.«

Jack runzelte die Stirn. »Klingt nach einer Falle. Warum haben Sie ihm geglaubt?«

»Weil es ihm nur ums Geld ging. Er verlangte zwanzigtausend Dollar. Er wusste, dass ich so kurzfristig nicht so viel Bargeld auftreiben konnte, aber wir hatten ja zusammen Geschäfte gemacht, und er sagte, er vertraue darauf, dass ich ihm das Geld innerhalb einer Woche zukommen lassen würde. Das klang glaubwürdig, und so vereinbarten wir Ort und Zeitpunkt für das Treffen.«

Jack blickte auf seine Uhr. »Sie haben noch eine Minute, höchstens.«

»Wofür?«

Jacks Gesicht nahm einen Ausdruck an, der Rhodes bis ins Mark erschreckte.

»Äh, wo war ich stehengeblieben? Ach ja, Paul. Eigentlich kannte ich ihn kaum. Ich glaube, wir waren uns einoder zweimal bei irgendwelchen endlosen Mitarbeiterbesprechungen begegnet. Wir waren zwar beide bei der Firma, aber er war nur Buchhalter und arbeitete in einem schäbigen, kleinen Büro im Keller. Na ja, und nach dem Anruf, bei dem das Treffen arrangiert wurde, lief ich runter in den Keller und holte die Schlüssel für einen alten Lada, den wir bei verdeckten Einsätzen benutzten. Der Spind, in dem der Schlüssel aufbewahrt wurde, stand direkt vor Pauls Büro, und er war noch am Arbeiten, obwohl es schon in der Nacht war, und …«

Rhodes blickte aus dem Fenster. Zwei schwarze SUVs fuhren draußen vor. Türen schwangen auf. Männer und Frauen in Jacken und Schutzwesten mit dem Aufdruck FBI stiegen aus. Rhodes stand auf und stützte sich auf den Schreibtisch, Panik im Gesicht.

»Jack …«

»Ja?«

»Es muss doch einen Weg geben.«

»Leider nicht.«

Rhodes' Augen huschten über den Schreibtisch. Jack folgte seinem Blick. Die Kimber lag nur ein paar Zentimeter von Rhodes' manikürten Händen entfernt.

Jack schlug sein Jackett zurück und enthüllte die Pistole an seiner Hüfte. »Ich bitte Sie. Nehmen Sie sie.«

»Lieber nicht.«

»Feigling. Nehmen Sie sie.«

Rhodes hob die Hände und trat einen Schritt vom Schreibtisch zurück. »Ich kann nicht auf Sie schießen, Jack. Ich brauche Sie.«

»Sie brauchen mich? Wozu?«

»Sie sind meine Versicherung. Diese ganze Affäre – Sie stecken bis zum Hals mit drin. Und Ihr Vater auch. Rüstungsunternehmen? Spione? Nordkoreaner? Einen solchen Skandal würde Ihr Vater niemals riskieren. Er würde seine Regierung zu Fall bringen. Rufen Sie ihn an. Blasen Sie die Aktion ab, bevor es zu spät ist.«

Zwei FBI-Agenten kamen ins Zimmer marschiert. Einer hielt einen Stapel Papiere in der Hand. »Senator Rhodes?«

»Jack? Glauben Sie mir. Das alles lässt sich noch ungeschehen machen. Rufen Sie an.«

Jack schüttelte den Kopf und lächelte. »Sie kennen meinen Vater überhaupt nicht. Er hat den Justizminister selbst angerufen.«

»Warum sind Sie dann hier?«

»Ich hatte gehofft, Sie würden dem Steuerzahler ein paar Dollar ersparen.«

»Weston Rhodes, ich habe hier einen Haftbefehl gegen Sie.« Der FBI-Agent warf die Papiere auf den Tisch, während sein Kollege mit Handschellen auf Rhodes zutrat. »Sie haben das Recht zu schweigen.«

75

Sully, Iowa

Jack stand am Gästebuch im Vorraum der alten lutherischen Kirche und klopfte seine Taschen ab.

»Kuli verloren?«

Jack drehte sich überrascht um.

Präsident Ryan reichte Jack seinen eigenen Zebra F-701 Edelstahlkugelschreiber.

»Möchte ich wissen, wie?«

Junior sagte kein Wort, aber Senior kannte den Blick. Jack nahm den Kuli und trug seinen Namen in die Liste ein. Er drehte sich wieder um und hielt seinem Vater den Kuli hin. »Behalte ihn, mein Sohn. Für den Fall, dass du ihn brauchst.«

»Ich habe Mary Pat drinnen gesehen. Ich wusste nicht, dass ihr kommt.«

»Die Security wollte nicht, dass ich dir Bescheid gebe«, sagte Senior und deutete mit dem Kopf auf die beiden Agenten vom Secret Service, die hinter ihm standen.

»Normalerweise herrscht ein Riesenrummel, wenn du in eine Stadt kommst. Wie hast du es geschafft, dass es diesmal so ruhig bleibt?«

Senior grinste, während er sich in die Liste eintrug. »Aufgrund einer unerwarteten technischen Inspektion hatte das Presseflugzeug bedauerlicherweise ein paar Stunden Verspätung.«

Die ersten Töne einer alten Hammondorgel erklangen aus dem Kirchenraum.

»Es wird Zeit«, sagte Senior.

Der Pastor schloss seine kurze Predigt und übergab das Wort an Präsident Ryan, der zusammen mit DNI Mary Pat Foley, CIA-Direktor Jay Canfield, Gerry Hendley, John Clark und Jack junior in der ersten Reihe saß.

Außerdem bemerkte Junior mehrere pensionierte Geheimdienstgrößen weiter hinten im Gotteshaus. Ihre Anwesenheit überraschte ihn. Waren sie nur aus Gefälligkeit gegenüber seinem Vater gekommen?

Die Türen waren geschlossen und wurden innen wie außen von Agenten des Secret Service bewacht, und für zusätzliche Sicherheit sorgten Helikopter, die mit ihren Rotoren die Luft über der kleinen Landkirche quirlten. Seit Mexico City gingen die Aufpasser des Präsidenten kein Risiko mehr ein.

Auf dem Weg nach vorn blieb Präsident Ryan kurz stehen, legte eine Hand auf den geschlossenen Sarg, der vor dem Altar stand, und stieg dann die drei Stufen zur Kanzel hinauf.

Er ließ den Blick über die kleine Trauergemeinde von ungefähr fünfzehn Personen wandern, hauptsächlich grauhaarige Farmer und Milchbauern mit ihren stämmigen Frauen, alle im besten Sonntagsstaat. Verwundert und skeptisch starrten sie den Präsidenten an.

Junior fühlte sich in seinem kurzärmeligen Hemd mit Krawatte zu leger gekleidet, aber mit dem eingegipsten Arm in der Schlinge hatte er keinen Anzug anziehen können. Seine Blutergüsse schillerten lila und gelb, und seine Schrammen waren verschorft. Er sah aus, als wäre er in eine Heuballenpresse gefallen. Er fragte sich, ob diese Farmer das auch fanden.

»Es ist mir eine besondere Ehre, zusammen mit Ihnen

heute um Paul Brown zu trauern und sein Leben zu würdigen«, begann der Präsident. »Sie alle kannten Paul Brown besser als ich, doch ich bezweifle, dass irgendjemand hier ihm mehr zu verdanken hat als ich und meine Familie, und das wollte ich öffentlich zum Ausdruck bringen.« Er wandte sich dem Sarg zu. »Haben Sie vielen Dank, Paul.«

Senior nickte kaum merklich seinem Sohn zu, der in gleicher Weise antwortete.

»Paul Brown war ein brillanter, bescheidener und tüchtiger Mann, der seinem Land und seinen Freunden auf stille, selbstlose Weise gedient hat. Unser Land wurde auf den Schultern solcher Männer und Frauen errichtet, und auch unsere Größe wird von ihnen getragen.

Es mag Sie überraschen zu erfahren, dass ich nicht der erste amerikanische Präsident bin, der Paul Brown im engeren Kreis von Angehörigen, Freunden und Kollegen ein hohes Lob zollt. Im Jahr 1985 zeichnete Ronald Reagan Paul Brown mit dem Distinguished Intelligence Cross aus, dem höchsten Orden der CIA. Gewöhnlich wird es nur posthum verliehen, doch Paul Brown war alles andere als gewöhnlich. Die ihn kannten, erzählen mir, dass er über die Auszeichnung oder die Opfer, durch die er sie sich verdiente, niemals ein Wort verloren hat. Von den Geschehnissen, die sich vor so vielen Jahren zugetragen haben, wissen wir nur dank der Aussage des einzigen noch lebenden Zeugen, des ehemaligen Senators Weston Rhodes …«

Ryan blickte zu seinem Sohn.

»… der aufgrund privater Umstände heute bedauerlicherweise nicht unter uns weilen kann. Doch ich erachte es für wichtig, dass Sie, seine Angehörigen und Freunde, mehr darüber erfahren, was für ein Mensch Paul Brown tatsächlich gewesen ist.

Lassen Sie mich zunächst die Ansprache vorlesen, die Ronald Reagan bei der Verleihung des DIC an Paul gehalten hat.«

Senior zog einen Zettel aus seinem Jackett und legte ihn behutsam auf die Kanzel, dann setzte er sich eine Lesebrille auf die Nase. Er spähte darüber hinweg in die Trauergemeinde. »Ich kann die Stimme des Gippers nicht nachahmen, aber ich bin überzeugt, Sie haben sie alle noch im Ohr.« Er gestattete sich ein Lächeln, senkte den Blick wieder auf seine Notizen und begann zu lesen.

»Meine amerikanischen Mitbürger …«

76

Sofia, Bulgarien
1985

Rhodes eilte die Kellertreppe hinunter zu dem Sicherheitsspind. Er drehte den Schlüssel im Schloss, bis es klick machte, dann zog er die Stahltür auf. Die einzigen Schlüssel, die an dem Brett hingen, waren für den alten Lada, einen untermotorisierten Vierzylinder mit schleifender Kupplung und dem Sex-Appeal eines Plumpsklos. Aber er war unverdächtig, weil aus einheimischer Produktion, und zudem der einzige Wagen, der ihm zur Verfügung stand. Das Problem war nur, dass er nur höchst ungern mit Schaltung fuhr und darüber hinaus auf die Straßenkarte angewiesen war. Er brauchte einen Fahrer.

Rhodes kratzte sich am Kopf, sann über seine begrenzten Möglichkeiten und den Umstand nach, dass ihm die Zeit davonlief. Da fiel sein Blick auf den Lichtschein unter der Tür am Ende des Flurs. Er lief hin. Auf dem Schild an der Tür stand PAUL BROWN und FORENSISCHE BUCHPRÜFUNG. Er kannte den Namen nicht. Die Tür war nur angelehnt. Er stieß sie weiter auf.

Der Raum war nicht viel größer als eine Besenkammer – und war tatsächlich mal eine gewesen, wie ihm in diesem Moment wieder einfiel. Ein schwergewichtiger Mann saß über einen Stapel Geschäftsbücher gebeugt, kritzelte Notizen auf einen gelben Block und quetschte mit der anderen Hand eine Fingerhantel.

»Entschuldigen Sie, Paul«, begann Rhodes.

Paul zuckte zusammen und schwenkte in seinem Bürostuhl herum. »Gott, haben Sie mich erschreckt. Normalerweise ist um diese Zeit keiner mehr hier außer den Marines.«

Rhodes trat selbstbewusst in den Raum und streckte dem anderen die Hand hin. »Sie sind Paul Brown, nicht wahr? Sie erinnern sich wahrscheinlich nicht an mich. Ich glaube, wir sind uns vor einiger Zeit bei einem Botschaftsempfang begegnet. Ich heiße Weston Rhodes.«

Paul stand auf und drückte ihm die Hand, jetzt noch verdutzter, weil Weston Rhodes, der berühmte Spion, seinen Namen kannte. Beinahe hätte er seine dampfende Tasse Tee umgestoßen. »Jeder kennt Sie, Mr. Rhodes. Es ist mir eine Ehre …«

Rhodes tat das Kompliment mit einer Handbewegung ab. »Unsinn. Wir haben alle unsere Rolle zu spielen, nicht wahr? Aber wo wir gerade davon sprechen: Sie sind im Moment sehr beschäftigt?«

Paul drehte sich in dem kleinen Büro herum und ließ den Blick über Stapel von Geschäftsbüchern, Notizblöcke, Pappkartons, eine Schreibmaschine, einen PC, einen Nadeldrucker, Tabellen und alles andere gleiten, das er für seine derzeitige forensische Untersuchung brauchte.

»Eigentlich nicht. Was kann ich für Sie tun?«

»Können Sie ein Auto ohne Automatik fahren?«

»Jeder Bauernjunge in Iowa kann das. Wieso?«

»Ich habe ein kleines Problem und brauche Ihre Hilfe.«

»Ganz zu Ihren Diensten.«

Rhodes brachte sie durch die wenigen Kontrollpunkte, auf die sie bei der Fahrt aus der Stadt stießen, indem er dicke Bündel mit Lew-Scheinen unter den bulgarischen Polizisten verteilte, die zwar reizbar und übellaunig wie immer waren, sie aber trotzdem durchwinkten, sobald das Geld in ihren Jackentaschen verschwunden war.

Paul saß steif auf dem kaputten Fahrersitz und krallte sich an das Lenkrad wie an einen Rettungsring, auch noch als sie aus der Stadt heraus waren.

»Sie können sich entspannen, jetzt kommt der einfache Teil«, sagte Rhodes, nahm einen Schluck aus einem Flachmann und hielt ihn Paul hin.

»Nein, danke. Das Zeug rühr ich nicht an.«

»Beruhigt aber die Nerven«, erwiderte Rhodes, trank noch einen Schluck und schraubte den Flachmann wieder zu.

»Machen Sie so was ständig?«

»Ach, wissen Sie, ›wenn die Pflicht ruft‹ und so weiter.«

»Ich glaube, die Buchprüferei ist mehr nach meinem Geschmack.«

»Ich würde mir die Kugel geben, wenn ich den ganzen Tag in einem Büro sitzen müsste.«

»Das ist gar nicht so übel. Zahlen sind interessant. Sie erzählen Geschichten …«

»Ja, davon bin ich überzeugt. Lassen Sie mich einen Blick in die Karte werfen.«

Im Verlauf der nächsten Stunde versuchte Paul, seine Nervosität wegzureden, aber Rhodes ging nicht auf ihn ein. Er zündete sich eine Zigarette an und qualmte den Wagen voll. Paul wedelte sich ständig mit der Hand vor dem Gesicht herum und kurbelte trotz der kalten Nachtluft sogar sein Fenster herunter, aber Rhodes scherte sich nicht darum und rauchte eine nach der anderen.

Der Lada folgte schnaufend und ächzend der zweispurigen Straße, die sich eine Steigung hinaufwand und in waldreiches Agrarland führte. Paul wurde zapplig. Er hatte vergessen, vor der Abfahrt in der Botschaft auf die Toilette zu gehen, und die drei Tassen Tee drückten auf seine Blase.

»Fahren Sie langsamer, ich glaube, wir sind gleich da«, sagte Rhodes mit einem Blick in die Karte. »Da, die nächste Abzweigung.«

Paul drosselte das Tempo so stark, dass der Wagen fast zum Stehen kam, und bog in einen zerfurchten Feldweg ein.

»Schalten Sie das Licht aus.«

»Okay.«

Im ersten Gang rumpelten sie eine Viertelstunde lang im Dunkeln durch die Furchen weiter.

»Halten Sie hier«, sagte Rhodes. »Sehen Sie es?«

Paul spähte durch die trübe Windschutzscheibe. Auf einer Lichtung einen halben Kilometer entfernt stand ein einfaches, kleines Bauernhaus, in dessen Fenstern ein paar Lichter brannten. Davor parkte ein schwarzer ZIL-117, die sowjetische Version einer viertürigen Luxuslimousine.

»Das ist Zvezdev.« Rhodes sah auf seine Uhr. »Hervorragend. Wir sind zehn Minuten zu früh.« Er sah sich nach allen Seiten um. »Niemand ist uns gefolgt, und hier sehe ich keinen Menschen.«

»Das ist gut, richtig?«

»Eigentlich dürfen nur ich, Zvezdev und der Mann hier sein, den wir abholen.«

»Und was ist mit mir?«

»Sie dürften eigentlich nicht hier sein. Mir wurde gesagt, dass ich allein kommen soll.« Rhodes grinste und klopfte Paul auf die Schulter. »Ich tue nicht immer, was man mir sagt.«

Paul nickte. »Wo soll ich parken?«

Rhodes deutete vom Bauernhaus weg. »Da drüben bei den Bäumen. Lassen Sie das Licht aus.«

Paul parkte hinter zwei dicken Kiefern und stellte den Motor ab. Rhodes griff in eine Jackentasche und reichte Paul eine Pistole.

»Können Sie damit umgehen?«

»Mein Vater war Polizist.« Paul wiegte die 9-mm-Makarow in der Hand, während Rhodes das Magazin seiner ausgewachsenen Beretta 92 überprüfte. »Wozu brauche ich die?«

»Wahrscheinlich zu gar nichts.« Rhodes nahm sie ihm wieder aus der Hand. »Wahrscheinlich würden Sie sich ohnehin nur selbst erschießen.« Rhodes ließ die Makarow wieder in der Tasche verschwinden und steckte die Beretta ins Holster zurück. »Bleiben Sie einfach im Wagen und verhalten Sie sich ruhig, bis ich wiederkomme. Es wird nur ein paar Minuten dauern. Verstanden?«

Paul nickte, immer noch zapplig.

Rhodes runzelte die Stirn. »Alles in Ordnung?«

»Ja. Ich werde startklar sein, wenn Sie wiederkommen.«

Rhodes klopfte Paul abermals auf die Schulter. »Guter Mann.« Er öffnete vorsichtig die Tür und schloss sie wieder behutsam, um jeden Lärm zu vermeiden.

Paul beobachtete, wie er den Weg zur Straße zwischen den Bäumen hindurch abkürzte und dann auf die Vordertür des Bauernhauses zuging. Rhodes klopfte, und die Gestalt eines Mannes erschien in der Türöffnung. Paul konnte aus dieser Entfernung nichts hören, aber offenbar war alles in Ordnung, denn die beiden gaben sich die Hand und verschwanden im Haus.

Paul kurbelte das Fenster herunter. Im Wagen war es stickig, und es stank nach kaltem Rauch. Seine Blase schrie. Er schaute sich wieder um. Nichts, nur die Bäume und das Säuseln des Winds, der über die Kiefernnadeln strich.

Er musste pinkeln.

Er zog vorsichtig an dem Griff und öffnete die Tür mit beiden Händen, um ein Quietschen zu verhindern, so wie es auch Rhodes getan hatte.

Auf der anderen Seite des Wagens war ein großes Gebüsch, nach einer Seite hin offen wie eine Marktbude. Er schritt eilig darauf zu und öffnete im Gehen seinen Reißverschluss.

Mitten in dem mannshohen Gebüsch blieb er stehen und

ließ es laufen. Noch nie hatte ihm Pinkeln so gutgetan. Er ließ den Strahl zwischen den Blättern hin und her wandern, um das Plätschern auf ein Minimum zu reduzieren und eine Pfützenbildung zu vermeiden. Nur ein leises Geräusch war zu hören wie von raschelndem Laub. Bald war er fertig und schüttelte sich trocken.

Doch das Laub raschelte noch immer.

Er erstarrte.

Schritte im Wald, dazu hastiges Flüstern von Stimmen.

Er wartete, bis die Geräusche verklangen, dann trat er aus dem Gebüsch, ging hinter einem Baum in Deckung und spähte zum Bauernhaus.

Drei Männer bezogen vor dem Haus Stellung. Einer blickte vom Haus weg, den Fuß auf einem Holzklotz, in dem eine Axt steckte. Die beiden anderen traten mit gezückten Pistolen vorsichtig auf die Veranda und griffen nach der Tür.

Pauls Herz raste. Das mussten Zvezdevs Leute sein.

Es war eine Falle.

Rhodes war ein toter Mann.

77

Rhodes klopfte an die Tür des Bauernhauses. Ein lächelnder Zvezdev begrüßte ihn.

»Weston! Sie sind früh dran. Treten Sie ein.«

Die beiden Männer gaben sich die Hand, und Rhodes ging hinein. Die Tür schloss sich hinter ihm.

Ein Pistolenlauf bohrte sich in seine Rippen.

»Was soll das?«, fragte Rhodes und hob die Hände.

Zvezdev tastete ihn mit einer behandschuhten Hand von oben bis unten ab, nahm ihm mit der anderen die beiden Waffen ab und steckte sie in seine rechte Jackentasche.

Rhodes sah sich in dem rustikalen Wohnzimmer um. Roh behauene Dielen, handgewebte Teppiche, selbst gezimmerte Möbel. Einfach, aber geräumig und gemütlich. In jedem westlichen Land hätte es als primitiv gegolten, aber nach bulgarischen Maßstäben war es besser als die meisten.

»Schusswaffen machen mich nervös. Oder sollte ich sagen, die Schusswaffen anderer Leute?« Zvezdev steckte seine Pistole weg und lächelte wieder.

Rhodes nahm die Hände runter. »Für einen Moment haben Sie mich erschreckt.«

»Wie wäre es dann mit einem Rakija, um Ihre Nerven zu beruhigen?« Zvezdev ging hinüber zu einer verwitterten Kommode, dem einzigen fabrikgefertigten Möbelstück im Zimmer. Er goss zwei Gläser voll.

»Da sage ich nicht Nein. Hübsches Haus. Ihres?«

»Kürzlich erworben.« Er reichte Rhodes ein Glas.

»Läuft der ZIL noch gut?«

»Ein Buick wäre mir lieber, aber was soll man machen? *Nazdrave.*«

»*Nazdrave.*«

Sie kippten den Obstbrand hinunter. Zvezdev schenkte nach.

»Und? Wo ist der Mann?« Rhodes nahm dem Bulgaren das Glas wieder ab.

»In der Küche. Sie werden ihn gleich kennenlernen. Es ist angenehm, mit Ihnen Geschäfte zu machen, Weston. *Nazdrave.*«

»*Nazdrave.*«

Sie tranken wieder.

»Bringen wir es hinter uns«, sagte Rhodes. »Die Uhr tickt.«

»Selbstverständlich. Folgen Sie mir. Ach so, einen Moment. Das hätte ich fast vergessen.« Zvezdev griff in seine linke Jackentasche, zog die Makarow heraus und reichte sie ihm. »Die werden Sie noch brauchen.«

Die Küche grenzte direkt an das Wohnzimmer und war nur durch zwei Armeewolldecken, die als Raumteiler dienten, von ihm getrennt. Zvezdev schlüpfte durch die Decken. Rhodes folgte ihm.

In der Küche befanden sich ein Holzherd, ein Kühlschrank, Einbauschränke und ein Tisch mit Stühlen.

Und eine Leiche.

Sie lag ausgestreckt auf dem Holzboden, das Gesicht nach unten, den Kopf mit Blut verklebt.

»Ist das mein Überläufer?«, fragte Rhodes. Sein Blick wanderte zum Tisch: ein Stapel Geld, ein Beutel mit Kokain.

»Ja. Ein dreckiger Roma, aber ein guter Schmuggler.«

»Was ist passiert?«

»Am frühen Abend bin ich ihm hierher gefolgt. Ich sah, wie er das Geld nahm, das Sie ihm für die Drogen, die er Ihnen brachte, gegeben hatten. Ich kam in dem Moment herein, als Sie ihn erschossen, aber Sie richteten Ihre Waffe auf mich, und so musste ich schießen. Jedenfalls wird das die offizielle Version in meinem Bericht sein.«

Rhodes spürte, wie ihm das Blut aus dem Gesicht wich. »Was haben wir für ein Problem, Tervel? Ich dachte, wir hätten eine Abmachung.«

Zvezdev hob die Pistole und richtete sie auf Rhodes' Gesicht. »Die hatten wir, bis Sie mir gedroht haben.«

»Ich habe nur einen großen Coup gebraucht, das habe ich Ihnen doch gesagt.«

»Klar, einen ›großen Coup‹, und dann noch einen und noch einen, ständig schwebt dieses Damoklesschwert über meinem Kopf. Ich weiß, wie das läuft, Weston. Ich benutze dieselbe Methode.« Er deutete mit dem Kopf auf die Leiche. »Auch er wurde zum Problem. Zwei Fliegen mit einer Klappe. Sagt man bei Ihnen nicht so? Und meine Vorgesetzten werden erfreut sein, wenn ich ihnen davon berichte. Vielleicht kriege ich sogar einen Orden.«

Ein Schrei gellte draußen vor dem Bauernhaus. Zvezdev drehte sich in Richtung Wohnzimmer. Rhodes hob die Makarow und drückte ab.

Klick.

Leer. Rhodes blieb fast das Herz stehen.

Zvezdev hatte ihn reingelegt und die Waffen vertauscht.

Schüsse fielen, krachend flog die Haustür auf. Sie konnten nicht sehen, was da vorging.

Zvezdev schwenkte zu Rhodes herum, die Pistole hoch erhoben, während im Wohnzimmer weitere Schüsse fielen.

Rhodes sprang zurück, drückte sich mit dem Rücken an die Küchenwand. Der Pistolenknauf des Bulgaren traf ihn hart am Kopf und raubte ihm das Bewusstsein.

Zvezdev packte Rhodes am Kragen und zog ihn in den

hinteren Teil der Küche, da kam einer seiner Männer durch die Decken gestürzt und schlug der Länge nach hin, eine Axt im Rücken. Dicht hinter ihm erschien Paul, blutbespritzt und mit irrem Blick, eine Pistole in der Hand.

Zvezdev hob die Waffe, um zu schießen, doch Rhodes war wieder zu sich gekommen und stieß den Arm des Bulgaren nach unten, als dieser feuerte. Paul stöhnte auf. Blut schoss aus seinem Knie.

Mit einer Hand griff er an seine Wunde, als er zu Boden ging, doch mit der anderen hob er die Pistole und legte auf Zvezdev an, der sofort hinter Rhodes in Deckung ging. Er packte Rhodes an den Haaren und rammte ihm den Pistolenlauf ins Genick.

»Weston! Sagen Sie ihm, dass er die Waffe runternehmen soll!«, schrie Zvezdev hinter Rhodes' Rücken hervor. »Wir finden eine Lösung.«

Rhodes hob die Hände, das Gesicht eine Grimasse aus Schmerz und Angst.

»Paul! Er hat recht. Schön ruhig bleiben. Wir finden eine Lösung.«

Pauls Pistole wackelte nicht. »Lassen Sie ihn los.«

»Nehmen Sie zuerst die Waffe runter«, schrie Zvezdev.

»Lassen Sie ihn los«, wiederholte Paul.

»Okay, okay. Ich lasse ihn los. Nicht schießen. Friedlich bleiben, ja?«

Zvezdev ließ Rhodes los und senkte die Pistole.

Paul sah, wie Rhodes aufatmete.

Zvezdev stieß Rhodes nach vorn, zielte …

Paul feuerte.

78

Sully, Iowa
Gegenwart

Die Gewehre feuerten ein drittes Mal. Die sieben Ehrengardisten der CIA ließen die Waffen sinken und nahmen feierlich Haltung an.

Jack junior stand ernst da und sah zu, wie der Sarg in die Erde gesenkt wurde. Eigentlich hätte er heute in die kalte Erde gelegt werden müssen, nicht Paul. Er empfand Dankbarkeit und Scham.

Die Beerdigung endete. Präsident Ryan schüttelte Hände und sprach, die stummen Ermahnungen seines Stabschefs ignorierend, den anwesenden Freunden und Angehörigen sein Beileid aus.

In einer Dreiviertelstunde sollten sie im Flugzeug nach Peking sitzen, und bis zum Flughafen war es über eine Stunde. Ryan wies Arnie mit einem Blick in die Schranken. *Eins nach dem anderen.*

Jack junior näherte sich einem distinguierten, silberhaarigen Herrn, der sich mit John Clark unterhielt. Er streckte ihm die Hand hin. »Captain Miller, es ist schön, Sie wiederzusehen. Ich wünschte nur, es wäre unter anderen Umständen.«

Der Verkehrspilot lächelte. »Ich verstehe, in beiderlei Hinsicht.«

»Woher kennt ihr euch?«, fragte Clark.

»Dasselbe könnte ich dich fragen«, erwiderte Jack.

»David und ich kennen uns schon eine Ewigkeit, nicht wahr?«

»Damals beherrschten noch die Dinosaurier die Erde.«

Die beiden Veteranen kicherten, verstanden sich offensichtlich auch ohne viele Worte.

»Und ihr habt Paul beide gekannt?«, fragte Jack.

»Alle alten Hasen haben Paul Brown gekannt«, antwortete Miller und blickte zum Grab zurück. »Es ist eine Schande, dass nicht mehr Menschen von ihm erfahren werden.«

Jack drückte Miller noch einmal die Hand. »Machen Sie es gut.«

»Sie auch.«

Jack schlenderte an den anderen Grabsteinen vorbei, die verwittert, aber gepflegt waren. Viele Browns. Paul war neben Carmen beigesetzt worden, aber er war von Verwandten aus fünf Generationen umgeben. Eine lange Geschichte, vereint an einem Ort. Jack spürte eine Hand auf seiner Schulter.

»Wie macht sich der gebrochene Flügel?«

Gerrys Stimme war unverwechselbar. Jack drehte sich um und hob den Gips. »Na ja, das Ding würde eine ziemlich gute Waffe abgeben.«

»Das glaube ich gern. Und wie geht es Ihnen sonst, mein Junge?«

Jack zuckte mit den Schultern. »Ich habe immer noch das Gefühl, dass ich Paul im Stich gelassen habe.«

Gerry schüttelte den Kopf. »Sie waren außer Gefecht. Paul hat die Stellung gehalten, als es darauf ankam.« Er nickte in Richtung Grab. »Jetzt ist er bei Carmen. Er würde Ihnen sagen, dass alles seine Richtigkeit hat. Sie beide haben einen verdammt guten Job gemacht. Dank Ihnen darf die Weltwirtschaft weiter brummen, und die Welt wird nie davon erfahren. Aus meiner Sicht ist das gute Arbeit.«

»Paul hat die Sache aufgedeckt, während ich nur im

Hamsterrad gestrampelt habe. Apropos, gibt es was Neues von Yong Fairchild?«

»Der wird wohl auf absehbare Zeit in China bleiben. Die Fusion von Marin Aerospace und Dalfan ist geplatzt. Der Kurs der Dalfan-Aktie ist deswegen eingebrochen, aber nicht allzu sehr, und die Singapurer Behörden durchforsten jetzt die Datenbanken und Datensätze der Firma, um festzustellen, was Yong gestohlen haben könnte. Es ist ein einziger Schlamassel, aber dank ihrem Gestrampel im Hamsterrad konnte eine Katastrophe verhindert werden.«

»Danke.«

»Ich habe gerade mit dem Justizminister gesprochen. Die Singapurer Strafverfolgungsbehörden werden Sie wegen nichts belangen, was Sie da drüben getan haben.«

»Das ist schwer zu glauben. Sie kennen ja meinen Bericht.«

»Dr. Fairchild ist ein einflussreicher Mann, und Lian hat einen wahren Helden aus Ihnen gemacht. Die Singapurer Regierung ist offiziell ›dankbar für Ihre Dienste‹.«

Jack zuckte die Schultern. »Dann will ich nicht widersprechen.«

Gerry zog ihn näher zu sich heran. »Und die dreißig Millionen Dollar Soforthilfe, die wir ihnen für die Aufräumarbeiten geschickt haben, haben auch nicht geschadet.«

Jack verdrehte die Augen. »Im Ernst?«

»Nach dem Taifun können sie die Unterstützung gebrauchen, glauben Sie mir.«

Gerry wurde ernst. »Außerdem wollte ich, dass Sie Folgendes von mir persönlich erfahren. Rhodes hat mit dem FBI einen Deal gemacht.«

»Was?«

»Das ist der Lauf der Welt. Mit kleinen Fischen fängt man die großen. Die Software auf Rhodes' USB-Stick war hochgefährlich. Unsere Leute sind sich sicher, dass sie von den Nordkoreanern entwickelt wurde, aber mit denen hatte Rhodes nie zu tun, nur mit einem Mittelsmann namens Zvezdev. Und diesen Zvezdev müssen wir aufspüren, wenn wir Choi ans Leder wollen. Deshalb gibt es für den Ex-Senator fünfzehn Jahre Urlaub auf Staatskosten, bei guter Führung sieben.«

Jack schüttelte angewidert den Kopf. »Kann ich bei der Aktion wenigstens mitmischen?«

»Leider nein. Mary Pat leitet die Operation Zvezdev. Aber ich bin zuversichtlich, dass wir bald einen Geheimauftrag für Sie haben … falls Sie bereit dazu sind.«

Jack grinste. »Machen Sie Witze? Ein Geheimauftrag wäre wunderbar. Nach dem Bürojob in Singapur könnte ich etwas Ruhe gebrauchen.«

79

Brodarica, Kroatien
Zwei Wochen später

Zvezdev hatte das bescheidene Steinhaus mit rotem Ziegeldach gekauft, weil es an der Adria lag und er für Sonnenuntergänge schwärmte, aber auch, weil sich seine Lieblingsstrandbar ganz in der Nähe befand. Zumindest sagte das die Immobilienmaklerin bei ihrer Befragung durch den kroatischen Geheimdienst SOA.

Der amerikanische Einsatzleiter wartete am Satellitentelefon auf Befehle von DNI Foley. Die sieben Männer unter seinem Kommando – drei Kroaten, vier Amerikaner – trugen taktische Ausrüstung und Nachtsichtgeräte. Der Einsatzleiter versicherte ihr, dass sie während ihrer vierstündigen Observation keine Hinweise auf Wachleute oder besondere Schutzvorkehrungen entdeckt hätten.

»Das Haus sieht leer aus«, erklärte er.

Falsche Infos oder einfach nur Pech, dachte sich Foley. Sie gab den Befehl zum Losschlagen.

Die Türbrecher gingen zuerst rein, die anderen folgten. Jeder Raum wurde gesichert. Es war niemand da, von Zvezdev keine Spur.

Die Nachtsichtbrillen wurden abgenommen, jemand machte Licht. Der Einsatzleiter befahl seinen Leuten, das Haus gründlich zu durchsuchen und alle Beweise, die sie fanden, einzutüten.

Sie waren alle instruiert worden: Zvezdev sei in eine

Operation der Nordkoreaner verwickelt, die sie unterbinden müssten.

Einer der Kroaten öffnete den Kühlschrank, halb auf der Suche nach Mineralwasser – oder einem kühlen Bier. Er fand etwas anderes.

»Was zum Teufel ist das denn?«, fragte er den Mann, der neben ihm stand.

Der Angesprochene, ein Amerikaner namens Suh, nahm ihm das Einmachglas aus der Hand. »Sieht aus wie Kimchi.«

»Und was ist das?«

»Ein koreanisches Gericht. Vergorener Kohl, Zwiebeln, Chili und so weiter.« Suh schraubte das Glas auf und schnupperte daran. »Riecht aber komisch.«

Er führte das Gefäß näher an sein Gesicht und betrachtete den Inhalt genauer. Seine Augen verengten sich.

»Ach du Scheiße.«

Der Einsatzleiter meldete sich über Funk. »Wiederholen Sie.«

Suh schraubte den Deckel wieder zu.

»Ich glaube, wir haben Zvezdev gefunden.«

Werkverzeichnis der im Heyne Verlag von Tom Clancy erschienenen Titel

› Bonusmaterial

HEYNE ‹

Der Autor

Tom Clancy wurde am 12. April 1947 in Baltimore, Maryland, geboren. Vor seiner Karriere als Schriftsteller arbeitete Clancy einige Jahre als Versicherungsagent. Er interessierte sich aber vor allem für rüstungstechnische Probleme und den amerikanischen Geheimdienst. Eine Meuterei auf einem sowjetischen Zerstörer regte Clancy dazu an, seinen ersten Roman *Jagd auf Roter Oktober* zu schreiben. Das Buch wurde auf Anhieb ein Welterfolg, die Verfilmung von *Roter Oktober* mit Sean Connery in der Hauptrolle gilt als Klassiker. Mit seinem Debüt begründete Tom Clancy zudem ein neues Genre: den Techno-Thriller, der Elemente des klassischen Polit-Thrillers mit exakter militärisch-technischer Recherche verbindet.
Auch alle weiteren Tom-Clancy-Romane erwiesen sich als große Erfolge und führten regelmäßig die internationalen Bestsellerlisten an. Mit diesen faszinierenden Action-Thrillern erschuf Clancy ein Universum um seine berühmteste Figur: den Spezialagenten Jack Ryan, Protagonist fast aller Romane. Jack Ryan muss den Kalten Krieg verhindern, gegen Drogenkartelle kämpfen und immer wieder in brandgefährliche internationale Verwicklungen eingreifen. Wiederholt fungiert er sogar als Präsident der USA. In den Hollywood-Blockbuster-Verfilmungen wurde Jack Ryan u.a. von Harrison Ford, Ben Affleck und John Krasinski gespielt.

Clancy schrieb seine Jack-Ryan-Abenteuer nicht chronologisch, sondern schiebt immer wieder Rückblenden ein: So agiert etwa in erst später veröffentlichten Bänden der junge Jack Ryan noch am Beginn seiner Agentenkarriere. Ihm zur Seite steht bei den meisten Abenteuern der Ex-Navy-Spezialist John Kelly alias John Clark, die zweite große Clancy-Figur.

Neben seinen großen Romanen schrieb Tom Clancy Sachbücher zu Militärtechnik und übte die Schirmherrschaft über die unter seinem Namen erschienenen Serien *Op-Center, Net Force* und *Power Plays.*

Wie realistisch und gut recherchiert Tom Clancys Bücher sind, zeigt die Tatsache, dass der Autor nach den Anschlägen vom 11. September von der amerikanischen Regierung als spezieller Berater hinzugezogen wurde – in *Befehl von oben* hatte er ein Szenario entworfen, dass der späteren Realität erschreckend nahekam.

Tom Clancy, einer der erfolgreichsten amerikanischen Autoren, starb im Oktober 2013.

»Es ist schon gespenstisch: Vieles, was ich erfinde, wird Wirklichkeit.«
Tom Clancy

»Keiner ist besser als Tom Clancy.«
Los Angeles Times

»Die unbestrittene Nummer Eins unter den Thrillerautoren.«
Die Welt

Einzeltitel

(Alle Heyne-Titel in der Reihenfolge ihrer Veröffentlichung; in Klammern die Jack-Ryan-Chronologie)

Jagd auf Roter Oktober *(Jack Ryan 4)*

Der Politoffizier der russischen Marine erfährt, dass »Roter Oktober«, das modernste russische Raketen-U-Boot, in den Westen überzuwechseln droht. Innerhalb kürzester Zeit machen sich 30 Kriegsschiffe und 58 Jagd-U-Boote an die Verfolgung. Es beginnt ein atemberaubendes Katz-und-Maus-Spiel zwischen den Großmächten.
Mit diesem Roman begründete Tom Clancy seinen Weltruhm, die gleichnamige Kino-Verfilmung mit Sean Connery gilt als Klassiker des modernen Thriller-Kinos.

Im Sturm

Nach einem Attentat arabischer Fundamentalisten auf das größte Ölfeld Sibiriens steht die Welt am Abgrund. Die einzige Rettung aus der wirtschaftlichen Katastrophe liegt für Moskau am Persischen Golf. Die Hardliner im Kreml schrecken auch vor einem Schlag gegen die NATO nicht zurück. Das Unternehmen »Roter Sturm« läuft an …

Die Stunde der Patrioten *(Jack Ryan 2)*

Jack Ryan hält sich zu Recherchezwecken in London auf. Als ahnungsloser Passant gerät er in einen Terroranschlag, den eine Splittergruppe der IRA auf die Familie des britischen Thronfolgers verübt. Ryan gelingt es zwar, den Anschlag zu vereiteln – aber die Terroristen schwören blutige Rache. Ein verzweifelter Kampf ums Überleben beginnt.
Verfilmt mit Harrison Ford in der Hauptrolle.

Der Kardinal im Kreml *(Jack Ryan 5)*

Bei der Auswertung ihrer Satellitenbilder stellen die Amerikaner entsetzt fest, dass die Sowjets eine hochmoderne Laserwaffe errichtet haben. Jack Ryan erkennt, dass die Russen den Amerikanern bereits überlegen sind. Sie können Satelliten und anfliegende Atomraketen zerstören. Der Top-Spion »Kardinal« wird darauf angesetzt, Näheres über die Laseranlage zu erfahren und begibt sich, vom KGB verfolgt, in höchste Gefahr.

Der Schattenkrieg *(Jack Ryan 6)*

Geheimdienstmitarbeiter Jack Ryan erfährt, dass kolumbianische Drogenbosse drei hochrangige Amerikaner getötet haben. Ryan und eine Gruppe erprobter Männer nehmen die Verfolgung auf, doch Verwicklungen in der Heimat bis in die höchste Ebene bedrohen den Einsatz der Männer: Niemand weiß, wohin dieser Schattenkrieg führt.
Die Kino-Verfilmung mit Harrison Ford als Jack Ryan lief in Deutschland unter dem Titel *Das Kartell.*

Das Echo aller Furcht *(Jack Ryan 7)*

Der Kalte Krieg scheint Vergangenheit zu sein, die Weltmächte verhandeln im Zeichen der Kooperation und setzen auf eine friedliche Zukunft. Doch ein seltsamer Bombenfund genügt, einen weltumspannenden tödlichen Konflikt zu entfachen. Jack Ryan muss einen nahezu aussichtslosen Kampf gegen die Zeit gewinnen – es beginnt ein neues Kapitel des Kalten Krieges.
Die Kino-Verfilmung mit Ben Affleck als Jack Ryan lief in Deutschland unter dem Titel *Der Anschlag.*

Gnadenlos *(Jack Ryan 1)*

John Kelly (alias John Clark), ehemaliger US-Marine und Spezialist für riskante Missionen, erhält den Auftrag, amerikanische Geiseln aus einem vietnamesischen Lager zu befreien – eine beinahe aussichtslose Mission, zumal er sich gerade durch einen privaten Rachefeldzug in Lebensgefahr gebracht hat. Ein Wettlauf gegen die Zeit beginnt, und der geringste Fehler könnte Kellys letzter sein.

Ehrenschuld *(Jack Ryan 8)*

Nach dem Ende des Kalten Krieges wiegen sich viele in Sicherheit, hoffen auf eine neue, eine friedlichere Welt. Doch der Schein trügt, und Jack Ryan, vom CIA-Agenten zum politischen Berater des Präsidenten aufgestiegen, muss feststellen, dass die Bedrohung geblieben ist. Nur die Form hat sich geändert – aus alten Freunden sind gefährliche neue Feinde geworden …

Befehl von oben *(Jack Ryan 9)*

Bei einem Flugzeugangriff auf das Capitol kommt der amerikanische Präsident ums Leben. Spezialagent Jack Ryan, vor Kurzem zum Vizepräsidenten ernannt, muss von einem Tag auf den anderen die Amtsgeschäfte übernehmen. Derweil nutzen Amerikas Feinde ihre Chance: China und Taiwan stehen kurz vor einem Krieg, und der Iran plant, amerikanische Großstädte mit einem tödlichen Virus zu infizieren.

Operation Rainbow *(Jack Ryan 10)*

John Clark, ehemaliger Angehöriger der Navy SEALs, wird zum Leiter einer neuen Antiterroreinheit mit dem Namen »Rainbow« ernannt. Diese multinationale Spezialtruppe hat es mit einem Gegner zu tun, wie ihn die Welt bisher noch nicht erlebt hat. Sollte er Erfolg haben, würde es das Ende für einen Großteil der Menschheit bedeuten.
Tom Clancys Thriller ist näher an der Realität, als die Supermächte sich einzugestehen bereit sind.

Im Zeichen des Drachen *(Jack Ryan 11)*

Ein fehlgeschlagenes Attentat auf den Chef des russischen Geheimdienstes ist der Auslöser für eine weltweite Krise. Jack Ryan – neu gewählter Präsident der USA – ist gezwungen, seine schärfste Waffe einzusetzen: den Antiterrorspezialisten John Clark.

Red Rabbit *(Jack Ryan 3)*

Der Kalte Krieg hat eine kritische Phase erreicht. Der junge Jack Ryan soll einen russischen Überläufer ausforschen, der hochbrisantes Material zu bieten hat: Es geht um eine Verschwörung, die die gesamte westliche Welt gefährdet. Tom Clancy führt uns zurück zu Jack Ryans Anfängen als Wissenschaftler und Berater der CIA.

Im Auge des Tigers *(Jack Ryan 12)*

In Wien schlägt ein Mann namens Mohammed dem Vertreter eines kolumbianischen Drogen-Kartells in den USA einen Deal vor. Er hat ein Netzwerk fundamentalistischer Terroristen in Europa aufgebaut – und prophezeit

den Kolumbianern riesige Gewinne, wenn sie ihm helfen, seine Männer nach Amerika einzuschleusen.
Eine neue Form des internationalen Terrorismus fordert eine neue Generation von Jägern heraus: Es kommt die Zeit für Jack Ryan jr. und seinesgleichen.

Dead or Alive *(Jack Ryan 13)*

Mit modernsten technischen Mitteln bedroht der Terrorismus die zivilisierte Welt – und nur Jack Ryan und John Clark könnten sie retten. Ihr Ziel ist ein sadistischer Killer, der sich »Emir« nennt und plant, Amerika durch weitere perfide Anschläge zu destabilisieren. Ihn gilt es zu stoppen – tot oder lebendig.

Gegen alle Feinde *(Max Moore 1)*

Seit Jahren tobt der Konflikt im Mittleren Osten. Nun sieht es so aus, dass sich der Kriegsschauplatz verlagert hat. Die Taliban bedienen sich für ihre Machenschaften eines mexikanischen Drogenkartells und tragen den Kampf ins Heimatland des Erzfeindes – in die Vereinigten Staaten von Amerika. Ex-Navy-SEAL Max Moore stellt eine Spezialeinheit zusammen: Der Kampf kann beginnen!

Ziel erfasst ***(Jack Ryan 14)***

Die Starbesetzung von Tom Clancy ist wieder da: Jack Ryan und John Clark sehen sich zusammen mit Jack Ryan jr. und dem übrigen Campus-Team der größten Herausforderung ihres Lebens gegenüber. Es droht nicht nur eine atomare Auseinandersetzung im Mittleren Osten, auch der Feind im Inneren rüstet sich zum Krieg mit allen Mitteln. Der spannungsreiche Technothriller schließt unmittelbar an *Dead or Alive* an, das große Comeback von Tom Clancy.

Gefahrenzone ***(Jack Ryan 15)***

Schon morgen könnte es Wirklichkeit werden: Interne politische und wirtschaftliche Kämpfe sorgen in China dafür, dass die Führung des Landes immer mehr an Einfluss verliert. Um die eigene Macht zu untermauern, soll ein lang gehegter Wunsch in die Tat umgesetzt werden: sich Taiwan mittels eines Militärschlags einzuverleiben. Doch die Insel steht unter dem Schutz der Vereinigten Staaten. Für Präsident Jack Ryan ist die Stunde der großen Entscheidung gekommen. Wie kann er den Krieg der Supermächte verhindern?

Command Authority – Kampf um die Krim *(Jack Ryan 16)*

Der Aufstieg zur Macht des neuen starken Mannes in Russland verdankt sich dunklen Machenschaften, die Jahrzehnte zurückliegen. Ausgerechnet Präsident Jack Ryan war daran nicht ganz unbeteiligt, aber er ist auch der Einzige, der jetzt den Übergriff einer wiedererwachten Weltmacht auf die Krim stoppen kann. In einem fiktiven, aber nicht minder wirklichkeitsnahen Szenario zeigt Tom Clancy auf beeindruckende Weise, wie schnell alte Fronten wieder stehen, wenn Großmachtstreben und wirtschaftliche Interessen sich in die Hand spielen.

Der Campus *(Jack Ryan 17)*

Dominic Caruso, Neffe von Präsident Jack Ryan, ist Agent der Geheimorganisation Campus, die gänzlich inoffiziell operiert, vorbei selbst an CIA und NSA. Der Mordanschlag auf einen israelischen Freund deutet auf eine undichte Stelle bei den Geheimdiensten hin. Die Spur führt zu einem Whistleblower im Weißen Haus. Aber wer hält die für den Weltfrieden bedrohlichen Geheimdienstdaten letztlich in Händen? Weltverbesserer? Terroristen? Die Russen? Die Iraner? Wer genau ist der Feind?

Mit aller Gewalt *(Jack Ryan 18)*

Eine nordkoreanische Interkontinentalrakete stürzt ins Japanische Meer. In Ho-Chi-Minh-Stadt wird ein CIA-Offizier ermordet, und ein Paket mit gefälschten Dokumenten verschwindet. Die Puzzleteile liegen offen da, sie zusammenzusetzen beansprucht aber kostbare Zeit. Zeit, die Jack Ryan junior und seine Agentenkollegen vom Campus nicht haben. Alle Puzzleteile führen nach Nordkorea, wo ein junger, unerfahrener Diktator ein großes Nuklearprogramm umsetzen will. Präsident Jack Ryan muss das verhindern – mit aller Gewalt.

Under Fire *(Jack Ryan 19)*

Jack Ryan junior trifft in Teheran einen alten Freund, der ihm eine rätselhafte Botschaft übermittelt und dann spurlos verschwindet. Jack macht sich auf die Suche und gerät in ein Verwirrspiel zwischen CIA, MI6 und russischem Geheimdienst. Die Spur führt in die Republik Dagestan. War sein Freund in die Umsturzpläne des Landes verstrickt?

Die Macht des Präsidenten
(Jack Ryan 20)

Eine Erdgasanlage vor Litauens Küste explodiert. Ein venezolanischer Staatsanwalt wird gemeuchelt. Dutzende Tote bei einem Anschlag auf einen russischen Truppenzug. Nur ein Mann erkennt das Muster hinter den Terroranschlägen weltweit. Kann US-Präsident Jack Ryan den skrupellosen Drahtzieher zur Strecke bringen?

Pflicht und Ehre *(Jack Ryan 21)*

Jack Ryan junior ist beurlaubt. Dennoch werden Anschläge auf ihn verübt. Die Spur führt zu einem privaten Sicherheitsunternehmen, das sich zu einem Global Player entwickelt hat. Jack Ryan vermutet, dass diese deutsche Firma Terroranschläge fingiert, um die eigene Unverzichtbarkeit zu legitimieren. Auf sich allein gestellt, tritt Jack Ryan den Kampf an.

Anschlag auf den Präsidenten
(Jack Ryan 22)

Amerikanische Militärs werden ohne erkennbares System attackiert, CIA-Agenten überraschend aufgegriffen. Das Muster wiederholt sich weltweit. Unbekannte Hacker haben eine Sicherheitslücke in Regierungsservern gefunden und geben hochsensible Daten in die Hände der Feinde. Ist Präsident Jack Ryan das nächste Angriffsziel?

Letzte Entscheidung *(Jack Ryan 23)*

Korea testet Raketen mit Mehrfachsprengköpfen. Die Sanktionen lassen nicht lange auf sich warten. Um ihnen zu entgehen, schmiedet der nordkoreanische Geheimdienst einen perfiden Plan, dessen Verwirklichung die Fundamente Chinas und des gesamten Westens aus den Angeln heben könnte. Jack Ryan muss sich den neuen Dimensionen der Cyberkriegführung stellen.

Im Visier des Feindes ***(Jack Ryan 24)***

Jack Ryan jr. ist auf Mission im Balkan, als sich in Sarajevo ein neuer Krieg zusammenbraut, der im schlimmsten Fall zu einem Weltkrieg führen könnte. Also trotzt Jack der Anweisung, sich zurückzuziehen, und stellt sich dem Feind allein. Dabei muss er sich nicht nur mit der serbischen Mafia herumschlagen, sondern auch mit Attentätern des geheimnisvollen Eisernen Syndikats.